陶村兵事

陈廷佑 著

作家出版社

图书在版编目（CIP）数据

陶村兵事 / 陈廷佑著. -- 北京：作家出版社，2025.5. --
ISBN 978-7-5212-3297-4

Ⅰ. I247.5

中国国家版本馆CIP数据核字第2025JV1873号

陶村兵事

作　　者：陈廷佑
封面题字：陈廷佑
责任编辑：宋辰辰
装帧设计：呦鹿文化
出版发行：作家出版社有限公司
社　　址：北京农展馆南里10号　　邮　　编：100125
电话传真：86-10-65067186（发行中心）
　　　　　86-10-65004079（总编室）
E-mail:zuojia@zuojia.net.cn
http://www.zuojiachubanshe.com
印　　刷：唐山嘉德印刷有限公司
成品尺寸：170×240
字　　数：450千
印　　张：33.5
版　　次：2025年5月第1版
印　　次：2025年5月第1次印刷
ISBN 978-7-5212-3297-4
定　　价：68.00元

作家版图书，版权所有，侵权必究。
作家版图书，印装错误可随时退换。

谨以此书

献给我的老部队63军

献给我的老家冀中

献给我的第二故乡晋中

献给一切以身许国，誓死行阵的人

特别献给扼守涟川山口圆满完成铁原阻击战任务的前辈们

目 录

楔　子		001
第一章	只折腾自己	007
第二章	陆泽野叟	019
第三章	恰同学少年	041
第四章	军中将有辛弃疾	054
第五章	风华正茂	073
第六章	陶村惨案	082
第七章	劳其筋骨	091
第八章	在北乡过三关	101
第九章	当兵不易	116
第十章	美国人也过三关	137
第十一章	在步兵连当步兵	153
第十二章	啊，烫窑儿	166
第十三章	野营拉练好	180
第十四章	飞檐走壁	193
第十五章	鸿雁早捎书	209
第十六章	临时党小组	221
第十七章	面子	241
第十八章	500辆汽车	251
第十九章	立功不如入党好	268
第二十章	管弦乐队	278

第二十一章	烧鸡大窝脖儿	289
第二十二章	狗日的飞机	307
第二十三章	给谁叫爹	325
第二十四章	突破临津江	338
第二十五章	四马攒蹄	354
第二十六章	激战雪马里	370
第二十七章	远不是结局	387
第二十八章	翟仙果的五封信	400
第二十九章	三打黎德山	410
第 三 十 章	涟川，涟川！	427
第三十一章	冷的边关热的血	436
第三十二章	三个人的战斗	449
第三十三章	"哈咦"或者"嗨"	460
第三十四章	两个人的战斗	474
第三十五章	美国人没羞没臊	487
第三十六章	陶载石失踪	502
第三十七章	其实我一直很快乐	516
尾　声		527

楔子

雨夜天黑，陶砚瓦举伞站在胡卢河边，先听到远处人声呼号，眼见一艘官船自南驶来，两岸军士举着松明，一路偕行，径直在这边渡口停下。

舱门一男，转身说了句：到衡水了。

舱内出来一女，左右张望一下，也转身对舱里说：到衡水了。

此时只见男子撑伞，女子从舱内搀出一位老者，年方六旬，秀拔天骨，清癯玉立，隐隐中透出仙气逼人。老者脚一落地，就环顾四周道：终于回到中山故国了！

陶砚瓦大喜过望，忍不住叫了一声：船上可是苏子东坡居士？

老者说：正是苏某。请问你是？

我乃深州陶砚瓦，向慕先生高名，在此等候多时了。陶砚瓦说着，赶紧趋前拜见。

啊，写《云龙风虎》那位深州高士？苏子边说边下得船来。

拙著草草，不登大雅。难得苏子垂意。惭愧惭愧！陶砚瓦道。

我才为深州团练使赵承训之孙赵叔曹写诏："乃眷衡漳，夙为重地"，前面就是深州了吧？

正是。您写《赵清献公神道碑》，有"曾祖讳景，深州司户参军"；撰《司马温公行状》有："若东流日深，北流自浅，薪刍渐备，乃塞其北放，出御河、胡卢河下流，以纾恩冀深瀛以西之患。"可知您对"恩冀深瀛"四州，以及四州与御河、胡卢河熟知。我们定州路军民，盼先生久矣！

定州属重难边郡。深州与定州舟车相通。舍弟子由出使契丹，往返两次都经过深州，且在驿站住宿。他为回河之事多次上书，每言深州当河流之冲，水患最为危急，应当疏浚完治。这次也是他叮嘱我，应到深州察看堤坝。这便是深冀衡水之间，三百六十里堤障，果然雄伟壮观！

陶砚瓦道：苏子曾言"一蓑烟雨任平生"，怎么未见"一蓑"？

苏子道：此处也没有"穿林打叶声"啊！

众人皆笑。

陶砚瓦又说：雨停之后许久，都会有"穿林打叶声"。敢问苏子："吟啸且徐行"时，可是在雨停之后？

苏子听了陶砚瓦这一问，立刻停下脚步，竟盯着陶砚瓦看了半天，然后说：谁读诗词会像你这样较真儿？要都那么较真儿，我还说"竹杖芒鞋轻胜马"呢！天下人谁还养马？须知这是写词啊！

须知这是写词啊！此言妙哉！

这不是你们毛主席说的吗？

您连毛主席都知道？

毛主席乃人龙天马！兼善文武，德才远超历代帝王，轼极佩服。你说在此等候多时了，何出此言？

苏子曾作《教战守策》，也曾言："自古岂有郡守而不得管兵者？"此番赴任定州，乃"沿边重地"之"首冠"，且又肩负定州路和定州军政双职重任。故世人皆谓必走西路之官马大道，唯我断定必循洺深瀛之宋辽官路，路过此地，再车徒西去。今日果见苏子宵济衡漳，一如所盼。

深州那边，已经有人在等候了。待我在衡水暂歇，尝几杯老酒，再去深州，可顺路考察定州路军政情状。

太好了！不才虽无酒量，愿陪一醉。苏子请！

陶砚瓦说罢，便携苏子移步入城。只见人拥如潮，酒家沿路两侧鳞次栉比，酒旆与酒香飘飞。二人来到一家门头为"元盛酒坊"的小店，未曾进门，早有小二过来招呼引导。

里面左右两桌客人，左侧一桌，有十几人，说话声音很小，苏陶一进门，就见他们都突然站起来，齐往桌心凑，又说几句什么，之后一个个匆忙散去。苏子对其中一位轻声唤道：可是平原郡守颜公？那人道：正是。苏子道：安逆必反，颜公慧眼上书，更召集各郡团练联防，将有功于当世。颜公书法，雄浑敦厚，遗世独立，更堪千秋。那颜真卿嘴里说了句：共赴国难吧！匆匆而去。

再看右边一桌，也十几人围坐，在听一老者说话。听了几句，苏子便跟陶砚瓦耳语道：这位是唐朝的张鷟，你们深州人，正在讲他的《龙筋凤髓判》和《游仙窟》呢。我等不便相扰。咱们且看墙上中堂山水，两侧有联，上联"兼功并用，爱日省力"；下联"纯俭之变，岂必古式"。挂在酒坊意甚恰接！

陶砚瓦笑道：这是安平崔瑗《草书势》里的话。但这字肯定不是他写的。哦，是冯承素的笔墨！他家是冀州的。

好联好字！你闻到没有？这家酒坊里有异香，不知用了什么料，应得便观之。

陶砚瓦便与小二说：带我们去看店后酒坊锅灶。

店家见有官员至，赶紧过来逢迎。灶中炭火正旺，锅内蒸气升腾。缸里新醪尽满，其色甚奇，其香独特，东坡赞叹不已。店家便命人舀出一碗递过来，那苏子也不推让，接过来就送到嘴边品尝。连声说：好酒！好酒！这是什么粮所制？

店家说：就是黍米和麦子。

苏子说：你一定还添加了什么！

店家笑道：大人懂酒！确实在蒸煮时，加入了松脂，遂使这酒闻有异香，尝则甘，余味略有一点苦。由于松脂原本是药，故长饮此酒，可令人筋骨强健。

苏子叹道：松脂入酒，古已有之，今日近闻其详，妙极妙极！

陶砚瓦说：苏子在黄州酿"蜜酒"，在儋州酿"真一酒"，在惠州酿"桂酒"，在岭南酿"万家春酒"，此番守定州，可以酿"松脂酒"了吧？

你果然懂我心意。"松脂酒"不雅，应以"松醪"名之。韩愈有句"闻道松醪贱，何须吝错刀"，刘禹锡有句"橘树沙洲暗，松醪酒肆香"，杜牧有句"贾傅松醪酒，秋来美更香"。李商隐更有三首：第一首"慢行成酪酊，邻壁有松醪"；第二首"目断故园人不至，松醪一醉与谁同"；第三首"赊取松醪一斗酒，与君相伴洒烦襟"。

苏子博闻强记，在下佩服之至也！

啊，还有杜荀鹤有一句"松醪腊酝安神酒，布水宵煎觅句茶"。你看，取松醪为名，是不是更雅？

好极，既在衡水初识，那苏子新酿，应该叫衡水松醪？

非也！衡水识之，须到任所制之。衡水定州，皆属中山，当以"中山松醪"名之，两全其美，共享美誉，如何？

苏子高明！在下五体投地了！

从这家酒坊出来，见旁边一家酒坊也十分热闹，进去看时，只见一个武官正在斥责一个文官，色甚严厉。

苏子见那文官乃是熟人，即趋前叫道：沈括兄好逍遥，可否赏弟一杯！

那沈括转头一看，如见救星降临，赶紧说：苏兄来得正好！这位是傅潜大将军。

傅潜叫道：是来知定州的苏学士吗？

沈括曰：正是。

傅潜道：苏学士来得正好，请你评评理。这厮著书，说深州迁州治，本来应该迁到别处，是因为俺家在深州李晏，所以就迁到了李晏，说俺"恤其私利，亟城李晏者，潜之罪也"。这不是天大的冤枉吗？

苏子问：如何冤枉？

傅潜说：第一俺是衡水人，不是深州李晏人；第二李晏是靖安军驻地，俺修城有御批，何罪之有？俺修城后，深州州治才迁移过来。这厮信笔胡诌，诬俺清白，真气煞人也！

东坡问沈括：将军所言可否属实？

沈括曰：我做河北西路察访使时，上书《乞权罢深州修城卒，兼募阙食户并功修展赵州城》，上从之。之后听说深州州治搬入新城李晏，下官非常震惊，又听说城是傅将军所修，又说他家在李晏，疑他恤其私利。今日到此一看，确实错怪傅将军了。

苏子道：既然是个误会，也请傅将军息怒。沈兄来河北，做了很多好事，朝野各有嘉评。你傅将军大功报国，也不要太计较那几个文字了。

傅潜说：久仰苏学士！难道你不知乌台诗案，也是这厮陷害，你竟然不与计较？

苏子曰：乌台之事，现已昭然，我等同朝为官，相忍为国吧。

傅潜说：学士果然好雅量！看你尊面，俺且饶他这回。

沈括道：苏兄，今日又蒙深恩，下官惭愧得很啊。

傅潜说：诸位既来衡水，俺要尽地主之谊！正好俺请来了当年打仗时相识的几位诗人，咱们就一起饮几盅俺家乡的白干美酒吧！

于是大家进入里面雅间。果见已有三人正高谈阔论。傅潜一一介绍大家相认。一位是衡水主簿，刚刚娶了衡水县令李涤之女的王之涣，一位是景县的渤海侯高适，还有一位，是曾三次拜相，随军西征突厥三年多做管书记的栾城人苏味道。

话音未落，这边苏子一听，咕咚就朝苏味道跪下了，嘴里说：

十一世高祖大父在上，请受十一代小孙儿轼一拜！

苏味道惊问：你可是从眉州过来？

正是。

哎呀呀！喜煞老夫也！快都落座吧。

于是觥筹交错，推杯换盏，好不痛快！

满座微醺时，高适喊店家拿笔墨来，指着四面墙壁说：每人一首，写满为止！说罢就去挥洒。王之涣、苏味道也一起站起来去写。

苏味道回头叫了声：轼儿也来啊！

苏子对陶砚瓦说：走吧！他们北东墙，咱俩西南壁！说着还递给陶砚瓦一支毛笔：给！

陶砚瓦犹豫一下，也顾不得客气，便接过笔，跟诸贤一起挥毫。

苏子写了《西江月·衡水渡》：

　　有道中山大梦，无心杯酒炎凉。秋来欣幸走衡漳，小酌桥头渡上。
　　船近何愁客少，醪甘更喜人尝。雨中谁共十八坊，把盏深州北望。

陶砚瓦写了一首《菩萨蛮·和苏子》：

　　胡卢古渡潇潇雨，坡仙欲去还留住。好酒饮三杯，筹边不必催。
　　松醪甘且美，一似衡漳水。造物总怜才，莲花步步开。

写毕，互相端详说话间，突然小二跑进来喊：不好了！日本鬼子来了！

满屋人目瞪口呆时，陶砚瓦赶紧掏出手机，找了两家新闻看了看，说：没事儿，不用惊慌！

众人问：你拿的什么宝贝？

傅潜伸手便来夺，陶砚瓦一惊，醒了。睁眼看窗外曙色，方知是在衡水学院，来参加自己长篇小说《云龙风虎》首发式呢。

第一章　只折腾自己

1

砚瓦啊，我常听国凯念叨你，也听我哩老师、老首长，也是你哩老领导吴力耕说到过你。咱俩虽然见面很少，但也应该算是战友，你参军比我晚30年，但咱们也是在同一个团。

当然，咱们还是同一个村子的乡亲。国凯没在陶村生活过，咱俩可都是陶村生，陶村长的，应该是最有的聊的。可一直没有聊，从我个人来说，总是有这样那样的顾虑吧。我老了，可能是有认知障碍，或者是放不下架子，有虚荣心吧。

今天请你过来，是因为有一件事儿。

你肯定也听说了，新时期建军需要，咱们老部队被撤销了。这事儿说起来都能理解。但是不少老同志，开始不相信，以为是谣言，给我打电话，我也不大相信。我就给老闫打电话。老闫说不是谣言，是真事儿！我一听老闫说确实是真事儿，一下子就蔫儿了。我当时拿着电话，就发癔症了，嘴里叨叨着：这么好哩部队，怎么说撤就撤了？

从此我就像是遭霜打了似的，嘴里总是叨叨那句话。有两个老哥儿们，过来看我，说着说着我们几个人哇哇大哭。跟小孩子一样，劝也没有用。保姆在厨房包饺子，听见哭声吓了一跳，说刚才好好的，怎么哭上了？哭一阵

007

子,叨叨一阵子,饺子端进来,酒都倒上,还没喝呢,又都控制不住了,抽搭起来了。没办法,一支部队,在战争年代,跟着毛主席,一点一点建设起来,打了多少仗,多少人牺牲了,形成自己的作风,关键时刻,党和人民需要的时刻,咱能够顶上去,完成艰难的任务,成为一支铁军。可现在,咔嚓一下子被撤销了!

我当然也想不通。但我还是得劝他们,说咱们老部队是抗日时期成立的,咱们八五九团的红二连,是红军连队,它的前身是红一军团哩,井冈山成立哩。人家是第二次国内革命战争时期的红军主力部队!当年不是也照样撤了嘛!人家难受了吗?哭鼻子了吗?再说当年红军建制撤了,改编了,人民军队还在,精气神还在,好传统好作风还在,不是照样连打胜仗,越来越强大了嘛!

我还跟他们说:咱人民军队建军快八十年了,经历了多少次整编改编,名称都换过几回了,不仅在国内无敌手,就是跟世界上头号恶霸交手,咱也照样打胜仗。时代不同了,如今打仗,再也不是端着一条枪,抱着炸药包往前冲了。现在打的是电子战、信息战了。咱们人民军队,军种、兵种齐全,全部都是合成编制了,侦察都用上卫星了,指挥都用上人工智能了。特别是海军也在加强,马上就会有自己的航母编队。放心吧,谁敢惹咱,完全可以做到发现即摧毁!

话是这么说,理也是这个理,可我心里这疙瘩其实也没解开。

在咱军队里,每个人都有属于自己的建制。你在这个建制里工作、生活、战斗、成长,为它付出,为它增光,为它牺牲,它是你的家,是你心灵的依托。特别是我们十五六岁参军,在老部队成长起来,跟老部队的感情非常深。

战争时期,打完一仗,伤亡一批,补充一批。和平时期也一样,铁打的营盘流水的兵,进进出出,正常现象。可凡是当过兵的人,谁不是最看重老部队?

我们那批人里面,今天走一个,明天走一个,现在所剩无几了。我作为一个还活着并且还能说话的,有责任、有义务,不敢说代表老同志,就代表我自己吧，恳求你办一件事儿。

咱老部队，已经走入历史了，我恳求你写写咱们军，咱们师，咱们团吧！特别是咱们陶村，先后两拨儿在咱们一个部队，我这一拨儿，你和国凯这一拨儿。当年作家魏巍在朝鲜采访过我们，《谁是最可爱的人》里面，就有好多咱们部队的人和事儿。他后来又写《东方》也是。但这两部作品都只是涉及了咱们，虽然影响也很大，但他毕竟不是专门写咱们的，我希望能有一部作品，一部大作品，专门写咱们军，咱们师，咱们团。

于是我就想到了你。

我早就注意到你了，也惦记上你了。你文才不错，写了不少东西，还加入了作家协会，关键你一是冀中人，二是老部队出来的，你就应该有这个责任和义务！

你在职的时候，我不好找你，现在你退了，我赶紧找你。而且我还得告诉你：我已经向我哩老师、老首长，你哩老领导吴力耕同志汇报了，他也完全同意。他说他知道你文字基础好，但是能不能写这个题材，他说他也不敢判断。他年轻时入了党，在咱们陶村教书，就教我和黎崇善、陶载石，而且我们三个人参军后，也都是跟着他。他说你跟他多年，但是他没有跟你讲过这些事儿。

我可以说，虽然是我个人出面，但是我也代表不少老同志心愿，包括吴力耕同志，他刚刚在人民大会堂，接受了中共中央总书记、国家主席亲手颁发的抗战胜利七十周年纪念章。

我会尽力帮助你做这件事情。你也不用跑了，我把我的想法儿，都录了音，这是头一段儿，下面都是我个人的回忆，想起什么说什么，拉拉杂杂，供你参考。另外还有一堆资料：我手头儿老同志的回忆录、军史、师史、冀中抗战史等等，你都拿回去啃一啃。这个优盘，是我一点一点的零星回忆，总共有七八个小时吧，是保姆小张帮忙录、帮忙整理的，算是我的口述个人经历。这个信封，是老首长吴力耕交给我哩，里面有他写哩诗词，不多，可能有二十几首吧，他说一辈子就写了这么多，从来都没发表过，也让我转交给你。我想还有几个人，你可以去采访采访。等你把功课做完了，我想再听听你哩想法。

至于你用什么形式，写个什么东西，我不懂也不管。我等着你自己说。不管我说什么，都是仅供参考。

怎么样？

2

老将军，您给我的录音啊、资料啊，吴主任的诗词啊，我都认真听，认真读了。都非常珍贵，都很精彩。我脑子里已经有个大致脉络了。您交给我的事儿，应该说是对我的极大信任，也是个艰巨任务。我仔细想了一下，有个初步想法，给您汇报。

要通过一个作品，把咱们老部队的历史反映出来，肯定是个艰巨任务；关键是写出来之后，自己要满意，你们老一辈要认可，还要让广大读者满意，在社会上产生一定影响，肯定难度非常大。

但我有你们支持，准备迎难而上。我感觉自己应该有你们当年冲向敌人碉堡的勇气，完成这个看似不可能完成的任务。

我退休了，正在调整角色，适应新的生活方式。认领这个任务，必须全神贯注，先把功课做足。您上次说的两段话，让我很受启发。

第一段话，您说您看了《陶村四大吹》那本书，是把它当陶村村史来读的。但是这本书缺"兵事"。您说清末深州知州吴汝纶编的《深州风土记》，还有更早的康熙、雍正、道光、同治那几本志，只有吴汝纶编的这一套最好。里面的《历代兵事》，内容充实，叙述详尽，肯定他着力也最多。所以您说修史一定要修"兵事"。

第二段话，您说每当国家有难，或者说国家需要用兵的时候，咱深州人，包括咱陶村人，都是义不容辞，踊跃参军的。拿咱们陶村来说，1942年您参军那一次，30年后1972年我参军那一次，一个小村子，都超过了两位数。您那一次，大背景是抗日救亡，120师、冀中军区都招兵；我们那一次，大背景是中苏交恶，陈兵百万，还扬言要动用原子弹。全国备战备荒，深挖洞，广积粮。再加上头一年出了林彪事件，耽误了一年没征兵，所以陶村也上了两位数。

听您前一段话，我重读了吴汝纶主修的《历代兵事》。第一句："深州无高山大林阻漳泾滹沱之险，燕赵用兵此为必争之地。秦以前尚矣。"然后逐朝叙述深州兵事。用文言文，写了14000字。可谓非常详尽了。

咱们深州因为是兵家必争之地，所以必然也是久战之地。地处平原，无险可守，要承受更多战争伤害。所以咱们骨子里都尚武，民间习武成风，天性行侠仗义。

您这两段话，把咱们两代人，更深刻地、紧密地、有机地、无缝隙地联系在一起了。

这两次参军高潮，相隔30年，但是其性质、道理、逻辑是一样的，就是国家"兵事"紧急。国家必须重视兵事，各个地方也应该重视"兵事"。这一点，我们需要向清末的吴汝纶学习。

于是我设想，要创作一部长篇小说，从陶村这两批兵入手，来写我们的老部队。以陶村的兵事，来映照国家的兵事。

怎么样？

3

砚瓦啊，我完全赞同你的设想！跟同龄人比较，你经历还算完整，又有文字基础，我对你充满信心和期待！

我只有一个要求，尽管我口述了不少材料，但那是供你参考的，你在创作时，千万不要把我当成主角，要多写闫玉才、吴力耕两位老首长，多写黎崇善和陶载石！这是我对你唯一的要求！

两位老首长还在，黎崇善和陶载石都先后牺牲了。他们都比我优秀，我是个幸存者，尽管也一直在军队工作，但比起他们，我自感弗如。他们都非常优秀，可以说战功卓著。我后来一直在总部机关，比起他们，微不足道。

战争年代，战事频繁，只要上了战场，差不多每天都有人流血牺牲，死人的事经常发生！抗日时期，咱们在敌后，化整为零，平时就是一个营、一个连的行动。在朝鲜最残酷，有时候一个整编师、团上去，损失两三成算正常，有极端的时候，打得只剩下一两成，甚至只剩几百人回来。全都是十几岁哩小伙子啊！当然咱们打得不错，敌人那边死伤比我们多。所以说朝鲜战场是绞肉机，一点儿都不为过。那时候，只顾打仗，哪有时间顾家，我们也顾不上详细打听彼此哩情况。当时讲心里话，都是准备战死的，谁都没想到能活着回来。

回忆战争是痛苦的。特别是回忆黎崇善和陶载石。因为我们太亲密了，开始一直在一起，比亲兄弟还要亲！他们两个人里面，我更不愿意回忆陶载石。陶载石哩情况，还确实不是一般情况。他哩事儿很特殊，很传奇，很匪夷所思。特别是阴错阳差，他还换过我哩命。所以很多年过去了，我们一直都尽量不议论他，都尽量回避说他。尤其是我，对他有很多歉疚，很多责任，很多无奈。你能多写写他，才能稍微减轻我一些自责。

对了，我还有一个想法。咱们家乡是冀中，是平原。咱们老部队，也跟咱们一样，平原生，平原长。可能咱们身上，咱们老部队身上，都或明或暗，带着平原上那股子劲儿。是股子什么劲儿？我想过很久，应该就是一种"平原精神"。可什么是平原精神？我琢磨多年，还没琢磨出来。这需要高手提炼概括，如果你在创作的过程中，有所感悟，找到了能用几个字几句话概括总结出来的平原精神，那可就太好太好了！你试一试吧！我很看好你！

最后，我还是希望你不要有压力，放开写，大胆写！把你的才华，你的智慧，尽情挥洒！我盼着你成功！盼着能看到你的成果！

我盼着！

4

张鹭洲将军的嘱托，虽说仅代表他个人，但是陶砚瓦自从接受了这个"重大题材"写作任务，每天清晨三四点钟，就睁开眼睛，并且马上爬起来就写。他目标很明确，要写一部长篇，名字暂定《云龙风虎》。

为什么叫这个名字？

因为他书房里一直挂着一幅字，就是老领导吴力耕送他的，上面写的就是"云龙风虎"这四个字。

百万大裁军第一年，陶砚瓦转业进机关，刚来了一个月，原来的一把手退休，吴力耕上任。从此他一直跟着吴力耕，在机关自不必说，就是离开机关，比如出席什么活动，去见哪位人士，甚至去各地调研开会，也大都带着陶砚瓦。以至机关以外的很多人，都认为陶砚瓦是吴力耕的秘书。

秘书这个职务，在当年并不是什么特别令人羡慕的差使，往往还被人当成一个"伺候人"的职业。那时候党内的规矩和社会风气，没有赋予秘书这个职务以任何特别权力。后来嘛，你懂的。

陶砚瓦升职为副处的任命状，签名的是国务院秘书长，任命的职务为"副处级秘书"。

所以，说他是秘书，倒也是正式的"官称"。

跟着吴力耕的时候，经常见他用毛笔写字。当然最多的时候是看他"批件儿"时，随手拿起一支小羊毫，往墨盒里蘸一蘸，看那神情，是在思考怎么批，然后在文件右上角儿空白处，龙飞凤舞，一挥而就。

也经常见他为别人写字。他从来不写大幅，一般都是四尺三裁，写毛主席诗词、毛主席语录，或者唐诗宋词。但他很少为机关里的人写字，也没给陶砚瓦写过字，陶砚瓦也从未开口要过他的字。他写字，一是因为他身份，有很多社会组织向他索要；二是因为他老战友、老同事、老部下等等，为了留个纪念向他索要。当时机关里没记得有人向他要过字。

陶砚瓦书房里这幅字是怎么来的呢？

那是在吴力耕离休之后，突然来电话说，他家乡教育局长，让他为县一中题写校名，他说我不是书法家，你砚瓦名气也不够，你帮他找一位著名书法家题写才合适。让司机带着那位局长，接上陶砚瓦一起去了一位全国知名的大书法家家里，当时就写好拿走了。司机来的时候，顺便带来了吴力耕写的那幅"云龙风虎"，落款为"砚瓦同志正腕"。

这是陶砚瓦手上唯一吴力耕书法作品，也是唯一落款"正腕"的书画藏品。

写长篇要取个好名字吧，名正才能言顺嘛。但是所有能想到的好名字，在百度上一搜，全都名花有主了。终于那天他又站在那里苦思冥想，无意间一抬头，"云龙风虎"跳入眼帘，顿使他眼睛一亮：就是它了！

吴力耕肯定是小说里面的重要人物，此前陶砚瓦只知道他们两个都是同一个部队的，也知道他认识闫玉才军长，但不知道吴力耕竟然还在陶村教过书！而且他还跟自己是一个师、一个团！他更不知道，吴力耕竟然还会写诗词！而且功力十分深厚！

吴力耕从未把自己看成是书法家，但是他的书法却比时下很多，甚至绝大多数书法家都好上千倍，包括他陶砚瓦！

吴力耕也从未把自己看成诗人！陶砚瓦以前也从未听说过。但是他的诗力也好过时下几乎所有诗人！也包括他陶砚瓦！

那一代人，那一代文化人，都是从心眼儿里面，从骨子里面，心甘情愿为国家、为民族奋斗献身的。无论是马克思主义毛泽东思想，还是中国传统文化诸子百家，都是要讲究谦卑、懂得要收敛的。

陶砚瓦想到这些，就想起自己认识的一位大画家说过的一句话：咱画得也许不怎么样，可是如今比咱画得好的，也没谁了！他每每想起这句话，都不禁哑然失笑。

定了题目，陶砚瓦立刻写了一首《渔家傲·云龙风虎》：

看龙从云凤从虎，风云际会摧强虏。热血染红华夏土，谁能阻，龙腾虎跃开寰宇。

万里山河春永驻，雄师再续丹心谱。试问和平谁守护，旗飞处，人民军队擎天柱。

写完之后，反反复复改了多处，感觉差不多了，就收入一个叫《云龙风虎诗词》的文件夹内备用。

他想起自己生在冀中农村，十八岁当兵去山西，部队竟然是诞生在冀中的，军师团首长大多是冀中人，都操着浓浓的冀中方言，军长也是他们深县人。转业进了国家机关，一把手又是冀中人，更神奇的是还曾在自己村庄教过书！

那几年有很多机会跟他聊天，自己总是一个倾听者，他谈什么就听什么，自己从来没有或者极少主动提出问题。零零星星谈得很多，现在跟眼前的资料一结合，方才感觉那些聊天，真是堪比黄金，极为难得了啊！

陶砚瓦感觉自己命运，冥冥中似早有注定。果如此，完成这部长篇，亦天意耶？

从楔子开始，一章一章快览，已经写了十五六章，应该有十几万字了。这十几章里，写老一辈10章，写自己军旅生活5章。他计划这部小说分两条线，穿插着写，以老为主，以新为辅，厚古薄今，符合庄子的思想；古香时艳，也符合齐白石的创作理念。

一定要把老一辈的人物和故事写足，写精彩。是他写这部长篇的初心。老一辈的功绩，作为军人，特别是共产党领导的人民军队，其精神世界、生命历程、战斗功勋，都比后来人丰富和灿烂。陶砚瓦在写作时，就常常把这两个时代以及这两个时代的军人进行比较，心里着实佩服先辈们，在国难当头，面对最凶残敌人时，所迸发、呈现出的忠诚、勇敢与智慧。

陶砚瓦开始埋头写长篇之后，他跟家人都没说，但却只跟一个人讲了，那个人就是他的"诗魔"沈婉佳。婉佳听后也非常惊讶。啊，你在写长篇？你竟然在写长篇？我真的被你惊到了，也很期待和好奇，我特别特别想看看，你这个大诗人，怎么又写起长篇来？又能写出个什么样子的长篇来？你的小说里的人物会写诗吗？我认为小说里要有诗，男主女主都必须会写诗！如果他们不会写诗，你这个小说我坚决不看！

啊什么？你还要把我写进去？那好啊！你可得把我写得很好啊，要比我本人还要好啊！啊还有，你为小说里面的人物写的诗词，记得提前发给我啊！我要先帮你看看，别让人家挑出毛病，否则我这个"诗魔"可就跟着你丢人了！

陶砚瓦当然乐得发给婉佳挑刺儿。当时就把一首七律发了过去：

退休之后甚荒唐,整日屏前码字忙。

半部长篇劳数月,一身怪气现癫狂。

眼睛闭着难安睡,情节飞来快下床。

似是上苍催我做,刨根究底辟洪荒。

婉佳看了,回复:陶村式大笑:哈哈哈哈哈哈!

虽远隔千里,陶砚瓦都好像能看到婉佳大笑时的模样。

那天陶砚瓦想起婉佳说的话,就把刚刚写的《渔家傲·云龙风虎》找出来,给婉佳发了过去,请她斧正。

婉佳很快回复:是开篇诗吗?有点儿意思!说感觉有几个字出韵了,就动手进行了修改。

陶砚瓦急忙把原稿进行了检验,没有问题。再检验婉佳修改稿,却有几处问题。他就给婉佳回复道:

诗魔大鉴如面:

谢谢斧正拙作!几处修改茅塞顿开。唯词格检验结果,拙作检验通过,君改稿未通过。此结果颇觉意外。请看:

本词牌共有4种格式,输入作品采用的格式是格一晏殊(画鼓声中昏又晓):双调六十二字,前后段各五句、五仄韵。未发现问题。如切换成其他格进行校验:格二周紫芝(遇坎乘流随分了)、格三杜安世(疏雨才收淡净天)、格四蔡伸(烟锁池塘秋欲暮)皆有不符。

用格一检验你改后稿,却出现六"红"一"粉",红是半及不对,粉是韵字不对。看来是不同软件,词谱也不同?哪个正确可靠?我不知道,请诗魔明鉴。

砚瓦

婉佳回复道：啊对不起，我方言重，搞错掉了。原稿可一字不刊，一字不刊！写到什么程度了？

三分之一了吧。越写越难了。

你越感觉难，那写得会越好！

我想找个地方去闭关一段时间。

到哪里？来湘溪吧！

你那里不行。

为什么？

我准备去三亚。你那里肯定不行！你是想闹绯闻吗？

把写我的部分先发我看看，我有点儿不放心！

还不能给你。写得比你本人好，放心吧！

这天是星期六，陶家柳、董今今两口子按照惯例，要回来吃饭。一大早，杨雅丽就去超市买了排骨和新鲜蔬菜，并开始在厨房忙活起来。

爸，妈！小两口儿一进门，就跟老两口打招呼。

陶砚瓦正在电脑前忙活。今今到厨房要帮着干活儿，杨雅丽说：不用，你正怀着身子呢，也不方便，你沙发上坐着看电视去吧。

陶家柳就说他们准备过几天去美国加州找同学玩，说去那边跟同学自驾游。希望陶砚瓦杨雅丽一起去。

陶砚瓦说他去过美国两次了，兴趣不大。杨雅丽也说虽然没去过，但对去那儿一点儿兴趣也没有。

我爸忙什么呢？家柳问。怎么老在电脑前面坐着，天天盯着屏幕看，还不把眼睛弄坏了？

不知道，杨雅丽说。你去问他吧。

你们终于关心我干什么了。陶砚瓦在里屋早听见他们娘儿俩说话：既然你们问了，那我趁着全家都在，没有外人，我就破裤子先伸腿，正好利用这个机会跟你们宣布：我在写一部长篇小说。

哈哈哈哈！陶家柳第一个先笑起来，带动了杨雅丽、董今今都一起笑起来。

你们笑够了吧？下面再听我说话。既然你们都知道我在干什么了，那么我再宣布一个事儿，那就是从今天开始，你们就把我当成一个疯子，一个傻子，一个神经病，别管我干什么，你们都不要管不要问。你们放心，我不是狂躁型的，不具备攻击性。

好好好！你尽管干你自己喜欢的事儿，我们绝不过问！陶家柳笑着说。

今今呢？

爸，我和家柳一样，绝对支持！绝不打扰您写作。

两个孩子都表态了，杨雅丽，你呢？

我加一个更字！不过问，你想怎么折腾就怎么折腾！

你们都放心吧，我只折腾我自己，绝对不折腾你们。

太好了！

很好！

很好！

第二章　陆泽野叟

5

什么？县长真跑了？深县总督学亢知节老先生一听到这个消息，立即拄根棍儿气呼呼跑到深州教育局来查问。

他拄的那根棍儿，是一根斑竹，阳面有许多大大小小的斑点，老爷子常对人说：中华民族灾难深重，这些眼泪哪里是湘妃哩眼泪？分明是历代仁人志士哩眼泪啊！

在我们居住的星球上，要找深州这个地方并不难。你在世界地图上找到中国，再从中国版图里找到北京，北京往南250公里处就是深州了。

陶砚瓦写的小说文本里，有时深县，有时深州，非常不严谨。但这不能完全怪他，因为从隋开皇十六年建立深州，到民国政府撤销深州为深县以来，深州人在这个问题上从来就没严谨过。

比如本来是去县城，但他们嘴上却说去深州。这在旁边几个县看来，明显有不当之处。到上世纪末，中央政府体察深州民意，批准深县改回深州，50万人民心花怒放，这才彻底消除了深州人的80年尴尬。

陶砚瓦写的小说，从1937年开始。那时候县教育局就在深州城东街路北的孔庙里。这座始建于明代永乐年间的长方形院落，坐北朝南，长约300米，宽约100米，整个建筑群布局严谨，庄重肃穆，以中轴线贯穿，左右对称，共有五进院落，临街一座约5米高的大影壁，大门前建有牌楼，进门即是泮池，池上横跨状元桥，池内有荷花金鱼，前有神道，两侧各有古松柏数株，黛色参云，虬枝揽秀，微风吹过，似闻子曰。大成殿前有大成门，黄瓦红墙、俱呈雄伟。大成殿为单檐歇山式，面阔七间，进深五间，殿高20余米，门口有巨型石阶，门阔3米，殿内立有约2米高的铸铁孔子像，像旁有一块厚厚的老梨木板，镌刻着孔子圣迹简介。东厢房原为乡贤祠，西厢房原为名宦祠，现在都改成了教室，有学生在上课。

亢先生见到局长李沛然，当面确认县长跑了的消息真实不虚，直气得半天说不出话来。日本人还没来哩！他就跑了！这是不攻而降城，不战而略地，传檄而千里定啊！我堂堂中华民国，真他娘哩丢人啊！

嘿嘿嘿嘿！亢先生你怎么也骂人了！俺骂人哩时候，你可没少骂俺！你看开点儿，消消气儿。李沛然曾是亢先生文瑞书院的学生，怕先生真气出个好歹儿，一边好言相劝，一边也跟自己先生半开玩笑说：省长都跑了，县长跑还新鲜吗？再说贵党管这个不叫跑，叫"南迁"。

混蛋！亢先生一听"贵党"二字，心里更加恼怒，嘴里不由又冒出一句粗话。带着家眷，带着公帑，带着亲信，没有半句交代，就悄没秧儿哩开溜了！不叫跑叫什么？当初他来上任，省长还让他给俺带了封信，介绍他怎么怎么好。好什么好？一个臭官油子，驴粪球子！呸！

前天俺还找过他，想要几块钱。陶村学校设在关帝庙里，屋顶漏得厉害。村里拿出几块大洋，找我想给县里再要几块，把破庙修修。他哭丧个脸，说他口袋里一文钱都没有，还不如个要饭哩。俺说俺拿出一个月哩薪水，先借给他们用，你记得还俺行不行？他说如此甚好。现在他人都没影儿了，去他娘哩"如此甚好"！

陶村那个学校俺去过。当时哩想法，是改造私塾、拆庙兴学，其实很多村子并没有拆庙，只是把庙里泥胎拆了，房子没动，直接改学校了。陶村就是这样。

哼，走哩时候带走了一千多块大洋！果真是"如此甚好"！他娘个蛋哩，给他娘买棺材去吧！国民政府哩县长，还是国民党员，咱全县百姓养了他三年，还不如养条狗哩！这等人物，可真给你们国民党丢人啊！

唉，沛然啊，你别再扎俺心窝子了！俺从日本东京跟着中山先生革命，上海、广州、南京、北平，也有过把脑袋别在裤腰带上哩时候。如今这帮畜生反过来了，他们是把裤腰带别在脑袋上了，脸都不要了！俺都替他们臊哩慌！从今儿个起，你们谁也别再提俺是国民党员了，什么广州一大、南京国大，往事不堪回首，别提了，你再提就是臊俺哩！骂俺哩！

好，不提了，不提了！县长这一跑，等于深县没政府了，也相当于他们把这几十万国民放弃了！俺琢磨，有两股势力该往上扑了：一个是共产党，他们哩势头越闹越大，不少村子成立了党支部、游击小组，他们还把咱深县劈成两半儿，一个深南，一个深北，两个县都有他们哩县委，还都成立了武委会。另一股势力是土匪汤二黑，听说也纠集了大几千人了，在他老家那边，国民党、共产党都弄不过他，成了他说了算了。这两股势力现在都在暗处哩，看吧，他们很快就该出来折腾了，谁入主深州城，很快就见分晓了。

唉，想想才十几年前，国民党在广州开一大，全国165个代表，共产党有20多个。孙先生对他们很客气，专门叮嘱我：别把他们座位安排到角落里，尤其李大钊、瞿秋白、毛泽东这几位，尽量往前面一点儿，往中间儿一点儿。毛泽东比俺小20岁，就坐俺旁边，他确实很有学问，还给了俺一本刊物，里面有他哩文章，真是好文笔！才过去十几年啊，国民党越来越抽抽，共产党却越来越展样。日本人来了，国民党都往南跑，共产党是一路北上。包括咱们文瑞书院哩先生、学生们，他们谁在党，谁不在党；在哩是共产党，还是国民党；都不用问，好样儿哩，精忠报国哩，都进了共产党，猜也猜个大估摸儿！沛然啊，冲你这个正派劲儿，俺不问你，你应该就是个共产党！

俺不忘先生教导，什么党不党哩。县长这一跑，按说俺这个教育局长也应该屎壳郎搬家——滚蛋球，可现在日本人还没来，俺还得屎壳郎垫桌子腿儿——明知道不行硬撑着。没薪水了，总得为乡亲们做事儿，为中国人做事儿。日本人一来，俺就得撤了，再不撤，可就是出任伪职，当汉奸了！

是啊，县长跑了，俺这个总督学也就到头了！从今儿个开始，俺也不再说话了,该说哩俺都跟你说了,已经没话可说了,说也没用了!说到这里,亢先生停了停,好像又想起了什么,于是又说道:你刚才说到陶村,他们那个小先生怎么样啊?

你是说吴力耕吧,不错,很好!你老先生介绍哩人,都好!

算是俺介绍哩吧。他是俺哥在保定莲池书院哩时候,一个要好同学哩侄子。说这个小伙子对历史感兴趣,对形意拳感兴趣,就想来深州,既能了解陆泽古郡,陆泽城、下博城,又能学形意拳。你把他弄到陶村,的确是帮了忙。

小伙子真不错。俺跟他聊过,村里也都夸他。只是条件不好,学生不多,也难为他了。

你再见到他,让他方便哩时候,来城里赶集哩时候,能不能跟俺见个面儿。

没问题,俺一定跟他说。先生啊,你上个月哩薪水还没领,正好你来了,就顺便拿走吧。

俺不要了,干脆你替俺领了,给吴力耕,给陶村修庙吧。亢先生说完,转身就往外走。

那俺可就照你哩意思办了!李沛然赶紧跟上去,送老先生出门。又问:刚才你说不再说话了,此话当真?

当真!不再说话了!俺管不了别人,还管不了自己吗?

6

转眼已经到了民国二十八年秋天。这天又是深州大集。天傍明子,四城门没开哩,就有不少小商小贩儿等在门外,护城河桥头。卖吃喝儿哩,卖日用杂品哩,还有卖活物儿哩,有牲口、有猪羊鸡狗等等。乌泱乌泱一片。认识哩就招呼着,不认识哩也搭讪着。日本鬼子已经来了,先占了保定,又占了深州。日本人果然没人性,尽是些畜类,烧杀抢掠,无恶不作。有人就说起来各种瘆人哩故事,听着浑身起鸡皮疙瘩。他们一边闲聊着,一边时不时瞭城门一眼。因为看门儿老头儿把城门一开,他们立马拥进去,得紧着往集上赶,去占个好地方,多赚点儿花销。

那时候深州城还在。当然那时候说的"城",跟如今说的"城",不是一个概念。如今说的城,组成的要素可能是高楼、街道、超市、公司、商店、地铁、游乐场等等。而那时候说的城,是特指一个由城墙、城门、城楼、护城河,以及瓮城、吊桥等元素组成的系统,那才是真正的城,是真正的城这个字的本义。

所以,1939年的深州城,是原本意义上的城,也是最后那座具有原本意义的深州城。

扯远了,我们赶快回到民国二十八年这天,等候在四门外的乡亲们都有点儿不耐烦了,日本鬼子骂得差不多了,眼睛就紧盯着东边的迎晖门、西边的望岳门、南边的临滹门、北边的拱辰门。四个城门都有老头儿守看着;早晨六七点钟开城门,晚上大约十点钟关闭城门;那时候深州城里的集市,农历每月逢五、逢十大集,逢三、逢八小集。

从可以查阅到的史志材料上得知,何地何时设集,是由历代县衙决定并公告施行的。这也好理解,县衙要收税,设集市必须保证交易量足够大;而要保证交易量足够大,则必须保证货品需求足够强;而要保证货品需求足够强,则必须保证人口基数足够高,而要保证人口基数足够高,则必须保证村子足够大;而要保证村子足够大,则必须保证村子购买力足够旺盛;而购买力足够旺盛,其实也就保证了足够的交易量,也必然具备了设集的基本条件。

所以,能够设集的村子,比如陶村,村民们就有了居住在大邦之地的自豪感。他们看周围不设集的村子,眼光里充满了一丝丝轻蔑、一丝丝怜悯。

为了保证集市有足够的交易量,城里和各村的集在时间上是错开的,这当然也是为了方便周围百姓,以及使小贩能够天天都有集赶,方便他们生意。

于是陶村人也确实小贩多,也确实有不少人要天天赶集。他们为了方便记忆,就编了口诀:

礼门寺一六，榆科在二七，三八辰时赶，四九小堤集。逢五排十，深州大集。

而且陶村老人们点钱、点数，嘴里念叨的是：

一官庄，二官庄，三龙堂，寺家庄，五公，留曹，七弓张，八弓，旧州，石像。

深州人一听就知道，这是十个村庄的名字。其中本来就是以数字一、二、三、五、七、八开头的，很容易理解；以寺、留、旧、石开头的，即现在所谓的"谐音梗"，分别代表了四、六、九、十。

上述口诀里并没有陶村，而陶村是有集的，是逢二、七两日。陶村人说咱自己村都知道，不需要编进去。但外村人说，陶村那个破集，裤裆里都能装得下，还值得编进去吗？陶砚瓦作为一个陶村人，一个在设集村出生长大的人，自感陶村算得上"大邦之地也"，是与众不同的，是颇有文气的，方方面面都展现出独特的生活智慧。

那天深州城东门外，突见三个少年来至门前，他们从身上取出一张大桑皮纸，又在右侧门扇上抹了糨糊，齐整整、平展展，麻利儿贴了上去。而后他们退后十几步，听那个大个儿说了声：上！眼睁睁看他们紧跑几步，脚蹬墙壁，手扒墙沿，蹿上了两三丈高的城墙。在人们啧啧称奇声里，又见他们在城墙上分了手，两个往南，一个往北，顺着城墙消失在曦色中。

这时才有识文断字的小贩，凑到门前细读桑皮纸上的字。字是用毛笔写的，都挺大，也不潦草，整张纸上只写了几行字，乃是一首诗：

国危世乱砥中流，龙在高原虎在洲。
打伏击时飞鼓角，端岗楼处运奇谋。
苇屏深隐长征雁，麦饭分餐大眼猴。
倭鼠何期朝食灭，以持久战靖神州。

最后署名为：陆泽野叟。

人们先是看着三个少年跟三只猴子一样，噌、噌、噌蹿上了高墙，嘴里都不禁念叨：以前听说有人能飞檐走壁，今儿个可是亲眼见了！然后又都凑近城门，伸着脖子看桑皮纸上哩字儿。颇有几人认得哩，就念出声来。"砥"字不认识，就念作"什么"，念到"大眼猴"处，马上就听人们议论起来：大眼儿猴啊，那是咱县里哩！是周村哩！对！是俺们周村哩！就住俺们南头，他娘是俺们院里老姑奶奶。长征雁是什么？那肯定是说八路军呗！八路军里那些官儿，净是从南方长征过来哩！陆泽野叟？陆泽是咱深州早年间哩名儿，野叟？野地里哩老头儿！不是吧？谁见过野地里哩老头儿能写诗？能写这么多毛笔字儿？陆泽老叟，不是真名儿，是化名儿，只能说是个深州人，再问他是深州谁？哪个村儿哩？姓什么叫什么？人家等于署了个假名儿，落了个假款儿，你也别往下问了，你找也找不着。

大家正七嘴八舌议论着，城门吱扭一声开了，于是再没人看这张桑皮纸，再没人关心它上面的字儿了，只顾带好自己的行头，拥进城门，并顺着这条街，一路朝西，朝着集市上自己想定的位置，奔跑而去。

看守城门的老者也看到了城门上贴的桑皮纸。他不认识上面的字，只是摇了摇头，叹息了一声，嘴里说了句：又贴上了！说完两手一背，扭头回家。

这老者刚才说"又贴了"，因为前些日子，只是听说日军要杀过来了，国民政府深县县长陈文铎，就已经吓破了胆，立即收拾细软，带上公帑1000块大洋，领着家眷同僚逃跑了。这些国民党官员扔下自己的职责，扔下他们治下的国民，再也没有回来。而日军到深县烧杀劫掠几日，感觉没什么油水，很快就往西边撤了。

县长陈文铎带着家眷逃跑之后，某天清早，四城门上就都贴了这桑皮纸，上面写了一首《陈文铎绝情诗》，署名是"陆泽野叟代笔"：

寇未到孤城，抱头窜不平。
汉奸非所愿，鼠命总关情。

此日南逃急,何时北顾清。

寄言青史上,莫载臭官名。

深州人看了,都知道这诗是借用明末知州孙士美,来讽刺民国县长陈文铎。崇祯十二年(1639年),清兵破城,孙士美独自走进芜蒌亭,题绝命诗一首于壁,然后抽刀自刎。诗曰:

敌骑绕孤城,无援定不平。

君亲本至性,南北总关情。

此日鱼书急,何时鹤泪清。

寄言青史上,莫载罪臣名。

孙陈二官,前后相隔整整300年,在同一个地方,任同一个职务,遇同一种局面,应对截然相反:一个尽职守城,一个废职弃城;一个以身殉国,一个携款逃命。堂堂"民国",执政的叫"国民党",信奉的是"三民主义",当官的脑子里,竟没有一个"民"字。他们的作为,还不如300年前"君臣之义""忠君报国""为政以德"。两个时代两个官员,两种人品两种官风,荣耻势同云泥,毁誉判若冰炭,都永远载入了深州史志。

那陆泽野叟以陈文铎之口吻,套用孙诗,只改了十几个字,因为巧用先贤,鞭挞孽竖,褒忠贬奸,一经张贴,大快民意,迅速传诵,当时影响深州城乡,波及冀中大地。

如今时隔不久,又有新作张贴。看门老者见了,早已不以为奇了。他知道,这桑皮纸不仅在东门贴了,肯定还跟前次一样,除了四城门,还有芜蒌亭、县衙、盈亿仓、文庙圣殿、中学堂,也都会在显眼哩地方贴了,而且一模一样。念过书哩都说写哩真好,连深州最有学问哩辛亥老人亢知节,都逢人便说这诗写哩好!各村哩有不少人专门进城来看,有哩还带着纸笔来抄哩。

这又贴出一张桑皮纸,不知道上面写了什么,肯定又得热闹几天了。

确如这位老者所念,清早这张桑皮纸一贴出去,四城门和几处热闹所在，都不断有人驻足观看，而且是一边看一边议论。很快，深州城里和进城赶集能认字的，全都知道了。

这天最热闹的一处所在，是全深州无人不知、无人不晓的辛亥老人亢知节家——倚松堂。

7

亢先生好！

亢知节老夫子刚吃完早饭，正独自坐在堂屋，望着院子外面那棵老松树。他旁边一桌一椅，一壶一杯。那桌椅虽然古旧，倒也干净整洁；那壶可是吴云根款大红袍紫砂壶，那杯却是一只小建盏，虽不敢断为宋瓷，却也着实有些年代了。他壶中沏的是儿子从北平买回来的高碎，满满倒了一小杯，刚端起来抿了一口，就见一个穿戴整齐的小伙子，走进门来，朝他深深鞠了一躬。然后直起身说：老爷子你这苏萌毫味儿真香，是哪里买哩？

你是？

俺是你学生，王国忠啊，在县衙里混事儿哩。前几天也是俺过来请哩你。

啊，是你带着一帮子人，连拉带抬把俺老头子弄到轿子里。你们管这叫请啊？今儿个你们汤司令又有什么交代啊？

今儿早起那个陆泽野叟又有诗公布了，汤司令命俺带着轿夫再请先生，去给他上一课。说完从怀里掏出一张桑皮纸，一边递给亢先生，一边说。

啊，陆泽野叟又有新作了？亢老夫子没接他话茬儿，而是放下小茶杯，接过那张桑皮纸，逐字逐句念起来，念完了嘴里才说：这回揭哩好，纸没破。然后又从头儿仔仔细细看起来。

是啊，他们刚刚贴上，没等它干，俺们就小心加小心揭下来了。王国忠知道，亢老夫子说的上回，就是请他讲那首说县长逃跑哩诗。

那天他们小心加小心，费了好大劲儿，才把那张桑皮纸从县衙大门上轻轻揭下来，但还是破了几处。所幸有字的地方没破，还能一字不差读下来。给汤司令看，汤司令当然看不懂；叫他手下人来看，也都说看不懂；找大圣殿学堂的国文教员看，也都说看不懂。最后万般无奈，让国文教员领着，四个轿夫跟着，来请亢老夫子，到县衙去掌眼。开始千请万请，老夫子坚拒不从。及至把他抬上轿子，又一路哄着劝着，总算才到了县衙。汤司令面子大，也没说动老夫子。但让两个人把那张破纸在老爷子面前展示开来，那老夫子小声念了前面两句，竟然走上前去，把全诗念完，边念边啧啧称赞，说写得好啊，深州竟然有高才啊，可惜我还不认识啊！本来已经下定决心，不再议论时事，但看了这诗，写得这么提气，你们又都这么想听，就好好给你们说说。老先生一边说诗，一边引经据典，讲了很多为官之道。说到忠君报国，还拿王国忠的名字说："王国忠，王国忠，国都亡了，你还怎么忠？你忠哪个国？"引起一阵哄堂大笑。汤司令听了似懂非懂，嘴里却连说：受教、受教！还请老夫子在县衙吃了饭。

　　这次汤司令还想沿袭上回光景，又派了王国忠，带了四个轿夫在门外候着，恭请老夫子再去指教。

　　这回他写得更好！也更深刻！亢老夫子丝毫也不掩饰，依然对陆泽野叟诗作不吝赞赏。赞赏完他说：县长跑了，是国民政府之耻，也是国民党之耻。俺追随中山先生，作为国民党哩早期党员，万分羞惭！不过这诗里写的都是时事，特别是他提到的人，还都活着哩。我这把子年纪了，见没见过，听也没听过，所以我实在是弄不懂了！亢老夫子端起茶杯，又喝了一口。

　　老夫子，我搀着，咱们启程吧？

　　你没听明白吗？俺弄不明白哩事儿，还去干什么？去了说什么？光为去蹭顿饭吗？汤司令哩饭，俺也吃过了。你快回去复命去吧。

　　请不到您老爷子，俺回去交不了差，汤司令还不得枪毙俺！

　　你是不是叫王国忠？国都亡了，你还这么忠，他不会枪毙你。

　　老爷子您可真行喽！俺这条小命都要没了，您还和俺闹着玩儿！

　　不好了！日本人来了！这时候一个轿夫匆匆跑进来喊道。

　　瞎叫唤什么？王国忠迅速掏出枪来，对准轿夫：有俺们在哩，你敢胡说八道枪毙了你！

　　真是日本人来了，说是要来拜访亢老先生，叫俺进来通报一声。

俺出去看看。王国忠把枪收回,跟着轿夫往外走。

门外左右两侧,果然各站着两个日本兵,手里持枪还上着刺刀,在阳光照耀下放出寒冷的光。旁边十字街口,还停着一辆日本军车。门口正中有两个没穿军装哩,一胖一瘦,年纪轻轻都留了胡须,一看就知道也是日本人。王国忠心里咯噔一声,心想哎呀,难道日本人也来找亢先生了?

亢先生在家吧?中间那个胖子问道。

在哩,在哩。王国忠一听他讲中国话,那语气也十分平和,便立刻松弛下来,满脸堆笑地回答,口气就像是亢家哩一员:诸位里面请。

这松树,是亢家的?瘦子两脚没动弹,先指着院墙外那棵松树问。看来他也会讲中国话。

对,是,倚松堂的名号就是冲它来哩。王国忠的语调、身段无不透着重重的谄媚。

两人没理会王国忠,径直进门朝堂屋走去。

亢先生,我是猪股秋盛,家父让我,来探望你。瘦子鞠躬时,把身体弯成直角的样子,以及弯下去以后停留的时间,都让王国忠十分吃惊。

啊,你是猪股云雄的公子吧?亢先生脸上露出笑容,说着就要站起来:你父亲还好吧?

家父还好!猪股秋盛赶紧上前扶请亢先生坐下:他,非常想念你,让我,来看望你。

啊,不敢当不敢当。现在兵荒马乱,学校办不下去了,我这个督学无事可干,在家赋闲养老了。难得令尊还惦念老朽,劳驾你漂洋过海来看我。

家父回忆,当年,你们早稻田,同学。跟孙中山先生,讨论革命。他说,关东大地震,你在上海,筹很多钱,给灾民。

那时候我跟着中山先生做事,如今中日两国变化极大,两国关系更是今非昔比。

是,是。家父说,对目前局势,深表遗憾,深表忧虑。他希望亢先生,是友日人士,发挥影响,增进日中邦谊。

那我可要让令尊失望了!深州是个小地方,现在都没有政府了,管事儿的是当地的豪强。豪强，你的明白？亢先生问道。

明白，就是土匪。猪股秋盛点了点头说，眼睛还朝王国忠瞥了一下。

冒昧问你一句：你现在的身份是军人吗？亢老先生故意把声音压低，身子还往前倾了一下。

没有。我的身份，东亚文化研究会秘书长。猪股秋盛回答道。不是军人。

啊，不是军人，是秘书长，那都带长了，也算个官了。但是恕我直言，这个会的经费，是政府出吧？

那还是，还是。我和我父亲，都不认同，军方做的。我们都希望，亢先生出面。

你们不认同军方，但是你们肯定认同天皇。在中国人看来，这其实没什么分别。再说老朽蜗居一隅，别说影响外面时局，就连我家这屋顶上，那个燕窝，是哪年的燕子在这里吐唾筑巢，今年这几个跟去年的是不是一窝，我都看不清楚，也懒得弄清楚了。

屋里所有的人都顺着亢先生的手指朝上看，果然有个葫芦状的燕窝，底部大，出口小，只见四个小脑袋在朝外张望，此时它们的妈妈正从外面觅食飞回，叽叽喳喳几声之后，都进窝里闷声不响了。

亢先生啊，俺听你上课来了！随着门外一声喊叫，从门外闪进一个人来，后面还跟着两个彪形大汉。

啊，汤司令来了！王国忠急忙迎上去，手里举着那张桑皮纸汇报：刚才请亢先生看过了。

不要请亢先生进城里劳累了！俺过来听！省事儿！

不巧，今儿个有客人，讲不了。亢知节先生端坐着，身子一动未动，脸上微露出一丝不屑。

是日本客人吧？他们应该更想听啊，多好的机会啊！汤二黑显然对局面了然于胸。

这个写的什么？汤司令喜欢听，我也想听！猪股秋盛凑过身子，去看桑皮纸上的字。

难得啊，你们都关心这首诗。不过说来惭愧，虽然我幼读诗书，还受过桐城诗派浸染熏陶，也知道孔夫子讲过"不学诗，无以言"，也曾"熟读唐诗三百首"，还多年任职总督学，可我这个人太笨，竟然不擅作诗。尽管懂一点儿，但不会作也不曾作。这首诗我粗粗一看，就想到此前他写的另一首诗，那是首五律，这回是首七律。署名都是陆泽野叟，我分析他应该是共产党的人。我听说好多人才都加入了共产党，他们的势力，近来在深州也越来越强大，他们在老百姓中间，也越来越受到欢迎。可惜这诗里面涉及的人，我一个都不认识；诗里面说的事儿，我也概不清楚。既然你们都想听听我的解释，我只能就其字面意思，做一些揣摸，你们呢，随便听听就是，千万不可当真。

亢先生说完，又呷了一口茶。他一开口，屋里所有人都进入洗耳恭听模式。

8

这诗一共八句：

头一句"国危世乱"，说的就是当今中国的形势，也是深州当前的形势。国家危难，情势危难，需要中流砥柱，需要有人站出来顶住。谁是而今的中流砥柱呢？

第二句回答了，中流砥柱是龙和虎。谁是龙？谁是虎？国共两党各有说法。这首诗里的说法是"龙在高原"。那么在高原的龙是谁？他在哪个高原？是青藏高原、云贵高原，还是黄土高原？我不知道，也许满城老百姓里面有人知道。下面说"虎在洲"，虎在洲上，洲，不是深州那个州，是带三点水的洲。它的意思是水里的陆地，四面都是水，中间有陆地。深州地界上没有这样的地方，看来说的不是深州。不是深州，却贴在深州城门，这个意思很明白，就是想在深州招兵买马吧。

第三句："打伏击时飞鼓角"，这句不用解释吧？鼓角就是军号，谁喜欢打伏击？你们比我清楚。

第四句"端岗楼处运奇谋"，谁喜欢"端岗楼"呢？要想"端岗楼"怎么办呢？蛮干肯定不行，得用脑子，用计谋。

第五句"苇屏深隐长征雁","苇屏"这两个字，对应着前面那个洲字。因为洲四面都是水，所以苇子又多又高，就成了一道一道的屏障，也就叫苇屏。在苇屏里藏着经过长征的大雁，这"经过长征的大雁"是说谁呢？我不知道。还是刚才的话，老百姓里可能有人知道。

第六句"麦饭分餐大眼猴","麦饭"这个词，有好几个典故，都是形容很粗糙的饭，不好吃，只能填填肚子。其中一个典故，发生在一千九百年前，刘秀走国，那时候滹沱河从俺们深州流过，刘秀走到滹沱河边上，饿得走不动了，部下找来一碗麦饭粥给他吃了，他立刻缓过劲儿来，顺利渡河作战，后来得了天下。深州南城墙上，建了个芜蒌亭，还立了一通碑，碑文上说的就是这件事儿。当年刘秀只得到了一碗，他自己吃了。如今又有人送麦饭了，而且送的人还不少；不是送给刘秀哩，是送给大眼猴哩。也不是送给他大眼猴个人哩，因为他"分餐"了，分给大家伙儿吃了。谁给这个大眼猴送麦饭？送了多少碗？诗里没说，看这首诗的人自己想吧。至于这个大眼猴是谁，我好像听什么人说过，说是城北的，哪个村的？我老了，都记不住了，都忘了。

最后两句："倭鼠何期朝食灭，以持久战靖神州"，这两句可以一块儿说。猪股先生在哩，我不便太详细说。只说这个"朝食灭"，又是个典故。没办法，中国人写诗都爱用典故。这个典故说古代有个将军口气很大，他指着前面的敌人说了四个字：灭此朝食！意思是灭了他们再吃早饭！这口气是根本没把敌人当回事儿。"何期"意思是没有想到，没有想到什么？没有想到会一个早晨就打赢这场战争，而是要打持久战，以持久战这个战法，才能恢复中国版图。

这首诗是"七言律诗"，简称七律，写得非常好，非有大才者不可为之。眼下恐怕只有共产党里边，才会有这样的高才。他署名"陆泽野叟"，我琢磨应该是深州人。但是也未必。因为如果是深州人，能写出这般高水准佳作哩，我应该认识，起码应该会听说过吧。

汤二黑及其随从，听了半天，还是一脸蒙。在场的人谁也没想到，那个日本人猪股秋盛，竟然什么都知道，而且娓娓道来：

龙，是毛泽东，在延安，在黄土高原；虎，是贺龙、吕正操、杨成武、孟庆山；孟庆山就在洲，在白洋淀，有岛；大眼猴，是侯玉田，是深州人。在保定周围。他们都打持久战，这是毛泽东写的书：《论持久战》，有日文，我们日本军队，高级将领都有看，认真看，写得好！

后面那个鼠字，骂人的，我，我们日本人，坚决不接受！应该改，一定要改！改成倭国，可以，我们从前，就叫倭国。陆泽野叟，很会写诗，我们日本人，崇拜会写诗。他是国民党，还是共产党，还是汤司令的人，通通不管，我想见他，我要请他改成倭国。

汤二黑一听，就像是突然被蜂蜇了一样，马上摆手说：绝不是我的人，我手下这万把号人，别说写了，恐怕没有一个能把它念下来哩。

不会写诗，不会念诗，都算不了什么。亢老先生这时候说话了。国难当头，就算做不了龙和虎，做个老百姓，不做对不起国家的事儿，也是很不容易哩。

哎呀，亢先生啊，这老爷儿都到了脑袋顶儿了！咱们该吃晌午饭了。汤二黑故意转移话题：我叫了几屉郑家庄哩蒸饺儿，辰时村哩烧鸡、红烧肉，咱就在老先生这里，凑合一顿吧。

汤二黑说完一挥手，果然一帮子人抬的抬，搬的搬，弄了不少吃的东西进来。

9

秋庄稼的穗子都像是喂顾了一年的小羊崽子，颗颗粒粒都撑饱了，分量也都够足实了，一个一个沉甸甸的、懒洋洋的，摇摇摆摆在秋阳下，晃晃悠悠在秋风里。如果站在高处，朝四野望去，秋庄稼有的发绿，有的发黄，有的发红，更多的是红黄绿相间，或者红黄绿掺杂。被庄稼地包围着的一个个村庄，被逐渐脱水变黄的树叶掩映着，一座座房屋的青砖或者土坯的外墙面隐现着，跟村外的庄稼地无缝衔接，总体呈现出一种雄浑阔大的混沌状态，整个大平原的秋天，格外壮美。

那天下午大约两点时分，从深州城至辰时的公路上，由西南往东北方向，行驶着一辆五十铃94式卡车。车斗上捂着帆布篷布，里面坐着五个日本兵；驾驶室里，有三个位置，右边是司机，中间是猪股秋盛，左边是他的随员。

刚刚在亢老夫子家吃了午饭。菜很香，饭很香，老白干酒更香。猪股秋盛吃得顺口，喝得过瘾。坐在车上，鼻子里闻着秋庄稼成熟的味道，使他的肚子里逐渐有了越来越强烈的饱感。

嗦嘎！这顿饭，太香了！来中国，这顿饭，最香！

趁着微醺酒兴，望着公路两边的景色，更令他心情大好，嘴里不由得背诵起刚刚见到、听到的，陆泽野叟写的那首诗：国危世乱砥中流，龙在高原虎在洲。打伏击时飞鼓角，端岗楼处运奇谋。苇屏深隐长征雁，麦饭分餐大眼猴。倭国莫期朝食灭，以持久战靖神州。陆泽野叟，陆泽野叟……

公路两边的景色其实并不好。因为公路两边，一百米之内，所有的高秆农作物全部砍光了。只有花生、红薯、豆类作物，得以幸存。这样做的目的，显然是为了避免有人利用青纱帐打伏击战，给他们增加难度；反过来给在公路上往来的日军、皇协军、伪政府治安大队的车辆和人员，增加安全系数。这样做对谁有利，那就是谁主使干的。

行驶了大约半个钟头，远远望见陶村，以及陶村东北那个沙土岗子桲椤山了。只见桲椤山上那几棵硕大的桲椤树，叶子已经变成橙黄色了，也跟庄稼地里那些穗子们一样，在秋阳下，在秋风里晃悠，还发出轻轻的哗啦声。

时见几个农民模样的，在陶村至辰时那段公路两旁，被砍去高秆作物的区域内，有的举着铁锹掘地，有的拿着镰刀割草，头上的草帽都非常破旧，身上的衣服都打着补丁。

汽车在坑坑洼洼的乡间公路上行驶，本来就开不太快，这一段路好像是年久失修，更加崎岖不平，还时有注着水的坑和洼，速度比刚才更慢了下来。到了桲椤山那一段，右侧前轮驶进一个水坑。这个水坑表面看也汪着水，司机以为水不会很深，一点儿也没在意，一头开进去，咕咚一声，前轮完全陷了下去，保险杠紧贴在地面上，车子完全被卡住了。司机猛踩油门，狠打方向盘，车子都纹丝不动。可怜那六缸发动机，只是用汽油烧出了极大的声响,在庄稼地里激荡;同时又把汽油变成了大量尾气,而车子却纹丝不动。

车斗上的五个鬼子都跑下来,抬的抬,推的推,六个缸的汽油烧着,叽叽喳喳半天,车子依然如故。

就有鬼子朝旁边干活儿的农民们喊叫,想让他们过来帮忙。但所有人都看着他们,装作听不明白的样子,也跟那辆车一样纹丝不动,好像跟这件事儿毫无关系。

这时就有个鬼子哇啦哇啦开始骂人了,而且还从车上拿出枪端起来,开始朝这边做出瞄准动作。这时突然一声枪响,从梓椤山上射过来的一发子弹,让这个刚做出瞄准动作的鬼子应声倒下。其他鬼子都急忙往地上趴,有个动作慢的,被第二发子弹打中了前胸,也一样栽了下去。剩下三个鬼子都赶紧趴在地上,不敢轻易露头。

此时一片沉寂。

两声清脆枪响,一如放羊老汉在地头甩了两个响鞭;两声突兀枪响,只是惊跑了附近几只野鸟野兔。在大平原的庄稼地里,又是兵荒马乱的年代,根本也算不得什么大动静。就连梓椤山上在树尖筑巢的乌鸦,都只是趴在巢里转了几下头,又接着跟巢中几只小乌鸦叽叽咕咕腻乎起来。

这时从驾驶室里伸出一只手,举着一条白毛巾在摇晃。

枪声不再响了,但是双方也没人出来说话。这样僵持了一会儿,可能有五六分钟吧,驾驶室的门开了,猪股秋盛和他的随员都高举双手下了车,两人手上都举着白毛巾。

我们两个,不是军人!也没有枪!猪股秋盛开始喊话:他们三个,是军人,我叫他们,投降!不抵抗,投降!

穿军服的司机手里也举着一支枪,从驾驶室里钻出来,同样高举着双手,跟前面二人站成一排。

八格!地上趴着的那三个军人,呜哩哇啦叫唤几声,其中一个爬起来,一把把那个开车的军人摁倒,并夺过他手中的枪。嘴里还呜哩哇啦叫唤着。

趴在地上的另一个军人立刻捡起那把枪,朝着梓椤山"哒、哒、哒、哒"打起来。打光了子弹，一愣，就想转身再找，还没等到他找到，从梓椤山方向又射来一发子弹，打中了他的嘴巴，穿过了他的咽喉，疼得他直想喊叫，但尽管他打了个滚儿，朝地上洒了些血，但嘴里发出来的声音却是"咕噜咕噜"，之后又"呼哧呼哧"，最后两脚蹬巴了几下，身子一挺，眼睛一瞪，没气儿了。

眼睁睁地，对面射过来三发子弹，解决了三个军人。这让大日本皇军情何以堪？！

夺枪的那个把钢盔摘下来扔到了地上，又把上衣脱下来，还把袖子往上撸了撸，对着梓椤山大喊大叫。

那个开车的过去拽他，他越发豪横，大有不惧生死，徒手决一死战的意思。

对面没人理会。

这个家伙越发疯狂，叫喊不停。

别喊了！随着一声怒吼，从梓椤山上走来一位小伙儿，赤手空拳，来到这个鬼子跟前。还没等他站稳，那个鬼子就如同一只饿狼扑了上去。小伙儿往旁边一闪，那家伙扑了个空，踉跄欲倒时，小伙儿用脚尖朝他裆部一挑，那鬼子嗷嗷叫起来。小伙儿像拎起一只死狗，把他扔回原处。

其他鬼子只是看着，一声不响。

那个被扔回来的鬼子，从地上捡起一把枪，就要朝扔他的小伙子报复。

小伙子没等他瞄准，早一个箭步冲过去，一只脚踹着那枪，另一只脚朝鬼子的脸上狠狠踢去。

那鬼子哇啦一声，下巴掉了下来，疼得都没了知觉。只见他一个鲤鱼打挺儿，站了起来，脸已经不像人脸了，血糊剌啦哩，朝小伙子猛扑过去。小伙子没动地方，只在他站起来的当口，用脚尖一挑，那枪就到了自己手上。鬼子朝他扑过来，还没做出任何动作的时候，他又抬起另一只脚朝鬼子膝盖给了一下，那鬼子就像一根朽木，咕咚一声摔在地上，一动也不动了。

小伙子端着枪喊叫：你们都把枪放地上！把手举起来！一起朝前走十步！一步！两步！三步！四步！五步！……

听到有人朝他们发令，五个日本人都乖乖照做了，静静等待发落。

这时只见刚才在地里干活儿的那些人，都带着手里的家伙儿朝这边走过来。

我们所有的枪都给你们！请你们辛苦一下，帮忙把车推出来。猪股秋盛又喊道：我一个人留下来，让他们把死者和伤员都拉走，好不好？

没人理会他，但是却有人过来收走了三把举着的枪，捡走了四把扔在地上的枪；有人过来把他们五个日本人全部捆了起来；有人过来把汽车里里外外检查了一遍，也把两个中枪者，以及掉下巴的，一个一个检查一遍，最后说：都没气儿了，全死了。

这时，又有人用不知什么破布，把五个人的眼睛全蒙得死死的，看不到一丝光亮。

我们两个不是军人，是我让他们三个军人举手投降的！被蒙上双眼的猪股秋盛喊道：我可以留下，你们快放他们走！

没人理他，他就继续喊。终于有人在他嘴里塞上了带有汗臊味的纺织品。

猪股秋盛嘴里马上就消停了，因为他现在只想喊一声：拜托！换块干净的布！可惜他喊不出来了，因为这时一阵强烈的呕吐感向他袭来，他强忍着，用力忍着，鼻腔里发出了嗯嗯嗯的声音。其他四个同伙也有喊叫的，但也很快就消停了，果然听到了同样从鼻腔里发出的嗯嗯声。不用看，他们嘴里也塞进了同样的东西，而且味道肯定也不会比他嘴里的更好。

他突然明白了，这里不是他家乡山梨县，而是日中双方交战的战场，目前自己的身份，已经被看成了战俘。对待战俘当然不会很客气，但堵他嘴用了脏布，恐怕也不是恶意而为，看看他们穿在身上的破破烂烂、补丁摞补丁的衣服，他们实在也没有干净的布啊。塞进自己嘴里的，比他们穿在身上的更差，岂不是理所当然，也完全符合逻辑吗？

这样想过之后，猪股秋盛心里立即释然了，好像嘴里的味道，也能够暂时忍耐接受了。

然后他感觉自己被绳子拽着，进了附近的庄稼地。脚下软不拉唧的，踩上去扑扑作响。一会儿有长长的叶子在耳边划过，一会儿有细细的秸秆被膝盖顶开。而且每块地有每块地的味道，身子被捆绑了，眼睛被蒙住了，幸好鼻子是自由的。他依次闻到了红薯蔓子味儿、豆秧子味儿、高粱叶子味儿、玉米棒子味儿。不管什么味儿，地里所有的味儿，都比嘴里的味道好太多了，也香太多了。

刚开始还能听到旁边有别人从鼻腔里发出的声音，很快这样的声音就从他身边远去了，一点儿也听不到了。而且那些声音，分别去了不同的方向，消失在不同的去处。

猪股秋盛明白了，他们已经被分开了，被隔离了。从那时开始，他想也许只能自己顾自己了。

10

双脚终于踩到硬地上了。莫非是进村子了？

与此同时，远处传来几声鸡鸣，几声狗吠。这声音刚才也有，时远时近，莫辨东西。如果进了村子，声音应该比刚才听到的更近些吧？

果然，刚在硬地上没走几步，就听到命令说：你可以坐下了。

好，谢谢。猪股秋盛被人扶着坐了下去。心里直犯嘀咕：怎么没有听到开门、关门的声音？说明没有进院、进屋啊！这坐的东西好像是砖头吧，坐上去感觉很硬，似乎也不是太稳，但毕竟比站着舒服。而且让坐下，说明对他还有一点半点的尊重吧。

请问你的名字、国籍、职业，以及来这里的目的和任务。对方一阵连问，话语里很平和，听上去没有半点敌意和歧视。

我猪股秋盛，日本山梨县人。职业，文化学者，职务，日本国东亚文化研究会秘书长。从保定过来，探望家父的老朋友，亢知节先生。中午在他家吃饭，准备到辰时，寻访朋友。

你在辰时还有朋友？

啊，没有。我要找一个人，和他做朋友。

你们怎么认识的？

现在，还不认识，他写的诗，刚刚读到，非常好！想找他，做朋友。

他叫什么名字？

他叫陆泽野叟，这是笔名，真名不知道。

这个名字一听就不是真实的名字，他住在哪个村子？多大岁数了？

不知道他名字，他是共产党。听说在城东北，我到辰时，找找看。碰运气，万一……

你带着兵，带着枪，是想抓他？枪毙他？

不是不是不是！他那么会写诗，一千多年前的，格律，表达今天，非常写得好，亢老先生很佩服。我也尊敬！既然来了，距离他十几公里，我要找到他，请他改变一个字，跟他做朋友。冒险，丧命，我情愿。在车上我在想，共产党抓住我，最好，才有机会，见到他。现在好啊，正如我愿！正如我愿！

那你肯定会失望了。因为我们也不认识这个人，也没办法帮你找到这个人。

你们能找到！你们是共产党！共产党什么事情都能做到！

这个事情不要再谈了，我说过了，不清楚你讲的是谁，也不会去帮你找。尽管第一你的身份是文化学者，第二你确实是自己主动投降，第三你确实发动车上的军人投降，算是有所贡献。所以我们对待你，肯定会考虑这三个因素，把你和军人分开，并有所区别。他们三名军人既然已经投降了，他们现在就是战俘，我们会按照日军战俘来对待他们。你和你的那个随员，应该不是战俘，但是鉴于当前两国关系，你们的军队正在侵略中国，我们的政府、军队，甚至民间，都不会邀请你来中国，更没人会帮你找一个会写诗的。我们已经向上级报告了你的情况，很快会得到上级指示。

不对！上级还没有指示，你就说不帮我，你不对！

我们不会帮你，肯定。

那你就是上级？或者，你就是陆泽野叟？

嘿嘿！有个正在倒仓的娃娃腔突然憋不住笑了一声。马上有人踢了他一脚。

是我猜对了？你是上级？还是陆泽野叟？刚才弄出来的声音都被猪股秋

盛听到了。

你猜错了！我不是上级，也不是陆泽野叟。

国危世乱砥中流，龙在高原虎在洲。打伏击时飞鼓角，端岗楼处运奇谋。苇屏深隐长征雁，麦饭分餐大眼猴。下面这句要改，只改一个字，一定要改！请告诉陆泽野叟：倭国何期朝食灭，以持久战靖神州。一定转告陆泽野叟！

啊，你们日本军队到中国来，是侵略，是强盗，我们统称他们为日寇。所以改成"日寇何期朝食灭"，好了，没问题了。

你是陆泽野叟？

没有人回答。

陆泽野叟，陆泽野叟，陆泽野叟……

猪股秋盛嘴里开始念叨"陆泽野叟"这四个字，就像是庙里的和尚，在念阿弥陀佛。念着念着，他感觉有急促的脚步声奔跑过来，然后是喘着粗气的细语声。他知道，是该公布怎么处置他的最终结果了。

我还是希望，见到陆泽野叟！猪股秋盛明明知道没有希望了，还是坚持表达。

好，上级指示来了，立即释放猪股秋盛先生和随员，派人护送到辰时炮楼。

那三个日本军人怎么办？

他们是战俘，按照既往规定办理。

汽车呢？我们坐的汽车呢？

那不是一般汽车，是军车，是我们的战利品，当然由我们处置。那边有一辆马车，现在送你去辰时。走吧。

于是有人就要拉着他走。只见他站起身来，又提出最后请求：把我眼睛放开吧，让我看一眼陆泽野叟！

这里没有陆泽野叟，也许以后会有机会见到他。

猪股秋盛转过身，朝着对方深深躹了一躬。一如他在见亢老先生时的样子。

第三章　恰同学少年

11

陶砚瓦！

陶砚瓦！

陶砚瓦！

黎三镯！

陶村社办高中一班讲台上，站着四个戴红卫兵袖章的同学。一个唱票，两个监票，一个在黑板上做记录。很快结果出来了：全班41个同学，陶砚瓦得票39张，黎三镯得票2张。

班主任谷志奇坐在后面一个空位上。这个结果完全在他预料之中。他看着四位同学回到自己座位，就站起身，朝讲台上走去，他准备正式宣布一下，这件班务活动就算完成了。

全班同学也大致是这样的想法。工宣队长老罗是全校新成立的红卫兵连政治指导员，连长是教导主任高长锁，要求每个教学班成立一个红卫兵排。一班班长一直是陶砚瓦，他学习成绩最好，跟老师们的互动也最好，让他直接担任排长不就完了？老罗说不行，因为排长不是班长，政治上比班长要求高，所以非让选，选了还不是这个结果？纯属脱裤子放屁！

谷志奇走到讲台上，转身立定，刚要宣布选举结果的当口，高长锁主任推门进来说：志奇你马上过来一下。

高长锁主任习惯端着一把小紫砂壶，里面也不知道泡哩什么茶，总见他走到哪里，都端在手上，说一会儿话，就送到嘴边嘬一口。很像抽烟的人，总在手上夹着一支烟。有人笑他这习惯，他总是以此回戗道：你们怎么不说抽烟的人？

可刚才高长锁主任手上竟然没端茶壶！

二人来到老罗办公室。老罗指着他桌子上放着的一张纸说：你们看看吧！这是什么性质？

谷志奇拿起来，二人一起看。

这是一张普普通通的十六开作业本的封面。有人在反面画了个面相狰狞的人，人坐在椅子上，背后有一副对联：虎踞林海谁做主，雕镇雪原我为王。

这是座山雕啊！崔旅长。谷志奇笑着说。

志奇你还笑？还能笑得出来？高长锁语气十分严肃，并朝老罗使眼色。

谷志奇当然明白，这是老罗在推动。就说：现在全国都在排练革命样板戏，可能是学生们根据想象瞎胡画哩。

瞎胡画哩？怎么他不画杨子荣，不画少剑波，不画小常宝？偏偏画座山雕？而且还写上这么反动哩对联？这是什么立场？长谁哩志气？灭谁哩威风？

上纲上线了。谷志奇心想。他把纸反过来一看：姓名处赫然署名：陶砚瓦。他一时语塞。

咱先不下结论，先好好调查一下。高长锁主任说。志奇你先问问情况，到底怎么回事儿？

明摆着，这是有人不想让陶砚瓦当选，因为选举闹腾哩。

老师护着你哩学生，可以理解，但你不能这么护着。老罗说。这是不是他画哩？有人让他画了吗？为什么偏偏他要画这个？他画这个哩目的是什么？咱不能少了阶级斗争这根弦儿！

老罗说得对，俺们先调查，完了咱们再研究怎么办。高长锁说着，拿起那张纸，拽着谷志奇出来了。

志奇你别出面了，你让陶砚瓦找我，我来问他吧。

选举结果你也看见了，39票，说明他威信还是挺高哩。

那没错，但功是功，错是错，一码归一码。你先别宣布，等调查处理完之后再说。

要扯上了阶级斗争哩弦儿，可就比咱们想哩复杂啦。谷志奇说。

12

爹，俺驾辕吧。陶砚瓦主动站在两辕中间，把拉车哩绳子套在肩膀上。

你行不行？爹有点儿担心。以前这个小儿子拉过空车，这满载车从没拉过。

俺试试吧。陶砚瓦把小身子朝前一歪，一个人就拉上走了。爹，你开证了没有？

开了！爹说。上衡水去，不开也没事儿。

不开可不行。陶砚瓦说。让人查着了，再给扣了，忒丢人。

那个时代，农民进城卖农产品，得开一个自产自销证，可以免纳临时商业税。按照当时政策，没有这个证，可能有投机倒把嫌疑，被查扣罚款，甚至被关押都是可能哩。

那是头年国庆节前，农历八月二十五，公历是9月，恰好也是25日，而且是个星期六。这是陶砚瓦在十六岁上，头一回来到衡水。他和爹起了个大早儿，差不多五点钟吧，爷儿俩就拉上双轮车，装了一车上好鸭梨，要赶一天路，去衡水汽车站摆摊儿卖。

前两天爹和哥哥陶砚山已经跑过两回了，来回160里地，再把梨卖完，起早儿落晚儿，折腾三四天，一趟就赚十几块钱。爹说今年鸭梨价钱好，趁国庆节前再跑一趟。因为哥是壮劳力，在生产队请假不易，就说砚瓦不小了，跟着跑一趟吧。

那年头儿村子里有双轮车的人家不多，还不如现在有汽车哩人家多。按说陶砚瓦应该为此炫耀。但恰好相反，他心里不喜欢让人看见他拉车卖梨，在他的认知里，贩卖水果这等事情，是不大光彩哩。

陶砚瓦自己拉着车，开始是有些吃力，但是走起来之后，感觉也不那么费劲儿了。他一口气拉着过了深县县城。爹说：行了，你拉了20来里了，还是给爹拉吧。

中午在半路一个小餐馆歇了歇脚，吃饭花了五毛钱，让店家把从家里带来的烙饼烩了烩。下午四五点钟到了衡水汽车站。爷儿俩赶紧从车上搬下一筐梨，在地上铺好的粗布单子上，齐齐整整码了几斤，供来往客户挑选。卖到天快黑了，搬下来的那一筐也没卖完。

爹，这什么时候才能卖完啊？陶砚瓦心里着急，但是自己却也没有什么好办法。

刚来一会儿，能卖这么多就挺好了。爹说。不用着急，明儿个咱准能卖完。

晚上车站候车室里就没什么旅客了，二人先把几筐梨搬进去，找了个角落放好，又把车轮摘下来，跟梨筐放到一块儿。然后就进去在梨筐外边铺上粗布单子当床，和衣躺上就睡了。

陶砚瓦头一回跟爹出来卖梨。刚刚开始头一天，就感受到爹和哥哥的艰辛。爹在旁边刚刚躺下，很快就发出重重鼾声。他已经年过半百了，还在为全家生活而奔忙受苦。每次都跑百里拉车赶路，还要摆摊叫卖，给每一个客户报价、挑梨、过秤、结账。其中辛劳今天才有切身体会。全家供自己读书，自己唯有将来努力，做出成绩，才能回报双亲和家人！

第二天一大早就爬起来，继续摆摊叫卖，卖到该吃中午饭了，爹让陶砚瓦先一个人盯着，他又带上一张烙饼去旁边店里，烩了作为二人午饭。

这时候从车站里走出来一个女孩子，穿着入时，气质不俗，她朝陶砚瓦这边看了一下，然后径直走了过来。

自己要有这么个姐姐多好！陶砚瓦心想。

女孩子没说话，先是在这边筐里拿出一个梨，放到鼻子底下闻闻，然后轻轻放回筐里，又到另一个筐里拿出一个梨，放到鼻子底下闻闻，然后轻轻放回筐里。

这个女孩子给陶砚瓦的第一印象是特别干净。陶砚瓦尤其注意到她的耳朵，那两个玲珑尤物，里里外外透着那么干净。这是他第一次关注一个女孩子的耳朵，或者反过来说，这是第一次有个女孩子的耳朵引起陶砚瓦特别关注。他被这双耳朵的干净震撼了！

姑娘还在认真仔细地挑选鸭梨。她像是在欣赏一件件贵重的首饰，小心翼翼地在这一筐看一看，摸一摸，又去另一筐看一看、摸一摸，那两个玲珑尤物，随着她的动作，变换着角度，让十六岁少年，得以清楚看到她耳廓的各个部分，甚至目力所及的耳门、耳道部分。

任何细微部分都那么干净！竟然没有一点儿污垢，没有半点儿尘埃！啊，在她右耳下面，靠近头发的地方，隐约可见一颗小小的黑痣。啊，即使有痣，但那痣长在她耳朵下面，更映衬她那两个玲珑尤物的妙品绝色无比干净！

陶村可没有这么干净哩耳朵！

社办高中里也没有这么干净哩耳朵！

可能全深县也没有这么干净哩耳朵！

被一个姑娘身上的部位强烈吸引，这可是陶砚瓦的第一次！

小同志，这梨是你的吧？

是我的。陶砚瓦赶紧用深州普通话回答。这是他第一次在生活中说普通话。

我要两斤。姑娘说。她没抬头，只顾用手轻拿轻放，装满了一秤盘。

这是三斤六两。陶砚瓦称了一下说。

多少钱？

一斤一毛六，三斤六两，五毛八。

啊给你六毛钱。那我找你二分。不用了。姑娘把秤盘里的梨都塞进她肩膀上的军用挎包里，最后手里剩下一个，用小手帕擦了擦，咔吧一声吃了一口，转身走了。

她连价钱都没问。陶砚瓦看着姑娘走远了，说。

第三筐还没卖完。爹说。你饿哩慌呗？

不饿哩慌。陶砚瓦说。他现在还在想着那个姑娘的耳朵，再说确实也没心情吃饭。

现在说起来很荒唐：当年在陶村，陶砚瓦和他那帮子男孩子们，是从来不洗澡的，只是每年在村中坑塘里裸泳，算是洗了身子。他们平时洗脸，也总是用清水在脸上抹几下子完事，他和小伙伴们，能保证脸部正面基本干净，而耳朵和脖子是从不认真洗的。所以那时候男孩子们，耳朵和脖子都黑黢黢的，甚至有人的脖子因为实在太黑，被戏称为"车轴"。

女孩子们肯定会好一些，但是似乎也没有好到哪里去，否则刚才女孩子的耳朵，不会给陶砚瓦那么大的震撼。

陶砚瓦虽然没有"车轴"过，但是在那样的环境里长大，其脖子又能好到哪里去呢？

这时候有两个男人匆忙走来，数了数六个筐说，就这家吧。

你们是要买梨吗？爹问。

是，俺们就想问问，你们是深县哩吧？

俺们是深县哩。爹说。

深县哩鸭梨好吃。你们还剩下三筐整哩，俺们想要你们两筐，得请你们给送过去，行不行？

行啊！爹说。你们是公家买吧？正好俺儿子给你们送，俺还得在这里守着摊儿，行不行？

行喽啊！还得借用你们那车。不远，就一直往西走，再朝南一拐就到了。来，俺们搬这两筐吧，你算一下，看多少斤，多少钱？

两人没讲价钱，当即痛快付了钱，装上车，对陶砚瓦说：小伙子，干脆你就在车上别下来了，你扶着筐，别让它们倒了，俺们俩跑哩快。走吧！

二人果然快步如飞，一会儿就到了一处所在。一进大门就听见里面在唱京剧。

啊，是《智取威虎山》啊！陶砚瓦忍不住说了一声。

对啊！你想不想看？二人把车直接拉到小礼堂后门，他们见陶砚瓦能听出来剧名，就顺口问陶砚瓦。

俺想啊！陶砚瓦眼睛放着光。

没问题！你想看就进来看吧，俺们今天是排练，别让你爹着急找你就行。

于是，陶砚瓦溜进排练厅。见台下很多座位空着，因为是排练，总共也没有多少观众。他找了个位子坐下，作为京剧名家刘鸿升、荀慧生、耿其昌等等的同乡，他头一次看正规剧团排练，欣赏专业人士风采。

显然是正在排练威虎厅的戏。天王盖地虎，宝塔镇河妖。首先映入他眼帘的，是舞台上威虎厅的布景，座山雕的座位竟然那么高，那么远，而且座位后面，还悬挂着一副对联：

虎踞林海谁做主，雕镇雪原我为王。

陶砚瓦对背景道具，甚至对演员表演都没什么兴趣，他只对乐队感兴趣。人家这乐队除了三大件儿：京胡、京二胡、月琴，还有三弦儿、小提琴、中提琴和大提琴以及铜管乐器。演奏效果跟收音机里听到的无异。拉京胡的俗称挑大弦儿的，是文场核心。拉京二胡的必须对他亦步亦趋，弓法、指法、节奏快慢，甚至情绪都必须完全一致。人家毕竟是专业的团队，那演奏听起来真是天籁，美妙绝伦，看起来手眼身法步全部到位，更觉过瘾。

总之，这里所有的一切，令刚刚步入青葱时代的陶砚瓦，眼界大开，极具震撼。但他却紧盯着那两把胡琴，沉醉在乐声里，甚至都顾不上欣赏男主角的高亢唱腔了。

接下来的一幕更把陶砚瓦震撼到了：一个姑娘从乐队那边台口下来，朝着陶砚瓦这边款款走来，就坐在陶砚瓦前面一排，他左前方位置。

她就是刚才买了他家梨那个姑娘，那个有着一双最干净耳朵的姑娘！

陶砚瓦顿时感觉心跳加快。他不确定这个姑娘还认不认得他，也不知道该不该跟她打个招呼？

姑娘像是知道他的心事，轻轻回头冲他莞尔一笑，而且问他：你怎么看起戏来了？不卖梨了？

俺过来送了两筐梨，顺便看一会儿。哎呀，俺该走了，俺爹还等着俺哩。

陶砚瓦急急忙忙站起来，匆匆离开了排练厅。在他起身离开的时候，听到那个女孩儿说了句什么，但是他没有理会，他害怕她注意到自己的耳朵，于是便尽快逃离她的视线，拉上车回汽车站了。这个姑娘的耳朵太干净了，人也长得太漂亮了，他害怕和她多说话，更怕自己在她面前丢丑。

当时匆忙，陶砚瓦已经回忆不起更多细节了。比如他看了几场戏？看了多久？什么时候离开的？舞台上除了那副对联，还有什么稀奇物件等等。他只记得跟爹一起回家时，车上只有六个空筐。爹拉车时，他坐在车上，爹的脚步轻快；他拉车时，爹坐在车上，他的脚步如飞。那趟衡水，爹说是他赚钱最多的一次，刨去盘缠，净赚了二十三块多！

当然，他永远记得，那个姑娘的耳朵真是太干净了。她的模样已经模糊掉了，但那双耳朵却永远镌刻在懵懂少年的心上。

13

砚瓦，我这次去衡水培训，抓机会去京剧团一趟。人家说，《智取威虎山》这出戏演出好几年了，边演边调整。现在的道具布景都几经改动了。原来什么样儿，有没有你画上面哩这些文字，没人记得清楚了。谷志奇老师一回到学校，在与老罗和高长锁通过气儿之后，就把陶砚瓦叫到他办公室谈话。

这才过去几天？他们怎么会忘了？陶砚瓦听了很生气。他们排练的时候，大幕一拉开，俺就注意到威虎厅这副对联了，俺亲眼所见！俺看他们排练了一会儿，都记得这么清楚，他们天天在那里排练，怎么会忘了？

你想，你一个学生，在纸上划拉划拉，还因为这副对联被调查，他们肯定更害怕担责任。谷志奇说：当前这形势，谁知道哪句话说错了，挨批挨斗，再打成反革命，谁不怕？

唉，那怎么办？陶砚瓦也无奈了。

我分析，这起因应该是你被选为红卫兵排长这事儿，有人心里不服气儿，就找茬儿弄你一下。谷志奇分析道：这事儿说大不大，说小不小，我跟老罗和高主任也商量过了，京剧团虽然不承认有这副对联，但是他们也没否认曾经有过这副对联。所以，这个结果对你是有利的。俺们商量哩结果，是无论如何你得写个检查。

写检查？不行！俺不写，坚决不写！陶砚瓦态度很坚决。

你不写？好，那我写。谷志奇说：我先深挖自己头脑中小资产阶级思想残余，自觉不自觉传染给学生，平时也没有对学生从政治上严格要求，以致出现了学生根据自己印象涂抹舞台背景，让个别人以为是歌颂反面人物、曲解革命样板戏的事件，这是政治上不成熟、思想上不严肃的问题，是阶级立场不坚定哩问题，必须深刻检查，今后吸取教训。

老师你检查得真好，这么说一定能过关。是不是你经常写检查，都写溜儿了？

你这个坏小子！就按我刚才说哩，写！对了，别忘了下午放学排练啊，明天去你们陶村演出！

知道了。老师这张纸你还是还给俺吧，俺写检查得参考参考。

不行，先放在我这里吧，在我手上比较安全。

次日晚上，陶村小学操场上热闹非凡，社办高中的草台班子，要来演出。因为自己宝贝儿子黎三镯是主演，支书黎占江格外积极组织。他逢人就说：三镯子他们要来演革命样板戏，都是咱自己哩孩子，乡亲们都去观看观看啊。

舞台后面，演员在忙着整理服装，演阿庆嫂的文秀卿正对着自己带的一面小镜子左照右照着，乐队在忙着调弦定调，陶砚瓦手持一把二胡在和拉京胡的谷志奇老师对弦儿。开场锣鼓已经敲起来，谷志奇老师左手拎着胡琴站在台口，里里外外张罗着。

秀卿！别照了，已经很好看了！谷志奇说。

好了，谷老师。文秀卿羞涩一笑。

砚瓦！高主任怎么没来？谷志奇问。高主任从不参加排练，但每次演出都双手捧着把口琴，在乐队旁边吹奏。谁也不知道他吹的什么曲调，也从没听过他一个人吹的乐曲。发现他还没到，大家都颇觉诧异。

来了！那不是正跟书记聊着哩！陶砚瓦说。

好，同学们，咱们开始吧！谷志奇发出了开始的指令。

文秀卿左手把一本红色塑料书皮的《毛主席语录》举在胸前，昂然走到台中央：陶村公社社员同志们、乡亲们！陶村公社社办高中第一届革命学生文艺宣传队演出现在开始！请观看革命样板戏折子戏《沙家浜》第四场：智斗。胡传魁由黎三镯扮演，刁德一由黎庄扮演，阿庆嫂由文秀卿扮演，京胡伴奏谷志奇，京二胡伴奏陶砚瓦。

从文秀卿一上台，就有淘气的男孩子在台下喊：秀卿好，阿庆嫂！秀卿棒，浪打浪！另一拨儿孩子则喊：陶砚瓦，真该打，吹拉弹唱都会耍。跟着女生一大把。睁眼不看假不假？假！闭眼不看傻不傻？傻！

二柱子又喊：黎三镯，个子矬。说是个弥勒佛，他怎么没有脖？说是个圆秤砣，他怎么会自己挪？那边又喊：三镯子，胡司令。追了秀卿追文杏。一个也追不上，犯了相思病。引起一阵阵哄笑。

这时候，已经扮上胡司令装的三镯子突然走上台口，指着台下喊：二柱子！你奶奶个缵儿！

二柱子丝毫也不畏惧：三镯子，瞎胡闹，考了零蛋哈哈笑，不会唱戏会驴叫。

那三镯子一气之下，喊了声：你小子等着！便从台上跳下来。淘气的孩子们四散躲避。三镯子追跑时，腰带开了，肚子上的棉花垫子掉在了地上。有人捡起交给他，他一手拎着皮带，一手拎着棉花垫子，又返回了后台。

谷志奇气愤喊道：黎三镯！演出革命样板戏，怎么这么不严肃？你演了几天胡司令，还真成胡司令了？

哼！糟蹋革命样板戏哩人，你们也没处理啊！黎三镯气哼哼地说。

喧闹声里，演出正式开始了。乐曲声里，胡司令黎三镯、阿庆嫂文秀卿、刁德一黎庄依次上场。

14

同学们，今天是我们毕业班哩最后一课。我这堂课，本来要讲45分钟，但是今天特殊，我只讲重点，15分钟结束。

社办高中操场上，两个毕业班八十多名学生端坐在操场上，高长锁主任依然保持自己习惯，手里举着个小紫砂壶，讲几句，就对着壶嘴儿喝一口。谷志奇老师则是围着会场走来走去。

当前国际形势十分严峻，美苏两强争霸，亡我之心不死。毛主席教导我们说：要准备打仗，准备早打，大打，而且要准备打核战争。（喝茶）

今天的战争，不再像以前那样打。以前是平面战争，指挥员一声叫喊：同志们，冲啊！现在不行了，因为现在是立体战争，海陆空一齐上。原来有前后方，现在没有了，因为有导弹了，而且是洲际导弹，可以隔山打山，隔海打海！（喝茶）

你过去子弹打光了拼刺刀，刺刀弯了拼枪托。现在你想跟他拼，你连他人影儿都见不着。那么咱们怎么办？毛主席已经有最高指示了，就是深挖洞，广积粮，不称霸。备战备荒为人民。咱们还是老办法，人民战争！八亿人民八亿兵，万里江山万里营！咱跟他打人民战争！（喝茶）

今后不管遇到什么情况，也不管同学们身在何处，一定要牢牢记住毛主席的教导：现在中国人民已经组织起来了，是惹不得的。如果惹翻了，是不好办的！

高长锁主任这次没有端壶喝茶，而是站起来，用手朝天上一挥，像是对着苏联和美国的飞机，大喝了一声。

同学们被他的激情所感染，都用力鼓起掌来。高长锁在掌声中，端起自己的小茶壶，像是狠狠喝了一口的样子。

那时候也没人质疑他，按照他喝茶的频率，那小壶里一共也没有几口茶，可是他却总也喝不完。或者他那把壶是戏法道具，或者它本就是一个婴儿的空奶嘴儿。

谷志奇老师说话了。

同学们！咱们首先鼓掌欢迎，县教育局教改股负责人文晓东同志！

同学们果然看见一个戴眼镜的中年人，在朝临时摆了张课桌的地方走过去。陶村人都知道，他就是文秀卿的爹文晓东。

咱们开始吧？谷志奇侧过脸问文晓东。

开始，开始。文晓东说：

同学们：咱们首先请文晓东同志讲话。

同学们好！咱们深县过去只有八所初中，三所高中。现在我们34个公社，每个公社都有几所初中和一所社办高中，而且全部免费。这就使更多贫下中农的孩子，有受教育的机会。可以这样说，如今在咱们深县，只要你想上学，不管是小学、初中还是高中，都能得到保证，实现你的愿望。今天你们在座的同学们，就是享受到这个权利的第一批同学。你们入学两年来，有人让你们交过学费吗？

没有！

不用问，肯定没有。因为我哩孩子就是你们这一届的，她没要过，我也没给过，我在局里也知道，全县都一样。

你们的学制、教材、教学内容，我都清楚，我听说同学们学得都不错，老师们也都很辛苦，所以通过考试，大家毕业的成绩也全部及格。我自己很羡慕你们，因为你们赶上了开卷考试，我可没有你们这么幸运。你们生活在一个伟大的时代，我为你们感到幸福和自豪！在你们即将毕业的时候，我为你们即将走出校门，踏上人生新阶段，给予祝贺和祝福！谢谢同学们，老师们！

谷志奇老师说：

同学们，从明天开始，你们就要回到自己家乡，成为一名光荣的劳动者了！希望你们牢记毛主席教导：农村是一个广阔的天地，在那里是可以大有作为的！

几个讲话都很激昂热烈，但是整个气氛却时时处处透露出伤感。陶文杏眼里一直含着泪水。

秀卿！文晓东走过来，东西收拾好了吧？我骑车带你走吧。

文秀卿回头看见陶砚瓦正快步追上谷志奇。

谷老师！陶砚瓦嘴里喊了一声，跟着谷志奇去了他的宿舍兼办公室。

对不起，我得把我东西拿走。陶砚瓦说着，开始整理自己放在老师书柜顶上的课本、书本、作业本，以及试卷等等。

砚瓦啊，你是我教过的最不用功的学生，也是我教过的学习最好的学生。

谷老师啊，这几年净让你费心了。陶砚瓦语带歉疚地说。

临别了，我还有几句话。你家里情况，你村里情况，我都略知一二。咱没别哩，只有走正道，靠自己。既要松树哩坚贞不屈，又要柳树哩灵变谦柔。脾气也尽量改一改，学会忍让、谦让、礼让。这个笔记本送给你，我特意写上了马克思哩话。

在科学上没有平坦的大道，只有不畏劳苦沿着陡峭山路攀登的人，才有希望达到光辉的顶点。

我喜欢！谢谢老师！我一定谨记在心！决不辜负！

第四章　军中将有辛弃疾

15

碌碡，明儿早起你叫上石头和大熊，找你们吴先生。碌碡爹张伯岩从外面一进家，就跟碌碡说：他有话跟你们说。

啊，知道了。俺这就去找石头。碌碡答应着，立即站起身就往门外跑。他娘放下手里的针线活儿，把脸贴到窗棂子上，从窗户缝里看着儿子跑到东屋厨房里，又很快跑出来，直到东边院墙下，来了个旱地拔葱，身子直接翻到东院儿去找小石头。

张伯岩不解地问：鬼鬼祟祟哩，看什么哩？

看你儿子呗！指定是从东屋拿了饽饽给石头。碌碡娘说。

我说哩。隔着墙头喊一声不就完了？还非得跑过去说？敢情是给石头送饽饽哩。张伯岩说。他俩得就伴儿去找大熊哩！

陶村人本来不大关心时局，但事儿大了，传闻多了，耳朵眼儿里灌满了，他们也就知道了国家有难了，日本人要来了，老百姓得遭罪了，日子会更难过了。

随着共产党的抗日宣传，各村都有不少青年参加了贺龙的队伍、吕正操的队伍，以及孟庆山、侯玉田的人民自卫军。拿陶村来说，有十几个跟着贺龙走了，有七八个跟着吕正操走了，也有三五个到北乡投奔了孟庆山、侯玉田领导的队伍。走了的也有各种消息传来，立了功的、受了伤的，也有光荣牺牲的，还有个把当逃兵跑了的。碌碡爹张伯岩三个儿子，老大跟贺龙走了，老二跟吕正操走了。三儿子小碌碡还小，但心里也想着报国从军哩。他每天早起跟同学陶载石、黎崇善凑在一起练拳，那个黎崇善的哥哥也正跟着吕正操哩。

这些事儿在当时，村里人是都知道哩，他们也从心里佩服这些走了兵去抗日哩人家。当然平时，他们还是该干什么干什么。地里的活儿谁也耽误不起。收了这茬儿麦子，赶紧抢种上一茬儿棒子。老天爷还不错，正在这个节骨眼儿上，又降了一场雨，让他们对于即将到来的秋天，满满的热望里，更增长出沉甸甸的分量。

小石头陶载石只比小碌碡张鹭洲大几个月。石头爹陶雨顺是碌碡爹张伯岩家的长工。小碌碡三个月大的时候，得了一场大病，高烧不退，昏迷不醒。村里先生说这孩子不行了，得跟阎王爷走了，说完背上药匣子就往外走。张伯岩两口子心疼孩子，这个抱一会儿，那个抱一会儿，指望着孩子好转。但是到了夜里，却眼瞅着孩子没有了气息，于是赶紧叫石头爹陶雨顺过来，让他去村外挖个坑埋了。

那时候陶村养大个孩子不易，几乎家家都有孩子夭折。小心加小心，还总是躲不过。有生下来不久死了哩，也有长到十岁八岁上死了哩。陶村人也找到了原因，那就是这些夭折的孩子，都是因为长相好，被天上神灵看上了，就收去伺候神仙了。女孩子被收走了不足惜，男孩子被收走了，影响传宗接代，少了顶门立户的人，后果极其严重。所以聪明的陶村人，发现了神灵的秘密，就是只收12岁以下哩童男童女。所以他们就在孩子未满12岁之前，采取各种措施，以躲过神灵的目光。

第一件事情，就是在孩子生下来，起个引不起神灵关注哩乳名，要尽量土气、尽量下贱，甚至让神灵听起来觉得就不是人。所以陶村人都有乳名，那些乳名就是陶村一道风景。什么傻子、愣子、球子、臭子，什么锥子、耙子、楼子、耩子，什么瘰嘟、歪巴、咧呱、邋遢，有的直接叫老鼠、耗子、虫子、狗子、蝇子、蚊子、虱子、臭虫。其中狗叫哩最多：大狗二狗最常见，三狗四狗不新鲜，狗子狗娃，狗剩狗叼也时有所闻。最不可思议哩，是叫屎壳郎，刘家有刘屎壳郎，李家有李屎壳郎，老大叫屎壳郎，再生了老二，就不用动脑筋想了，直接就是二屎壳郎、三屎壳郎、四屎壳郎，总之有一窝子狗哩，一窝子猪哩，也有一窝子屎壳郎哩！

陶村这道特殊风景，用孔孟道学检验，必属于怪力乱神无疑；要让西方文明人知道了，肯定属于愚昧无底线：简直就是不可理喻啊！

但是一代代陶村人，就是叫着这些名字长大成年，一直到终老离世的。就算是在外面发了大财，当了大官，风光体面，一旦回到陶村，还不是被人认出来：啊，二狗子回来了！臭橛子回来了！听见有人叫自己乳名，一个个还美滋儿滋儿哩。

如此说来，小碌碡、小石头这两个孩子哩乳名，已经算是相当雅致、十分高端了。

陶雨顺把孩子抱过来没进屋，而是放在门口一个柳条筐里，想第二天起个大早儿，趁天亮前再去村外找个地方埋了。第二天他背上那个筐子，拿上一把铁锹，直奔村北张家麦地。到了地头儿挖好坑，从筐子里把孩子抱起来，放进坑里，刚铲起一锹土，就要往坑里填的时候，只听见孩子哇的一声啼哭起来。陶雨顺吓得把锹一扔，赶紧把孩子抱起来。他没把孩子放回筐子里，而是双手抱着孩子，肩膀上背着筐子，跌跌撞撞回到村里，直接去喊叫东家快开门儿。

孩子没死！孩子好好哩！张伯岩两口子赶紧接过他们哩孩子，立刻转悲为喜。

从此，陶雨顺哩身份，由单纯一个扛活哩，又添了一个小碌碡哩干爹。

小碌碡刚转危为安不久，小石头就惨遭命运蹂躏：才两岁的时候，他娘病不起，扔下他们爷儿俩去了另一个世界。陶雨顺没钱头棺材，想从炕上揭下那领破席，把媳妇裹上埋了。东家张伯岩不忍，让他到地头选了棵歪巴杨树，凑合做了个口薄皮棺材，抱着两岁哩小石头，手里还得举着白幡，把媳妇安葬了。

一回家，他找了根绳子把小石头绑在身后，先喂牲口，之后又去地里干活儿。

张伯岩媳妇看见了，就跟他男人说：雨顺这么辛苦，不是个长法。你去跟他说，把小石头接过来，跟小碌碡一块儿吃，一块儿住吧。一个也是养，两个也是养，正好咱小碌碡有个伴儿，也省哩雨顺照顾不了孩子，耽误了地里哩活儿。

张伯岩也早有此意，但怕媳妇嫌麻烦，就憋着没说。这会儿听媳妇提起来，赶紧顺坡下驴说：这么着当然好啊，只是辛苦了你！

从此，小碌碡跟小石头一起吃住，一起长大。小哥儿俩还都天赋异秉，聪明过人。

小石头话语不多，但心灵手巧。虽然看似木讷，不善言谈，但眼明手快，聪慧过人。

小碌碡目力超人，记忆力惊人。他的眼睛就像一部照相机，无论什么东西，只要让他看过一眼，就会在他脑子里留下图像。一般读书厉害的人，讲究一目十行，过目不忘，而他则是一目一页，照样过目不忘。就连各种各样的钥匙，只要让他过过眼，他就能画出草图，标上尺寸，按他给哩图去配钥匙，一试即开。

这两个孩子出身不同，但从小黏在一起，一起同学念书，也一起淘气。碌碡爹张伯岩当着村长，石头爹陶雨顺当着长工，但即使是外人，见了这两个孩子，也看不出什么主仆尊卑。

但不知道为什么，前两天小石头突然回去跟他爹住了，弄哩小碌碡一个人若有所失，总感觉心里头空落落哩。于是有事儿没事儿就爱往东院跑。

张家所谓的东院，只跟张家隔着一堵墙。院子很小，只有两间土坯北房，又低又小。土坯房东边，有一间砖砌的小屋，小屋朝南的一面全部开放，里面靠着北墙有一个神龛，神龛里既没塑像，也没画像，只有一个破香炉，里面满满的香灰，还插着几根没烧尽的香。

院子没有门，也没有院墙，只有原来大门拆除之后留下的两个石头碾子，现在就算是院子南边的界碑。碾子南边，是一眼水井，水井南边，是一条东西道，道南边是一个很大的坑塘，坑塘里长年有水，四面都是柳树。大人们夏天在树下乘凉，孩子们则喜欢泡在水里嬉闹。

为什么说是张家所谓的东院？因为在陶村只有张伯岩家把这个院子叫东院，其他陶村人，都把这个院子叫浆水庙。早前有完整的院子，还有砖房三间，大门一座。门上还有过木匾，匾上既写过"土地庙"，供奉阎王爷和土地爷；也曾写过"三官庙"，供奉天官、地官和水官。两个名字，是两套不同的系统，供奉两拨不同的神灵。但其职能却只有一个：奠浆水。所以村人皆谓之浆水庙。

不知是着火烧了，还是天长日久塌了倒了，反正这个院子很早就房没了，墙没了，门没了，匾也早没了。总之一句话，尽管没了庙，庙址还在，门前水井还在，最最关键的是，它的功能还在。什么功能？奠浆水的功能！

奠浆水，是村上的人死了之后，必须履行的一种仪式。死者的亲人，得按照顺序排成一队，端着供品，让两个少年抬着一桶浆水跟在队尾，到浆水庙"报庙"。报庙的队伍有很多看点：看队伍长短，知家庭兴衰；看孝子贤孙排位，知遗产继承顺序；看女眷啼哭声状，知逝者晚年福报；看两个抬浆水桶哩，是孩子们最感兴趣哩。抬桶哩虽然年少，但没了往日哩顽劣，满脸都是悲哀，感觉好神圣，引起孩子们艳羡。

所以只有死了人，才需要报庙。浆水送了，程序走完了，谁会关心这个庙呢？谁会深究它叫什么名字，挂过什么匾，供了什么神灵呢？

说陶村没人关心浆水庙也不对，当时还真有个人关心了。这个人就是张伯岩家的长工陶雨顺。

陶雨顺房无一间，地无一垄，老老实实给张家扛长活，就一直住在张伯岩家的牲口棚里。棚里一个骡子一个老母驴，而且它们是母子关系。张家待他不赖，到了该成家的时候，竟然张罗着给他找了个媳妇。虽然是个寡妇，但年岁不大，只比陶雨顺大三岁，而且也没有孩子拖累。因为听人说这个陶雨顺穷是穷，但是心灵手巧，老实可靠，就答应见了一面。媳妇一见本人，果然就不嫌陶雨顺穷，愿意跟他。这在陶雨顺心里一下子燃起了不熄的火焰。这火焰白天烧，晚上也烧，烧得他翻来覆去睡不着觉。这火头一开始暖暖乎乎哩，陶雨顺舒舒服服哩，可火头越烧越旺，旺到烤得他受不了了。因为他一想自己是个穷光棍，人家同意是同意了，你把人家娶到哪里？难不成娶到牲口棚里来？这个媳妇也真是的，俺穷得还不如这两头牲口，它们还有个棚哩，俺连个窝也没有，你怎么见俺一面就答应跟俺？你是想跟俺住牲口棚吗？这牲口棚里可没你哩吃食，没你哩槽啊！

陶雨顺晚上在牲口棚里想，白天到地里干活儿也想。干地里哩活儿，他喜欢带上那头老驴，比那头骡子好使唤，又听话又懂事儿，又灵性又踏实。他还习惯一边儿干着活儿，一边儿跟老驴说着话儿。心里有什么事儿，就跟老驴叨叨叨叨。老驴有耐心听他唠叨，也从不跟他犟嘴吵架。那天在地里干活儿哩时候，他还是一心想着娶媳妇哩事儿，想来想去也是白想。他把自个儿哩脑壳儿抓喽掐，掐喽抓，又抓又掐又拍打，末了还是弄不出个好办法。可也是，以他哩智商、他哩才能，除非他有无中生有、点土坷垃成金的法术，否则他能凭空想出什么破解大法？

那天他赶着那头老驴从地里回来，不知为什么，那老驴过家门而不入，竟直接拐进了浆水庙的院子里。它这里闻闻，那里看看，犄角旮旯都转悠到了，拉也拉不回来，像是要趸摸什么东西。也不知道它是在找什么，找到了没有，仰起脖子叫唤了几声，也没再拽它，自个儿就回家进棚了。

老驴的反常行为，弄得陶雨顺丈二和尚——摸不着头脑。进了棚，陶雨顺先往槽里倒了一桶水，老驴把脑袋扎进槽里嗞喽嗞喽喝起来。陶雨顺轻轻划拉着老驴哩脖子，嘴里念叨着：老驴啊老驴，干了半天活儿，你不累啊？过家门而不入，你是大禹治水啊？你有棚有槽有儿子在身边守着你，你还有俺天天伺候着你，你比俺可自在哩呗！俺除了这一百来斤身子骨，什么都没有！有个媳妇愿意跟俺，可俺都没个地方娶她啊！娶了她，把她放哪嗨儿？放这棚里啊？刚才你瞎转悠什么哩？你是转悠着给俺找地方啊？你想把俺媳妇娶到浆水庙里去啊？

说到这里，那驴似乎听懂了陶雨顺的话，抬起头来叫了一声。这一声"啊——"长长哩，分明叫的是平声而非仄声，而且是大学教授曾经演示过哩阴平声。

陶雨顺当然不知道驴叫的是阴平声，但这一声驴叫他听懂了。他接着又问：那浆水庙里能住人啊？

老驴又鬼使神差抬头叫了一声，还是阴平声。

陶雨顺就笑着说：好好好，今年哩麦秸咱不铡了，你们也别吃了，咱留着在浆水庙搭个大棚子，咱就在浆水庙里娶媳妇儿！

老驴没回应，陶雨顺又说：啊，老驴！你给俺想哩招儿是不赖，可那浆水庙哩院子，哪能说占就占啊？要是谁想占就能占，那也轮不着俺占啊，早有人占了！那地那院子，空了多少年了？谁占了？那是村产，谁也不能想占就占啊！

说者无心，隔墙有耳。陶雨顺跟驴说的话，全让东家哩媳妇过来找柴火听见了，而且马上就跟张伯岩说了。其实张伯岩早看出了陶雨顺的心思，也早想好了应对之策。他找了个轻闲日子，把村里几个大姓的族长叫到一起，说了陶雨顺没房娶媳妇哩事儿。他说他个人出钱，在浆水庙院子里盖三间小房，一明两暗。中间是专门儿哩浆水庙，面向全村百姓。另两间是专门儿给看庙哩住。陶雨顺就是那看庙哩。大家都说，雨顺不是外人，都是乡里乡亲哩，难得伯岩看理儿办事儿，又仗义疏财，菩萨心肠！大伙儿都同意，就这么办吧！

于是陶雨顺有了婚房，虽然没有院墙，但也得算是独门独院儿。于是他顺顺当当娶了媳妇，生了儿子小石头，过了几年舒心日子。只可惜他媳妇命短，天不假年，生下儿子一两年之后，突然一病归西，只留下陶雨顺和小石头爷儿俩相依为命。

16

咕咚一声，虽然动静并不是太大，但小石头还是听到了，而且知道是小碌碡从他家东墙跳下来了。

石头，石头！小碌碡嘴里喊叫着，还没等石头应声，早推门进了屋子。

小石头这会儿正一个人坐在堂屋神龛前一块砖头上，前面放着一块木板，木板上摆放着一节一节的苇子，还有几根透明哩薄薄哩像鸡肠一样哩玩意儿。他左手正拿着一节苇子,右手拎着一把没有木柄哩一拃长剃头刀子,正闷声低头鼓捣什么东西哩。他当然知道碌碡来了,但是头也没抬,嘴里问:什么事儿?

俺爹说吴先生找咱们:你、我、大熊,咱们仨,明儿个头晌找他,有话跟咱们说。走吧,咱俩一块去说给大熊吧!

不行,我这边儿没弄完,走不开。石头还是没抬头。

你这是弄什么东西?看着跟鱼鳔似哩。碌碡忍不住蹲下去,伸着脖子看。看着看着,又伸手想去摸那一条一条像鱼鳔一样的东西。

别动!石头厉声喝道。这是笛膜,是给吴先生吹笛子使哩。你不是要去找大熊吗,怎么不去了?

俺一个人不想去。碌碡闷声闷气地说。

怎么了?怕他打你啊?石头漫不经心地问。

没有,没有。俺又不惹他,他打俺干什么?碌碡说。

那为什么你一个人就不想去他家?石头和碌碡说着话,还是没放下他手里哩活儿。

万一他要不在家,俺不想跟他媳妇说话。碌碡终于说出了自己哩顾虑。

哈哈哈哈!石头实在忍不住大笑起来:你才多大个人?贼心眼子还不少!你是不是想人家媳妇儿了?想找人家给你当媳妇儿?晚上做梦跑马儿了吧?

你别瞎说!碌碡通红着脸,把一只手伸开做魔爪状,冲着那几根鱼鳔:你再瞎说俺一把给你揉搓了!

别动!俺不说了!石头还真怕他给揉搓了:想媳妇儿又不丢人,俺还想哩!可俺爹不是你爹,你要是跟你爹说要个媳妇儿,他敢立马就给你弄一个过来。俺要找俺爹要,云南有——白药(要)!

俺不要媳妇儿!碌碡又急了:你快点儿!笨手笨脚哩!

俺笨!俺笨!好了吧?石头明知道自己手巧,所以他才不在乎说自己笨哩!

你又瞎说!全村谁不知道你手巧,编笊篱,编笸箩,编蛐蛐罐儿,编筷子篓儿,哪有你不会编哩?碌碡气哼哼哩,看着石头还是低着脑袋,干他自

061

己的活儿。一肚子气撒不出来。他把另一手往石头眼前一晃：忙吃喽！还热乎哩！

别捣乱！石头仍然没抬头，但他已经闻到棒子面饼子哩味道了。你老偷偷摸摸给俺吃哩，你爹娘知道了，怎么看俺？

他们不知道，知道了也不管俺。碌碡说。你爱吃不吃，俺不是给你哩，俺是给你爹哩行了吧？小时候咱俩跟着他上地里，他逮了个小兔子，你也要，俺也要，可他硬是给了俺。你啼哭了半天。

石头听着，还是没抬头，眼泪却啪嗒啪嗒往地上掉。

碌碡还在说：俺不管你怎么想，俺就是想跟你好，跟亲兄弟一样！

好了好了！石头用手把眼泪擦了擦，一边朝那根苇管儿里吹气儿，一边提溜出一个长长哩鱼鳔。快提溜到头儿哩时候，就停下来，然后小心翼翼哩连苇管一起放到墙上哩佛龛里。回头对碌碡说：好了，咱俩一块儿去找大熊吧！

大熊比这俩小弟弟大两岁，头年刚娶了媳妇儿，媳妇儿又比大熊大两岁，也就十七八岁的样子吧。模样不错，是田庄哩，说话儿声音也好听，小名叫二妞儿。每回见了这两个小弟弟，都挺亲热哩。让座，倒水，赶上有吃哩，非常实诚往上端。

石头脾气蔫蔫哩，话不多，但是赶劲：二妞儿，是你们田庄好，还是俺们陶村好？

俺说是俺田庄好。二妞儿说。

碌碡就喊：小田庄儿，十八家儿，拾掇拾掇一小筐儿！一屋子人大笑。

石头就问：二妞儿，入洞房那天你吃枣儿没有？

吃了。二妞答。

碌碡又喊：枣核儿收起来没有？

没有，俺吐了。二妞儿答。

一屋子人又哈哈哈哈哈哈大笑不停。

二妞儿哪里知道，陶村人编了笑话，说田庄没枣树，所以就没吃过枣儿。他们有人到陶村来，陶村人送他一个枣儿，这个人吃过之后，知道枣儿这个东西实在太甜了，就把枣核儿藏起来，偷偷带回田庄，扔进了井里，结果那口苦水井水不苦了，甜了三年。

有一天他们在大熊家玩耍。碌碡憋了一大泡尿，憋得实在太急了，就往大熊家茅厕里跑，一边跑一边往外掏，没进茅厕口就泚出一股子尿来，一边哗啦哗啦泚着，一边往里面冲。结果冲到里面，竟然看见二妞儿正在茅坑里蹲着哩！刚要往出走，没想到二妞儿说：你冲着墙根儿尿！俺不看你，你也别看俺！碌碡通红着脸，耷拉着脑袋，只好接着哗啦哗啦冲着墙根儿尿起来。顾前不顾后哩，屁股没夹住，竟然还滚出一声响屁！就听见二妞儿在他身后偷偷哩笑。

碌碡早记不清自己是怎么从茅厕里出来哩，反正他从此再也不敢跟二妞儿臭逗了。不光是不臭逗了，他干脆是连单独见二妞儿哩勇气也没有了。

17

四大抗日拳手！令人振奋！久久难忘！

陶砚瓦反复琢磨这四个前辈，一个个鲜明形象在眼前浮现：

陶俊明命运最为坎坷，虽然客死异邦，但儿孙已归来认祖，各知跪乳，堪慰英灵！

陶石头陶载石，村里一直认为他牺牲在朝鲜战场上，埋葬在异国他乡了。

黎大熊黎崇善，就是黎德山和黎翠兰的亲生父亲，张福禄的老岳父，革命烈士。后来当了晋察冀解放军的营长，解放战争打徐水固城时英勇牺牲。如今安葬在栲栳山园区内，与夫人合葬。

张碌碡张鹭洲，陶砚瓦更为熟悉，因为他的儿子张国凯，跟陶砚瓦在一个团，比陶砚瓦早入伍两年，是娃娃兵。陶砚瓦在政治处报道组，张国凯在司令部当参谋。后来张国凯调回北京某总部当参谋，一直干到正师级大校退休，仍然是个参谋，自己说当参谋"当成了精"。

从评选抗日四大拳手这件事情，可以明显看出，陶村的先人们，评选"四大"的政治方向是正确的，指导思想是明确的，评选条件也是相当严谨甚至是苛刻的。

当然，评选的程序、发布的流程很不讲究，稀里糊涂，是完全经不起核查、倒查、哪怕是诘问甚至一般了解，你也无从下手。因为没有人或者组织对此事负责，也没有任何文字、影像资料可作呈堂证供。

实际上在陶村，也正如张鹭洲老将军所言，确实也没有人对此事特别关注计较，只是某个时期，因为某种机缘，人们在地头上、炕头上、井台边、树荫下、赶集路上等等场所，自然而然碰到一起，而且有心情闲聊的时候，才把这些内容作为谈资笑料。在陶村，人们碰面的机会太多太多了，而心情呢，他们似乎永远都是好心情。

就凭这"四大抗日拳手"的评选，就彰显了陶村舆论界的政治正确，导向积极，杜绝"三俗"，村风优良！

入选者，第一都是正规军人；第二都有不凡功绩：陶狗儿陶俊明有民国政府颁发的抗日立功奖状，其余三人的事迹进了深北县小学课本。这条件杠杠哩，过硬得很，标准不可谓不严。从效果上看，宣传了抗日，褒扬了英雄，便是到了今天，后人慎终追远，向前辈英雄致敬，依然具有十分重要的意义和作用。

从编创四大拳手的顺口溜来看，也表现出陶村人的聪明智慧，堪比《红楼梦》第三回中的护官符！

护官符说的金陵四大家族，每个家族说两句，用了押韵、比喻、夸张、谐音梗等手法，收到不错的效果："贾不假，白玉为堂金作马。阿房宫，三百里，住不下金陵一个史。东海缺少白玉床，龙王来请金陵王。丰年好大雪，珍珠如土金如铁。"

陶村人四大拳手的顺口溜，每人仅用三字，就把他们的姓名特点全部概括了进去，而且照样运用了押韵、比喻、夸张、谐音梗等手法："陶家狗，咬石头；黎家熊，拱碌碡。"

说陶村泥腿子的水平超过当年的金陵墨客或者皇族贵胄，貌似不够谦虚。

咱作为陶村人，干脆把这两个文案摆在一起，认真比对一下，虚心求教一下子，见贤思齐一下子，看看孰高孰低：

前者50字，后者仅用12字；

前者是三个三字句、一个五字句、四个七字句、一个八字句，后者只有四个三字句；

前者用了四个韵，后者只用一个韵。

气魄上，金陵胜陶村。

人家是大都市，惯于奢华；陶村荒僻，见识少，格局小，文化低，放不开，点到为止。

简约上，陶村胜金陵。中华文化最精妙处，就是用极少的字，囊括大千，描画精微。陶村先人，尽得中国古文极简精妙，弘扬了中华文化中爱字惜纸、爱字惜墨的好传统！

结论：各具风采，各有千秋。

《红楼梦》作者泉下有知，也许会找陶村人虚心求教，也说不定。

另外，这四大抗日拳手，是迄今为止发现的陶村最早四大评选成果，应记录在村史上。

这四大抗日拳手，也是迄今为止发现的陶村最为正能量的四大评选活动，更应该记载于村史上。

当然，张将军念兹在兹的"兵事"，于国、于地、于村，更应该重视！永远忽略不得啊！

18

第二天凌晨，刚刚下了雨，三个人像每天一样，天还没蒙蒙亮，就在东头老爷庙门前空地上聚齐了。他们开始了每天的形意拳功课，先练习一阵拳法、掌法、肘法、脚法、身形，再进行散打。他们练习散打，也没有任何护具。说开始打，就咣咣咣干上了。散打少不了你给俺一拳，俺给你一腿哩，互有击中，各有轻重，可都是真打啊。但他们三个小伙子，几年练习下来，还真没有筋骨损伤，当然也没有情感损伤。非但没有，他们还越打越亲，越打越离不开了。最近他们练习暗夜拳技，都用破布条把眼睛蒙上对打，越打越上瘾，越打越来劲儿，呼哧带响，哼哈有声。

据说当年练拳都是这么个练法。凡是这么练过散打的，都不怕西人所谓拳击。由于各种原因，如今几十年过去了，西人拳击不断在进步，而中国传统武术却在衰退，造成现在的传统武术家，都不敢和西方拳手散打了。但在清末民初，双方多有设擂交战，中国武术高手战胜西方拳手，可谓司空见惯。如今中国武术为什么打不过人家，恐怕很少练习散打、对打、盲打、真打，是最最重要的原因。

打够了，个个身上、脸上难免水一块、泥一块哩。他们简单整理一下衣冠，用手在脸上干擦几下，就一块儿去见先生。

吴先生住在北头关帝庙里。从村外里地里直插过去很近，因为刚下了雨，地里不能走了，只能从村内街上过去。但街上也是坑坑洼洼，满是泥水。三个孩子还总是打打闹闹，碌碡不小心一脚滑进个小水坑里，摔了个大马趴，弄得浑身都是泥水，又惹一阵哄笑。

快走到吴先生那里的时候，远远传来《松花江上》的笛声。那笛声婉转低回，幽咽抱恨，那是用那根四拃长哩C调曲笛吹奏哩。这首歌吴先生早就教会他们唱了。这会儿，他们都跟着先生的笛声唱起来。

当时亢知节在全县改造私塾、拆庙兴学，着实不易。把文瑞书院改建扩建，改为深州中学堂，把"来鹭楼"改为教室；南大街贡院改建为官立高等小学堂；把开元寺拆建为官立女子初等小学堂。在全县引起轰动。最初只有亢先生老家那个村子，把玉皇庙改成了"自立小学堂"，还办得有声有色。此后各村纷纷效仿。这才有了陶村这个小学。本来屋顶漏水，未及修缮，一场大雨，又坍塌一角。如今没了县长，没了政府，没了薪水，老师纷纷离去，只有一个吴立耕，招呼孩子们复课。

但是陶村人有疑虑：一座破庙，一个老师，学校不是学校，私塾不是私塾，算个什么？孩子们学了将来还有什么用？村长张伯岩说：名字就叫村塾吧。有吴老师带着，孩子们不耽误学习。

开始来了十几个孩子，又哩哩啦啦今天走一个，明天走一个，最后只剩下了三个孩子，就是大熊黎崇善、石头陶载石、碌碡张鹭洲。

这会儿三个孩子唱着歌进了教室，歌声也没停，但吴先生的笛声却停了。他从桌子上拿起另一根两拃半长哩笛子，他们都知道是小A调哩，一边递给石头，一边说：来，咱们再从头来一遍！于是，两根笛子，声音一高一低，两个歌者，声音一粗一细，师徒四人，开始了合唱。

笛声和歌声更加和谐，也都更加亢奋，一直到曲终。

吴力耕把手里哩笛子，习惯性地用力甩了甩，笛管里甩出来一些唾液。他脸上哩情绪还在那首歌里头哩。夹杂着悲愤、仇恨、愤怒。他的行李打理齐整了，放在他身边。好像马上就要走的样子。三个孩子看着他严肃哩面孔，一时都呆住了。

东北没了，华北马上也快没了，蒋介石还是不抵抗！孩子们，半个中国都沦陷了！沦陷了！吴先生声调很低沉，但是字字千钧。

三个孩子眼睛瞪得跟铜铃似的，眼瞅着吴力耕的眼泪吧嗒吧嗒往下掉。他们都想劝劝吴先生，但又不知道怎么劝。

汤二黑是土匪，但他总还是中国人，总还是认得几个中国字儿。可他也跟日本人眉来眼去，也要投敌当汉奸！陶村也要修炮楼了！就在咱学校旁边。下一步，各村游击组、区小队、县大队，活动会越来越难。组织上已经批准我去抗战学院学习，临走找你们来，跟你们告个别。

先生你真要走了？孩子们问。

对，马上就走。抗战学院就在深县城里，是共产党办哩。学完之后，我可能要去当兵打仗了。等赶跑了日本人，咱们再相会吧！

先生，这是俺刚给你做的笛膜儿，没下雨的时候，东头大坑里有几根好苇子。石头从兜里掏出一个纸包，递给吴力耕。

石头！老师今天不叫你们学名了，叫你们小名。你做的笛膜儿，老师收下。老师知道，你喜欢老师的笛子，你也确实吹得很好。老师两根笛子，长的我留下，短的这根，老师就把它送给你。你拿着它，记住了，一定要吹中国人的曲子，你永远也不能吹日本人的曲子！

石头怯生生看着吴先生，不敢去接。

快伸手！吴先生说，拿着！石头伸手接了。

大熊！这副扑克牌是你从日本汽车上捡来哩。现在送给你吧。你手疾眼快，老师会的几样魔术，你学得比老师还麻利了。拿去好好玩吧！大熊也伸手接了。

砟碡！你先把老师刚写哩那首诗背一遍。

忍看平原遭酷屠，男儿不遣泪空枯。
行将学业遗衰世，欲逐烽烟作武夫。
宁许千秋城下鬼，敢捐七尺阵前躯。
自当向死而生去，堪慰陶村尚有徒。

好！果然是一字不差！这把折扇是莲池书院哩，老师写了"精忠报国"四个大字，字写得不好，但意思好。你上学早，功底比他们两个好，你家里也比他们富裕。但是你要记住老师的话，当了亡国奴，家里有多少地也没用！老师家里地也不少，也从小不愁吃不愁喝的，但是国亡了，有钱有地也是个亡国奴！

小砟碡也接过折扇。

吴力耕站起身，说了声：孩子们，老师马上动身，你们不许送。你们现在还小，等你们长大了，咱们一定还有缘再见！

说完，吴力耕背上行囊，出了庙门，上了去城里的路。拐过一个弯，就扎进庄稼地里不见了。

三个孩子目送老师走远，然后你看看我，我看看他，接着抱头一顿痛哭。

哭够了，大熊说：狗日的日本人！咱们跟他们没完！

石头和砟碡说：等他们把炮楼修好了，咱们想办法端了它！

小砟碡打开手里的扇子，指着上面"精忠报国"四个大字：这是岳飞的娘用针刺在岳飞后背上的字。现在咱国难当头，先生这四个字，就跟岳飞哩娘给岳飞刺字一样。先生不能刻在咱后背上，咱们自己刻到后背上。

怎么刻？

砟碡把先生给的三样东西，一一摆放在他讲课的桌子上：扇子上有"精忠报国"四字，放中间；左边放笛子，右边放扑克牌。

俺先来，光脊梁跪这儿，你们两个人拿着自己的笔杆子，大熊先写"精忠"，石头写"报国"。有多大劲儿就使多大劲儿，俺决不喊一声疼！来吧！碌碡说着，脱光了上衣，扑通一声就跪下了：别含糊，来吧！

好，俺先写。大熊掏出笔杆，望着碌碡白皙的后背：操，比俺用的纸都白。

少废话！快写！碌碡不耐烦地说：使大一点儿劲！

精字是左右结构，大熊先悬着笔杆在碌碡后脖梗子下头比画：正好以脊椎为中线。

操！你是不是还要画米字格？碌碡还没说完这句话，就忍不住叫唤：哎哟！哎哟！真他妈！

忍着！大熊喝道：怎么不吹牛了？刚点了两个点儿，俺还没使大劲儿哩！

不叫了，真不叫了！碌碡咬牙硬憋着说：来吧！

大熊终于把精忠写完了。石头也不示弱，拿着笔杆开始写报国。

三个十四五岁的孩子，忍着锥心剧痛，疼得龇牙咧嘴，咬破嘴唇，流着眼泪，死也不再吭一声。他们从伙伴各自的后背上，看到了由血淋淋的刻痕组成的文字，由这文字读到了各自的坚定信心。这是他们相互协作一起立下的人生大誓，表明了他们共同的志愿。虽然他们并不确切知道要真正践行这个志愿，需要付出多么艰苦甚至是整个生命的代价，但他们当时，都义无反顾地、毫不犹豫地相互在每个人的后背上，或者就直接说是在每个人心上，刻上了忠诚和责任，完成了人生第一个庄严的事情，在那个风云翻卷的年代，开始了各自堪称波澜壮阔的生命旅程。

19

各位青年，各位同胞：

说实话，昨天院长光临敝舍，委我来抗战学院讲课，实在出乎所料。我答应来，一是不愿拂逆他们的嘉意，二是国难当头，我必须尽国民义务。汤二黑找我，日本人找我，我都敷衍了之。共产党来找我，我没有理由拒绝。为什么？因为共产党始终如一坚持抗战。

青年人要报国，报国要尽忠。过去尽忠更多的是忠于皇帝，忠于君王。如今社会进步了，皇帝推翻了，我们尽忠的对象就是国家。

在座的上千位学员，有我们深县人，更多是从四面八方赶来的热血青年。不管是从哪里来的，都应该看到我们深县县城：城门失修，城墙破败，城楼残缺，城河淤塞。建城的目的，首先是防卫，防止兵灾匪祸。但是现在的样子，别说兵灾匪祸了，就是连小偷小摸，怕是也防不住了。仔细想想，咱们的国家的国防，就跟如今的深州城一样，门破了，墙倒了，楼塌了，贼来了。

面对这样的情况，我想给大家介绍几位人物。

第一位：唐代的饶阳郡守卢全诚。深州从隋代设置，屡经废立，在唐代存在最久。那个唐玄宗吃饱了撑的，突然撤州改郡，深州撤了，改成饶阳郡，接着就发生了安史之乱。平乱之后，很快就恢复开元旧制，又撤了饶阳郡，恢复了深州。叫饶阳郡的那几年，就出了安史之乱。当时大名鼎鼎的书法家颜真卿担任平原郡太守，他的治所离深州很近，都是归安禄山统辖的地方。当然颜真卿名气大，记载多且详。说他很早察觉安禄山要谋反，于是他密报朝廷，同时联络周围各郡，加强城防，招募壮丁，储备粮草，联防操练。其中就有饶阳郡，也就是深州。那时的郡守叫卢全诚。大家都知道颜真卿抵抗叛兵，非常了不起。但是我们这位饶阳太守卢全诚，应该是更了不起。因为他面对的是最著名的叛将史思明，以及史思明率领的上万精兵包围。但他亲自率领军民顽强抵抗，坚决不降，一直守了29个昼夜，最终瓦解了史思明第一轮攻势，迫使他退了兵。这位卢全诚后来怎么样了？他去了哪里？是战死了，还是调任了？史书上再没有记载。

第二位：同样也是饶阳郡守，李炎。他是从什么时候接任卢全诚的？史书上什么都没说。只说饶阳郡抵抗守城一年多，甚至平原郡太守颜真卿都实在守不住了，都弃城南逃了，我们饶阳郡还在坚守。当然困守孤城，内无粮草，外无援兵，守了一年多，肯定是异常艰难，对官员、军队、百姓，都是严酷考验。最后也免不了是力量悬殊，城池陷落，但是这位太守拒不投降，自尽殉国。

第三位：是饶阳郡裨将张兴。史书上说他是束鹿人，一是个子高，身长七尺；二是饭量大，一顿能吃一斗米、十斤肉；三是神勇，手持一把十五斤重的大刀，一刀能砍死好几个人，有万夫不当之勇；四是城破被缚之后，史思明劝降说：跟我们干吧！享荣华富贵。张兴说：我是大唐郡将，岂能委身叛军？在你杀我之前，我倒是愿意劝你一句话：皇帝待安禄山如同儿子，他竟然反了。你跟着这样的人，会有什么好下场呢？史思明说：你没有观天道吗？我们起兵二十万，一竿子打到洛阳，天下即将大定，唐朝马上就亡了。张兴说：大唐继承了商、周、汉的镇国神器，皇帝也没有违德的地方，安禄山这样的人，怎么会有帝王之命？他现在是苟延岁月，早晚会被捉住杀了。史思明大怒，把张兴捆在柱子上，让人用锯把他锯死。张兴果真是被锯杀的，他一直大骂不止，贼兵听了都感到震撼不已。

第四位：明末的深州知州孙士美。他家在如今上海的青浦。这个人从小聪明好学，一目十行，还仰慕唐朝的张巡、北宋的李若水等人。他中了举人后，先到舒城做了个小官，清兵围城，县令不在，他就冒着攻城的箭石，督战固守了七十多天，竟然使得清兵退去。有了这等功劳，他才被擢升为深州知州，又开始了一场深州保卫战。面对围城的三万清兵，他白天固守，晚上还曾率人出城偷袭，斩杀了清兵大将。于是清兵攻势益急，调来几十辆云车，从城东南处攻上来，在他指挥下都被斩杀。最后是清兵用带火的箭射到城楼上，引起烟雾和火焰。守城的人眼睛看不清了，清兵乘势攻入城池。孙士美知道大势已去，就朝京城方向行了跪拜之礼，然后写下绝命诗，自刎于城内的芜蒌亭下。当时他的父亲，以及全家十五口，全部被害。

以上这四位壮烈之士，都实有其人，并载于正史。

下面，我还要说说另一个人，就是带着家眷和大洋逃跑的深县县长陈文铎。这个人离我们最近，他还苟活在世上，遭千万人唾骂。

一共讲了五个人，都曾经是深州的人物，前面四位已经名垂青史，后面这个将遗臭万年。

听说咱们抗战学院，主要是学毛先生的《论持久战》，以及敌后游击战术、军事常识。这让我对在座的学员们，充满了期待。我期待你们记住前面讲的四位烈士，也记住那个逃跑县长；更期待你们的队伍壮大，不断打胜仗；同时期待你们只是记住烈士，但尽量少出烈士，多出壮士、谋士和勇士，多出未来的将军。

最后，我还要对你们中间一位青年才俊说两句：你用"陆泽野叟"的笔名，写了两首诗，一首讽刺陈文铎，一首宣传抗日，贴在四城门、县衙、孔庙和义仓门口，一时成为全县新闻，成为街谈巷议的话题。引起汤二黑的关注，甚至我在日本留学时的同学，让他儿子来看我，看到你的诗以后，也赞不绝口，十分钦佩。我当时就猜到这是共产党写的。但是直到昨天，你陪院长到我家里，提起此事，我才知道这诗是你写的。写得实在是太好了！我不会写诗，但是今天我却想了两句诗送给你：陆泽论诗无野叟，军中将有辛弃疾。

我就说这么多，谢谢院长，谢谢各位青年同胞！抗战大业，就拜托你们了！

第五章　风华正茂

20

哈！还有一首诗啊！

爹看见陶砚瓦正把一张四尺红纸铺在桌子上，手里攥着三根毛笔，饱蘸墨水在中央写了一个脸盆大的"囍"字，然后再用一根毛笔围着"囍"字写了一首诗，最后在右手竖写上款：黎庄陶文杏新婚之喜，在左手竖写下款：同学陶砚瓦、黎三镯、文秀卿同贺。

还行，不过你这个下款稍微斜了点儿。爹说。爹的毛笔字很好，大队部门口对联，街上多处毛主席语录墙，都是爹写的。

俺看写哩挺好哩！娘说。黎庄娶媳妇儿，他大伯大娘得多高兴！什么时候俺家砚瓦能娶上媳妇儿？

房子还没有，哪个闺女肯嫁咱？爹说。那时候村里小伙子结婚，有一座房子最好，没有一座，也必须有一间。而陶砚瓦家五口人，三间房子，中间堂屋，西间哥嫂住，东间爹娘和砚瓦住。

你还别说，那天大脚玲在街上碰见俺，说已经有人看上咱家砚瓦了，问咱能不能先见个面儿！娘故意当着全家面儿说。你儿子说还上学哩，不见。

娘，俺还正想跟你说哩！嫂子也在一旁说上了。俺娘家那北头有个闺女，说看了砚瓦他们演戏，台上哩一个也没看上，就看上旁边拉弦儿哩了。打听了说是俺小叔子,就找到俺娘软磨硬泡,让俺娘给她说说试试。你说这会儿这闺女们,胆儿可真大,怎么自己给自己做媒呀!

好了,俺得给黎庄送过去,人家还等着俺哩。陶砚瓦都听到了,但没有搭腔。

幸亏你家儿子懂事儿,他要是闹着找媳妇儿,咱们哪有钱儿给他盖房子?爹看见儿子走远了才说。

黎庄家就在村西头,这时候院里院外张灯结彩。一阵歌声从新房里传出,那是当时最流行的歌曲《天上布满星》:

天上布满星,月牙儿亮晶晶。生产队里开大会,诉苦把冤伸。万恶的旧社会,穷人的血泪恨,千头万绪千头万绪涌上了我的心。止不住的辛酸泪,挂在胸。

不忘那一年,北风刺骨凉。地主闯进我的家,狗腿子一大帮。催租又逼债,凶狠似虎狼。地主狠心地主狠心打死了我爹娘。可怜我这孤儿漂流四方。

茫茫漆黑夜,苦难没有头。走投无路入虎口,给地主去放牛。受尽人间苦,怒火燃心头。盼望救星盼望救星指给我革命路。满怀仇和恨,我定要报怨仇。

黎庄穿戴整齐,跟黎三镯等人一见陶砚瓦举着一张红纸进门,便拥过来。

快,黎庄,你看贴哪儿?陶砚瓦说。

这还用问嘛,贴洞房里啊!黎三镯一把抢过来说:拿糨糊来。

得令!黎庄赶紧去找。

红纸贴在洞房墙上,引得人们进来观看,有人就念起上面哩诗来:

黎明先有彩霞出,庄上光芒照千屋。
文曲星悬眨笑眼,杏粉桃红映明烛。

结下革命真情谊，婚后携手增五福。

志向操行双修好，喜为陶村绘新图。

果然是砚瓦好字文！黎庄大伯黎味尘赞叹道。他是位老中医，人缘好，有文化，懂书法。

味尘叔，贺喜！陶砚瓦说。

同喜！你这藏头诗作哩好啊！黎味尘说。

承蒙夸奖，惭愧惭愧！陶砚瓦谦虚道。

砚瓦啊，俺看着你们这几个同学，从小一起长大。黎味尘说。俺家情况你们都知道，药铺得有人看着，家里还得有人顶门立户。小庄学习不如你好，可他头一个结婚成家，没办法，先成家再立业吧。你们几个都来了，还带哩贺礼，俺全家都感谢你们！

砚瓦！你过来！黎庄把婚这么一结，咱俩可得努力了。黎三镯说。俺这边儿说媒哩都踏破门槛儿了！你那边儿怎么样？你说说，你什么情况？

你爹是掌权哩，俺们家是平民百姓，咱俩肯定不一样。陶砚瓦说。再说了，俺现在还根本不考虑这事儿。

你小子能耐！你不考虑，你把话儿挑明喽！别耽误别人哩事儿！黎三镯回戗道。

刚才算不算挑明了？要不要到大队里，找你爹对着喇叭喊一遍？陶砚瓦也回戗他。

不用不用！那咱今儿个算是把话儿挑明了，你就别怪俺们不客气了！俺们掐尖打顶，先把那水灵哩，一掐一股水儿哩，都过他一遍，你就等着从俺们挑剩下哩，自个儿找去吧。

陶文杏要出嫁了，她家是另一番景象。

哥哥陶文亮对着西厢房临街的小窗户吹口琴，吹的也是"天上布满星"。

俺人一般，怎么捯饬都不行。北房西间，陶文杏穿着新婚礼服，正站在镜子前左照右照。文秀卿在一旁给她梳理头发。哪像你，天生哩美人坯子，穿什么都洋气，不捯饬都好看，那要捯饬一下，俺砚瓦叔哩眼珠子还不得瞪出来？

瞧你把他说哩！他是那种人吗？亏你还管他叫叔哩。文秀卿说。

呀呀呀！你还紧护着他！敢情你跟他这关系，真比俺跟他这一家子还亲啊！陶文杏说。那俺干脆就改口叫你婶儿吧！婶儿啊，婶儿啊，原谅俺少不更事，出言莽撞吧！

少跟俺耍贫嘴，明儿过门儿，有本事跟你婆婆娘耍巴耍巴！文秀卿故意逗她，因为黎庄大娘，文杏未来婆婆，是村里有名的能说会道，心眼儿多哩。

哎呀，俺明儿就要跳火坑了，你就让着俺一会儿，就忍上一会儿，不行吗？陶文杏撒娇：亲娘啊，你狠心死得这么早，丢下俺真可怜命苦啊！呜呜呜呜真哭上了。

又来了，你再啼哭俺就走了！文秀卿训斥道：明明是大喜日子，生生让你弄成发丧了！

你别走！俺不啼哭了还不行？俺不啼哭了还不行？陶文杏说完又忍不住呜呜呜起来。

她一啼哭，文秀卿也没忍住，二人抱在一起都啼哭起来。

21

清晨，几声响炮，把迎亲马车崩到了陶文杏家门前。新郎黎庄、伴郎陶砚瓦从车上跳下来，一前一后冲进陶文杏家。

临街窗户里面，陶文亮站在那里吹起了口琴。吹的仍然是妹妹最近爱唱的曲子。嘴里一边吹奏着，眼里两行泪水流下来。

他们来了，俺不想走。俺想啼哭。陶文杏虽然穿好了婚服，但她的心还拴在当闺女的年月上，对马上过门当媳妇的日子，充满恐惧。

别耍小孩子脾气，该走了！一直在身边陪她的文秀卿说。早晚有一走，早走早心安！

俺怕。陶文杏说。

不怕，有俺和砚瓦哩。文秀卿说。

你和俺砚瓦叔！你们两个好上了？那太好了，你们要真成了，俺就不啼哭了，俺高兴了啊！陶文杏立刻转悲为喜，跟演戏的变脸一样快。

你瞎说什么哩？俺俩没成，是俺俩来成就你们！别说了，准备走！文秀卿很决绝的样子。

这时，陶文亮吹着口琴从自己屋里走出来，看来是要送妹妹出嫁。

陶文杏由文秀卿搀扶着，出了堂屋，一见来接她的黎庄和陶砚瓦，嘴里就喊了声：砚瓦叔！

文杏！陶砚瓦也叫了她一声。咱们走吧。

这一声"咱们"，是娘家人的口气，是娘家长辈的口气。它就像是一针强心剂，给了陶文杏以力量和勇气。

文杏的头往高里抬了抬，身子也直了直，脚步轻快地走出家门。就要上车的时候，她才注意到一直送她出门的琴声，回头叫了声：哥！两行热泪又冲出眼眶，淌落下来。

陶文杏才几岁上娘就死了，前几年她爹也不在了，只有她和哥哥陶文亮相依为命。

按说，她这种情况应该自立性更强，奈何老天爷编的剧本正好拧着，早早给她设定了懦弱的性格，然后又夺走她的爹娘，逼垮她哥哥的心志，眼看着本来懦弱的她，一次次经历命运的鞭打，似乎怕她忘记自己懦弱的设定，偏离给她演的剧本。

黎庄家跟陶文杏家一个在陶村北头，一个在陶村西头。两个人结婚这事儿，毕竟是两户人家共喜同贺，受到陶村生产大队的全体公社社员的重视。当时的份子钱，一般乡亲每户5毛，没出五服的8毛，血亲、姻亲一块钱。最后算下来，基本上家家都写了份子出了贺礼。

最高兴的是全村大小光棍儿们。他们企盼已久，早憋足了劲儿，准备来逗媳妇儿、闹洞房，以激发其本就饱满的荷尔蒙，以发散其越来越旺盛的精力。

尽管陶文杏是本村的闺女，又性格懦弱，尽管黎庄大伯黎味尘开药铺人缘好，尽管黎庄大娘文杏婆婆是厉害角色，但这一切都不仅不是不逗媳妇不闹洞房的理由，而恰恰是需要大逗大闹的理由和条件。

本村哩闺女也是闺女，不闹怎么变成媳妇？胆儿小更得闹，不闹胆儿怎么会变大？黎家人缘好更得闹，不闹怎么能证明他人缘好？至于她未来婆婆厉害，就更得去闹了，因为闹哩人多，闹哩厉害，才显示婆家人缘好，让娘家人放心。

在他们的意识里，闺女变成媳妇，一个必要的程序就是逗和闹。

逗，是以言辞为主，话里要带着黄，声音里要带着荤，口味儿一定要重，而且越重越好，要极尽挑逗、撩拨之能事，要义是启发女孩子的情欲，帮她去除其少女的羞涩。管她需要不需要，一定给她恶补性知识，推动其勇敢跳进男人河。

闹，则以动作为主，要在逗的基础上，利用好逗的积极成果，自然而然地，看似不动声色地，与新媳妇进行各种身体接触。这事儿不能一个人弄，要少则三五人，多则十几二十几人一起，发挥群狼效应，彻底解除新媳妇思想上的甲胄、精神上的枷锁、内心深处的矜持，逼她跨过心灵上的鸿沟，从女孩儿蜕变成一个女人。

因为陶文杏情况特殊，她砚瓦叔、她男人黎庄、她闺密文秀卿、她同学黎三镯早有防备，也制订了几套应急方案。

三镯子，文杏是俺陶家哩闺女，她要进你黎家哩门儿，今儿个俺算娘家人儿，你算婆家人儿，但咱们都是同学，现在又成了一家人儿。陶砚瓦说。咱俩都得一手托两家儿，既是婆家人儿，又是娘家人儿！

哈！砚瓦说哩真好！黎三镯冷冷地说。转哩那首诗也挺好！比咱强！

三镯子，关键时刻你得上！文秀卿特别严肃地做特别交代。俺和文杏是亲姐妹，她要在俺面前抱屈，受欺负，俺死也护着她！

秀卿你放心，俺三镯子不给别人面子，还能不给你面子？你是谁？你是——

少废话！俺不听你甜言蜜语，俺看你行动！文秀卿特别认真地说。

侠女！侠女啊！秀卿只要你在，俺三镯子就听你哩调遣！

至此，一场注定将在陶村闹洞房历史上，留下重重一笔的大剧，女主角陶文杏和若干男女配角均已经来到台口,就等着大幕徐徐拉开。

这时候院子里溜进来一个人,脸上胡子拉碴,穿戴邋里邋遢,走路摇摇晃晃,进了院子就东瞅瞅西望望哩。大家看时,见这第一个推门进来的,竟然是村东头的资深光棍大橛子。

22

哈!人真全乎儿啊!这是又要唱《沙家浜》啊?大橛子一进门就笑嘻嘻地说。

哈!大橛子啊,你还没写份子吧?黎三镯故意逗他。今儿个才写按说是晚了点儿,不过咱没外人儿,俺给你写上。写一块还是写两块?

什么一块两块哩?俺都没摸过那么大哩票儿。

啊没事儿,乡里乡亲哩,写个三毛五毛哩也行。黎三镯还不依不饶逗他。

三镯子,你真能搭讪俺。俺一年到头哪见过钱儿?

没钱儿啊?那你来是?啊你抽根烟吧。说着就递给他一根儿香烟。

俺不抽烟,你也别逗俺了,俺是来逗媳妇儿哩。

什么?你来逗媳妇儿?陶砚瓦一听就发话了。你也是姓陶哩,按辈分文杏不得是你妹子吗?你怎么也来逗啊?

砚瓦叔啊,这辈分俺排哩清楚。你说哩是论她娘家那边儿,文杏这不是嫁到这边儿了吗?俺各自各论。在她婆婆这边儿,俺辈儿小,俺给黎庄叫叔,今儿个得给文杏叫婶子。俺今儿个是来改口哩,给她叫婶子哩。婶子,你吃饭了没?

那大橛子嘴里说着话,还凑到文杏身前,伸手去摸她肩膀:婶子穿哩这是什么布?真好看。

大橛子!陶砚瓦一声断喝,你别放肆!你永远姓陶,俺和文杏也永远姓陶,她也永远是你妹子!

砚瓦叔,俺说了,俺各自各论。今儿个她过门儿,俺过来改口,俺没错。

你非要改口也行，想充小辈儿也行，离文杏远一点儿。

俺改口了，充小辈儿了，就是为了逗她，不让俺逗，那俺改什么口？

三镯子！文秀卿瞪了一眼：你没觉着不对劲儿啊？

大橛子！黎三镯终于开腔了。你这人怎么这么别扭？你砚瓦叔给你讲道理，合着没用啊？你老实坐那边去！庄子！你把你们家箔寻给俺，得用一下。

俺算是看明白了！大橛子胆儿怯了：这好几个护法呀！俺先出去溜达溜达，等晚上过来听房。

去你娘个蛋哩！不要脸哩老光棍！三镯子追出去骂道。你敢过来听房，看俺们打不折你条腿。

论俺们这边儿，他真是个穷大辈儿。黎庄说。他真耍起浑来，还真没办法。

大橛子出门时，正碰见二柱子带着一帮坏小子进门儿。嘴里就嘟哝说：新媳妇儿不着逗，护哩死死哩。

就你也来逗媳妇儿？二柱子们哈哈大笑。让人家轰出来了吧？

23

秀卿，你娘叫你回家哩！窗外有人喊，屋里马上有人说：秀卿快走吧。

你们不走俺就不走！天黑了，折腾了一天的年轻人们进进出出，新房里一直有人闹腾。秀卿寸步不离，死死护着文杏。

砚瓦，时候真不早了，咱们走吧！黎三镯说。

好，有黎庄哩，咱们都走吧。陶砚瓦说。

你们俩不许走！文秀卿说。

好，不走！俺听秀卿哩。黎三镯说。

秀卿好，阿庆嫂！秀卿棒，浪打浪！外屋还有一帮子人在喊。

二柱子！你个小王八羔子，又是你？黎三镯骂道。

俺没喊！俺三代贫农，阶级斗争，俺懂！二柱子说。

俺又不是新媳妇儿，你们再胡喊乱叫，俺可生气了！文秀卿说。

秀卿姐，你别急，很快你就是新媳妇儿了！你看三镯子那俩眼珠子，都快瞪成大灯笼了！二柱子跟秀卿逗上了。

二柱子，你小子属狗哩吧，记吃不记打。黎三镯嘴里骂着，心里倒美滋滋哩。

没错儿，俺就是属狗哩。二柱子早看出三镯子心思。你别老冲俺发邪，有本事你当着俺秀卿姐哩面儿，搭讪搭讪！

三镯子，搭讪搭讪！三镯子，搭讪搭讪！那群大孩子喊。

搭讪就搭讪！你们以为俺不敢？黎三镯瞅了秀卿一眼说。

你别胡闹！你搭讪谁？文秀卿瞪着他道。

你放心，俺不是搭讪！俺这人一身臭毛病，但只有一个优点：一口吐沫一个坑儿！黎三镯说：今儿个当着这么多人，俺撕破脸皮，正式宣布：这辈子俺就喜欢一个人，她就是文秀卿！除了文秀卿，俺谁也不娶！

三镯子，你还要脸不要脸？文秀卿说：俺也宣布，就算是男人都死光了，俺也决不嫁你！

文秀卿说着，顺手把一个枕头扔过去，三镯子顺势一接，笑着说：你冲俺抛绣球哩！俺接得怎么样？多准啊！俺接到手啦！咱俩这事儿就算成了！成了！成了！

这一番表演真把文秀卿气坏了，又一头扎进陶文杏怀里抽搭起来。

第六章　陶村惨案

24

七七事变之前，陶村就有传说共产党在很远很远的地方闹革命的事儿。七七事变以后，时局变化很大，国民党跑了，共产党来了。

深县的大土匪汤二黑，率2000人乘虚而入，堂而皇之做上深县的土皇帝，掌握了深县的地方自治权。他的队伍是清一色的地痞流氓，平时都是为害乡里、无恶不作的货色，如今他们更是为所欲为。就连他们最擅长的绑票本事，都不必真绑了，因为绑票的过程太烦琐，又得拖很长时间，所以就进行了简化，把"绑票"改为"喊票"了。所谓"喊票"，就是隔着富户家房门，直接喊叫：某某听着！限带多少多少现洋，某时某刻送到某地。如果到时拿不到，你家某人将暴死街头。听到了没有？里面赶紧答复：听到了！听到了！于是，到时候钱一到手，富户即可人安家全。

陶村人听到传闻，说汤二黑突然成了香饽饽，日本人想巴结他，共产党也想拉拢他。他两头都曲意敷衍，哪边都不得罪。让两边都以为他会投向自己，却哪边也没有得着。

汤二黑行喽！真行喽！陶村人摇着头说。

汤二黑也感觉自己行喽。他很享受目前这种状态，娶了一个又一个小老婆，个个貌美如花，真他妈过瘾！保定、北平、天津都有房子和女人，美着哩！

所以，陶村人分析：最起码，汤二黑兴腾起来的时候，共产党就到了深县了。

知道共产党到了深县，但是不一定知道共产党到了陶村。

共产党到陶村确实比较晚，起码比旁边的周村晚。周村几年前就有共产党了，他们办夜校，建农会，讲农课，收公田，扶孤寡，组织互助资金会和婚丧互助会，颇受广大村民拥护。陶村为什么比人家晚呢？

一是共产党到哪个村，必须在那个村子首先发现并培养出一个党员，然后这个党员就像一粒种子，再发展身边人入党，发展壮大到了一定人数，就成立党支部。有了支部，再有青年救国会之类的外围组织，就能够掌握村子的管理权。

原来，陶村村长一直是张碌碡的父亲张伯岩。有人说他还是国民党员。国民党在基层组织很松散，当时让他填个表，说他就算加入了，但他也没参加任何活动，因为国民党从来没有组织任何活动。

村里第一个共产党员，就是张伯岩的亲弟弟，张雨祥的太爷爷张叔岩。弟弟知道哥哥是国民党员，但是哥哥不知道弟弟是共产党员。弟弟就在哥哥眼皮底下发展党员，建立组织。国民党跑了，日本人来了，陶村修炮楼了，外面说国共合作抗日了，弟弟才来找哥哥说合作抗日，哥哥这才知道弟弟早就是共产党了。知道了弟弟是共产党，而且知道还有别人是共产党。但是，还有多少，他没问，他也没想问。他们兄弟俩暗地里商定，白天哥哥在村公所当村长，晚上弟弟在暗处当共产党支部书记。

有一段时间，至少在陶村，国共合作进行得情况良好。直到有一天深夜，有人突然进了陶村炮楼，把里面的人全部杀光了。

当时陶村人都在睡梦里，大多数人都说没听到什么动静。当然也有人说听到了狗叫，是有不少狗叫了一阵子。第二天给炮楼挑水的二蛋跟往常一样，挑着一担水，晃晃悠悠走着，嘴里唱着《调寇》：

臣叩头施礼隆恩谢，
我多谢万岁将臣封。

> 我倒退几步下金殿,
>
> 走下了八宝九龙庭。
>
> 我只说进京有凶险……

二蛋唱到这儿,已经挑着水桶过了吊桥,接着往下唱着径直朝炮楼大门走去。刚唱出"七品官倒坐……"五个字,他突然感觉到不对劲儿啊,哪儿不对劲儿呢?大狼狗没叫啊!还有,平时过来,得有人先把吊桥放下来,才能进来啊!今儿个怎么吊桥就没吊着?这都要走到大门口了,大狼狗不光没叫,它影儿也没见啊?

二蛋感觉不妙,赶紧停下脚步,还没顾上放下肩膀头儿上的扁担,就看见那条大狼狗,正躺在十几米外的壕沟边沿,嘴巴子朝天张着,脖子上插着一根铁棍子。他吓得大叫一声,扔下扁担就往村里跑,一边跑一边喊叫:"炮楼!炮楼!"

等到终于有人拦住他,二蛋这才哼哼哧哧把他看到的事情讲述完整了。但是人们再问:炮楼里面的人呢?是死了还是跑了?他一概摇头不知了。

于是就有人报告了村长张伯岩。于是张伯岩就带了人去查看:炮楼里的人,一个日本鬼子和十一个伪军,全被杀死了。有脑袋被砍的,有脖子被割的,也有胸脯子或者肚子被刀扎斧剁的,情状十分血腥。若说炮楼里空无一人,还不妥当,只能用尸横遍地来形容,才恰如其分。另外,里面的枪支弹药、粮食物资,全部洗劫一空。就连几件重型武器,也妥妥地搬运干净。

于是张伯岩就急忙派人去城里报信。炮楼这边,也只能先安排人在吊桥外头看着,别让人或者狗再进去祸害了,更加吃罪不起了。

小碌碡张鹭洲清楚记得,那天他爹脸色惨白,像是遭到霜打了的茄子,回家看着临产的媳妇,以及还未成年的儿子,一声不吭,坐在墙角的小马扎子上,眼睛盯着地上,半天没挪动一下。

爹,俺过去叫俺叔过来吧?

行,叫吧。

当天兄弟二人,在他们家西间屋里,一直聊了很久,晚饭也不吃,光喝白开水，一碗接一碗，喝了一大锅。两个人说啊说啊，声音也不大，别人也听不清楚。最后也不知道聊得怎么样，反正弟弟走了，哥哥还是没精打采，提不起精神。

25

张叔岩被人绑起来，推着朝前走。他一脸无辜，见人就喊：他们要找骡子！你们谁看见骡子了？你们谁是骡子？骡子在哪嚷界啊？

骡子就是张叔岩的小名，这在陶村尽人皆知。可在那天，绑着骡子找骡子，却没一个人说破。凡是听到张叔岩叫喊的，或者远远掉头而去，或者摇头做不知状。

这一幕，是陶村历史，乃至华北抗战史上最滑稽、最荒诞、最惊心动魄也最令人发笑的一幕。80多年过去了，陶村人还在传说。

当时全深县拢共就二十几个炮楼。陶村炮楼遭到洗劫，是一个很惊悚的事儿。陶村人记得清楚，那天是大雪节气头天。四天后，即农历十一月初七，大雪节气第三天，阳历12月9日一大早，陶村突然呼啦啦来了几百号人，城里的日军都来了，把所有村口都堵死，把所有人都往十字街赶。然后挨家挨户进行搜查，抓住可疑分子就吊到大街的槐树杈子上，敢于抗命逃跑的，就地枪毙。村里到处抓人、吊人、打人、挑人、杀人、烧人。追打声、逃跑声、呵斥声、哭喊声、枪声、惨叫声，整个村庄成了刑场和人间地狱。

集中到十字街的，就有人训话：说皇军得到情报，陶村有共产党，为首的叫张叔岩，小名骡子，就是村长的亲弟弟。

陶村历来有在房前门边种植槐树的习惯，有的老树树龄超过百年。那天有十七个陶村人被吊在大街的槐树上。吊人的人也没有什么逻辑规矩，反正看谁不顺眼，抓住了就吊树上。有的是头朝上吊着，有的是头朝下吊着，有的不仅头朝下吊着，还在脖子上挂个东西。吊上去就开问：谁是共产党？

十七个人全部都是摇头，说不知道，竟无一个例外。既然如此，最后也没从树上放一个人下来。当时正是冬天，那天又很冷，最后这十七个人中，当场死亡五个,四肢被打断或冻成重伤造成终身残疾十一个,还吓疯一个,第二天就自己上吊了。

那天除了这被吊的十七个人,还有四人被直接打死。其中一个被开枪打死的,两个被刺刀挑死的,一个被浇上油烧死的。

其中一个被刺刀挑死的,是在赶集的那条街,一棵老槐树前发生的。鬼子的刺刀很锋利,挑人的时候,人正好靠在槐树上,一刀刺过来,力量很大,刀尖从胸口进去,从后背冒出来又带着血扎进老槐树两三寸深。二十多年之后,陶砚瓦每天上学从那里经过,还经常看见有人在观看议论,他多次好奇地过去摸一摸,那个刀口因被血染过,早已变成黑漆漆颜色。孩子们看了,只是好奇,也没觉得阴森恐怖。但是它也彰显着老一辈陶村人,经历过如此浩劫,竟无一人失节。那时候的陶村,充满了纯阳之性、威烈之气和豪侠之风。

那个被浇上油烧死的,就是在十字街,当着乡亲们的面,威胁人们说如果没人指认共产党,就把那人烧死。最后当然还是没人吭声,鬼子果然就开始往那人身上浇油,接着果然就点火烧人,那人至死没开口说话,乡亲们也都闭上眼睛,闭紧嘴巴。在整个村子,所有陶村人都用沉默,坚定保持了全体村民的名节。

确定无疑的是,陶村这一天发生的许许多多事情,既改写了许多人的人生,也影响了许多家庭的兴衰荣辱。

张碌碡对这天发生的事儿,也终生难忘。那天鬼子把人往十字街轰赶的时候,他爹张伯岩正好不在家,他娘马上要生他弟弟,所以他没出去,而是留在家里照顾。

这时突然闯进一个鬼子,冲他呜哩哇啦叫唤。他听不懂什么意思,就指着里屋躺在炕上的娘,用手比画大肚子,要生了。这个鬼子还是冲他叫唤,拿枪比画着让他出去。他就躲在他家大水缸后面,鬼子过来抓他,他就本能地抄起缸里的大铜勺,绕着水缸跑,毕竟人小,那口缸也没多大,鬼子突然一改变方向,两只手就薅住了他两个胳膊,铜勺子掉地上了,鬼子就势把他胳膊一拧,想给他来个背拽,把他往前面一抢,用劲儿很大,应该就能把他摔死。但是张碌碡还真是命大。他娘怕他天冷冻手,给他在两个棉袄袖子上，各加了一个棉套袖。他娘针线活本就不好，这套袖也不需要十分结实，所以缝的针脚也不密实。这时候鬼子使足了劲儿一抢，两个棉套袖都脱落下来，随着鬼子的双手，朝门外飞出去了，张碌碡没动地方，但没站稳摔了个大屁墩儿。说时迟，那时快，趁鬼子还没醒过闷儿来，他从地上一跃而起，飞身夺门而去。一出门就急速右拐，身后"当当"就响了两枪。刚跑几步他就赶紧往右手胡同里一钻，没影儿了。等鬼子追出来的时候，他早找好了地方猫起来了。

张碌碡成功脱险了，但还不是那天最不可思议的情节。比他更惊险、更传奇，整个事件的真正主角，还得说是陶村的共产党员、支部书记张骡子张叔岩。

鬼子一进村儿就在村口把他抓住了，不仅抓住了，还把他交给一个伪军，当即把他两只手捆上，问他叫什么名字，是干什么的，哪个村子的。他说他叫尹德明，是史村的，家里老娘病了，他正要去杏园找老中医抓药，就打从陶村路过。问他认识不认识张骡子张叔岩。他说不认识，还反问：张骡子是干什么的？二鬼子就推他往街里走，不用二鬼子开口，他见人就问：你们谁看见张骡子了？张骡子在哪里？皇军要找他呀，找到他就把俺放了啊！俺家里俺娘还病着哩！俺还急着去杏园找老中医抓药哩！问了几个人，都没人搭理他。他就对那二鬼子说：长官哪，你就开恩放了俺吧！俺一个过道儿哩，赶上这么倒霉哩事儿，家里老娘可怎么办呀？还等着俺抓药哩！那二鬼子说：你老娘还在，俺老娘刚没了！你别喊叫了，干脆俺给你解开绳子，你赶快给老娘抓药去吧。

谢谢长官啊！张叔岩说完，早一溜烟出了村东，朝杏园南边的田庄跑去。

26

许多年后，陶村"12·9血案"，仍然有许多谜团没有破解。最最令人不解的头号问题，是作为村长的张伯岩，为什么那天偏偏不在村里？

他在事发第二天才回到村里，看到村庄满目疮痍，哭声震天，十户人家披麻戴孝，二十多户人家痛哭号啕，乡亲们个个悲愤难抑，纷纷表示与鬼子不共戴天，一定要找鬼子报仇雪恨。

另外，他也明显感觉到，乡亲们对他不在村里的质疑和迷惑。他给人们的解释，是头天县衙找他有事，晚上又有人请他喝酒，结果喝多了，没回村，就在城里住了一宿。第二天酒醒之后才回家，结果村里出了这么大的事儿。他也表示失职失责，愧对乡邻父老，并说一定去找汤司令直陈本末，为民请命，要求对枉死杆伤村民给予抚恤。他还说，自己的亲弟弟是共产党，他听了都感到惊诧，难以置信。如今害得弟弟逃亡在外，不敢回家。一定是有人贪图钱财，故意栽赃陷害，恳请乡邻父老万勿轻信，以讹传讹，使亲者痛，仇者快。

别说村民对他的话半信半疑，就连自己的亲儿子张碌碡，也对自己的亲生父亲，在村民遭难、妻子临产的关键时刻，竟然莫名其妙地去了城里，而且还与人喝酒，酒后还夜不归宿，真是令人扼腕切齿，百思难解！

张伯岩的解释，连他自己的亲弟弟张叔岩，也感到疑窦丛生。他想：鬼子一进村，就绑上他问谁是张骡子？谁是张叔岩？这说明他们得到了准确情报，但是提供情报的人，肯定不是陶村的人。否则他们进村应该直接到家里抓人，而不是在大街上叫喊，绑着骡子找骡子。哥哥恰恰头天出村，等蒙受这么大的灾难之后，才从城里回来，任凭他怎么解释，也是不能消除乡亲们的疑虑。因为这也太巧了吧！况且嫂子临产，无论于公于私，这都说不过去嘛！

张伯岩本人更是万分悔恨。他回忆整个过程，也感觉疑窦重重。

头天过晌，汤二黑手下的四大干将：蝇子、蚊子、虱子和臭虫，到了陶村炮楼。

这四大干将的名字，怎么都是害虫？据很多人说他们一天到晚干坏事，被百姓痛恨，便根据他们的名字谐音，分别给他们取了绰号。蝇子，真名刘营；蚊子，真名马向文；虱子，真名师兴礼；臭虫，真名崔三儿，小名老臭。

实际上，他们四个人的绰号，最初还都是他们青涩时期，脱离了尿尿和泥、放屁崩坑、弹弓子打鸟的第一阶段，以及好吃懒做、爬瓜溜枣、偷鸡摸狗的第二阶段，开始了打架斗殴、结帮拉伙、小有地盘的阶段，自己胡乱喊叫起来的。那个时候这样互相叫，更多的还是调侃的意味，当然也有在江湖之上，同道之间，朋党之流，那种同生死、共患难的亲切关系，更有不计毁誉，不畏权威，践踏道德，冲撞法律的豪横。随着他们进入舞刀弄枪，明偷暗抢，杀人越货的阶段，自感已经混出了点儿人模狗样儿，一个个小翅膀支棱起来了，小胸脯挺起来了，他们就开始忌讳别人称呼这些雅号了。他们私下里自己互相叫可以，别人叫可不行，那就算犯了他们的名讳，让他们听见了，挨顿打算是轻的，断一根肋条，折一节手指头，都算是稀松平常。据说为了这事儿，曾经有人被割了舌头，从此成了哑巴。

　　自从跟上汤二黑，鞍前马后，血雨腥风，开疆拓土，攻城拔寨，如今这四个人身上没有一个是全乎哩。别说这四个人，就是在团伙里有名有姓数得着哩，没有全须儿全尾儿的货色。他们连命都敢舍，还怕缺胳膊断腿儿吗？

　　深县那时候一共多少炮楼？据说是二十个以上，具体多少个，也没有谁说得清楚。有人说只有日本人清楚，又有人说日本人也不清楚，因为有的炮楼不是日本人修哩，是汤二黑修哩。于是又有人说汤二黑知道，马上就有人说汤二黑也不知道，因为他基本上不在深县待着，深县的事儿都交给蝇子、蚊子、虱子、臭虫他们几个人了。其实人们说得也没错，深县到底一共几个炮楼？这个也修，那个也修，有的修成了又给废了，有的还正修着哩，也许修个半拉半，就不修了。有的早就嚷嚷着修，可几年过去也没修。再比如陶村的炮楼，是修成了而且驻进队伍了，可一夜之间就归零了。所以深县这不到两千平方公里的地面上，一共有多少炮楼，这个确定数字，日本人、汤二黑都不一定清楚，或者他们自己感觉清楚，但其实也都没弄清楚。

　　那么有没有清楚的呢？谁最清楚呢？事实是只有共产党最清楚。共产党的县委书记，以及县大队、冀中军分区最清楚。道理也挺简单，就是只有共产党办事最认真，最扎实，也最牢靠。不信你随便问问，哪个炮楼做饭的姓什么叫什么？只有共产党知道，连他是哪个村哩，有没有媳妇孩子，舅舅家、丈人家，全都知道。而同样的问题，你问汤二黑手下那几个大害虫，肯定也是摇头不知。问日本人？谁敢问？即使你敢问，他一定会觉得莫名其妙，甚至会说你良心大大的坏了坏了的！闹不好一枪崩了你。

闲言少叙。且说这回蝇子、蚊子、虱子、臭虫他们四个人一齐出动，全来到陶村，可见他们对陶村炮楼的事儿，相当重视。在他们时来运转，红红火火、气焰嚣张的时候，竟有人在他们的地盘儿上下手了，而且做得天衣无缝，干干净净，利利索索。这很明显是冲着他们来的啊！不光是他们的人被杀死了，重点是皇军也被干死了！别说全县老百姓看他们笑话了，皇军也饶他们不过啊！明明在他们眼皮底下，发生了如此恶劣的事情，证明了他们掌控不了局面，稳定不了军心民心。更关键的是汤二黑把深县交给他们，这事儿一出，汤二黑也没法再信任他们了！

据说汤二黑知道了陶村炮楼的事儿，真的很生气，后果很严重。本来买好了周福才的《调寇》，要跟三姨太去看。一听说这事儿，不去了！汤二黑戏都不看了，这事儿还不够严重吗？

第七章　劳其筋骨

27

夏阳高照，整个大地像是在蒸笼里，三队麦田里鏖战正酣。

干过农活儿的都知道一句话：争秋抢麦。意即秋收用一个字来形容是"争"，而麦收要用一个字来形容则是"抢"。

为什么？

第一是因为农民"土里刨食"，麦子是他们从土里刨出来的最好吃最珍贵的食。

第二麦收时间很短，而且遭遇风险的概率极高。最大的风险就是赶上下雨。所以要趁着天气晴朗，快收快打。必须跟时间"抢"，跟老天爷"抢"。

因为要"抢"，所以一大早就出工，要把时间用足。

因为要"抢"，所以有时得连轴转，晚上凉快，趁着月光，更出活儿。

因为要"抢"，所以男女老少齐动员，壮劳力下地拔麦子，老弱劳力送饭到地头。

因为要"抢"，一个麦收下来，瘦上个三五斤，也属于正常。

那时的农村，根本就见不着一个胖子。

那时的农民，根本就没有一个有脂肪堆积起来，有肚腩赘肉的肚子。

抢不过怎么样？

在用手拔麦子的年代，由于各种原因，没抢过时间和老天爷的事情屡有发生，并不鲜见。最直接的后果，是成熟的麦子淋了雨，就会发芽，甚至腐败变质。

遇到这种情况，必须把好麦子交公粮，不好的留给自己吃。在陶砚瓦记忆里，既吃过发芽麦子面粉，也吃过腐败麦子面粉。前者松散没劲儿，吃起来没有半点儿香味；后者颜色发黑，味道直接就是苦的。

麦子收成减少，还将影响每家每户收入。工分工分，农民的命根。工分不值钱了，年底分红就打了折扣。

所以拔麦子这个活儿，真值得详细说，重点说。

具体的操作流程，第一是分工。全部劳力，每人三眼儿。这里的眼儿即播种用的耧眼儿，一个眼儿即一个垄。然后按照自愿结合，分为两人一组。一个人在前面拔，并负责从刚拔下来的麦秸里，抽一绺儿作要子摆放好，后面的人把摆放的麦秸捆好，再把麦捆头朝上竖立起来。当时的所有庄稼人，干这个活儿都非常麻利，整个过程用极短时间完成。每个生产队都有高手冲锋在前，旁边的人紧紧跟随，形成人字形雁阵状，缓缓前行。打头儿的自然受人尊敬，落在后面的难免灰头土脸，被人奚落嘲笑。

总之拔麦子之重要性和艰巨性，以及其劳动强度，必须兼备的动作技巧，在农活儿里面都堪称第一。这个活儿拿下了，当一个地道的农民再无难事。

还有一句不能算多余的话：凡是拔过麦子的，都会对粮食倍加珍惜，绝不会把馒头皮剥了只吃馒头芯，或者一个没吃完顺手就当垃圾扔。凡拔过麦子的，是掉了一个馒头渣儿，或者一截面条，都要低头弯腰捡起来吃掉，因为他想到这应该是一粒或者几粒麦子啊！

如果有机会站在外面看麦田里拔麦子的场景，没拔的麦田"麦浪滚滚闪金光"，拔完的麦田一行行麦捆整齐码放，辛勤劳作的人们，没有一个人偷懒耍滑，因为也没有你偷懒耍滑的空间和机会。用不着队长督促检查，一切都在明面上摆着哩。

而当时确实就有一个人，正站在旁边观望欣赏。这个人就是陶砚瓦的同学，黎占江家的三儿子黎三镯。

陶砚瓦心里清楚,"抢"麦辛苦不辛苦?当然辛苦!但几千年来,祖祖辈辈不都是这样"抢"吗?

心里清楚,所以一定要学会,累也要学得干得!何况娘常说:再累哩慌睡一觉就好了。她还说:钱越出越少,力气越出越多。头一天熬过去了,第二天再来。三天五天之后,也就那么回事儿了。

第一次拔麦子的陶砚瓦,和他哥哥陶砚房一组。哥哥在前,他断后,哥哥打要子他打捆。哥哥帮他多拔一眼儿,也超过他很远了。他这边和所有的新手一样,手忙脚乱,顾得了吹笛儿,顾不了捂眼儿,虽然只拔两眼儿,而且奋力劳作,汗流浃背,却还是被拉下很远。

陶砚瓦!你知道什么是"四大累"吗?"拔麦子打坯,出猪圈操屄!"这头一累就是拔麦子。哈哈哈哈!怎么样?有体会了吧?三镯子胳膊上别着个"民兵"袖章,在远处叫喊。

三镯子!你瞎叫唤什么?你别站着说话不腰疼!没事儿闲哩蛋疼,过来帮砚瓦拔一会儿!三队队长实在看不下眼,吼了几嗓子。

三镯子自知理亏,悻悻然走了。

三镯子从社办高中一毕业,一天农活儿也没干,就直接当了脱产民兵。

头一天拔完麦子,陶砚瓦浑身像是散了架。一进家,脸也没洗,直接就躺炕上了。

娘问:俺看看俺儿子哩手!哎呀,手皮磨破了!

陶砚瓦心想:岂止手皮磨破了!腰直不起来了,脖子抬着费劲,胳膊是酸哩,腿是硬哩。

娘说:看看这手,看看这人,刚刚拔了一天,就累成这样儿了!过完一个麦十天半月,还不得把俺儿子累个半死不活哩!

爹说:说什么!谁刚干农活儿不得脱几层皮,掉几斤肉?没事儿,再撑几天就过去了。

唉,你说哩轻巧,还不是你没本事!你看那个三镯子,谁不知道他那点底儿,可人家当了民兵,不用下地干活儿,这里转转,那里晃晃,眼珠子不够使，专盯着大姑娘小媳妇儿。你儿子字文这么好，倒活该干活儿受累。

娘，别说了，俺没事儿，你放心吧。陶砚瓦说道。

娘说：赶紧忙完这茬麦子，等分了头一拨儿，咱们吃一顿连麸子饼。

连麸子饼？陶砚瓦一听就跳下来：好！吃完饭睡觉，明儿个接着干！

文秀卿进了陶砚瓦家的门，站在院子里喊：陶砚瓦！

陶砚瓦答应了一声，光着脊梁从屋里跑出来：秀卿！你找我？

是俺找你。文秀卿说。你答应给俺找《我们播种……》，那书哩？

啊，《我们播种爱情》？陶砚瓦说完迟疑了一下。

你忘了？说话不算数，算了，俺走了！文秀卿说完转身要走。

别走别走，那书在三镯子家，他说他看完给你。我穿个衣裳，咱一块儿找他拿。

俺不去三镯子家。文秀卿说。

没事儿，你在他家门口等，陶砚瓦说，俺进去找他要。

肯定不是黄色书？可是你说哩！

不是黄色哩，是革命哩。陶砚瓦进一步强调。

陶村的夜晚充满烟火味道。鸡鸣狗叫，小孩子哭闹，大人们大声开着色情玩笑，姑娘们永远在唱歌，什么流行唱什么。

这一切，对于陶砚瓦和文秀卿，却是格外熟悉。他们从小生活在这个小村庄，对这一切早已经习惯了。

两人走在大街上，偶尔有人看见他们，难免感觉新奇。因为这是他们第一次结伴走入人们视野，让人们陡生无限遐想。马上有妇女界群众开始议论了。

陶砚瓦感觉到了，立刻引起他的警觉。他马上跟文秀卿稍稍拉开一点距离。但文秀卿却恰恰相反，她好像很享受人们的关注目光，越发昂扬起来，恨不得让陶砚瓦挽起她的胳膊。

文秀卿察觉到陶砚瓦在警惕她，便主动拉了个话茬儿：俺有个事儿想跟你说。

陶砚瓦问：什么事儿？

俺当民办教师了。明天到小学报到，

好啊，祝贺你！那就不用下地干活儿了。

还有三镯子，就俺们两个。

很好，你爹是教育局哩，他爹是支书。

砚瓦，谁都知道，你一直是全班学习最好哩，又一直是班长，可如今你种地，俺去教书，连三镯子这个门门倒数不出前五哩，也都去教书，怎么感觉这么别扭？

啊，你可千万别别扭！一切都很正常，这就是社会。咱们已经告别学校了。那天谷老师嘱咐俺：就要走上社会了，你学习好啊、当排长啊，脑袋上这两个光环，都没用了，也没有了。自己哩命运自己掌握，但是一定要走正道！

谷老师还跟你说了什么？

他送我一个笔记本，写了马克思那段著名哩话："在科学上没有平坦的大道，只有不畏劳苦沿着陡峭山路攀登的人，才有希望达到光辉的顶点。"

还是谷老师最看重你啊，在他心里，肯定对你寄予了最多哩希望。其实俺心里也是，你最优秀，你哩前途应该是最好哩。可俺挺恨俺自己的，因为实在没有力量帮到你。

你别这么说，秀卿。俺了解你，你这么善良，聪明，去教孩子们，一定错不了！俺真心祝贺你！

你真是这样想哩？

真是，秀卿。俺恨不得变成个小孩儿，天天听你上课。

你想天天见俺，你是不是想那个？秀卿停下脚步，眼睛瞪着陶砚瓦。

没有，俺没有。俺就是想说，你一定是个非常好非常好哩老师。谁跟你上课谁幸福。

28

　　黎占江最喜欢干哩事儿，就是主持支委会。

　　今儿个公社书记找我，说咱县领了上级指示，要搞一个民兵营，咱公社要出两个干部去当连长、指导员，给咱村要个有文化哩，当这个连哩团支书。计划开到邯郸那边儿去建设"三线"，说是去修铁路。咱村儿今年高中毕业哩这十几个孩子，已经安排了两个民办教师，剩下哩几个，俺听大伙儿反映，都还不错，干活儿也都挺踏实。三队里那个陶砚瓦，表现也不错，虽说出身中农，咱们还是安排他当了团支书。俺寻思着他去比较合适，大家有什么意见没有？

　　有人问：有没有转正哩希望？

　　黎占江答：俺问了，说是不一定，可能有，也可能没有，就算有也是打顶掐尖儿，一个儿半个儿。

　　有人就说：砚瓦不错，挺踏实哩。

　　有人附和道：是，团支书他也干哩不错。没意见。

　　黎占江便拍板说：好，那就这么定了。

　　晚上回到家里，儿子黎三镯一见他进门儿，就劈头盖脸说了句：爹，你老糊涂了吧？

　　黎占江丈二和尚摸不着头脑，回戗他：你吃枪药了吧？怎么跟你爹说话？

　　俺不吃枪药，也没糊涂，黎三镯还挺倔强：俺就想问你一句话：你是不是俺亲爹？

　　你这个狗熊样子！黎占江也没好气儿说：什么事儿？谁惹了你这个大少爷？

　　黎三镯把脸一横：去三线哩事儿，你为什么定陶砚瓦？

　　黎占江一听是为这事儿，轻描淡写说：上支部会了，已经研究定了，怎么了？

　　还怎么了？咱村儿就出一个干部，听说将来还给转正，你为什么不让俺去？黎三镯显然动了心。

啊，敢情是为这事儿。俺给你分析一下：第一，你已经是民办教师了，他有转正可能，你也有转正可能；第二，他是去一个陌生环境，完全靠自己努力，你现在有你爹托着，罩着；第三，他得上施工第一线，他得卖大力气，你舒舒服服哩，晃晃悠悠哩；第四，他面前有全县不知道多少竞争对手，你哩，谁跟你竞争？你说说，谁跟你竞争咱把他搬喽；第五条更重要，你不是喜欢秀卿吗？俺也喜欢那闺女，把你们放一块儿，培养培养感情，你傻啊？第六，……

得得得，没第六了，用不着了，黎三镯说：俺不去就是了。

陶砚瓦出发的头天晚上，文秀卿又来他家看他。她没进屋，两个人在院子里站着说话。

俺听三镯子说，你这次去的地方是在山里修铁路。他说活儿挺累哩。秀卿很心疼地说。

他说哩对。可在村里干农活儿，不一样累吗？再苦再累。睡一觉就过去了。

俺老觉着不公平。

秀卿你很善良，俺非常理解。保尔·柯察金不也是修铁路吗？

你是保尔，俺不是冬妮娅。

你当然不是，你跟她不是一类人，而且你比冬妮娅的认知要正确。当然我也不是保尔，我没有保尔的经历和毅力。我们应该像保尔一样有理想，并且为理想奋斗。

29

绿皮火车从石家庄一路南下，直奔邯郸。民兵们每人一个铺盖卷，全都说说笑笑。只有陶文亮仍然面无表情，跟二狗坐在一起。

文亮，拿出你那口琴来，给大家吹一段怎么样？陶砚瓦虽然年龄小，但长他一辈，所以直呼其名。

陶文亮还是不说话，只是点了点头。

大家请安静一下！陶砚瓦站在车厢中间过道上说。咱们请陶村哩陶文亮，给大家吹一段口琴，请鼓掌！

陶文亮也站起来，开始吹《毛主席来到咱农庄》。他吹得十分认真，大家也听得很仔细。也有人轻声跟着他曲子唱。

他吹哩怎么样？陶砚瓦问。

吹哩好！吹哩真好！

咱不能老让他一个人吹，咱们一块儿唱个歌儿怎么样？众人响应：好！

我先起个头：一条大河波浪宽，预备——唱！

众人唱：一条大河波浪宽，风吹稻花香两岸。……

整车厢的年轻人，绝大多数是第一次坐火车，也是第一次离家去往远方。他们怀揣梦想，唱着笑着，看着车窗外的陌生风物，都来不及思考自己的人生方向。

从邯郸下了火车，又换乘大卡车拉到山里，到了一个叫豆庄的村子旁边，早已搭建的临时工棚里，落下脚来。连部单独一个小间，每个排四个班五十多个人，住一个大间。

民兵营的生活就是跟平时出民工，到海河工地挖河差不多。

陶砚瓦没有出过民工，但连里有多次去过海河工地的，总听他们念叨，跟这里一样，无非是白天干活儿，晚上睡觉。吃的也是大锅饭，但是海河上管饱，而且全部免费。而这里则是发工资，自己买饭票，凭票买饭。饭量大的人，就叫唤不够吃。像陶砚瓦这种情况，还是够吃，略有节余的。剩下的虽然不多，但是也足够让几个大肚子惦记垂涎了。

他们的工程任务就是在山坳里，整出一块平地，修建一个车站。而且工具也是铁锹、洋镐、小推车，跟挖河完全一样。各连受领了任务，按照每人每天5立方土来核算工作量，再分配给各个排，各排再分给各班，最后也还是大呼隆，都在一起干。当然哪个排进度快，哪个排拖了后腿，谁最卖力气，谁习惯磨洋工，全都在大家眼皮底下，人人心里有个底数。

都是年轻人，白天晚上都在一起，煞是热闹。总有人爱开玩笑，讲笑话，引起哄堂大笑，所以无论工地还是工棚，尽管很劳累，但总是充满了快活的空气。

30

老侯！这个排长俺干不了了！你另请高明吧！四排长张延怒气冲冲闯进连部，对着指导员老侯发火撂挑子了。

怎么回事儿？哪能说不干就不干？你说为什么啊？指导员老侯正在连部说事儿，见状十分惊讶不解。

别哩排都是排长副排长一起干，只有俺们排就耍俺一个人！关键还公开对别人说俺傻，说俺就是被人耍惯了，这不是公开欺负人吗？

张延你怎么这么不懂事儿？老侯的火气也蹿上来了。本来陶砚瓦看明白张延是冲自己来的，想好好解释一下，但老侯拦住他说：排长是有文件儿正式任命哩，哪能说不干就不干呢！

你说谁不懂事儿？张延正在气头上，听到老侯说他不懂事儿，火气更大了。你再说一回试试！

张延老哥，消消气儿，坐下来说。陶砚瓦端过来一碗水，递给张延。今儿个指导员叫住俺，当时俺也没在意，就跟老侯来了连部。没跟你请假，是俺哩不对。

这几句话平心静气，而且都在理，张延的火气稍稍往下降了不少。

咱们排只有靠你一个人领着大伙儿干，俺心里也觉着过意不去。这句话实际上是说给两个人听的。热乎了张延的心，却也轻轻敲打了老侯。

这样吧，咱也别问你是听了谁哩话了，现在说清楚了，你稍等老侯给俺交代完工作，咱俩一块上工地，别耽误了干活儿行不行？

张延你听明白了吧？你堂堂一个排长，怎么听那些乱七八糟哩闲话？还说发火就发火。你这么干吃亏哩是你自己啊！

这回张延不再说话了，他也感觉自己刚才太过分了，但碍于脸面，也没有再说什么。

俺们都还年轻，都经常搂不住。陶砚瓦再缓颊道。

那好，你们先说事儿吧，俺先上工地去。张延说完转身走了。

砚瓦你真行。老侯说。他明明冲你来哩，结果你一点火气都没有，还给他上了一碗水，这一般人绝对做不到。别说你这个岁数了，就连我这个岁数哩，恐怕也很难做到啊。

咳，也别这么说。全连只有俺们排哩副排长有兼职，还老因为这个脱岗，谁都会有想法。再有人从中一搅和，这不就闹腾起来了。

那你说怎么办？老侯挺诚恳问。

俺说很简单，你就公开宣布，因为俺有兼职，所以从工作任务里核减俺一半儿立方数。你只要有这句话，至于你核减不核减，怎么核减，谁还能追究？再说他怎么追究？

你小子年纪轻轻，还真有两下子。好，咱就这么办！

第八章　在北乡过三关

31

　　一个蚊子个头儿挺大，叫声挺响，好像特别稀罕小石头陶载石，死死追随着、围绕着，不时扑到他裸露的皮肤处，好一番吮吸。它品尝了鲜美，还占便宜没够，仍然舍不得离去，一路上叮得紧，嗡嗡叫个不停，拍也拍不着，赶也赶不走。嘴里就狠狠骂道：小兔崽子，叮死你爹了！

　　旁边哩小碌碡张鹭洲说：敢情你是他爹啊？它不叮你叮谁？

　　一旁哩大熊黎崇善说话了：他妈哩，从河间就叮上了，非叮到蠡县啊？

　　旁边人们这会儿都累哩够呛，听见了他们闲话，也没人搭茬儿，也没人笑。

　　这一宿急行军，趁着微茫月色，在青纱帐里穿行。前半夜还知道热啊困啊累啊饿呀，后半夜基本处于昏昏欲睡状态，什么热啊困啊累啊饿呀，全都感觉不到了。甚至两条腿也感觉不出是自己的了，只是稀里糊涂朝前迈着，死跟着前面哩人走。走着走着，睡意上来了，迷迷糊糊就瞌睡上了。乍猛的哩脑袋朝下一耷拉，如果是两个膝盖一软，咕咚往地上一跪；如果是朝前头一栽，砰一下子，撞到前面人身上。反正都是惊醒过来，打一个愣怔，接着往前走。前面被撞哩那人，头也懒得回，话也懒得说，都闷着头朝前走。

　　两边都是七八成熟的嫩棒子，不时碰得着胳膊。透过那一层层嫩皮，能闻见里头包着哩棒粒子，散发着淡淡哩香气。真想顺手劈下一个，把皮剥打剥打，啃着就吃，香喷喷哩，解饥解渴又解馋。本来是一个人肚子咕噜咕噜叫唤一下，很快大家哩肚子都叫唤上了。

八路军有纪律，谁也不能动歪心思。更何况新兵队长闫玉才，天天叫得响，让大家过"三关"。哪"三关"？

头一关，是"饿关"。他说当八路军必须能挨饿。饿一顿两顿不叫事儿，饿一天两天平常事儿，饿上三天四天没有事儿，饿上五天六天，也得硬撑硬扛打起仗来还得有劲儿！

第二关，是"走关"。他说当八路军必须能走，而且是晚上走，夜行军、急行军，一二百里，一宿干过去。人家说咱们"八路军，瞎胡闹，一身虱子两脚泡"，话不好听，但是也表扬了咱们能走能跑，两脚起泡，照样打仗。

第三关，是生死关。他说八路军必须不怕死。在敌后作战，跟凶狠的日寇作战，怕死还行？他侵略咱们国家，杀害咱们同胞，糟蹋咱们姐妹，烧毁咱们家园，咱不上阵谁上阵？咱不杀敌谁杀敌？不怕死才能往前冲，不怕死才能跟他拼刺刀。

过了这三关，能饿，能走，能拼命，才是合格的八路军战士。老三团二营副营长闫玉才，经常对新兵，对自己的战士，提出三问，每问都有标准答案：

问：七八天没见一粒米！答：喝水！

问：几百里没到目的地！答：继续！

问：小鬼子端枪上刺刀！答：拼到底！

训三关，练三关，问三关，答三关。很快，闫玉才便有了闫三关的雅号。

当时新兵训练，都是根据冀中实际，着重练习射击、投弹、刺杀三大技术，夜战训练。重点让单兵利用地形地物射击和投弹，实际上就是练习打伏击，练习隐蔽待机、迅猛歼敌、迅速撤出。

所以，闫三关组织这次夜行军，也是急行军，必须饿着、走着，而且还是在鬼子哩炮楼间穿行，随时可能有敌情，随时准备战斗，随时可能面对生死。完成了这次急行军，也就同时过了三关。每个新兵都是一个念头：跟着闯三关不停地走啊走啊。这一夜走路，确实明白了闯三关的厉害，以及过三关的艰难。天蒙蒙亮了，眼皮都不想抬了，两条腿像是灌了铅，像两根棍子，沉得不行。但很奇怪，好像也不需要刻意用很大劲儿，就能迈得动，挪得开。全队27个人，竟没一个人叫苦叫累，当然叫也没用；更没一个人掉队，全部走到了蠡县东北部一个叫唐庄的小村子，即新兵队的新驻地。这边村里早有人接应，一一安排住进了堡垒户。大家也顾不上饿了，全都是一头扎到炕上，倒头便睡，呼噜呼噜叫不醒了。

睡到过半晌子，大熊黎崇善先爬起来，打扫了老乡家院子，又抄起扁担，去井台挑了水。回屋后，他把还在酣睡哩石头陶载石、碌碡张鹭洲捅咕醒了。全队集合，讲评、学习、训练。

第二天一早，还是大熊先醒，接着叫醒那两位小弟，三人一骨碌爬起来，穿着衣裳就往外走。按照队长要求，他们三个负责到村外去找野菜，早上给大家吃。

走了这一整宿，从河间焦家楼来到蠡县唐庄，说是一百二三十里地。三个人就问队长：这里离深县多远？听到回答是这个地方在陶村北边一百多里地。一百多里？他们听了心里都迷迷糊糊哩，一阵子纳闷儿：在河间时候，说离深县一百多里，怎么走了一整宿，离深县还是一百多里？旁边明白人就跟他们解释：河间在深县的东北一百大几十里，蠡县在深县的正北一百几十里。一个是大几十里，一个是几十里，其中分别非常清楚。他们果然都恍然大悟说：啊，它们都在北乡啊！

北乡，是陶村人使用频率相当高的地理概念。在他们理念里，往往就站在陶村，面朝正北，脑袋不动，眼珠子左右摇动，向远方望去，目光所及的地方，都被笼统称为北乡。北乡这个概念，十分庞杂，如果细分，也只能分成正北、西北、东北三个大致区域了。由于历史上大部分时间，深县是被叫做深州的，叫深州的时候，一直是一州管三县，即管辖着安平、饶阳、武强三县。安平、饶阳就都是北乡，武强从地理上应属于东乡，但陶村人却极其武断地把其一并纳入北乡范畴。陶村人心中的北乡，那是除了上述三县，还把归属沧州、保定管辖的诸多县市，比如肃宁、河间、沧县、安国、博野、蠡县、高阳，通通囊括在内的。陶村地处深县北部，作为深县所辖之地，本应以县城为中心，心系之，向往之。但不知何故，在陶村人的实际生活中，他们却对北乡的情缘更深，与北乡通婚也就更多。抗战时期，中共冀中区委为便于建立抗日政权，把大深县拦腰劈成深北县和深南县，前者属七分区，后者属六分区。陶村当然属于深北县七分区，跟北乡一些县是一个区。陶村人对于北乡的偏爱，或许是有这段历史因素，惯性思维，导致这个深北小村人心向北，并持续至今，仍然未能调适纠正？也未可知。

陶村那三个刚刚参加队伍的小伙子，因为年龄小，都是死乞白赖，上赶着来哩，所以在新兵队受训，生怕表现不好，叫队伍上给开回去，个个都积极得很，诸事无不奋勇争先，唯恐落后一步。别说过三关了，就算是七关八关，也得坚持过。他们个个劲头儿绷哩紧紧哩。两三天过后，他们发现，全队二十多个新兵，最大哩也就二十啷当岁，大部分都是十五六岁哩，而且全都是争着抢着参军来哩。大家在一起训练，陶村三人确实还行喽，全都在上中游子。

立秋以后，早晚天凉了不少。头天晚上，他们答应炊事员老胡，也给队长闫玉才报告了，一早去村外小树林的坟地里挖野菜。这个地方是听房东大伯说哩，大伯说他早躨摸过了，苦荬菜、马齿苋、苋菜、蒲公英都有，一窝一窝哩，密密实实哩。三个人进行了简单分工：黎崇善和陶载石每人负责挖马齿苋一篮子，张鹭洲负责挖蒲公英一筐。

到了坟前，黎崇善咕咚就跪下了：各位爷爷奶奶大伯大娘们，俺们过来挖野菜，一会儿就走，对不起，打扰了！说完站起来，回头看见那两个小子正对着坟头哗啦哗啦撒尿，不由生气大喊：臭小子！滚一边儿去！那两个小子也不分辩，各自端着尿着转身，朝坟头外面接着撒。

听说再过两天，咱们就要下连队了。从来都是碌碡张鹭洲消息最灵通。

好啊！下了连队，咱们就真成了八路军了！大熊黎崇善略显兴奋地说。

咱们是一个村哩，恐怕得分开啦！石头陶载石略显伤感地说。

早晚哩事儿！反正得分开。碌碡张鹭洲故作轻松地说。

咱们都是吴先生哩学生，也都把精忠报国刻脊梁上了，不管到了哪里，也不管什么时候，咱们不能给先生丢脸，不能给陶村丢脸！大熊黎崇善万分严肃地说。

记住了！两个小子齐声说。

三人把野菜交给炊事员老胡，老胡先把马齿苋洗把洗把，甩了甩，放到案子上切了切，又放到一个大盆子里，浇上些生油搅和一下，又磕进几个鸡蛋搅和一下，最后撒上些棒子面，再搅和匀了，就都放进四层笼屉里开始蒸。他这边儿又拿出几头大蒜，把皮剥干净，放案子上用刀拍了，又放进罐子里，用刀把捣烂，撒上了三把盐搅匀。那边蒸锅里一直冒着热气，老胡估摸着时间够了，就打开锅盖，一屉一屉哩翻倒到四个大盆里，蒜泥分成四份，一一放进四个盆里，又烧了一锅油，分别浇上拌匀。油锅不用刷，烧了一大锅水，把蒲公英洗了扔进去，没等开锅，就对一直在旁边站着看哩碌碡张鹭洲说：鹭洲儿，喊他们开饭吧。

洲字儿化韵之后，倒是更接近小名碌碡哩读音。

32

果然，到了蠡县之后的第三天，分兵开始。

早起集合时，陶村这三个小伙子都愣住了：在队长闫玉才哩旁边，还站着另外两个人，其中一个，是他们都异常熟悉哩，他们哩先生吴力耕。他们都眼巴巴盯着吴力耕，可吴力耕却若无其事的样子，并没有特别关注他们，甚至连用眼神交流一下也没有，感觉他就没有认出他们是谁一样，或者就从来不认识他们一样。

张碌碡真想喊他一声：吴先生！俺是张鹭洲！那边还有黎崇善和陶载石！俺们都是你学生啊！俺们都抗日来了！

但张鹭洲心里想了一下，嘴里没出声。

稍息！立正！稍息！闫玉才队长的口令严肃而低沉：同志们！战争时期，有些课目无法开展，所以新兵队训练比较简单，只是下一阵毛毛雨，打一个基础。我们面对的鬼子十分残暴，真正的战场十分残酷！战斗也十分惨烈！我总是反复要求，要当一名真正的八路军战士，必须过三关，就是不怕饿，不怕走，不怕死。过了这三关，还需要你们在实战中学习、锻炼、提高。根据团首长指示，今天新兵训练结束。下面，我宣布分兵名单。第一组12人站我左手边，第二组11人站我右手边。好，第一组请一营张副连长带走；第二组随我去二营。最后那个张鹭洲、陶载石，你们两个跟吴干事走。好，同志们！听明白了吗？

听明白了！

好，同志们再见！

三个负责带兵走哩，各自点验收拢自己哩人。吴力耕对自己哩两个兵说：你们先稍息，等一下。说完他走到一营张副连长处，对着他耳朵说了句话，张副连长便对着自己队伍下达口令：黎崇善同志！到！出列！是！黎崇善应声向前跨出一大步立定。团部吴干事找你说话，你马上过去！是！

黎崇善马上转身对着吴力耕：吴干事，战士黎崇善报到，请指示！吴力耕对他说：入列！是！吴力耕对着陶村三个小伙子下口令：你们三个稍息！立正！向右看齐！向前看！稍息！咱们今天见面了，但咱们现在不是师生见面，是八路军抗日战士见面！不是在教室见面，而是在敌后战场见面！黎崇善同志，你分到一营，陶载石和张鹭洲两个同志，分到团直侦察排。我现在团部当干事。咱们都是冀中老三团。希望咱们今后，不管在哪个单位，做什么工作，都要严格按照党的指示、团首长的要求，奋勇杀敌，完成作战任务，一定顽强战斗到抗战胜利！听清楚没有？听清楚了！好！黎崇善同志！到！归队！是！

真到了分别的时候了。黎崇善跟着一营朝北走，据说是去高阳；二营的人由"闯三关"闫玉才带着，是朝东南走，据说是到肃宁；陶载石和张鹭洲跟着吴力耕朝西南走，他们是要到安国。

对于新兵队的学员们，虽然在一起没有多长时间，但是毕竟一个多星期吃住在一起，感情也很融洽，到了分别的时候，还是有点儿悲壮意味。陶村这三个小伙子，既是一个村子里乡亲，又是在一个村塾念书哩，更是一起出来抗日哩，咣当一下子分开，各自心里难免蛄蛹蛄蛹哩。尤其是小碌碡张鹭洲，他回头看了看黎崇善远去的背影，眼睛里酸酸哩，忍不住偷偷跟陶载石说，大熊真可怜。

还没等陶载石开口，吴力耕就说：张鹭洲！你胡说什么？大熊为什么可怜？

碌碡一下子愣住了，不知道该怎么答复。一着急，嘴里便秃噜出来一句：他家里还有个媳妇儿哩。说完又后悔了，心想陶载石听见了，一定在心里笑话他想二妞了。于是又补了一句：还有他爹他娘。

如果你不去抗日，敌人就会杀了你，然后指着你的尸体说：看，这就是奴隶！吴力耕顺口念哩这几句，本是一首诗，但刚才经他念出来，听上去可不是诗，就是几句大白话。你们两个听着，黎崇善比你们大几岁，身上又有功夫，他去的一营，有参加过长征的红军战士，也有咱冀中子弟，他们战斗经验都十分丰富。相信他会很快适应，而且进步也会很快。他不用你们担心！倒是你们俩，年纪这么小，个子都没长开呢！先管好自己的事儿吧！欸，对了，陶载石，你的手巾怎么比别人小那么多？

报告吴先——啊吴干事，队里发给俺手巾之后，俺撕下来一绺儿，做了个小兜兜。陶载石说着，顺手从后背上掏出来吴力耕给他哩那根笛子，递给吴力耕。

我不看笛子，我先看你手巾。说着就接过陶载石递过来哩手巾，翻过来掉过去看了看，说，这么窄一条儿，怎么擦脸？

俺长这么大，从来没用过手巾。陶载石说，俺家就没有手巾。

那你洗脸怎么洗？拿什么擦？

扚一瓢水，捧出来一把就能洗呀！洗完了，甩一甩就干了。

啊，我看看你缝的兜兜。吴力耕说着，伸手去拉陶载石哩脖领子。

俺自己来。陶载石把双手举起来，从脖领子伸到后背上，解开一个结，就把那个宝贝兜兜拽出来交给了吴力耕。

嘿！缝得还真不错！针脚还挺密实。吴力耕啧啧称赞道。平时你就这么背着这根笛子？

对。睡觉哩时候，俺就把兜兜解下来，放到枕头底下。

咱们在敌后打游击，早把团营连建制，化整为零，各自为政了。一营、二营一东一西，都实行小连大班。咱们团部也只有一个侦察排，平时，在一个地方住宿顶多是三五个晚上。警惕性很高，随时准备有敌情出现，随时准备战斗。所以啊，陶载石同志，作为你曾经的老师，应该支持鼓励你吹这个笛子，但是，作为团部干事，我必须跟你说，你这个笛子怕是没法儿吹啦。

俺知道。陶载石语气坚定地说，俺决不违反纪律。说完他又把兜兜摆弄到后背上，双手举起来，在后背上打了个结，然后又把那根宝贝笛子塞了进去。

当然，国破家亡，咱们又要打仗，也真是顾不上吹笛子了。吴力耕愤愤地说，我那根笛子，已经存放在肃宁一个老乡家里了。等赶走了小日本儿，咱们一定在一块儿吹他三天三夜！

好，吴干事。陶载石也明显受到了吴力耕这一席话的鼓舞，到那个时候，咱们一定再叫上大熊，还在一起唱《松花江上》！

三个人一边在青纱帐里飞快走着，一边说着话。这天天气阴沉，头顶上不见太阳，时不时有燕子从身边掠过，脚底下不断有成队哩米羊，闷热得厉害。张碌碡说，他妈哩，这是要闷雨啊！陶载石说，知足吧，赶上这个天儿，算是咱们哩福气。

三个人就一直走啊走啊，突然一阵雷声响过，雨就哗啦哗啦下起来了。三人浑身淋得精湿，不觉天过晌午了。吴力耕问他们：饿不饿？不饿！渴不渴？不渴！吴力耕说，我可真是又饿又渴了。要不要坐下歇会儿？两个新兵说：听你哩。你说走咱就走，你说歇会儿咱就歇会儿。吴力耕说，行，好样的！咱们还是紧着赶路吧。团首长们还等着咱们吃晚饭呢！

于是三个人便继续往前走。

在敌后打游击，最要紧的就是必须能走能跑。吴力耕说，比敌人走得快，跑得远，就能取胜。你比敌人慢了一步，你就完蛋。

今天咱们慢不慢？张碌碡就问了句。

不算慢，可也不算快，还行吧。吴力耕说。

这会儿咱到了哪里了？张碌碡又问。

咱们一直走小路、抄近路，甩过了蠡县、博野、安国三座县城，前头再过一条河就到咱驻地了。

过河？两个新兵都感到很新奇，不约而同发问。

对，过河。河水不深，没不了脖子。

突然，陶砚石伏下身子，顺手在路边揪下几根马齿苋，放进嘴里吧唧吧唧嚼起来，随即一仰脖子咽了下去。张鹭洲见了，也有样学样，在路边掐了几根放进嘴里嚼了嚼咽了下去。

不错！看你们状态，基本上都过三关了！吴力耕说着，也学着小哥俩的样子，弯腰采了些嫩的，把上面雨水露水甩了甩，扔嘴里嘎吱嘎吱吃了。

三个人立刻来了精神，前进的步伐更快了。

大约又走了一个时辰，雨似停未停，稀稀落落地还在下着，远远看见前面有一排柳树，在天际和青纱帐之间，从西北向东南蜿蜒，高低错落，看不见首尾。吴力耕带着两个新兵，扎进北边田垄里，他指着那些柳树说，那就是孟良河。咱们预防万一，小路也不能再走了，就从庄稼地里，悄悄走到河边去。我在前面，你们两个跟着我。咱们三个人都没带枪，我这里只有一把匕首。遇到敌人，咱们只能隐蔽，不可以来硬的。记住，咱们必须蹚过这条河，到对岸的程院村，程老秋家，去找咱队伍。不论发生什么意外，你们两个必须听我指挥，咱们三个人不能失散，必须生死在一起！我刚刚看见路边有不少野菜，咱们再垫补垫补，稍事休息，河不算深，但没有了隐蔽屏障，过河时候完全暴露，必须得铆足劲儿，用最短时间闯过去！记住了没有？

那两个新兵一齐说：记住了。吴力耕抬头看了看天，说：多吃几口吧，这雨一时半会儿停不了。

三个人就开始吃野菜。突然，张鹭洲把手里野菜往地上一扔，说：听，有情况！

33

多少年后，在中华人民共和国成立七十周年前夕，老将军张鹭洲还向陶砚瓦讲起这天的经历。他说咱是彻底哩唯物主义者，不信鬼神，不讲迷信。不过那天发生哩事儿，还真可能是老天爷帮哩大忙。

张鹭洲突然说有情况，三个人就都竖起耳朵听，可什么异常动静都没听到。吴力耕就问张鹭洲刚才听到什么了，张鹭洲也吭吭哧哧说不上来，只是用手往河边那里指了指。吴力耕也用手往河边指了一下，两个人一起冲他点了点头，便跟着吴力耕朝河边走去。天上往下掉雨哩，棒子叶上，全是雨水，弄哩三个人都成了落汤鸡，就像是从河里钻出来哩。

河边那些柳树越来越近了，能看见柳树们整个身子了。再向前几步，能看见河水了。吴力耕不走了，他匍匐在地上，慢慢朝河边爬去。后面两个人一左一右趴在他两侧跟着。当他们爬到离河边几米处，才发现在他们右手，河的上游，大约150米处，支起一个军用帐篷，帐篷外站着一个日本军官，旁边两个人都挎着枪，有一个为日本人打伞，另一个也点头哈腰哩，两个人一看就都是汉奸模样，他们正在朝对岸瞭望。再往上游望去，大约300米处，有一架老桥，桥这头能看见停着一辆军车，桥上正有荷枪实弹军人排成三路纵队朝对岸行进。

不好了！吴力耕声音压得很低说，一定是敌人得到情报，鬼子和伪军来突袭程院村。必须破坏敌人企图，不能让其得逞！咱们这时候要有把枪就好了！咱们不能跟大部队硬拼，但是对付眼前这三个人，应该会有机会。咱们先摸过去。

三个人返回青纱帐深处，劈下来些棒子叶，胡乱编个圈圈套在头上，然后悄悄朝鬼子帐篷那边移动。到了10米左右处，能够清楚看到敌人脸，听得见他们谈话声了。吴力耕说：一会儿咱们悄悄爬到河边，然后突然冲上去，我对付鬼子，你们对付两个汉奸。先夺枪，实在不行，抱着他们下河。怎么样？两个人坚定地回答，行喽。

正要准备动手，没打伞哩那个汉奸一边解裤带一边朝棒子地里跑过来，一转身，屁股对着三个人拉起屎来。吴力耕朝前爬了几下子，也顾不得那一坨臭屎，从那人身后蹿上去一锁喉，刀子早对着胸口攮进去，血喷了吴力耕一脸，两条胳膊都染红了。那人轻轻哼了一声就没气儿了。摘下枪，上了膛，回头一看，那两个小子都愣在那里，紧盯着他哩。吴力耕把匕首递给陶载石说，你们两个听好了，我先冲鬼子打枪，然后冲两个汉奸开枪，打死打不死，你们都别动弹。他一时半会儿找不着咱们。两个人都点头。

吴力耕投笔从戎，连一年都不到，战斗也参加过一些，但都是一般角色。三八大盖打过没问题，匣子枪可没摆弄过，他只是见过团长、政委背着，有情况时就把弹夹子一拉一推，就是子弹上了膛。然后当然就是对准敌人，开枪就打吧。现在匣子枪在手上了，以前连摸都没摸过哩。他稍微迟疑了一下，定了定神儿，看见桥上的敌人已经全部到达对岸，事不宜迟，机不可失，打得准不准另说，起码打乱敌人计划，给团部报信早一秒是一秒！他终于横下一条心，双手端起匣子枪，对准鬼子后背，简单瞄了一下，右手食指轻轻一扣，"呼"的一声，子弹飞了出去。

那子弹从鬼子后背打进去，从鬼子前胸钻出来，肯定是打穿了要紧处，顿时两腿一软栽到了河边，脑袋耷拉着，身子差一点就栽进河里。打伞哩汉奸还没反应过来，又有一颗子弹飞向他后背，同样双腿一软栽了。只是他正回头时中弹，身子斜着栽倒在鬼子身上，手里那把伞张开着扔到地上，正好挡住了吴力耕视线。

都打着了？吴力耕问。

都打着了。两个新兵回答。

沉住气，不要动。注意观察！吴力耕下达命令。

是。两个新兵回答。

两枪。程院村肯定能听到。吴力耕喃喃自语道。

他们刚刚经历了风险，警惕性都很高，眼睛瞪得铜铃似哩，耳朵都支棱着，呼吸仍未均衡平稳。正在此时，令他们万万没想到哩，一个橘黄色影子，不知从哪里突然蹿出来，噌家伙扑向吴力耕，那血盆大口像一把铁钳，死死咬定吴力耕哩喉咙。

千钧一发之际，陶载石猛扑过去，手中哩匕首对准那畜生后脑勺子、耳朵根子、眼珠子、后脖梗子一顿乱捅。这是一条纯种秋田军犬，七八岁上，正是健硕时候，平时咬人无数，是日本鬼子名副其实的"四腿帮凶"。它跟着主人殉命，算得上得其所哉。

这时河对岸枪声大作。

再看那吴力耕，脸色煞白，早已疼得昏迷过去。他哩喉咙处、脖梗处，均有深深哩牙咬血痕，不断还有血渗流出来。两个新兵都紧着叫他摇晃他，过了一会儿，才见他微微睁开眼，说了句：枪声大作了吧？不用管我，快去打汽车，鬼子的汽车，打油箱！

碌碡，你在这儿照看着吴干事。陶载石说，俺先去把那两把枪捡过来。说完，他腾身一跃，三步两步蹿到河边，分别把两把枪下了，又飞身进了帐篷，捡了面包、香肠、清酒，嗖家伙返回到吴先生身边。整个过程行云流水，毫无慌乱。

陶载石对吴力耕说：你别怕疼，俺先用酒洗洗你伤口。说完就打开瓶盖，倒上一瓶盖酒，往吴力耕脖子上滴酒，再倒出一瓶盖，又滴酒一回。看着吴力耕咬牙硬扛的样子，赶紧把一小块面包递到他嘴里。先吃点儿东西吧！

汽车上有鬼子，危险！吴力耕说。

三把枪，咱们正好每人一把。张鹭洲眼睛瞪着那三把匣子枪说。

陶载石递给碌碡一把，说，拿上，多喂先生点儿吃哩。吴先生，俺先过去侦察一下。说完就朝汽车那边走去。

你们都不错，过了三关了！吴力耕对张鹭洲说

34

青纱帐，本来是平原大地夏秋季节的一道风景，是平原人民年复一年辛苦劳作的伟大展示，是他们世世代代繁衍生息的冀中热土对他们辛劳的奖赏。自打来了鬼子，它的意义竟然多了一层，它成了逃避鬼子追杀的遮挡，掩护抗日抵抗力量的盾牌，以及和鬼子周旋战斗的战壕。

当然，在鬼子和汉奸们的眼里，青纱帐就是让他们胆寒的暗海，里面有窥探的眼睛，有乌黑的枪口，有随时随地突然打来的冷枪冷弹，有长途奔袭的成建制的军队，以及更多防不胜防的游击民兵。

陶载石悄悄摸到靠近汽车哩地方。看见两个皇协军正斜背着枪，靠在汽车上抽烟哩。其中一个有点儿眼熟，像是在哪里见过。啊，他像是陶村哩，

"对大天"家哩老二小子二橛子!

"对大天"是麻子陶三儿和他同样长了一脸麻子哩媳妇,夫妻二人共同拥有哩外号。陶村人号称有文气,取笑人家生理缺陷,明显就是没文化嘛!不文明嘛!侵犯人家人权嘛!这若是在人家漂亮国,弄不好得吃官司。尽管从前在这个国家可以随意屠杀印第安人,自由买卖黑奴,他们哩开国总统还剥人皮做皮靴,至今也是劣迹斑斑,不是省油哩灯。

陶村落后,观念陈旧,不懂这些。陶载石和张鹭洲小时候,都跟着大一点儿哩孩子们,对着这两口子喊过一首宝塔诗:

核,

天牌,

漏米筛,

雨打沉埃,

虫吃萝卜菜,

石榴皮翻过来,

钉子鞋往泥里踩。

老鼠爬过尘案灰台。

千万别照镜子添腻歪。

宝塔尖上那个"核"字,陶村人读音为"孩"。这种读音严重不准的情况,还有很多。比如"泽",他们读作"宅";"德"这个字,他们读"dei",不一而足。

说也奇怪。任凭孩子们怎么喊叫,"对大天"两口子都默不作声,装作没事儿人一般。两个儿子都大了,都打着光棍儿,也娶不上媳妇。村里更淘气哩,竟然也朝两个儿子喊宝塔诗。这些孩子们开始都以为是"对大天"长相招惹哩,后来才听大人说,不全是"对大天"哩原因,主要是"对大天"哩爹,不孝顺自己爹娘,让雷劈死了。从此全家声誉一落千丈,成为村里被奚落、被欺侮哩对象。都三辈儿了,还没翻身哩。

陶村久有传说，谁不孝敬爹娘，天打五雷轰。最近哩实例，就是"对大天"哩爹。传说他爹对他爷爷奶奶不好，戴上"打爹骂娘"哩名号。平时不给吃好哩穿好哩，更不给好脸色，致使两个老人晚景凄惨，相差几天，悲凄离世。村里人都议论纷纷。终于在那年夏天，他爹在一棵大柳树下避雨，天雷阵阵，冲他爹而来，并在柳树周边转悠炸响。他爹心里有愧，自知不妙，便冲天磕头，边磕边喊：老天爷啊，饶了俺吧！俺知道错啦，一定改啊，下辈子俺变猫变狗，对俺爹娘好啊！请饶俺一命吧！头都磕破了，终于一个闷雷过来，轰隆一声，劈下他爹一条胳膊，烧得满面焦黑，当即毙命。

"对大天"两口子当然都知道爹不孝顺爷爷奶奶，更知道爹因不孝，被雷劈死，所以特别注意教育自己两个儿子大橛子二橛子，一定要孝敬爹娘。另外下雨时候，千万别在大柳树下避雨，因为大柳树是个老妖怪，平时也要躲着。大橛子跟汤二黑当了土匪，被人打断了一条腿；二橛子不愿意在村里受气，愤而离家，不知去向。

陶载石一下子想起来这些背景，越发断定眼前这小子就是二橛子，原来他竟然当了皇协军。于是他从容站起来，手里提着匣子枪，走到离两个抽烟哩几米处站定，喊了一声：二橛子！

那二人听到喊声，慌忙中把手里烟一扔，抓枪立定，再看来人，竟是一个小毛孩子，就问：你是干什么哩？

俺是八路军。陶载石说，你们投降吧，缴枪不杀。二橛子，你投降！

俺，二橛子就转头看另一个人。那人是个小士官，还没回过神儿来，正心想皇军刚刚过河去偷袭八路军，怎么八路军这么快过来抄后路了呢？河边皇军少佐还在呢，说是准备了糖块儿等着打完程院村，回来犒赏有功人员呢。可仔细看来看去，就只有这一个小孩子，难道后面还有队伍？

他正迟疑间，这边陶载石把匣了枪哗啦上了膛。他一着急，也把三八大盖端起来，还没等他瞄准，这边匣子枪响了，子弹打在他肩膀上，他哎呀一声，又把枪端起来，这时又有一发子弹飞来，稳稳击中他前胸，咕咚一声重重摔倒在地，吓得二橛子把枪一扔，跪在地上求饶：兄弟饶命！

陶载石说，你赶紧找火，把车上油箱点喽，俺饶你一命。二橛子说：听命，听命。果然就从口袋里掏出火镰，打开油箱盖子，"嚓"的一声，点燃一团棉绒扔进去，顿时轰的一下火起，火苗蹿得越来越高，一股黑烟腾空而上。

你是浆水庙小石头吧？二橛子怯生生地问。是俺。这里就你们俩？不，那边还有皇军少佐哩，还有俺们队长哩。他们都说大白天，没事儿。刚才打枪你们没听见？听见了，他跟俺说，就是刚才你打死的那小子说，真够快哩，一过河就交上火了。你们那个鬼子少佐，已经被俺们干掉了。念你是缴械投降，饶你一死，你是回队伍，还是回你家，你随便吧！你们八路军真行喽！小石头你也行喽！好家伙，才多大，你都使上匣子枪了！少废话，你再不走俺开枪了！陶载石真举起了手里哩家伙。

别开枪，俺马上走。二橛子跑了几步，又回头说：小石头，你们也快走吧！你看这大火，一会儿他们就从河西回来了。

陶载石没吭气，看他跑远了，便一左一右斜挎着两支三八大盖，手里提着匣子枪，一头扎进青纱帐里。

第九章　当兵不易

35

冬天到了，山里已经上冻了。平原上的草木，挂满了霜花。

陶村临街墙壁上，刷上了新标语：

　　一人参军，全家光荣！

报名参军是每个青年的神圣义务！

村民们有的在挑水，有的在推碾子，有的从村外自留地里刚忙活完回来。三队老槐树上挂着的旧犁铧，响了起来：当！当！当！当！队长在喊：三队哩社员们，挖渠哩集合了！

陶村村北引水渠，一年也许有个一次半次的水过来。但是得年年在农闲时节修补。

三队的社员们，正在自己负责的一段村北修渠。渠边插着一面红旗，上面有黄字"陶村三队民兵组"。

陶砚房手里干着活儿，嘴里跟旁边二狗搭讪着：二狗，你报名了没有？

二狗说：没有。

陶砚房说：你傻啊？为什么不报？

二狗说：俺家跟你家一样，是中农，报了也白报。

陶砚房说：白报也得报啊。俺问过了，没有任何规定说中农不能参军。

二狗说：砚房哥，俺知道。你倒是年年报名，体检也是年年优等，可你还不是跟俺们一样挖渠吗？

陶砚房说：俺就是个种地挖渠哩命。可前两年，明知道走不成，俺也年年报。起码混碗杂烩吃啊！那碗杂烩里肉可真不少啊！

二狗说：砚房哥，你心大。俺就不想去受那个窝囊气。

陶砚房说：混杂烩哩又不是俺一个人，受什么窝囊气？咱堂堂正正，报名体检，一碗杂烩菜，四个大馒头。他得给咱一份儿！今年不行了，超龄了！

二狗说：好！俺佩服你！俺倒是问你，你帮砚瓦报名了没有？他学问好，也许军队能带他走。

陶砚房说：俺还真是帮他报了，可人家说有规定，必须本人报才算。他人不在家，又跟你一样要面子，知道走不了，他还想不想报名？也没法儿跟他商量。

二狗说：净是他妈哩王八哩屁股——臭规定（龟腚）。也是，可别折腾半天，落个白折腾，最后再跟文亮一样想不开。

陶砚房说：砚瓦比俺心更大，他才不会想不开哩。

两个人在惦记着陶砚瓦，但也只能是空念叨几句。而另外两个人，陶砚瓦的老师谷志奇，还有他的五哥张福禄，可是采取了重要行动。

谷志奇一直跟陶砚瓦有书信往来，他一听见消息，便在第一时间给陶砚瓦写了一封信：

砚瓦同志：

  今有紧要事情相告：某部队征兵的同志今天来校，了解在校生、往届生情况。特别要求脑子好、手灵巧，估计是特种兵。我首先介绍了你的情况，解放军同志做了详细记录，他们肯定还会到大队支部了解情况，不过我跟他们谈得很细。这是个大好机会，对你来讲更是难能可贵，你要考虑，立即做出决断返乡报名，时间应该来得及，但一定要经领导准许。务请斟酌妥办为要。此事保密，以免横生事端。

志奇11月7日匆匆

这封信言简意赅，但它对于陶砚瓦的意义，却犹如公元前490年那个希腊士兵菲迪波德斯，从马拉松跑回雅典，宣布了击败波斯人赢得马拉松战役胜利这一重要消息。

而张福禄，则是直接见了接兵的指导员邵北平。

那天也是巧了。在陶村通往社办高中路上，来陶村公社带兵的邵北平指导员，正骑着辆自行车，急匆匆往设在周村的社办高中赶。突然，车链子掉了，他只好下车，想动手安上。正鼓捣着，后面赶来一辆带拖斗的拖拉机，在他身旁停下来。

驾驶员张福禄跳下来问他：掉链子了吧？你这是去哪里？

邵北平说：我要去社办高中。

张福禄说：算了，你别修了，你要是不嫌这车砢碜，干脆俺送你过去，正好顺路。

邵北平说：好，那我把车子搬上去。

张福禄说：俺搬吧。

就这样，邵北平上了张福禄的拖拉机。自然而然，他们就聊上了。

邵北平说：谢谢！你贵姓？

张福禄说：免贵姓张，叫张福禄。俺是北乡哩，来陶村看俺舅。你是带兵哩吧？

邵北平说：是啊，你怎么知道？

张福禄说：你穿着军装，说着官话，俺就猜着了。你贵姓？

邵北平说：我姓邵，你叫我小邵吧。

张福禄说：你是到高中里去征兵吗？

邵北平说：是想了解一下往届毕业生的情况。

张福禄说：既然咱们碰上了，俺正好想给你说说俺表弟。他就是陶村哩，头年刚高中毕业，现在村里派他到三线民工连当团支书，修铁路哩。他真是个人才，你们要是能把他带走，可就太好了。

邵北平问：他叫什么名字？

张福禄答：他叫陶砚瓦。陶瓷哩陶，砚台哩砚，砖瓦哩瓦。

邵北平说：陶砚瓦？这个名字有意思。我记下来了。谢谢你给部队推荐人才。

这是邵北平第一次听到陶砚瓦这个名字，而且留下了深刻印象。

等到了学校办公室，跟负责人说明了来意，他就一一跟校长、教导主任、各科老师了解情况。他们几乎都众口一词推荐了陶砚瓦。

他差不多是最后才跟谷志奇谈话的。谷志奇进门前，他把笔记本翻看了一遍，凡是有陶砚瓦名字的，都在下面画了横线。划完了，谷志奇也刚好进了门。

邵北平说：是谷志奇老师吧？我有个问题想请教，请坐。

谷志奇说：你不必客气，有什么问题请讲。

邵北平说：刚才校长、教导主任、各科老师，都向我推荐一个人。

谷志奇说：陶砚瓦？

邵北平说：对。听说您做过他的班主任，跟他排练样板戏，接触比较多。所以我想请您重点谈谈他的情况。

谷志奇说：你对他哪方面感兴趣？比如你听到了什么让你感兴趣的东西？

邵北平说：啊有的说他学习很不用功，但是成绩最好，以此证明他聪明；有的说他会好几种乐器，以此证明他手巧；有的说他几乎全票当选学生干部，以此证明他威信高；还有的说他曾经代替老师讲过语文课，反映还不错，等等。

谷志奇说：这些情况全都属实。这个学生毕业都一年多了，还有这么多老师推荐他，我都为他感到骄傲。他脑子好，手灵巧，我就不说了。我再补充一点，就是他涉猎比较广，别说同龄人，甚至一些老师都不如他知识面儿宽。原因也很好理解，一是他受家庭影响，读书比较多，二是他自己求上进，也很努力。跟你说实话，我今年已经接待过三位同志，都是来了解他的情况。第一位是陶村社教工作队的老余,老余说陶砚瓦是陶村唯一一个天天去大队部,看《人民日报》和《参考消息》的人。老余问完他的情况,推荐他当了村里的团支部书记;第二位是公社刘秘书,问完我就安排他去三线当了民兵连团支部书记。第三位是昨天上午,你们来征兵的曾排长,说要找脑子好,手灵巧的,我就重点介绍陶砚瓦的情况,他特别感兴趣,也作了详细记录。今天你指导员亲自来,我看你们是真想带他走。我仍然极力推荐!但是我得把丑话说在前头:你们要带陶砚瓦走,可能会有一些阻力。第一他是中农出身,村里凡有参军、上学、招工,首先推荐贫下中农的孩子,他会排到很靠后的位置;第二陶村派性严重,目前掌权的是陶砚瓦的对立派;第三陶砚瓦现在三线修铁路呢,如果他不能回来,咱们做的一切都白费。前两条我帮不了忙,最后一条我来帮忙:因为我们一直有联系。昨天跟曾排长谈完之后,我给他写了一封信,麻烦你走的时候捎上,交给公社邮电所赶紧发走,让他赶回来报名体检。

邵北平走的时候,把自行车一推,立刻就知道了刚才张福禄早把自行车修好了。

36

我们的主人公陶砚瓦,对征兵的事儿全然不知。他仍和每天一样,在太行山南部小村旁边,豆庄车站施工工地上,跟上百号人一起,用镐和锹刨冻土,用手推车推土。他们穿着土布衣,留着小平头,个个挥汗如雨,脸上焕发出青春光芒。陶砚瓦铲着土,装着车,嘴里还不时跟四个班长喊着什么。

来工地半年多了,他抽空给父母和谷老师写过信,其间也收到过他们回信。

父亲来信,主要是谈家中人等情况。母亲的胃病,他和哥嫂的辛劳,以及夏收后分得多少麦子等等。

有一封信谈到了他敬爱的五爷,已经去世。因为他在外回不去,也没法及时通知他。五爷85岁了,也算喜丧云云。这个噩耗让陶砚瓦十分伤心。

他想起自己从小得到五爷的疼爱，多次带他去县城赶集，一根油条一毛钱，一碗老豆腐五分钱。这都是他非常期待的美食。尤其是每次还带他去新华书店，让他在柜台上挑选一本小人书。他站在那里一本一本地翻看挑选，五爷站在他旁边静静等待。最后选的小人书，有八九分钱的，有一毛多钱的，最贵的一本，记得是两毛三分钱！现在回想起来，五爷每次进城，只有午饭也跟小孙子一样，吃一份油条老豆腐，除此之外，是只为他买一本小人书，却从来没见过五爷为自己花一分钱！去一趟县城，步行十五里路，去的时候好说，每次回来的时候，走着走着就走不动了。叫唤着坐在路边休息一会儿，五爷就默默陪在旁边。再走一会儿，又叫喊走不动了，又歇一会儿。每次都得歇好几回，才能走回家。如今自己长大了，五爷却不在了，陶砚瓦想到这里，一个人到工棚外没人处，向着家乡方向，庄重地磕了一个头，双膝一着地，泪水汩汩而出。

这天他收到了谷老师来信，让他十分惊喜。知子莫如父，知徒莫如师。老师一直在为他操心，一直在为他寻找机会，让他可以策马扬鞭，有一个大好前程！

他立刻去找连长指导员请假。他们当时的身份都是民兵，参军入伍是天职，焉有不批准之理？

于是便收拾行装，买票回家。

陶砚瓦坐在上行列车车厢里，一路向北。他把谷老师的信，又翻来覆去看了好几遍，感觉这封信的意义非同一般。因为除了这封信，他实在也想不出还有什么其他可以助他参军的力量和资源。

前磨头火车站到了，陶砚瓦兴冲冲下了大火车，又登上去陶村的小火车。一上车，正好碰到了陶村支部书记黎占江，而且兜头就是一盆凉水。

你不是去三线了吗？怎么回来了？黎占江问。

啊，我听说征兵的来了，想回来报名参军。

哎呀，那你肯定白回来了，今年你走不了了。

为什么？

你回来晚了！报名、填表、初审、目测都搞完了，都结束了，马上该上站体检了。

啊,是吗?俺既然回来了,就回家看看老人,完了再回三线接着干。

陶砚瓦到家时都到晚上了,跟每次回家一样,他先叫了声:"娘!"推门发现门从里面闩着,没人答应。

爹,娘,俺是砚瓦,俺回来了!

终于听到娘的声音:真是砚瓦回来了?娘还以为是做梦哩!等着俺开门去。

一进屋,娘就问:儿啊,你怎么回来了?有事儿啊?

陶砚瓦说:谷老师给俺写信,说他找征兵哩了,想让俺当兵去。

爹说:当兵好啊,比种地有前途。

娘说:人家要你吗?年轻人都抢着当,能轮上咱吗?

陶砚瓦说:能走就走,走不了再回三线。

娘说:这几天黎树通家儿子叫黎庄吧,天天过来问你回来没有,一听说没回来,他扭头就走,问他有事儿吗,他说没什么事儿。

陶砚瓦说:明儿一早俺去问他。

次日晨,陶村在鸡鸣狗叫声中,开启了新的一天。

一大早儿,黎庄就在门外喊:大娘,砚瓦回来没有?

娘说:回来了,你进来吧!

黎庄快进来!正在吃早饭的陶砚瓦,一听到黎庄声音,就赶紧放下碗筷跑出来。

砚瓦啊,你可回来了。

听说你一直在找我。

不是俺找你,是来接兵的邵指导员找你。

他是怎么跟你说哩?

他就交给俺一个秘密任务,让俺每天来问你回来没有,来了就立刻带你去找他。而且还让俺保密,不能跟任何人说。走吧,咱赶快去见他吧。

二人拐过一条南北街，往西边公社门口望去，只见一个军人站在那里。

黎庄说：那就是邵指导员，他就是等你哩。

那我赶紧跑过去吧。

邵北平看见陶砚瓦朝他跑过来，也紧着远远迎过来。

你是陶砚瓦吧？是。你是想参军吧？是。那咱们先到你家去看看怎么样？好。我想把你带走，但你从现在开始，必须做到：不管别人说你什么，你都不要辩解。比如说你是中农出身，说你身体不好、有鼻炎、有疝气等等，你都不要辩解，你只需要明天上站体检，做好准备跟我走。怎么样？能做到吗？

能。陶砚瓦十分坚定地回答。

爹娘见儿子陪着一个穿军装的进门，开口就叫大伯、大娘，都欢喜得合不拢嘴。

家里几口人？

爹说：5口人。俺老两口，砚瓦他哥小两口，再加上砚瓦。

我们想把砚瓦带走，你们同不同意啊？

爹说：孩子刚从三线回来，他就是想当兵啊！保家卫国，人人有责，只要部队要他，俺们都没意见。

娘说：你这带兵哩都找上门来了，俺没二话，同意！

俺不同意！令人万万没想到的是文秀卿推门进来了。

屋里所有人很吃惊，邵北平：你是？

文秀卿说：俺叫文秀卿，是陶砚瓦哩同学。

你为什么不同意陶砚瓦参军？能告诉我理由吗？

文秀卿说：俺们同学十几年，他还是俺班长，你们怎么不征求俺意见？

那你对他参军有什么意见？

文秀卿说：他要能参军，俺最高兴！因为俺相信部队上不会埋没人才。要说意见嘛，俺真有一条意见，你们想不想听？

想听，只要是关于征兵的意见，我们都想听。

文秀卿说：那俺就说俺哩意见，就是你们只征男兵，你们应该也征女兵，俺也想当兵！

啊，我们这次来，没有征女兵的任务。但是你这个意见很好，我们一定给上级转达。

文秀卿笑着说：砚瓦，这位首长聪明干练，你跟他走了一定能干好！俺真为你高兴！

37

陶砚瓦当兵的事儿，还有一点儿小问题。

来陶村公社征兵的虽然是一个军的，但属于两个单位，一个是曾排长所在的军直通信营，一个是邵北平所在的步兵团。两个单位都很关注陶砚瓦，都想把他带走，而且都志在必得，互不相让。

这天军通信营的带兵干部曾凡林排长，正在伏案整理一个花名册，上面也有陶砚瓦的名字。

邵北平走过来，看了看说：曾排长，咱们聊几句？

曾凡林说：好啊邵指导员，请指示。

邵北平说：你们通信营想要的兵，是脑子好，手灵巧，我非常赞成，凡是符合你们这两条要求的，你们尽可以优先考虑。但是如果有个好苗子，他除了脑子好、手灵巧之外，还有更多更好的潜力，起码是百夫长千夫长之才吧，我不敢说是将帅之才，不过也说不好啊。假如有个这样的兵，到了你们那边，嘀嘀嗒，嘀嘀嗒，会不会就把他耽误了啊？

曾凡林一听就明白他意思了，说指导员你讲了半天道理，我明白了。干脆你就明说，你看上哪个了，不就一个嘛，你告诉我名字，我决不挡他的将帅之路。不过有一个人你不能要，除了他，你要谁我都给。

邵北平说：曾排长痛快！我要的人你肯定给。

曾凡林问：是谁？

邵北平说：陶砚瓦。

曾排长：陶砚瓦呀！真不行！只有他不行！

邵北平十分不解地问：为什么？

曾凡林说：昨天我刚去过他们学校，而且昨晚我已经跟我们营长汇报过了。营长说：会摆弄乐器？太好了！一定把他弄过来！

邵北平：既然是这样，那咱们就平等互惠，你从我的摸底花名册里，随便挑一个，挑谁我都给。怎么样？

没想到曾凡林说：不行。

邵北平说：两个？

曾凡林说：对不起，几个也不行。

邵北平说：那我问你，你既然想要他，你找他本人谈过吗？

曾凡林说：还没有，我准备明天跟他谈。你是不是已经跟他谈过了？

邵北平说：我也没有，但是我已经跟他本人联系上了。不过不要紧，咱们君子协定吧，谁先跟陶砚瓦本人见了面儿，谁就把他带走。怎么样？

曾凡林说：没问题！一言为定！

邵北平说：目前地方同志们都以为咱们是一个单位的，去的也是一个地方。所以咱们得一个口对外，合到一块弄一个大名单，把摸底时印象比较深的，比较中意的，一个村庄一个名单，不要遗漏，全都列进去。等兵定下来之后，咱们再协商调整，地方同志就不必参与了。怎么样？

曾凡林说：没问题。

邵北平：那一言为定！

第二天全公社有百十来号适龄青年参加体检，领表的时候，陶砚瓦回头恰好看见了排在队尾的黎三镯。黎三镯也看见了他。

砚瓦！你可真够早哩！早什么？我前面都不少人了。那也够早哩，比俺早。

医生们分别在几个房间里忙活。参加体检的青年们，个个精神焕发，不时互相开着玩笑。

陶砚瓦正躺在床上，接受一位女医生检查。曾排长走到陶砚瓦旁边问：你是陶砚瓦？

陶砚瓦说：是。曾排长说：等你完事儿咱们聊几句。陶砚瓦说：好。

这时女医生问陶砚瓦：你胸部受过伤吗？陶砚瓦说：没有啊。女医生又问：你胸骨柄左侧有点儿高啊？陶砚瓦说：我没注意过，不知道啊。女医生：那这得问问，是不是个问题。

曾凡林说：啊，这儿啊，没事儿，不算事儿。女医生说：啊，也是。体检完了，曾排长和陶砚瓦站在院子里聊了起来。

当天晚上，陶村的定兵会就在大队部举行。公社武装部长郭永进在主持，邵北平、曾凡林，以及陶村的头头脑脑都参加了。

郭永进说：同志们，因为9·13事件，去年没有征兵，所以今年征兵量很大。咱们陶村可能要达到两位数，全县肯定会突破千人。这不由让人想起当年，贺龙的120师挺进冀中，跟吕正操成立冀中军分区，联合作战。他们来的时候大约1万人，抗战末期离开的时候，正规军队超过8万人，地方武装超过12万人。其间还有无数冀中子弟牺牲，但是有更多的冀中子弟投入抗战，为国家和民族做出贡献。如今我们都看到了，陶村报名参军的78人，经过填表、目测、初审，上站体检的37人。体检结果甲等体格2人，乙等体格28人，不合格7人。咱们陶村是公社所在地，公社党委要求陶村先行一步，把今年哩兵定下来。下面请接兵哩邵北平指导员，把他们摸底之后最后认可的名单，一个一个过一遍吧。

邵北平说：首先感谢郭部长以及在座各位近两个月来对我们工作的支持、配合，他刚才又阐述了咱冀中的光荣历史，使我们都深受教育。陶村的兵员数量大，质量高，在社村两级领导支持配合下，我们列出了一个15人的名单。前面的优先考虑，后面的备选。下面我们开始：第一个，陶砚瓦。经过多方面了解，这位同志各方面条件都很好，在此就不详细介绍了，他体检是甲等体格，总之这个兵我们必须带走，大家对他有没有不同意见？

停顿数秒，悄无声息。邵北平的目光从每一个人面前扫过，没有一个人发言，也没有一个人有要发言的意思。

邵北平说：好，既然没有人反对，那就全票通过。下面咱们接着讨论下一个，黎三镯。

38

　　黎占江手里拿着儿子黎三镯的入伍通知书，喜滋滋地左看右看，一副爱不释手的样子。儿子黎三镯偷偷从他身后一把抢过去看。

　　黎占江说：你小子，猴急忙慌哩那个样儿！

　　黎三镯说：是俺当兵啊，俺猴急忙慌哩应该啊，你刚才那样子，分明是偷吃灯油哩耗子精啊！

　　黎占江说：混蛋小子！有这么说你爹哩吗？

　　黎三镯说：得得得，咱村一共11张，你干脆都给俺，俺一家家送去！

　　黎占江说：少废话！你那张贴这屋，其余哩，凡是支委哩儿子、侄子、外甥、小舅子，都给俺，等开支委会哩时候，俺一个一个给他们发。剩下哩，根据情况，在适当哩时候发。

　　黎三镯说：你这又是演哩哪一出？

　　黎占江说：看看看，你不懂了吧？咱中央文件怎么传达？先发到省委，之后才是地委、县委、公社委、村支书、村支委、全体党员、小队干部、全体社员。

　　黎三镯说：俺说城门楼子，你说胯骨轴子。这入伍通知书，它跟中央文件能一样吗？

　　黎占江说：这你就不懂了吧？你是俺儿子，俺再给你上一课。这入伍通知书，送给当兵走哩，他们都高兴吧？

　　黎三镯说：当然高兴啦！这说明什么？

　　黎占江说：说明这个东西对他有好处。

　　黎三镯说：那不是废话嘛！起码感觉光荣啊，也能留个纪念啊！

　　黎占江说：所以啊，凡是对他有好处哩东西，你能攥在手里，这就是你哩权力。你能攥一天，你就享受一天哩权力；你要能攥一年，你就能享受一年哩权力。

　　你要能攥一辈子，你就能享受一辈子哩权力！黎三镯接过来说。

好小子，你入门儿了！黎占江说：正好我还有一件事儿，要考考你。定兵会上，当着那么多人哩面儿，带兵哩那个指导员邵北平，他头一个先过陶砚瓦，第二个才过你。你说说看，这说明什么？

黎三镯说：说明陶砚瓦是状元，俺是探花郎呗？

黎占江说：完了？

黎三镯说：不然哩？

黎占江说：看看看看，俺就知道你答不好这道题。

黎三镯说：那你说说，它有什么伟大意义？

黎占江说：你小子听好喽！这对你今后确实有伟大意义：在场哩共7个支委，有三个人哩儿子、俩人哩亲弟弟、一个人哩亲侄子，俩人哩亲外甥，都在名单里。他第一个先过陶砚瓦，而且挑明了必须带走，这时看众人怎么反应。谁要是敢呲毛儿，你儿子、侄子、外甥、小舅子，他给你排到后面，也不用任何解释。你说你有办法吗？你敢爹翅儿吗？所以没人反对，全票通过；第二个他就过你黎三镯了。因为他料定，有俺在场，也会轻易过关。俺儿子过了，俺超脱了，也就对他更加配合了，定兵会就更有保证了。听俺这一番分析，你咂摸出什么滋味儿没有？

黎三镯说：老爹你分析哩真好，俺明白点滋味儿了。

黎占江说：第三个过谁？你猜一猜？

黎三镯说：过黎庄？

黎占江说：算你猜对了。那么你得解释解释，为什么第三个过他？

黎三镯说：这明摆着，俺们都是高中毕业，文化程度高呗！

黎占江说：错！高中毕业的还有哩，为什么第三个过他？

黎三镯说：那俺还得想想。

不用想了，你怕是想不出来了。黎占江说：俺告诉你，之所以第三个过黎庄，是摆明了，咱村今年要走兵10个以上。

黎三镯说：你这是哪儿跟哪儿啊！为什么第三个过黎庄，咱村就得走10个以上啊？

黎占江说：因为有个内部规定，这个不会对外讲，就是兵员要以贫下中农为主，中农可以要，但是最多不能突破20%。也就是说要走五个兵，才允许有一个中农；走10个兵，才允许有两个中农。第一个过哩陶砚瓦，他是中农出身；黎庄再过了，就两个中农了，那总数肯定要达到10个了。所以当时在场的支委，一听就明白了。还有7个名额哩，自己哩人如果排名靠前，都大有希望，所以很容易就过了。只有一个支委，他想走哩那人也是中农出身，他心里就开始敲小鼓了。但是他不敢反对，因为他不知道总数是多少，万一要走15个哩？还有希望不是？小子，你听明白了吧？

黎三镯说：听明白了。

黎占江说：那年陶文亮多想走，带兵哩也特别想要他，结果就是卡在了这个事儿上。那年要哩少，咱村只走四个兵，陶文亮成分高，肯定轮不上啊。带兵哩临走，也感觉很无奈，就偷偷送他个口琴，这成了他哩宝贝，天天站在那里吹。坐下病了。

黎三镯说：幸亏咱是三代贫农啊！听你这么一分析，这个邵指导员哩心眼儿，可真够多哩！

黎占江说：你能看出邵指导员心眼儿多，总算没有辜负你爹掰开了揉碎了给你这一通分析。但是光看出邵北平心眼儿多，还不是重点，更谈不上伟大意义。这通分析哩伟大意义，是俺担心你到了部队之后，如果在他手下当兵，他一定会对陶砚瓦最好，对你哩？可能会一般般，甚至不怎么样。你想想在陶村，有你老爹，你什么情况？陶砚瓦什么情况？你就想到了部队，跟你在陶村反过来。你爹管不了了。所以你爹只能趁现在，帮你分析分析，提个醒儿，同时给你指个道儿：你得先把邵北平哄好，怎么哄好，全靠你自己了！儿子啊，亲儿子啊，你好自为之吧！

黎三镯说：哎呀亲爹啊，你这一席话，胜俺读十几年书啊。以前听你叨叨叨叨叨叨，说实在哩，真没几句听得进去。今天你这语重心长哩教诲，冲俺提着壶灌顶，俺冒了塞子顿开啊！快快快，趁着还有几天工夫，你老人家再好好想想，还有什么嘱咐、交代、坦白、反省哩，你一股脑儿说给俺，等俺到了部队上，人家一看，哈！这小子行喽！起码是得了正班长级亲传！俺还得找领导解释，说俺爹在部队虽然是个正班长级，但他水平是正连级，因为他把邵北平琢磨哩透透哩，本事比邵北平不差，甚至还略高那么一丁点儿。部队首长一听：得得得，给你直接提个正连吧！

黎占江说：小兔崽子，你就没个正形！

黎庄在门外喊：三镯子，明儿一早儿咱们几个同学，去城里照分别留影，你可别忘了啊！

黎三镯问：你叫文秀卿了没有？

黎庄说：叫了叫了！

黎三镯说：知道了！放心吧！

黎占江说：小子，你喜欢秀卿，俺给你创造了天天见面哩条件。可俺看着你没什么进展。你还是不懂战术。抽空俺再给你补补战术课吧。

俺自己哩事儿，不用你管。别人哩事儿，俺不管，你小子哩事儿，俺必须管。别哩事儿，你能管，这搞对象哩事儿，你不用管。你小子剃头挑子——一头热！村里谁不知道秀卿喜欢砚瓦？这事儿你都知道？你听谁说哩？那你别管。俺只说一句话：你参要不帮你，凭你自己，你降不住秀卿。行！那俺就求你一件事儿：俺走了以后，你替俺看好她，这事儿你答应不答应？

黎占江最后说：不用你嘱咐！俺知道怎么办！

39

按原来设计，文秀卿、卢素锦和陶文杏，三个女生各骑一辆自行车，带三个参军的同学去城里照相。

陶文杏后座上是黎庄。文秀卿后座上是陶砚瓦，卢素锦后座上是黎三镯。

可人到齐了以后，有人要变动方案。

黎三镯说：谢谢你们三位女同学好意！俺有个小要求，俺们很快就要离开家乡了，今儿个当着各位同学面儿，俺就想跟秀卿说一句话：秀卿啊，咱打小儿同学，咱俩毕业以后又成了同事，虽说时间不长，但总应该更亲密一点儿吧！今儿个俺骑车，驮着你，行吗？

文秀卿脸现绯红，用眼朝陶砚瓦那边看，陶砚瓦听得真切，却佯装不知，眼睛看着别处，便鼓起勇气说：平时不行，今儿个行喽！来，俺坐你蹬，不许摔跤！

黎三镯高兴地把自行车接过来说：放心吧！俺一脚下去，能蹿出10米！

陶砚瓦也从卢素锦手里要过自行车，说：俺来骑，你坐着吧。素锦不说话，眼睛朝文秀卿那边看。陶砚瓦说：快把车给俺，走吧。

这六个年轻人，在当时流行"读书无用论"的大背景下，坚持规规矩矩读完社办高中全部课程，堪称陶村才俊。

第二天，陶砚瓦又骑车去了趟学校，专程看了谷志奇老师。

谷志奇问他：怎么样？拿到入伍通知书了没有？

陶砚瓦说：还没有。不过已经定了，曾排长、邵指导员也都跟俺说了，明天领军装，后天一早就走了。俺过来就是看看你，也跟其他老师们道个别。

谷志奇说：听说黎三镯也走？你怎么没跟他一块儿来？

陶砚瓦说：对，有他。昨天俺们一块儿去城里照了相。

谷志奇又叮嘱他：到了部队上，你们既是老乡，又是战友。一定得团结，只有团结才能成大事儿，千万不能闹矛盾，让人家看笑话。

陶砚瓦说：放心吧，俺明白。

然后是公社武装部把参军的集合起来，进行了简单培训，包括发放了崭新的军装、军被，也学习了打背包。

晚上陶砚瓦穿着新军装，背着背包回到家里。煤油灯亮着，一家人围过来，看着陶砚瓦把背包打开。

陶砚瓦说：嫂子，请你先出去一下。

等嫂子一出屋，陶砚瓦赶紧把身上的棉裤和花裤衩全部脱掉，换上新发的内裤和衬衣衬裤，以及暄腾腾的棉袄棉裤，挺括的外衣外裤，扎上钢扣真皮黑腰带，钢扣上的五角星里还有"八一"字样。脚穿绿军袜，蹬上高勒黑布面胶底棉鞋，戴上棕绒棉军帽，最后又在腰间扎上一条武装带。齐整整站起来，人立马显得高大英俊不少。

娘说：俺左看右看，上看下看，就差帽子上一颗红星星，领子上两个红

131

方块儿了。

爹说：那两样东西得到了部队才给哩。

娘说：砚瓦你过来，俺摸摸这布。哈，平展了个平展，这布真好！这针线也好啊，全是机器做哩！还有这袜子，这鞋，都大噜噜哩，不挤脚了吧？

陶砚瓦说：可舒服了，不挤脚了，一点儿也不挤了。

娘指着陶砚瓦刚刚脱下来的衣服，对嫂子说：都抱到你们那屋里去吧，砚瓦用不着了，都给他哥穿吧。

嫂子美滋滋儿说：好啊，他哥穿正好。

娘说：可怜俺这两个儿子啊，一共也没穿过几件新衣服，攒钱买了布，请人帮着裁，帮着做，怎么省钱怎么来，布买得似够非够，裁时得紧着用，把一块布全用光喽，兜儿布再找块旧布来凑合，勉强凑成件衣裳。穿上了不是这儿短了，就是那儿小了。箍在身上，紧绷绷哩，透着穷气。

爹说：咱乡下人家家都是这么凑合，谁也没觉着寒碜。可人家城里人看咱们，就说咱土气。实际不是咱土气，是咱钱儿紧，买不起布啊。

嫂子说：你看砚瓦，还是刚才那个人，穿上军装，没一处紧绷，人也显得高大。这衣裳，这布料、材料都挺宽余哩，看着也高级，也结实，时髦。

娘说：俺再摸摸你脚上这鞋！看这鞋面布多结实，鞋帮子也挺厚实，絮着瓤子哩！里头还有毡垫儿！好！俺儿子哩脚不冷了！这鞋底子，一整块千层底，还包了黑胶，又轻巧又结实！这穿着得多舒服啊，比娘做哩强多了！俺家小子脚不挤了！也冻不着了！

陶砚瓦说：娘啊，爹啊，俺过去穿得再寒碜，也是你们和俺哥俺嫂子辛辛苦苦挣来哩。这军装、鞋帽，俺平生头一回享用，要不是当兵，也许一辈子都享用不到。今天穿上它，俺就得去给国家做事情了！

爹说：看看这一身行头，比在家强百倍！比爹娘照顾哩还周到，俺们都放心了，你也就放心去吧，部队上亏待不了你！国家也亏待不了你！

陶砚瓦说：好，俺记住了。俺提前声明一下：明儿早起俺起得早，天不亮就走了，你们谁也不许起来，俺也不再跟你们告别了！现在咱们睡觉！

这边黎庄穿着新军装，站在镜子前左照右照。

陶文杏说：你真幸运！想当兵就当上了。

黎庄说：是啊，你哥那年要能当兵，不就是另一个情况了！

陶文杏说：是啊！他要当了兵，得多高兴啊！听，有人敲门？

黎庄说：你别动，俺去开。哥，你来了？刚才俺还跟文杏说你哩。

只见陶文亮进了屋，一句话也不说。

陶文杏赶紧过来说：哥，你快坐下吧。

陶文亮还是不说话，只是用手轻轻摸黎庄的军装。

陶文杏就急得喊叫：哥！哥！你坐下啊！你快坐下啊！

一着急，醒了，原来是南柯一梦。旁边黎庄还在呼呼大睡。她坐起来，摸着黎庄的新军装，心里百感交集。

40

第二天凌晨，陶砚瓦摸黑爬起来，也没点灯，静悄悄穿戴齐整，收拾停当。

陶砚瓦朝炕头轻声说：爹，娘，俺走了啊！

爹说：走吧，记得来信啊！

陶砚瓦说：知道，忘不了。

娘躺在被窝里，不敢出声，眼里淌着泪。她怕自己一出声，必然会忍不住大哭。她静静听儿子走远了，肯定听不到了，才把声音放出来。

爹说：别啼哭了，儿子去当兵，会有个好前程，这是好事啊。

娘说：俺知道是好事儿，可俺憋不住啊。

爹说：你起这么早干什么？

娘说：俺去看看儿子留下脚印没有。他穿着胶底鞋，那鞋印俺认识。

娘走到院子里喊叫：儿子留下脚印了，你们谁都不许扫！一直留着，俺看见儿子哩脚印，就像看见俺儿子穿着军装，站岗哩！

陶村参军的11个小伙子在大队部门前集合了，陈凤领给每个人胸前别了大红花，然后都挤上一辆马车。赶车的鞭子一挥，嘴里叫了声："嘚儿！"

133

便一路向西，朝小火车站驶去。

文秀卿藏在远处一个门洞里，偷偷看着这一车人，上车、远去。她的眼睛里也流出泪水。

深县南北长，东西窄，有一条小火车道贯通南北。所有参军人员都在沿途车站集中上车，目标都是济南经石家庄通太原的前磨车站。

前磨火车站站台上，汇集了一千多个新兵老兵。陶村的11个人，已经被分到不同的队伍里，而不同的队伍，都在学唱同一首新歌，歌名叫《扛起革命枪》：

我参加解放军穿上绿军装，我走进红色学校扛起革命枪。鲜红领章两边挂，五星帽徽闪金光。伟大领袖毛主席，前进路上指方向。忠于人民忠于党，保卫祖国站好岗。

我参加解放军穿上绿军装，我走进红色学校扛起革命枪。红心向着毛主席，革命重担挑肩上。

红色江山我保卫，世界风云胸中装。忠于人民忠于党，牢牢握紧手中枪。

随着一声"上车啦"，所有人都背着背包，迅速登上了闷罐车厢。闷罐车的车窗既小又少，与其说叫车窗，不如说叫通风孔。车门一关，就成了能在铁轨上来回走的闷罐子。里面当然没有座椅，只铺着些稻草。新兵和接兵的，都头枕背包，依次和衣横卧。

车开了，所有的人都没办法看外面景色。陶砚瓦左右看看，身边已经找不到熟识的人，现在也没人有心思说话，都在望着车顶发呆。听着车轮轧过一节节钢轨，发出喀咚嚓、喀咚嚓的噪声，单调而又无聊。那时的人们保密意识比较强，人都进了闷罐车了，还没人知道此行终点是哪里。

新兵们也没人在乎，反正从闷罐车开动这一刻始，他们便把自己交给了军队，交给了国家。当然心里都有离开家乡和亲人的<u>丝丝</u>伤感，更有对即将到来的军营生活的向往，最后，甚或也有一<u>丝丝</u>恐惧和茫然。

由于一大早就离开家了,谁也顾不上吃早饭。所以闷罐车到了石家庄北站之后,应该快中午了吧,终于让下车吃饭。估计是军运处提供吧,主食是大米饭,就一个大锅菜。大家早饿了,新兵正长身子哩,本来饭量大,又加上已经饿得够呛了,便饿狼扑食般,把头一拨儿饭菜一扫而光。军运处早有准备,再上来一拨儿饭菜,终于让大伙儿吃了个沟满壕平。

于是再出发,开始穿越太行山。很多新兵没坐过火车,所以轮番扒着瞭望孔看山,数经过了多少山洞。

过了阳泉,就进入晋中平原了。车到师部驻地,师直工科带兵的就带着自己的新兵下车了。最后到达营房旁边的战备仓库时,已经是深夜了。

一下车,太行西侧的寒风,直接给了这一车新兵一个下马威。大家的感觉是太冷了,尽管穿着崭新的军棉服,但暴露在外的脸和手,竟然如同小刀割一样,有丝丝疼痛的感觉。

带队的喊道:全体下车!

新兵们都下车、列队,在带兵干部率领下,朝旁边的营房走去。

黎三镯说:好家伙!这房是双层哩!房上还有房!

陶砚瓦说:进去了咱们先看看,上头那一层是怎么搭在下头那一层上头哩。

黎三镯说:是啊,一层的房顶就是二层的地板,这么多人在那里走来走去,蹦蹦跳跳哩,还踹不塌,这他娘哩是什么材料?

陶砚瓦说:等一会儿咱要是住进去,先把这事儿弄明白!

这座营房是部队自己动手修建的。远远望去,它更像是一片白杨树林,在湛湛青天下,高高围墙里,密密匝匝,浩浩荡荡,逾墙而出,迎风耸立,向天而长,抖擞着生命的张力。进了院子,才能看到清一色的白杨,都矗立在纵横有序的柏油路两侧,它们的高大挺拔,足够把所有建筑和路面,都笼罩在它们的荫庇之下。就连树枝上一个个黑乎乎的空巢,畏寒的鸟儿早飞走了,也被它们呵护着,像母亲搂定婴儿,不使有任何闪失。这满院的白杨,一天比一天粗壮,它们年复一年,看军人训练,听军人唱歌,与军人们朝夕相处,忠诚相伴。迎来新兵,送走老兵,它们成了这座军营里资格最老,年龄最长的生命存在了。

邵北平喊了一声陶砚瓦，说：你过来一下。前面就是营房了，踏进这道门，你就算"走进红色学校"了。头一件事儿，就是分兵。你要记住一点：一定要去步兵连队当步兵！这个连那个连你都别去，你就去步兵连；这个兵那个兵你都别当，你就去当步兵。切记：去步兵连当步兵！

第十章　美国人也过三关

41

小碌碡！"闫三关"闫玉才，当年的二营副营长，已经是冀中军区某分区司令。他这会儿离门口最近，迅速扎紧黑色粗布缅裆棉裤，又急急忙忙穿上那件黑粗布对襟儿棉袄，蹬上一双直脚棉布鞋，如果不听他说话，已经跟平原上老百姓没有区别了。他一边收拾东西，一边取过毡帽，扣在他那个头发剃得精光的脑袋上。虽然外面天色黑咕隆咚的，还看不大清他黧黑铿亮的脸，但能依稀看见他两眼放出的光芒。

到！睡在他旁边的小碌碡张鹭洲动作比他麻利，也是他那身打扮，早抄起枕头底下的枪，第一个跳下炕来。他一直跟着闫玉才，已经是他手下的参谋了。

睡在最里边的丹尼斯身手也很敏捷，但是他的东西比较多，稍微慢一拍。

你死死跟定丹尼斯，务必保障他的安全。闫三关又嘱咐道。他现在是咱们的战友，这可是毛主席说的！明白了吧？

明白了！小碌碡答应着。

丹尼斯是美军观察组成员之一。他们先后分两批抵达延安，考察八路军英勇抗战的行动和物资匮乏状况。中共中央主要负责同志都和他们见了面，并在枣园设宴招待。丹尼斯负责观察冀中敌后抗日情况。昨天他赶了100多里路，从另一个分区来到这个叫大留史的村庄。他来时坐在一辆带篷子的骡车上，四面围上蓝色布帘，从外面看，车里不是病人就是孕妇，或者是回娘家的小媳妇儿。

为了接待这个丹尼斯，司令闫玉才和敌工科科长吴力耕研究了几个方案，把所有人都折腾得够呛。头一条是要保障他的安全。这一带有很多日军据点，如果消息走漏，让鬼子知道村里来了个外国人，后果可想而知。其次是要让他看到八路军的战斗力，即怎么在鬼子眼皮底下打鬼子。最后一条是让他尽量吃饱吃好。

最后是在三天前，才定下了这个五百来户大小合适、群众基础比较好、地道比较成形且与邻村相连的大留史村。同时，也做好了战斗预案。

所以，昨晚丹尼斯一到，就安排他住进了一个最可靠也最富有的堡垒户家里。闫司令、吴科长都跟他见了面儿，简单介绍了情况，但没有陪他吃饭。实际上这个饭也没法陪，因为为了接待他，专门请示了冀中军区杨司令。司令跟闫玉才讲：美国人都爱吃面包。什么叫面包？就跟咱们的馒头一样。所以就按照杨司令指示，给丹尼斯一个人做了饭：一屉六个白面馒头，一盘菊花茄子，一盘老红咸菜炒鸡蛋，一碗猪打腻儿。所谓猪打腻儿，就是棒子糁儿稀粥里，煮了六个干白菜馅儿饺子。

接待场所就在丹尼斯住宿的炕头上，放了一张炕桌，闫司令盘腿坐上边，丹尼斯侧坐在另一边炕沿上，两腿耷拉到地上。就着一凉一热两盘菜，先喝了一阵儿从衡水搞来的老白干，一人一碗。闫司令说：听说你对地道感兴趣，等你吃完了，咱们下地道看一看。丹尼斯一听，连说：好，好。

这时只见小碌碡端着一个四方木盘进来了，木盘里有热气腾腾的六个白面馒头，一大碗猪打腻儿，放在炕桌上。闫司令说：我们都已经吃过了，你自己慢用吧，说完就出去了。丹尼斯先冲闫司令点点头，然后从木盘里拿过一个馒头，竟然先趁热开始剥皮，抬手还要把剥下来的馒头皮往桌子上放，小碌碡眼疾手快，赶紧递给他一个瓷盘子，他就把手里的馒头皮放进盘里，还对站在旁边的小碌碡笑了笑，指着桌上的饭菜对小碌碡说：一起吃！

小碌碡头一回见到金发碧眼的西方人，看他的一举一动，是不是跟咱中国人有什么不同之处。头一条就发现了美国人也会说中国话，现在他又发现了一条，就是吃白面馒头还要先剥皮。

一看他还会和自己说话，说中国话，而且身为客人还礼让主人，他当然就赶紧客气地摇摇头说：我吃过了，你吃吧。于是这第三条又有了：美国人也会客气，懂礼让。

这时候又看见丹尼斯在用筷子夹菜，大口大口吃起来。吃掉上一个馒头，接着剥下一个的皮，差不多一袋烟工夫，竟然一连干掉了六个大馒头，还把两盘子菜吃得干干净净，一大碗猪打腻儿，他是先吃了那六个饺子，最后又嗞喽嗞喽把棒子糁儿稀粥喝完，然后从兜里掏出个小手帕擦了擦嘴，这才冲着小碌碡一笑，说：饱了。

饱了好。小碌碡心里想：幸亏你填饱了，即便你填不饱，要想再吃也没有了。他赶紧把丹尼斯用过的碗筷，连同那盘堆成小山一样的馒头皮，都收拾到四方木盘子里。

小碌碡端着木盘子，撩开棉布门帘出来，正碰上闫玉才站在堂屋抽烟。闫玉才看见了丹尼斯剥下来的馒头皮，伸手就抓了一把塞进嘴里，还朝小碌碡努了努嘴。小碌碡也不客气，把木盘子往锅台上一放，也抓了一把馒头皮吃起来。三下五除二，两人甩开腮帮子，眨眼之间，就把一盘子馒头皮吃了个风扫残云。二人还边吃边想：幸亏美国人不吃馒头皮，才让咱尝了鲜，解了馋，打了个牙祭。

那时八路军的伙食以黑豆和野菜为主，每天只有一干一稀两顿饭。所谓干饭也是"管了不管饱"，而稀饭更只是一碗清汤而已。要打起仗来，那更是连清汤也保障不了。所以闫玉才使劲儿强调，凡是参加八路军的战士，必须过三关，头一关就是挨饿这一关。还真有过不了挨饿这一关，而离开队伍的。所以小碌碡他们，平时根本见不着白面馒头，这一盘子馒头皮怎能舍得扔掉呢。他们也早就记不清，上一回吃白面馒头，是什么时候了。

丹尼斯吃过饭，就跟着闫司令和小碌碡从后院一个草厦子里进了地道。地道里能有一米六七高，小碌碡稍微低着头，提着一个煤油灯在前面带路，丹尼斯个子高，得把腰弯着走，闫司令走在后面可以直立行走。村里的地道上面是民房和街道，所以位置比较深，但出口入口比较多。村外的地道通向别村，上面是庄稼地，挖得比村里高阔，地道顶一米多厚，不妨碍上面种庄稼。村里、村外都有可容几十上百人的大洞，大洞旁边有小洞，可藏人藏物，甚至可藏牲畜。有的地方还准备了开水、干粮、被褥和油灯，以防紧急之需。三人来到一个大洞，靠墙的地方铺着厚厚的麦秸，就看见敌工科长吴力耕和特务连侦察排长陶载石，正手里拿着笛子，等在那里迎候。

闫司令说，我们在敌后打仗，条件有限。毛主席说了，丹尼斯是咱们的战友，为了表达欢迎之情，咱们就坐在这麦秸上，听吴力耕科长和陶载石排长，吹个笛子小曲儿。我们有什么不周之处，请丹尼斯原谅。

丹尼斯笑了笑，就跟闫司令、小碌碡一起坐下，欣赏笛子演奏。先是小碌碡吹了个《解放区的天是明朗的天》，接着吴力耕吹了个《没有共产党就没有新中国》，最后两人合奏了《团结就是力量》。两个演奏员吹得起劲儿，三个观众的掌声也很热烈。

晚上他们三人睡在一条炕上。小碌碡和闫玉才两个人合盖一条棉被，都没脱衣服，倒头便睡了。丹尼斯也是和衣而睡，他自己是盖了另一条棉被，睡在最里面，算是得到优待了。三个人睡到凌晨，突然就被叫醒了，说是有情况，有几个疑似日伪军的人，在村子西边出现了，怀疑他们已经得到情报了，甚至不能排除有人在一直跟着丹尼斯呢。

丹尼斯也想到了这一点。他已经意识到，自己的到来给八路军造成了极大的麻烦和危险。他迅速把东西收拾停当，跟着闫张二人出了屋门。

刚走出堂屋，只见小碌碡张鹭洲先把紧挨山墙灶台上的锅盖拿开，闫玉才又把那口大锅端起来，锅底下现出一个黑咕隆咚的地道口。小碌碡弓身扒着灶台，第一个进到里头，然后示意丹尼斯跟着他进去。

丹尼斯稍微迟疑了一下，便从背包里拿出一个手电筒，往洞里一照，竟然有五六米深，小碌碡借着光亮，踩着旁边落脚的青砖，很快就到了洞底。身高马大的丹尼斯轻轻"嘿"了一声，把手电筒丢给小碌碡接住，也快速下去了。只见闫玉才早把锅盖盖好，双手小心翼翼举着锅底，两脚试探着蹬稳之后，轻轻把锅放好，还试着把四周都放平稳妥当，这才下到洞底。

到了洞底才能看到三条长长的横洞，通向不同的方向。三个人到齐之后，都跟着小碌碡进了同一条洞。洞只有一米多高，站不直身子，只能弯下腰来前进。只见洞中还有洞，七拐八拐，到了一个宽阔处，有两条炕那么大，铺着厚厚的麦秸。三个人就在这里安歇了。

丹尼斯打着手电筒照着，一会儿看看头上，一会儿看看脚下，一会儿又看看四周，眼珠子不够使，也不知他在琢磨什么。终于看得差不多了，就从包里取出一个本子和一支圆珠笔，把手电筒递给小碌碡帮他照着，他把本子放在膝盖上，刷刷书写起来。

闫玉才在旁边眯着眼打盹儿，一会儿还响起了轻轻的鼾声。

42

闫玉才只睡了10多分钟就醒了，睁眼看了看小碌碡和丹尼斯，又闭上眼睛侧着耳朵听了听外面的动静。

他在想着当前的形势和任务。放在首位的是保护丹尼斯的安全，两天也好，三天也罢，一定要把他全须全尾儿送走。

可丹尼斯费这么大的周折，冒这么大的风险，来到冀中，来到他们这个距离日寇占领下的保定最近，不过百十里地的分区，绝不能只是让他吃几个馒头，喝几碗棒子糁儿粥，就把他打发了。就算是让他钻了几回地道，枪不响，仗不打，安全是安全了，但只能算是参观，还不能算是圆满。最好让他看到一场战斗，一场胜仗，让他看到八路军的神勇，抗日军民的实力，才能让他感到没有白来这一趟，也不辜负毛主席、朱总司令的信任和期盼。

可真要实现这样的目标，谈何容易！谁不清楚这需要冒极大的风险！不接敌，不冒险，不开枪，不伤亡，几无可能。

凌晨出现敌情，闫玉才心里一阵激动。做了这么多准备，研究这么详细的预案，敌人不来，打不成仗才是最大遗憾！可敌人是请不来的，他们也不会听闫玉才调遣。敌人真要来了，丹尼斯才有好戏看。

想到丹尼斯，闫玉才又感到心头沉重。又要让他看见打仗，又要保护他

141

安全，这仗可怎么打？这时候要是没他可就轻松了。他们分区机关，驻扎在大留史村，早想着依托这高标准的地道，跟敌人干一仗呢。这里的地道是他们带着群众一起挖建的。大家都熟悉地道的每一个暗口，每一个射孔，每一道机关，每一条生路。他们会在暗孔紧紧盯着敌人，在街道两边，冷不防从敌人身后进行打击，打完就撤，到另一个地方会合，再找寻下一个战机。但是现在，不能贸然行事，首先要保证丹尼斯的安全。如果丹尼斯有任何闪失，那可不是他不好向上级交代，而是冀中军区不好向毛主席、朱总司令交代，甚至是中国不好向美国交代。

他又在心里把此前制定的几个预案，捋过来捋过去，既盼着敌人不来，只让丹尼斯看看地道，吃两顿白面大馒头，把他平安送走；更盼着敌人突然出现，能用上那个开打的方案。可真要打起来，丹尼斯的安全可得保障好啊！眼下虽然出现敌情了，但敌人来不来，来多少，具体意图是什么，谁也不知道。丹尼斯昨晚才到，风声难道走漏了吗？根据自己多年经验，就算敌人得到了情报，他们也未必当真。鬼知道这次他们是当了真，还是没当真，也许他们仅仅就是加强戒备，在村口转一转，并没什么具体目的，或者即使进村，也是一般"扫荡"，祸害一阵子就走。

闫玉才当然知道，他怎么想都不重要，最后只能根据敌情来应对。只要等不到那一声大动静，就只能保持静默。他扭头看了看丹尼斯，正让小碌碡照着手电，在膝盖上的小本子上写东西呢。

听见鸡叫了，几点了？

5点46分。小碌碡说。

你怎么知道？丹尼斯惊讶地问小碌碡。小碌碡笑了笑说：刚才你掏出怀表看的时候，是5点41分，差不多过了5分钟了吧。

丹尼斯听了，很吃惊地看着小碌碡说：你很厉害！

这不算什么。小碌碡淡淡地说。只要让我看上一眼，我就记住了。比如你这个本子皮儿上的那些字儿，我就已经记住了。

真的？丹尼斯很惊讶。他从本子上撕下一张纸，连手中的笔一起递给小碌碡，说：把你记住的写下来。

小碌碡接过纸和笔，把手电筒还给丹尼斯，也把纸铺在膝盖上写起来。

他先写下了上面一排字七个字母："SERVICE"。丹尼斯惊讶地问他：你会英语？

小碌碡摇摇头说：不会。接着又在下面写下了一排小一号的字："WRrrING TABLET"。

丹尼斯又惊讶地张开嘴巴，还不时发出赞叹声。

小碌碡的表演还在继续。他又在这排小字下面，画了一个奇怪的图形，大小跟一块银元差不多。上头有个带骨节儿的圆环儿，圆环儿中间是十三颗星，组合成一颗六个角的钻石，或者是一个小雪花儿。下面是一只张开翅膀的鹰，鹰嘴朝向左方，鹰嘴里叼着一条向上翻飞的缎带，跟下面的翅膀一样高高朝上举着，拱卫着鹰头和上面的圆环儿。鹰身子是个盾牌，上面三分之一是实心，下面三分之二是八根竖条儿。翅膀下面是鹰爪，左爪子拿着一根带叶子的枝条儿，右爪子握着一把箭。再往下是鹰的尾巴，也像一条花裙子。整个图形除了鹰嘴和鹰爪里拿着的东西，其他都完全对称。

小碌碡画完了，把那张纸和笔递给丹尼斯。

一个字都不错，连这个大纹章也完全正确！丹尼斯确实惊呆了。他把手中的笔记本让小碌碡和闫玉才看，把那个图形叫"大纹章"，嘴里连声说：是个天才啊！他确实从未见过具有这般奇异功夫的人类。

小碌碡指着那两行字母问：这是什么意思？

上面这行字，在这里是海陆空三军的意思，丹尼斯说：下面这行字，用你们中国话就是作战便笺本吧。

那这个奇怪的图形呢？小碌碡又问。

啊，这个是我们美国的国徽，也叫官方大纹章，是官方标志。本来应该是彩色的，但本子上的只有一个颜色。比如这个鹰嘴，叼着一条黄色绶带。绶带上本来是有字的，也给简化掉了。大纹章也代表官方，也是我们美国的象征。

怎么有个老鹰啊？小碌碡感觉太奇怪了。

对，是一只鹰，它胸前有个盾形图案，盾的上面是蓝色长方形，下面是

13根红白相间的竖条。鹰头上是一顶王冠,王冠里头是13颗星。鹰的两个爪子,这边抓着橄榄枝,代表和平,这边抓着箭,代表和平不是别人给的,必须自己去夺取。

这个我懂。小碌碡接过话茬儿说。我们本来是和平的,日本人来了和平就毁了。所以我们要消灭他,才能把和平夺回来。

对,就是要这样。这个老鹰也叫美国鹰,是我们的国鸟,象征力量、勇气、自由和不朽。它胸前的盾牌,红、白相间13道竖条,王冠内13颗星,橄榄枝上的叶子也是13片,箭也是13支,全都代表美国最初的13个州。你叫小碌碡?

对。小碌碡是我的小名。小名,你知道吗?丹尼斯点了点头说:知道。好,我还有个大名叫张鹭洲。都挺难写的,我给你写上。说着就把自己名字写到刚才那张纸上了。

那好,咱们交换一下,你写的字和画的图,还有你签的名字,算是你送我的。丹尼斯说着把本子的封面扯下来递给小碌碡:这张纸算是我送给你的。咱们都留作纪念吧。

好啊!你也签上你的名字。哎呀,你们美国字连得这么厉害,真难认!小碌碡看着丹尼斯把名字签上又说:啊,你们美国军队连本子都发吗?

是的。我们的军队要发很多东西,一个士兵里里外外加起来,要有上百件。除了服装要发,枪械有好多种,让士兵根据个人喜好自由挑选。你看我用的本子、圆珠笔,还有这手电筒、怀表、挎包,还有什么长刀、短刀、水壶、钢杯、急救包等等,好多。

你每天使个刷子在嘴里杵来杵去,还弄出好多白沫子,那也是发的吗?啊,你是说牙刷和牙膏吧?那个有时候也发,有时候要自己买。唉,你们美国兵真是太好了。我们八路军现在连军装都不发了,武器也是靠我们自己到战场上抢,抢不来就没有。连我们吃的、用的,都得靠自己解决。幸亏有老百姓支持我们,否则我们都活不下去,更别说打仗了。啊,对了,丹尼斯,你为什么会说中国话?我出生在中国,也在中国生活过几年。

他是叫闫三关吗?丹尼斯指了指旁边的人。不,他叫闫玉才,闫三关是他的外号。外号你懂吗？我懂。那什么是他的三个关？

小碌碡就解释给丹尼斯听。

啊，我懂了。我从延安过来，一路上有人陪着，经常是晚上走路，有时候要走一百多里，算是走路的关；这回肯定要挨饿了，要面对死亡了。啊，麦嘎得，我也要过三关了。

丹尼斯念叨着自己的上帝，闭上双眼，合掌祈祷，手毛在昏黄的灯光下耸动着。

43

丹尼斯怀表上的指针已经指向7点半了，估计外面天色早已大亮。闫玉才一直在支棱着耳朵。村子里的鸡叫声和狗叫声，清晰地传过来，跟往常无异。

突然，一声巨响传来，在地道里也能感觉到大地的晃动。提前布置在村西官路上的地雷，终于响了。闫玉才和小碌碡几乎同时站起来，两人都拎起枪，都示意丹尼斯跟在闫玉才身后，由小碌碡断后，三人猫腰朝同一个方向走去。当他们从地道里出来时，却是进了一户人家的夹皮墙，里面有个梯子，从这里爬上房顶，恰好是一个烟筒，烟筒四周都有瞭望孔。闫玉才一一找到各战斗小组发出的暗号。通向村西官路的街道上，空无一人，寂静得让人恐怖。

村西的地雷，装了足够多的炸药。早安排了埋伏在壕沟里的人，在见到目标进入有效区域之后，才拉响的。按照预案，他们拉响就撤，没有接敌任务。另有观察哨在安全地方，察看敌人反应。

刚才的中心炸点是一匹东洋战马。马的位置比较居中，前后各有七八十名军人。日军不到一半儿，有三四十个，不规则混杂在队伍里。地雷响时很奇怪马上并没有人，当然马和周围五米之内的生命，肯定全部报销了。这一声雷炸，使得敌人惊慌失措，队形大乱。前面的掉头往回跑，后面的端枪立定发愣。嘈杂中既有日本话在高叫，也有中国话在回应。最后是全部就地卧倒了，枪口都指向前方和两侧，一时又死一般寂静下来。

只要地雷响了，分区所有战斗人员按照预案，都迅速到达村内预定位置，村外不留一人。如果敌人进村，则按进村方案歼击；如果敌人不进村返回，则表示他们并非为丹尼斯而来，也不是为分区机关而来，因而不必与之纠缠。这一是为了保护丹尼斯，二是为了保护村里群众。

丹尼斯也在观察孔远远看见了那些日伪军，他们全部举枪趴在地上不敢动弹。他也清楚看见刚才地雷炸出的那个大坑，四周还横躺竖卧一些军人和一匹军马的尸体。他知道，这些人正在分析判断，以决定下一步的行动。他从挎包里掏出照相机，拍下了所有这一切。

按照日本军方规定，其野战部队只有少佐以上军官才能分配战马。那么显然日军为首的起码应该是一个少佐。大队长相当于营长才是少佐军衔，中队长、小队长，是没有资格分配战马的。

那位少佐庆幸自己躲过了刚才雷炸，但他没有战马了，又损失了战力，心里十分恼怒，又有一些惊慌。他原以为随着爆炸会有枪声大作，但趴在地上半天，却什么也没等到。只有村子里的狗，叫唤了一阵，这会儿也逐渐沉寂下来。于是他便问身边伪军怎么回事，会不会中了八路军埋伏？答复是几个小时之前刚派人来过，没有发现异常情况。

这位少佐来华很久了，他有一定作战经验。有美军作战人员到了冀中，这个情报他们早就知道了。但到了冀中的什么地方，他们并不清楚。他们也确实掌握了一个情报，就是眼前这个村子里有八路军活动，但他们并不清楚村里地道的完善程度，不知道是分区机关和少数精锐在等待他的到来，更不知道那个美军作战人员，就在他们眼皮底下，跟他们近在咫尺，正举着照相机拍他呢。

因为刚才地雷是在队伍的中间爆炸的，他由此判断不会是民兵干的，应该是八路军埋下，并有专人进行控制的。村子里既然有八路，就有民兵。而凡有八路军、有民兵的村子，都会有地雷、有地道。经此一炸，已经死伤十余人，如果再强行进村，一定会有更大折损。可如果原路返回，一定会遭人耻笑，哪里还有什么皇军威风！他念及此，突然站起来，拔出军刀大叫一声：起立——呲！

这一声叫得勇猛凶顽，很有气势。所有人全都迅速站起来。少佐又呜哩哇啦一阵。翻译就跟着喊：治安军前面进村！见人就抓，抓不到就杀！皇军枪炮的给！萨斯kiki！

那帮保安军大部分是河北人。他们有的是张荫梧的民军残部，有的是各县土匪，也有国民党军的散兵游勇，甚至社会上的地痞流氓。大都是在家名声已臭，没人搭理，走投无路，混口饭吃的货色，万般无奈之下，这才当了皇协军的。刚刚挨了一炸，这时候还惊魂未定。但鬼子的意图他们一听就都明白了。皇军也从来都是这样干的。就是让他们在前面冲锋，实际上往好听里说，是在前面蹚道儿的，说不好听的，就是送死的。可本来干的就是送死的活儿嘛！所以听了命令，都乖乖猫下腰，手里端着枪，心里敲着小鼓，大气也不敢喘，左看右看，也未必是看哪里会有枪口对着自己，而是在看突然来情况在哪里趴下更舒服一点儿，逃得更麻利一点儿。

这伙子人一步一步朝村里走，没有任何反应，也没有任何意外的动静。狗都没叫，偶尔有几声鸡叫，也是争味儿争影儿，没事儿找事儿。似乎一切如常。

这一切，全都在分区首长预案之中，各战斗小组如何应对，比如放进多少人进村才开枪，第一枪从哪个射击孔打，从哪个方向打，用手枪还是用手雷，每个成员都清清楚楚。鬼子总人数属于中等规模，所以预案是全歼，不使一人漏网。

村里连个人影儿也没有，牲口粪早让起早的都拾走了，街上还是挺干净的。走在前面的皇协军虽然没遇到危险，但这种安静更加恐怖，一个个感觉危险随时降临，不免心跳加快，手心发凉，两腿打起哆嗦。有一个已经吓尿了，绑腿都湿了，顺着裤脚渗进鞋里，还硬挺着端住枪，不敢当众出丑。其实心里恨不得前头有人给他一枪，也省得受这份儿洋罪。于是他就在情急之下，把扳机扣了一下。

枪响了，子弹嗖一下子从走在前头那人耳边飞了过去，所有人都卧倒了，而且他们的手本来就扣着各自的扳机，这时候当然也不管三七二十一，胡乱举枪不知朝向什么方向打起来。一时间枪声大作，引起全村的猪狗鸡鹅跟着乱蹦狂吠。这种情况大约持续了10分钟，枪声和随之引起的嘈杂声终于全部停下来，街上又恢复了初始状态。

这个村子像是压根儿就没人住过一样，其实是很反常的。这个场景像极了诸葛亮的《空城计》，却又比《空城计》更加典型。因为《空城计》还有两个老军扫街打趣，城头还有诸葛亮带着两个小琴童抚琴。可这里，却连个人影儿都没有。《空城计》里的司马懿，任凭诸葛亮大开城门，坚决不肯进城，虽然失掉了战机，但却保存了实力。可这里的日伪军，却进了村，开了枪，还极有可能跳入为他们而设的陷阱。这也难怪，他们没人看过《空城计》，日本人没有，皇协军也没有。

这一阵枪响及其乱象，完全出乎这帮皇协军的意料，也出乎依然站在村西还没进村的少佐的意料，更不在分区司令政委研究的预案之内。因为不在预案，所以分区的人都眼睁睁看着街上的乱象，各自在心里暗笑，却没人动手。他们像是一群学养极高的京剧票友，在欣赏掌握了严格程式规范的名角，做自由度超高的即兴表演，即便出一点儿瑕疵，也很宽容而不致影响接下来的好戏。

小碌碡的射击孔在一家房子的夹层上，闫玉才让他主要保护丹尼斯，不要轻易开枪。他两眼紧盯着街上，时不时转过身跟丹尼斯轻声说话。终于他看见鬼子也开始进村了，那个当官儿的也动弹了，就叫丹尼斯也凑过来张望。果然看见了那伙日军，朝他们射击孔这边走来。少佐领章上那两道红线一颗星，以及上唇间仿照希特勒而修剪的胡须，都已清晰可见。

接下来，完全按照司令政委制订的预案顺利进行：即等所有敌人都进了村子，第一枪就从他们身后开始了，最先中弹的都是日军。走在前头的伪军还没醒过闷儿来，子弹、手榴弹、手雷，突然从街道两侧倾泻而至。运气稍好仍有机会转过身想再沿原路返回的，发现村口是一挺机枪在伺候呢。小碌碡和丹尼斯都清楚看见，那个日军少佐在第一波攻击时被打中，子弹从他后背射入，他在朝前面倒下的时候，眼睛里充满愤怒和失望，不是对别人，而是对他自己失望。他很清楚自己辜负了天皇的信任，也使天皇和国家蒙受了羞辱。

街上的战斗十几分钟就完事儿了，战场都快清理干净了，整个战斗才告结束。因为有两个鬼子跑进一个院子里，开枪打死了这户人家的当家男人，挟持了他怀有身孕的媳妇和她三岁的女儿，据守在屋子里坚决不投降。双方僵持很久，随着那个一直大声哭喊的小女孩，突然一声惨叫没有了动静，便有人直接冲进去，结果了两个鬼子的性命。所幸孕妇暂时无恙，那个小女孩却因为哭喊太厉害，当着妈妈面，活生生被鬼子一刺刀捅死了。

44

国民革命军第八路军，名义上是一支国家军队。它是经中国国民政府军事委员会宣布成立，并给予正式番号，也任命了其主要军官。从其担负的作战任务和其取得的战绩来看，他们是在最危险、最艰巨的日军占领地区生存和战斗。他们平时跟普通村民混杂在一起，寻找有利战机，对日军进行打击。令人难以置信的是，他们没有军饷，甚至也不发武器和军装，很少组织连、营等成建制人员参加的战斗，完全是自生自灭的状态。但是他们受到日军占领地区老百姓拥护，给日军造成了巨大消耗和威胁。我在一个叫大留史的村庄，亲眼看到他们在村民配合下，利用地道和地雷，歼灭23个日军（含一名少佐），及其日军在华招募的86名军人。

丹尼斯迅速写下这些，又赶紧把本子合上装进背包里。当晚，他跟着闫玉才和小碌碡，钻着地道出了村子，又沿着壕沟来到了跟大留史村相邻仅十来里地的小羊沟村。住进邢大娘的家里。

几个小伙子一天没正经吃饭，闫玉才和小碌碡早过了挨饿关，虽然也饿得慌，但都习惯了，无所谓了。丹尼斯可没搞过"过三关"训练，早已饿得浑身乏力。可邢大娘家里穷，没有白面馒头给他吃，只蒸了一锅高粱面窝头端上来，也是炒了一盘鸡蛋，但是和切成丝的老咸菜疙瘩一起炒的。闫玉才和小碌碡对视一下，小碌碡就赶紧拿起一个窝头，说着：这个好吃啊！张嘴就咬下一大口。

闫玉才客气地对丹尼斯说：请！

丹尼斯丝毫没有犹豫地拿起一个窝头，而且不剥皮了，也学着小碌碡的样子，张嘴就啃，边吃还边说：好吃！好吃！

原来饿了吃什么都香，小碌碡对丹尼斯说：你们美国人也一样啊！你发现什么秘密了？丹尼斯不解地问。你怎么不剥这皮了？小碌碡指着窝头问他。对不起，我舍不得剥了。你今天吃不到我的皮了。谁会吃你的皮？小碌碡不屑地说。前天我剥的皮不是你吃了吗？丹尼斯右眼眨了一下又说：难道是我看错了吗？啊，让你看见了？你这小子真够鬼的！

小碌碡说着，还上手给了丹尼斯胸口一拳。丹尼斯假装疼痛左手捂胸，右手也还了小碌碡一拳。嘴里说：小碌碡啊小碌碡，你打不过我的！

那可不一定。小碌碡不服，因为他感觉这个丹尼斯很像大熊黎崇善，而他自己具有丰富的战胜黎崇善的经验。所以他信心满满地说：咱们抽空比一比。

好！我一定奉陪。丹尼斯同样信心满满地说。

昨日大留史一仗，全歼日伪，打得顺手，战场清理也很麻利彻底，得了不少枪支弹药。关键是似有天助，能让丹尼斯亲见亲历，又没出什么纰漏。分区首长也颇觉满意。他们分析敌人吃了亏了，一定会有报复行动，所以迅速安排转移，也让村里民兵组织群众到外村暂避些时日。

特务连提出来五个备选的村子，分区首长按照过去习惯，就是越危险的地方越安全。大留史村距最近的县城是35公里，就选定了从大留史村朝县城逆行5公里的小羊沟村。

冀中平原无山无岭，一马平川。日军占领之后，建了岗楼，圈了铁丝网，挖了壕沟；抗日军民为了自卫和方便作战，也挖了很多壕沟地道。于是平原上到处铁网森森，壕沟纵横。分区机关和所属部队，当晚就在村里钻地道，村外走壕沟，秘密来到了小留史村。闫玉才、小碌碡带着丹尼斯，也一起行动，整个过程都很谨慎，处处小心翼翼，不使泄露半点消息。

当然是事后才明白，小羊沟村距大留史村还是太近了，近到第二天在大留史村扑空的日伪军，立即分头扑向附近几个村子。而有日军主力的一股敌人，不知动了哪根筋，从官道上下来，直接开进了小羊沟村。他们是突然得到情报了吗？还是临时生出了非常奇异的缘由？还是既没有情报，也没有缘由，而是完全无厘头，就顺着官道走了一阵子，然后下官道往南又走了几里地，来到了小羊沟村？

总之，不管什么原因，司令政委的算计出现了失误，竟然鬼使神差跟敌人硬撞到了一起，所谓"最危险的地方才最安全"的老经验，这次完全失灵。反倒像是提前就跟日伪军商量好了，而且还是自己主动先行赴约，乖乖跑到这个不起眼的小羊沟村，等着敌人来追杀。最令人担心的是，他们还带着本应该万无一失、本应该重点保护的丹尼斯。如果敌人发现了他，岂能放过这个升官发财、立功请赏的天赐良机！还不得馋涎欲滴，屁颠参毛地把他抓到手！而丹尼斯有任何闪失，可是会让分区首长吃不了兜着走的。

美国历史不长，但也有些典故，比如"墨菲定律"。中国历史悠久，随便说什么，都有可能是上千年，甚至是几千年的事情了。那天发生的事儿，丹尼斯想到的是"墨菲定律"，八路军想到的则是"祸不单行"。因为不仅仅碰上了判断失误，还碰上了一个重大意外。

侦察排一个兵头天晚上偷偷喝了刚刚缴获来的半瓶老白干，以致耽误了本该由他担负的潜伏哨。结果是政委早起查哨时，顺着村北壕沟从东朝西走，刚要朝北边拐弯的时候，猛然听到什么动静，侧身一看，只见北边百米开外，有几十个日伪军，正饿狼一样朝村子扑过来。

小羊沟村不是大留史村，这里虽有地道，但比较原始，做不到攻守兼备；其次是这拨儿敌人看见了，附近还有没有敌人并不清楚。假如还有，那就更加危险了。政委当机立断，迅速从腰间拔出驳壳枪来，手心向上朝着敌人"叭！叭！叭！"就一阵扫射，打头儿的敌人应声倒地，后面的敌人惊慌失措，队形大乱，纷纷趴在地上朝政委这边打枪。政委早把身子隐蔽到拐角处。他听着一阵乱枪响，任凭子弹从头上飞过，只顾低头换上了新的弹夹。

这时壕沟西边响起枪来。政委抬头一看，原来是那个本该第一个发现敌情的潜伏哨，他正对着敌人打呢。看他打完一梭子，两个人对视一眼，笑了笑。政委心里顿时轻松不少。两个人打配合，可以尽量在村口多顶一会儿。政委心里明白，一定要趁着敌人还没对村子实施包围，让同志们听到枪声之后，赶快撤退，突围也许还来得及。分区兵力已经分散了，这里只有不到一个排在，时间久了必然凶多吉少。特别是还有丹尼斯，如果暴露了，敌人必然不依不饶，往死里整。

第十一章　在步兵连当步兵

45

报告！

邵北平放下背包，立刻来找常行远。

进来！啊北平回来了，快坐下。常行远赶紧把嘴里叼着的烟夹在左手，右手指着他桌前的椅子：怎么样？累了吧？

不累。邵北平敬了礼，在那椅子上坐下。

我正看新兵花名册。今年兵员补充数量大，河北、四川是大头，河南和天津城市兵数量相对少。说说吧，你那里有什么好苗子？

有几个，文的武的都有。邵北平说着，打开随身带的笔记本。这是我挑出来的名单。

陶砚瓦，这个名字有意思。常行远说完笑了笑，又赶紧把烟塞回嘴里：啊，这个兵不错。高中毕业，有点儿小才儿。你赶紧把这个名单交给军务股谭股长，就说是我看过同意的。

是。邵北平站起来，敬了礼，转身出了门。

常言道铁打的营盘流水的兵。兵是需要流动的，需要通过不断更新以保持士气昂扬。因为中断了一年，八六一团接来了一千多个新兵。团党委对这批新兵十分重视，由参加过抗美援朝的副团长李益民专门负责，三个营和团直各组建一个新兵连，每个新兵连按照老连队的序列，编为五个新兵排。干部都从原来职务降级使用：一营副营长武崇高任新兵一连连长，二营副营长蒋春发任新兵二连连长，三营副教导员常行远为新兵三连连长，炮兵股长王川为新兵四连连长。四个新兵连的排长，分别从各营和团直所属连队的副职充任，班长则各自抽调本连队骨干担任。邵北平本来是八连副指导员，他把兵接来，关键是把自己了解的好兵苗子交代清楚了，他的任务就算圆满完成了。

由于接兵的时候，往往是副职称为正职，有的班长也称为排长。而训兵时，所有干部都是降级使用，所以在实际中，尽管他们各自的职权任务是非常明确的，但他们的称呼，特别是职级称呼，口头上比较混乱。比如接兵时，邵北平本来是副指导员而被称为指导员，而训兵时，他本来是副指导员，却被称为排长。

那天蒋春发整理好军装，习惯性把风纪扣扽了扽，拿上笔记本刚要往外走，五连副连长、新兵二排排长鲁子浩慌慌张张跑进来报告，说老蒋啊不好了！好兵都让一营和三营挑走了，日他姐，咱二营的新兵都是他们拨拉剩下的！

谁说的？蒋春发两眼一瞪，立刻来了斗志。

别问了，百分之！鲁子浩眼睛瞪得比蒋春发还大。又补了句粗话：日他姐。

百分之几？

百分之百呀！所有成语只说前面三个字就行了，老习惯了！

武崇高和常行远，都是1959年8月入伍的，都是初中毕业时，被保送到军队院校的。本来是七机部五院定向培养航空、航天事业专门人才。1961年4月1日，蒋介石秘密成立"国光作业室"，意图反攻大陆。两岸情势突然吃紧，他们这批学员的所有男生，于1962年4月都分到野战军下连队当战士。据说当时分到八六一团的，就有三四十人。武、常二人表现优异，第二年双双被提拔为排级干部，转过年来又同时被提拔为副连职，一个当了副连长，一个当了副指导员，从此二人一个军事干部，一个政工干部，在八六一团开启了快速提升模式。

本来两个人一个是作训股长,一个是组织股长,几个月前他们又同时从机关出来,分别到一、三营任副职,全团都知道二人是培养提拔对象,是全团最亮眼的两颗冉冉升起的新星。这次他们都任了新兵连长,跟蒋春发一样。但蒋春发军龄比他们长,资格比他们老,当年还当过武崇高的班长,现在却跟他们平起平坐,难免肚子就窝着点儿火,经鲁子浩这么一点,腾一家伙就燃起来了。嘴里说着:好,我知道了。人已经铁青着脸咚咚咚走出门去。

啊老班长来了,快请坐下。武崇高率先从会议室的椅子上站起来,指着旁边的椅子说。常行远、王川和军务股长谭光也跟着站起来。蒋春发看了看四个人,都比他军龄短,鼻子里微微"哼"了一下。

不坐。蒋春发一脸严肃:站着吧。站着等你们发布!

这个会是谭光负责召集,他环视这四个人,一个站着,三个坐着。他不知该怎么办,就很诚恳说:蒋副营长,还是坐下吧。

没事儿,不坐。蒋春发说。你请。

好,我陪老班长站着。武崇高和常行远、王川、谭光都对视了一眼之后说。

谭光无奈,就拿出已经打印好的各营新兵花名册,一一分给大家。但出人意料的是蒋春发不接,他说他拒绝这个花名册,他要求对新兵重新分配。

这个情况谁也没料到,会议室的气氛一下子凝重起来。

副营长,这个花名册已经报团首长同意了。谭光声音很低,但态度依然很诚恳。

是李副团长同意了吧?蒋春发问。我现在有意见,正准备找他汇报。

四个人都知道,蒋春发是李副团长的爱将,他要真向李汇报,那还真保不准把方案推倒重来。

副营长您看,我先把情况报告一下,谭光说。您有什么意见,咱们还可以调整。

蒋春发鼻子里哼了一声。

见蒋春发没反对，谭光就赶紧汇报情况。今年新兵一共多少，来自几个地方各多少，南方北方各多少，农村城市各多少，初中生、高中生各多少，身高170以下和以上各多少。根据这几组数据，弄了这个初步方案，也报请李副团长看了。名单都在这儿，每个营都是266个兵，团直少一点儿，186个。各位看看行不行，有什么意见没有。

我刚才看了看挺好，工作做得很细，我没意见。常行远头一个表了态。

我同意。王川接着说。

我没发现什么问题。武崇高也说。

几个人就都把目光投向蒋春发。

只见蒋春发正抬头望着天花板，一动也不动。

老班长，您说说，您什么意见？武崇高忍了一会儿，还是开口问了一句。

蒋春发依然抬着头，嘴里像是对着天花板说：你们的方案非常好，你们现在的名单也可以不再动了！我只有一条意见，请务必认真考虑。既然每个营都是266个兵，那能不能把三个营的名单别发，咱们抓阄，抓到哪个算哪个。你们看看，我这个意见非常简单，轻而易举，举手之劳，手到擒来！说着，他还把右手一挥，像是在空中逮了个苍蝇。

那四个人面面相觑，立刻明白了他的意思。特别是武崇高和常行远，他们确实都动了点儿小心思，提前挑了几个好兵，经蒋春发这么一搞，自觉有一点儿理亏。

既然老蒋有这个想法，那就调整一下，把我们营的名单，跟二营换一换不就得了。常行远感觉自己应该主动，风格高一点儿，先提一个让自己吃亏的方案，等着别人否决。

我老班长有想法儿，还是把一营名单跟二营换吧。果然武崇高说话了，同样也显示出大度。老班长您看？我们都听您指示！

你们两个新兵蛋子，还很知趣嘛！风格都很高嘛！可让我来选，不是又给我出难题吗？这不是摆明了让我得罪一个嘛！谁给我点上根烟？蒋春发把右手一伸，食指和中指还勾唤着等着。

常行远马上递给他一支，还划了根火柴帮他点上。蒋春发深深吸了一口，又朝天花板呼了出去。嘴里说：还是常教导员风格高，人也实在，就跟三营换吧！常副教导员，你可不许反悔啊！

常行远脸上略有尴尬地说：不会，不会，蒋公高明，蒋公高明！

于是，原来的方案还是保留了，只是把二营和三营的新兵整个调换了。本来陶砚瓦应该是在邵北平的连队，三营八连，是个大功连；经蒋春发一番折腾，陶砚瓦到了二营五连，双大功连。

当然这都是后来陶砚瓦自己分析的，因为所有决策者都没跟他透露过哪怕一个字。虽然没到邵北平的八连，但还是在同一个赛场，而且还是按照他设定的规范和方向，只不过是没在一条跑道，依然在他的目光里，到步兵连的步兵班，去当步兵。

46

这天早晨，环状路边白杨树上的四对喇叭开始播放早操号时，蒋春发和往常一样，第一个顶着寒风，军容整洁，雕像般威严挺立在大操场西侧，等待新兵二连的五个值班员带着各自的排，依次在他面前跑步立定敬礼：报告副营长，新兵某排集合完毕，请指示！他就会迅速地用特别标准的姿势还礼，然后又用他那带有浓重湖南祁阳口音的普通话喊道：稍息！值班员说声：是！然后转身跑回自己位置下达命令：稍息！然后跑向队尾立定转身。

每到这个时候，他用威严的目光扫视一下，五个排近三百号人横列操场，所有的面孔都齐刷刷朝向他。虽然个子不高，但他威风凛凛，气场宏大，发出的指示清晰而干脆：

全体注意！唰！所有人都整齐立正；

稍息！唰！所有人都整齐稍息；

讲一下！唰！所有人都整齐立正。这三声"唰"，是近三百只左脚在极短时间内，同时快速移动发出来的，天籁般美妙、动听、圣洁。蒋春发开始讲话：

当兵保卫祖国，要随时准备打仗！蒋春发把"随时"说成"随希"，"准备"说成"军备","打仗"说成"打将"。当兵不能怕吃苦，咬牙咬牙再咬牙，坚旗（持）坚旗（持）再坚旗（持）！军姿要端正，步伐要整齐，歌声要洪亮，一定要有军人的血性！明白不明白？

明白！山呼海啸。

再来一遍，明白不明白？

明白！地动山摇。

好，以排为单位，跑步开始！

马上各连队值班员跑步至指挥位置下达指令：稍息！立正！向右转！跑步走！

于是，大操场上，长方形马路上，到处都是跑步的队伍。口令声，歌声，以及时而变幻着各种节奏的"一二三四"声，此起彼伏，响彻营房。

蒋春发笃信一个道理：兵尿尿一个，将尿尿一窝。所以，他每次讲话时，时不时会把目光朝向东侧。所有人都知道，大操场东侧，是常行远任连长的新兵三连在出早操。蒋春发的心思，就是经他训练出来的兵，一定比其他几个新兵连队好，特别是要比三连好得多些。他瞄准的目标，是想着他带的新兵二连，甚至要从精神上、气势上，超过东侧更远处出操的三营老兵。那个队伍都是老兵，动作娴熟，整齐划一，表现十分稳定。即使超不过，也得打个平手，绝不能落在其后，更不能甘拜下风。二连这小三百号新兵，是他蒋春发带出来的兵，差得了吗？更何况这些兵，是他从三营"抢来的"兵。既然从人家手里抢过来了，你没带好，岂不是要让人家笑话？

一般情况下，早操时五个排到达的时间会相当接近，二排的鲁子浩大概率头一个到。即使不是第一，那就一定是第二。其他排似乎都没什么规律，早点儿晚点儿也都相差不多。可偏偏在这天，鲁子浩的二排来晚了，而且是其他四个排的值班员都报告归列，所有人都眼巴巴等了几秒钟，鲁子浩才带着队伍急急火火到达操场并向他报告。蒋春发勃然大怒：鲁子浩！找值班员代替你指挥，你站在那里不许动了！其他人，以排为单位，跑步开始！

鲁子浩一个人站在空旷的大操场上，心里知道老蒋为什么发火。作为老蒋的爱将，多次听到老蒋的至嘱：我是负责新兵二连训练的，所以你必须首先做好。我要求只有一个，就是二营新兵连要事事处处争第一、争上游。争不到第一，我也不说什么，但只要你落在最后，得了第四，那我坚决不客气！今天，唉，今天活该倒霉了。

部队走远了，偌大个操场只剩两个人，还隔老远，你看着我，我看着你。谁也不移动脚步。终于，蒋春发喊了声：鲁子浩！

到！鲁子浩声音很大很大，比平常更响亮，但依然站在那里一动不动，眼睁睁看着蒋春发板着脸朝他走过来，还边走边说：你小子好大架子，叫你也不动弹！

首长刚才命令我站在这里，我怎么敢擅自行？鲁子浩委屈地辩驳道。

好好好，稍息！

是！鲁子浩马上满脸堆笑，从口袋里掏出一根烟，嬉皮笑脸地递给蒋春发，又掏出火柴点上，自己也弄了根点上。二人配合十分默契。

怎么回事？蒋春发问，语气已经和缓许多。

唉，孤胆英雄来了！昨晚到的。说到的时候很晚了，一大早就站在楼下等着看我。匆匆打了个招呼，这不，挨骂了。

啊，那是我批评错了，别往心里去啊。蒋春发知道每次新兵训练，都要请自己部队两个老英雄来给新兵上课，一位是八六一团的"孤胆英雄"柳大光，一位是八五九团"盘肠大战"的才兴铜。前者早已转业，在内蒙古一个旗的武装部工作；后者还在八五九团任副营长。鲁子浩恰恰就是柳大光曾经服役的连队的战士、副班长、班长，跟老英雄多次接触，一老一小颇有感情。

哪里有错？来晚了就该批评嘛！鲁子浩说。咱也得让别人看看，你绝对光明正！不偏袒自己人嘛！

47

八六一团礼堂里，座无虚席。主席台正中高悬一条横幅标语：孤胆英雄柳大光同志事迹报告会。

这是该团多年来的传统。所有新兵到了，都要搞一次。横幅标语不用换，可以用好多年。至于现在这个是新的还是旧的，除了宣传股长，没人知道，也没人关心。

突然，歌声乍歇，全场安静。在雄壮的《中国人民志愿军军歌》乐曲声中，舞台的银幕上，浮现出"英雄赞"三个大字，并配有解说词：

亲爱的新兵战友们，欢迎你们来到光荣的大功团！我团诞生于抗日烽火中的冀中，在党的领导下，不畏强敌，英勇作战，胜利完成了各项任务，荣获了很多荣誉，涌现出许许多多的英雄人物。当年在抗美援朝第五次战役中，我团突破临津江，勇夺绀岳山，荣立集体大功之后，又投入雪马里激战。今天我们隆重介绍的，就是在这场战斗中，我团一个传奇式的孤胆英雄柳大光。

柳大光，我团一营二连战士，在雪马里战斗中，他孤身一人，面对英国皇家第二十九旅的格洛斯特营残部，勇猛机智，以泰山压顶般的气势，喝令敌人投降，并成功押回。创造了一人活捉63个英国鬼子的传奇，被志愿军第十九兵团记一等功，被志愿军总部授予"孤胆英雄"光荣称号。

柳大光同志的英雄事迹被广泛传颂，并光荣受到毛主席等党和国家领导人的亲切接见。周总理还赠送他一支半自动步枪。他到苏联参加世界青年联欢节时，还受到斯大林接见，并与他交谈。

英雄出自大功团，大功团传统代代传。柳大光同志是我团一面历久弥新的英雄旗帜。让我们以英雄为榜样，接过他们的枪，继续他们的事业，争做毛主席的好战士，完成党和人民赋予我们的光荣使命！

幻灯片播完。随着一声"全体起立"的口令，在场的军人都站起身来。团政委章俊，陪同已经复员回乡的英雄柳大光，在热烈掌声中健步走到舞台中间的桌子后面。

章俊政委开始讲话：

同志们！柳大光同志是咱们团的骄傲！20多年前，他在战场上创造了奇迹，写在我们的团史、师史、军史上。今天他又回来了！（掌声大作）让我们，特别是新入伍的同志们，认真聆听他的事迹，感受他的平凡和伟大，接过他的枪，续写我们大功团的辉煌！（掌声如雷。）

柳大光开始作报告：我刚才在后面，听你们拉歌真过瘾啊！听得我心里好激动，有一股咱们大功团的老传统、老作风啊！

我那点儿事儿，在这个礼堂都讲了好多遍了，我真不想再讲了。可没办法啊，章政委当过我的老师啊，他让我讲，我得服从命令啊。刚才的幻灯片，大家都看到了。那是抗美援朝，第五次战役，咱们团突破临津江，向江南勇猛穿插。拿下了绀岳山，又激战雪马里，在沙器幕一带切断敌人退路，吃掉了英国皇家第二十九旅的格洛斯特营。我那时是个小组长，带着两个新兵，当时的任务是沿沙器幕山梁搜索前进。我让他们先原地埋伏，我一个人想绕到旁边找个地方撒尿。突然就见山坳里，有十几个鬼子，说话嘀里嘟噜咱也听不懂。我赶紧藏起来观察，没想到后面还有更多的鬼子赶了过来，乌泱乌泱一大片。怎么办呢？咱中国人民志愿军，都是毛主席的兵，保家卫国上战场，都是写了志愿书的，都是要跟敌人战斗到底的。所以我也是急中生智，端着冲锋枪跳上一块大石头，先是一阵扫射，随着扔过去几颗手雷，然后往那块大石头上一站，大喊一声：举起手来！缴枪不杀！啊，不是一声，是两声：一声是举起手来！一声是缴枪不杀！（笑声）

之前我也学过这两句英语，学得也不好，没想到关键时刻用上了，而且那帮鬼子都听懂了，当时就纷纷把枪放到地上。有几个不听话的，他们举枪刚要对准我，还没等他们动手我先开了枪。我又喊：一营在左，二营在右，三营跟我上！这口气是团长啊！当时就是为了把敌人镇住啊，反正敌人也听不懂，但是真把他们吓蒙了，一个一个都乖乖把枪扔在了地上，而且还举起了双手，照我的枪口指的方向，老老实实走了。走了一阵儿他们发现我是一个人了，于是又有人想跑，我就又开枪打，打死了几个，也跑了几个。等把他们交给团里，才知道我活捉了63个英国鬼子。而且是皇家二十九旅，叫什么格洛斯特营。当时稀里糊涂，我也没注意他们帽子上，前后都有帽徽，其中一个是英国女王奖励的。哈！来头不小啊。（掌声）

你们鼓掌，是鼓励我讲得还行吧？还不错吧？

讲得好，讲得妙，英雄事迹呱呱叫！啪！啪！啪！

我告诉你们一个秘密：刚才我讲的东西，除了撒尿那件事儿，是我的原话,其他都是章政委教的!什么临津江、雪马里、绀岳山、沙器幕,什么皇家二十九旅,格洛斯特营,还双徽营,都是他教给我背的!当时咱就知道打仗,哪里知道这么多东西!好,谢谢同志们!敬礼!再见!

48

新兵营的一整座楼,灯火通明。各单位都以班为单位,在讨论听完英雄报告之后的启发心得。银幕上一帧帧血红墨黑的战斗画面,配上激情四射的解说和铿锵有力的乐曲,让年轻的战士们,看得热血沸腾。特别是刻画柳大光登高一呼,以及持枪押送一大群俘虏的两帧画面,深深镌刻在所有新兵,特别是陶砚瓦心中,成为图腾般的存在。

陶砚瓦坐在床边小马扎上,正在谷老师送他的小笔记本上写字:

英雄赞

突破临津铁壁,绀岳山顶扬旗。猛插分割皇家旅,集体大功荣立。

英雄胆量超巨,晴天一声霹雳。六十三个生擒去,管他美帝英帝。

前辈壮举,惊天动地。听你追忆,促我接力。

扛你扛过的枪,站你站过的岗,当你那样的兵,立你那样的功!

在新兵连,陶砚瓦又领到一身新军装。原来的外衣脏了,可以换了。同时,他也领到了第一个月的津贴费:人民币六元整。

新兵连训练,就是天天在大操场一个固定区域,以班为单位练习稍息立正,停止间转法、行进间转法,走步跑步,班长们都给每一个新兵,一个一个地抠单兵动作。有时也组织以排为单位的队列练习,甚至以连为单位的队列练习,练习较大集体队列的协同和整齐划一。

有人会以为整天弄这个会不会很枯燥啊!说实在的还真不枯燥。因为都是十八九岁的小伙子，来自五湖四海，南腔北调，在一起学习、训练、生活，不仅不枯燥，还妙趣横生呢。

引起大家兴趣盎然的，就是比赛和较劲儿。一睁眼就比上了，起床号一响，就快速穿衣，快速叠被子，然后得快速下楼列队。一个班都站好了，等一个人，那这个人就很难堪。一个排都站好了，只有一个班人还不全，那这个班就会很难堪。站好了，就检查军容风纪。如果有人扣子系错了，鞋子穿反了，或者没系风纪扣，或者军帽不正，或者武装带很松，等等，这个人就会被点名，他所在的班、排、连，甚至全营，都会感到脸上无光。因为人和人之间，每个作战单位之间，都在比嘛。谁好谁差，谁优谁劣，一比就看出来了嘛。

也不光是新兵们在比，就是像蒋春发这样的老家伙，比得更厉害，样样不让人，必须争第一。他老是想着一定要让武崇高和常行远看看，经他带出来的兵，个个都是好样的。应该并且必须比武常二人带出来的兵强哪怕是一点点儿。他带的新兵连，就总是明里暗里，和老兵三营较劲儿。一老一新两个营，都在一个操场出操，天天碰在一起，可以比的机会很多。开始他的新兵连肯定不行，但经过蒋春发的调理，慢慢新兵们就领悟到精髓了，各种动作也都到位了，个把月后，论气势、论面貌、比唱歌、比队列，跟老兵们比试比试，谁输谁赢还说不定呢。

陶砚瓦和他的战友们，就在这样的氛围里，经过努力，成功完成了从一个农村小伙子，到一个士兵的蜕变。

陶砚瓦！一听鲁子浩在门外喊他名字，陶砚瓦赶紧起立回答：到！

你过来一下。鲁子浩站在门口冲他招了一下手。

陶砚瓦答应着，赶紧跑过去。只见鲁子浩指着楼道里另一个人说：这是咱们五连的臧副指导员，他姓臧，但是人很干净。他想找你聊聊。

陶砚瓦赶紧敬礼：副指导员好！

臧殿礼问：上过高中？

陶砚瓦答：是。

臧殿礼问：爱好文学？

陶砚瓦答：是。

臧殿礼问：会写诗？

陶砚瓦答：喜欢瞎写。

臧殿礼说：你听完老英雄柳大光报告，写的那首诗，你们班长让我看了。写得好啊！我还拿着给团里一个干事看，那小子说这水平非同一般！他说咱们团里还没见过写得这么好的。你记住了，下连队以后，你就到咱连的演唱组，好不好？

陶砚瓦说：好，听从调遣。

那咱们就说定了！你去吧！臧殿礼笑眯眯地看着陶砚瓦敬礼，转身回屋。自言自语道：太好了！有了能写诗的了！

臧殿礼一边说着，一边转身往外走。看见鲁子浩站在前头，老远就冲他喊：老鲁啊！这个兵真不错！是个好苗子啊！咱们演唱组得弄出点儿好东西，给营里看看！

鲁子浩看他高兴的样子说：瞧你们政工干部这德性，见个小秀才就得意忘形！

陶砚瓦回到班里，班长单刚问他：是不是臧副指导员找你？陶砚瓦说是。单刚说副指导员负责演唱组、宣传鼓动组。臧殿礼人很好，就是大大咧咧，没有架子，在连队说话也不大顶用。

见了臧殿礼之后，陶砚瓦不由想起邵北平。他在八连也是当副指导员，应该也是管演唱组之类的吧？他自那天从闷罐车里出来，瑟瑟寒风里交代陶砚瓦"去步兵连当步兵"之后，就再没有机会和他说话了。偶尔在操场、饭堂远远看到过他的影子，大家各自都在忙着自己的事情。一个小新兵，他既没机会，也没胆量跑过去打招呼。

也许他忙起来，早把我忘了？也许他没忘，会远远注视着我？陶砚瓦心想。反正二人都在这座营房里忙活。现在邵北平他们指导员探家了，他临时代理指导员的工作，也确实忙。

终于，新兵训练结束，陶砚瓦被分到二营五连五班，真真正正当了步兵连的步兵。黎三镯和黎庄二人都兴冲冲来找他，黎庄被分到团卫生队了，黎三镯被挑到特务连了。黎三镯不用"分"而用"挑",意义自然不同。从他意气风发的样子,就能看出一些门道。他俩都属于团直单位,驻地都在团部大院。只有陶砚瓦所在五连的驻地,在离营房三里多的聂店村,全部分散住在老百姓家。

离开营房之前,陶砚瓦叫上黎三镯和黎庄,一起到八连找过邵北平,想跟他告个别。可是邵北平不在。陶砚瓦心里直犯嘀咕,他一直没弄明白:邵北平为什么要让我当步兵呢?

他一定是为了我好。

但当步兵到底有什么好呢?

第十二章　啊，烫窑儿

49

丹尼斯永远不能原谅自己。他不能，永远不能。

那天凌晨他被小碌碡叫醒的时候，外面已经响起密集的枪声。他们爬起来到了堂屋，他就过去端灶台上的锅，被闫玉才一把拽住了。只见邢大娘从另一间房里走出来，撩开迎门墙上一幅武强年画，画后面有一个凵儿，把凵儿里面一块挡板拉开，立刻出现一个洞口。

还是小碌碡在前，丹尼斯在中间，闫玉才最后，迅速从这个凵儿里钻进了地道。外面的枪声感觉越来越近了，闫玉才钻进洞口的时候，已经听得见街上有人在跑、在喊，甚至在砸门的声音了。邢大娘催他们赶紧钻进地道，她需要从外面把暗口恢复成原来样子，以免让敌人看出破绽。

小羊沟村的地道比大留史村矮很多，几个人进入这个狭窄的空间，都很憋闷。特别是身高马大的丹尼斯，感觉呼吸都困难了。这时他也顾不上许多，一样把腰弯到最低，把两条腿蜷起来，尽量下蹲，头还是蹭着地道顶上的土，一步一步朝前挪动。

正艰难地爬着，丹尼斯又突然停了下来，转回头对闫玉才说：刚才慌乱，我把小碌碡给我那张纸放炕头上，没顾得上收起来。如果让日军发现，一定会很严重！闫玉才一听也愣住了。这时他们身后传来一声枪响，跟着是日伪军的喊叫声，分明听见有个伪军在喊："放毒气！扔手榴弹！"三个人听了，都面面相觑。闫玉才说：快！往前走！把衣服脱下来，把嘴和鼻子捂上。

又往前走了几步，幸好没有手榴弹甩下来，也没有闻到任何有毒的气味儿。闫玉才听到身后有动静，转身看时，发现是侦察排的兵。问他：你怎么来了？

这个兵就是早晨误了事儿的那个潜伏哨。他跟政委打了一阵子配合，感觉顶得差不多了的时候，就跟政委一起回村了。政委惦记着丹尼斯，就让他赶紧过来增援。刚才那一声枪响，就是他刚进院子里，看见一个日军正拿枪逼着一个伪军往口儿里钻呢，被他一枪干掉了。几个伪军一看鬼子死了，八路冲进来了，把枪一扔举着两只手就跑了。

司令政委和部队，这会儿还在村里，依托地道跟敌人打呢，估计日伪军也撑不了多久了，你们哪儿也别去，就在这儿隐蔽着吧。说完又顺着来路回去了。

他这一席话，让闫玉才和小碌碡都放下心来，丹尼斯听了也安心了许多。外面还在响枪，他心里依然惦记着小碌碡给他的那张纸，不知道日军发现没有，会不会给邢大娘带来灾祸。

虽然日军没有放毒气，但地道里的味道却越来越难闻。整个味道里，混杂着脚下长年积水的腐朽味儿，洞里阴暗潮湿长期未散的瘴气味儿，狭窄逼仄的空间累积起来的浊臭味儿，再加上三个男人身上的腥臊味儿，这所有的气味儿叠加在一起，让人窒息、让人烦躁、让人绝望、让人疯狂，似乎是上帝有意安排了这个小环境，以考验中美两国军人心灵和肉体耐力的极限。丹尼斯在想自己多少天没洗澡了，他低头从领口处闻了闻自己身上的味道，又赶紧把鼻子耸紧，把嘴巴闭紧，憋了一阵子才无奈地呼吸。他想着小碌碡和闫玉才连牙都不刷，估计也可能从来就不洗澡，因为他们身上的味道，比自己身上的味道更悠久而且更浑厚。

他又掏出怀表看了看，已经下午6点15分了，天应该黑下来了。从凌晨5点刚过钻进地道里，已经过去13个多钟头了！枪声逐渐变得稀疏起来，有一会儿没有响枪了。终于听见政委在洞口喊：玉才！小碌碡！小石头带着几个人顺着村南壕沟把敌人吸引走了，出来吧！

爬出地道之后，丹尼斯赶紧到里屋去找小碌碡给他的那张纸，已经找不见了。而那个满脸慈祥微笑，给他蒸了高粱面的邢大娘，正满脸蜡黄地躺在炕上，双手缠满了绷带。

原来日伪军冲进邢大娘家之后，找到了小碌碡给丹尼斯的那张纸，纸上有小碌碡写的两行英文字母，画的一个美国国徽，还有丹尼斯那个熟练的签名。那个日军问：邢大娘这是谁的？在纸上写字的人去了哪里？邢大娘咬紧牙关，一言不发。那个凶狠的日军照着邢大娘的胸口就是一枪托，邢大娘还不开口，日军居然拔出战刀，一边逼问，一边威胁要砍掉邢大娘的手指。而且果然就左边一根，右边一根，连续砍掉了邢大娘4根手指！这时他们发现了墙上的地道口，就端枪逼伪军下去，幸好被赶来的那位同志一枪打死，邢大娘总算侥幸捡回一条命。

丹尼斯了解到这些情况，看着炕上昏晕过去的邢大娘，心里无比懊悔和愤怒。他问大娘疼不疼，没想到，躺在炕上的邢大娘笑着对他说：不疼，那个鬼子一进门，就端着刺刀照着墙上哩全神码子乱捅。俺心想这不是作死吗？他敢朝老天爷乱捅，老天爷能饶他吗？你看，立时咱哩人进来，一枪把他崩了。

这时又看到有人进来向政委报告，说这个小羊沟村民兵队长的妻子，在地道中躲藏的时候，担心怀里吃奶的孩子啼哭会引来敌人，竟把孩子紧紧搂住，最后生生把自己儿子捂死了！

丹尼斯两天来目睹了这一切，一支由政府颁发了番号，却不发武器、不发补给、不发军饷的军队，却受到老百姓的衷心保护和支持，在敌人占领的地区生存和战斗。这一切，都让丹尼斯的心灵受到极大的震撼。这时有老乡送来几个高粱面窝头，闫玉才和小碌碡早饿得受不了了，抄起来就往嘴里塞。小碌碡给丹尼斯递了一个，他接过来，也学着小碌碡他们的样子，也不剥皮了，直接就吭哧吭哧吃起来。他一看小碌碡冲他一笑，就对小碌碡说：还等着我剥皮给你吃？

丹尼斯说：在延安，有人说在共产党领导下，老百姓支持军队是最后一尺布，拿去缝军装；最后一碗米，拿去做军粮；最后的老棉袄，盖在担架上；最后的亲骨肉，送他上战场。我当时听了，感觉是共产党自己吹牛。现在我相信了。

第二天，丹尼斯要离开冀中了，大家都来送他。他紧紧握着司令的手说：地道好，八路军好，老百姓更好！中国一定会打赢日本！

小石头陶载石负责护送丹尼斯到军区总部。行前，他带上四个白面馒头、六个高粱面贴饼子，都一一切成两半儿，夹上老红咸菜，以备路上之需。

丹尼斯只和小碌碡一个人进行了拥抱，还对着他的耳朵说：你一定会是个最好的参谋！

和闫玉才握手告别时，闫玉才对他说：你这一趟算是过"三关"了！丹尼斯说：现在说还有点儿早，等回到延安，能再看见你们的毛主席，我才能算是过了"三关"！

50

蚊子又来了，好像还不止一个，而是好几个。两个、三个？也许是四个五个。从左边轰走一个，又从右边飞来一个。坐在车辕上的小石头右手拿着条赶车鞭子，左手攥住一条破旧毛巾的中间儿，左右抽打着，嘴里骂着。拉车骡子十分懂事儿，顺着车辙迈着小碎步飞快向前，既保证了速度，又尽量保持了车子的平稳。

他扭头看车篷子里面的丹尼斯，正冲他得意地笑哩。

他马上想起刚才丹尼斯脑袋上围着块女人头巾，钻进蓝色布帘里，从包里摸出一个小瓶，往自己身上喷几下，立刻有一股陌生哩气味产生出来。问他这是干什么，他说是防蚊子咬。还说你也喷点儿，当时自己说用不着！这么大个人，还怕蚊子叮！

一看丹尼斯的奸笑，立刻就明白是怎么回子事儿了。

俺说今儿个怎么这么多蚊子，原来是叮你哩都过来叮俺了！这不公平啊。你赶紧给俺也喷几下吧！

对了，这东西是你们发哩，还是自己买哩？

是发哩。丹尼斯也学会说"哩"了。

喷完那怪水儿，确实蚊子没刚才厉害了。小石头顺嘴儿骂了句：在你们美国当兵真他妈痛快！

还行吧。全世界当兵哩只有你们八路军什么都不发。丹尼斯说。

俺们也习惯了。一个是有群众支持，还有一个就是从敌人那里抢。

小石头一个人，还有一头骡子，一辆篷子车，这天一大早动身，负责护送丹尼斯到百里外一个堡垒户家住宿。骡子和车都是这户人家的，再还给人家，当晚二人也住下。第二天小石头返程归建，丹尼斯休息，等待来人接上他，等天黑后再赶一夜的路，天亮前赶到下一站，再一直回到军区驻地。然后再由军区派人一程一程送他返回延安。整个过程都十分危险，容不得半点儿马虎大意。

幸亏有青纱帐！小石头想。他选择的路线都是田间小路，而且都避开了敌人的炮楼和岗哨。万一，就是说万一，有突发情况，一头扎进青纱帐里，也还能够脱逃。

毕竟是两个人赶路，而且是小路，应该挺没意思哩。但是小石头兴致挺高。因为他在前面赶车，丹尼斯坐在车篷里，朝哪里走近，朝哪里走绕，遇到沟怎么过，遇到河怎么找桥，遇到万一怎么应对，甚至看见道好就走快点儿，看见坑坑洼洼就走慢点儿，一切都由小石头掌握。丹尼斯只能对他服服帖帖，真像个小媳妇，完全听从他"指挥"。慢慢地，他在丹尼斯面前有了当班长哩感觉。

丹尼斯当然感觉到了，但他明白眼下命运在小石头手上，二人确实是保护和被保护的关系，便乐得把自己当成一个大头兵，悉数听从小石头安排。况且，他还真有许多问题向小石头请教哩。

小石头，刚才大娘说鬼子用刺刀乱捅她的什么东西了？我怎么没听懂她在说什么码子？

全神码子。

全神码子，是什么？

是一张纸，上头印着七十二尊神，家家墙上都贴着哩。

七十二尊？你们怎么会有那么多神？

说是七十二尊，实际上到底有多少，俺也没数过。各路神仙。有管天上哩，有管地上哩，有管生育哩观音大士，有管做饭哩灶王爷，有管发财哩赵公元帅是文财神，还有关公关二爷是武财神，还有管人生死哩阎王爷，反正天上地上，天宫地府，所有管事儿哩神，都全乎了，印在一张纸上，所以叫全神码子。

这么多神，谁最大？

最大哩，最顶事儿哩，最要紧哩就是老天爷。

老天爷是上帝吗？

反正是天上地上全都归他管哩！就是他。

你们神太多了！连做饭也要一个神来管。我们只有一个神，就是上帝。

天上地上得多少事儿，他一个人怎么管得过来？

我们的上帝无处不在，无所不能。

他无所不能？吹牛吧。你求他把日本鬼子都消灭了，别再让他们祸害俺们中国了，你试巴试巴，他管得了吗？

你这纯粹就是抬杠。日本鬼子侵略的是你们中国，你们为什么不求求你们哩老天爷，把日本鬼子全部消灭，不是更好吗？

老天爷一直保佑俺们打日本鬼子，俺们一定胜利。这事儿忒大，不归你们上帝管。俺们打哩是持久战，还早着哩。咱就说今儿个，出发前俺也求了老天爷，保佑咱们这回平平安安。你求你们上帝没有啊？求了？好，咱们是双保险，这回稳了！

那我再问一个问题：那天你吹的笛子很好听，听说你一直把笛子带在身上？你能让我看看吗？

可以，俺得掏出来。小石头说着就从后背上把笛子掏了出来，递给丹尼斯：看吧。

你很聪明，把它装在这个布口袋里，所以保护得很好，特别是这个笛孔上的薄膜。我也让你看样东西吧，这是我的枪。

好啊。你枪口上这是套了个什么东西？

我先不告诉你它是什么，我只问你它好不好。

好啊，枪口套上它肯定就不会受潮了，小虫子也钻不进去了。听说小虫子钻进去，还会炸膛哩，这东西也是你们发哩？

是发哩。

这东西套俺笛子上正合适。

我想也是，你先试试，如果真合适，我就送给你。丹尼斯笑着说：当兵最重要的应该是枪，你怎么不套你的枪，却首先想着笛子？

俺们侦察兵天天摸枪，俺要套上这个东西，还不得让他们笑话死。

也是。你是第一次见这个东西吗？它叫什么？做什么用？你知道吗？

以前没见过，也不知道它叫什么，做什么用。

那我告诉你，它是避孕套，男女做爱时用的。做爱，你懂吗？

懂，俺懂。小石头越发矜持了。俺们不叫做爱，俺们那话不好听。你枪口上这个在别处用过没有？你套过别哩没有？

放心吧，没有！你鬼心眼儿真多！来，给你这个，还没开封哩。

啊谢谢！你还有没有多哩？俺想，再要两个。

要那么多干什么？你是不是也想做爱？

不是不是！小石头脸唰一下子红了。俺这笛子一头一个，中间贴笛膜那个地方再套上一个。给不给吧？不给拉倒。

给给给，再给你两个。丹尼斯把东西一一递给小石头，还盯着他打开包装，一一套在笛子上。嘴里问道：说实话，你碰过女人没有？

没有。小石头语气诚实干脆。但是他回答完这个问题，又感觉自己的矜持防线被击破了。你小子真坏！你问这个干什么？

没有什么，现在咱们是两个男人之间的聊天，平时哪有机会聊这些！我13岁那年，我的漂亮女邻居把一切都教给我了。她让我懂得了生命的美好。她简直就是我的天使。而且我们在一起，也从来没用过套。

你和她干那个事儿，你家里人知道吗？

我父亲后来知道了。他其实也一直想亲近杰茜，但他没有得到任何机会。直到有一次，我们的事儿被他撞见了。当时他很尴尬，却对我说了句：小子，你比我幸运。

这就完了？

完了。

你们美国人真真真，没羞没臊！要是在俺们陶村，你们这叫乱伦！那还不得全村轰动，让你们全家从此都跟着抬不起头来！

估计应该是吧。

二人说着话，沉浸在各自的幻想中，一时竟忘记了他们乘坐着的木轮车，碾压在坎坷不平的乡间土路上，吱吱扭扭，咣咣当当，一路颠簸。

突然，那老骡子停下脚步，脸朝向左边，嘴里嘟噜嘟噜发出低沉的声音。

小石头吓了一跳，以为发生了什么不测。一个鹞子翻身跳下车，顺手从腰间掏出枪来。

51

丹尼斯也警觉起来，他不敢贸然下车，只是趴在车篷里，撩开蓝色围布的下沿儿，眼睛盯着小石头，跳下车顺势卧倒，手里的枪口随着眼睛四处观望。

没有发现任何异常。

小石头站了起来，收起枪，拍了拍身上的土，回到车辕处，取下一个水笞，在旁边一个小水坑里打出一笞水过来，那骡子一头扎进去滋溜滋溜喝起来。

丹尼斯一看四周都是一人多高的庄稼，他把头巾一把扯下来，衣服也都脱下来，跳下车后，手里举着个小裤衩儿，往身后一扔，径直就往坑里跳。

小石头见状喊了声：丹尼斯！

丹尼斯早跳了下去。水很浅，刚刚没过他的膝盖。但是一点儿也没影响丹尼斯的快乐：哎呀，我都多少天没洗澡了，浑身都臭死了！小石头，你也进来洗洗吧，你身上味道已经很难闻了！

俺不洗！这太危险了！要有人看见你这鬼模样，咱们就完蛋了！快出来上车！出来！

丹尼斯尽量往水里蹲着，勉强没过他肩膀。他先把脸洗了洗，然后重点洗自己身上体毛比较长的部分。他甚至一手托起裤裆里那东西，另一手去翻皮洗瓤，进行细节操作。小石头头一回见另一个男人，在别人的注视下，如此毫无顾忌、旁若无人、专心致志、聚精会神地，做这样的事情。

小石头知道光喊叫没用了，于是也不管他是什么美国朋友了，过去拽住他一只手，反向一拧，疼得丹尼斯哎呀直叫。

出去，回车上去。小石头声音很低，但是特别庄重威严。这声音让丹尼斯听起来，简直就是上帝的声音。

丹尼斯尽管疼得龇牙咧嘴，但也乖乖出坑上了车。小石头这才一块石头落了地。

你也洗一下吧！小石头。

你洗完了，那水还能要吗？骡子都不喝了。

好，你也学会了美国式的幽默！不，美国人还会再加一句：明年这里会生出一些会讲英语的小蝌蚪。

骡子肯定是真渴了。一筲水很快就喝光了。小石头过去顺着它的鬃毛划拉几下，又拍了拍它的肚子。嘴里还说了句：好了，你解了解渴，丹尼斯也洗了澡，咱们走吧。

丹尼斯，小石头坐在车辕上，想到刚才下手可能狠了点儿，尽管人家没有生气，但还是想找补找补，缓和缓和：我还真是头一回看见光屁股哩美国人。

我光屁股漂亮不漂亮？

你是个男人，我也是个男人，怎么会问漂亮不漂亮？

当然可以问了。因为男人可以喜欢男人啊。

男人喜欢男人？一听这话，小石头扑哧一声笑了，俺没听说过，更没见过。

你们中国自古就有的！很久很久以前就有，你们古书上都有记载。你知道《金瓶梅》《红楼梦》吧，里面也都有啊。

俺还是那句话，没听说过，更没见过。

我只问你喜欢不喜欢我光屁股的样子。

丹尼斯你真絮叨！你身上除了脸，到处都毛茸茸哩，就像一个大猴子，一个大猩猩。你守规矩哩时候，就是你好看哩时候，你不守规矩哩时候，有什么好看哩？

那就是说，你喜欢我守规矩哩时候？

差不多是吧。

也难怪，你连女人都没碰过。你现在应该是我十三岁以前的样子。

丹尼斯你不要太过分！你那么小就干那种事儿，在我们中国，那就是流氓坏蛋。可听你话的意思，好像你还很得意很光荣！俺是中国人，俺是八路军，俺坚决不做你那样的事儿。

啊，小石头，你生气了吗？算了，咱们不聊这个话题了。我饿了，我可以吃东西吗？

啊，真是晌午了，小石头说，咱们光顾着赶路了。里面那些吃哩，你随便吃。

咱们一起吃吧！

不用，你先吃。

好的，谢谢！

骡车颠颠簸簸正走过一个村庄。便听见有人正在大声唱着。到了街心，见是一个四五十岁的盲人在唱，还有十几个人在听。那人正在唱的是：

> 我能算南山有几只虎，
> 我能算北海龙几蟠。
> 我能算刮风和下雨，
> 能算阴天和晴天。
> 要有飞禽在我头上过，
> 能算它的羽毛全不全。

丹尼斯嘴里吃着东西，也歪着脑袋听，听又听不大懂，想问又怕被人听见不敢问。一直到出了村子，才轻声问道：刚才那人他唱的是什么？

他是个说西河大鼓哩，唱哩是《罗成算卦》。

他唱哩很好听！丹尼斯兴奋地说。我真想停下来，多听一会儿。

那可不行！再说了，你也听不懂。

我喜欢听他唱，为什么非要听懂？

那好，将来消灭了日本鬼子，天下太平了，我们请你来听个够。会说书哩人有哩是！俺们陶村就有。

哎呀小石头，我把四个白馒头吃光了，又吃了两个黑馒头。这黑馒头只剩下四个了，你够不够？

你想吃就吃，不用管我。

那我再吃一个？

吃吧！

丹尼斯果真又拿起一个夹着老红咸菜的高粱面贴饼子，塞进嘴里啃起来。

这个丹尼斯可真能吃。小石头又想起听小碌碡说，他来了头一顿饭，吃馒头先剥皮儿的事儿。

52

骡车过伍仁桥的时候，小石头很担心两岸情况，警惕性比较高。当车轮行走在石桥上，咯噔咯噔直响，一下一下敲击着他悬着的心。桥下磁河水流湍急，恰似从他心头淌过。远看桥南东侧那个小饭馆，门开着，应该还在营业。这里的一切，引起他酸楚回忆。

那是他十二岁那年秋天，比这时候稍晚一些。东家几十亩梨树产量好，爹推着独轮车，装上二百斤鸭梨，到安国城里去卖，说是那边价钱贵。爹放心不下他，让他跟着，说实在走不动了，就让他坐在车上推着他。

记得那天过晌午在梨树地里装车，父子俩就住在树底下。第二天起得很早，应该是鸡叫头遍天还没亮就上路了。他一直跟着走，上坡时他还用条绳子在前面帮着拽。爹高兴地说儿子真没白养。

走了整整一天，傍晚才走到安国城里。路过伍仁桥的时候，爹指着路边那个小饭馆儿说：这家做哩熬粉条儿可好吃了。等卖完梨，有钱儿了，回来路过这里，咱们吃一顿！

当晚他们在集市里卖水果的地方住下了。车没卸，父子俩躺在车子下面，中间隔着车轮。爹盘算着这梨每斤比在陶村多卖多少，二百多斤一共多卖多少，应该是个很大哩数目。说咱走了一整天路，都累得够呛，睡吧！二人身子一放平就呼呼睡着了。

第二天清早爬起来一看，蒙在四筐梨上面哩麻袋片不见了，四筐梨也都少了很多。显然，半夜梨子被人偷了。

爹直接蹲在地上，用双手捂住脸，呜呜啼哭起来。父子俩跑这么远哩路，别说比在陶村多卖钱了，恐怕连本钱都还赚不回来了。

小石头看爹啼哭，自己也哇哇啼哭起来。

旁边有人见了，都摇头叹息，可怜这对父子。

那时小石头还小，也不知道爹怎么硬撑着把剩下哩梨好歹卖完了。他只知道这趟活儿赔了本儿不说，还白跑了路，白受了辛苦。回去哩时候，又从这五仁桥上走过，爹早没了吃熬粉条儿哩兴致，自己也不想因为吃让爹难受。两人各自默默往小饭馆瞥了一眼，谁也没有说话。

再次经过这里，小石头怎能不想起当时哩境况！他下意识摸了摸拴在腰间哩口袋，里面有他近来攒下哩银元。司令说这回如果顺利，就放他回趟家，看看辛辛苦苦哩爹。

想到爹一辈子受苦受难，老实可怜的样子，小石头眼里噙满泪水。

小石头，你哭了？

没有啊，没有。

不对，你半天都没讲话，而且我看见你一直在擦眼睛。如果是因为我刚才说你没碰过女人，我向你道歉。我不想让你难过。

没有，丹尼斯，俺没生气。跟你说实话吧，咱们临走时，司令员说如果

177

今晚把你安全送到，就允许俺回家住一宿，明天再赶回去。

啊，那里离你家很近了。你妈妈看见你一定很开心吧？

俺娘，就是俺妈妈早就死了。

对不起，小石头，我又问了不该问的。

没事儿，丹尼斯，俺家只有俺爹一个人，他过得很苦。咱们不说他了。现在有了共产党，将来一定会打败日本，也一定能建设一个富强哩中国。那时候俺们就跟你们一样，发衣裳，发薪水，发本子。

也发套子。一定的，小石头，我为你们祝福！愿上帝保佑你们！

谢谢丹尼斯，俺们有老天爷保佑，一个意思。前面很快就要到军区驻地了，俺哩任务也就要完成了。

小石头，我来你们冀中好多天了，怎么看哪里都一样，都是庄稼、村庄，偶尔有条河，有个破旧的城，有座古老的庙，到处都是穿着破烂的人。

俺们以前富强过，外国人来了，俺们就越来越穷了。所以俺说句实在话，你们哩上帝根本就不保佑俺中国人。

啊，小石头，你真的是这样想的？

对，俺就是这样想哩。

我很遗憾！丹尼斯深思了一会儿，就问：你们回家可以烫窑儿了吧？

你还知道烫窑儿？小石头十分诧异。

那天在地道里，听你们闲聊，说烫窑儿怎么怎么好吃。先挖灶，再用挖出来的湿土攥成一块一块的，用它们砌成一尺多高的土窑，然后也用这土块儿封口儿，然后点火烧这些窑土，烧到吐唾沫"刺啦"一声，就可以了，先把窑顶上的热土打进窑坑铺底，再把长果，或者山药跟剩下的热土一起往窑坑里填，填满了再用脚踹几下封死。既可以一两个小时之后吃，也可以头天后晌燎好，第二天刨出来吃。对不对？

你真行啊丹尼斯！小石头颇感惊讶，丹尼斯万分得意。

二人正聊得热火，突然骡车后面响起自行车铃声。小石头回头看时，见一条大汉低着头，正狠蹬快骑，意图超过他们。那时候自行车几乎是汉奸皇协军的标配，但这位骑车人却衣着简朴，不像是汉奸。小石头不觉提高了警惕,轻轻咳嗽了一声,这是提醒丹尼斯的暗号:有情况,防止被人偷袭。

果然骑车人迅速赶上骡车,并试图从骡车左侧超越。他离小石头越来越近,从小石头身边经过时,那人一把把小石头拽下车来,直接摔到自行车后面。小石头早有防备,还没等他从自行车上落地站稳,就过来把他脖子锁住,并掏枪对准他脑袋,厉声问道:好你个狗汉奸,后面还有没有你们哩人?

前后都是俺们哩人!那个人一开口说话,小石头马上就知道他是谁了,一把把他推了个趔趄:大熊,你这玩笑开得太过了吧!

试巴试巴你哩警惕性。

这边儿都是老解放区,俺也没把你当回子事儿。要是在敌占区,俺早一枪崩了你。

丹尼斯在车上也认出了大熊,撩开围布跟他打招呼。

你们刚走,司令就给俺一辆"铁锚"牌自行车,叫俺一直跟在你们后面不远处,如果出现万一,俺就想法吸引他们,跟你们策应,保障你们安全。

还是司令想哩周到。

司令比你想哩更周到,他说咱们完成任务以后,让俺骑车带你回家住一宿。

司令让你带俺回家住一宿,没让你回家看看二妞儿?那你别违反纪律,你就在俺家外屋凑合住一宿吧。

你小子也学坏了!

小石头,丹尼斯喊道:你是跟我学坏的吧?

对了,还真是跟你学坏哩!小石头说。大熊来了,他碰过女人,你们可以聊女人了。

你们两个都是要回家吗?啊,上帝!丹尼斯说。那你们可以吃烫窑儿了?

啊烫窑儿!正是时候儿!烫山药,烫长果!

179

第十三章　野营拉练好

53

五连送走了复员的老兵，新兵刚刚下了连队，新的一年军事训练开始了。这天全连集合在聂庄村头的打谷场。

立正！稍息！立正！值班的排长跑向鲁子浩立正、敬礼：报告连长同志，全连集合完毕，请指示！

鲁子浩还礼说：稍息！

是！值班排长回来下达命令：稍息！

鲁子浩开始作训练动员：

同志们！我们双大功五连，全年军事训练从今天正式开始！一个合格的步兵，都要完成训练大纲规定的训练任务，必须精通"五大技术"：射击、刺杀、投弹、爆破和土工作业。不仅新兵要训练，所有骨干和老兵，都一样参加训练和考核，都要靠最后的成绩说话。今天，我们训练就从枪开始。枪是咱们步兵的主要武器，导弹兵玩儿导弹，炮兵玩儿大炮，咱们步兵，就玩儿手里这杆枪！五大技术前面两个都是练枪，后面三个也都要带枪完成。所以一定要重视枪，掌握枪，用好枪！

全体稍息！立正！坐下！五班长出列！你来做一个拆装示范。

五班长单刚喊了声：是。只见他走到桌前，把肩上的56式半自动步枪，平放在桌上。

鲁子浩又补充说：枪也可以说是我们步兵的生命。懂枪、爱枪、用好枪，是一名合格步兵的基础。五班长！

单刚：到！

鲁子浩：准备好了没有？

单刚：准备好了！

鲁子浩喊：开始！然后就盯着腕上手表。

单刚：拆装完毕！

鲁子浩：20秒。看清楚没有？

全体：看清楚了！

鲁子浩：好，以班为单位，拆装训练开始！

拆装步枪只有一个上午，下午便开始练习举枪瞄准，先学习要领，然后练习握枪。新兵们已经在新兵连学习并进行了半自动步枪100米卧姿射击。体验射击，五发子弹，陶砚瓦打了47，两个10环三个9环。最后实弹射击考核，每人九发子弹，他打了85环，排名第三。

射击训练，仍然必须从练习握枪瞄准开始。晋中的初春，气温仍然很低。天刚下了雪，战士们先把雪弄干净，然后就趴在地上练习，个个冻得手脚冰凉，又不能戴手套，还得一次次重复同样的动作，那滋味比练习走队列还难受。

练习射击，就得像大姑娘绣花一样，精密细致，分毫不差。鲁子浩喊着。

新兵们心想：怎么刚刚学完射击，下了连队，又从头学起呢？

老兵们心想：我们每年都学，每年都打，步兵不就是弄这杆枪嘛！

过了几天，臧殿礼终于憋不住了，他来找鲁子浩。

老鲁啊，给半天时间吧，演唱组该活动活动了。

你可真行老臧！训练大纲可是规章啊，你们演节目，业余时间搞呗！

什么事儿都一样，你不下功夫，不真抓实干，出不来成绩！咱是同年兵，又是老乡，你就关照关照呗！

我按大纲训练，没权力批你那事儿。你找指导员去。

找了，指导员说让我找你商量。

瞧见了吧？你们政工干部，都这样，这不是把别人放火上烤吗？再说了，你们组长还在呢，让他抽空找几个人，弄弄《枪杆诗：为革命而练》，有那么难吗？

枪杆诗搞了好几年了，其他连队都笑话咱了。说："五连双大功，枪杆诗成精！"你听了难受不难受？

我不难受。咱《枪杆诗：为革命而练》，曾经去北京人民大会堂，给毛主席演出，中央新闻电影制片厂还拍了电影，给全国放！多光荣啊，为什么难受？

俺知道你都参加了，团里还有一米多长的大照片，里面就有你。所以你更得支持演唱组啊。我找陶砚瓦写了一段儿相声，说的都是咱们连队训练的事儿，准备让他们两个新兵排练排练，自己的创作，弄好了能在营里争个第一。

说相声？这可不是闹着玩儿的，他要能把全连逗笑了，我给你半天时间！

不行，三个整天！

一个整天！

两个整天！不能再少了！

老臧啊老臧，我就是拿你没办法！

谁让咱俩同年兵，又是老乡哩？

54

营房大礼堂舞台上方悬挂着会标：千里野营拉练动员大会。

全场起立！立正！稍息！立正！报告团长同志，全团集合完毕，请指示！团值班员蒋春发依然干练威武。

全体坐下！团长回礼。

蒋春发：是！全体坐下！

团长说：同志们！今天我团召开千里野营拉练动员大会。下面请政委讲话!

全团都喜欢听政委讲话,都想听他又有什么新词儿、新说法儿。

同志们!遵照伟大领袖毛主席"野营训练好"的最新指示,我们团在师编成内,将于明天出发,进行千里野营拉练,历时一个月左右。我们全团指战员,从年初开始,一直按照训练大纲进行训练,基本完成大纲要求,取得了较好的成绩。现在到年底了,我们要把训练的成果,在拉练中呈现和检验!让我们发扬"红军不怕远征难"精神,发扬老前辈们"铁脚板精神",以饱满的热情,昂扬的姿态,积极投入这场拉练。与此同时,我们要牢记战斗队、工作队、宣传队任务,驻一村,红一片;走一路,红一线。向人民群众展示我们人民军队的精神面貌,展示我们钢铁长城的风采!最后一定要优质、全面、顺利完成拉练任务!将来,等你们老了,就可以捋着自己的胡子,骄傲地对你们的孙子说:爷爷当年曾经参加千里野营拉练!你们的孙子孙女,会向你投来羡慕和钦佩的目光。大家对于完成拉练任务有没有信心?

全场起立,齐声回答:有!有!有!

五连回到驻地,立刻投入准备。晚上五班抓紧开了一次班务会。班长单刚说:明天咱们就开始拉练了。今天的班务会,我首先宣布一件事儿:经过我们努力争取,咱们五连的宣传鼓动员,由咱班陶砚瓦同志担任!可以鼓掌!陶砚瓦同志入伍将近一年来,学习努力,训练刻苦,步兵五大技术,除投弹属于良好,其他四项全部优秀!下面我就把这个小喇叭,跟了我两年的小喇叭,正式移交给陶砚瓦同志!希望陶砚瓦同志再接再厉,把这个特殊任务完成好!

黄大贵问:班长,咋个还有鼓动员?咋个鼓动嘛?

单刚说:咋个鼓动?你睡觉不用鼓动,吃饭不用鼓动,射击瞄准的时候也不用鼓动。你想啊,在全连、全营行军、打仗,大家体力消耗很大,需要"咬牙咬牙再咬牙,坚持坚持再坚持"的时候,在那个褃节儿上,陶砚瓦就开始鼓动了:黄大贵加油!黄大贵加油!怎么样?

黄大贵:那个时候所有人都累得不行了,陶砚瓦他就不累吗?

单刚:黄大贵同志这个问题问得好!大家都累得不行了,鼓动员也累得不行了。但因为他是鼓动员,他必须在关键时候给大家鼓劲儿。同志们都朝前面走,可他有时候还得斜着走,倒着走,比一般同志都辛苦!陶砚瓦同志,你怕不怕辛苦?愿意不愿意干鼓动员!

陶砚瓦:我不怕辛苦!我愿意当鼓动员!

这时候通信员跑过来说:陶砚瓦,你的信!

陶砚瓦一看信封,就知道是文秀卿写的。

55

一队队全副武装的士兵,一支支身穿冬装的整齐队伍,蜿蜒行进在沙石铺就的山路上。

五连连长去教导队了,代连长鲁子浩和指导员走在五连队伍最前面。后面按序列是一、二、三排,每排三个步兵班一个机枪班;之后是炮排,一个火箭筒班,一个迫击炮班。最后是炊事班,用小推车推着粮秣和锅盆炊具。

全连排成三列纵队行进,所以五班在二排中间。陶砚瓦除背负全部装备外,还多一个铁制的小喇叭。他跟在班长后面,黄大贵跟在他后面,按照惯例,副班长肯定是最后一个。

黄大贵可能崴了脚,走路已经一瘸一拐了,但是还咬着牙,艰难前进。陶砚瓦抢过他的枪,其他战友也纷纷替他背东西,他两眼闪着泪花,依然坚持前进。很快,他终因体力不支,坐在路边哭起来。马上有收容队过来把他架上收容车。

由于第一天行军,指战员们还不太适应,虽然刚走出去二十来里路,但已经尽显疲态。

陶砚瓦边走边想班长的话:

在全连、全营行军、打仗,大家体力消耗很大,需要"咬牙咬牙再咬牙,坚持坚持再坚持"的时候,在那个褙节儿上,陶砚瓦就开始鼓动了:黄大贵加油!黄大贵加油!

想至此，陶砚瓦摘下小喇叭，对准自己嘴巴，这时走在他前面的班长单刚，恰好回头看了看他，还冲他点了点头。他马上开始了第一次鼓动：

黄大贵加油！黄大贵加油！

全连立刻哄笑起来。

有人喊：黄大贵已经掉队了，被收容队拉走了！

陶砚瓦赶紧说：让我们先为黄大贵同志加油！我相信他一定会尽快归队的！我们刚入伍的新兵，向老兵学习，现在就是我们"咬牙咬牙再咬牙，坚持坚持再坚持"的时候！咱们唱个歌好不好？

没人应答。

副指导员臧殿礼说了声：陶砚瓦同志是咱连鼓动员，大家要支持配合！

陶砚瓦说：谢谢副指导员！我知道大家都走累了，我先给同志们唱几句吧：红军不怕远征难，万水千山只等闲。五岭逶迤腾细浪，乌蒙磅礴走泥丸。金沙水拍云崖暖，大渡桥横铁索寒。更喜岷山千里雪，三军过后尽开颜。

单刚回头喊了声：唱得好！引起不少人随声附和。

有很多人注意到，刚才陶砚瓦唱歌时，恰有一辆军用卡车从队伍旁边缓缓驶过。车上坐着师文艺宣传队一个小分队。他们都注意到陶砚瓦在唱歌。

嘿，听见没有？刚才就这嗓子还唱呢。一个女兵说。

这嗓子才叫真嗓子，他不是要好听，而是要鼓舞士气。说这话的是创作员杨春。

这天中午，五连在一个靠近公路的小山村吃饭。

炊事班在村头一个场地支起两个灶，一个焖米饭，一个炒菜。村民们很好奇，都远远站着观看，孩子们却冲在灶旁，边看稀罕边嬉戏。

开饭了，各班按人数打饭菜，然后以班为单位围坐在地上吃。有的新兵还主动去老乡家里，有的打扫院子，有的找水桶挑水。

陶砚瓦！臧殿礼带着一个背着背包的年轻干部，走过来喊他。

到！陶砚瓦看着他们来找自己，有点儿迷惑不解。

这是咱们师宣传队的创作员，他叫杨春，来你们班体验生活。

啊，好啊，欢迎！我们班长知道吗？

知道，已经跟他说了。

杨春说：抽空咱们好好聊聊。

这个杨春还真行，他就在五班整整待了三天，跟普通战士一样，吃住行军，一样都不拉。而且还跟陶砚瓦很谈得来，他们聊了好多。

这天晚上，陶砚瓦在油灯下想给文秀卿写回信，又拿出她的来信再读一遍：

砚瓦你好：

　　冒昧给你写信，请谅。自从你们参军走后，没几天就收到黎三镯来信。说你们一切均好。俺只当他是同学、同事，也就给他回了一封，说了些客气话。但没想到从那以后，隔三差五，还不是每月，差不多每周，都会收到他的信。也没有什么正事儿，都是没话找话，偶尔来几句不知从哪里抄来的诗啊，警句啊，一看就没有什么内涵和章法，硬转哩。开始俺不理他，但他一封接一封写，都成了其他老师们的笑谈了。他们都说还是当兵好，起码写信不花钱。然后就是哄堂大笑。俺又好面子，真是无地自容！忍不住就给你写信，万一有事儿还是想跟你商量，俺相信你。你在部队一定好好干，俺知道你会很忙，你就多注意身体吧。

　　　　　　　　　　　　　　　　　　　　　　　　　　秀卿

陶砚瓦趴在老乡家桌子上，给秀卿回信：

秀卿：

　　来信收悉。我非常理解你的心情。三镯这人直，也比较简单，这谁都知道。而且他喜欢你多年，更是尽人皆知。他能挤出时间给你写这么多信，确实说明你在他心里的位置。你也没必要每次都回信，但我感觉也不能一封信也不回。毕竟咱们关系，是叠加了好几层的。俺们几个在部队都挺好，请放心。现在正在外面拉练呢，寄信不太方便，你收到也许会晚几天吧，请你谅解。有事儿随时写信给我，我可能也会晚几天收到，但是一定能收到，也一定认真看。祝平安。

砚瓦

砚瓦！黄大贵背着背包，推门进来。

大贵你回来了？脚好了没有？陶砚瓦关切地问。

好了！医生说明天要走骆驼道，上十八盘，俺说那俺更得走，要不然要后悔一辈子！

快坐下，俺给你弄点热水，把脚烫烫。

不用你辛苦，我自己来。砚瓦啊，你老乡黎庄问你好！他很关心你，知道我们在一个班，他对我特别好！

我们是一个村的，还一直同学。大贵，你回来真好，明天咱们一起爬骆驼道，走十八盘！你先洗洗睡，我得写几句诗，在路上鼓动。

好，你忙吧。

陶砚瓦在小本子上写起来。

冬夜寒风刺骨，两三点时，哨兵来叫陶砚瓦换岗，见陶砚瓦睡得正香。这时黄大贵翻身坐起来，示意他不要叫陶砚瓦了，自己替陶砚瓦去站岗。

鲁子浩在黑暗中轻轻开了屋门，又轻轻走到院门处，轻轻把门打开。对着哨兵轻轻喊了声：口令？

黄大贵答：十八盘！回令？

鲁子浩答：骆驼道。黄大贵？怎么是你？

报告副连长，我昨晚刚回来。

今天要爬骆驼道你知道吗？

知道，我好说歹说，就是赶回来爬骆驼道。

好小子！今天看你了！可别再崴脚了！

56

骆驼道是个村庄，在山腰里。五连住在山下另一个山村。清晨，司号员站在村中一个老戏台上，对着大山吹起床号。那号声激越而又温柔，乘着凛冽的风，在山谷间回荡。

起床！五班长单刚第一个爬起来：今天上十八盘，鞋袜一定要调整舒适，做好各种准备。

全班都翻身坐起来整理背包和枪支装备。

陶砚瓦说：昨晚怎么没叫我换岗？

交班哨兵说：黄大贵替你了。

陶砚瓦说：大贵！你刚出院！

黄大贵说：你熬夜了，我没得关系！

五连的队伍士气高昂，快速行进中。到了该上山的地方，远远看见宣传队的女兵在路边打着竹板：

打竹板，说拉练。千里野营为实战。今天任务很重要，我们要走骆驼道。这个骆驼道，它真不是开玩笑。抬头往上瞧，一座大山耸入云霄。你赶紧朝前走，一步一登高。围着大山转，你总是觉得慢。慢也别怕难，接着往上盘。一盘又一盘，一共十八盘。盘过十八盘，连是英雄连。排是英雄排，班是英雄班。人是英雄汉，前途更灿烂！

那个领头儿的女兵，竟然是向春晖！陶砚瓦一眼就认出了她，但不知道她的名字。而且他也不知道人家认不认识他。他当然更不知道，就是吃了他梨的那个国庆节，她被特招入伍，现在已经是女兵班长，而且已经入了党。

师宣传队都来鼓动了，说明这次拉练是全师的统一行动！

同志们！刚才听了宣传队的，现在听听我的。我当然比不上人家水平高，更不如女兵们漂亮，但也诌了几句诗，给大家念念，诗不好，鼓鼓劲儿吧！

人谓太行险,

最险骆驼道。

撞山掉头风,

越岭折翅鸟。

且看大军来,

气势压山倒。

一盘两脚飞,

二盘飞两脚。

三盘气不喘,

四盘心不焦。

五盘人在走,

六盘风在号。

七盘云里钻,

八盘云中找。

九盘摸到天,

十盘天宫闹。

十一盘喝水,

十二盘撒尿。

十三盘如虎,

十四盘如豹。

十五盘再咬牙,

十六盘再飞脚。

十七盘,还没完,

还得奋勇冲向前。

十八盘,到顶峰,

咱们五连双大功,

个个都是英雄兵!

五连队伍已经过了几个盘,正走在半山腰一个拐弯处,地势较平坦,又见宣传队女兵在打快板:

打竹板,说拉练。
拉练路上多模范。
说老兵,唱新兵,
从来老兵带新兵,
新兵从来学老兵。
大功团的五连飒,
历史上常把胜仗打,
有一个新兵叫陶砚瓦。
这个陶砚瓦,
入伍一年进步大,
五项技术都不差。
千里拉练他不畏难,
当了连队的鼓动员。
这个鼓动员,
真是不简单,
他走得要快,
行得要端,
别人行军他宣传。
能写能唱嗓门大,
战友们爱听他喊话。
听着听着入了迷,
两脚向前迈得急。
苦啊累啊没人提。
都向排头兵来看齐。
要问谁是陶砚瓦,

他来啦，他来啦，

他最好认啦，

他手上举着个小喇叭！

五连的新兵们感觉很新鲜，目光都朝向陶砚瓦看。而陶砚瓦又看见那个领头的女兵，在唱着自己的名字，他感到很惊讶，但心里也暖暖的。

57

陶砚瓦！天镇火车站站台上，陶砚瓦听到了黎三镯在叫他。回头一看，两人同时朝对方跑来。

三镯子！你挺好哩吧？

俺挺好！俺刚被提拔成班长了！俺们连长可喜欢俺了！他说喜欢俺有股子嘎咕劲儿。他说侦察兵不能跟你们步兵一样，必须得嘎咕一点儿。你看俺来特务连搞侦察，真来对了！你怎么样？

俺还可以吧。邵指导员嘱咐俺就在步兵连当步兵。俺必须这么干下去了。陶砚瓦刚被提拔为副班长了，但他没好意思跟黎三镯说。

你知足吧。咱村有好几个去农场种稻子了。在家就种地，当兵还他妈种地。

你经常见黎庄吧？

经常见他。这次拉练他没来，他们卫生队也来了几个。俺们经常在营房里碰见，有时也找他看个头疼脑热哩。

好，开始上车了，咱们回去再见！

拉练行军、驻训，最后在友军营房搞年终总结，评功评奖，调整班长，充实骨干，总共历时一个多月，最后收尾回营，方式是乘坐闷罐车，夕发朝至。

大家一上车就按序躺下了。陶砚瓦闭上眼睛，回想走了一个多月，一千多里山路，风餐露宿，自己还搞宣传鼓动，还偶尔帮战友背粮袋，脚上却没打一个泡，好像也没感觉有多么苦和累。入伍一年来，对他影响最大的一句话，就是蒋春发常讲的："咬牙咬牙再咬牙，坚持坚持再坚持。"

他想起毛主席的《七律·长征》，脑子里就用毛主席的韵脚，也蹦出八句来：

　　当兵何惧野营难，宿露餐风意自闲。
　　滹水征尘濯铁旅，太行行色跳飞丸。
　　骆驼道上仙音暖，十八盘头枪月寒。
　　闷罐回程无巡哨，立功受奖各欢颜。

　　这一年的步兵生活，自己当了副班长，三镯子竟然当了班长！总之都是连队的骨干了。五湖四海的农家子弟，就像一块块矿石，投身在军队这个大熔炉里，迅速熔炼成钢铁。

　　正当陶砚瓦准备继续在五连当一个好步兵，沿着既定跑道加速前进之际，一个电话，把他扳到了另一条跑道。

第十四章　飞檐走壁

58

大熊！你小子竟然一个人，一趟一趟偷偷回陶村！还跟二妞儿生了儿子！小石头陶载石和小碌碡张鹭洲，一见面就冲大熊黎崇善嚷嚷起来。

俺怎么是偷偷回哩，俺在肃宁伤了胳膊，把俺拉到深县战地医院住了10天院，归队时俺请了假回去哩。什么一趟一趟哩，俺就回了一趟，就住了一宿！对了，小碌碡你不是也回过一趟？有人说媳妇了吧？大熊黎崇善声音不大，好像还是有点儿理亏的感觉。

俺回也是白回，哪像你有现成哩媳妇儿！你回一趟，住一宿，"咣"一枪，10环！

对啊，你怎么那么准啊？快说说。你好枪法，二妞儿也够给你长脸哩！两个人边说边上手，这个掐一把，那个搡一拳哩。

你们两个小东西都不到二十哩，裤裆里长毛儿了没？敢冲俺耍王八拳了？来吧！你们一块儿上，看俺怎么收拾你们！

你也不过二十出头儿，老在俺们面前充大屎壳郎！那二人四目一碰，小石头以极快速度，迎面就朝大熊出了一个虎拳，大熊侧身一躲的同时跨步往他身上贴，恰在他似贴未贴之时，小碌碡早冲他身侧用鹰嘴拳给了一下，点中他穴位，猝不及防一个趔趄，所幸即将倒下时，被小石头上前一把拉住了。

嘿！你们俩小东西这配合打哩，炉火纯青啦！说完又上前去打小碌碡张鹭洲，那边转身就跑，大熊就去追。小碌碡看见东厢房不高，没顾上想就用左脚朝墙上一踩，右脚一使劲儿，人噌的一声上房顶了，突然想起大熊绝技就是飞檐走壁，自己往房上跑，这不是瞎掰吗！他正要从厢房顶往大门房顶蹿时，果然就觉脖领子被人薅住，一个趔趄就从房顶上往院子里掉下去，他嘴里啊了一声，心想这下完了，没想到被小石头双手接住，又顺势往旁边一丢，这才稳稳站定。大熊跟着跳下来站他前面。

这时就听外面吴力耕喊上了：锣鼓队，快快快！你们别磨蹭了，该提前上了！

这天是1945年9月下旬的一天。8月15日，日本天皇颁发降诏；9月3日国民政府下令举国庆祝，放假并悬旗3天；9月9日，在南京举行中国战区日军投降签字仪式。那时国家仍然处于战争状态，国民政府政令不畅，信息又极不对称，陪都重庆肯定是立即执行，其他地方，则以接获确切消息那天为准，才根据情况落实所谓"放假一天，欢庆三天"之政令。据说当时全国庆祝，自9月初狂欢到10月底，陆陆续续有两个月时间。比如察哈尔省会张家口东下花园某小镇上的驻军，具体是哪天开的庆祝会，亲历者老将军张鹭洲，反复说自己一生，有几个特别难忘的日子，说他永远清晰记得，庆祝日本投降那天，发生的激动人心的一切。但具体是哪天？一直号称记忆超群的他，只能说是10号以后，到底是哪天，却无论如何想不起来了。

那天这三个陶村兵，和他们全团官兵，还穿着残破的八路军军服，在察哈尔省会张家口以东下花园一个镇子，和全中国军民一起，庆祝日本投降。

实际上，头天晚上一听到信息，各地老百姓已经是奔走相告，多少年的屈辱悲伤苦闷煎熬，似乎在一夜之间消失殆尽，村村镇镇响起鞭炮声。岂止鞭炮，敲锣打鼓的、敲洋漆盆的、提灯的、点蜡的、烧谷垛的，人人都想闹点儿动静，越大越好；弄点火光，越亮越好。大部分人都站在自家房顶上，看遍地篝火，漫天烟雾，满天焰火，那天晚上，真的是比过大年还热闹。

正式的庆祝活动由政治处主任吴力耕负责组织。白天不能点灯点火，但是动静可以闹得大一些，而且要闹得比头天晚上规范、秩序。所以就真弄来了锣鼓，可谁会敲？都摇头说不会，吴力耕说叫二营五连的黎连长过来，他准会。再叫上司令部的张鹭洲参谋，特务连的陶载石排长，以他们三个做基础，政治处出几个人跟着瞎敲打就行。果然，一帮人凑起来练了练，都说行，真有点意思了。

提前半个钟头，锣鼓队就开始敲打起来，军队要出面组织欢庆，镇上男女老少都很踊跃。上午10点庆祝大会开始，在镇子老戏台上，提前布置了会标和大幅标语，台上背景还并排挂了毛主席和朱总司令画像。

这是全团官兵头一回集合起来开会，镇上百姓扶老携幼赶来参加。是所有军民同庆，也是头一回。所有的人都欣喜若狂。在阵阵锣鼓声，此起彼伏口号声中，庆祝大会开始了。地方游击组织，抗日组织负责人讲完，闫玉才团长讲话。他们一边讲，下面一边喊口号。总共只用了二十几分钟，庆祝大会就结束了。

之后就是庆祝游行。锣鼓队在前面敲打，本来说是官兵列队跟在锣鼓队后面齐步走，喊口号。但锣鼓队一离开戏台，后面就拥过来一堆老百姓，既有老人也有孩子。为首的一位驼背老者，身材原本瘦小，佝偻着的后背都跟自己脑袋平齐了，但他的双腿却极其灵巧，双臂也上下翻飞，看上去比正常人还扭得轻快欢实。他根本就不在意锣鼓队敲打的深州鼓谱，只顾自己扭得高兴。致使跟在他周围的人越来越多。吴力耕发现了以后，就跑到前面对领鼓的大熊说，干脆改成秧歌舞吧！谁都能跳，简单痛快！

果然一改，深得军心民心，完全契合所有人情绪，那位驼背老人最为兴奋，扭得更加带劲儿。他一下子就成了人们关注的中心。人们干脆都闪开，留出个空场给他表演。锣鼓队也掉头回来配合。老人感觉到自己已是高光时刻，顿时扭得更欢。他一个人绕着圈子扭，还故意跟周围不同身份的人互动。见了军人就敬礼，见了女人就用身体和眼神挑逗。欢快的人群里爆发出一阵阵笑声和叫好声。不少人也都跟他踩着鼓点儿跳起来。开始是跳，跳着跳着就扭上了，扭着扭着还唱起来了，不会唱的就跟着大喊大叫。总之一起高兴，一起疯魔发狂。

游行的队伍走走停停，几条街都游遍了，又往去张家口的大道上走出去二三里地，直到跟对面村子里的队伍撞上，汇成一个队伍，又踩着一个鼓点儿跳着，叫着，唱着，笑着，折腾到后响了，肚子饿了，嗓子干了，两条腿也累得转筋了，这才各回各家，各找各妈了。

刚刚打下了张家口，每个官兵都领到平时很难领到的军饷，而且数字大得砸心。特别是拿下了日本人经营的东洋卷烟厂，库房里的太阳牌香烟，每个官兵都分到了一整条。据说这都是首长们经过研究、讨论决定的。曾经有人说卖了充军饷，或者给每个单位象征性发一些。但最高首长说：全部给官兵发掉，不管职务高低，也不管抽不抽烟，每人一条。结果抽烟的自然喜笑颜开，不抽烟的拿在手上，感觉不如卖了多发钱更合适。

张鹭洲不抽烟，他把自己那条烟给闫三关，给吴力耕，都坚决不要。都说抽烟哪有不会的，你打开一包抽，一抽就会了。但是张鹭洲没打开，见了黎大熊和小石头，掰开给他们分了。

黎大熊打开一包，抽出一根递给小碌碡：你必须当我面儿抽了它，否则俺不要你哩。小碌碡无奈接过来放在嘴上，大熊给他点着，他轻轻抽了一口，又赶紧吐出来。大熊说，这不算，必须鼻子里冒出来才算。小碌碡没办法，就使劲吸了一口，把嘴巴闭紧，硬憋着让烟从鼻子里冒出来，呛得够呛，眼泪都流出来了。

三个人虽然一起参军，但分在不同单位，凑齐也非常不易。部队整天打游击，经过多次改编、合编、拆编，时分时合，叫过团，叫过旅，叫过纵队，叫过军分区，而且分区编号也变化不定。既有吕正操的东北军，又有从陕北来的贺龙部队，多年在敌后抗战，多少人牺牲了，受伤回不来了，也时有坚持不下去开小差的，甚至叛变投敌的。但陶村这三个兵，都还在一个团里，竟然还都熬到了抗战胜利，亲眼看到日本鬼子投降了，马上要从中国滚出去了，屎壳郎搬家——滚蛋球了！他们都感觉万幸。

这天是两顿饭，上午9点吃一顿，下午四点吃一顿。下午这顿饭期盼已久，异常丰盛。鸡鸭鱼肉不说，每桌还摆了两瓶沙城老窖。三个陶村兵见识少，他们吃到如此丰盛的宴会，还是平生头一回。他们每个人都喝了酒，还一起举杯找闫玉才和吴力耕敬酒。

吴力耕让他们吃完饭找他，他还有话说。

饭后吴力耕对他们讲，你们虽然年纪不大，但参军也好几年了，大小战斗经历不少了，可谓身经百战了。黎崇善同志被评为战斗模范，出席了八分区召开的英模代表大会；陶载石同志在反"扫荡"中作战勇敢，冀中军区授予了头等"五一"奖章；张鹭洲同志一直在老闫身边，一仗没拉，久经考验，屡受表扬。今天咱们都见证了抗战胜利，非常值得庆贺！下面咱们国家面临的问题，用毛主席的话说，应该是民族矛盾将会降为次要矛盾，阶级矛盾将会上升为主要矛盾。人民军队的使命，必然随之调整，甚至军队的名称、番号，包括编制、任务等等，都会面临重大调整，有可能是要组建超越地方性的正规师团。咱们每个人，今后很有可能会到不同的序列和岗位，开赴不同的战场。也很有可能再难相聚、见面。具体到你们三个，也一样会面临这个问题。总之，咱们都要听党的话，听毛主席的话，党指向哪里，咱们就奔向哪里。我会永远珍惜咱们的友谊，也希望你们都照顾好自己，努力战斗，为人民多立功，立大功！

大熊就想起他们当年在后背上刺字的事儿，三个人就都脱下上衣让吴力耕看。小石头一脱上衣，大家就看见他还背着吴力耕送给他的小竹笛。吴力耕一见，心里不由一热。又看他们三人后背上，都有些极不规则的疤痕，听他们说起是自己当年教育他们精忠报国，在他离开那天，互相刺的字。尽管都疼得够呛，但如今根本认不出是刺过字的。现在他们指着各自后背互相打趣。

吴力耕说：精忠报国，放在心上就好，没有必要一定要刺在身上。来吧，今天是喜庆日子，咱们还是两个吹的，两个唱的！大家都说好！于是，他们又唱起了《松花江上》，而且眼睛里都有泪水流出来，也说不清是悲是喜。总之他们对党有信心，对军队有信心，对自己投身的事业更有信心。

好，唱完了，你们也都该归队了！国难当头，兵荒马乱，咱们军人四海为家，脑袋系在裤腰带上，也许哪天战死沙场。咱们四个人先说好了，不管谁要"光荣"了，其他人都不许哭。自打进入这个队伍，就是不怕死！咱为了国家，为了人民，战死疆场，咱是光荣的。当然，我还是希望下次欢庆胜利的时候，咱们四个人都能再见面！

大熊，俺把儿子给你带来了！你高兴呗？二妞儿躺在黎崇善胳膊上，两眼直勾勾看着他问。8个月的儿子黎德山躺在她身后，这会儿睡得正香。

高兴。头一回见他，还挺壮实，随我。黎崇善右胳膊搂着二妞儿，右手正好摸着儿子的小脸蛋儿，小耳朵。左手当然也没闲着，一会儿摸摸二妞儿的脸，一会儿摸摸二妞儿的脖子、耳朵。二妞儿笑道：瞧你们爷儿俩，都喜欢揪俺耳朵。黎崇善一看：可不是，儿子早睡着了，小手还揪着妈妈另一只耳朵。

你见了俺高兴呗？二妞儿问完这句话，小脸儿一下子还红了。

刚才俺是跟谁亲热哩？不是跟你啊？俺高兴不高兴？你没感觉啊？再来一回！黎崇善说着，就要翻身再战，又顺势在她脸上亲了一口。

等等，俺先给你掏掏耳朵。二妞儿说着，从枕头底下摸出一个竹子做的耳挖勺儿。他们每次亲热过后，都是二妞儿给他掏耳朵。这也是黎崇善的享受高配。没想到，二妞儿战地寻夫，竟还惦记着这事儿哩。

大熊，你明儿个要上战场，俺这猛扎扎儿一来，别泄了你元气。

不会，你是来给俺鼓气哩！你走二百多里地，还抱着个孩子，累不累？

俺不累，见着你了，俺更不累了。其实俺没走那么远，从安平到安国，俺们搭上一辆拉药材哩马车。还挺福气哩。

行了，先掏一个吧！咱再来一回，完了掏另一个。

别急，俺先把耳挖勺放下。哎呀，你还是这么有劲儿。俺想叫喊。

好二妞儿，别喊，让人家笑话。

这是容城县东南一个村子。前天黎明时分，又是一夜急行军，全团秘密来到这里，它是为打固城作临时准备。谁也没想到，二妞竟然背着个孩子，走了二百多里地，连续一天一夜，莽莽撞撞就找到这里，还真找见了自己夫君黎崇善。

那是前天头响，走街串巷卖酱油醋的老田头儿，见了二妞儿说：闺女，给你贺喜啊！二妞儿不解问他贺什么喜，他说听你娘家人说哩，你村里小姐妹也是嫁哩当兵哩，跟你们当家哩是一个部队，他是个做饭哩班长，你们当家哩都当了副营长，差着好几级哩。他打正定受了伤，在辛集后方医院把伤养好了，顺路回家看看，说马上要急着返回部队去，要打大仗了！二妞儿问部队在哪，只听说在北乡。这二妞儿一听，跟婆婆说了声，简单一收拾，抱起儿子就走。她找到那个伤兵班长，死活就要跟着走。说管他当了连长营长哩，他当了爹了！他是俺儿子他爹！俺带着儿子去看看他爹！

来，该掏这只了。二妞儿扒拉了一下黎崇善的脑袋，黎崇善乖乖把另一只耳朵送过来。二妞儿眼神儿好，手艺更好。趁着窗外月光，她十分熟练就掏完了。

明儿个你们什么时候走？二妞儿憋了半天，还是怯怯问道。

俺们一早就去团部开会，研究具体作战方案。部队吃完午饭走。

打仗危险，你可得小心。二妞儿壮着胆子嘱咐着。

知道，打仗哪有不危险哩。黎崇善淡淡说道。

你可得小心点儿，不为俺，也为你儿子。二妞儿又壮着胆儿嘱咐着。

小心着哩，哪回都小心着哩。黎崇善仍然淡淡地说。俺还舍不得俺媳妇儿哩。

打仗哩地方离这里多远？

远着哩。

叫什么地方？

叫固城，说是不好打。黎崇善长出一口气，把眼睛闭上了。

固城历史上就是一个军事重镇。它地处北平至保定之间，东去白洋淀、天津，西去易县太行，北到北平，南到保定，自古就是官道上的交通要塞。明清两朝北上进京赶考的举子，都从这里经过。就连毛主席从西柏坡进北京，也是打从这固城经过。

因此，蒋介石的爱将傅作义，特命国民党王牌军九十四军里的王牌团三六二团，在此驻守。这个团的军官都接受过美军训练，用的全是美式装备。而且他们在村子建有正规的防御设施，四周挖壕沟，建铁丝网，还修了大小碉堡500多个。他们还与保定的刘化南部队，新城的王凤岗部队相互勾结，和满城、易县之敌互相呼应，自称是控制保北平原，拱卫北平、保定的咽喉锁钥，平时骄横惯了目空一切，口吐狂言：固城固若金汤，只要有三六二团在，丢了北平也丢不了固城。

前来攻城的也是个硬茬儿狠角色。他们经过了冀中抗日，又战绥远，打下蔚县、暖泉、广灵三县；西击大同，东进满城，全歼同样是美式装备的王牌388团，生擒其少将团长佟道；接着又战正太，拿下正定、井陉、娘子关，歼敌三万五；接着打青、沧两县，歼敌一万三。现受命返回冀中，又见麦浪滚滚，熟悉村镇，熟悉乡音，官兵欢欣鼓舞，一改过去隐蔽行军，而是晓行夜宿，一路由地方组织敲锣打鼓，欢迎子弟兵，动静闹得好大，生怕外界不知道似的。

正如曾国藩所说：普通人做事，聪明人做式，高手在做局。这回部队这样张扬，这样高调，其实是有意为之，是他们上级的上级，是西柏坡在下一盘大棋，叫他们大造声势，是让敌方以为他们要进攻天津，从而使天津之敌不敢向东北增援。果然他们这一路高调显摆，竟使本来要驰援东北的蒋军王牌，半路又折返了。一直到辽沈战役打完，东北的国军报销了，平津没派一兵一卒出关。所以一直有人说，整个解放战争，看似国共两军对打，实际上连国军都是由西柏坡指挥的。

容城乡亲们看见当年的八路军回来了，都高兴得不得了。家家有说不尽的冤屈，道不完的苦水。残害他们最厉害、让他们最恨的那个人，就是老牌汉奸王凤岗。

这个王凤岗本是新城县土豪，他当过八路，又当过汉奸。日本投降后，他又投靠了"只问行为，不问职守"的蒋介石，当了国民党的雄县、新城、容城三县联防司令。时任国民党河北省主席的孙连仲，还拨给他大批武器弹药，让他有恃无恐，网罗地主恶霸、特务流氓，组成黑杀团、还乡队，窜扰解放区，暗杀共产党干部家属，可谓坏事做尽，制造了许多惨案。

黎崇善的房东刘大娘，一见面就诉起苦来。说你们在冀中跟鬼子打了八年，那时候国民党连根毛儿也见不着。如今鬼子跑了，国民党就来了，当年的伪军汉奸王凤岗摇身一变，又成了国民党。他们拿着黑名单，抓人杀人。我女儿当过妇联主任，被他们抓住糟蹋了个够，最后还给吊起来活活打死了。听说他们在涿县一个村，就抓了四十多多人，有的乱刀刺死，有的挖去眼睛、割去耳朵后再活活整死。把人杀害后还暴尸示众三天！他们下手比日本鬼子还要狠，哪里是人，就是一群牲口！你们回来了，快给俺闺女报仇啊！给千家万户受苦受难的老百姓报仇啊。

旁边还有乡亲们说，俺们都没法活了，王凤岗今天抓人，明天杀人，他们岗楼周围的地都没人敢种了。他们在岗楼上朝俺们开枪，今天打伤一个，明天打死一个，谁还敢去？晚上偷着种上，熟了也不敢去收。

出去一听，家家都是苦大仇深，恨透了王凤岗和国民党。官兵坚决拿下固城，为人民报仇、为人民立功。

59

黎崇善那晚睡得很晚，但第二天照样很早就醒了，又搂着二妞儿亲热一番。二妞儿知道他久旱无雨，一时难以解渴，便尽力侍奉，任他折腾欢喜。

恐怕掏不了耳朵了。二妞儿说。

别掏了，夜儿了个都掏完了。黎崇善说。

俺跟着你走，今儿后晌俺还想搂着你睡觉。二妞儿说。

那可不行。黎崇善说。哪有带着媳妇儿抱着孩子冲锋哩？

好，那你一定回来，俺等着你。二妞儿娇滴滴地说，脸上现出红晕。

二妞儿帮他穿上自己刚带来哩鞋，还问他跟不跟脚。黎崇善两只脚蹦了蹦：跟脚，挺舒服。

石头没娘，碌碡娘不会做，俺也给他们一人做一双，你记得给他们。二妞儿又嘱咐道。

知道了，放心吧。

黎崇善还没收拾停当，石头陶载石和碌碡张鹭洲就在外头喊：老爷儿晒着屁股了，还没起来呀？二妞儿来了，小侄子来了，俺们得看一眼！二人嘴里说着人已经进了屋。

正说你俩哩，俺给你们每人做了一双鞋，快试试吧。二妞儿见了他们，感到十分亲切。

先看小侄子！真俊巴！像二妞儿！起了个什么名？黎德山！他爹崇善，他德山，不错！这鞋合适，合适，跟脚！俺们没媳妇，多亏有个嫂子啊！

二人一边说着，一边穿上新鞋在地上试走，都给二妞看，说合适，谢谢嫂子。

赶紧哩，走了。黎崇善说着，转回头一脸严肃地对二妞儿说：你可别等我啊，俺们快则三五天，慢则十天半月，你快带孩子回家吧。说完转身就往外走。

这时候小德山睡醒了，嘴里啊啊的像是在说什么。三个人齐刷刷都回过头来看，二妞儿忙抱他起来送爹，送叔叔，跟爹招手，跟叔叔招手。三人都对他笑了笑，又都转身出了屋门。二妞儿抱着小德山跟在他们身后，一直送他们走出大门，朝集合地点走去。

三人都不约而同流出眼泪，急匆匆走着，谁都没说话。

60

27日拂晓，闫玉才团长的指挥所进入南舍。旅、团都对兵力部署、进攻方向进行了调整。下午16时整，总攻开始。小东庄的炮群，向敌阵地猛轰，敌人的碉堡一个个开了花，机关枪集中射向小桥左右，这时尖刀连为八连，黎崇善带头脱去上衣，官兵索性连裤子都脱了，都只穿裤衩，要拼命往里冲。教导员叫住黎崇善，说你是营长，别抢尖刀连的功劳。这时八连长带领一排冒着炮火硝烟冲过小桥，一直冲上敌人的阵地。

敌人先被猛烈炮火打蒙了，又被尖刀连的勇猛无畏惊呆了。等醒过闷儿来，又赶紧集中炮火封锁冲锋的小道。这时已经有几十人冲上敌前沿阵地，与敌展开肉搏战。刺刀派上了用场，一看端着刺刀过来，都知道是八路军的底子，有的转身就跑；敢来过招儿的，一两个回合就完蛋；尖刀连战士有的图省事儿，用顶膛子弹把敌人击毙；还有的刺刀折断了，就用枪托砸上了；也有的子弹打光了就夺枪射击。总之一阵混战，勇士们很快就夺占了前沿敌堡，最后有很多敌人举枪投降。

八连全连都从突破口冲进来，各自占领几处房屋，与敌激战。敌人几倍兵力疯狂反扑，房子被炮弹打塌了，机枪被埋起来了，战士们奋勇还击。几个战士受了伤也坚决不下火线。敌人炮火更猛烈了，一方面加强火力拦阻我后续部队，一方面企图把丢失的阵地抢回去。数架敌机在上空盘旋扫射。黎崇善带着七连、九连两个连队冲破弹雨烟雾，冲进了固城与八连会合。太阳已经偏西，天黑还要两个多小时，敌人妄图在黑夜到来之前夺回阵地，又发起疯狂反扑。三营巩固、扩大突破口的任务还很艰巨。

夜幕终于降临了，后续部队基本都从突破口进入战斗，激烈的巷战开始了。因南门和敌主要支撑点尚未全部摧毁，只能穿墙破院，逐屋争夺。敌人端着冲锋枪号叫着反扑，黎崇善指挥战士们用手榴弹和刺刀打回去。一直坚持到天亮。

这天晚上，敌上校团长张剑秋的酒席照摆。他又看见那个小连长，依然坐在原来位置发呆。他又走过去问：怎么？还在杞人忧天吗？那个小连长又起立立正说：团座，共军还没撤退呢。张剑秋又哈哈大笑说：共军太不了解情况了，竟敢来打我们这样的军队，简直是开玩笑。走吧，喝酒！

28日一早，固城内外呼应，再次发起总攻。友军从北面、东面也相继突入镇内，展开全面巷战。三营沿街向北攻击，遇到南门制高点火力压制。黎崇善赶紧组织全营火力掩护，指挥战士用炸药将南门炸毁，趁势越过大街进入村镇西半部。他大声叫喊着，带着尖刀班冲进一条东西走向的小巷。小巷尽头是一个不大的广场，敌团部指挥所就在广场的北面。

就要冲出小巷时，只见巷口突然开过来两辆汽车，一左一右头对头把巷口堵死。两辆汽车的驾驶室里，有机关枪交叉射击封锁。冲在前面的班长光荣牺牲了。黎崇善纵身一跃上了巷口南侧房顶，掏出身上仅有的一枚手榴弹，扔进北面那辆汽车的驾驶室，里面的敌人怎么也没想到，会从天外飞来一枚手榴弹，而且妥妥落到他怀里，随着一声巨响，北面的机关枪立刻哑巴了。黎崇善趴在房顶上，顺手抄起戳在院子里的几捆高粱秸，照准南面汽车驾驶室窗口扔了一捆进去，里面的敌人没想到遭此袭击，还没顾上反应，又有一捆塞了进来。敌人费劲巴力刚扔出来一捆，又有一捆钻进来。敌机枪也一时停止了射击。黎崇善大喊道：同志们冲啊！全歼三六二团的时候来到了！全连快速冲出小巷，同东、北、南面杀来的各路大军会合，向敌团指挥所猛扑。杀声、枪炮声惊天动地。就在黎崇善喊叫着从房顶纵身跳下的时候，驾驶室内的敌人发现了他，把枪口从窗口探出来，对他开枪射击。他那魁梧却轻捷的身躯重重落在地上，鲜血迅速把地上染红一片。

马上有一颗手榴弹飞进驾驶室，一声巨响，把车内敌人送上西天。

敌团长被围困在几所高房里顽抗待援，他眼看着多架飞机在空中盘旋，投下的粮食、弹药均落入攻城的共军之手，急得大声叫骂。他更不知道，赶来增援的四个团，付出两千人的代价，也未能越过打援部队阵地。他妄图指挥向北突围，很快大部被歼。另一支向西突围的也被猛烈的炮火打得晕头转向，四散溃逃。整个固城镇到处"捉活的、缴枪不杀"喊声震天。一部分突围之敌被旅侦察连、警卫连和二团勤务分队截获。

这晚上校团长没有机会喝酒行令了，他在败局已定试图逃跑时，被一个解放战士、炊事班副班长在送饭路上俘获。知道他身份之后，带他去见团长闫玉才。闫玉才问他：团长先生，此时此刻有何感想？那小子依然骄横说：贵军打仗不按正规打法，我们败了也不服气。闫玉才说：你们受美国人训练，用美国武器，修了那么多防御工事，明碉暗堡，明沟暗壕，还有城墙、鹿寨、铁丝网，确实应该算是很正规了，那为什么不坚守，却要突围呢？这位被俘团长哑然无语，满脸通红。

一个拎着相机的记者要为三营照一张合影，全营集合，仅剩一百余人。大家一面排队，一面缅怀牺牲的战友，都不禁流出热泪。激战四昼夜，营长牺牲，二百多人伤亡，这些胜利者难掩悲痛。当摄影记者按下快门之际，只听一声叫喊：

大熊！大熊！黎崇善！

众人循着声音望去，只见一个少妇正抱着孩子，从村外官道那边跌跌撞撞走来。夕阳的光芒投射在她和孩子身上，使她像极了一尊正在移动的雕像。这时正有一丝丝凉风吹过去，使她本已散乱的头发向身后抖动、飘飞起来。

所有人都认出了她，她是二妞儿。

61

上上下下都知道固城不好打，但不好打也得打，而且还得打下来。

两个月前，本来在一营当副营长的黎崇善，被调来三营当营长。22日那天，他们几个营长到团部接受任务，团长闫玉才传达了上级的作战意图。指出青、沧战役的胜利，把敌主力吸引到天津及其以南地区，保北防务比较薄弱。上级意在雨季之前，趁敌空虚，再击保北。闫团长特别强调，固城守军是国民党主力，组织严密，构筑工事坚固，火力很强。各营要把任务吃透，把计划做充分。因为我们距固城很远，时间也不允许细致地进行侦察，所以只能一边前进，一边详细地研究敌情。

黎崇善想起自己手下就有不少原国民党士兵，是被俘虏后加入了解放军，被称为"解放战士"。他们原来就有所谓王牌嫡系部队的，现在不少成为各连队骨干。于是就召集他们开了一个"解放战士座谈会"，听听他们怎么对付这个国民党嫡系团，全营副连以上干部也都参加一起听。

大家七嘴八舌，发言踊跃。头一个说咱打过这种全部美械装备，有火箭炮连、战防连、山炮连、迫击炮连和重机枪连，军官受过美国人训练的。这次他们修筑不少工事，主要是碉堡有几百个，咱们当然得认真对付，但也应该是能打则打，能绕则绕，绕过去了，到他里边去干他。什么狗屁王牌军，三六一团早被咱们干掉了，三六三团也干掉他一个营，现在就剩这个三六二团是完整的，咱们照样干掉他！

接下来有的说国民党军队，包括王牌嫡系，普遍官兵对立严重。士兵们谁也不愿打内战，就靠军官们组织督战队督战。解放军冲过来，军官们比谁都胆小，跑得更快，当年我们那个班，就是蹲在战壕里不动，等解放军一来全部缴了枪。我们参加了解放军，官兵都是同志，干部冲锋在前，战士们不用督战，目的都是打国民党，救穷人，闹翻身。

还有一个说，俺十三四岁被国民党抓去当兵，去年打定兴时，我们十几个人早商量好了，就在那间房子里不动，等解放军一来就缴了枪。我们还算起义的呢。

另一个说，黎营长虽然刚来三营，但是俺们早就知道你，有功夫，会飞檐走壁，打仗冲在前，不怕死，待战士们如兄弟。你就放心吧，明天就等你一声号令，俺们都跟你死冲，硬打，不会给你丢人！

黎崇善说：你们都是被国民党抓走哩，其实咱都是受苦人，咱都知道为谁打仗。明天咱们上阵，一定发扬猛打、猛冲、猛追的战术，坚决完成上级交给咱们的战斗任务。

大家说：俺们都有决心，也有信心战胜三六二团，请首长们放心吧！

这个会开完之后，营里接着开了个党委扩大会。教导员说，战斗一打响，任何事情都会发生。我和营长有一个光荣了，另一个就全面负责，两个都光荣了，先由副营长全面负责，之后是副教导员，再往下是七连长代营长、八连长、九连长都准备接任。总之不管遇到什么情况，三营阵脚不能乱，组织要保证，指挥要顺畅。

25日下午，天气热起来了，阳光照在官兵们身上，都感觉烤得慌，个个满脸是汗。队伍要出征了，村民们都来送行，有不少妇女哭出声来，有男人喊着：老八路啊，为俺们报仇啊！队伍在悲壮的氛围里，向固城方向进发了。

黄昏时，固城北河店车站率先响起枪声，四团对固城外围的田村铺、阎台沿线各碉堡展开进攻。不时有照明弹射向夜空，照得大地如同白昼；流星般的曳光弹，在夜空划过。黎崇善带着几个连长走在队伍前面侦察敌情，正碰上团长闫玉才和参谋张鹭洲，说是陶载石装扮成送豆腐的，进了固城还抓回个俘虏，他们这是去参加审问。闫玉才说：前面村子周围有三四个炮楼，你们别管，迅速钻过去占领南舍村，逼近固城，准备攻击。

黎崇善迅速带人从炮楼之间穿插到南舍，七连占领西北角，八连九连占领村北沿。村里百姓看见他们来打固城，都说早盼着他们来了，纷纷把房子腾出来，带上细软去亲戚家了。南舍与固城只隔条沟，沟里水半腰深，对着固城南门。沟沿有铁丝网，大大小小的堡垒隐约可见。这时铁路沿线的炮声异常激烈，这儿却一片沉寂，时而能看到对面工事里有隐隐约约吸烟的光亮。

26日凌晨二时许，根据黎崇善安排，七连以偷袭的办法进攻，如果在涉水时被敌人发觉就转为强攻。七连副连长率一排率先下水，八连准备组织火力掩护。在涉水破坏铁丝网时被敌人发觉，机枪、迫击炮一齐打来，一排长牺牲，七连副连长负伤，队伍伤亡过半。二排接替强攻，团炮兵连只配给一门炮，炮弹只有三发，这时按照战前安排，七连转为强攻，三发炮弹全打出去助攻，结果十几个人仅一人负伤返回阵地。

两次进攻均告失利，东方已经发亮，黎崇善决定停止进攻，迅速构筑工事，准备迎接敌人反击。他料到三营已成敌人眼中钉、肉中刺，白天一定会有激战。就带几个连长到前沿组织阵地构筑，同时研究怎样抗击敌人进攻。七连长说，咱们进攻失败，因为敌人工事太多，火力太强，又隔着一条沟，水深过腰，伤亡了三十多人，俺全连很不服气。

黎崇善说，打了一宿，咱们没打进去，友军也没有突破敌人阵地。现在还是咱们离敌人最近，白天一定会疯狂反扑，得做最艰苦的战斗准备。咱们组织要健全，指挥不能间断，精神不能松懈。伤员要尽力做好救护，炊事员要保证部队有水喝、有干粮吃。只要白天咱们守住南舍，晚上就能再组织进攻。

一夜激战，双方都需要休整，整个上午在沉寂中度过。到了中午时分，突见火箭筒、美式炮弹都冲南舍飞来，南舍村一时墙倒屋塌。此时攻守易位，敌人开始涉水朝南舍反扑。三营官兵用枪弹回击壕沟中的敌人。壕沟顿时血肉横飞，一次次冲锋全被打垮。南舍村房子也被打成一片瓦砾。但几个反扑之后，三营阵地未丢。村上有位做冰棍的老者，天天免费给官兵送冰棍解渴，而且坚决不收钱。说你们为老百姓打仗，流血牺牲的账怎么算？几个冰棍算什么！我天天给你们做冰棍，你们吃了好好打敌人。

战至下午两点左右，敌人反扑企图落空，又缩回镇上的碉堡内。整整一昼夜激战，黎崇善和战友们都没合眼，这会儿都抱着枪，靠着墙，手扣着枪机，在打瞌睡。远处不时传来稀稀落落的迫击炮声，他和干部们都红着两只眼睛，整顿部队，合并建制，任命干部，健全党的组织，准备新的战斗。

这天傍晚，在固城里边，国军上校团长张剑秋照常和手下军官们喝酒，划拳行令。席间，他去小便回来，看见一个刚从美国受训回来的连长，正愁眉苦脸在那里独坐。他便过去问他："想什么？"那小子赶紧起立、立正答话：共军把我们包围了。张剑秋仰天大笑道：共军只是想阻止我们援助东北，他们的行动是牵制性的。他们怎么会真敢打我们这样的军队？快快快，别胡思乱想了，难道我准备的酒不好吗？喝酒去！

第十五章　鸿雁早捎书

62

陶村小学的门口，每到放学的时候，总是全村最热闹的地方。在陶村，放学的孩子是不需要接的。学校门口从来没见过接孩子的家长。一到放学的时候，所有教室的门就打开了，孩子们从每个教室门口哗啦哗啦往外拥，又一齐朝着校门拥来。低年级的老师们，都不太放心，跟在孩子们后面招呼着，喊叫着。

秀卿！黎占江远远看见文秀卿正朝门口走过来，就喊了她一声。

黎叔！有事儿吗？

文秀卿刚才叫的那一声"黎叔"，是黎占江自己的理解。别人理解喊的分明是"黎支书"，只是中间那个"支"字发了弱音，或者干脆省略掉了。反正也没人问她究竟喊的是什么，陶村人一贯都是这么马马虎虎的脾气。

俺过来看看你，跟你说几句话。

那去俺办公室吧，给你喝杯水。

不用了，就在这儿说几句就行了。秀卿啊，听说你给陶砚瓦写信了？

你怎么问这个？你听到什么了？

秀卿啊，你们年轻人哩事儿，俺不想掺和。俺只知道三镯子喜欢你，他临走时嘱咐俺，说不能让你受委屈。你有什么事儿就找俺说，别不好意思。

俺们是同学，俺是才给砚瓦写了一封信，之前俺也给三镯写过啊！

对呀，你们都是同学，给他们写信都正常。你要是先给三镯子写，就更好！你忙吧，俺没事儿。

你慢走啊！秀卿看黎占江扭头往回走了，心想：八字还没一撇哩，他这算什么事儿啊！

这天秀卿爹文晓东骑车下班回到家里，秀卿娘劈头问他：闺女给陶砚瓦写信，你知道吗？

文晓东一边放好自行车，一边说道：我知道，他们从小同学，都超过10年了。

秀卿娘说：她同学那么多，为什么单单给陶砚瓦写信？

文晓东说：不是单单给砚瓦写，也给三镯子写过。

秀卿娘说：我知道，那情况不一样。

文晓东说：砚瓦那小伙子挺好，俺看着也喜欢。

秀卿娘说：你喜欢又怎么样？反正你是没儿子哩命！

文晓东说：那可不一定，万一哪天你再生个儿子哩？

秀卿娘说：你做梦吧！还有啊，你怎么没问俺是听谁说哩？

文晓东说：有必要问吗？

秀卿娘说：俺是听黎占江说哩。

听他说哩？这跟他有什么关系？

晌午俺刚出门，就看见他在咱门口转悠。看见俺出来，就忙过来说：秀卿娘，问你个事儿：秀卿给陶砚瓦写信了，你知道吗？她没跟俺说，俺也没问过她。啊，俺问她了，她承认了。俺闺女给同学写信，怎么劳烦你这个大支书去问，她犯了法吗？怎么还惊动了你这个大书记了？那倒不是，那倒不是。孩子们哩事儿，俺也不想掺和。他不想掺和，谁信啊？

这个黎占江，老是阴阳怪气哩。

63

  团政治处主任常行远的办公室，在司政楼二层北侧最里面一间。他从连队先当司务长，然后是副指导员、宣传干事、组织干事、股长、副主任、教导员，如今升任了主任。打从进机关开始，这间房子他进来无数遍，都是来受领任务，请示汇报。而今，他已经成为这间房子的主人了。

  报告！陶砚瓦在外面喊。

  进来！常行远应声喊。刚开始喊这两个字儿的时候，他吐字十分清晰，声音也非常响亮。喊过一阵儿之后，再喊时已经把两个字儿混成一个字儿了，一个既不是进也不是来的一个怪怪的字儿了。其实仔细分析，汉字里就没有这么一个音，更没有对应这个音的这么一个字儿。

  陶砚瓦敬礼：报告常主任，二营五连陶砚瓦报到。

  陶砚瓦！你把背包放下，坐这儿。听说你在连队干得不错，得了奖，当了副班长。很好。咱们师政治部宣传科要办一个报道员培训班，每个团去一个战士，咱们团推荐的是你。宣传报道工作很重要，笔杆子枪杆子，两个杆子一样重要。你去吧，好好学，好好写，要尽快出成绩。好，你去吧。

  政治处主任常行远，是陶砚瓦当时接触到的最高首长。他亲自接见，当面交代，意味深长。他没问陶砚瓦喜欢不喜欢，有没有什么想法，因为他认为不需要问，革命军人党叫干啥就干啥，就算你有些想法，先去学习，去适应一段，你的想法就会改变。

  是，主任。

  这就是陶砚瓦的想法，他确实也没别的想法。他在社办高中毕业前那个暑假期间，也被推荐去县城中学参加报道员培训班。学员总共有二十来人，全县有34个公社，可见并不是每个公社都有人参加。那二十来个学员中，高中在读的学生，只有陶砚瓦一人，其他有农民，有工人或者职员，年纪都不太大，似乎全是男的，没记得有女学员。县委报道组长给大家上课，吃饭不交费，晚上就和衣睡在教室的课桌上。那时陶砚瓦最小，也没有什么人注意他。他也仅仅记住了那位报道组长,对方也曾对人说对陶砚瓦有印象,但他们从此再无交集。

陶砚瓦朝师部走去。他相信自己学几天就回连队了,就像当年参加县报道组办的那个同名培训班一样。对于自己从此脱离了"在步兵连当步兵"的初衷,进入了另一条跑道,当时的他懵懂无知,他只知道服从,他也只能够服从。

常行远站起来,走到窗前,看着陶砚瓦背着背包远去,想起自己当战士时的样子。嘴里嘟囔道:陶砚瓦,这个名字有意思。

八六一团是距师部最近的一个团。几里地的路,用不了一个钟头就到了。

陶砚瓦径直来到师政治部值班室,值班的让他到楼前右手第三排平房去报到。刚走到那排宿舍,就见杨春远远喊他:陶砚瓦!你来了!你最好认了,手里举着个小喇叭!

啊,杨干事?怎么是你?陶砚瓦惊喜道。

对啊,我又回宣传科了,就负责你们这个班。杨春说。

太好了,那你是老师,向你学习!陶砚瓦说。

杨春说:咱们一共五个同志,师直的就在院里,其他三个步兵团,加一个炮团,你们四个同志都住这间房子。计划一个月吧,边学习,边写作。最后怎么办,谁走谁留,到时候看情况。

64

小王!团部门口值班室的值班员王涛正在分刚来的报纸,听见有人叫他,抬头见是黎三镯。

黎三镯!你怎么要侦察我这儿了?是不是憋着什么坏呢?

黎三镯说:你这是什么话!咱同年入伍哩,又是一个连哩,亲战友啊!先来一根儿!

小王没好气儿说:少来这一套!什么事儿?说。

黎三镯:俺想求你个事儿。俺爹不是村里书记嘛,非交给俺一个任务,就是看看最近谁在给五连陶砚瓦写信。俺亲爹交代哩事儿，没法推啊！咱也别犯纪律，你就稍微给盯着点儿，凡是俺老家深县哩，寄给陶砚瓦哩，落款儿是陶村哩，你就跟俺说一声。俺看一下信封，你再给五连发。就这事儿，给你添麻烦了，俺给你敬礼！军人最高礼节，标准不标准？

俺要说不行呢？王涛问。

俺不是说了嘛，别违反纪律。

你看见了吧？每天信都这么多，俺只能说留意一下吧。

对对对！留意一下就行！你忙，不打扰了！

从收发室出来，黎三镯又来到团卫生队药房。

团卫生队就在营房东北角，一个独立的二层小楼。一进楼门，是一个阔有三四十平方米的大厅，大厅右手是一间诊室，里面有值班医生。左手是上二楼的楼梯，迎面就是黎庄日常值守的药房。

这天黎庄跟往常一样，没人取药，正里里外外收拾整理。忽听身后一声：小同志！转身看时，见一首长模样的长者，正笑眯眯看着他。便赶紧问道：首长，您哪里不舒服？

来人是八六一团管干部的副政委邹留德。他说：我没有不舒服，就是随便走走，看看。你是哪里人啊？

黎庄说：报告首长，我是河北深州人。

邹留德说：我看你业务很熟练，在家学过医吗？

黎庄说：俺家一直开着个小药铺，从小就接触一点儿。

邹留德说：我就说嘛。看你样子就知道不是新手。你们队长在不在？

黎庄说：在呢，我带您过去。

邹留德说：不用，我自己去就行。说完就上二楼去了。

刚一回头，就见三镯子急匆匆进了门。

黎庄！黎三镯喊道。

三镯子！你怎么来了？黎庄问。

不舒服，找你给看看。黎三镯说。

你们训练紧，给累坏了吧？黎庄说。

不是，没事儿瞎琢磨，给闲出病来了。黎三镯说。

真新鲜！当兵还有闲出病来哩？黎庄说。

咱都姓黎，可是一家子，跟你实说吧。俺身体没病，是这儿有病了。黎三镯说。

黎庄一听很惊讶：啊！心脏？

黎三镯说：不是心脏，你别紧张。我喜欢文秀卿，这你知道吧？秀卿她喜欢陶砚瓦，这你也知道吧？陶砚瓦说他不考虑找对象，这你也知道吧？关键前几天她给陶砚瓦写信了。这可怎么办哪！我是茶不思，饭不想，这不，病了。

黎庄：你不是经常给秀卿写信吗？秀卿不是也给你写过信吗？

黎三镯：俺们通信是因为俺们有这层关系。再说俺给她写了多少信，她才给俺回一封。

黎庄：那就至于生病吗？

黎三镯：至于。

黎庄：你这是典型哩相思病！而且是单相思。我这里治不了这个。

黎三镯：知道你就是这句话。咱是不是一家子？是不是老同学？俺在这里得了病，不管是什么病，于公于私，不找你找谁？跟你说说，你听听，帮俺出出主意！不行吗！

黎庄：好好好，她给陶砚瓦写信，都说了什么啊？你说吧，俺听着。

黎三镯：你这问题问哩，俺要是知道，还至于这么难受吗？这没办法儿，问谁呀！

黎庄：你只能问陶砚瓦啊！但是你也别问他了，他上调了。

黎三镯：什么？他上吊了！为什么啊？

黎庄：不是你说哩那个上吊，他是调走了，调师里去了！

黎三镯：啊，是吗？那更完了，完了，全完了。彻底完蛋球了！

黎庄：俺不这么看。他跟秀卿哩事儿，他从来没吐过口，俺分析他压根儿就没考虑过在咱班女生里找，包括文秀卿。他家庭条件差是一个原因，年龄也可能是一个原因。咱们全班他最小，所有人都是他哥哥姐姐。记得好像

214

他真说过，要找就找比他岁数小哩。

他真这么说了吗？什么时候说哩？黎三镯一听这句话，立刻把情绪调到快乐波段，刚才的愁云惨雾一扫而光。

黎庄说：俺刚才就说是好像听他说过，有一次闲聊天吧？开玩笑吧？具体也记不清了。

啊，你这情报很有价值！你提供了一个新情报。黎三镯说：不对！也不一定！那万一两个人通信，越写越来劲儿，都不管不顾了，堕入情网了，什么家庭条件啊，年龄啊，都不管了！特别是秀卿喜欢他，他现在也混好了，没准儿就顺水推舟了，他们两个人就要光明正大来一场轰轰烈烈的恋爱了！老天爷啊！俺这命怎么就这么苦啊！

黎庄：行了行了，说完了吧？快回去训练吧！你好好干，还有希望！可如果你要混日子，谁也帮不了你！

对啊，好好干！俺还有希望！黎三镯说完，唱着"盼望那鸿雁早捎书"，走了。

65

嘿！今儿个你怎么回来这么早？邹留德兴冲冲一进家，他家属"银环妈"就惊讶问道。

有个事儿跟你商量。邹留德喜滋滋儿说。还没等对方问什么事儿，他就继续说：我刚去卫生队，发现一个小伙子挺不错！

不错的小伙子多了，跟你有毛关系？

有关系，大有关系！上级给咱团一个名额，从战士卫生员里选择，可以先提干，再去二军医大学习。我就相中他了！他们队长也说他入伍时间不长，但思想很成熟，已经准备发展他入党了，而且挺看好他。我急着回来跟你商量，只要你认可，我正式跟他谈，明确告诉他，只要他同意跟咱大闺女邹红，剩下的事儿我来办。怎么样？

你破裤子先伸腿，那嘴比棉裤腰还松，老毛病了吧？是不是已经跟他们队长说了？

这回你还真说错了，我没跟他们队长说。邹留德脸上依然挂着笑。

没说就好。他在卫生队干什么的？在哪儿上班？叫什么？我明天带着红红去看看，闺女得先相中了才好。

这位"银环妈"说话干脆，行动也非常具有执行力，第二天，她果然带着大女儿邹红来到卫生队，而且直奔药房黎庄处。

你是小黎吧？

阿姨您好！我是黎庄。有事儿您吩咐。

我是邹副政委家属。这是我大女儿邹红。他们厂医院药房要招人，她想去试试。我说咱不打无准备之仗，得下点儿功夫，先到小黎这儿简单学习一下，肯定比什么都不懂要强！

啊，我明白了，阿姨，您先坐下喝口水，咱药房比较简单，我跟她简单说说，一会儿就说完了。

妈您忙去吧。邹红转身又对黎庄说：好，咱们开始吧！

你叫邹红对吧？

对，我叫邹红。

那咱们先从里边开始说。黎庄说着带邹红进了里屋，一边看一边讲起来。

邹红本来对医药一无所知，但当她置身药房，听一个穿白大褂的医务人员，面对面，一对一给她讲医药知识，她顿时感觉十分神圣，十分幸福。黎庄的博学、专业、亲切、热情，深深感动了她。她一下子就喜欢上了这里的气氛，这里的味道，以及这时在的人。就连黎庄的口音，那种带着平原声调的普通话，在她听起来就像天籁般令人陶醉。

邹红听着高兴，甚至还开始提问题了，尽管那问题很初级，很幼稚，黎庄并没有嘲笑她，仍然很认真地进行解答。这更加鼓励她提出更加初级、更加幼稚的问题。

邹红最后说：小黎你真好，你让我学习了这么多知识。跟你说实话吧，我当年学习成绩很一般，一上课就头疼。可是在你这儿，我却听得很认真，很专心，你讲的东西我也特别感兴趣。

黎庄说：估计一个厂医务室，也跟咱这条件差不多。你想学，我就跟你多说一会儿，没准儿会对你有帮助。

邹红说：明天我还想来。

黎庄说：好啊，只要你需要。

小黎，你觉得我这人怎么样？

你挺好的，学东西也挺快。你去你们医务室很合适。

邹红说：那我说真心话，我觉得你这人也挺好的，我挺喜欢你的。

黎庄笑道：我也挺喜欢你啊。哈哈哈哈！

邹红见黎庄笑，就说：那我再告诉你一个秘密：团里来了一个推荐军医大的名额，正在物色人选。你想不想去？

黎庄说：我当然想去，但是能轮到我吗？

邹红说：我爸早就看中你了，只要你再对我好一点儿，就跟我爸说，让他推荐你去。

黎庄说：我还能怎么对你好？你说吧，我一定好好表现。

邹红说：你陪我去市里看场电影吧！

黎庄说：没问题。你选个时间，我负责去搞票。

66

黎书记，你又过来了？又是放学的时候，在陶村小学门口，文秀卿远远就看见黎占江在那里在张望。

秀卿啊，俺过来看看你，俺给你道喜啊！

俺有什么喜啊？文秀卿很惊讶。

就是你哩喜事儿啊！闺女！咱家三镯子提干部了！当侦察排长了！黎占江：这是不是你哩喜啊？

"咱"这个字儿，在陶村，是有极其特殊含义的，那必须具有血亲、姻亲关系的人，才可以"咱"。不像有些地方，普普通通的同学同事街坊邻居都可以"咱"。陶村人每在电视里看小品，里面很多人都乱"咱"一气，陶村人对此很反感，他们一边看一边骂：跟谁都"咱"啊"咱"哩，"咱"你奶奶个缵儿！

书记看把你高兴哩，都犯糊涂了吧？他是你哩儿子，他提干了，俺应该给你道喜啊！黎占江突然就跟张秀卿"咱"上了，这让张秀卿有点猝不及防：你别跟俺"咱"啊"咱"哩，传出去让别人听见了，人家笑话俺是肯定哩，还不得跟着笑话你啊。

也是，也是。俺是真高兴糊涂了！三镯子当排长，你也得高兴啊！

俺们老同学进步这么快，俺肯定高兴！

秀卿啊，有句话俺必须当你面儿说：全村都知道你秀卿喜欢有本事哩，三镯子当了侦察排长，他是不是个有本事哩？

他是个有本事哩，俺们同学个个都是有本事哩！

都有本事，俺同意。黎占江说：可有没有真本事，那可得部队上说了算。陶村哩事儿，俺黎占江能说了算，部队上哩事儿，俺可管不了。那必须是部队上说了算啊！他们一块儿当兵走哩，全团只提了两个，三镯子入党头一拨儿，提干又是头一拨儿！什么是真本事？这才是真正哩真本事！秀卿啊，你同意俺说哩吧？

俺同意！完全同意！文秀卿附和道。

你回家跟你爹说，俺想请他到俺家去一趟，俺请他吃顿饭，感谢他对三镯子哩关心帮助。黎占江见文秀卿附和他，便更加来了劲儿：你先带个话儿，完了俺亲自登门去请他！

行，俺一定带到！文秀卿说。

67

黎排长，我刚刚看到一封信，是从河北深县陶村公社陶村，发给五连陶砚瓦的。八六一团营房传达室里的王涛，手里拿着一封信，拨通了侦察排长电话。你要不要过来看看？现在过来？好，我等你。

放下话筒，王涛手里掂着那封信，嘴里叨念：这犯不犯错误啊。

王儿！黎三镯果然即刻到达。他刚才应该叫的是"小王儿"，但前面那个"小"字被刻意省略、简化掉了。这个刻意省略和简化，既有亲切、套近乎的成分，也有一种上级对下级的架子成分。

黎排长！王涛立刻立正敬礼。

哈！干吗这是？咱同年入伍，还弄这么正规！

你是排长，我是兵，必须的。王涛一边说着，一边把那封信双手递给黎三镯。

黎三镯一眼就认出了文秀卿的笔迹。他犹豫了一下，对王涛说：这封信就是我爸爸最关心的那肉眼人写的。如果我想先看看里面的内容，然后再发到五连去，你有没有什么好办法？

办法当然有了，那儿有把剪子。王涛说。

不用剪子行不行？黎三镯问。

我听说过一个办法，不过我没用过。行不行不知道。王涛说。

你快说说看。黎三镯很急迫的样子。

在水壶里弄点儿水，等里面的蒸汽从壶嘴往外喷的时候，拿着信封封口对着壶嘴来回嘘它，几下儿就开了。等你看完了再粘上的时候，最好用熨斗熨一下。

别愣着了，你这里不是就有炉子吗？快拿水壶啊！

是，黎排长。

熄灯后，黎三镯躺在床上，翻来覆去睡不着。他脑子里总浮现着那封信，耳边还伴着文秀卿的声音。那封信的内容，果然说的是他黎三镯，果然是文秀卿向陶砚瓦探讨问题，探讨的正是她自己的感情问题，而且说的也都是他黎三镯。幸亏自己以侦察兵的敏锐和果断，及时出手，提前截获了这封信的内容，才得以据此判断文秀卿的真实情感，以及未来走向。以目前掌握到的信息判断，如今问题的关键，依然是陶砚瓦。他现在还具有左右文秀卿的能力和实力。这封信虽然只看了两三遍，但因为它出于文秀卿之手，故其中每一个字，每一句话，都是她的呼吸和心跳，她的脉搏和灵魄。与此同时，也蕴含了丰富的内容和信息，需要逐字逐句琢磨、分析、领会、研究、理解。

他翻过来掉过去反复琢磨，竟然能够把这封信的内容完全背诵下来了：

砚瓦你好：

　　三镯子提干的事儿，俺已经知道了，他当天就给俺写了信报喜。俺一直以为，像你这么有才，到了部队，应该如鱼得水，绝不会被埋没。可黎占江到学校跟俺说，三镯子入党、提干都比你早，比你有本事，说你能不能提干还是未知数哩。他还说要请俺爹到他家里吃饭庆祝。三镯子一直给俺写信，上次你说让俺给他回信，俺就听你哩给他回了一封，这回他进步这么大，相当于鲤鱼跃龙门了吧？俺是不是应该再给他回封信？部队上哩事儿俺也不懂，你为什么总是立功，可进步却总是不如三镯子快呢？俺真是不明白，越想越迷茫。怎么办？怎么办？请你告诉俺。

秀卿

　　经过一个多小时的辗转反侧，黎三镯终于得出两个结论：第一个结论是，自己的幸福目前就握在陶砚瓦手上，因为文秀卿依然尊重他；第二个结论是：上次自己写了那么多信，文秀卿只回了一封，还是陶砚瓦一劝才回的。同理，这次如果陶砚瓦能再说句话，文秀卿一定会再回一封信。所以，自己现在着急没用，陶砚瓦一定会给文秀卿回信的，如果他依然像上次那样，劝文秀卿给自己回信，那自己一定会收到文秀卿的回信。

　　想明白之后，黎三镯长出一口气，立刻呼噜呼噜进入深度睡眠状态。在凌晨五六点钟，他梦见收到文秀卿回信了，是王涛在电话里通知他的，他立刻飞到传达室，就见王涛举着那封信说：黎排长，这地址、这笔迹，跟上次那封信一模一样！这回不用水壶嘘了吧？

　　不用了！黎三镯拿上信，转身就往外走，边走边唱：

　　　　只盼着那鸿雁早传书……

第十六章　临时党小组

68

1948年12月28日，正值数九隆冬，千里塞外风雪交加。刚刚打完新保安的部队，奉命在零下三十多度的严寒里，从涿鹿出发，翻雪山，越冰河，三天走了480里，赶赴大同阻止守敌西窜。那三天，除了吃饭就是赶路，不停走啊走，多少人走肿双脚，打满血泡，依然甩开铁脚板，坚决不掉队，一步不落朝前走。

闫玉才，人称闫三关，说是当兵就要过三关：不怕饿的关，不怕走的关，不怕死的关。当兵就是饿，当兵就是走，当兵就是不怕死！这三关，既是他自己当兵的真实体验，也是他带兵打仗的诀窍总结。打日本鬼子，要过这三关；打国民党反动派，照样过这三关！

30日，部队历尽千辛万苦，按时到达大同以西云冈地区集结，强化了对大同守敌的包围。几乎跟他们到达大同同时，竟然连喘口气的时间都没给，又收到急令：马上折返东进！去合围北平！

于是这支部队，又立即把围困大同任务交给北岳军区，他们连个囫囵觉都没睡，31日凌晨启程，朝来时方向原路杀回！

他们不愧是毛主席的兵，不愧是世界上最优秀的军人，不愧被后人称为"陆战之神"，又是两天急行军，每人每天一斤山药蛋、半斤炒黄豆，个个怀揣理想，报效国家，一路唱着歌，喊着口号，斗志高昂地在行进中度过了1949年元旦，2日在柴沟堡登上了东进的火车。

啊，火车，在这些满脑袋高粱花子的农村小伙子们眼睛里，那是只能远远望见它呼啸而过，根本没近距离接触过的大家伙。在他们想象中，里面坐的都是高官贵人、富商大贾，或者日本鬼子、汉奸流氓等等，绝非普通人所能乘坐的。他们万万没想到，火车，这个靠蒸汽机推动的奔跑怪兽，这个人类历史上所谓工业革命的成果，他们平生头一回光明正大享受到了！

车厢里虽然也挤着，颠着，晃着，但上有顶，下有座，四周有门窗，风吹不着，雪打不着，还能坐一坐，躺一躺。咩儿的一声汽笛响，铁轮子轧在钢轨上，咣当咣当冒着烟，车厢里顿成欢乐的溪流。他们一路向东，在康庄火车站下了车。这一蹦子三百里，用了不到一天，可比走着快多了，也舒服多了。

他们随即从康庄出发，又靠双脚翻过八达岭，进了居庸关，于1949年元月3日，到达北平的阳坊地区集结。

此时，中国人民解放军第十二、第十三、第十九、第二十，一共四个兵团，已经兵临城下，把北平围了个严严实实，一时间，古都旧京被浓浓的战云笼罩，傅作义及其25万守军，已成瓮中之鳖，插翅难逃了！

十九兵团给三纵的作战任务是：从德胜门进，从永定门出！

闫玉才所在的旅受领的任务是：从黄寺方向进攻，突破后夺取钟鼓楼，直插中南海傅作义总部。

闫玉才给特务连布置了任务：尽快化装进城，沿我部主要突击方向了解敌人的兵力部署和工事构筑情况，以便尽快形成作战方案。

小石头陶载石已经是特务连副连长了。他很快就化装到近郊和城下察敌情，看地形，绘草图，做了基础工作。但要进城侦察，绝非易事。连长、指导员为了完成这个任务，也急得抓耳挠腮，无从下手。

既已兵临城下，必然虎视眈眈，视敌军如瓮中之鳖，但敌军就在德胜门外的关厢驻扎，设岗盘查来往人员。虽然他们军心不稳，都知道新保安、张家口都丢了，大同、天津都危在旦夕，他们北平25万守军，已被重兵围困，已经人命危浅，朝不虑夕，但自然也会思考困兽犹斗。现在别说进德胜门了，就是过关厢这道岗，都谈何容易！

可闫玉才不这样想，他会认为这是一般人考虑的情况，你特务连有没有侦察排？侦察排是干什么的？是侦察敌情的！你不去想办法弄回点儿情报，那养你们干什么？打冲锋，尖刀连、尖刀排有的是！

也是说来凑巧，小石头陶载石住的房东小伙宋世学，是个练形意拳的，两个人很快搞到一起，天天在一起切磋，甚为相得。

那天头晌宋世学家突然来了一驾马车，车上有一口薄皮棺材。赶车人说自己是地安门东的德记杠房的。杠房，是旧时出租殡葬用具和代为安排仪仗鼓乐等的铺子。他手里举着一张纸条，上面写着宋世学父亲的姓名和住址，说是棺材里的死者叫宋文修，是宋世学没出五服的六爷。

六爷打年轻时，就在城里"扛肩"当了"窝脖儿"。宋世学说。什么叫"窝脖儿"？就是给人家搬家、送嫁妆，全靠窝着脖子，扛在肩膀上。干这个行当的人，老北京就叫"窝脖儿"。六爷一辈子孤身一人，无儿无女，就住在地安门外后门桥东，一个小四合院的一间小配房。昨天下午国军飞机空投物资，没个准头儿，竟然把他屋顶砸穿，又砸在他肩膀，终因伤势太重不治身亡。死前他向德记杠房掌柜交代后事：砸塌的小房是租来的，城里也没任何家产。平生积蓄了几块现洋，全交给杠房掌柜，只要求叶落归根，埋到自家坟地。杠房掌柜满口应承，收了银洋，置办了装裹，待他断了气，便找人从地安门楼西南值房里，抬来一口薄皮棺材，草草入殓。兵荒马乱的，闲人不便出城，只差了这个赶车的伙计，拉上那棺材跑一趟，也让死者入土为安。赶车伙计还从怀里掏出一块银元，说是办完后事剩下来的。

或许有人不解，地安门楼里，怎么会有棺材？那是不知旧时，经常有买不起棺材的穷人家，需要租用它入殓出殡。杠房就准备了一口"公用棺材"，平时存放在地安门的门洞里，西边靠南那间值房内。地安门有三个大门洞，大车从中门洞通过，两边门洞走行人。门洞之间的墙都拆掉了，只剩下六根柱子。门洞外边各有两间值班房，雕花木窗户扇儿，跟地安门是一体的。

宋家一听，赶紧接过银元，又找来几个族人，直接去祖坟挖个坑，把死者用苇席一裹，烧些纸钱，草草埋了。棺材本是租来的，还得让伙计拉回交差。中午，难免招待伙计一桌饭，还打来半斤散酒。

小石头陶载石听了，立刻有了主意。他让宋世学把这伙计叫到旁边，跟他私下商量，想借他马车一用，让他在村里暂住一晚。明天晚饭前还他。那伙计也是穷苦人，听说共产党军队是为穷人打天下的，再看陶载石亲切和气，跟宋家处得像是一家人，就很爽快答应了。

小石头陶载石当即请示闫玉才，把小碌碡张鹭洲找来，二人穿上宋世学跟伙计二人衣裳鞋帽，张鹭洲躺在棺材里，陶载石拿上马鞭，走到马前，跟马对视一下，用手摸了摸它额头，捋了捋它鬃毛，抬腿坐到里侧车辕上，随着"嘚儿"一声吆喝，那马便飞蹄向城里而去。

69

尽管马比人快，但毕竟几十里地，也得跑一阵子。一路上，二人说着闲话。先说到咱二人一个石头，一个碌碡，都命硬。大熊就命不济，打固城牺牲了。可他头回回家待了一宿，二妞儿就给他生了个儿子；之前来部队找他只待了一宿，竟然又怀上了，听说生下个闺女。本来儿女双全，多好的日子！可怜大熊二妞儿，如今阴阳相隔！可怜二妞儿才二十多岁，就带着两个孩子守寡！说到此处，难免长吁短叹，心里好生难受。

又说到把日本鬼子赶跑了，又跟老蒋干上了，这仗是一时半会儿打不完了。可要不打仗了，咱们都干什么？张鹭洲说他想上大学，看见上大学的人，都好羡慕。陶载石就说想找个好媳妇儿，回家侍候爹，也弄个儿女双全，让爹高兴。

说话就到了头一关德外关厢，天已向晚。站岗的士兵接过陶载石的通行证件，一看人和车是地安门东德记杠房的，车上一口破棺材，什么都没说，把证件递给伙计就抬手放行了。

估摸着到了僻静地方，张鹭洲就在棺材里叫：快往东看，有个庙吧？陶载石果然就看见东边那座庙，红墙黄瓦，在残阳照耀下，甚是辉煌。嘴里就说：看见庙了，真好看！张鹭洲在棺材里说：那就是黄寺啊。接着又说了句：真他妈颠哩慌！陶载石说：你干脆出来吧。唉不行，再忍一会儿吧。

很快就到了第二关德胜门。其实德胜门楼早拆没了，只剩下箭楼，跟两边的城墙相互依衬着，虽然都已经破旧，风雨剥蚀缺砖少瓦的，但都高高耸立着，显示出皇城气派。平原上长大的人，看到任何高耸的东西，不管是高树、高楼，或者是高墙、高山，都会从心里产生敬畏、叹服。

果然是进出要塞。箭楼前有十几个国民党军、警、宪兵盘查验证。陶载石没下车，不慌不忙给一个戴袖标的递上证件，那人看了又递给旁边的人看，嘴里说：三天两头往外拉死人。那人看了一眼说：德记杠房，是地安门东南角，对面有个棺材铺吧？啊，是头响拉走的，这是刚回来啦，空的吧？陶载石说：空的，一到他村里就埋了。有两三个军警围着看棺材，有一个还伸手要拍，想了想又把手缩回来了。旁边就有人说：拍拍吧，棺材棺材，升官发财！一群人哄笑起来，戴袖标的那个人就说了声：走吧，别磨叽了。陶载石说了句：俺才不想磨叽哩。

进了德胜门，满街都是熙熙攘攘的人群和开门营业的店铺、摊点，根本见不到街垒和拒马、铁丝网之类的防御工事。那老马识得回家的路，不用吆喝，四蹄飞快往前走。

看见钟楼和鼓楼了呗？往东看，没多远，挺高哩，看见了没？张鹭洲在棺材里问。看见了！从鼓楼往南走，就是地安门。好，知道了。前头有个石头桥。对，那桥叫后门桥，桥西有座火神庙，再往西就是什刹海。对，有庙。坏了，等等，有人吵架哩。

这条街店铺和摊点更多，来来往往的人也更多些。从鼓楼往南望去，地安门赫然在目。楼顶上的黄瓦在落日的照耀下，泛起金色的光芒。中间三个门洞都敞开着，既没门也没隔墙了，只有几根柱子，从门洞里往南看，南边的街道清清楚楚。

后门桥上围着一群人，像是在围观吵架。只见一个烫着发，抹着口红，身着翻毛皮大衣的中年妇女，正在训斥一个拉洋车的车夫，话说得很难听，态度极为蛮横。这时围观的人群中有人喊道：别横了！解放军就要进城了，还摆什么官太太臭架子！还能横几天？有人挑了头儿，人群中就有人随声附和。那女人一看阵势不对，灰溜溜地走了。

陶载石对着棺材说：听见了吧？北平老百姓盼着解放军进城哩！棺材里答道：城里百姓也都是从郊区和周围农村来哩，都盼着咱们来解放哩！这会儿没事儿了吧？干脆你自己爬出来得了！是挺难受哩，再忍忍吧，从地安门往东一拐，路南就是那个德记杠房，马上到了。

"北平德记杠房"，在地安门东街路南。它旁边邻居就是一个"棺材铺"。"棺材铺"之所以加了引号，盖因这是老百姓的俗称。背后这么叫没什么事儿，但你要当着"棺材铺"的人，以及在周围居住的人，这么叫会惹人家不高兴。其实道理也很简单，因为这么叫既不雅又不吉利。当年北平城里所有的"棺材铺"，不是称为"木厂"，就是称为"桅厂"，前面再冠上自家的名号。比如地安门"棺材铺"，其官称名号为"北平德记桅厂"，人家大门外挂的也是这个招牌。

说话间从地安门楼往东一拐，就望见路南一座二层小楼，门口挂着"北平祥记车行"的牌子。东边紧挨着小楼是一处铺面，门口挂着"北平德记杠房"招牌。还没等马车停稳，掌柜的早出来迎候了。他在里面已经听到马叫人喊，跑出来一看：赶车人赶的车，用的马，甚至穿的衣服，都没错儿，只有赶车的是陌生人陶载石，而不是自家伙计，着实吓了一跳。嘴里说：怎么是你？我们人呢？

放心吧，都好着哩！陶载石微笑着把鞭子递给他，又轻声说：我是解放军，临时借你马车一用。又指了指棺材：里面还有一个，得赶紧把他放出来，别让人看见。

啊，你是解放军啊！欢迎！欢迎！快，咱们进后院说话。说完就牵着马车进了后院，二人打开棺材盖子，张鹭洲从里面跳了出来，三人赶紧进了里屋。

两位同志，你们是来侦察敌情的吧？掌柜这一问，反倒把二人吓了一跳：你怎么知道？

不瞒你们二位，我隔壁西邻是祥记车行，一楼修车，二楼一直是共产党的一个秘密联络点。他们那边人来人往的，经常遇事儿就到我这边周全一下。我们两个院子有个后门是通着的。昨天那边就来过一拨儿了，也是你们的人。二位先坐下喝水，待我过去叫他们人过来，有事儿好说，都能帮忙！

喝口水工夫，掌柜的撩开那个厚厚的带有几块大补丁的蓝色棉布门帘，带来个围着白毛线围脖的姑娘，说：她叫崔炳如，是车行崔掌柜的闺女。你们有事儿跟她说就成！

姑娘先用审视的目光扫向二人，嘴上说：你们二位是？

我们是第十九兵团三纵的，我叫张鹭洲，是作战参谋，他叫陶载石，是特务连副连长。啊，我们这衣服都是跟老乡借的。

姑娘脸上粲然一笑说：真是好巧，昨天是二十兵团的，今天是十九兵团的，说吧，你们想看什么地方？

我们的作战任务是从黄寺、德胜门、钟鼓楼进入中南海，然后再往南打到永定门。

啊，你们打的是龙脉啊！你们更牛！姑娘这回是真笑了。直捣黄龙傅司令老巢！好！你们想看哪儿？

当然想看兵力部署和工事构筑的情况啊。可一路过来，都是店铺，什么都没看见。

明清两朝，500多年古都，到处都是文物建筑，你们要找的东西，确实从外面很难看到。昨天来的人，驻扎在大屯，进攻路线是安定门、沙滩，目标也是中南海。我猜想所有围城的最后目标，都是傅司令待的那个地方。她警惕地环视四周，把声音放低说：实话跟你们讲，我们有张图，你们想要的应该全在图上。但是，我和我爸爸只负责保管，没权力给你们看，我们需要请示。

昨天他们看了没有？

他们看了，他们是提前联系好的，所以把想要的都抄到纸上带走了。

那好，你能给我一张纸一根笔吗？

崔炳如就递给他要的东西，张鹭洲把纸一铺，唰唰唰几笔，就大致勾勒出一个简要地图，标上了黄寺、德胜门、钟鼓楼、地安门、什刹海、北海、中南海等地名，还在旁边画了一些奇奇怪怪的符号。有曲线，有直线；有三角形，有长方形；有圆圈，有圆点，有的像马路上的红绿灯，有的像猪八戒的钉耙，还有的像长睫毛大眼睛。他一边画着，一边指着那些符号说：这些符号都在什么地方有？有几个？你告诉我就行了，我不需要看你的图。你拿我这张图跟你那张图一比对就知道了。你比对，嘴里一叨咕，我就知道了，就刻进我脑子里了，别说你那张图了，我连我画的这张图也不需要了。五分钟就行，省得你请示了。怎么样？可以吗？

在张鹭洲画图的时候，崔炳如眼睛盯着张鹭洲的手。那双手很俊俏，手指纤长，皮肤细腻，灵巧敏捷，透着其主人的灵性，让她想起自己喜欢的奥地利作家茨威格，曾在一篇小说里讲到"手相术"，说了解一个人，不必看其面部，紧盯着他的手，留神他手部的特殊动作即可洞观其人其性。

眼前这双手，刚才还因为怕冷，蜷缩在脏兮兮的破棉袄袖子里，也许那十根指头一直都在偷听着，窥探着，一直在寻找机会，等待出击。它们早已跃跃欲伸，伺机而动呢。看它们此时此刻，每一个指肚都奔腾着激情，每一个关节都流淌着智慧，每一个甲半月都闪耀着青春的光芒！啊，它们有的疾飞如鹞，爪尖喙利；有的一跃如虎，茹毛饮血；有的谋定而动，工能匠巧；有的用舍行藏，步步生花。啊，它们竟如此自由，如此和谐，如此敏捷，如此欢畅！啊，作战参谋，平常肯定是经常摸枪的，这样的手用枪，一定疾如闪电，迅如惊雷。风撕草舍，弹无虚发；必是雪崩断壁，雨劈芭蕉，瀑飞崖绝，百不失一。这样的手握笔，竟然也这般熟练，这般灵巧，这般雅致，这般风情万种！它们勾勒草图，一纸江山藏云岫；它们标注符号，满城风物隐霜花。啊，这样的手，一生难得一见；这样的缘，几世才能修来！

崔炳如就像茨威格小说里的那位C太太，看着看着，两眼无法移开；盯着盯着，像突然受了催眠，在那一瞬间，魂失了，魄散了，人醉了，脸红了。房间里的其他一切，全部迷蒙暗淡，仿佛四周浮着浑黄的烟雾，唯有那双手的闪烁，成为昏暗中的烛光。

怎么样？可以吗？张鹭洲抬头望着崔炳如又问了一遍。

啊，可以，你刚才是说？崔炳如惊觉自己走神了，失态了，脸红得像一朵盛开的花儿。

我刚才说，我不需要看图，只需要你告诉这些符号在哪里，有多少就可以了。

既然你有这个能力，那我拿着图，你自己看一下不是就可以了吗？你需要看多久？

半分钟足够了。当然，我们看完还得把那几个地方实地走一遍。

你眼睛是照相机吗？差不多吧，好多人都这么说我。啊，那好，你们跟我过来吧。

刚才张鹭洲那双手，其职业之精，其才智之异，其情操之纯，其风华之美，在在显示出一个职业军人、一个优秀参谋人员的干练和风采。

崔炳如撩开棉布帘子，带他们出这边的屋子，几步就从后门进入车行的后院。院子不大，直通小楼一层铺面。他们登上楼梯上了二楼。崔炳如指着一个中年男人说：这是我爸爸，也是这个车行的掌柜。爸，他们是十九兵团的，也是来侦察城防的事儿。

崔掌柜好！张鹭洲主动上前握手。啊，欢迎你们！崔掌柜也很热情。

你们先喝点儿水稍等一下，我跟我爸说一声。崔炳如给二人倒上茶，这才把她爸爸叫到里屋说话。

70

张鹭洲看那张图，果然只看了三十来秒，然后就说：可以了。

崔炳如把图收好，神情严肃地说：据我所知，解放军的干部百分之百都是共产党员。我现在以一个共产党员的身份再正式确认一下：你们两个是不是共产党员？

我们两个都是共产党员。

那好。按照组织纪律，三个党员可以成立一个小组。为了把任务完成好，我提议咱们从现在开始，正式成立临时党小组。我任小组长，保证你们完成任务并安全离开。你们同不同意？

我们完全同意。

那好。我们北平地下党组织,当前的任务,就是配合解放军,早日解放北平。所以咱们方向任务是一致的。我们一直为攻城做准备,同时也开始和谈,争取和平解放北平。最近的形势,咱们的力量一天比一天壮大,而国民党呢,可以说是一天不如一天,也可以说是濒临灭亡了。

和平谈判的事儿,我们也陆续听说了。但是我们战斗部队,从来是做两手准备,主要是做打仗的准备。对和谈不作幻想。即使签订了协议,也要时刻防止敌人变卦,我们必须保持高度戒备状态。所以,我们这次进城,一定要完成侦察任务,做好攻城准备。

好。现在咱们先去吃点东西,顺便去看看地安门、什刹海、北海。争取上白塔上看看,那里地势高,四周都能看清楚,特别是中南海,看得更清楚。然后晚上你们在这边凑合一宿。如果遇到有人盘查,咱们就说家里突然死人了,得赶紧买口棺材,买不到合适的就得租一个用。明天你们走的时候,自己去看钟鼓楼、德胜门吧。你们还要想好怎么出城。现在形势很敏感,别说你们出城难,即使我要出去,估计也不是很容易。

我们只能赶着马车回去,实在不行还拉上那口棺材,我再装回死人。

我倒是有个想法,我可以骑辆自行车带着你出去。崔炳如对张鹭洲说:但你得把那身衣服换一下。当然,咱们还得想个什么理由。

地安门外小餐馆很多,临时党小组三人随便找了个山西面馆,简单吃了碗面,就先到地安门周围转了转。尽管已经战云密布,但北平城里人还是得生活,得过日子。满街来往行人,还是得为每天的柴米油盐奔走忙碌。崔炳如边走边向二人作介绍。

地安门,附近老百姓都习惯叫后门儿,建筑本身俗称"后门脸儿",是宫门式的砖木结构,一共七间,中明间最宽,两个次间略窄,四个梢间更窄些,进深有十多米。原有三副朱红大门,跟门洞间墙壁早被拆掉了,只剩下空荡荡的门洞,以及四间两两相对的值房。值房的门就开在门洞里,西侧值房靠南那个门里,就存放着那口可以出租的公用棺材。

虽然没有正阳门、天安门那样威严耸立,但毕竟是皇城北大门,往那儿一立，就带着一股霸气。后门脸儿往北，一直到鼓楼前头，统称后门外，两侧排满铺户买卖，无非是些针头线脑、柴米油盐、日用百货、生活起居的百物器用，应有尽有。而后门脸儿往南，一直到景山，算是后门里了，东西各有三条小胡同。但基本上就没有什么铺户买卖了。只在两侧小胡同口，应时应景出现一两个小型杂货店。

三人从后门脸儿朝西走，没多远就到了北海公园后门儿。

这时，迎面传来发动机巨大的轰鸣声和履带碾压在马路面上发出的嘎啦嘎啦的声音，几十辆国民党军的坦克、装甲车正打西边开过来，又向东边开去。陶载石说：好家伙，得有一个团的兵力。

崔炳如说：前面路北是什刹海，路南就是北海公园的北门。咱们进去看看。那儿地势高看得范围大，也更清楚。

到了北海公园北门，守门人一看来了游客，就从里面喊道：公园有驻军，不开放！

崔炳如走过去对他轻声说：老李，是解放军进来侦察地形的。看门人立刻满脸堆笑，出来把公园的门打开，嘴里还说道：请进，请进，可把你们盼来了！

公园里果真旷无一人，只在几个大殿门口，能看见有军人站岗。三人无心观景，也不能东张西望，怕引起怀疑。他们进门就往左转，匆匆来到北海湖东侧，沿着湖边小路，一直朝南走，经过先蚕坛、皇家邮驿、画舫斋、濠濮涧，过了石桥，直接到了琼华岛，爬上白塔山，登上白塔最高层。

纵目四望，北京图书馆、北海、中海、南海等尽收眼底。张陶二人把公园里可能驻军的处所位置，以及周围重要目标的方位、地形、大致高度、主要道路一一默记在心里，便经永安寺一侧下山。

从公园南门出来后，又来到金鳌玉蛛桥上，对目标作近距离观察。随即转身朝景山那边走，又看见前面有大批全副武装的国民党军队，正由北向南运动，人数和装备数量更超过刚才所见，大约有一个师。在这双方战也不能战，和也未能和，战和不定之际，还在如此大动作调动集结，不知道傅作义部队在搞什么名堂。

唉，现在傅司令应该是最难的。咱们各路大军把他四面合围了，我们地下党组织，包括他们国军内部的人，都在给他施加压力，动摇他死守北平的决心。新保安、张家口都没了，听说东北野战军入关，要把天津打下来，那北平还怎么守？他孤立无援，陷入绝境了！我看他得想想自己的前途和出路。北平啊北平，这么好端端一座城，还是和平解放最好啊。

崔炳如在北平长大，显然对北平有很深的感情。

回来天快擦黑，再走后门里那条街时，车马已少，行人更稀。

忽听一声枪响，从西楼巷东口的小店里面跑出一个黑衣人，站在店门口的另一个黑衣人也跟着一起跑。店里追出一个手拿火钩子的年轻人，后面又追出一个老者喊着：别追了，破点财，免灾呀！小伙子一挥手中的火钩子说：不能便宜他们！

只见跑在前面的黑衣人回头就是一枪，手拿火钩子追他的年轻人立马仆倒在地上。

说时迟，那时快，陶载石从地上捡起一块砖头，对准那个手上有枪的一投，那人也应声倒地，枪从他手中甩出，还没等他翻过身来，早被陶载石死死摁住。另一个黑衣人没跑几步，也被张鹭洲追上抓获。回头看那老者，正拍着躺在马路上的年轻人哭喊：让你别追，破点财免灾啊！

原来老者是这个小店的常客，三天两头过来饮酒，不料今日刚喝上就撞见出事。大掌柜已经下班，死者是二掌柜。他见两个贼人都被捉住，就赶紧起身去找大掌柜。

几个人把两个黑衣人押回小店，抢到手的钱都掏出来放回柜台上，另一个黑衣人手里拎个包袱，打开竟然是两套军装！一问，原来那拿枪抢劫的还是个上尉连长，另一个是他的勤务兵。二人证件齐全，查验无误。那连长说就在沙滩附近驻防，下午刚赌输了钱，想打劫以偿赌债。张鹭洲亮明身份，二人吓得面如土色，直叫长官饶命。张鹭洲说：难怪老百姓骂你们兵匪一家！你身为军官持枪抢劫杀人，罪必当死！勤务兵协同犯罪，饶你不死，先捆你在这里看门，等掌柜的来，你自己谢罪，求人家给条生路吧。你们两个先把身上棉衣都脱下来！

那两人自知理亏，都吓得魂不守舍。脱完衣服，又被捆了个结结实实，嘴里也都塞了毛巾破布，又找块破布把那连长眼睛蒙住，然后用枪一杵他后背，说声：走。

临时党小组三人押着那个连长离开小店。张鹭洲和陶载石一边一个架着那倒霉鬼，偶尔有行人看上一眼，也会以为是架着个病人或者醉鬼。崔炳如去杠房拿来钥匙，他们很快就进了门洞值房里。这个地方虽然地处繁华之地，但其实是个阴森冷僻的地方，外面车水马龙的，很少会有人进这里面来。只有看门的、打扫卫生的、出租棺材的——其实说的是一个人，才会进来。陶载石掀开那棺材盖子，照准那人头上只一拳，那小子立刻像撒了气的皮球，浑身发软，瘫在地上。把他嘴里破布拖出来，他也没任何声息和反应。两人分别扯住他上下身子，往那棺材里一丢，再把盖子一盖。就说了声：走吧。崔炳如见他们二人配合默契，就像干一件农活儿，整个过程竟十分熟练。就问了句：死了？张鹭洲说：不能死，咱顺手抓了个舌头，明天还得问话哩。崔炳如一听，跟他们相视而笑。

张鹭洲赶紧换上国军连长的衣服，几个人就要出值房，这时突然门被推开，猛地蹿进来一个男孩儿，一进来就急转身关门上闩，一转身这才看见屋里还有几个人，立刻吓得张大嘴巴，不敢出声。就听外面有个男人推门并且骂着：狗崽子，你跑了和尚跑不了庙！明儿一早儿你要是不去，你就是通共！我抓你们全家！

男孩知道自己逃不掉了，赶紧又去开门并站在那边等着处置。外面男人骂着走了进来。可一见里面还有几个人，也一时不知道该说什么了。

众人再看那个男人，腰部以上比正常人短，两肩一高一低，肋骨、颈椎和胸椎都明显畸形，妥妥的先天性高肩胛症。再看其脸，剑眉斜竖，眼露凶光，鼻子和嘴都拧拧巴巴不在中线上，虽然身材丑陋，面目狰狞，但衣着很华贵，皮肤很细腻，肯定也没吃苦受累，且是衣来伸手、饭来张口骄横惯了的主儿。

他骂骂咧咧进来，看见里面有人，竟然还有国军军官，立刻满脸堆笑，低三下四道：哟啊！对不起，不知长官在此，得罪得罪。

张鹭洲正色问道：你是？

报告长官，在下是内城第六区第十三保五甲甲长刘家梁。

为什么要追骂这个孩子啊？

报告长官，我分派他出丁修筑城防工事，他只去了一天，就坚决不去了。小小刁民，必须严加管教。

这个孩子你叫什么名字？吴伯杨。今年多大啊？15岁。上学没有？上了。上几年级？高中一年级。家里还有谁啊？爸爸、妈妈、弟弟、妹妹。你是老大？对。

刘甲长啊，这修筑城防工事可不能马马虎虎啊，一定要找壮丁，这壮丁嘛，要壮才叫壮丁，15岁的孩子，还在念书，你让他去修筑工事，这不是难为他吗？我们傅司令一向爱民如子，我想他也不会同意你们找小孩子去修筑城防工事。你怎么看这个事儿？

长官说得对，在下受教了。

好，你去忙吧。

是，是，是。那小子一边答应着，一边倒退到门口，自己把门打开，再倒退出去，并且小心翼翼把门关好。

小朋友，崔炳如拍了拍吴伯杨肩膀：好好念书，他们这些人猖狂不了几天了。

阿姨，你们是共产党吗？

小同学，你怎么会这样想？

我们老师说，解放军马上要进城了，现在城里到处都有共产党。

好，你们老师说得不错。你好好学习，长大了也当解放军好不好？

好。阿姨、叔叔们，再见！

对不起，小组长，刚才事情紧急，没顾上请示，恳请见谅。张鹭洲轻声对崔炳如说。

我一直观察，你们处置正确，提出表扬。崔炳如笑着说。

住在附近的住户们，不少人都听到了枪声。但在那兵荒马乱年月，他们都听惯了枪声，见惯了抢劫杀人。发生了这些事儿，也没有人敢出来看热闹。唯一和平时不同的,是家家都赶紧在街门上又顶块石头,加道门闩。

71

我的意见,此地不能久留。趁着天刚擦黑,城门没关,我现在就赶车出发,回阳坊。刚回到杠房,陶载石就发表了自己的意见。

我赞成,咱们分开走。你还赶着车,拉上棺材和那个舌头,有那个良民证,你赶紧走。我另外想办法,怎么走再说。张鹭洲转头问崔炳如:小组长你看行不?

小陶他有德记杠房的手续,我看问题不大。小张你怎么走,咱们再琢磨琢磨!崔炳如说。

你看这样行不行?咱们两个,骑上你的自行车,跟在马车后面,等他们出了城,咱们就去追他们,就说死的是个寡妇,跟老家的亲戚结了阴婚,按当地风俗必须天亮前送回阳坊埋了,慌里慌张的,车夫把写地址人名那条子拉下了,得赶紧追上他们,否则到了那边找不着门儿,可就麻烦了。就说咱俩出去一下,追上他们,马上就回来。总之这个意思,你随便编吧。

我可没你这两下子,你真会编,瞎话张嘴就来,还不用打草稿!崔炳如笑着,又补充道:那你这个国军连长,刚好衣服、证件,还有枪都是现成的。我就是你表妹吧!

行,你编得也不错!

跟你学的!

剧本编好了,演出正式开始。张鹭洲穿着国军上尉服装,人变得更加帅气英俊。他们赶上马车先到后门洞里装上棺材,见那人还在昏迷中,又给他脸上蒙了块破布。陶载石就跟来时一样,往车辕上一坐,"嘚儿"一声吆喝,马车向德胜门走去。

看着马车过了后门桥,快到鼓楼就要往西拐时,张鹭洲用一只手推着自行车,崔炳如走在另一侧,也用一只手扶着车把,二人就这样远远跟上去。

他们从后面盯着,陶载石戴着个破毡帽,鞭子在怀里抱着,两手都插进袖筒里，到了德胜门箭楼前的岗哨处，就有哨兵过来查验，他连车都没下，从怀里掏出证件，递给哨兵。只见哨兵看得仔细，看完又回头看他车上棺材，好像还跟他叨念着什么。应该没发现什么问题，哨兵转身朝哨位走去，陶载石吆喝一声出了城。

妈呀，刚才我看着心跳得不行。崔炳如用手摸着胸口说。

快上车！咱们得使劲追才行！张鹭洲估计陶载石已经到关厢那边了，就先骗腿上车，让崔炳如往后座上坐好，他便铆足劲儿往前蹬，车子箭一般射了出去。

你劲儿真大！崔炳如说。

追人得着急啊！得比真的还像才行啊，不然谁会相信啊？张鹭洲一边蹬着，一边说。身子随着节奏摇晃着，崔炳如清楚听到他吭哧吭哧使劲儿声。

哨兵远远看见来了个骑车的军官，还带着个姑娘，老远就挥手拦阻。张鹭洲一下车，就把军官证递给哨兵。哨兵接过来又问崔炳如：你的呢？崔炳如也掏出了自己的学生证递过去。哨兵这才问：你们还得出示出城的证明。

刚才是不是有个拉棺材的马车？他把这张纸条忘记带了，我们得赶快追上他，否则他到了那边找不着村，找不着人就完了！张鹭洲着急地说。

那你们追上了就回来？对。那你一个人去追不就得了？她跟着去干什么？

这是她家的事儿好不好？我是他表哥，我是帮她追人，别的事儿我可管不了。

棺材里的人是你什么人？

反正是个女的，刚得急病死了，我妈花了钱，给我舅舅定了阴婚。这不急着送回去埋一块儿嘛。你就行行好，让我们赶紧把纸条送去。

你妈可真够好的！人都死了她还这么操心。哨兵说着，把证件递回给他们。

是啊，她满脑子都是娘家的事儿！崔炳如说着话就上了车子，张鹭洲赶紧用力一蹬，车子又一次飞向前去。

刚才表现不错！有你在旁边，我感觉没那么紧张了，还真蒙混过来了。刚才看你学生证，好像是什么大学？燕京大学。你是大学生？是啊。怎么没听你说？你也没问啊。那你是在大学入的党？对啊。你爸爸是党员吗？应该不是。他知道你是党员吗？我们家从来没人问过我，我爸、我妈、我哥。我哥就在傅司令手下当副官，他们谁都没有问过我，我们家人之间，起码在我面前从不谈这个话题。我想他们可能都知道我是共产党员。那你妈呢？我妈只管做饭，伺候我们吃喝穿戴，更从不过问我这个事儿。你也看见了，别看我家这个车行铺面不算大，但北平地下党的好几位领导，书记、副书记，都曾经来过。其中有一个姓崔的领导，说是我爸爸同族兄弟，其实是假的，他名字也是假的。他就是我入党介绍人。那你念书念到什么时候？夏天就毕业了。毕业了准备干什么？肯定应该听组织安排。但是我自己喜欢当兵。啊，那好啊，你就来我们部队吧！我跟我们首长说。你们要女兵吗？我们团不行，旅里有女兵，文工队有不少女兵。我找首长们帮你问问吧。啊，前面就是关厢了，还得过一关。

这边的哨兵照例拦住他们，他们双双拿出自己证件。哨兵问什么，他们就答什么。最后哨兵问了同样的问题：既然是追前面的车，你们去一个人不是更快更省事儿吗？

天这么晚了，我一个人怎么回来？兵荒马乱的，谁敢一个人出来？崔炳如一边生气说着，一边伸手从哨兵手里拿回了自己的学生证。嘴里还说：快，快追上。

张鹭洲也没多想，骑上车就往前蹬。崔炳如纵身一跳早上了车。哨兵举着张鹭洲的证件喊：你的证件！张鹭洲头也不回喊道：没关系，回来取！

72

1949年，注定是中华民族史册上最光辉闪耀的一年，在闫玉才、吴力耕、张鹭洲、陶载石们心中，也是最难忘却的一年。

1月31日这天，国民党华北"剿总"总司令傅作义，亲率北平驻军25万人宣布起义，接受和平改编，人民解放军没动一枪一炮，就开入城内，古都北平和平解放。

这天是农历己丑年正月初二。上午10时整，张鹭洲、陶载石奉命率人来到德胜门，进行礼仪接防。他们并排站在箭楼前，近距离看着特务连一个排长带着两个战士过来，向傅作义军队的两个士兵敬礼，对方立正还礼，随后转身撤走。这个过程已经被摄影机记录下来，成为反映北平和平解放这段历史的经典瞬间。张陶二人想起十几天前，他们曾冒着生命危险从这里进出，而今他们却接管这里的防务，从夺城兵变为守城兵，不免感慨万千，激动不已。

紧接着，他们带人依次在钟鼓楼、后门桥、地安门、景山、北海等处布置了持枪岗哨。经过地安门的时候，张鹭洲和陶载石听到背后有个稍显稚嫩的声音直叫"叔叔！"回头一看，原来是那天躲进门洞值房那个男孩儿，只见他非常兴奋地跑到二人跟前，伸手给他们每人手里塞了一块糖。在他身后不远处，站着他的妈妈，以及他的两个弟弟一个妹妹。四个孩子的脸庞都跟妈妈一样圆润，眼睛也都一样大，并且都那么炯炯有神，一看就是一家人。

吴伯杨！二人也都认出了他。他们都是你家人？

对。原来你们都是解放军啊！我还以为你们是共产党呢。

小同学，你这个想法好奇怪，为什么我们不能既是解放军，又是共产党呢？

啊，也是，对不起。吴伯杨尴尬地笑了。叔叔，那天那位阿姨呢？

是啊，我们也想找她呢。她应该就在旁边那个祥记车行里呢，你快去看她在不在。

吴伯杨愉快地答应了一声，果然飞也似的朝祥记车行跑去。

等崔炳如和吴伯杨跑来找他们时，他们已经往南边景山那边走了。

崔炳如朝他们后影儿喊了声：张鹭洲！

张鹭洲听到喊声回头看见他们在往这边跑，便也迎着他们跑来。

几天不见，还挺想小组长哩。张鹭洲一激动，不自觉就把深州腔带出来了。

什么小组长，就是一天的事儿，早过去了。来，握握手吧！啊，你们这么快就进城了？住哪儿？

通知我们临时驻在太庙。

好，不远，就在前面。我们刚才接到通知了，说后天要在前门箭楼正式举行解放军入城仪式，完了还要游行。等那天你们还得从地安门经过。

我们提前进城的，应该是执行警戒执勤任务的，不一定参加游行了。不过也没准儿。

我们也不游行，就是组织群众欢迎。到时候咱们也许还能在这里见面呢。

你当兵的事儿，没变卦吧？

啊，我已经正式跟组织请示了，听组织安排吧。

中午时分，战马嘶嘶，炮车辚辚，闫玉才、吴力耕率领衣衫破旧但军容整齐、气势磅礴的队伍，从德胜门入城，一直开到临时驻扎的太庙。经过地安门的时候，他们唱的是《中国人民解放军进行曲》：

> 向前向前向前！
> 我们的队伍向太阳，
> 脚踏着祖国的大地，
> 背负着民族的希望，
> 我们是一支不可战胜的力量。
> 我们是工农的子弟，
> 我们是人民的武装，
> 从无畏惧，
> 绝不屈服，
> 英勇战斗，
> 直到把反动派消灭干净，
> 毛泽东的旗帜高高飘扬。
> 听！风在呼啸军号响，
> 听！革命歌声多嘹亮！
> 同志们整齐步伐奔向解放的战场，
> 同志们整齐步伐奔赴祖国的边疆，

向前！向前！
我们的队伍向太阳，
向最后的胜利，
向全国的解放！

  他们的歌声整齐嘹亮！他们让吴伯杨，也让北平人民，看到了一支他们从未见过的军队，共产党的军队，人民的军队。全北平的人民群众都带着热情，带着欢笑，也带着几分好奇，站在街道两侧观看。一时人海如潮，谁都不想错过这珍贵的时刻。
  吴伯杨心里荡起波涛。他真想自己也能学会唱这首歌，也能成为这支队伍中的一员啊！

第十七章　面子

73

土溜溜的那蚂蚱，

满呀么满地爬。

扛起了那个镢头，

去把那个洋芋刨。

一镢头那个下去，

翻过来瞧一瞧：

哟，这么大的个儿，

哎哟你看妙不妙。

这天中午，邹留德哼着家乡小曲儿，手里拿着当天的《战友报》，从办公室回家吃饭。见了自己婆姨"银环妈"，把手里的报纸一晃说：你看，今天的《战友报》。

俺火上炖着肉呢，你让我看什么看。

这儿，第三版，登着陶砚瓦的文章，写八连指导员的。邹留德颇为得意地说。

啊，是吗？那我看看。邹卫！快来看今天报纸！有陶砚瓦的文章！

在哪里？我先看看。邹红率先响应跑过来。啊，《我们的指导员瓦吉瓦》，这么多字儿啊！邹卫，你看，这儿！

这文章还有几个小标题，八连指导员邵北平，爸，是你们团的八连吗？

陶砚瓦写的，还能是哪个八连？邹留德不无得意地说。

关心爱护四个彝族战士，啊，他们刚入伍不会用筷子，吃饭用手抓。爸这都是真的吗？邹卫又问。

这是北京军区政治部的报纸，哪能瞎编！邹留德又答。

晚上睡觉都不躺着，而是坐在床角，靠在墙上睡。这真太逗了！哈哈哈哈！邹卫笑得前仰后合："瓦吉瓦"是彝语，就是"好得很"！真逗！

怎么样？我就看那个小伙子不赖，长得文文静静，说话还有点儿腼腆。果然肚子里有货，能写文章！这事儿要成了，可是我先相中的这个二女婿。

邹卫啊，你这个小佳人儿要嫁个大才子啊！将来跟着发达了，可别瞧不起你傻姐姐。妈果然最疼妹妹，给妹妹找个才子。

你爸不是给你找黎庄了吗？那我就替你妹操操心呗。"银环妈"同样不无得意。

人还没见着呢，而且人家也没说同意呢。邹卫噘着嘴说：没准儿人家还看不上咱呢。

他敢！银环妈把脸一横说：老邹，是不是都通知培训了？很快就下命令了吧？

别说那么具体好不好？在家里议论这个很不好。邹留德板起面孔：你们都别乱掺和，常行远不是说过了嘛，已经跟这个小陶儿讲了，他说自己还没谈对象，跟咱二丫头的事儿，他说可以考虑考虑。

我就听不惯这个考虑考虑！他难不成还要挑咱家闺女吗？他再有才，不就是个农村人嘛，有什么了不起的！

看看看，又开始胡说八道。我当初也是个农村人啊！邹留德一听数落"农村人"，立刻表明立场，挺身捍卫农村人尊严：再说了，还不是你先看上人家了吗？

我只是看上他皮儿了，还不知道他瓤儿呢。他要是不知好歹，跟咱充大头儿葱，那咱还看不上他呢。三条腿的蛤蟆不好找，两条腿的人有的是！哼！

又来！小陶儿哪里说过他看不上咱？你别瞎搅和了。如果一跟他说，他马上就来咱家跟闺女见面，你又得说人家看上的，不是咱闺女，是咱家的地位！

行行行，我不搅和了，你自己拿捏吧！大丫头那个小黎，是你选的；二丫头这个小陶儿，算是我选的，咱家两个丫头都老实，她们的事儿你都上点儿心，将来咱俩可都得指望他们了！

我明白，都在按程序走。你放心吧！邹留德答道。

唉，你这个人就是优柔寡断，所以你当不了一把手！

你瞎说吧，指导员、连长、教导员、股长我都当过吧？邹留德愤愤然道。

在你媳妇儿面前就别吹牛吧！那连长是你代理了几天，其他也都是基层干部，听喝罢了。

你在营房里就是个家属，不要整天指指点点，干扰我的工作。邹留德真生气了。

得了吧，我不在旁边跟你嘀咕嘀咕，你自己有主意吗？有好主意吗？还有，那个陶砚瓦到底是什么意思？你问没问？怎么一点都不上心？俩姑娘的事儿，可都在你手上攥着呢，可都是关系咱全家幸福的大事啊！

牵涉到人事的事儿，牵涉到感情的事儿，都不是小事儿，急不得。邹留德说。

邹红推门进来说：爸、妈，你们都在啊？

都在呢，还没死呢！"银环妈"没好气地说。

我正式跟你们说个事儿：我就看上黎庄了，这辈子非他不嫁，你们都看着办吧。

这时邹卫也推门闯进来说：俺也跟你们宣布一下啊，那个陶砚瓦再不给个准话儿，我可是有第二方案的呢！

今天这是怎么了？你们一个个的，轮番轰炸啊？邹留德站起来说：我告诉你们，小黎小陶，情况不同，但都面临一个提干程序。组织上要考查，我虽然分管干部工作，也不能自己说了算。另外，你们都是我们亲生的，你们

243

的事儿也是关系我们后半生的事儿，必须办好，办稳妥。一切都在进行中，一切都在掌握中，放心吧！

都听见了吧？你爸爸是副手，副手一大堆呢。当副手的，虽然权力不大，但成事不足，败事有余。你们的事儿爸爸妈妈都会一个一个处理好，这两个兵弄好了都可以提干，他们谁敢多翅儿，你爸让他提不成！

74

那天邹红下班后，骑着自行车直接到卫生队来找黎庄。进了药房，只见平时黎庄坐着的地方，坐着一个陌生的年轻女子。邹红感到很诧异：请问，黎庄呢？

那年轻女子说：他上厕所了。你拿药吗？我可以帮你拿。

我不拿药。我找他有别的事儿。邹红冷冷说道。

那你进来等他吧，他马上回来。女子说。

邹红上下打量女子一番，终于憋不住问：你是谁？

我是他媳妇儿，部队里叫家属。我叫陶文杏。

你是他媳妇儿？他有媳妇儿？邹红立刻瞪大了眼睛。

是啊，俺们是同学，高中没毕业就结婚了。女子也瞪大眼睛回答。

好啊，黎庄，你这个大骗子！邹红彻底绷不住了：黎庄！你给我滚出来！

这时黎庄跑过来问：邹红，你怎么了？

我怎么了？这不是明摆着吗？邹红用手指着那女子：你有媳妇我怎么不知道？你怎么可以欺骗我！

我当兵前就结婚了，档案里都写清楚的！黎庄满脸委屈道：这谁都知道啊！

那你为什么不跟我说？邹红厉声问道。

你妈带着你找我学药房知识，这跟我结不结婚有什么关系？我说这个干什么？再说卫生队楼上楼下谁都知道我早就结婚了啊！

行！我治不了你，有人治你！邹红气呼呼转身走了。

当晚，邹留德副政委家里哭声骂声不绝于耳，邹红在那屋哭，邹卫在旁边劝；银环妈在这屋骂，邹留德不是在旁边劝，而是在旁边哄。

哄这个字，看似十分简单，无论贤愚，一听一看全能懂。但其含义却非常深厚，内容十分丰富，规律十分复杂，实践难度极高。

比如邹留德，哄媳妇本事了得，在八六一营房名声很响亮。但虽然他功夫深，态度正，认识到位，经验丰富，历经多年修炼，却徒有其名，效果一贯不佳。

比如今天，他恭恭敬敬聆听自己媳妇的数落、奚落，坚决信守自己的哄媳妇秘籍：挨骂是福，决不辩解，检讨做足，无怨无悔。

老邹啊老邹，你这叫办的什么混账事儿？亏你还是主管干部哩副政委！

怨我，怨我，都怨我！没有提前了解清楚。可这事儿吧，他不能张扬，只能在下边悄悄摸摸地干。咱还来得及，明天一上班，我马上直接找卫生队长，启动第二方案。

75

今天咱们四个老同学，难得在军营里聚在一起，这瓶酒是三镯子提干后，第一个月哩薪水买哩！在我这儿放了好长时间了，今天咱们总量控制，喝完完事儿。

在八六一团招待所一个房间里，黎庄手里举着那瓶汾酒，以主人身份发表了开场白。

庄子你别跑题儿！今天咱们是欢迎陶文杏来队探亲，砚瓦你别充大辈儿，你说是不是？三镯子满面春风道。

三镯子你当了官儿，说话别缺德！俺砚瓦叔本来就是大辈儿，什么叫充大辈儿？陶文杏正在煮饺子，瞪了黎三镯一眼说。

文杏咱是一家子，俺跟他们两个都是兄弟。文杏来队，三镯子提拔，两件事儿都是喜事儿。所以咱们今天是喜上加喜！不过俺提个建议，三镯子哩心意，咱们都心领了，这酒就别开了。你们也知道，我对烟酒都没兴趣，咱们见面多说说话，比喝酒强。三镯子提干，在咱们这批兵里是头一个，算是考了状元啦！必须祝贺！可俺琢磨谁功劳最大，谁最高兴？肯定是占江叔，所以这瓶酒先留着，等文杏走哩时候，捎回去给老人喝。你们说行不行？

黎庄说：俺同意！俺跟砚瓦都没酒量，文杏更不喝，三镯子你一个人喝多没劲！

陶文杏也附和道：俺赞成俺砚瓦叔哩意见。饺子也熟了，咱们开吃吧！

于是大家就开始吃饺子。

砚瓦啊砚瓦，你怎么这么会说话？多少年了，你总是显得比俺水平高。黎三镯口气略带恭维：那俺先替俺老爹谢谢你，也谢谢庄子、文杏！咱们都是老同学，又都是陶村出来哩，俺还是站起来吧，俺站起来，给你们鞠个躬。

你这是什么意思？陶砚瓦很诧异问。

咱们都是从小一起光屁股长大哩，俺三镯子几斤几两，你们最清楚。黎三镯改了话风：俺也经常反省俺自己，毛病很多。可你们一直担待俺，不跟俺计较，才成就俺哩今天。眼下俺还有一事相求，就是俺还想着秀卿，俺对她一直是一往情深，苍天可鉴！可至今没什么进展。希望你们多多帮忙，多多指点。俺三镯子再给你们鞠上一躬。

黎三镯鞠躬的时候，两只眼睛却只看着陶砚瓦。黎庄和陶文杏也把眼睛齐刷刷看向陶砚瓦。

三镯子，你既然把话说到这里了，俺在这里也给你交个底儿。陶砚瓦当然注意到他们的目光了，便不紧不慢说：前几天秀卿给我写信了，说她知道三镯子当侦察排长了，心里很纠结。我明确告诉她，不用纠结，赶紧给三镯子回封信，祝贺他这龙门一跳，为咱同学们争了光，打了样。我还说，你秀卿哩祝贺，对于三镯子来说，含金量最高！总之我给她回信，就是这么说哩。可她又不是俺亲姐姐，俺说话她听不听？也许她会听吧。估计她可能会听。这样吧，一个礼拜之内，如果你收到她来信了，庄子、文杏作证，你三镯子得好好谢谢俺。

砚瓦你面子大，你永远是咱社办高中一班哩好排长！黎三镯闻听此言，大喜过望。你面子最大，说话肯定好使！她一定能听你哩！今天当着黎庄、文杏哩面儿，俺得给砚瓦排长坦白两件事儿：一件儿是你当年选排长，俺没投你哩票，而且俺还给工宣队递了张纸揭发你。虽然没给你造成什么严重后果，但是俺请你原谅俺当时心眼儿小，缺德！俺给你赔不是，你千万别跟俺计较了。

哈哈哈哈！陶砚瓦大笑几声说：快别说了，当时全班同学都知道那事儿就是你干哩。你今天终于有勇气当我面儿承认了，说明你当排长了，真的进步了！放心吧，俺估计过两天你就能收到秀卿哩信了！

俺再站起来，俺得再站起来，砚瓦，你面子特别大！俺当着庄子、文杏哩面儿，再次诚恳隆重感谢你啊！

行了行了！忙坐下吧！文杏心软，见不得男人服软。另外她也感觉陶砚瓦是自己本家叔叔，黎三镯算是个"外人"，她感觉自己负有往一起撮合的责任和义务。

砚瓦啊，说你面子大，俺还有件事儿，不知道该怎么跟你说。黎三镯一看形势对自己有利，想趁机再下一城。

在咱们团，还有你这个侦察排长办不了哩事儿？陶砚瓦揶揄他道。

岂止有，那可实在是太多了。俺们连长李明，你们知道吧？黎三镯问。

知道啊，李师长哩大公子，陶砚瓦说。搞合成营哩时候，他在一连当排长。俺采访过他。

他找俺，说想请你帮个忙。黎三镯说。怎么样？俺连长都知道你面子大。

怎么听着这么新鲜？俺能有多大面子？一个小兵卒子，没职没权哩，帮他什么忙？陶砚瓦十分不解道。

他不知道听谁说，你认识宣传队那个唱京剧的，叫向春晖，这名字听着真好听。他说有人看上她了，但是不知道怎么接触上她。连长就派人进行侦察。他听说咱俩是一个村的，所以嘛，你面子大。黎三镯两手一摊，没往下说。

连长找人侦察，找的人就是你吧？还有他听说咱俩是一个村哩，也是你跟他吹哩吧？陶砚瓦笑道。

快请打住，别再掉了，俺要知道连长认识你，让他直接找你不就得了，

247

这绕来绕去哩！俺就说你面子大嘛！黎三镯尴尬笑道。

那不一样啊，他让你找我，一是避免尴尬，二是给你面子，把你当嫡系呀！万一俺真帮上忙了，他头一个感谢的人还是你。陶砚瓦说。

对对对，砚瓦你就看俺这个没面子哩人哩面子，还有黎庄、文杏哩面子，帮帮他吧。黎三镯恳求说。

我当兵之前就认识向春晖了，还去过她北京的家。陶砚瓦说。当然了，咱跟人家不在一个层次，人家把我当个小弟弟、小战友。据我了解，她现在应该是谈着一个呢。不过可能没定下来。这种事儿俺从来没问过她，具体什么情况，不知道。

好家伙！你们这关系已经够深了！黎三镯说：干脆你直接撬了她吧！

三镯子你又来了，俺砚瓦叔要是那种人，就先撬秀卿，你信不信？文杏说。

俺信，俺信。砚瓦这人格太高尚了！黎三镯心悦诚服地说。

你跟连长说，俺虽然认识她，只是一般关系，我去撮合人家，咱没那个资格，如果碰到个机会，自然而然地，介绍他们互相认识认识。陶砚瓦说。看缘分吧。

这就算给面子了！俺马上跟连长汇报。谢谢你砚瓦！黎三镯又紧着说。

76

下班了？陶文杏见黎庄推门进来，就跟往常一样招呼他。

嗯。黎庄蔫儿蔫儿哩答应一声。

怎么闷闷不乐的样子？陶文杏关切地问他，顺便端了杯水递过来。

有什么可高兴哩？黎庄回答。

啊，对了，刚才你们卫生队一个叫刘山明的来了，拿过来一斤水果糖。我不要，可他说等你回来看见以后再说。陶文杏赶紧找话儿引开。

好，俺看见了。黎庄回答。

看见了就完了？到底要不要人家哩？陶文杏还问。

他既然拿来了，就收下吧。黎庄说。

咱为什么要人家哩东西啊？陶文杏不解地问。

他愿意给嘛。黎庄淡淡地说。

你偷偷给他拿过药？陶文杏又问。

怎么可能？没有。黎庄又否定。

那你必须告诉俺，平白无故哩，为什么要人家东西？陶文杏打破砂锅问（璺）到底。

唉，也不能说是平白无故哩，不过也得算是平白无故哩。黎庄回答。

怎么听着这么绕啊？陶文杏越听越糊涂。

邹副政委找他了，那个去军医大上学哩名额给他了。黎庄知道早晚兜不住，自己媳妇儿，就干脆说了吧。

那他是知道本来那个名额是给你哩？陶文杏又问。

邹红来卫生队那么一闹，谁还能不知道？黎庄说：刘山明已经找俺了，他说他感谢俺，也要感谢你，所以他才买了糖。他已经体检填表走了，先回去探家，然后从家里直接去军医大报到。

对不起，黎庄，是因为俺才耽误了你哩前程。陶文杏说。

别瞎说，文杏，跟你一点关系也没有，这是咱俩哩命。黎庄说。

黎庄，俺正儿八经跟你说，俺看这部队里也不是什么理想之地。别人不知道，咱俩应该清楚。别人咱不知道，俺砚瓦叔和三镯子，你凭良心说，无论按什么论，论人品，论本事，哪个是人才，那不是明摆着吗？就连部队也都连年给俺砚瓦叔立功，可为什么他入党、提干，样样落在三镯子之后？要是在陶村，咱们还能理解，有他爹可以一手遮天。可这是在部队啊，到哪里去讲理呢？你要是在部队不开心，也别凑合着，你就听俺一声劝，咱退伍回家，咱家药店还等着你哩！咱好好弄起来，日子照样红红火火，咱怕什么？

文杏啊，你真懂俺，俺现在也是这样想哩。黎庄握住文杏的手，眼睛里闪着泪花：可俺毕竟穿着这身军装，虽然一无所成，但毕竟是做自己喜欢哩，擅长哩，应该还有不少人羡慕哩。俺也想好了，在这个卫生队一天，就干好一天，等把咱哩义务尽完了，咱什么也不说，光荣回家，过你我都喜欢过哩日子。只是有一点，你看见别人进步了，提拔了，而只有我原地踏步，没给你挣点儿面子，那只能怪俺没本事，你心里别太委屈。

黎庄你这话可就见外了！这么多年了，你不嫌弃俺成分高，又没修下好命，一直护着哄着俺，还早早跟俺结婚，俺知足了个知足，一辈子跟着你，吃糠咽菜不嫌你穷，逃荒要饭陪着你行。

庄子！文杏！是黎三镯的声音，他同时还在外面敲了几下窗户。

什么事儿？进来说。黎庄回道。

秀卿给俺回信了！陶砚瓦这面子还是真大！够意思！俺还得晚点名去，不进去了！你们继续腻乎吧！黎三镯说完转身走了。

快美去吧！别晃晃悠悠闪了你那腰！黎庄推开窗户喊。陶文杏也扒着窗台喊：慢走啊！

第十八章　500辆汽车

77

老吴！老吴！闫玉才一进院子，刚推开屋门就喊上了。

怎么了团长？吴力耕正看一份材料，一看闫玉才气势汹汹的样子，赶紧起身问。

这个小碌碡，张鹭洲！跟我也来这一套！他小子要造反啦！欠揍啦！

他一直跟着你，不是挺好吗？

挺好？挺好个屁！咱大年初二那天进城，破五那天，举行完入城仪式，就来这蓝靛厂驻防，天天爆竹连天，欢声笑语，师文工队还慰问演出，这个大年过的，全都是喜事儿嘛，大家都乐呵呵的嘛！可他小碌碡，张鹭洲，自从接到去保定执行任务，就开始耷拉个脸，对我也爱答不理，这不明天要出发了，晚饭也没吃，才几点？倒头就睡。叫也不应，还蒙着被子。我以为他病了，找伙房为他做了碗疙瘩汤，平时可是他最爱吃哩，端到他炕头儿上了，还他妈装相哩！我看就是惯坏了！真惯坏了！这闫玉才一着急，都挂上骂腔了。

那是太不像话了！团长一声声哄着，还专门交代给他做疙瘩汤，他竟然蒙着被子装相！这肯定是惯坏了！他曾是我学生，是我惯坏的！看我去收拾他！吴力耕装作很生气的样子，一边使劲把事儿往自己身上揽，一边顺手抄起个笤帚疙瘩，就要往外走。

你要干什么？

我要揍他，你别拦着！

真要揍啊？

可不真揍他咋的？他小子长本事了，敢在团长面前耍横了，还是我学生吗？你别管，我去揍他！

行了！你先回来听我说。你真要揍他？

必须揍他，他想造反还不揍他？

他没造反，我瞎说哩，刚才我生气瞎说哩。

他没造反？

没造反。

那咱们明天就要出发了，要执行新任务了，他竟然闹起情绪来，必须得揍他。

算了算了，你怎么也一点火就着，亏了你还是政工干部哩！兵是咱哩，哪能说揍就揍啊？

我看你要揍他，怕你在气头儿上出手重，把他揍坏了，我想还是我去揍吧，我冲他穴位下手，让他疼得满地打滚儿，还不伤着他。

算了吧，你别吹了，你那点儿花拳绣腿，你早弄不了他了。这个小碌碡确实是惯坏哩，不过不是你惯坏哩，是我惯坏哩！可他情绪变化这么突然，一定事出有因。

他刚才见谁了？

外头有个人喊他，他就跟我说了声，要出去一下。走了一会儿就回来了。

是不是小石头？吴力耕猛地一拍大腿：来人，快叫小石头过来，一问就知道了！

很快小石头陶载石就跑步过来了。一问，果然背后有故事。

原来张鹭洲和崔炳如那天一起从城里回来，崔炳如就和张鹭洲说，北平就要解放了，她也要毕业了，特别想参军。张鹭洲就说好啊，就来师文工队吧，他可以找首长们讲。但崔炳如不要他讲，她是北平地下党员，说自己会跟组织汇报，正式提出要求的。让他等她的消息。咱们入城那天，我们提前去换防布哨，在地安门也见到崔炳如了，她当兵的事儿没有消息。这不咱们也在蓝靛厂住了十来天了，可一直还没有崔炳如的消息。关键是咱们又有新任务了，明天就要往保定开拔了，崔炳如那边一点儿消息都没有，张鹭洲也没地方打听，他肯定担心这一走，恐怕是再也见不着崔炳如了。他找我说这事儿，我只能安慰他，说崔炳如是在了组织的，跟咱一样，不能由着性子来呀！甭问，他情绪低落，肯定就是因为这事儿。

他们两人是谈恋爱了？

没有。

那他们两个人好上了？

我感觉他们两个人确实挺般配的，而且崔炳如挺喜欢张鹭洲的。

好，我们知道了，你先回去吧。明天出发了，你工作可别耽误啊！

知道了！放心吧。陶载石敬了礼转身跑了。

看看看，老吴，完了，完了，他小子是让人家灌了迷魂药了！闫玉才愤愤地说。

啊，这是恋爱了啊！这个小碌碡啊，终于长大了！哈哈哈哈！吴力耕竟然笑起来。

你这个吴力耕，怎么还笑上了？

老闫啊，人这一生，遇上个自己喜欢的姑娘很不容易。看来张鹭洲已经遇上了，咱们应该为他高兴啊！我就很高兴，这是多好的事儿啊！哈哈哈哈！

你高兴，我也可以高兴，哈哈哈哈！可眼前呢？小兔崽子他闹情绪，他连我都不理了！怎么办？闫玉才两手一摊，一副无可奈何的样子。

老闫啊，我的团长啊！他要为这事儿闹情绪，咱们真是办法不多。除非——

除非怎么办？你说，除非怎么办？

除非让那个姑娘当兵，还得弄到咱们团来！

你这不是瞎扯嘛！根本办不到嘛！人家归北平市委管！再说了，你、我、咱们全团，哪一个把媳妇弄来当兵的？有吗？老吴啊，要不你试试吧？

253

你出面找找首长们，就说我同意的！咱俩的共同意见！让那个姑娘当兵。

老闫啊，我看咱俩就算了，要说在领导面前谁面子大，肯定还是你这个大英雄面子大啊，可就算是咱俩一块去找首长们，你认为他们能怎么办？他们也不太好办嘛。再说了，咱们这个小碌碡，张鹭洲，我早跟你说过，咱们留不住他。不定哪天，哪个首长一句话就把他弄走了，他早晚得离开咱俩。他将来更出息了，干大事儿了，他永远是你带出来的兵，是我教过的学生，咱心里高兴那么一下，就足够了。另外我一直想跟你说，咱们已经是正规野战部队了，不是游击队了，你这个一团之长，齐装满员了，几千人归你统领，就找个小勤务兵跟着你吧，就让张鹭洲回司令部吧。你们虽然情同父子，他也不可能跟你一辈子。有事儿随时提溜他，想骂就骂，想打就打，不是挺好吗？他这会儿闹情绪，先别理他，让他把情绪往外发一发，明儿个一早儿，他就没事儿了！放心吧，明儿个就没事儿了！我倒是想着傅作义这500多辆汽车，怎么兜兜转转落在了咱们手上！管一天也是管，从咱们手上过一道，就是上天对咱们的恩赐。啊不，应该是毛主席对咱们的恩赐！哈哈哈哈！

小碌碡的事儿你就放心吧！等去保定路上，有的是工夫，我先找他谈谈，你也跟他谈谈。好吧？咱手上有500多辆大汽车啊，真他妈过瘾！

<h2 style="text-align:center">78</h2>

接到要把北平起义部队的500多辆汽车送往保定的任务，吴力耕心里乐开了花。

他就想象自己高兴的程度，要用什么词语形容？他首先想起了洞房花烛夜，金榜题名时，感觉还不足以反映自己此时此刻的好心情。就又一连想了几个：多年的光棍儿找到了媳妇儿，饿死鬼投胎到了大厨家，野地里捡到块狗头金，越想越感觉都不比当下自己的心情要更好些。

吴力耕高兴，确实有他高兴的理由。一则因为傅作义这500多辆汽车，在当年可是名满天下，不仅给解放军制造不少麻烦，还在如何把它们玩儿转，使其在实战中发挥更大效益方面，成为国军高级将领们的翘楚，深得常凯申赞许。第二点，也是更重要的一点，就是这狗日的500多辆汽车，跟十九兵团三纵缘分很深。

蒋介石的军队简称"国军"，这里有两层含义：一是国民党军队，二是国家军队。在蒋介石的概念里，历来就是党国不分的。他既是执政党总裁，又是民国大总统。一人坐拥两大资源，本应至高无上，要风得风，要雨得雨，何等了得！但在当时的中国，他还真是比较尴尬。虽说他是执政党总裁，比如黑龙江吧，就有人说：国民党的势力从未到过黑龙江。说他是国家元首，他顶多算是个名义上的，因为有一大堆外国租界，还有一大堆省、地区，也并不把他当回子事。当然他位高权重，拥有最大一支军队。鼎盛时他的军队有26个辎重兵汽车团和一个保养团，分布在全国战区的补给区和兵站，每团都有卡车400多辆。与此同时，也给各军师单位装备了数量不等的汽车。嫡系部队上百辆，最多800辆，非嫡系就难说了。傅作义虽非嫡系，但比杂牌略强。以他的王牌主力三十五军为例，建制内有95辆汽车，外加傅作义偏心眼儿，把手里的辎重汽车兵第1团，包括该团400多辆汽车，全部配属给三十五军，使其具备了军级汽车行军能力，更加提升、加强了突袭能力。因此，喜欢用奔袭的三十五军，又有500辆大汽车加持，如虎添翼，越发猖狂。

当然了，在解放军心里，蒋介石就是个运输大队长，他名下所有的汽车，都是为解放军准备的，早晚都得送到解放军手上。

再说这个傅作义，日本一投降，他就突然出击，夺占归绥，进逼张家口。1945年秋，冀中八分区主力部队编成的十二旅，奉命离开冀中挥师察南，就跟这个傅作义结下了深仇大恨。如果说蒋介石是中国最大的匪帮总头子，那对吴力耕们而言，匪帮头子就是"傅匪"。三年多了一直跟他缠斗。局部互有输赢，但也吃了他很多亏，最初还曾连吃败仗，十分憋屈。多少战友兄弟死在他手下，包括大熊黎崇善！其中的关键之一，就是他的兵也像八路军一样能走，喜欢长途奔袭，抗日时自创"闪击战"，敢在日军背后捅刀，被称作"七路半"。他的步兵能走，骑兵能跑，他还有汽车，而且会用汽车，用得很有创造性。比如他让警卫营长给全军汽车加装钢板，配上轻重机枪，成为土制的装甲车，实战中作用很大。

1948年元旦过后，三十五军就开始嘚瑟了。汽车浩浩荡荡，长龙耀武扬威，一天要从好几个县城穿过，引得百姓驻足观看。我晋察冀野战军打游击出身，行踪不定，又有老百姓支持，他们一阵风吹，什么也没有改变。时而从北平跑到保定，时而从保定跑到沧州，折腾够了，半夜返回北平，还没顾上吃饭睡觉，又接到山里山外小股共军活动情报，不去吧，养你们干什么？去吧，瞎转一圈儿，一无所获，但有很大可能混一顿小酒儿喝喝。

说起这500辆汽车跟三纵的缘分，吴力耕想起最近三例：

头一例：1948年元月，打涞水。11日晚七时发起攻击，很快扫清外围据点，占领了城关，即预定12日黄昏攻城。傅作义闻此急调三十五军两个团，由保定乘汽车仓促驰援，援兵竟然由时任军长鲁英麟亲自带领，而且很显然，这肯定不会是傅作义的安排，而是鲁英麟个人争功心切，率意鲁莽而为。更可见其视涞水为自家后院，更加自恃装备先进，又有汽车，不过就是一脚油门儿的事儿吧！

12日拂晓，敌人竟然趁着大雾，首先发起攻击，强渡拒马河进占了庄町。待夜深人静之时，闫玉才部会同友军，分别从北西两面同时发起进攻，突破其防御，占领了村沿阵地。13日凌晨，我方发起总攻，很快突入村内，向敌纵深猛插分割。一通猛打猛冲，敌人失魂落魄，纷纷放下武器投降。11时许，守敌被全歼，鲁英麟羞愧自杀。

第二例：1948年10月，蒋傅在北平密谋，趁解放军南线兵力空虚，派了5个师组成快速纵队，携带大量炸药，以闪电战术去突袭石家庄。另派6个师为预备队，待快速纵队得手，即偷袭我最高首脑机关。在西柏坡的毛主席，电令三纵从驻地涿鹿矾山堡火速南下，截断傅作义突袭路线。接到毛主席下达的任务，官兵热情高涨。两万多人即刻启程，司令员走在最前面，500多里山路，跟傅作义的500辆汽车，数千匹战马，开始了不对称竞赛！

28日下午翻过紫荆关，29日下午到达满城康关。司令急令部队再次轻装，丢下背包及一切生活用品，只剩下枪支弹药，开始强行军。终在30日拂晓，提前一天到达军委指定地区。此时敌先头部队已突破望都防线，正向唐河以南突进。司令当即下达新的动员令：拼死也要赶到敌人前面，誓死把敌人挡住！终于在31日凌晨，赶到沙河以北的燕赵、东抵村一带，并立即做好了抗敌准备。

那边傅作义听说三纵到了沙河，深知阴谋败露。遂急令突袭部队"马上撤回！"傅偷鸡不成蚀把米，损兵折将3700余，丢战马240匹，汽车90余辆，以及大量作战物资。

明明两天前的情报，还说三纵在察南休整，怎么一下子就出现在500里外的沙河岸边。傅作义恼羞成怒，痛批部下无能，为什么十个轮子的汽车、四条腿的马，却跑不过共军两条腿。

傅作义不明白，作为亲历者的吴力耕心里最明白。这个奇迹，就是三纵官兵用纯真信仰，用高度团结，用昂扬斗志，用铁脚板，用血泡，用拼死命，用这一切创造的！他妈的，假如我们也有500辆汽车，别说500辆了，有100辆也行啊，早把你们打趴下了！起码我们得少牺牲多少战友兄弟！少受多少窝囊罪！

第三例：1948年11月底，三纵遵照毛主席的指示挺进张家口，并迅速攻占柴沟堡、万全、郭磊庄等地。傅作义急派三十五军军长郭景云，率部乘400多辆汽车驰援张家口。紧接着东北野战军攻克密云并歼灭守敌一个师，吓得傅作义又急令三十五军返回北平保驾。郭自恃装备精良，又有400多辆汽车，行动颇为迟缓，又是等待留守人员以及商人士绅搭车，又是等待拆装一个修械所以及载运其他随行人员，磨磨蹭蹭，大大咧咧。长长的车队行至鸡鸣驿、西八里、新保安，遭遇断路袭击，仍决定在新保安城内住宿。令他万万没想到的是，尽管在城内日夜修筑工事，企图固守待援，但城内突围均被击退，城外围困他的军队越来越多，增援他的军队被完全阻断，飞机空投的物品大都被我方所获，长达15天的固守终告崩盘。22日7时10分，随着一颗信号弹升空，解放军总攻开始。华野的三纵，东北入关的四纵，一百五十多门大炮齐发，新保安城墙上的堡垒被摧毁，火力点被粉碎，堂堂王牌三十五军此次出动的两个师被全歼，年初前任军长鲁英麟战败自杀，年底继任军长郭景云同样饮弹自尽，步他而去。那不可一世传得沸沸扬扬的400多辆汽车，全部成为解放军的战利品。

吴力耕想，汽车啊汽车，曾经是傅作义及其王牌三十五军的骄傲！也恰恰是因为这400多辆汽车，让他们上下有恃无恐，连下臭棋；也让我军轻易掌握其唯一退路，及时布下天罗地网。可谓成也萧何，败也萧何！

79

张鹭洲蒙在被子里在干什么？

他在偷偷流泪。

自从第一次看见崔炳如，就在她撩开那个厚厚的带有补丁的蓝色棉布门帘，往他这边一看，他们二人四目相对那一刻开始，他心里就咕咚一声响，仿佛被什么东西砸中一样。他极力控制自己情绪，一一回答她的提问，那时她很关注地看着自己的眼睛，而他则一一回答她的问题。当时他那个感觉，是一种极其特殊的体验，简直可说是太爽了！这种特别爽的感觉是他以前从未有过的。它是一种产生于特定异性关注自己之时的极度幸福感，一种能够充分调动男人每一个细胞，并使之全部兴奋起来的强烈舒适感。既有雄性动物本能反应下的惶乱和热烈，又有一个经历多年战争锤炼的青年革命军人，所具有的自我约束下的冷静和理智。

在如此矛盾对撞作用下所呈现出来的状态，那种既奔放无羁又收敛自如的状态，恰似风过无踪，雪落无痕，惊鸿飞洛浦，一过；飞燕落雕梁，曾经。

当时不是他一个人在感觉，而是他和崔炳如两个人一起互动，而共同触发、共同培植、共同呵护、共同享受的深切感觉。似乎他们早有默契，自打相遇那一刻起，他们就从彼此的一个眼神、一个微笑、一个动作、一声气息里，读懂了对方的心。然后他们在一起的分分秒秒，都于日暖天晴之间，风平浪稳之处，看似不经意时，却让对方惊艳；说来无所谓处，偏把春心擘开。这边是如惊雏凤生丹穴，待见；那边是似见荷池出蛟龙，喜欢。

从此，张鹭洲就在自己心里，开始有了盘算，有了向往，有了惦记，有了归处。

他只能在夜深时，无人处，从自己脑子里一处最隐秘的地方，所存储的很少几样东西中，拣出他用眼睛拍摄下的崔炳如的全部视频，在心里反复回放。每一个画面，每一个瞬间，都细分到每秒10帧，然后一帧一帧慢慢欣赏，细细品味，并一帧一帧定格在心里，然后再藏回自己脑子里那个最深最深最隐蔽最隐蔽的地方。

他想起崔炳如的眼睛，那真是明亮清澈，纤尘不染。她的目光因信仰而炽烈，因斗争而坚毅，于热情中有些许羞涩，在大方中含几分机警。那双眼睛一闪一闪的过程，也即双眼皮提起来又放下来的过程，这个不断重复单一动作的过程，既是接收各种信息的闸口，也是释放各种信息的窗口。他就是从那里窥见她的心思的，也从那里得到赞赏和鼓励。除了她的眼睛，她身上的所有部位，包括她随意穿的每一件衣服，包括她脖子上常围着的那个白毛线围脖，毛茸茸的柔软蓬松，也透出几分亲切，几分温暖。每次看见崔炳如，都能看见围在她脖子上的它。此前他很少见过有女孩子脖子上围着这种东西，也许见过但没注意过，或者从没如此近距离细细观察过，现在看见崔炳如围着它，感觉怎么那么美丽，那么时尚，那么高贵，那么典雅！它天天围在崔炳如脖子上，亲近着崔炳如的皮肤，调抚着崔炳如的发梢，沾润着崔炳如的味道，浸渍着崔炳如的气息。但崔炳如对它并没有特别珍爱，只是很随意地盘绕一下，有时是松松地打个结，有时就那么一搭，或者两头都搭在胸前，或者两头都系在脖后，或者前面一头后面一头。也真是奇怪了，崔炳如越是忽略它，张鹭洲却越珍爱它，有好多次，张鹭洲都产生特别想伸手去摸一摸它的冲动。

聪明的人不需要用语言明说，也不需要太多时间去猜想验证，起码在张鹭洲心里，他和崔炳如两个人，早已暗生情愫，暗结同心，暗许冰魂，暗盟鹄志。这里连用四个暗字，只因皆是张鹭洲私下分析认可，并未经任何人，包括崔炳如本人任何相许承诺。

但张鹭洲对此坚信不疑。他多次反复回放，其中最过硬的证据，就是崔炳如亲口告诉他，自己想当兵，而且已经正式向组织提出，而且明确表示想来他们部队，还问了你们部队要女兵吗，难道这不是特别过硬的证据吗？如果她不喜欢我，她去哪个部队不行？非要来我们部队干什么？她想当兵可以不是冲我，但要来我们部队，不是冲我还能冲谁？

但说是说，实际上崔炳如当兵这个事儿可不是那么简单的。因为人家有组织，你三纵司令都管不了人家，更何况你一个小小的参谋！假如崔炳如这次当不了兵，那部队说走就走，当兵的就听一声号令。太原、兰州、银川都没解放，下一仗去哪里打，等最高统帅部的命令哩！部队一开拔，就跟崔炳如天各一方！将会有千山万水隔着，又兵荒马乱的，山盟虽在，锦书难托，莫，莫，莫！

现在是部队再牛，首长再好，战友再亲，自己再智勇双全，都解决不了目前困厄，过不了这道壕沟，攻不破这座愁城！他突然感觉自己非常渺小，非常无助，非常孤单，非常可怜。

于是张鹭洲竟然哭了，他一个人蒙着被子抽泣，泪水浸湿了被头和枕头。闫玉才喊他他也不应声，疙瘩汤端来他也不理会，只把自己蒙在被子里，羞愧又委屈，无辜又无助。都说男儿有泪不轻弹，只因未到伤心处。这时的张鹭洲，第一次一任泪水挥洒横流，抒不尽心中悲愤。

张鹭洲这一哭，直哭得玉泉水涨，什刹海平；一定有他的泪水淌过后门桥，直往东南运河流去，经祥记车行后门外，怕是也没惊醒崔炳如！

哭够了，哭透了，哭出儿时懵懂，哭尽少年痴狂！

张鹭洲扒开被子，眼睛望着窗外天空，星星眨巴着眼看他，月亮藏在树梢处偷窥他，都用自己微弱的光，抚慰他，温暖他，撩拨他，挑逗他。张鹭洲一骨碌爬起身，端起桌子上的疙瘩汤，感觉还没凉透，其实凉透了他也不在乎，咕咚咕咚一口气喝不去。此时立刻神清气爽起来。

这时恰好闫玉才进门了，仍然气鼓鼓的样子。张鹭洲也不自讨没趣，赶紧端来一盆洗脚水，还冒着热气呢，放在闫玉才面前，并把擦脚巾备在手上，说：团长洗脚吧。

闫玉才眼都没抬说：不洗！

张鹭洲把毛巾往旁边一放，过去帮闫玉才揉起肩膀脖子来，嘴里说：看看，还生我气哩！跟孩子置气，你像话吗？

闫玉才叹了口气说：小碌碡啊小碌碡，你跟我一块儿出生入死，时间可不短了，你小子翅膀也硬了，别老跟着我了，明天收拾一下，我跟参谋长说一声，回司令部去吧！

80

500辆汽车？怎么回事？

闫玉才刚接到命令的时候，嘴上跟平常一样，说坚决完成任务！但他在脑子里划了一个巨大的问号。

都几年了，全中国都在嚷嚷傅作义有500辆汽车，那时长江以北，傅作义独擅其美！华北"剿总"司令，统帅50万大军，在华北大地纵横驰骋，耀武扬威，那可不是吹的！有500辆汽车在手上，有成建制的军、师单位完全美式装备，确实牛皮哄哄，谁都不入其法眼。

几年来，一直在跟傅作义的部队打仗，也一直在跟他的汽车打仗。每次跟他打完一仗，统计战报的时候，都有歼灭他多少人，伤的亡的数字也都跟着；之后必是缴获他多少武器、多少汽车，也有具体数字跟着。尤其是新保安一役，把他的王牌劲旅三十五军两个主力师包了饺子，当时还缴获他400多辆汽车呢！这才几天，起义部队又冒出500多辆汽车！这个傅作义怎么像是造汽车的，他怎么那么好心，汽车厂就像是他们家开的，一批一批给我军送啊！他是要篡夺蒋介石"运输大队长"的称号吗？

直到那天去师后勤部找唐副部长受领任务，研究执行方案，以上疑问这才有了答案。

那天团长、政委、参谋长、后勤处长都去了。军后勤部装备处长和一位姓崔的助理员参加。

大家坐定之后，主持会议的唐副部长首先介绍参会人员。介绍到崔助理时，他本人补充说，自己是刚随部队起义的解放战士，请各位多加关照。唐副部长马上说：崔助理确实是刚刚起义的，但他是我党安排进入傅作义部队的，他的党龄不一定比我们短啊！下面就请崔助理介绍有关情况和任务的具体安排。

傅作义共辖四个兵团，12个军约55万人，共有各种汽车700多辆。除了三十五军，其他军也有数目不等的少量汽车，当然也有杂牌军一辆都没有。大多平时由于战损和正常损耗，正常保养修理等因素，实际上能够正常出车不到600辆。

三十五军装备的汽车最多，主要是辎重汽车第一团给了他，这一个团就有汽车420辆，主要是十轮卡车。其中堪用车234辆，待修车186辆。三十五军本身装备汽车95辆，全部堪用，主要是道奇T-234。所以一直说三十五军有500多辆车，这还真不是假话。当然他只有400辆可用，这还是从辎汽1团的待修车中，又修复了一部分。

这次按照上级要求，我们把此前缴获的，以及这次起义部队移交的都汇总到一起，堪用的，经过紧急抢修能开动的，一共561辆。我们全部加满了油，另有三辆保障车，15个修理兵，一起随行，保障不抛锚，争取顺利把它们全部送到保定基地。

崔助理讲完之后，三纵后勤部装备处长，唐副部长都提了些简单要求。最后是接受任务的闫玉才表态，他说：我听明白了，我们不管接，不管交，不管开，只管一路上的安全，只管到保定移交的时候，一辆也不能少！说白了，我团的任务就是武装押运，用老百姓的话说，我们这趟活儿干的就是镖局的活儿，任务很重要，也很光荣！我们这次全团实现汽车化，铁脚板儿也不用了！请上级首长放心，我们还是那句话，坚决完成任务！

第二天，全团从蓝靛厂拔营起寨，来到西山临时存放500辆汽车的地方。几天来大家听到要押送500多辆汽车，凭感觉都知道汽车很多，当来到现场，真正看到实物时，每个人都还是吃惊不小。整个停车场估计要几百亩地吧，恰像是一副巨大的围棋棋盘，被分割成若干个区域，每个区域停放相同型号的汽车，一排10辆，十排100辆。区域之间有大小不同的路，小路单行，大路可容双向会车。举目望去，黑压压全部停满了汽车。那些汽车就像接受检阅的军队，排列得整整齐齐，擦拭得干干净净。每辆车的驾驶室门口，都站着一名驾驶员，他们在等待押送人员就位登车。

按照计划安排，顺序是一、二、三营，每营150辆车，剩下的由团直负责。基本上全体干部包括班长，都需要坐在驾驶室"带车"。随着闫玉才一声令下，官兵们都呼啦啦翻上了后面车厢。坐着汽车执行任务，这还是第一次，小伙子们个个心情舒畅，精神抖擞，都小声说笑着，偷偷打闹着。

闫玉才站在一辆没装车篷的军用吉普上，看着各营就位。他旁边站着一个信号兵，一手拿着一面旗子。

这时，一辆装了车棚的军用吉普，飞快驶来，停在离他四五米远的地方。闫玉才看过去，开车的是崔炳坤助理。他身边坐着一个女兵，好像在哪里见过。

二人都跳下车，朝闫玉才敬礼。崔炳坤说：闫团长，她是我妹妹崔炳如。

女兵抢着说：报告闫团长！师文工队干事崔炳如报到！

你真当兵了？闫团长知道她是谁了，眼睛瞪得老大问。

报告团长，真当了！

哎呀呀！真是太好了！闫玉才立刻从车上跳下来，回头对信号兵说：快叫小碌碡跑步过来！

小碌碡？信号兵不解问。

张鹭洲！张鹭洲！知道了吧？

知道了！信号兵马上用手里的旗子打起了旗语。

你本事不小啊，崔助理！闫团长说。

我一个刚起义的解放战士，哪有这么大本事！崔炳坤凑近闫玉才，压低声音说：是北平市委领导找了司令，按调干办的，一入伍就给她定了副连级。

81

去保定一路歌声。

由解放军的指挥员、驾驶员、乘员，以及500辆汽车组成的浩荡车队，行驶在平原上。这个情景画面，在彼时的中国，似乎还是首次。

闫玉才坐在——准确地应该说是站在那辆威利斯MB上，时而快驶到兵锋处，时而慢停在路边，看着自己的队伍一辆一辆风驰而过。驾驶室里带车的，后面车厢里的士兵，都向他行礼。

他妈的，傅作义当年，不过如此！

铁阵横行成往事，兵车胜战看今朝！闫玉才心里感慨万千！

在蓝靛厂驻扎了一个月，三纵改成军了！7旅改成师了！下属的三个团，全部齐装满员了！

对傅作义的起义部队进行改编，每个军负责他一个师，每个师负责他一个团。基本原则是自愿选择去留。想留下的分编到各个单位，不想留下的发给路费回家，并颁发《参加北平和平解放证明书》。

结果是想走的还不到十分之一。他们二八七师负责整编的一个团共一千八百余人，最后只有百余人自愿返家。留下的分编各团。其他部队大抵如是，全部达到了齐装满员。

那时候打仗，主要就是打人。即使是战神名帅，他也是希望自己兵多将广，个个都是韩信统兵，多多益善。人多才能势众。整个解放战争期间，解放军每打下一个地方，就会扩充一部分兵员，人越打越多，多得不合常理。其重要原因，就是有许多国军官兵，举手投降之后，他不愿意回家，他愿意跟着解放军干，而解放军也有一套成熟的操作模式，对于这些人，基本是照单全收，有多少接收多少。这些人有一定军事素质，上午给国民党干，他还磨磨叽叽，磨磨蹭蹭，偷奸耍滑，朝天放枪，不真出力。下午被解放军收编，一上战场就换了个人，冲锋在前，退却在后，敢打敢拼，一副英雄气概。因此，三纵改编为军，有了新的正规番号，又达到了齐装满员，对于提升士气是多么重要。

整个冀中平原，整个河北，都解放了，几块解放区全连成一片了。再没有敌人炮楼耸立、碉堡横卧、岗哨设卡、围追堵截！无论经过城镇村庄，无论遇上男女老少，见到解放军的队伍，都会欣然鼓掌欢迎。

以这样威武的阵势，在这样轻松的气氛里行军，还真是第一次。刚刚在蓝靛厂学习了毛主席的《新年献词》，全党全军都记住了一句话：将革命进行到底！这支诞生于冀中的部队，已经划归西北野战军统领，他们面前，还有太原、大同、兰州、银川等地待他们去解放。他们现在信心百倍，士气高昂，一路上，都比赛唱歌，热血男儿，青春奔放，痛快淋漓。

一大早从蓝靛厂出发，路上基本没停，只在路边简单吃了一点干粮，补充一点水。没进保定城，从保定北边一路西行差不多200里，进了太行山深处，一个小村村外，有一大片场地，这就是所谓保定基地，其实是太行东麓一个普通山村。当时这可是重要军事机密，敌人若是知道了，还不得恨得牙根痒，早派飞机给炸没影儿了！

战斗部队只管打仗，打下来就走了。其实每个重大战役，都有汽车兵、修理兵参与。他们不直接参加战斗，只负责跟进并接收缴获的车辆，以及敌人来不及撤走的汽车装备及汽油等珍稀物资。比如在石家庄，就接收了500多辆道奇T-234汽车和一个汽车修理厂。我军自己培养的汽车兵，开着缴获的汽车，把缴获来的弹药、物资运往作战部队，又把晋察冀军区修理厂急需的大批汽车零部件运回保定基地。

八六一团把561辆汽车完整移交之后，上级指示原地待命。于是，他们就暂时在附近村子驻扎下来。

待命，就开会作总结。把这次任务进行全过程回顾，认真进行总结。机关总结行动方案制订得怎么样，有什么缺失？各营连排班总结执行情况如何，有什么亮点？有什么瑕疵？每个人都得发言，对单位，对自己进行一番检讨评说。

闫玉才、吴力耕都说，这次任务完成得最轻松，也最顺利。全团指战员心情极为舒畅。

张鹭洲参谋带着崔炳如干事，参加了特务连的总结大会。战士们就让崔炳如唱歌。崔炳如说你们人多，你们先唱，先给我打个样儿。于是战士们就唱起《中国人民解放军进行曲》，唱完了又让崔炳如唱，还有领头儿的喊：崔干事！所有人接着喊：来一个！领头儿的又喊：崔干事快点儿唱！众人接着喊：扭扭捏捏不像样！接下来是有节奏的鼓掌。鼓完还带着节奏喊：快！快！快！

崔炳如就回头看张鹭洲，只见张鹭洲一副作壁上观的劲儿，甚至还有幸灾乐祸的意思。就说，我真的是头一回当着大伙儿唱歌，我请求让张鹭洲参谋跟我一起唱好不好？

于是所有的人都喊：好！张参谋，一起唱！张参谋，一起唱！

张鹭洲坐不住了，马上站起来说：我可是头一回跟女同志唱歌。我会的歌不多，唱什么？

《东方红》你会吧？崔炳如问，听到张鹭洲说会，便接着说：一共三段，我唱第一段，张参谋唱第二段，咱们所有人一起唱第三段，好不好？

好！群情激昂！

于是，在太行深处，响起他们发自内心的歌声。

这时，山外吹来了春风，春风吹来了厚厚的云彩，远处响了几声春雷，春雨如约而至。

这时，在张鹭洲崔炳如们的豪迈歌声里，在满山春雨潇潇落下的时候，闫玉才收到师长政委急电：

> 根据上级指示，命令你团即刻出发，目的地是平山县某地，为党的重要会议执行警戒任务。为党中央、毛主席站岗放哨。这是对我师的最大信任，是全师指战员的光荣。你们到达西柏坡后，向中央军委报到，受领任务。

闫玉才看了两遍，然后一跃而起，赶紧传达布置，学习动员。部队听后，群情振奋，一片欢腾。都为担负这一光荣任务兴奋不已，为将能见到党和军队的领袖们而高兴万分。

很快，他们打起背包，甩开铁脚板，途经清苑、望都、曲阳、灵寿，行军五日，于3月3日到达平山县中石殿村，一个距西柏坡只有八里之遥的小山村。兵团政委已经先行赶到，立刻带闫玉才去中央军委报到。

这个将决定党和国家的命运和方向，注定会成为党史、国史上光辉一页的重要会议，于3月5日在西柏坡村胜利召开，于3月13日胜利闭幕。

八六一团出色完成了会议的警戒任务，总司令专门请团长政委吃饭，并进行长达4个小时谈话。当晚，兵团政委告诉他们，十九兵团已经开赴太原附近的榆次地区，这是华北最后一战，你们先在这里稍作休整，20日启程，经建屏、盂县、寿阳至榆次地区归建。

崔炳如天天和指战员们一起学习、执勤。他们这个团有幸在全军最早读到毛主席的报告，最早学习到"务必使同志们继续地保持谦虚谨慎、不骄不躁的作风，务必使同志们继续地保持艰苦奋斗的作风"。她写了一首诗，发表在村头的黑板报上：

桃花开遍西柏坡，
染红了云霞千万朵。
桃花一开春天到，
春天就是那新中国。
西柏坡的桃花记得，
战士们曾在坡前巡逻。
威武的军容，
嘹亮的军歌，
警惕的眼睛，
紧张的时刻。
革命战士担负神圣的职责。
每当想起首长的嘱托，
心中就滚过激动的浪波。
你记得，我记得，记得那光荣的西柏坡。

第十九章　立功不如入党好

82

前脚邹留德上楼,后脚黎三镯又来了,他意兴阑珊喊了声:庄子!

黎庄正忙着对账,头也没抬就说:又怎么了?秀卿又给砚瓦写信了?

黎三镯摇了摇头说:不舒服。

黎庄说:这里没你吃哩药。

陶砚瓦立功了你知道吗?知道。他靠着根儿破笔头子,划拉划拉,弄几篇稿子,就能立功?还得敲锣打鼓,惊动文秀卿带着学生,到他们家送喜报?俺心里别扭。陶砚瓦立功,咱得高兴啊!咱跟着光荣啊!你怎么这么别别扭扭哩?你真是精神有问题。要不给你开个介绍信,到野战医院好好看看吧?去!你少来!关键是他立功,惊动了秀卿,带着学生到他家去了,还见了他爹娘。那能说明什么?文秀卿肯定是执行命令,没人命令,她敢私自带学生到陶砚瓦家去吗?

黎庄刚才这句话,让黎三镯听了两眼一亮说:对呀!肯定是俺爹让她去哩呗!这是俺亲爹给俺捅了一刀啊!他还装作没事儿没事儿哩!

对!就是你爹哩事儿!他就是故意气你,让你着急上火,检验你哩定力,看你能不能抗干扰。

俺绝对有抗干扰哩能力!侦察兵考核,俺门门优秀,各项都第一!几个老兵都干不过俺！俺指导员找俺谈话，刚填了表儿，俺要入党了！

黎庄说：你看你看，你老跟砚瓦较劲，俺就告诉你，你当了排长，他当了副班长，他立了三等功，你入了党，这基本算打了个平手儿，你还比他更强一点儿哩。

黎三镯说：难道他入不了党吗？

黎庄说：听五连里人说，他虽然人在师报道组，上稿子算在咱们团里账上，所以给他立了功。但他哩供应实力、政治实力都在连队，他入党得由连队支部解决。所以他人在外面，实际上很难解决！他也正为这事儿苦恼哩。

是吗？他也有烦心事儿？哈哈哈哈！别人烦心你高兴，你这病真挺严重了！这下俺明白了，他入不了党，他就提不了干，对吧？部队可没有民主人士。但是立不立功，照样提干。所以他立功，俺入党，谁厉害？陶砚瓦啊，你又遇到坎儿了！

"想当初，老子的队伍才开张！"黎三镯说到高兴处，不由唱起来。

黎庄说：嘿！别当着俺面儿得意忘形！你们一个立功，一个入党，俺这边十好几个新兵蛋子，只有一个入党名额，提干更加渺茫。俺要像你，还不得急得上吊啊？

83

师报道组办公室里，杨春和陶砚瓦坐对桌。他看见陶砚瓦正一笔一画抄稿子，底下还垫了两层复写纸，这样可以写一遍出来三份。当然这样抄稿子，下笔时力量得大一些，否则最下面那一张字迹太模糊，也就不能用了。

谁的稿子？王科长不是说过，不让你帮他们抄稿子吗？

没事儿，他这篇短，一会儿就完了。

王科长让我下午去宣传队开个创作会，我跟他说了你的情况，他说让你也一块儿过去。

陶砚瓦说：好，我过去听听，学习学习吧。

师宣传队就在营房西南角上，是一个独立的小院子。两个人一进院儿，就看见向春晖正站在院子里，跟几个女兵啊啊练声。

她看见杨春和陶砚瓦进来，就说：杨干事，你又回来了？

杨春说：开创作会。你也得参加吧？

向春晖说：参加。这位是？

杨春带着节奏说：他来啦，他来啦，他最好认啦，他举着一个小喇叭！

向春晖马上说：他是陶砚瓦！

杨春笑道：春晖记性真好！小陶，这是咱们宣传队的绝对主角：向春晖，向排长。

陶砚瓦赶紧敬礼说：你好向排长！咱们见过，你可能忘了。

向春晖说：没忘，十八盘，忘不了！

陶砚瓦说：更早，深州鸭梨！

向春晖：啊，你还去看过我们排练！难怪呢，是看你眼熟，咱姐儿俩在这儿碰上了！真是有缘！

创作会由宣传科长王依法主持。说军党委决定改革军事训练方式，打破原有建制，从各兵种抽调精锐，以八六一团一营为基础，组建了一个超千人的"合成营"，搞协同演练。军区和各总部对此也十分重视。我已经给主任立下军令状，一个是宣传报道必须跟上，这个军区、总部都来人，实现目标相对容易一些。另一个就是咱宣传队这边。当年咱们驻在邢台，六五年大地震之后，周总理视察灾情，指示咱们师成立了毛泽东思想万人宣传队，走遍城乡宣传抗震救灾。咱们的文艺宣传队应运而生，可以说是全国、全军第一个"毛泽东思想文艺宣传队"。咱们的节目，从邢台演到北京人民大会堂，我本人还有幸跟毛主席、周总理等中央领导合影留念。现在我们要发扬光荣传统，编创一台专题节目，宣传我师最新训练成果，为军地演出。不能总是"打竹板儿，点对点儿"，太俗！一定要有新东西！政委转达咱们军长指示了，说一位省领导跟咱们军长说：你们那个演阿庆嫂的，唱得真好！在山西驻扎这么多年了，能不能让她唱段山西梆子啊！军长当时就答应了，说没问题。他都答应了，你们明白了吧？我点到为止，就等着看你们落实的成果！

王科长说主任那边还等他，站起身来就走了。

大家的目光就都盯着向春晖。向春晖说：当年我唱小常宝，是刀马旦；来了就让我唱阿庆嫂，唱青衣。那我都折腾得够呛。现在让我唱山西梆子？开玩笑吧？不是一个剧种啊！我真不是谦虚，我是真不行。哈哈哈哈！

杨春说：你还能笑得出来？

向春晖说：难道这还不可笑吗？都不是一个剧种。

省主要领导跟军长当面儿提要求，军长肯定得答应啊。点名让你唱，那就是欣赏你啊！你赶紧想想看，怎么办？

向春晖说：这事儿不难！你找省上、各地区，各县都有晋剧团。请个角儿，带着乐队，通知什么时间，到什么地方，唱一段什么唱段，就齐了。我唱不了，能唱的多了去了。如果非让我唱，第一我不会，第二谁伴奏？第三唱什么？第四，一着急我忘了。

宣传队的队长、指导员都说：京剧、晋剧，两个剧种，唱的调调、嗓子发声的位置、伴奏乐器，都不搭界，完全是两码子事儿啊！再说了，唱什么词儿？你不能在合成营晚会上唱《打龙袍》《铡美案》啊！

杨春说：王科长在首长们那里立了军令状，这事儿咱们死活得对付出来。让厨子剃头，横竖都是耍刀子。我看这样，明天我和春晖、砚瓦，去训练场，观摩学习，体验生活，了解个大概。完了砚瓦先把唱词写出来。他有连队生活，懂一点儿军事，写个唱词没问题。之后春晖你到电影队，找晋剧王爱爱的《龙江颂》唱片，反复听，反复听，听上三天，起码20个钟头。我和你们队长到附近剧团找人编唱腔，也请人先唱一唱，听听效果。与此同时春晖也试唱试唱，唱到什么程度算什么程度。我估计也唱不砸，都知道是个反串节目，还能砸成什么样？

大家都说好，只有向春晖还在嘟囔：杨干事，你就坑我吧！我可没把握啊，只能说试一试了。非要让厨子剃头，虽然都是耍刀子，但耍不好，我先告诉你，把人给伤了，你们可别怨我！

从宣传队出来，陶砚瓦对杨春说：这个合成营，把步兵、轻重机枪兵、炮兵、坦克兵、工兵、通信兵、防化兵汇拢到一块儿，统一协调指挥，这个动作是比较大的，也是具有开创性的，各级都很重视。虽然是咱师提出来的，但是是由军区出面才弄到了一起，很不容易，所以从4月开始，已经一个多月了，估计得照着半年来。我已经去过两回了，写稿子、抄稿子、送稿子，现在全都是合成营的内容。

杨春说：我也去过一回了。但只是看个热闹，看不懂其中门道。

陶砚瓦说：就是把多个兵种配合在一起，模拟实战进行训练。先分着练，再合着练，然后你练练我的武器，我练练你的武器，各兵种都互相熟悉一下彼此战力，战士们就是累点儿，但也挺好玩儿，关键是提高指挥员的综合素质。

杨春说：你看，你有连队生活基础，这就是你的优势。

陶砚瓦说：我才干了一年步兵，知道一点皮毛而已。

杨春说：虽然只有一年，但肯定是扎扎实实，心无旁骛。从你身上能看出来步兵连队的影子，你挺有步兵味儿。

此番再赴合成营，目的性很强，就是了解情况，收集资料，写一个唱段。合成营经过一段时间打磨，涌现不少英模标杆。其中被挂在嘴边津津乐道的，一个是二八八师的侦察连副连长陶光前，一个是851团的参谋张国凯。

陶光前主要是超强的个人能力。他把各兵种的技术都玩透了，不仅全部掌握，而且全面超越。参训兵种有多少，他就会多少，即便是那个兵种出身的，也在那个领域被他碾压。陶光前一时成为合成营最耀眼明星。

张国凯主要是对参谋业务比较精通，个人素质强，谋略水平高，视野比较开阔，思维比较超前，特别是绘图能力无人能及。铅笔的粗细、标号的比例、代字的大小都十分考究，作业标准高于大纲，自己坚持图上量算误差要求是大纲标准的一半儿。他说只有平时从难从严，战场上才能精确制胜。

返回的路上，杨春问陶砚瓦感觉如何，陶砚瓦说挺好，写段唱词足够了。

84

常行远主任只要是坐在办公室里，天天门外喊"报告"，他那声"进来"早已经变成一声"啦"了。

这次是邵北平来了，他先把背包放在门外，然后才喊："报告！"

"啦!"常行远抬头见是邵北平,忙说:北平!坐下。该上任了吧?八连工作交接完了?

邵北平回答了一个字:是。

常行远说:到五连,跟鲁子浩搭班子,要注意配合好。另外我跟你说个事儿。五连那个陶砚瓦,你带来的那个兵,确实是个人才。他在师报道组,不到一年上了八篇稿子,军报、战友报,以及省级报刊都有。咱团报道组三个干部,都干不过这个小战士。我跟政委说,按老规矩,给他个三等功。师里只管用他,他实力还在连队,组织问题解决不了。我已经找他们了,说他手头上还有点事儿,过几天他就回咱们团报道组。正好你去五连,找个合适的机会,关照一下,这也是我和政委的意思。就这个事儿,你把他处理好。我没别的事儿了。

邵北平说:明白,放心吧,主任。没有别的嘱咐,那我该走了。

常行远说:去五连好几里路呢,坐我车过去吧。

邵北平说:不用,谢谢主任!

常行远看着邵北平出门后,背上背包离去。嘴里说了句:好啊!步兵出身!谁怕走!他走回来坐下喝了口茶,又站起身,端着杯子目送邵北平背着背包,朝营房大门走去。

他又自言自语道:都是他妈好兵啊!

85

黎书记,你来了?有事儿吗?文秀卿从教室出来,就看见黎占江进了校门,正朝她这边走过来。

没什么大事儿,过来转悠转悠。你挺好哩吧?黎占江貌似很随意地说。

俺挺好哩,让你惦记着,真不好意思。文秀卿客客气气。

你千万别不好意思!咱是一家人啊!你明白俺这话里意思吧?黎占江自感通达、智慧。

俺当然明白!你是村里大当家哩,这两千多口子都是你操心啊。文秀卿虚与委蛇。

秀卿啊，三镯子在部队上干哩不错。最近当了侦察排长，还入了党。黎占江语气尽量保持平和。

那真是不错，祝贺他！那也是你培养教育得好啊！文秀卿语带恭维。

这倒是谈不上。俺也就是个一般班长，可不如三镯子啊，他是侦察排长。跟杨子荣一个行当。

弄不好是当个排长，那弄好了得当连长！当营长！文秀卿说。

这闺女，真会说话！俺爱听，爱听！黎占江不再装了，他直接把得意挺起在胸前：闺女啊，你爹哩事儿，俺知道了，俺也跟三镯子说了，他说没关系，不影响他对你哩感情！你看你这个同学对你多好！所以俺过来，主要是给你传递个话儿。你心里有数儿就行了。

俺爹怎么了？他不是好好哩吗？

他没跟你说？那你可千万别问他了。

86

团礼堂、师礼堂、军礼堂，在陶砚瓦印象中，就是用的一张图纸，把尺寸改变一下，做成的小、中、大三个款式。因为它们外观一样，内容一样，功能一样，就连门窗朝向，区域划分，也完全一样。只有座位、容量不一样。哦！就连门前台阶数目，也参照编制序列"三三制"：团礼堂六级台阶，师礼堂九级台阶，军礼堂十二级台阶。

陶砚瓦第一回听说这件事儿，还半信半疑。等他亲自验证之后，才相信所言非虚。由此推出：军区礼堂应该是十五级台阶，总政的礼堂岂不是得十八级台阶了吗？后面两个礼堂他后来也去看过节目，台阶也确实都有，而且也比军区礼堂多，但是不是十五级和十八级，他没数。因为他去的时候，已经对此不感兴趣了。

这晚军礼堂灯火辉煌。舞台上方横幅上写着：合成营训练经验总结军地联欢晚会。报幕员：下面请欣赏晋剧清唱《合成营小唱》，演唱者：向春晖。

舞台一侧用幻灯片依次打出字幕：晋剧清唱《合成营小唱》，演唱者：向春晖。作词：陶砚瓦。

向春晖是北京长大的，从小在少年宫学唱歌跳舞，基础比较好，也多次参加欢迎外宾、在天安门下演出，经常有见毛主席、周总理的机会，经历过大场面。所以她一出场，既有首都人民的落落大方，又有军人的英姿飒爽。一开口，是说了一句话：我第一次学唱晋剧，请首长和同志们批评指正。

台下观众都多次听她唱京剧样板戏，可这次她要唱晋剧，感到十分新鲜意外，她的语音刚落，就引起一阵掌声。乐队给过门了，她把嗓子亮出来了，幻灯片陆续打出唱词：

［夹板］好一阵太行风吹人心颤，好一阵杏花雨润人心田。好一枝蜡梅开迎春烂漫，好一把星星火势成燎原。合成营在我军一经组建，求变革闯新路再谱佳篇。

［二性］秋风萧瑟天初寒，剑指并州郊外山。工侦通化步炮坦，合成一营棋一盘。点将营连指挥官，各路兵马齐调遣。摸爬滚打刻苦练，争习武艺十八般。一专多能真堪赞，勠力杀敌智勇全。

［流水］武艺高自有那英雄虎胆，搞合成恰好似五指成拳。任敌人布铁阵机关巧算，看雄师抖长缨刀斩楼兰。

［叫散］好身手卫社稷启后光前，待来日保家国凯奏歌旋。

余音绕梁之际，掌声大作。那位省领导握着军长的手赞赏感谢。

这天晚上，军招待所餐厅里格外热闹。演出效果很好，收获不少赞誉，晚会胜利结束。大家吵吵着要吃夜宵，王依法科长说：必须吃！我还专门儿请了两个神秘嘉宾！

这时候餐厅里已经没别人了，只有二八七师宣传队的五桌人，前面一桌是主桌，坐着王依法、向春晖、杨春、队长指导员，以及神秘嘉宾陶光前和张国凯。

因为是夜宵，每桌只有几盘小菜，一盆面条汤，一瓶老白干。

王依法端着盛酒的碗,站在两桌中间致辞:

各位同志,各位战友:今晚在太原的演出,是我们拥军爱民、拥政爱民一场重要活动。我不由又想起一件往事。别怪我啰唆,我要不说你们都不知道。1949年4月24日,咱们打下太原,几天后咱们军长在总督府请兵团首长吃饭,来了一个军乐队即席演出,兵团首长颇感惊讶,军长笑道,这是我把阎锡山的军乐团全部接收了!兵团首长闻之大赞。这个乐团有很多人跟着部队挺进大西北,还有不少人,带着自己行头,到北京参加了开国大典。回忆这段历史,说明我军多么重视文艺人才!今晚的酒是军长给的,不是汾酒,是老白干,祝贺咱们演出成功!干杯!

下面请两位嘉宾讲两句!请8师的陶光前连长先讲,大家欢迎!

陶光前连长英气逼人,但也透着成熟和儒雅。他说:我被邀请,颇感意外,但是我心安理得。不是我狂妄,而是因为我的爸爸妈妈和国凯的爸爸妈妈,都曾经是咱们二八七师的,也都参加了解放太原的战斗。所以在我心里,我自己感觉,我就是二八七师的儿子,大家同意吧?

台下是掌声和"同意"的喊声。

我还有一层意思,我妈妈就是刚才王科长讲的阎锡山军乐团的指挥,我爸爸就是冲进去解放他们的副连长。乐团被接管之后,国凯的妈妈当政委,我爸爸因为喜欢吹笛子,就让他来当了团长。那时候肯定没给乐团定级别,不然一个副连长,怎么能当团长?我爸爸让我妈妈留下来,继续当乐团指挥。于是他们两个人就好上了,于是我妈妈就生了我。所以我既是7师的儿子,又是军文工团的儿子。所以我特别感谢王科长今晚让我和国凯来,咱们是一家人在一块儿聚聚,共同祝贺我们二八七师宣传队演出成功!干杯!

张国凯说:光前是我哥,他比我大,比我成熟,我们早就认识,但我也没给他叫过哥。我爸爸妈妈都夸他,让我向他学习。今晚我们相聚,我当着大家的面儿,正式给他叫一声大哥!光前哥!你是我的榜样,我永远向你学习!刚才向春晖同志唱词最后两句:"好身手卫社稷启后光前,待来日保家国凯奏歌旋。"头一句提到了"光前",后面一句又把我"国凯"硬挤进去了。这是对我们哥儿俩的隆重表扬啊。向春晖同志唱得真好!我在台下听着，都醉了。谢谢宣传队！谢谢向春晖！

也赢得掌声大作。

张国凯坐下以后说：陶砚瓦没在，他本人还不知道，陶光前老家也是河北深州陶村的，我们三个人是一个村儿的乡亲，陶光前还跟他是同族兄弟。可惜他今晚没在。

陶光前说：这唱词儿写得真不错，将来找机会认识一下。

他没你写得好！你搞了军事，耽误了一个文艺天才！大家可能还不知道吧？光前同志吹拉弹唱样样精通，写东西文笔也好！太全面了！天才啊！啧啧！王依法转身又对向春晖说：小向啊，你今晚唱得最好，比我想象的还好！军地首长都交口称赞！我很有脸面！很有脸面！小陶的词写得也好！今年还得给他报三等功！小陶没来也得表扬！回去咱们把陶砚瓦叫上！还得庆祝一下！

杨春赶紧说：报告科长，陶砚瓦今天回连队填表了，他入党了！

啊，入党了？那更好啊！小伙子前途无量！

第二十章　管弦乐队

87

二八七师是1949年的3月14日离开北平蓝靛厂的。他们奉命合围国民党固守在华北的孤岛太原城。

如今的太原高楼林立，宽阔的马路纵横交错，繁华的市容令人目眩。当年可不是这个样子，首先太原老城很小，远没现在大；其次当时城内主要是平房和狭窄的街道，用现在的眼光看就是一个比较大的村庄；再次是经过日本人的八年统治劫掠，千疮百孔；最后是土皇帝阎锡山在这里随便玩儿，已经把它玩儿成一座"碉堡城"了。

太原易守难攻不假，但贼势已同强弩之末，重围尽是霸王师。长期的围困，外面的壳子再光亮，里面的肉开始腐烂了。寿数已尽，大限将至，谁也救不了了。阎锡山本人嘴硬，牛吹得很大，但他心里最明白，腿最诚实，把烂摊子一扔，拍屁股走人，到重庆去当行政院长了。

二八七师任务是强攻双塔寺。八五九团和八六〇团主攻，八六一团为预备队。4月21日晚开打。横在他们面前的核心工事是13号碉堡。因突破口选择不当，两次攻击未果，闫玉才急了，命陶载石前去助战。陶载石带着几个人现地侦察，摸到了一个炮兵连指挥所，把连长抓住了。陶载石就对他讲政策，鼓励他弃暗投明，说如果他能带领下属投诚还能立功。这个连长马上提供了地形和防御部署,并带着全连72人投降了。22日凌晨,总攻开始。因为有了精确情报,炮兵进行精确打击,爆破组实施爆破,13号碉堡很快被拿下。部队即刻向核心工事发起攻击,迅速插入敌阵,敌人陷于慌乱,纷纷举手投降,双塔寺防线土崩瓦解。

23日在战壕里传来毛主席、朱总司令发布的《向全国进军的命令》,以及南京解放的消息。攻城部队群情激奋,斗志愈坚。太原城外围基本扫清。

24日凌晨5时30分,1300门大炮齐声怒吼,对准十余个攻击点猛轰,敌防御工事和炮兵阵地被摧毁,高九米、厚十五米的砖石城墙被轰开数个缺口。6时30分,八五九团和八六〇团相继从首义门冲入敌阵。敌城墙上一个暗堡复活,以火力封锁后续部队跟进。八六一团二营五连九班,以勇猛迅速的动作,巧妙迂回敌堡侧后,突然以集束手榴弹投向敌人,将敌一个排歼灭。战后这个班被授予"首义门前特功班"荣誉称号。这个连队也就是陶砚瓦参军所在的连队,九班因为有光荣历史,历任班长都是军事尖子,入党、立功、提干都会优先考虑。此为后话。

八五九团入城后沿首义大街、红市街东侧地区发展进攻,八六一团沿城墙向东发展,接应八六〇团突入城内。之后八六〇团沿宗善街,八六一团沿庙东巷向北进攻。当时除了首义门,还有牛头寨、双塔寺等好几个口子。各作战单位在各自尖刀连、尖刀营带领下,从这些口子攻进去,并迅速开辟前进道路,9时许,太原绥靖公署被攻陷,教场巷日式建筑风格的军部大楼,太原集中营监狱,阎锡山修的大营盘,日本鬼子修的二营盘、三营盘,全部拿下,至12时,战斗全部结束,太原守军被全部歼灭。

陶载石带领连队冲进大营盘的时候,门口的卫兵早跑没影儿了。里面院子很大,房子很多,只有几个轻伤员和病号,都把枪一扔举手投降了,几乎没有遇到什么抵抗。突然不知从什么地方传来节奏感很强的鼓声和音乐声,好像是支外国的曲子。一个伤兵告诉他们,有人在对面那个大房子里排练呢。

陶载石带人循声赶过去,推门一看吓了一跳:只见有百十号人,齐刷刷穿戴统一的怪怪的服装,手里拿着些千奇百怪的家伙,铜的铁的木头的,长的短的带弦儿的带眼儿的,敲的吹的拉的拽的,各司其职。一个年轻女子站在前面，手里举着个过头杖，好像是打着个灵幡，有节奏地上下挥舞着，所有人都目不转睛盯着她，任凭外面枪炮声声响，任凭城破兵败如山倒，任凭敌军推门闯进来，任凭几十个乌黑枪口对着头，那女子心不慌，手不抖，目不斜视，动作不变形，节奏丝毫不乱。

陶载石右手握着枪，左手举起来没放下，示意战士们不要开枪，就这样静待一首曲子的结束。

曲子很快演奏完了。那女子回过头来，没有丝毫恐慌，用很平静的声调问：你们找谁？

我们是中国人民解放军，现已攻入城内，阎锡山完蛋了，你们听清楚没有？陶载石斩钉截铁说。

不要喊，我们听清楚了。女子很平静地说。我们是总司令的管弦乐团，我们只听从六姑娘的命令。她让我们演奏我们就演奏，没有演奏任务我们就排练。你们还有事吗？

六姑娘？谁是六姑娘？

她是总司令的堂妹，也是我们乐团的团长。

从现在起，没有你们那个总司令了，更没有什么六姑娘了，这里的一切，都必须由解放军说了算！

不行！你说了也不算，在这里必须听六姑娘的。女子目光和语调都十分坚定。

把她押走！陶载石一声令下，几个战士过去就要动手。

不要碰我，我跟你们走。女子说完，回头对那百十号人说：今天先合到这儿，大家继续自由练习吧，我去去就回。

交代完了，她对陶载石说：走吧。

88

太原解放后，大同守军万余人接受改编，大同和平解放。至此，山西全境乃至华北全境全部解放。

战斗一结束，张鹭洲和崔炳如几乎同时接到通知，一个是到军作战处当参谋，一个是到军文工队管弦乐团当指导员。

管弦乐团？怎么还有这么个单位？崔炳如乍一见这个名称，十分吃惊。报到之后，军政治部一位副主任向她说明了原委。原来这个管弦乐团，本来是阎锡山创办的，军长陆岩知道了，非常感兴趣，明确指示咱们军把这个团全部接收，组建为我们军管弦乐团！因为这个单位十分特殊，需要一定文化基础，还有不少女的，组织上就决定你去挑这副担子。还应该再给你配个团长，可一时还找不到合适人选，你如果有合适人选可以推荐，组织上会重视你的意见。

崔炳如就跟张鹭洲说，在部队里找个懂音乐的人确实太难了，况且还得有一定资历。张鹭洲马上就说：陶载石啊，他会吹笛子，而且就是他带人抓了那个管弦乐团的头儿。崔炳如一听，情绪一下子高涨起来，说：还真是，那就太好了，我这就去找部队首长。

去当什么管弦乐团团长？我不去！陶载石听吴力耕说完，态度非常坚定地说。

小石头儿，你是不是共产党员？哪有共产党员不听党的话的？让你冲锋你去不去？让你炸碉堡你去不去？让你牺牲生命你去不去？难道去管弦乐团当团长，比要了你的命还难吗？别等我拍桌子，你赶紧打背包，走人！

理是这个理，可我当兵是想打仗的，我可没想去弄这个。那我只能说去试试，不行我再回来。

不行！去了就得干好！干好了，我可以考虑再把你要回来，干不好，你回来我也不要你了！

好，我马上去报到。陶载石还是一脸不高兴，但又无可奈何的样子。

崔陶二人很快上了任，从此阎锡山的管弦乐团，摇身一变成了解放军的管弦乐团了。程序就跟改编傅作义的部队差不多，唯一区别就是这次的基本原则是全部接收，除非有特别原因，比如政治问题，否则必须全部留下。在会上把政策交代清楚之后，通过原来按管乐、弦乐、打击乐划分的组织架构，由负责人逐个征求每个人意愿，有特殊困难也可以提出来解决。

乐团总人数不到一百人，其中有一部分人是骨干，还有一些人则是需要的时候、有演出或者排练任务的时候才来，来一天给一天的报酬，不需要的时候他想来也没有报酬，没有报酬他当然也就不来了。翟仙果是六姑娘干女儿，二人年龄相差其实只有十来岁。但干女儿却对她干妈绝对忠诚。乐团团长名义上是六姑娘，实际上都是翟仙果在打理，据说翟仙果的薪水也由六姑娘单独发，不在乐团领薪酬。说是当初阎锡山说过乐团总数不超过100人，翟仙果不占编制，是第一百零一人。其实人员总数从没达到过一百人，更没有超过的时候。按照国民党的文化习惯，这个乐团也是要有空饷可吃的。

最后底数摸清了，结果是绝大多数同意留下来，只有翟仙果一人坚决不肯留下。

她的理由是，她本来就不是管弦乐团的正式成员，你们说乐团全部接收，别人都愿意留下来我没意见，但是我不留，你们也不应该让我留。你们不信可以查查看，我从来都不在团里领薪酬，所以你们的规定管不到我。

事情僵在这里，一时找不到办法。陶载石说，强扭的瓜不甜，话已至此，让她走吧！

千万别说这话！崔炳如说，陆岩军长还等着看咱演奏呢！她要走了，咱们一时半会儿找谁当指挥？我都问过了，以前有过好几个指挥，都玩儿不转。还就是这个吹唢呐的，连五线谱都不认识，而且还是个女的，硬是成了最好的指挥。

她是吹唢呐的？陶载石一听来了兴趣。唢呐跟笛子绝对是一家人啊！我找她单独聊聊可以吗？

当然可以！崔炳如答应得很痛快。这个人真有性格，太原城都翻天覆地了，她好像置身事外，照样天天来上班，带着这帮人合练。她说自己已经拿到这个月的钱了，必须干到月底。我现在把她叫过来，你好好跟她做做工作。

89

等翟仙果坐下，陶载石见她手里拿着厚厚一大卷纸。就问拿的什么，翟仙果说是乐谱。能让我看看吗？当然。说着就递了过来。

目录上都是歌名，分为两个部分，弦乐部分有《何日君再来》《玫瑰玫瑰我爱你》《四季之歌》《地久天长》《天涯歌女》《康定情歌》《茉莉花》《送情郎》《松花江上》等等。

管乐部分有《马赛曲》《军队进行曲》《拉德斯基进行曲》《大刀进行曲》《八路军进行曲》《团结就是力量》等等。

内容让陶载石大吃一惊：一页一页上，全都是一组一组的横线，横线上画着很多小蝌蚪，以及各种各样的符号，还有字母。他没有细看，细看也看不懂，赶紧合上递还给翟仙果。

很高兴认识你，而且还能再一次见面。也知道你走的想法很坚定，我感到很遗憾，同时也很佩服。

你佩服我？佩服什么？

佩服你这个人有自己主见，对人忠诚，讲义气，值得信赖。这恐怕很多男人也做不到。陶载石语调很低沉，很诚恳。你要走了，我赶紧趁你在请教两个问题。希望你能帮帮我。

你有什么问题请教我？翟仙果睁大了眼睛。

有，真有，而且只能请教你。第一个问题，就是这个唢呐跟管弦乐队怎么配合？不怕你笑话，我喜欢吹笛子，当然很业余了，自己吹着玩儿，肯定不如你专业。可就是因为这，把我派到乐团来了。当时我说我不懂什么管弦乐，首长就说你不是会吹笛子吗，听说人家乐团那个指挥，是个吹唢呐的，人家不是干得很好吗？你好好向人家请教请教。你看，我到这里来，还跟你有点关系。我们首长都说让我向你请教，所以，从现在起，你就是我老师了，你就是走了，我也去找你讨教，你是不是得好好教我啊？

你们首长没水平！翟仙果冷冷来了一句。他不懂唢呐。他不知道"百般乐器，唢呐为王，不是升天，就是拜堂。千年琵琶万年筝，一把二胡拉一生，唢呐一响全剧终"。

见翟仙果认真为唢呐辩护，陶载石心想这个女子还不是那么复杂，就接着说：第二个问题，你年纪轻轻的，你从这儿走了，你怎么生活？是不是已经有了打算？或者准备嫁人？这个问题你可以不回答。我还有不少问题想讨教呢，怕说多了你会烦我，就先说这两个吧。

你们共产党真行，哪里都有你们的眼睛和耳朵。既然你们都知道我的事儿了，那我也就不瞒你了。我在这里瞎比画，都是因为有我干妈，就是六姑娘。她是团长，所有的钱都得找她讨要，特别是每个人的薪水，她不给都得饿肚子。给别人管她都不放心，我管她才放心，有我在，这一百号人也放心。这个月的钱还没发呢，都是月底按照出勤天数发，钱已经给我了，我就想着等到了月底，最后把钱给大家一结，我就走了。我对得起干妈，也对得起这帮子人了。

你为什么对干妈这么忠诚？

因为除了我爹娘，她是对我最好的人。我爹就是个吹唢呐的，在山里跑八音会的，红白喜事给人家去吹。他只有我一个孩子，我从小就跟他学吹唢呐，7岁就跟着他出去。大家一看小女子这么小，还能吹《大得胜》，就都给赏钱。六姑娘头一回出嫁，就是我跟着爹去迎亲。她一见我就非常喜欢，当时就给我钱，给的比我爹挣的都多，还说这个小女子挺聪明，做我干女儿，跟我到太原去念书吧。然后就真的带上我来太原了，还送我上了学校。所以我从10岁一直到现在，一切都是她安排。

这个管弦乐团，是老汉儿（阎锡山）喜欢的。老汉儿原来还喜欢北路梆子、八音会，这几摊子人都让六姑娘管理。六姑娘不喜欢操心，就都让我管着。这个管弦乐团，是最麻烦的，弦乐几十个人，管乐几十个人，还有打击乐十来个人。他们手上的东西不一样，全都是西洋乐器，他们根本不用唢呐啊、笛子啊，这是咱中国的乐器，跟这搅和不到一块儿。就像洋人用刀叉，咱们用筷子，两码事儿。以前好几个指挥，中国人、外国人都有，但都是弄着弄着就弄不下去走了。我也是听得多了，看得多了，就说干脆我试试，看看能不能搓鼓到一块儿。结果还弄得不错，都说好。那干脆就别再找人了，我来干好了。你看这些谱子，都是五线谱，我是连简谱都不识，完全靠脑子记，瞎糊弄吧。其实我心里比谁都清楚，还不是因为我掌管着经费，掌管着他们饭碗呢。你们来了，接收了，很好，总算是老汉儿的东西也有你们喜欢的，也有对你们有用处的。我想好了，我回老家去吹八音会，好歹能混口饭吃。

你问我两个问题，我算是回答完了吧？

算是。我再问一个：刚刚看你乐谱，上面有不少抗日的歌曲，比如说《松花江上》，这个歌我上学时就会唱会吹，教我的老师，就是我现在的首长。我就想问一下，这些曲子你们经常演奏吗？是不是从中拿出任何一个曲子你们都能行？

当然，这些抗日的曲子，老汉儿从来不反对。他去过日本，跟日本人关系不错，但我们演奏抗日的曲子，他没说过不行。这些曲子都是我们平时反复练习过的，吃了这碗饭，拿了人家钱，就得给人家干活儿。出去演奏是干活儿，平时练习也是干活儿。哪能拿钱不干活儿啊。

那我最后再说几句。听了你刚才讲的情况，还是想再劝劝你留下来。咱们都是苦出身，既然到哪里都得干活儿吃饭，那为什么不能继续干你能干，也喜欢干的事儿呢？况且这里确实需要你，绝大部分都留下来了，只有你非走不可，你就这么狠心吗？

不是我狠心，是我自己想我跟别人都不一样。因为啥？因为我的身份，我跟六姑娘的关系。她信任我，使唤我，现在你们共产党接收了，就算我想留下，你们能把我当好人吗？现在用我，将来还能用我吗？我趁早离开好，等我真留下了，你们哪天又让我走，那不就更惨了吗？

啊，那我还更得再劝劝你。首先，你们乐团不是战斗单位，不参与作战。即便是军队里的俘虏，我们政策都是可以留下的，而且只要留下了，成为我们队伍的人了，我们都是一视同仁的。比如傅作义，他可比阎锡山还厉害，我们跟他打了三年仗，他打死我们多少人！可人家起义了，把几十万人都给我们收编了。咱们指导员崔炳如，她哥哥就是傅作义的军需副官，刚刚被我们收编的，现在是我们军后勤部的助理，还是副团级，比我还高好几级呢。这种例子太多了，上午还跟我们打仗呢，下午成了我们的人了，很常见。你是跟六姑娘关系特殊一点儿，但你不是她直系亲属，你也没跟她干过什么坏事儿。况且你留下来，你就跟我们一样，算参加革命工作了，也成为人民解放军的光荣一员。所以，我愿意代表解放军，代表我们首长，代表崔指导员，诚恳地、正式地、热情地欢迎你留下来，继续做业务团长兼指挥！过两天，我们军长政委要观看咱们表演，我和崔指导员都希望你留下来，抓紧准备几首曲子，就从你们原来那些曲子里找几首足够了，请你认真考虑。

翟仙果听完陶载石的话，受到很大震动。每句话，甚至每一个字，都讲得很实在，很真诚，像重锤敲在她心上，像春风吹进她心里。

我看你是个实诚人，那我就听你一回，留下。不过丑话说到前面，哪天你们不要我了，我就回山里去吹八音会。

90

送走了张鹭洲，这又送走了陶载石，闫玉才和吴力耕心里都感觉空落落的。

太原解放了，二八七师撤回祁县地区，进行休整。闫玉才接到上级命令，要到师里当参谋长。临走时，吴力耕说了句：你到了师里，有机会就跟首长们说说，还是让陶载石回来吧。

唉，力耕啊，我也是这么想的啊。小碌碡是要不回来了，小石头必须得要回来。

休整期间，发生了趣事。二八七师王政委娶了当地的妇联主任，结成了革命伴侣，让人好生艳羡。这位政委夫人是一位乡绅的女儿，解放太原之前，在这里驻训时，二人相识相爱并很快就结了婚。打下太原又回来休整，这位妇联主任的亲妹妹、堂妹妹，也都是进步青年并且都参加了革命工作，在姐姐、姐夫的斡旋撮合下，一个嫁了闫玉才，一个嫁了吴力耕。战争年代，戎马倥偬，无暇风花雪月，只交往了几天时间，就革命式结婚，组建起革命家庭。三姐妹有文化，求上进，模样俊，当地有名的三朵花，全嫁给了铁流雄师，成为一时佳话。当时就流传一个顺口溜：一个嫁给吴政委，一个嫁给政委王，还有一个小妹妹，直接嫁给参谋长。

闫玉才一到师司令部上任，就跟王政委讲陶载石的事儿。王政委说，陆岩军长把管弦乐团全部接收了，这开头的工作最难做，调几个骨干咱们必须支持。我听说小崔、小陶两个人配合很默契，工作开展得很好，这为咱二八七师争了光。小陶的事儿得等我见了陆岩军长，跟他当面讲，找别人怕也不敢做主。

机会很快就来了。王政委接到军长电话，说他在太原督军府安排了一桌饭，宴请三纵的老政委，现在十八兵团政治部的胡主任，叫他过去陪客。

这天是谷雨时节，快立夏了，暮春的微风已有丝丝暖意，太原督军府张灯结彩，像过年一样的气氛。两位大首长打完了华北最后一仗，心情自然很好。他们都是枪林弹雨二三十年冲杀过来的，彼此很了解，情谊很深厚，见了面话题也很轻松。

说话间，陆岩军长就说我请你看节目。于是，管弦乐团上场了，这是崔炳如和陶载石的队伍首次亮相。

乐队都拎着自己的行头坐定，他们穿的礼服还是阎锡山操办的。翟仙果最后上场，穿着依旧。那时没人关注这个事儿，因为陆岩军长、政委乃至所有解放军官兵，穿的服装全都是国军的，基本上都是战利品。当时发生过多起国军把国军当解放军打，或者国军把解放军当成国军，两个队伍走在一起，走着走着才发现不是一伙儿的，于是又打起来。

那时也不讲究报幕，一上来就是军乐《八路军进行曲》。几天前，演奏的人刚刚知道这个曲子已经改了名字，成了《中国人民解放军进行曲》。当然那时的人们更不会知道，这首曲子日后又改了名字，成了《中国人民解放军军歌》。

乐团四周站满了穿军装的人，别说管弦乐团演奏了，即使是这帮人手里拿的稀奇古怪的乐器，他们都是头一回看到。崔炳如和陶载石也默默站在旁边角落里，心里十分紧张，可能比场上演奏的人还紧张。

只见翟仙果沉着冷静，手里的指挥杖一举，再一举，像是突然拉开了闸门，所有乐器一齐发出洪亮的乐声，并且随着她的动作，发出激流奔腾，洪流旋折，溪流婉转，泉水叮咚，因为演奏的曲子是大家最熟悉的歌曲，但是形式却是他们从未见过和听过的，所以他们既为熟悉而亲切，又为陌生而欣喜。一时金鼓齐鸣，号乐震天，场面十分壮观，官兵大开眼界。

在演奏了三首曲子之后，十几个乐团的人放下手中的乐器，在后面站成一排。翟仙果转身立定，敬了一个军礼说：首长和同志们，我们刚刚参加中国人民解放军，这是我们的首次亮相。最后我们唱一首歌，歌词是我们团长崔炳如刚刚写的，曲子是大家熟悉的《游击队歌》。大家都是演奏乐器的，头一回学唱歌，唱得不好，请多批评。

于是团员们在翟仙果的指挥下，有继续演奏的，有站成一排唱的。歌词是：

> 我们文化工作者，给战士们送上鼓舞和快乐。我们都是解放军，文化也要战胜敌人。在前进的队伍里，高声唱着我们自己的歌曲。在每一个战场上，用歌声去迎接新胜利。没有管，没有弦，自有那敌人送上前。没有队，没有团，我们就整个搬！我们歌唱在这里，每一句歌词都是我们自己的。还要唱到全国去，坚决把革命进行到底！

这首自创歌曲，一段词唱了两遍，在座的官兵都听明白是唱了什么事儿了，全场笑声、掌声又起，经久不息。

只见陆岩军长和老政委直看得高兴，一会儿眼含惊喜，面露笑容；一会儿使劲儿鼓掌，十分振奋。

这场演出效果很好，陆岩军长接收了管弦乐团，一时成为当时趣闻佳话。全军指战员都受到极大鼓舞。从此军文工队有了大型军乐团，其中部分成员不久就被抽调到华北军区军乐团，又被抽调到北京，参加有250人组成的开国大典军乐队。此是后话。

王政委趁此机会跟陆岩军长讲了陶载石的情况，军长很满意，说咱们带的兵就应该能文能武，关键时刻顶上去！不过特务连的副连长，到文工团，还是可惜了点儿。好，我跟他们说，等工作平稳了让他回去吧。

第二十一章　烧鸡大窝脖儿

91

陶砚瓦啊陶砚瓦，兜兜转转，你小子还是到了我的手下！常行远一见陶砚瓦就笑着说。

本来准备回连队报到，结果团政治处值班室通知他到团政治处，找常行远主任报到，让他在宣传股报道组"帮助工作"。于是，陶砚瓦仍然以五连战士身份继续在机关干活儿。

有个说法是：战士怕单奔儿，干部怕扎堆儿。这句话在常行远这儿不灵光，他就对陶砚瓦这个小战士非常信任，非常放手。陶砚瓦每次提出去太原、石家庄、北京送稿子，他全部是爽快答应。非但如此，他还在一开始就主动嘱咐陶砚瓦：办完了公事，可以顺便回家看看老人，这让陶砚瓦好一阵激动。跟着这样暖心的首长，陶砚瓦工作很卖力，成绩很突出，连续两年荣立了三等功。到了常行远手下，真是陶砚瓦的幸运。

这天吃过晚饭，陶砚瓦刚回到宿舍，常行远就进来叫他说：走，出去溜达溜达。

于是两个人就沿着马路出了营房，又左拐走到通往139的铁道，再沿铁道旁边小路往北，到了139仓库站台上。二人一路聊着家常闲话，在那儿站定。陶砚瓦就说自己入伍就从这里下的车。常行远笑着说：不光你，还有我，咱们全团干部战士上万人，恐怕绝大多数是从这里下车来的。

小陶啊，你回了几次家，谈上对象没有？常行远终于问到正题了。

还没有，家里老人也总是着急催我。陶砚瓦说。

没有好，没有好。常行远一听陶砚瓦说还没对象，看上去很高兴。我叫你出来，除了跟你聊聊天，还有几个事儿：一个是问你有没对象，没有呢，我想给你介绍一个。怎么样？

好啊主任，谢谢您一直对我的关照，我个人问题您也关心。

我直说吧，是老太太相中你了。就是咱们团邹副政委家属，相中你了。他们家两个丫头，大的有对象了，准备把小的给你。

那不好吧！陶砚瓦一听主任口气，似乎他们都开完会了，现在是正式通知他，像是向他交代一项光荣任务。这让陶砚瓦十分意外，所以他心里立刻有了警觉，他没想清楚这件事情的厉害程度，所以也不知道自己应该怎么回答。最后他只能模模糊糊说：我跟人家还不认识，人都没见过，所以答应了是轻率，不答应是莽撞，都是对人家的不尊重。

不急，回头会安排你们见面。这事儿咱就先说到这儿。下面我再说下一个。你在政治处时间也不短了，干得也不错，连续立了两个功，中间也回连队入了党。但要继续进步，还是得回连队。所以，我已经跟你们营里说了，他们也欢迎你随时回去。你们五连现在是邵北平当指导员，他刚去了没几天，我也跟他说了你回连队的事儿，你是他带来的，听说还有点儿曲折。所以连队更没问题。你先把手头上的事儿了一了，有什么稿子也一一处理好，不着急，哪天弄好了再走。明白了吧？

明白了，主任。陶砚瓦知道早晚是这样一个结果，所以他心里并不意外。放心吧，我一定遵照您嘱咐办。

最后一个事儿，我先跟你说，机关里还不知道，上级通知我去军校深造，这一走可能得一两年，你心里有数就行了。我希望你到了连队一定好好干。

明白，主任，我一定不辜负您的教诲和期待。

92

  回连队这天，陶砚瓦早早把背包打好，吃过早餐就出发，朝王村走去。早春的风依然带着寒意，路边已经冒出来的小草，羞答答怯生生露出小脑袋，试探着和春天亲近。田野里可见春耕春播的农民，不停对着牲口吆喝。三里多路，一会儿就到了。他就先到连部去报到。

  王村早前跟山大附中有协议，每年安排学生来村里搞军训，大队部就专门打了10孔窑洞，一拉溜儿排在村东侧的打谷场边。平时没人住，五连的连部就占用了这排窑洞东头4间：文书、理发员、卫生员在10号窑；枪库在9号窑；指导员、连长、通信员在8号窑；副连长、副指导员、司号员在7号窑。

  "陶砚瓦！"背着枪站在10号窑洞门前的黄大贵，远远看到他，扬起手来一边喊着他的名字，一边还紧跑过来抢过他的背包。

  连里谁在？陶砚瓦问道。没人在，都上靶场打靶去了。黄大贵说。那你把我背包先放在这儿，我去靶场看他们打靶去。陶砚瓦说完，把背包放下，转身就朝靶场跑去。

  靶场是一个巨大的长方形，最北面是靶挡。靶挡就是一堵梯形的高墙，长约50米，高约10米，顶部有两三米宽，底部差不多有七八米宽。高墙两侧呈直角向南延伸了几米后，缓缓下垂于地面。这是陶砚瓦当新兵那年修建的，全靠人力用黄土堆砌而成，是他当兵期间最苦最累的一段经历。

  靶场里正在进行的是活动靶体验射击考核。这是根据总参谋部的训练大纲进行的。高高的靶挡前面，一个战士模拟敌人，举着侧身靶从堑壕左侧走到右侧，靶子露出地面，每次示靶25秒。射击者卧姿持56式半自动步枪，距目标150米处，每人弹仓内5发子弹，着靶后，举靶的士兵就晃动几下靶子，打中3发及格，4发良好，5发命中为优秀。

  陶砚瓦走到连队位置，分别给几位连首长敬礼。邵北平当然很高兴，但他只是笑了笑，说了声：回来好。连长和他握手时，也是说：好好。副指导员当年负责连队演唱组和鼓动组，与陶砚瓦接触最多，握手时不仅用力最大，还在他肩膀上拍了一下说：咱们又到一个战壕了！只有副连长鲁子浩，陶砚瓦刚要伸手去跟他握时，他却把手里的一支枪扔过来说：试一试！

陶砚瓦赶紧把枪接住，拿在手上掂了掂说：两年多没摸枪了。说完就要递给鲁子浩。没想到鲁子浩两眼一瞪说：给你是让你打哩，怎么？还是不是咱五连的兵？

陶砚瓦马上用右手握紧护木，枪托着地，呈立正持枪姿势说：好长时间没练了，怕丢人现眼。

五连是你娘家，丢啥人？鲁子浩拿出五颗子弹晃了晃，指着一个射击位说：这儿是你的，打！

不仅是陶砚瓦意外，在场的所有人都感到意外，一个个直勾勾盯着陶砚瓦。陶砚瓦知道躲不过去了，就说了声：是，副连长。说完提枪走到射击位置，左脚向前跨出一大步，他记得这一步应该跨得越大越好。然后左腿弯曲，右腿伸直身体前倾下塌，又记得是塌得越低越好。两眼注视前方，左手顺左脚方向伸出，掌心向下稍向右，按照左膝、左手、左肘、身体左侧次序着地卧倒，右手出枪，左手接握护木，两腿伸直，两脚分开，成卧姿无依托准备射击姿势。他依稀想起一个要领，就是必须让身体趴着舒服，而且是最舒服的状态。

鲁子浩在他身后递过子弹，他迅速压入弹仓，又想起一个要领：右肩、右腮必须抵紧枪托，让枪成为身体的一部分。之后便是调整呼吸，枪口对准左前方靶位，眼睛从缺口里面找到准星，再穿过准星对准目标。他把右手食指轻轻蠕动了几下，想起用它的要领，是沿枪管正直向后。因为目标是移动的，击发必须有提前量，好像是目标从准星左侧出现，刚跟准星接触上击发，而不能和打固定目标一样。这时，他已经看到目标开始出现了，他把呼吸放缓，食指开始预压扳机，目标即将进入瞄准点时，他停止呼吸，食指增加扳机的压力，就是刚才他预想的时刻，扳机扣下，随着耳畔一声枪响，子弹飞向目标。

陶砚瓦保持姿势，看着靶子晃了几下，听到身后有人喝彩，但他一动没动，当靶子又进入刚才位置时，又一次枪响靶晃，如是者一而再，再而五。身后的掌声和喝彩声，一次比一次热烈。

陶砚瓦从容收枪站定，向后转身，走到鲁子浩面前，把枪递给他。鲁子浩接过枪，在陶砚瓦肩膀上重重给了一拳，声音不高说：中！咱带哩兵！日他姐。

全是瞎蒙。陶砚瓦也偷偷回答一句。他转过身来笑了笑，脑子里闪过两个成语，当然他嘴里没有说出来。这两个成语是：

辕门射戟，匹夫之勇。

93

陶砚瓦入党之前，已经被任命为五连五班班长。当然他并未上任，五班另有班长。现在他回来了，连队重新进行调整，他仍回五班当了班长，还是当年的房东，和大哥大嫂互相热情招呼，说他们的三个儿子都长高了。

一晃三年过去了，跟陶砚瓦同年入伍的，大部分已经复员了，全连还剩七八个，除了黄大贵，全部都当了班长。黄大贵喂了两年猪，搞了一年生产，入了党，受到全连认可，成了生产班的副班长。年底征求他意见，他说还想继续革命，就照顾他留下来没复员。连里有两个比较优秀的，已经提拔为排长了。其他人包括陶砚瓦，说起来都是连队的骨干，但将来的命运，提干的希望犹存，复员回家的可能最大。

所以，陶砚瓦在外边连续立功，貌似风生水起，但与同年入伍的战友们相比，他入党最晚，如今回到连队，跟其他几个老班长站在同样位置，实际上是有一些尴尬的。在连队，他唯一的优势，是在师、团政治机关，以及喜欢看报纸的指战员中，有一点浮名。

问题就是这所谓浮名，其实是一把双刃剑。因为会有更多人欣赏你，但与此同时，只要你受到更多人关注和议论，必然会在你不经意间，产生一些对你不欣赏，甚至对你讨厌的人。

指导员邵北平刚来不久，在五连一共九名干部中，他的资历倒数第三，作为连队党支部书记，他必须履中蹈和，广结善缘。实际上比较弱势。连长资格老，军事专业精，人缘也不错，地位比较牢固。副指导员性本善良，嘻嘻哈哈，没有机心。鲁子浩文化水平不高，小学读下来就算不错了，但他心高气盛，爱憎分明，经常富有攻击性。其他几个排级干部，都很踏实敬业，性格上也没什么棱角。

突然有一天早晨，大家都感到气氛有点不对：干部们一个个都比平常严肃了，笑脸也都不见了，话也比平时少了许多，整个感觉像是遭了霜打的茄子。如果是一个人这样还不至于引起全连注意，看上去每个连首长，包括平时张扬惯了的鲁子浩，也是耷拉着脸，一副痛苦无奈的表情。想想他一贯的做派，那天的他陡然变换了画风，其实有一点儿故意装出来的意思。当然即使有人这样想一想，绝无可能有谁会真把这话讲出来。

很快，大家都发现连长没来吃饭，而连长昨晚还参加晚点名了呢！会不会是他突然生病了？或者有什么紧急任务外出了？

头一天工作照常，气氛依旧。没人敢问，也没人进行任何解释。一天过去了，两天过去了，三天四天都过去了。奇怪的是连长人不见了，但他的背包还在，一身干干净净的军装，还挂在他床头。

班长们开始还尽量忍着，等着总会有人出来给个说法。所以既不敢贸然去问，也不敢瞎议论。

似乎在第五天吧，终于等来了消息，团党委决定，五连连长转业，即日起，鲁子浩代理五连连长。代理了不长时间，团里正式命令就下来了，鲁子浩扶正，二排长提拔为副连长。同时连里决定二排工作暂由五班长陶砚瓦负责。

很快，鲁子浩的脸就阴转晴了，声音也洪亮了，对连里工作抓得也紧了，对排长班长们要求也严了，对战士们态度也温和了。陶砚瓦看到了他的变化，感觉他又回到当年训练新兵时的样子了。

于是就有零零碎碎、不清不楚的说法传到陶砚瓦耳朵里。大致是说老连长"搞破鞋"了，好像就是跟村里一个"破鞋"，住得离连部不远。

"破鞋"，曾经是那个时代的流行语，意即生活作风不好的女人。搞破鞋，就是出了这方面的问题。

连长搞了"破鞋"，当然是违反了军纪，难怪干部们个个跟着难堪。

至于那"破鞋"是什么人，什么家庭？他们到底做了什么？是怎么被发现的？双方承认了没有？结果是怎么处理的？最后背了个什么处分？等等，再没有半点消息。连长的背包和墙上的军装不知什么时候不见了，这似乎更加印证了之前的传闻。

有天傍晚，暮色还没降临，村子里的猪羊都归圈了。邵北平让通信员来叫陶砚瓦，说要找他随便聊聊。陶砚瓦就赶到连部，远远看见邵北平正站在窑洞那边等他。一如当年在陶村公社门口的场面。也是邵北平没等他走近，就挥手朝村口那边指了指，两人就溜达到那棵大柳树下，一个石碌碡上，并排坐下来。主要是邵北平在说话。

砚瓦你取得目前的成绩，完全出乎我的意料。我当然是很高兴。当初看你有文化，费心尽力把你带到部队，想让你分在步兵连队，是想让你进步空间会比较大。你现在知道了，我们陆军，步兵是主角，其他都是配角。你看咱们这些首长，几乎百分百出身步兵。把步兵这一套掌握了，再干别的都没问题。我自己就是一开始分到炮兵连，导致使用受到限制。就算现在来到步兵连队，也常常感觉力不从心。我当然没想到你会去师里、团里搞报道，而且还做出了成绩。现在你回连队了，这段时间对你很关键，你立的功得的奖可以帮助你进步，却也可能成为你进步的阻碍。你现在必须暂时把这些东西丢掉，你就是五班长，一定把这个五班长当好。今天找你聊一聊，也是因为我明天就要去军教导队学习，据说是要三个月。我不在这一段，你得把自己工作做好，其他事儿都暂时放一放，精力集中，别出差错。明白吗？

我明白了，指导员。陶砚瓦感觉邵北平就像自己的兄长。自己高中毕业，来到部队，第一位贵人当然是谷志奇老师，第二位贵人非邵北平莫属。

好，好好干，一定等我回来！邵北平深情地说。应该很快会有变化，应该能看到新的变化。

94

鲁子浩虽然文化不高，但他的警惕性非常高，眼睛、鼻子、耳朵异常灵敏。邵北平离开连队前，与陶砚瓦到大柳树下长聊的情况，很快被他掌握了，并且立即引起他的警觉。

因为邵北平临走之前，召集党支部委员开会，议题之一就是根据团首长指示，确定二排长提拔人选，正式上报干部股事宜。由于明摆着陶砚瓦在代理二排长，团里连续给他立了两个功，安排他回连队，意图很明确，就是要解决他干部身份，谁都知道陶砚瓦在机关干得再好，终究是五连的兵，必须回五连，才能解决提干问题。鲁子浩自认陶砚瓦是他带的兵，应该是跟他亲，所以在会上还踊跃发言，说陶砚瓦政治素质高，军事素质硬，是个好苗子，同意推荐云云。结果是全票通过，无一反对，最后当然是正式上报了。不光是正式上报了，而且已经通知，让陶砚瓦到卫生队体检，看来很快就要下命令了。

支委会上邵北平反复强调，会议内容比较敏感，一定注意保密。实际上鲁子浩早就想好等邵北平走后，他就找陶砚瓦谈话，让他心里有杆秤，知道谁跟谁好谁跟谁厚，提前打个防疫针。结果这一下让邵北平捷足先登了。邵北平临走没找别人，只找了陶砚瓦一个人谈心，肯定就是把支部开会情况私下透露给陶砚瓦啊！他自己先卖了好啦！

他也往好里想了：陶砚瓦是小秀才，邵北平是政工干部，政工干部喜欢小秀才，这是普遍现象。况且指导员马上要走了，陶砚瓦又刚回连队，两人谈谈心，交代一下工作，提出一些要求，加深一下感情，很正常。但是他反过来一想，二人要是确立了超出一般官兵关系的关系，也超出一般政工干部和连队小秀才关系的关系，那可就危险了。邵北平先他一步下手，把支部决定按自己意图转达，陶砚瓦肯定会感谢他，成为他的死党，甚至一辈子也改变不了，那可就没他什么事儿了！不行，还是得探听一下。

恰好邵北平不在连队，鲁子浩就装作漫不经心、随便拉呱，很快就从陶砚瓦老乡们嘴里探出了缘由：原来陶砚瓦是邵北平到衡水深州接来的兵，而且是用了非常手段接来的兵，是邵北平特殊关照、点名必带、给地方施加了影响和压力才接来的兵！鲁子浩知道了二人的真实关系以后，顿时倒吸一口凉气。心里骂了句：日他姐！

鲁子浩心里不淡定了。之前连队提拔干部，明着不说，暗里有一条不成文规则：推荐两个人选，就是连长推荐一个，指导员推荐一个；推荐一个人选，则看上次推荐情况，如果上次是连长推荐的，这次就由指导员推荐，反之亦然。鲁子浩本来是有自己人选的，而且也知道上次是老指导员比老连长多推荐一个，这次按说应该是连长推荐了。但鲁子浩刚刚上任，邵北平也刚来五连不久，如果一上来就跟邵北平扯这些，似乎不太厚道，陶砚瓦刚从团里下来，跟一直在连队的班长不一样，何况他也以为陶砚瓦是他鲁子浩的人呢！所以邵北平在会上介绍完情况，鲁子浩感觉也不是外人，率先表态让一让，一来显示自己风格高，顾全大局，关键也没便宜外人。没承想鲁子浩啊鲁子浩，你还自我感觉比别人聪明呢！你还自我感觉你对人家多么多么好呢！你再好，你能赶上人家那么好吗？你就是赶上了，你有人家好得早吗？你明明是种了别人的田，荒了自己的地啊。你就是个大傻蛋啊！甘心情愿让人家给了个大窝脖儿啊！日他姐！

他甚至又怀疑这次陶砚瓦突然回连队，一定是提前和邵北平磋咕好的，就是奔这个指标来的。可惜老连长走得仓促，没有机会和他交代清楚，就让邵北平钻了空子，安插了自己人。这些读书多的人，所谓有文化的人，都是看上去老实，其实心里小九九不少，你还蒙在鼓里呢，他已经暗下一城！如果这头一回先忍过去了，就是在邵北平面前认了输，我鲁子浩在其他人面前就算窝了脖儿了，以后邵北平回来了，再想扳回来，可就没那么容易了。

鲁子浩感觉自己刚上任就吃了一个大亏，落了下风，十分晦气，百分纠结，千分愤怒，万分懊悔。他一下子就把陶砚瓦划给了邵北平，直接成了他的对立面儿。好你个陶砚瓦，原来你小子隐藏很深啊，就算我这次放过你，以你们这帮子有文化的人，还不是照样瞧不起我这个大老粗！

这时的鲁子浩，已经打定主意，他从心里把陶砚瓦从"我带的兵"里踢了出去，把他看成了邵北平的人，看成了异己。他在五连多年，一直喜欢搞小圈子，经营小自留地。当副职时，就总有几个班长跟他是死党。如今当了连长，交代二三心腹，找一找陶砚瓦的茬儿，挑一挑陶砚瓦的刺儿，不过是小菜一碟。陶砚瓦的事儿，看起来生米下锅了，但是还没煮呢，还能略施小技，往他锅里扔个死耗子，或者干脆使出必杀技，从锅底下把柴火给他撤出来，让他陶砚瓦这锅夹生饭，没人吃，等着喂猪吧。

中国为什么抗美援朝，立国之战啊！他鲁子浩为什么要干陶砚瓦，立威之战啊！这事儿非同小可，弄成了，他鲁子浩在五连一战成名，邵北平也必然会灰头土脸。接下来的日子，看谁还敢挑战他鲁子浩的权威？弄砸了，顶多就是有点儿误会嘛，陶砚瓦也不像是能在五连长期干的意思嘛。

鲁子浩想好了，他既要往锅里扔死耗子，还要使出必杀技，来点儿狠的。他的必杀技，就是带着自己的人选材料，直接去找团里管干部的邹留德副政委。

周六晚上，邹副政委家刚吃完晚饭，鲁子浩嘴里喊了声：阿姨！就进门了。黄大贵跟在他后边，手里拎着个装大米的口袋，里面有两只宰好的鸡，还有28颗鸡蛋，都用旧报纸包裹得很严实。黄大贵不声不响，进厨房把东西放下，转身就出去了。

鲁子浩轻车熟路，从容自然，他直接进厨房把东西拿出来：阿姨啊，连队没什么好的，鸡是咱自己喂的，放心，我把账也付了。

小鲁子啊！你看，又带了这么多东西。好好好，我正要去买鸡蛋呢，这下不用了。谢谢你。副政委家属说着客气话，又低声说：老邹在呢。老邹！小鲁子来了！

邹副政委家属在营房储蓄所上班，模样长得特别像电影《朝阳沟》里的银环妈，全团官兵没有不认识她的，一提起"银环妈"，全都知道说的就是她。

邹副政委正坐在一个带棉垫子的椅子上，看《战友报》呢。自从他在这个报上看到陶砚瓦写的通信，并带回家跟家里人念叨，从而吸引起娘儿仨六个眼球儿重视之后，他就开始格外关注《战友报》了，总想着哪天再从报纸上看到陶砚瓦的名字。

这会儿鲁子浩直奔里屋。那邹副政委还在拿着报纸看呢。边看边想着自己从军多年，还没上过报纸，而邵北平当兵才几天，就已经上过报纸。他做的那些，也都是一个指导员应该做的，自己当指导员时，也不知做了多少类似的事儿。只是当然没有彝族兵，也就没有人会说什么"瓦吉瓦"。更重要的是也没人采访过我。当然采访了也不一定能上《战友报》。

小鲁子，坐。邹留德见鲁子浩来了，就指着旁边另一把椅子说。那椅子上也有一个棉垫儿，坐上去果然很舒服。

当年还是"文革"时期，邹留德到鲁子浩家乡带兵，当地武斗很厉害。十七八岁的鲁子浩已经在村里当民兵，胳膊上戴着红袖章，浓眉大眼，人很精明，就是上学不多。也有些群众反映他武斗积极，打伤过人，但当时他叔叔在村里掌权，极力保荐，出的证明没半点儿毛病，就把他带来了。如今看着自己带的兵当了连长，心里还是很有成就感的。

95

在鲁子浩的认知里，自己是邹留德带来的兵，所以就成了邹留德的人。既然是邹留德的人，就应该有事儿没事儿经常来邹家走一走，看一看。他也一直就是这样做的。他今天来邹家，就是要说陶砚瓦的事儿。他当然不知道有上门女婿这个茬儿，他如果要知道，一定会影响他的立场和站位。

在邹家人的认知里，管干部的副政委夫人出面，托了政治处主任，跟你小战士陶砚瓦交了底，你怎么能无动于衷？你得屁颠儿屁颠儿主动来府上报到啊！认门儿啊！尽管邹家是夫人主事儿，人人皆知，但你还没让小公主本尊过目呢！也没让大公认可呢！更没经名义上的户主邹留德点头儿呢！这些程序都没走，你提干的程序怎么弄啊？谁给你弄啊？

在陶砚瓦的认知里，谈对象兹事体大，让两个本不相识的人谈对象，起码要见个面儿，认识一下，然后再谈起来。没见面儿怎么谈？咱一个农村入伍的小战士，就算是提了干，在对方面前，也明显处于弱势。既然被你们

"看上了"，那就等你们发令吧：让上门就上门，让认识就认识，让谈起来就谈起来。这已经是一个弱者，所能保持的最后一点尊严了。

彼时在邹家，陶砚瓦是一个敏感点，一个非常热门的话题，一个十分矛盾又十分分裂的存在。在邹家人的印象里，陶砚瓦既熟悉又陌生，既高贵又卑贱，既亲近又疏离，既可爱又可憎。

恰恰在这个敏感时刻，鲁子浩来了。他正常发挥，事情也完全按着他的剧本推演。他先是在里屋跟邹一人谈陶砚瓦，邹一听是说陶砚瓦的事儿，就赶紧把夫人叫进来一起听，两个公主在门外偷听几句，也忍不住撩开帘子进来听。那鲁子浩一看首长家里竟然都爱听陶砚瓦的缺点毛病，便不免添油加醋，信口雌黄，满嘴跑起了火车。说这个兵虚头巴脑，人品不好，没别的本事，就是会耍笔杆子，会吹小喇叭。他在每个观点后面都插播小故事，净是些捕风捉影，张冠李戴，无中生有，凭空捏造。直到把几个女眷说得义愤填膺，恨不得立刻把陶砚瓦撕个粉碎，方才收住。

经过鲁子浩这一番骚操作，最后的结局就是，和陶砚瓦一起在卫生队参加体检的，别人的命令都下了，唯独陶砚瓦的命令没等来。他依然还是以班长身份，当他的代理二排长。这种参加了体检却没有被提拔的情况，是极为罕见的。确实像鲁子浩说的，弄不好就成了夹生饭，没人吃，喂猪吧。

陶砚瓦自己心里也不淡定了。他就想起近来遭遇，先是常行远去军校让他回连队，接着邵北平又去教导队，以至于他遭此重击，却又无处倾诉。他一时间突然感到整个世界都陡然变冷，只有他还只穿着内衣，并且是掉进了冰窟窿，也没有人能够过来搭救。

这段时间，是陶砚瓦平生第一次遇到至暗时刻。他蹒跚着前进，不知是哪里出了错，走着走着就落入了陷阱。原本想着要起飞的翅膀被骤然剪断，那把剪子操在谁手上？而自己究竟在哪里出错了，一切都茫然无知。

这时候，他也想到了邹副政委。常行远主任临走时说的话，自己虽然没有欣然答应，却也没有断然拒绝。按照常理，自己既然能够参加体检，说明基层推荐、干部部门审查都没问题。最后报到团里，有邹副政委在，他应该是出力相助啊。莫非他也遇到了难处，或者有更高的首长提出另外人选？好在自己仍然代理二排长，除非任命了别人，否则自己总还有一线希望。

想来想去，还是一肚子委屈，无处可诉，无人可助。战友们大都一如既往亲切如常，可他只能忍着痛苦，全力做好眼前工作。他无论如何想象不到，阻断他前行的，竟然是他的直接上级鲁子浩，当时就算有人告诉他真相，他恐怕也不会相信。因为他和鲁子浩没有任何冲突，也没有发生过什么不愉快。

突然有一天中午，团电影组的小张让人送来一封信，信纸叠成一个领带结状，就在这个领带结上写着：请交：五连陶砚瓦收。一见这清秀的笔迹，陶砚瓦就猜出是杨春写来的。

杨春自打陶砚瓦离开之后，一直比较关注他的情况，而且还通过几次电话。包括他在团报道组的情况，他回连队代理排长的情况，杨春都知道。当然参加体检没下命令这事儿，因为他自己也蒙在鼓里，事情也刚刚发生，还没来得及说。杨春在师里，也屡屡跟王科长、向春晖等人提起他，他们都曾多次说过同样的话：陶砚瓦要在就好了。

陶砚瓦在这个时候收到杨春的信，感受到非常温暖。赶紧打开这封信读起来：

砚瓦见信如面：

　　知你近况，也很焦急。我已经向王科长、徐主任、魏副主任等领导汇报，他们都对你目前境遇十分惋惜，而且都表态尽力把你调过来，以不使人才埋没。望你坚持信念，静候佳音。祝安好！

　　　　　　　　　　　　　　　　　　　　杨春即日

读着这封信，陶砚瓦的眼泪止不住落下来。

当时正值盛夏，晋中平原上到处是绿油油的青纱帐。这天是星期天，连队两顿饭，陶砚瓦吃过头一顿，心绪杂乱，就一个人来到村头大柳树下，看柳丝风细，草碧露浓，那个大碌碡上，空空如也，心里难免一阵悲凉。

陶砚瓦！听到猛的一声喊，回头看时，原来是八连的北京兵张国凯，他刚和陶砚瓦一起在卫生队体检，现在已经当上了团司令部作训股见习参谋。此刻他穿着四个兜的崭新干部军装，下面一个兜里还装着地图和别的什么东西，露出一个边儿，一副春风得意的样子。

说起这个张国凯，还真是跟陶砚瓦有缘分。第一次见他，是到他们八连采访。正赶上毛主席逝世，报道组长李广泰干事就布置了个政治题材，陶砚瓦就采访张国凯，说了一段话，也被李干事糅进稿子里了。李广泰干事亲自动手，在团招待所一个炮弹箱子上，写下了新闻稿《驻晋部队某大功团继承主席遗志，进一步以实际行动加强军事训练》新闻稿。当时就让陶砚瓦用复写纸复写了几份，分别邮寄给军地各大新闻单位。特殊时期，也顾不上送稿子，寄出去就听天由命吧。结果第二天早上，山西广播电台作为重要新闻播出了。当时陶砚瓦正跟着八连一起出早操，大家都连续多日沉浸在伟人逝世的悲痛中，气氛比较凝重，根本没人注意喇叭里广播了什么。只有这位张国凯，在出操的队列里喊了声：播咱们团呢！大家这才纷纷竖起耳朵，听见了后面的内容。

陶砚瓦清楚地记得，听张国凯一喊，他就往团招待所跑，报道组的办公室兼宿舍就在一楼两个房间。那天李干事早上没出操，他刚出房间，就看见常行远和陶砚瓦都从大操场赶过来。常主任一见他，就难掩兴奋说：小李子，你们干得不错，团长和政委早操都听到广播了，章政委还让告诉你们，咱们团还有一个集体二等功，二等功也叫大功，所以咱们以后再写稿子，可以叫双大功团！

接着几个月后，全团搞冬季野营拉练，报道组搞了一个《野营拉练快报》，白天分头去各营连采访，下午组稿加班刻印，晚上就发到各营连。常行远主任忙完团里的工作，有时晚上还到报道组，鼓励和指导《野营拉练快报》编发。张国凯曾写了一首诗，专门来找陶砚瓦，要求刊发，陶砚瓦就按程序报李干事审定后编发刻印，张国凯一趟一趟来看进度，终于把第一张抢到手就跑。陶砚瓦冲他背影喊道：这相当于肖华张爱萍的诗发在《解放军报》了啊！

国凯！陶砚瓦在这个时候见了他，也感到莫名的亲切和兴奋。你这是去哪里？

啊，明天军事干部集训，有个利用指北针测量坐标方位角的课目，我提前给他们布几个目标儿。张国凯说着，把口袋里的地图、指北针和小纸条掏出来，一屁股坐在碌碡上说：我现在把这四张纸条儿放在不同地方，他们明天先学理论，吃过晚饭之后，让他们带着手电筒和地图，按照坐标一张一张找齐，就算通过了。

张国凯说着，让陶砚瓦看：四张小纸条上分别写着"下定决心""不怕牺牲""排除万难""去争取胜利"。

啊，这很难吧？陶砚瓦问。你都放在哪儿？

也不算太难。我准备头一张就放这棵树上，找个树窟窿塞进去，别掉下来就行。第二张等会儿再找吧。张国凯问道：听说你怎么，虾米了？

对啊，你看你已经四个兜了，我这儿还是两个兜。

唉，我还是实话告诉你吧，我最近还真听说了，你这事儿可闹得不小。据说连章政委都惊动了，他找了好几个人了解情况，我个人感觉，应该说不定很快会有好消息。

是吗？我在连队什么都不知道。另外我还从来没跟章政委单独接触过。

你不知道最好，你也什么都别说，就踏踏实实干吧。不过有个事儿，我现在想跟你说了。什么事儿？咱俩可是真正老乡。啊，真的？你老家是哪个县？深县。哪个公社？陶村公社。哪个村？陶村。啊，你是陶村张家？你爸爸难道是张鹭洲吗？是。哎呀这可太巧了！那咱们可不是一般老乡，还是一个村子的老乡！你怎么早不说？

我早说了干什么？对你我有什么好处？弄不好是自找麻烦呢，因为咱俩都是有"原罪"的人。你的"原罪"是你太有文化，必然让有些人看着别扭，他们出自本能，对你进行压制。我呢，原罪是城市兵、干部子弟，也会有人看着别扭，对我找茬儿。至于打击你的人，找我茬儿的人，是张三，是李四，并不重要。我入伍比你还早，可入党都在你后边，提干更比你们这茬兵不少人都晚。咱俩情况还真是差不多，我甚至还不如你呢。

咱们这支军队，本质上是一支农民军队，战争年代，主要是在农村诞生，由农民组成的，包括抗美援朝时期，兵员补充是以翻身农民为主的。即使到1956年，有了兵役制，也是明文规定在农村征集适龄农民和初中生。第一是不在城市征兵，第二别说大学生，高中生都不征。直到1960年，蒋介石要反攻大陆，东南沿海战备，这才开始在城市和中专学校征兵。咱团武崇高、常行远他们，就是那个时期来咱们团的。1968、1969年以来，为了解决城市就业人口，从城市招收兵员比较多，即使农村来的兵员，文化程度也有所提高，军队也开始重视高学历人才。所以这样的兵员结构，必然造成农村兵和城市兵，文化程度高和文化程度低，这两种文化、两种观念，在一个大熔炉里碰撞磨合，冶炼熔合。既有历史原因，也有现实原因。

你看咱们团里的干部，几乎都是农村来的，都没念过什么书，全军都一样。所以毛主席总是号召军队学文化，号召知识分子要同工农相结合。结合好了，你才有出路，你结合不好，哪有你好日子过。战争年代好办，前面一个地堡，他拿不下来，你拿下来了，你就立大功，他就给你鼓掌。和平时期，没有这样的指标考核。具体到你，部队还是需要的，先硬着头皮熬着吧，估计早晚也会解决。但是你要注意，现在打击你的人，他们不是你的敌人，而是你的同志。你身上的长处，恰恰是他们的短处，反过来也一样，他们身上也有你缺乏的东西。将来你要留下来，都是一个单位的战友，还得处好这些关系。

张国凯一席话，完全是从另外角度和切入点，观察和分析问题。这让陶砚瓦既感觉新鲜，又很受启发。

最后，张国凯把嘴巴凑到陶砚瓦耳边，声音压得很轻说：你的事儿为什么政委会过问？陶砚瓦摇摇头说：我哪知道。我偷偷告诉你，我听到一个说法，你可千万保密啊，是你们五连有个班长，曾经当过章政委的勤务员，你肯定知道是谁，你就感谢他吧。咱俩悄悄说的话，包括咱俩是一个村儿的事儿，你可千万千万别跟任何人说，千万千万啊！

陶砚瓦马上就想起了七班长。他是北京兵，入伍比陶砚瓦早一茬儿，新兵连结束后分到连队，没多久被管理股长挑走，给政委当了一年多勤务员，后来他自己要求回了连队。因为不在一个排，跟陶砚瓦接触并不多。但毕竟同在一个连队，一口大锅里吃饭，低头不见抬头见，彼此目光一碰，就能互相洞见心灵，脾气相投，也不必需要太多语言。

96

那天邹留德一上班，就听人来叫他，说章俊政委找他。他像往常一样，带上笔记本，来到政委办公室。

章俊老家是武强县的，他在家念过书，是1947年解放石家庄之前入伍的。那时八六一团的番号，是晋察冀军区三纵七旅21团。他随部队参加了三战保北、石门攻坚、强攻新保安、合围北平、保卫西柏坡等战斗，锻炼成为我军优秀的政工干部。据说"文革"中他曾奉命去北京大学"支左"，凭着扎实的理论功底和出色的口才，在知识分子成堆的地方，也颇得好评。

进门先坐下，就听章俊政委说：留德同志啊，有个事情我找你问问：听说咱团报道组那个小陶儿，这次参加体检了，最后没下命令，是怎么回事啊？

啊，是有这回事。邹留德不慌不忙地说。这个小陶儿从机关下去以后，暴露出一些问题，主要是居功自傲，上下关系没处理好，连里对他的使用分歧很大。我听说以后，找干部股说先把他放一放，了解清楚以后再说。

啊，我也听说一点儿情况。说五连鲁子浩找过你，反映小陶儿的问题。说这个鲁子浩在会上表态很积极，可下来又找你告状，而且回到连队，还对别人说他来找你告状，一状就告准了，给了小陶儿一个烧鸡大窝脖儿等等。咱们团党委的干部工作是很严肃的事情，岂能当成儿戏。我作为党委书记，听到这些反映，感到脸上发烧。你怎么想啊，留德同志？

哎呀我听您这一说，脸上也发烧啊，我不光发烧，我很惭愧啊！邹留德心里慌乱，舌头也不大听使唤了：我要狠狠批评鲁子浩！太不像话了！我现在去干部股，看看他们有什么新情况没有，下一步有什么考虑没有。

留德同志啊，最近还有一些反映，说你家属喜欢参政，你又耳朵根子软。另外我隐隐约约记得，是不是常行远说的？我记得也不大清楚了，好像是说你家属看上这个小陶儿了，要选他当上门女婿。当时我想这也是好事儿啊！怎么跟放电影似的，不但这上门女婿没当成，竟然还影响小伙子进步了？我当然不会干涉同志们的家事，但千万不能把家事和公事搅和在一起。这样在干部队伍中影响很不好。出现这个情况，我跟团长碰了一下，你先把家里的事儿理理清楚，手头儿的干部工作，就交给老赵负责吧。怎么样？

可以，可以，我听从组织安排。我现在就去找老赵交代工作。

邹留德这表态很干脆，说完故意愣了愣，想听听政委还会不会再说什么，比如会不会挽留一下，然后再站起来走。可偏偏这时候，政委桌子上的电话铃声响了。他就坐着没敢惊动。只见政委拿起话筒：

喂！啊我是，啊魏副主任你好，你有什么指示？啊对对对，陶砚瓦同志还在连队。师机关需要他？好啊，不过我想说句话，他还是我们准备使用的骨干，师里如果能把他提起来，我们就放他；如果你们只是临时借用，提起来有难度，那我们就不放他了，我们就自己提起来用了。啊，干部科调整了名额？可以提他？那好啊，我们没意见，给师里输送人才，越多越好啊，这是我们的光荣啊。好好，马上通知他，明天报到。

政委放下电话，抬头看了看邹留德，说：你看咱们这个小陶儿，是个香饽饽啊。可惜他要走了，我还从来没有机会跟他好好聊一聊呢。

唉，我也是。邹留德面色很尴尬地说。他感觉政委没有挽留他的意思了，只好站起来朝外走，心里偷偷骂了声鲁子浩：这个小兔崽子，可怜我一世英名，毁在你手上了。还有我这个婆姨，整天叽叽喳喳的，这下踏实了，竹篮子打水——一场空。落这个结果，不是陶砚瓦，而是我邹留德，来了个烧鸡大窝脖儿！

第二十二章　狗日的飞机

97

还没等王政委、闫玉才参谋长、八六一团吴力耕政委三位新郎官的蜜月度完，二八七师就停止休整，于6月17日从祁县出发了。他们是在军编成内，奉命随兵团进军大西北，配合西北野战军执行作战任务的。

部队经平遥、介休、临汾、河津，由禹门口西渡黄河，进入陕西境内。7月5日，进入高陵地区集结。参加了扶眉战役之后，开始了对胡马残匪的千里追击。沿西安至兰州的公路西进，8月19日，在兰州以东强攻十里山，歼灭马步芳王牌军一个团，之后乘坐缴获的汽车、战马，直捣兰州城。城北的黄河铁桥被友军占领，退路已断，残匪全线崩溃，军官竟强迫士兵成建制跳入黄河，妄图泗水逃命。结果浮尸连片，不少师团军官也被波涛吞没。

之后是乘胜追击，直驱宁夏。先打了枣林堡追击战，又在高家滩渡口歼敌一个团，兵锋逼近银川。在强大压力下，敌81军于9月19日在黄河滩签字，完全接受和平解决的条件举行起义，听候整编。23日，解放军开进银川，25日，新疆的国军也通电起义，西北全境解放。

管弦乐团着实热闹了一阵子，很快就被兵团盯上了。而且马上就来了挑人的人，弦乐、管乐、鼓乐都有被挑中的。列了个名单，给机关一报，最后还到了陆岩军长那里。军长说：上级要人，咱们无条件提供。于是哗啦一声走了一批，而且还都是业务上冒尖儿的。这次进军大西北，管弦乐团再次缩编，弦乐基本上砍掉了，只留下军乐部分，所以名字干脆就改为军乐团了，人数只有20来个，在崔炳如、陶载石、翟仙果三人率领下，一路跟随军部到了银川。他们的工作主要是政治工作，真正演出的任务并不多。因为敌人一听是华北大军来了，都不敢正面迎战，基本上就是望风而逃。所以部队每天都在行军，千里追击胡马，追上了就打，一打即溃。很少有停下来的时候，只要停下来休整，就会安排几场演出。

他们因为有乐器，有女同志，又是军部的非战斗人员，所以有时背背包行军走路，有时搭个顺风车；有时安排到基层部队体验生活，三五天，十天半月都是有的，不过在陶载石看来，也得算是蜻蜓点水，意思意思而已。但尽管这样，崔炳如、翟仙果等女同志，脚上都磨了泡。崔炳如一瘸一瘸的，紧咬着牙，脸上一直往下淌汗。翟仙果倒是看不出来，健步如飞的样子。崔炳如偷偷对陶载石说：她脚上的泡更厉害，流的血都把袜子和肉粘连在一起了。陶载石说：可能山里的孩子皮实。

这点儿苦对陶载石来说，根本算不了什么。他从当兵开始，就跟着闫玉才过走路的关，过挨饿的关，过不怕死的关。这些对他以及连队里那些士兵，根本就是普普通通的日常，云淡风轻的生活。像这样没有作战任务，安安稳稳，没有仗打，对于陶载石来说，感觉更加不舒服。特别是看着战斗人员忙忙碌碌，听着各路大军不断传来胜利消息，他心里越发不自在起来。

有一天，他对崔炳如和翟仙果说：不打仗，真难受。

二人听了，都大笑道：我们早看你浑身不自在，没着没落的。早想着回你们特务连了吧！

当初因为是崔炳如工作压力大，张鹭洲就多了句嘴，说陶载石会吹笛子，于是经过推荐，还真把陶载石弄到了文工团。听说他现在其实不开心，老惦记着回作战部队，张鹭洲心里总觉得有点儿对不起陶载石。

好在陆岩军长也知道了陶载石的事儿，并且同意放他回去。政治部主任就说正好要跟着进军大西北，文工团有个军事干部非常重要，等稍微稳定一下再放他吧。好在银川、新疆都这么快解放，从此华北无战事，西北也没大仗了，所以他就想起来陆岩军长的交代，给文工团通知，让陶载石把这边工作尽快交代完毕，即回二八七师八六一团特务连任连长。

听说陶载石要走，崔炳如知道事情的原委，虽然也有些不舍，但更知道孰轻孰重，所以看上去很平静。但翟仙果听了特别不高兴，她耷拉着脸说：刚待了一个多月就走，根本就是个不着调的。他真要走的话，我也不干了！说完这句话，转身就走了。

这下可是大出崔炳如所料。她赶紧去找陶载石，说你这么走可不行，你必须解决翟仙果的问题才能走，不然你撂下个烂摊子，我去找陆岩军长把你要回来。陶载石说，好，我再找她谈谈吧。

他叫上翟仙果，说出去走一走，聊一聊。两个人就相跟着，出了临时住的地方，朝黄河大堤上走去。

98

银川的秋天格外美丽，据说是一年中最美丽的时节。黄河水还是清的，远远望去恰似一条白练，从南天抖开来，沿着贺兰山东麓一直向北飘去。银川就坐落于山河之间，有山之庇护挡住西北风沙，受河之润泽得以丰饶富足。山间、河岸都生长着一片片林子，由于秋之垂顾，青绿中泛起金黄。站在高处朝远处望去，四野的庄稼都快熟透了，不时能看到巡秋的农民，手里拿着家伙，在田间游走。要收割了，高粱穗子像红色的火苗，蹿来蹿去，不过它既点不着地，也烧不着天，只是烤熟了庄稼人对丰收的希冀；玉米雄穗也想学高粱穗子，一直朝上蹿，蹿来蹿去，总归不入庄稼人法眼。它们虽然身处高位，但不挡饥不挡寒，尽管长势再好，招摇得再显，也只是个陪衬，真正的主角在它们下面，那一个个硕大的玉米棒子，颗粒都十分饱满，裹在身上的一层层绿装，像是正在长身体的孩子，还穿着以前衣服，绷得紧紧的，都快要装不下了。使得每个棒子顶上的须毛，都像骏马头上的鬃，雄鸡头上的冠，虽然没长在秸秆最高处，却也是将军腰上的弓袋或箭壶，在阳光里潇洒，在风雨里张扬。虽然最终也是无奈地散落，但依然从憋了很久的嘴巴里，訾出长长的，由粗向细的呐喊。

两人沿着一条干涸的小河沟，一直往前走。开始谁都没说话，各自想着自己心事。

你根本就看不起我这样的人，还要找我谈什么？竟然还是翟仙果先开了口。

翟仙果同志！陶载石十分严肃地说：革命不是请客吃饭，不能想来就来，起走就走。

反正你再说什么我也不信了！翟仙果说完这句话，两行热泪就流了下来。

你怎么还哭上了？陶载石急忙转过身，想过去哄一哄，可又不敢冒昧碰她，只是站在她身边，一副慌里慌张、不知所措的样子。嘴里还叨咕着：你怎么哭了？你哭什么啊？是我态度不好，是我不对。

你承认是你不好？翟仙果抬起头，两眼泪花花地望着陶载石问。

我承认，的确是我不好。陶载石诚恳地说。我真的没想到你会这样重情重义。

你应该能想到，你必须能想到！翟仙果一边说着，一边站起来，一把搂定陶载石，头紧贴在他脖子上，哇哇大哭起来，嘴里还说着：你不能走，你别走，你要走了，我怎么办啊？我真不想让你走啊！

陶载石大感意外。在他的记忆里，娘死得早，从小到大，一直到今天，还从未有过一个女人，更别提年轻女人，一个大姑娘，跟他有过肌肤之亲，而且还搂得这样紧，这样把他当亲人，当知己，当成具有某种特殊关系的人来依靠，来倾诉，特别是现在正在为将要跟他分别哭成一个泪人。

陶载石被深深感动了。他知道这个姑娘也是命苦，也是娘死得早，也是跟着父亲长大，其间要承受多少痛苦，多少无助。从她身上，隐隐有着自己的影子和命运。念及此，他竟然也止不住流泪了，而且也哭了，甚至越哭越厉害。连他自己都不敢相信，自己眼睛里怎么突然就流出泪水，吧嗒吧嗒滴在翟仙果脸上，接着就哽咽起来，抽泣起来，甚至哭出了声音。他知道在女人面前这样子很丢人，很没出息，但是他的眼泪、他的呼吸、他的大脑，甚至他的双手都已不听自己使唤，他已经把翟仙果搂得紧紧的，似乎他更害怕一松手，翟仙果就会离他而去。

倒是翟仙果先止住了哭声。他抬头看着陶载石，看着他痛哭流涕的可怜样子，一下子就唤醒她心里与生俱来却蛰伏日久的母性。她伸手擦拭着陶载石脸上的泪水，像一个大姐姐在照顾小弟弟。嘴里说着：不哭了，咱不哭了，咱都不许哭了。一边说着，还一边用手轻轻拍着陶载石的肩膀和后背。

陶载石从来不哭，在张鹭洲印象里，他好像从来没哭过，他根本就不会哭。无论受了多大委屈，也从来没见他哭过。可现在，在贺兰山下，在黄河之滨，在野地里，在女人面前，他竟然管不了自己情绪，把20多年的隐忍和无奈，瞬间释放出来，倾泻出来！由于憋得太久，这猛个扎地一释放，一倾泻，就一时难以收住。翟仙果完全止住自己哭泣，认认真真哄了半天，甚至反复说：好了，我不走了，我好好干，我听你的话。结果陶载石听了这些话，更加伤心难过，哭得更厉害了。他把头扎进翟仙果怀里，又羞愧，又委屈，又无奈，又自责。

本来应该是陶载石来做翟仙果的工作，现在突然调了个个儿，倒成了翟仙果在做陶载石的工作了。她不忍看陶载石伤心，这会儿只想着哄他，安慰他。眼看哄也哄不住，安慰也没起作用，她竟然不管不顾，对准陶载石的嘴亲起来，还把自己舌头塞了进去。

管理陶载石哭泣的那个按钮终于被翟仙果找到并关上了。她给他尝到了人世间最美的滋味，那是能让人战栗、让人晕眩、让人销魂夺魄的滋味。这个滋味一经品尝，就容易让人产生错觉：你刚刚尝到的，仅仅是一点点，接下来应该还有更美好、更诱人、更销魂、更令你心旷神怡的。而且你的每一次好奇，每一次勇敢，每一次向前，每一次突进，确实没有让你失望，总是能够满足你的全新感受，从而激励你更大胆、更奋进、更使出全部心力，去探寻、去尝试、去征战、去拼搏。

陶载石不哭了。他已经被一种神奇的感觉降服了，他只想继续，继续，继续。

翟仙果一边顺应地配合着，一边轻轻地挪动着双腿，慢慢地进入了旁边的玉米地里。她鼻腔里发出弱弱的呻吟，那是一种被爱怜、被需要、被征服、被宠幸的表示，是一种甘于奉献身体、甘于忍受蹂躏的声响。这肯定更让陶载石得到鼓舞和激励，从而更加迷恋和沉醉。

翟仙果也得到了同样的鼓舞和激励。她的心灵和他的心灵已经接通，她的身体和他的身体已经联动。她和他同时躺在玉米地里。翟仙果撩开自己上衣和肚兜儿，拿起陶载石的手放在自己胸口，对陶载石的耳朵轻轻说：我喜欢你，我现在就把我身子给你，我把我一切都给你，我让你永远都忘不了我！

陶载石已经被她熔化了，她的声音、她的身体、她的表白、她的勇敢，她裸露给他的一切。他必须回报她的信任和给予，必须满足她的要求和渴望。他们二人用傻傻的青春，用纯纯的爱，在山风河浪的天籁般交响伴奏中，完美演奏了一段他们首度合奏的乐曲。整个节奏是雄壮和明快的，全部旋律是优美和昂扬的。这首乐曲梦幻而天然，谲诡而朴拙，一气呵成，十分默契，恰如黄河之水天上来，奔流到海不复回；浑似贺兰晓望风云入，紫塞秋深鼓角行。

蹚过女人河的陶载石，看着赤裸着身子的翟仙果，正在摆弄着刚从他身上取下来的那支笛子。

这是什么？翟仙果指着笛孔上和笛膜处的东西问。

啊，那是保护笛子和笛膜的。陶载石脸唰一下子红了。

不对，我从来没见过有笛子上套着这种玩意儿。

啊，这是一个美国兵给的。

美国兵？他们根本就没有笛子，怎么会给你这个？

唉，是我朝他要哩。

那它本来是干什么用的？

是他们军队上发哩。陶载石无奈，只好拿着这个东西，在自己身上比画了一下。

翟仙果的脸也红了，嘴上说：美国人真坏，给当兵的发这个，这不是鼓励干坏事儿吗？哎呀坏了，你既然有这个，为什么刚才不拿出来？翟仙果责怪一句，又说道：刚才可别怀上小宝宝啊！

是啊，那怎么办？陶载石也开始担心。

怀上了好啊,我就把他生下来养着啊!

陶载石看翟仙果刚才说话的样子,不仅没有生气,反而洋溢着幸福和甜蜜。

你吹一个,我想听。翟仙果说。

那你也吹一个,我也想听。陶载石说。

唉,好长时间不吹了。再说谁像你,随身带着。

整天行军打仗,我也很少吹。

崔指导员说明天晚上要开个会欢送你呢。咱们合作一回吧?

好啊。陶载石又把翟仙果揽入怀中:你这么信任我,我绝不辜负你,都听你哩,包括现在……

真听我的?那再来一次。

回到驻地,崔炳如问:谈得怎么样?

还不错。陶载石说,多云转晴了。

我发现还真是,只要你出面,她就乖乖的。

你说得对,我告诉你,她已经是我的人了。

崔炳如先是惊讶地张大嘴巴,然后朗朗笑道:这个结果更好。

<h2 style="text-align:center">99</h2>

因为银川没打就和平解放了,情况跟解放北平差不多,二八七师于9月23日进入银川城内,没几天就奉命出城,到大、小坝地区及其以北的贺兰山,继续肃清残匪,并抽调一批干部帮助地方建立政权。

崔炳如就问翟仙果:你要不要考虑到地方工作?

你们又不要我了?

怎么又?还有哪回?

你们刚打进太原,一开始就是说不要我们呢!

啊,你还记仇了?

不是记仇。俺是觉着参加革命晚，又没有任何功劳。

别这么说。共产党的政策向来是革命不分先后，政治上都是平等的。

你真要征求俺意见，俺坚决不离开队伍。

知道了，况且心里还装着小石头呢!

10月1日，北京举行开国大典，部队在各自驻地集会，与当地群众一起欢庆中华人民共和国的诞生。文工团可有的是任务了。陶载石和翟仙果也有了几次上台合作的机会。在当时条件下，人们都沉浸在欢快中，也没人去真正计较演奏水平。

二八七师师史里记载着：当时军民欣喜若狂，心情澎湃，振臂高呼，口号声响彻云霄，震撼着黄河，回荡在贺兰山谷。

军乐队在银川期间，按照崔炳如的安排，为陶载石开了欢送会。崔炳如还当场宣布了他们二人的新关系，还高兴地说她自己以后要改口了，得叫翟仙果"嫂子"。于是所有的人都说跟她保持一致，全部改口给翟仙果叫嫂子。翟仙果笑得合不拢嘴，说我还没过门呢，你们谁都不能改口！但是全体队员却整齐高喊了三遍：

翟嫂子! 翟嫂子! 翟嫂子!

在大家的热烈掌声里，陶载石和翟仙果又一次合作，吹了《解放区的天是明朗的天》《走西口》两个曲子。赢得阵阵掌声和欢呼声。紧跟着就有人起哄说：我们见证了你们合作演奏曲子，就当是见证了你们的婚礼！总之必须从今晚改口了！同志们同不同意？所有人都喊：同意！

崔炳如就笑着说：咱们解放军连打胜仗，把长江以北全部解放了，长江以南也只剩少数几个地方了，现在咱们新中国也建立了，难得喜事这么多，而且还都这么重大！既然同志们都热情支持，共同祝福陶载石和翟仙果，我临时提个建议：干脆咱们就举行个简单仪式，你们今晚就入洞房吧！

所有人又高喊了三遍：入洞房！入洞房！入洞房！

崔炳如说：咱们是革命军人，不能马虎行事，哪怕一个小小的仪式，也得正式举行，回头我再向机关和首长们报告。你们两个人先站在这里，首先给毛主席、给国旗、给军旗鞠一个躬，好；再给你们家乡的亲人们和在座的同志们鞠一个躬，好；最后你们两个人互相鞠躬，好。现在我宣布，陶载石、翟仙果两位同志正式成为革命伴侣，你们已经正式结婚了！你们可以入洞房了！

马上有人喊：不能走，先亲一个！

当然就是跟着起哄地喊：亲一个！亲一个！亲一个！

正当大伙儿热闹的时候，崔炳如接到通信员送来的信，是张鹭洲写的，说明天上午他一大早赶到西花园机场，那里有咱们缴获的飞机，你千万别让陶载石上午走，你一早陪他先到机场去，咱们一起看完飞机，再一块儿送他走。而且我还联系好一辆车，他们刚好要去大坝那边给二八七师送给养，陶载石可以搭他们车走。千万千万！明天见面再说。

崔炳如知道，张鹭洲一直为当初推荐陶载石到管弦乐团而内疚，他肯定想找机会补救一下。明天应该就是这个机会。于是她就想，正好带上翟仙果，他们四个人，正好两对儿，一起高兴高兴。

第二天跟大家道别以后，吹长号的小阎和吹巴松的小赵，一直背着陶载石的背包往前送，最后说也想跟着一块儿去看看飞机。那时候绝大多数的人，只能仰着脖子看天上的飞机，都没有见过停在地上的飞机。如果能离近了看一看，走过去摸一摸，再能进到里面去瞅一眼，那可是梦中场景，莫大的幸运啊！

他们住的地方离机场只有几里地，年轻人腿脚利落，一会儿就到了。岗哨只允许陶载石、崔炳如和翟仙果三个人进去，把小阎小赵挡在了外面。两个小伙子说，你们进去吧，我们在那边高岗子上，远远看也一样，等你们出来以后，咱们再一块儿回去。

这个机场十分简陋，首先它的地势低洼，每年三四月就会因地下水过多而"翻浆"，机场就只能停运。夏秋季暴雨多时，跑道上就浸满积水，连候机室也曾被积水没过膝盖。其次它的跑道是用砾石铺就的，航站楼没有导航灯，晚上只好使用马灯来代替导航灯。

他们已经清楚看见远处停着的几架飞机了。一看就知道是飞机，但它们的模样、形状、大小甚至颜色却有很大不同。就像看到完全不同的狗一样，它们应该是不同的品种吧。

　　张鹭洲已经到了，老远就对着三个人招手。等走到跟前，他先跟陶载石握手，并说：辛苦了，祝贺新婚！再跟翟仙果握手，说：嫂子好！嫂子很漂亮！我很喜欢！一句玩笑话把翟仙果羞红了脸。最后朝崔炳如伸过手去，崔炳如嗔道：当我的面儿夸嫂子漂亮，还喜欢人家，不跟你握手了！翟仙果说：刚在俺们山西待了几天，就学会吃醋了？一群人都笑了起来。

　　那边就有人喊：张参谋！电话！张鹭洲一边答应着：来了，来了！一边往航站楼里跑去。

　　一会儿工夫，张鹭洲陪着二十来个人从航站楼里走出来。为首的是一位戴眼镜的，张鹭洲给三个人介绍他叫梁岩，是兵团的参谋。说三个人都想进飞机里面看看，请他关照。梁岩脚步没停，很爽快答应说：好，一起走吧。张鹭洲转身对三人说：你们就跟着梁参谋，他怎么安排都听他的就行。我刚接电话，让我赶紧回去，就对不起了，以后咱们再一起聚！去大坝的汽车我说好了，一会儿他们会过来在大门那儿等。再见吧！

　　三个人都说：好，我们知道了，你赶紧忙去吧！

　　三人就跟上前面的人们，一起朝一架停着的飞机走去。梁岩很兴奋的样子，他指着前面一架比较大的飞机说：咱们要去看的，就是这架美制C47运输机，它5个发动机，1000匹马力！有劲儿！外号叫"空中火车"，咱们这帮子人全上去都没问题！旁边那些都是战斗机，拉不了人。咱们解放军现在有飞机了，也有飞行员了，马上就要成立空军了！哈哈哈哈！

　　走近了可以仔细观看，飞机周围站着持枪警戒的士兵，飞机的机身、机翼上，国民党的青天白日徽章十分醒目。舱门口有个穿着空军军官制服的、长得尖嘴猴腮的人说：你们来了这么多人？梁岩先对跟他来的人介绍说：这位是于昭机长。又对那个于昭机长说：我们都是土八路，都没见过飞机，都想过来看看，看看就走，很快的。那机长笑道：直接上里面看吧，不收费的。梁岩就说：好，大家别急，一个一个上，在里面只许看，不许摸！也不许乱问！看完赶紧下来。

　　于是就开始参观了。舷梯不宽，大家只能鱼贯而上。里面其实也不大，前面驾驶舱可容二三人，后面是货舱，靠窗处设置了十来个可折叠座位，舱里空荡荡的，估计最多可容二三十人。

那个叫于昭的机长陪着梁岩进了机舱，并且直接进了驾驶室。他指着一些仪表和手柄说：你们看看，飞机这东西实在是太过娇气，应该是天天保养才行。这不才几天，淋了场雨，外面就有地方生锈了。这里头的问题更大，各种零件更娇气，再不及时保养，马上就全部报废了，那可就别想再飞了，它上不了天了！正好你们来了，我还得实话实说，光做做保养也是不行的，必须把机器都打着了，上去转一圈两圈，才能保持它的各项性能。你们陆岩军长对我们这么好，亲自请我们吃饭，还让我们住招待所，这样信任我们，让我们直接加入你们空军，我们不讲实话真对不住各位长官。这不，我们机组六个人全来了，必须把这架飞机弄好。油箱里油也不多了，但是上去转一圈问题不大。只是……

嗨！既然你话都这么说了，那干脆今天就转一圈儿！梁岩果敢地说。

那好。请稍等，我还得再看看有没有什么问题。那军官说着，就一一问询手下那五个人，其中有个人就说：问题倒是没什么大问题，就是现在飞机的油太少，人太多，已经超载了，一会儿要打开飞机的全部设备，就会产生比较大的电流，这么多人难免会导致有人触电。梁岩就问：可以容纳几个人？那人回答：除机组人员外，飞机上只能再保留三个人。

梁岩转身看了看于昭，于昭耸了耸肩膀说：确实是这样。梁岩就对一个军官说：李连长，你留下，你们高炮连的其他人就都请下去吧。那个李连长就说：好，大家都下去吧。

梁岩又对陶载石说：张鹭洲说要关照你，那两位女同志……

我们下去。崔炳如没等他说完，就抢先表了态，拉着翟仙果下了飞机。

现在飞机上除了机组的6个人，还剩下4个人：梁岩、高炮连李连长、陶载石，还有一个应该是军司令部的参谋，姓魏，说是梁岩的朋友，但从头到尾一言不发，只是跟着看。

梁岩往副驾驶员位置一坐，说行了，多一个就多一个吧，没事儿。

好，请大家绑上安全带。看来于昭是接受了，他一边嘱咐着，一边坐在了主驾驶位置。他旁边除了梁岩，还坐着一个他的机组人员，那人帮着梁岩绑上了安全带。

货舱里面，四个机组人员分坐两侧，那个李连长和魏参谋坐一侧，陶载石坐在另一侧。

飞机发动机已经发动，在低沉的轰鸣声中，机身开始向前滑行了。陶载石从窗口往外望去，清楚地看见翟仙果和崔炳如站在不远处，向着飞机招手。

随着轰鸣声越来越大，飞机也越开越快，越快越颠簸，突然不再颠簸了，感觉应该已经离开地面了。

这时飞机开始做起了危险动作，货舱里四个机组人员早有准备，个个安坐如山。其余三个人可就开始头昏脑涨，天旋地转，四肢瘫软了。这时驾驶舱门突然被撞开，梁岩被里面的人连摔带滚扔到了货舱，那人跟着冲出来，把显然已经昏迷的梁岩死死摁住，干净利索地捆了起来。几乎在驾驶舱门被打开的同时，货舱里四打三，也很快毫无悬念地结束了战斗。

说是战斗，双方有一方毫无防备，又基本丧失反抗能力，而且人数也处于劣势，还是在正在飞行的飞机里这个特定环境下。即使是身经百战的陶载石，也不敢贸然行事，也调整不到战斗状态，整个过程就一分钟左右吧，他的手脚也被死死捆住做了俘虏。

四个人排成一列，都被捆在货舱的椅子旁边，半躺半坐着，样子十分狼狈。另一侧坐着机组的五个人，于昭仍然在驾驶舱，得意地奸笑着。他们机组六人阴谋实现，取得完胜，一扫登机前谨小慎微、毕恭毕敬的猥琐模样，一个个张狂起来，大声喊着：我们赢了！一个多钟头成都见啦！哈哈哈哈哈哈！

四个被捆的人，身上的枪早被人家缴获。都是头一回乘坐飞机，正常情况下，都可能会有诸多不适，更别说面对突然进行偷袭的阴险狡猾的敌人了。

梁岩这时已经醒来，他扫了一眼对面的五个匪徒，冲着驾驶舱大喊：于昭！你太浑蛋了！

于昭一边驾驶着飞机，一边哈哈大笑，唱道：我只说借刀计将他瞒过，故命他聚铁山去把粮夺。又谁知诸葛亮藐视于我，必须要生巧计将他灭却。

梁岩又喊：别唱了！你烦不烦！

姓梁的，你们四人现在已经被国军俘获！劝你们赶紧转换身份，省得皮肉受苦！咱们毕竟算是有缘，你们赶快报上自己名字、职务，我们也好邀功求赏。国军对待俘虏，可没你们那么客气！别说陆岩军长了，恐怕没有任何人会请你们吃饭，还让你们住招待所。你们做梦去吧！从现在起，你们自求多福吧。

你个小毛贼！放着光明大道你不走，还死心塌地给老蒋陪葬！新中国都成立了，看你还能横行几天！你们记下来，老子叫梁岩，是机场管理员。他们几个我都不认识，你们自己问吧。

我叫魏如风，是机场警卫连文化教员。

我叫李振宗，是高炮连长。不过我原来是傅作义的部下，跟着长官被共军改编了。

我叫陶石头，五个月前，还是太原阎司令八音会的，我吹笛子，我老婆吹唢呐。共产党打下太原，把我们都给接收了，我们两口子就相跟着来了银川。刚才我老婆也上了这架飞机，你们非让她下去，她要不下去多好！我们两口子在一块儿，坐上飞机去重庆见阎司令，他跟蒋委员长在一块儿呢。阎老汉儿就喜欢听我们给他吹《大得胜》《百鸟朝凤》，听完就给赏钱，美得很！千万带上我去找阎司令，可别把我交给蒋委员长，我们也给他吹过，他不爱听，听了也不给钱。我见了阎司令，就有饭吃，有钱赚。唉，不过你们国民党瞎折腾，打仗确实不行，还是人家共产党厉害。阎司令说全中国都打下来，太原也打不下来。可共产党一千多门大炮一轰，你城墙再厚，碉堡再多，人家都进城了。俺们好日子也他娘的到头了。

陶载石作为一个老侦察兵，不知抓过多少俘虏，可以说三天两头跟俘虏打交道。俘虏的价值是什么？是情报，知道情报越多，这个俘虏就越有价值。相反，如果一个俘虏什么也不知道，那这个俘虏就分文不值。另外，守口如瓶的俘虏，一定比嘚啵嘚啵没完的俘虏有价值。所以他弄明白了眼前处境，并没有慌乱，特别是梁岩那句"他们几个我都不认识，你们自己问吧"，摆明了是一种暗示：你们都自己说吧，反正我一个都不认识，所以我不会出卖你们。同样，你们也应该不认识我，我说自己是什么情况，你们也不应该出卖我，即使你们出卖我，我也不承认，因为我不认识你们。

此时的陶载石，早已经想好了对策。他决心按照自己编写的剧本，演出一场脱逃大戏。他笑眯眯地对大家说：你们都听好了，咱们总共10个人，6个人是国民党，4个人是共产党，我现在也算是共产党。大家都不要绷着个脸，你们给我绑这么紧干什么，飞机上也跑不了，快给我们解开，我随身带着家伙呢！我给你们吹笛子吧！

马上就有人来摸他身上，他说：别乱摸，你往我后背摸，对，摸到了吧？千万小心点儿，这根笛子可跟我有年头儿了，给阎司令吹得多了，蒋总裁都听过，他不喜欢。

取出他笛子的人，把笛子举着晃了晃，说：真是根笛子。

刚才是你把我老婆撵下去的吧？啊？不是你，啊对了，是开飞机那货！

于昭一边驾驶飞机，一边听着陶载石在外边瞎咧咧。听着听着忍不住回头说：给他收起来，马上就到成都了，谁有工夫听他胡吹八扯！

陶载石就喊：谁让你们上成都，俺要去重庆找阎司令！快把笛子还给我，还放我这儿！你们要它没用！那人一想也是，果然又把笛子插回陶载石后背的布袋里。

陶载石假装有意无意，朝梁岩那边瞥了一眼，四目相对只有一瞬。但陶载石分明从梁岩的眼神里，看到了赞许和无奈。

陶载石知道，只有先让眼前这六个人相信，他就是个吹笛子的，后面的事儿才有可能。他想到此处，故意使劲儿用脚跺了几下，嘴里狠狠骂了句：这狗日的飞机！骂完他又唱起来：

一治一乱圣人留，争名夺利几时休！汉高祖灭秦楚龙争虎斗，
传留到汉献帝三国分头。

100

1950年的金秋季节，位于秦岭、子午岭之间的马兰山荒山上，二八七师指战员们看着遍地庄稼，全都结出沉甸甸的穗子！他们想起初春冰雪尚未融化，部队冒着严寒，搭起帐篷，硬是在这碎石遍野、杂草丛生的荒山上，开垦种植了五万三千多亩庄稼，辛勤汗水，浇灌了沉睡多年的土地，就要开镰收割了！人人脸上洋溢着丰收喜悦。

恰在此时，陆岩军长收到一封紧急电报："中央军委命令你部，迅速收拢部队，准备入朝作战"。

又要打仗了！

分散在数百里种地的部队迅速集结，并立即转入临战状态。成熟的庄稼交给当地政府，所有来队家属妥善送走，政治动员初步完成，马上就要离开关中，移兵到山东了。

头年10月11日，他们奉命从银川出发，进入甘肃固原地区练兵和剿匪。之后又从平凉进入陕西关中休整训练，屯田筑路，由频繁的行军作战，转入和平生产建设。共和国初奠，长期遭受外敌掠夺和内乱蹂躏，积贫积弱，到处千疮百孔，百废待兴。医治战争创伤，减轻人民负担，力争财政经济好转，是当时头等紧迫任务。谁能想到，赶走了小日本和蒋介石，美帝国主义又带着十六国联军，打到咱家门口了！

11月30日这天，吴力耕政委站在永乐店火车站，看着部队有条不紊登车完毕，转身向车厢门口走去时，突然身后传来"站住！抓住他！"的喊声。回头看时，只见一个乞丐模样的人在前面飞跑，后面紧跟着一些人在追，有军人也有车站的保卫人员。

那乞丐身手矫捷，跑得飞快，眼看后有人追，前有人堵，他竟然飞身跳上车顶，朝吴力耕喊叫：吴政委！特务连陶载石报到！小石头报到！

随着那声嘶力竭的呐喊，吴力耕看出了来人是谁，他刚抬手要说什么，就见陶载石已经飞身跃下，朝他跑来。只见他长发如蓬，乱须如麻，垢面如灰，破衣如蓑，活生生一个叫花子，一个疯魔人，手里还举着那根笛子，拼了命般朝他飞奔而来。

吴力耕一见，也忍不住朝他跑去，两人紧紧拥抱在一起。

对不起政委，我迟到了，迟到了一年零一个多月！

回来了就好，回来了就好！快上车吧！

放心吧政委，小石头还能上前线！还能打仗！

列车经潼关、洛阳、郑州、徐州，到达山东曲阜，进行改装整编。

一路上，吴力耕给陶载石讲了不少消息：首先是闫玉才现任二八七师副师长兼参谋长，张鹭洲3月以军司令部作教科科长身份，奉调进京，去参与组建军委军训部的工作。还说他走时，跟崔炳如、警卫员小刘一起，分别骑乘三匹大马，昼夜兼程赶到西安，然后三个人连同三匹马一起换乘火车，经过六天六夜，才到达北京前门火车站下了车。

说是一个月前，张鹭洲被紧急召到军部，陆岩军长、政委一起向他宣布了两项命令：一是任命他为军司令部作教科科长；二是立即调军委工作并尽快报到。

宣布完任命和调令，陆岩军长和王政委一起，请张鹭洲和崔炳如吃了一顿饭。

席间王政委讲，不久之前推荐了另一位参谋，也到北京报了到，但很快就被退了回来，兵团首长还非常恼火，并亲自点名让你张鹭洲到军委报到。所以这次换了你去，也算是救我们的急，补我们的过，你可千万不能再让军委退回来了。否则，咱们兵团，咱们军的脸面还往哪放？

张鹭洲听了，赶紧举杯起身表态：听从首长安排，马上动身报到，决不给咱们军和首长们丢脸！

后面的事儿他们就不知道了，因为张鹭洲还没给他们讲。

后面的情况是：当一行三人骑马来到北京市西城区福绥境胡同，找到军委军训部的前身，当时叫军委第四局报到时，那三匹马和三支配枪当即按规定上交；军委机关团级干部不编配警卫员，所以那个小刘也被分到了公务班；崔炳如遵照规定，到前门大街珠市口附近的一座老四合院，向总政组织部报到，而且第一天上班就遇到了老首长，那位娶了三朵花之一的王政委。王政委对崔炳如说，那天咱们吃完饭，你们两口子刚刚离开，我就接到军委调令，来任总政组织部的副部长，也是兵团首长推荐的。我刚来几天，干脆你就别去别处了，留在我这里吧。

所以机缘巧合，崔炳如就真的留在总政组织部党务处当了干事。

太原解放不过才一年多，老部队、老首长、老战友都有不少发展变化。但吴力耕讲来讲去，就是没听他讲翟仙果。他肯定知道自己跟翟仙果的关系啊，可既然知道，为什么竟然置若罔闻、不置一词呢？他几次想问，但终未说出口。

到了曲阜，陶载石立刻理发洗澡，换上一身崭新的军装，来见吴力耕。还没等他开口问翟仙果的事儿，吴力耕刚见面就一脸严肃地问他：你这一年多都经历了什么？你不必跟我讲太多，我只要你先回答我一个字，或者两个字：你做没做对不起党，对不起人民和军队，对不起咱们首长和战友们的事儿？

没有！绝对没有！陶载石回答得斩钉截铁。

小石头啊，那件事儿发生以后，组织上进行了严肃的调查和追责。我们所有证据都显示，当时明明一共4人登上飞机没下来，而且都说你陶载石就在飞机上，可从敌人那边得到的所有的报道和信息，都说飞机上3名共军全部被俘。而且3个人都有名有姓，甚至有职务，就是没有你陶载石的大名，也没有你任何其他方面的信息。

不瞒你说，上级已经来咱们团调查过你了。因为牵涉到你是被俘了，还是脱逃了，是牺牲了，还是叛变了，我们当然如实提供情况，上级也同意把你定为失踪人员。现在你虽然回来了，但你这莫名其妙消失一年多，组织上必须对你进行严格审查，你一定要理解并且配合。小石头啊，咱们丑话说在前面，我和闫副师长保不了你！我们也没办法给你洗白清楚！当然你能回来总是好事，我们也向上级进行了汇报，准备先让你到五连挂职副连长，你要清楚是挂职，就是只有一个虚职，不是任实职，你没有副连长的权力！

我理解，我服从组织的任何决定！我相信这个虚职也是你和闫副师长帮我争取的。一年多了，我就像离了群的孤雁，出生入死，装疯卖傻，吃糠咽菜，只为了回到老部队！做牛做马我都心甘情愿！只要给我上战场的机会，一定不会让你们和组织失望！

从个人感情上，我当然相信你。但个人感情代替不了组织结论！包括小碌碡张鹭洲，他临走前专门来了一趟，说这事儿是他的重大失误，他确实是出于好心，但最终竟然是坑害了你。你当时已经离开了军里，虽然没回到团里报到，但应该算是咱团里的人，所以他反复讲对不起咱们团，当然最最对不起的，还是你陶载石！当初也是他推荐了你，最后又是他坑害了你，他心里为此痛悔难受。我只能劝他说不能往前捯了，再往前捯，是我教你吹笛子，是我送你一根笛子，那我也有责任啊！所以就劝他别为这事儿影响工作。你也很无辜，但怎么办？只能想开一点儿，到战场上好好表现吧！

陶载石听完这些话，已经对自己的状况有了足够了解。他知道闫副师长和吴政委，这一年多来，一定承担了不少压力，给他讲了不少好话，鉴于此，他哪还好意思问翟仙果的情况？

他心里暗暗立下誓言：相信组织相信党，一切都会水落石出！上战场，立新功！

于是他背上背包，又摸了摸后背那支竹笛，迈着坚定的步伐，向五连走去。他当然更不会知道，21年后，他的同村同族晚辈陶砚瓦，也参军入伍来到这个连队。

走着走着，天空传来由弱渐强的飞机嗡嗡声。他抬头朝天上看，确有架飞机打头顶飞过。他朝飞机挥了挥拳头，嘴里又骂了声：

狗日的飞机！

第二十三章　给谁叫爹

101

　　荷兰前驻华大使、格罗宁根大学名誉校长范连登教授在回国的飞机上，心情非常好。头天他去陶村见到了老相识陶砚瓦，又恰好是梣椤山景区开业前夕，虽然时间很短，不是十分尽兴，但却是来华后正式行程之外的临时安排，属于意外之喜。

　　他的夫人阿妮卡一直在喋喋不休地向张椤介绍中国当代的油画，有哪些名气特别大的人和作品；哪些名气不大但作品很好，因而其升值空间非常大的。其间也穿插谈及此行看到的一些画作，有机场候机大厅的，有展览场馆内的，有宾馆餐馆内的，有政府接待场所的，甚至还有影剧演出场地的，等等等等。好像她这一趟中国之行，是来看画展的，眼里、心里，只有画作，没有其他。她看到的每一幅画作，都成了刻在心里的一帧图片，帧帧存储在她脑子里，可以随时调出来。能记住这么多画作，却没听她说起见到了什么人。本来她的最大兴趣是欣赏和收藏油画，但对中国画似乎也有同样的兴趣和独特眼光。她一幅一幅评论一路上看到的作品，构图啊、光线啊、透视啊、色彩啊、线条啊等等，张椤通通没有任何印象，就是范连登教授似乎也一样不知所云，但当夫人的脸朝向他们中任何一位时，马上就能看到一样的点头或貌似点头，听到一样的"呀"或者类似"呀"的声响。

呀啊呀了半天，其实二人可能什么都没听懂，也什么都没记住。

范连登以优雅的语调提醒了几次：张是学人类学的，不是学美术的。阿妮卡毫不理会地说：没关系，世界上一切艺术，一切美的东西都是相通的，她能听懂。范连登只好无奈地耸耸肩膀。

张椤就想起自己的爸爸和妈妈，也总是在跟她讲些她没兴趣听的话。一个在讲，另一个就会说：她都多大了，这些她都懂。

几个月前，范连登教授要到中国访问，而且要带一个讲汉语的学生，消息由校方发布之后，据说有30多个报名者，其中多数都是中国留学生。因为是趟美差，大家都抢着上。时间虽然不长，但可以堂堂正正回一趟祖国，甚至家乡，见一见父母亲友，而且不仅不用自己掏钱，还能挣些外快，长些见识，又不会影响学业，这等美事谁不想干？最后，范教授从中选定了张椤。

张椤报名时，并没太当回事儿。接到校方通知，告诉她行程，让她做好出发准备，她这才知道幸运砸在自己头上了。中方和她对接的，就是中国历史研究院先秦所的魏昌功所长。可见中方对范教授此访的重视。沟通十分顺畅，很快就敲定了所有事宜。

想想马上有机会回国了，要见到爹娘了，要见到哥哥和刚过门的嫂子了，要吃上娘做的饭了！

一想到娘做的饭，就想起祖国的饭，想起八大菜系，一下子勾出馋虫无数，爬满整个脑细胞！荷兰啊荷兰，任凭你风景优美，美不胜收，任凭你帅男高挑，绅士风度，你可知你这片美食荒漠，蹂躏我高贵中国胃，蹉跎我青春若许年！只听爹娘常诉"三年自然灾害"苦，俺可来异国他乡尝够了顿顿面包下咽难！不行！今天必须去那家最好的中餐馆，狠狠撮一顿，为回国打下个好底子，也稍解我心头之愤！

张椤简单收拾停当，把门一锁，转身就走。

刚一出门，就见一金发俊男，两手抻着斗大一个红"福"字，在阳光里逡巡。张椤起初并没在意，依然被馋虫勾着，骑上一辆自行车，准备直奔中餐馆。没想到那俊男朝她喊道：哈喽！你是中国人吗？

张椤这才又转过头来，也用中文问道：你会讲中文？

是的，我会讲中文。你看这些福字，都是我写的，你看我写得多好！能不能挑一张？只要一个荷兰盾。福到了，你看，福倒了！俊男说着，转动着手中的福字。腰间帆布包里，还有一卷。都跟他手中的一样，都是专门印制的，规格、图案、花色通通一样的，一看就知道都是道地"Made in China"。

好，来一张。张椤正在兴头上，嘴里说着，手从包里掏出一个硬币递过去。不用挑了，就要你手里这张。

二人一手交钱一手交货，过程简单快捷。张椤把福字一卷，顺手往包里一放，转身骑车而去。

张椤这顿饭吃得很爽，其实也很简单。她只要了一个鱼丸汤，一盘凉拌时蔬，一小碗米饭。这是一家福建人开的馆子，鱼丸中间包有猪肉馅儿，食材都是他们自家制作的，特别是那汤，还有汤里面的叶菜，都是异常鲜美，清香可口，正是心里期待的味道。鱼丸的个头不大不小，数量不多不少，这一汤一菜一饭，就解了张椤的馋，去了张椤的乡愁。她气畅神怡回到公寓。刚掏出钥匙要开房门，就看见旁边那间房子的门上，贴了一个大红福字，跟她刚才买下的一模一样。那间房里本来住着一个印度小伙子，前几天就说要学成回国了，看来应该是来了新房客，把大红福字贴门上了，是个中国人吧。本来也想把刚买的福字贴门上呢，这新来的邻居先贴上了，如果自己也跟进，其他房客会以为这两人要搞什么名堂呢。

在荷兰住宿，男女生共一楼共一层共一套都是很平常的一件事情。特别是这种单元楼公寓，一个套间，4个卧室，每个人一间，然后所有人都共用客厅、厨房、阳台、浴室、卫生间等等。一开始张椤感觉挺别扭，出来进去总是提心吊胆。时间长了，也就习惯了。

张椤进了屋，把刚刚买的那个福字拿出来，环视了一下整个房间，找出胶条，还是把它固定在门上了。这老外写的福字还挺讲究，一是用正方形纸的对角线作轴线，布局显得活泼又安稳；二是这福字写得横细竖粗，中间宽阔，一看就是颜体，功夫虽然不深，但也是练过书法的。张椤一直跟表叔陶砚瓦学写字，也下过些功夫。来荷兰以后不敢说临池不辍，可也没有放下，仍然一直临着帖呢。她想起小伙子把福字倒过来说着：福到了！她笑了笑,还是端端正正把四个角固定好,让字正着念。她心想,我才不信那些鬼扯呢。

102

第三天,张椤起得很早,一个人下了楼,到一楼的厨房想煮碗面条。一推门儿,发现里面有个人正在烤面包,那人听到动静回头看,两个人同时都啊了一声。

原来那人就是那个卖福字的。

一切都像是设计好的。当时两个人只尴尬了一两秒钟,之后就跟熟人一样交谈起来。

小伙子叫皮特·丹尼斯,来自美国缅因州一个小镇,跟张椤一样,学的也是人类学,但他是偏医学方向的人类学;张椤则是偏文化方向的人类学,学的内容不同,跟的老师也不是同一个,但并不影响两个人对人类学的交流和讨论。

皮特的爷爷出生在中国,也在中国生活过多年。他的爸爸十岁开始,喜欢上了乒乓球,被一个教练发现了,竟然还入选了美国国家队。当年去日本名古屋比赛,成绩乏善可陈,但他们意外接受中方邀请,转道香港去了北京,受到中方热情接待。这次历史性的访问全球瞩目,打开了中美外交的大门。那时皮特还没出生。他从小就知道爷爷和爸爸都到过中国,这在美国人中是十分罕见的。等到他也到中国留学时,很多美国人都认为他们这个家庭非常独特、有趣和幸运。

皮特肯定受爷爷和爸爸影响,从小就对中国很向往。上大学期间,他参加了学校的孔子学院,特别对中国书法和医学产生了兴趣。大学一毕业,他就选择到中国的北京大学留学,攻读的是人类学,偏重医学领域。

张椤就问他既然中国那么好,为什么不在中国继续读博士?

我在中国不是好学生,因为我太喜欢争论。皮特略带腼腆地说,你们中国人背教材太厉害了!荷兰这边学习方式和做课题,都比较适合我。离开中国，我心里也有些不舍。所以我去卖福字，就是想结识中国学生。现在好了，这里有你，而且也是人类学！

人类学！皮特兴奋地用中文重复着这三个字。

于是，他们一会儿英语，一会儿汉语，话题始终围绕着人类学。两个跟他同一个单元的舍友都出去了，他们还在客厅聊个不停。张椤来荷兰之后，还是第一次跟一个男生聊这么久，而且还聊得这么热烈，这么投入，这么尽兴，这么意犹未尽。

对于人类学，他们通过交流形成以下共识：

人类学虽然属于社会科学，但也是一门人文学科，是一门无法被"科学"和"人文"的界限简单二元划分的学科。

人类学曾被指责为殖民主义的帮凶，但追求平等和人与人之间的相互理解是人类学不变的诉求。

人类学一定深受民族、政府、意识形态影响，但还是应该与之保持必要的距离，尽量保持自己的学术主体地位。

他们的争论是：

皮特认为人类学可以影响和帮助国家、民族乃至全人类，张椤则笑着说，你对自己的专业，啊，甚至对自己的人生都太乐观了，人类学对于我们个人，就是一个学业，至多也就是一份可以让我们混得到饭吃的专业；对社会来说，它不过是无数观察、阐释、梳理的角度之一，无数个学科中普普通通的一种，它哪里会有那么大的魔力？

啊，连你也这样认为？皮特听了张椤这番话，好像很失望的样子。你是个中国人，难道你们都忘记了毛？他说要改造世界！你不去改造，你就会被改造！还有周，他说为中华奋起而读书！没有目标的学习，还有什么意思？没有目标的人生，还有什么意义？

皮特越说越激动，他话音原本就不高，说到激动处，却越发低沉了下来，但是语速也跟着慢了下来，他在极力使每一个字音，都吐得正确清晰，甚至连汉字的四声，他也尽力讲究，有几处声调说错了，他似乎也有察觉，立即重说一遍。

啊，你汉语讲得真好。张椤不经意夸了他一句。

什么讲得好？难道我仅仅是汉语讲得好？皮特显然更加失望了。我讲的话是正确的还是不正确的？这才是重点！

你讲得当然正确！就跟我们思政老师一样正确。张椤抬起头，望着皮特那双仍带一丝失望的眼睛。

你们思政老师很差吗？没有，他很好。可是你的眼睛告诉我，你不喜欢他或者他的课。啊，对，我确实不喜欢。你们美国肯定没有这门课。错！你们中国学生都很容易相信美国多么好，甚至没有你们讨厌的思政课。美国确实没有你们的"政治""德育"或者"思想政治教育"这些概念，但同样设置具有浓厚意识形态色彩的课程。无论公立还是私立，每个大学都设置国家意识形态课程，讲授美国历史、公民与法、美国与世界等等。还有思想品德、生活导论、职业道德、社会研究等课程。欧洲也同样，只是名称不同而已。

皮特仍然语调沉稳，目光温和，头上的金发蓬乱着，就像阳光下涌动的浪花，又像跳动着的火苗儿。张椤点着头，嘴里说着：对，对，对。

说到最后，张椤说你的福字写得还像那么回事儿，一直在练颜真卿吗？皮特说老师一开始就是教的颜真卿，多宝塔，他也就一直按老师说的练。

你刚刚过来，怎么就站街卖字？是不是就只有我一个人买了你的字？

皮特尴尬一笑说：我刚来，就是想认识新朋友，最好是懂中文的，果然就认识了几个，当然有你一个就足够了。假如知道咱们住在同一个屋顶下，我也许就站在你的门口等你了。我把福字挂网上了，也是一个荷兰盾一张，还真卖出去七张了。

两个人一边说着，一边一起往楼上走。

我们竟然是隔壁，这么近！皮特说，瞧！我的福字就贴在门上！

我也是贴门上了，张椤说，不过是贴在了门的里面。

回国的头天晚上，皮特又拿出一个福字说：这个送给你，让它陪你回国，也陪你回来。

张椤说了声：谢谢。然后跟上次一样，把福字放进包里。啊，对不起，这次得折叠一下了。

皮特说：任凭你。我真羡慕你，也特别想跟你一起走。你这次一定会有满满的收获！

张椤说，应该是吧，我也是这样想的。

103

黎翠兰心里装着事儿，一大早就爬起来，旁边另一张床上，还在酣睡的张福禄呼噜打得山响。平常他们是分房睡的，一是呼噜问题，二是张福禄喜欢开着手机或者电脑，找出西河大鼓视频，按下循环播放键，然后上床睡觉，一听就是一个晚上。两个人头天晚上过来开房，黎翠兰本来想开两个房，一人一间。张福禄说，开一间吧。

等进了屋，张福禄说，这梓椤大厦是咱自己哩，服务员们知道了咱老两口都分房住了，再议论起来，招你儿子儿媳妇知道喽，还不定怎么想哩。黎翠兰说，还能怎么想？都多大岁数了！

女儿张椤的飞机9点半落地，老两口子要张罗着去接机，被儿子张梓和儿媳妇王未名小两口儿拦下了。他们说张椤回国是出差，还陪着教授两口子哩，咱去人多了，招人家笑话。于是说好了，接上人以后，先把教授安排好了，再把张椤接到梓椤大厦来。让老两口耐心等着。

黎翠兰就嘴里嘟嘟囔囔：闺女回来了，这吃点儿什么好啊？她都爱吃什么呀？有什么是她稀罕哩？张福禄说：有一样她最爱吃，可惜你没了。黎翠兰说：什么东西？只要你说出来，这么大个北京，俺还能找不着？张福禄说，别说北京了，全世界都找不着了。黎翠兰更急了：你赶紧说给俺，俺就不信找不着！张福禄见她真急了，就狡黠一笑说：她最爱吃哩，是你哩奶啊！黎翠兰扑哧一笑，伸手打了福禄一下子说：都多大岁数了，还这么坏！

福禄说：还有一样东西，保证她也爱吃。你在村子里那柴火灶上，熬一锅粥，放上点山药，锅边儿贴几个饼子，就点儿小咸菜儿，你看她爱吃不爱吃。翠兰说：你说哩这个，别说她爱吃了，俺也爱吃！

两口子正说着闲话，小两口儿从机场回来了，手里拎着几个袋子，袋子上一个中国字也没有。老两口儿就问，接上了？小两口回答：接上了，送到酒店了，中午有接风宴，官方的，我们就回来了。老两口同时问：张椤哩？小两口迟疑了一下，还是张梓说：她们下午有个会，晚上可能回来。翠兰说：回来就开会，难怪人家都说全世界就数中国人会多。张梓说：原来安排下午休息，倒时差。可老范说在飞机上倒完了，不用再倒了，这才决定下午开会。翠兰说：这个老范，多这么句嘴，真够讨厌哩。张福禄说：老范就是张椤陪着来访问哩教授，当过驻中国大使。翠兰才啊了一声，说是荷兰那个老范啊。

晚上都快7点了，张椤才到了梓椤大厦，黎翠兰说，把孩子累坏了吧，先吃饭吧。一家人赶紧进了订好的包间，终于围坐一桌吃团圆饭。张福禄说：张椤从国外回来，你就坐中间儿，俺和你娘坐你两边儿。黎翠兰说：小骁航过来挨着姑姑，奶奶挨着你。小骁航马上心满意足钻过去，对着张椤喊了声"姑姑好"！张椤高兴地摸了摸他的小脸蛋说：真乖！王未名说：我就在离门口近的位置吧，这儿方便。翠兰说：未名你过去挨着你爸，你那个身子得注意着。张梓你坐那儿。

翠兰一张嘴又是问：椤，想吃什么？娘都不知道你喜欢吃什么了。张椤说：娘您别管我了，这满桌子菜，都是好吃哩，俺都爱吃。张福禄说：拣爱吃哩多吃点儿。坐了十多个钟头哩飞机，又开了几个钟头哩会，肯定累哩不轻。张椤说：不累，爹，您多吃点儿。嫂子，你身子不方便，还跟着哥去机场接我，辛苦了，谢谢！王未名说：没事儿，医生说不能老坐着，得适当走一走，适当活动。

福禄和翠兰，养育了这一双儿女，先后送到外国留学。本来他想让儿子读完大学读硕士，读完硕士读博士。女儿嘛，读完大学就回国，找个工作上班就得了。没想到事与愿违，儿子大学一毕业自己偷偷跑回来了。女儿却直接读了硕士，而且接着在读博士哩。真成了老话儿说哩：手指哩云彩不下雨，没影儿哩大雷炸翻天。

张椤看着爹很疲惫的样子，就说：爹，你还是那么辛苦啊？看你劳累哩，白头发又多了。翠兰就说：你爹跟你砚瓦叔在陶村折腾那个桲椤山哩！就是埋你姥爷那个地方。马上要建成文旅项目了，投进去好多钱。张椤眼睛一亮说：俺砚瓦叔老厉害了，刚才我们吃饭、开会的地方，中国历史研究院大楼，就是他筹建哩！张福禄说：你怎么知道哩？张椤说：跟我联系的魏昌功所长讲的。他说他认识俺砚瓦叔。没想到俺们范连登教授也认识俺砚瓦叔。这个世界真是越来越小了。他们都说要找个机会跟俺砚瓦叔聚一聚哩。

张福禄说：好啊！你们日程都安排好了，怕是没时间见面儿了。你们要是真能挤个时间，去趟陶村，见你砚瓦叔，再看看桲椤山，可真成了最好哩安排啦。张椤说：好，我一定把你这个想法转告魏所长和范教授。只要时间能挤出来，他们肯定会同意。

椤啊，刚才你看你爹头发白了，模样老了，心疼你爹辛苦，爹在心里感谢你。不过你放心，爹这身子骨还算硬朗，再干几年没问题。再说你也看见了，你嫂子进了咱家哩门，你哥现在也上了道儿，他们都能独当一面了，爹有了帮手，就不是那么劳累了。你爹、你娘，如今心里就是结记着你了。你也老大不小了，俺们都难得见你一面。爹有些话在心里憋了好几年了，今儿个当面儿说给你：

前些年，不少城里人都把孩子往国外送，都说国外教育怎么怎么好。俺们也想，城里人能把孩子送到国外念书，咱手里也有钱啊，咱为什么不送？这不也把你们兄妹都送出去了。可这些年送出去哩孩子，有成才哩，有不成才哩，有回来哩，有不回来哩，各种各样哩问题都暴露出来了。特别是各种负面议论，各种失败例子。主要是不少孩子思想上、精神上、意识上、理念上出了问题。最普遍哩问题，就是人情淡漠了，亲情淡薄了，薄情寡义了。有很多不结婚，不工作，不正经做人哩，不正经过日子哩。他们脑子被西化了，在国外不称心，回国也不安心，咱看他别扭，他看咱也不顺眼哩。身边这样哩例子，比比皆是。你哥偷偷跑回来，结婚生子，踏踏实实做事，现在看算是很好哩情况了！你在荷兰六年都过了，再读博士又得几年。博士读完了，看你这架势，弄不好还得读博士后。你喜欢读书，你爹你娘，你哥你嫂子，你这个小侄子骁航，俺们都支持你，这一点你永远放心。

全桌人都凝神静气,听张福禄演讲。张椤更是全神贯注,不敢有丝毫旁骛。

你学什么人类学,俺和你娘都不是很明白。俺们只是知道,每个人,只要是人,就有爹有娘。中国人讲孝,据说外国人不讲。但外国人也是人生父母养哩,不是石头缝里钻出来哩。俺们椤,是好孩子,是知道孝顺爹娘哩,爹娘很放心。但是,俺最近看了不少新闻,不少中国人,有大陆哩,有香港哩,有台湾哩,也有侨居在国外哩,老是造咱国家哩谣,老是骂自个哩国家。外国人骂,咱容易理解,可他们祖祖辈辈就是中国人,祖国应该是咱哩母亲,怎么能随便开骂呀!俺为这事儿琢磨了好长时间,最后俺还真想明白了:祖国是母亲,谁是爹啊?俺琢磨出来了,中华文化是爹!咱们正常哩中国人,有爹有娘,那些骂自个国家哩,他们是先不认中华文化这个爹了,他们已经给别人叫爹了,然后才不认中国这个娘了。所以,你们从血缘上认爹认娘,孝顺父母,还不够,还必须得记住,作为一个中国人,必须永远认中华文化这个爹,永远认中国这个娘。特别是要做到后边这一条儿,才算是真正哩孝,是大孝。如果你光知道给爹娘买点儿好吃哩,好穿哩,问问好,俺们当爹哩当娘哩还是不满足,你们得有大孝,才是真孝!你们不管到了哪里,学什么专业,学多少年,将来找个什么对象,都不是问题,你认不认中华文化这个爹,你在文化上管谁叫爹,包括你哩后代,第二代第三代第四代管谁叫爹,这才是最大、最根本哩问题。

张福禄越说越激动,张椤马上伸过一只手握住爹的手,另一只手给爹拍拍肩膀,划啦划啦后背,嘴里还说着:好,爹说得好,你闺女明白,中华文化是爹,祖国是娘,永远记住了,永远管中华文化叫爹,管中国叫娘,请爹放心!

还是闺女尽显小棉袄的功能。

张福禄问女儿:明天你们怎么安排?张椤说:上午都休息,您和俺娘还可以继续给俺上课。下午夫人要去798,看到好画她会再收几幅。范教授先自己去荷兰使馆,晚上我和夫人也都去使馆用餐。后天我们就去外地参观了。魏昌功所长一路陪同,看三个地方:神木的石峁、襄汾的陶寺、舞阳的贾湖三个遗址。

小骁航在旁边说：姑姑，我也想跟你们去，能带我去吗？张椤说：姑姑真想带你去，可人家不让小孩儿跟着。以后有机会吧，姑姑一定带上小骁航！

104

阿妮卡终于累了，她的头歪在张椤肩膀上，进入了梦乡。她应该做着梦，梦见自己藏品在巴黎、在纽约、在伦敦、在北京都举行了盛大展览，所有作者都成了名家，所有藏品也全部成了名作，件件价值连城。全世界都知道了她的藏品，都知道了世界级收藏大家阿妮卡，目光独到的收藏大家，具有前瞻性、预见性的犀利目光，同时兼具美貌、艺术天才、财富和社会地位。

张椤看到范教授也在那边迷糊着，她也不忍叫醒阿妮卡，就尽量挺直身子，平衡阿妮卡压在她肩膀的力量。

张椤睡不着。她在梳理回国这趟美差的过程、收获和意义。过程很顺利，收获堪称满满，意义呢？

她感觉意义也可谓重大。一是对她个人，见到了久别的父母和兄长，见到了新过门儿的嫂子和小侄子。家庭的温暖，是滋润她成长的最基本养料，也是支撑她在异国他乡学海泛舟的最大动力源；二是对她的学业，实地考察三个遗址，与国内专家学者面对面交流，都让她对自己所学专业有新的认识、新的理解和新的期待；三是与范连登教授、魏昌功所长一路同行，密切接触，言谈话语之间，学到了平时学不到，书本上也读不到的东西，更增进了彼此的了解和友谊，令自己今后的学习研究，乃至人生成长道路都会得到他们的帮助和提携。

她又想起皮特，想起临行前皮特说过的话，不由自主打开手包，拿出皮特写的福字，感觉一笔一画，透着青春的力量和美好的祝愿，也有对陌生领域奋力前行的勇猛和稚嫩。想到这里，张椤笑了，她重新折叠起来，又小心翼翼地放进包里。

她又回想起跟父母和家人在一起的时光。特别是爹娘，他们的目光是那么慈祥，东问问，西问问，问来问去，无非是想知道她在跟什么人交往，有没有属意的男孩子。多少次的慈爱关切之情，几乎让她破防，全盘供出最近和皮特的有限交往，但最终她还是忍住了。毕竟这段交往太短暂了，也太没有根基了，太不靠勺了，太没谱儿了，说了可能适得其反，会让爹娘和家人更为她担心。那天嫂子王未名还特意跟她单独聊了一阵子，估计是担负了使命任务，想试着从侧面迂回，以侦察到全家人渴望得到的情报，最后也照样败下阵来，没套出任何有价值的片言只语。只有砚瓦叔，那天盯着她说：张椤是不是有心事了？是不是有男朋友了？老实跟叔交代！好，你眼睛都承认了，嘴里还不承认。好，别承认！别承认！想到这里，张椤兀自笑了。

  自己跟皮特儿有那么点意思这事儿，她只跟一个人讲了。这个人恐怕谁都不会想到。她就是砚瓦叔的红颜知己沈婉佳。原因也很简单，就是这次她在深州住了一晚，跟沈婉佳、王晓彤认识了，特别是跟沈婉佳谈得比较多，也比较深。她被沈婉佳的人品、智慧和才华所折服。特别因为她和陶砚瓦的特殊关系，更增加了彼此的信任。于是，在她们谈话进行到一定深度的时候，沈婉佳跟她讲了自己跟陶砚瓦交往的过程和程度，她则对等坦白了自己跟皮特儿的一切。

  张椤心里想：爹娘、哥嫂、砚瓦叔，你们都是因为爱我，为了我好，才担心我，怕我吃亏上当，才侦察我，怕我信马由缰，误入歧途。你们那些招数，早被我看穿了，我不告诉你们，没透半点儿口风，是为了不让你们更加为我担心。你们放心吧！我已经长大了，有自己主见了，会照顾好自己的，也会保护好自己的。早晚会有一天，我会把学业和感情都解决好，我会把我的一切都向你们抖搂出来，不再让你们为我担心。对不起，现在还不能。

  张椤，你能得到陪范大使来华访问的机会，说明你得到了学校的认可，不仅认可你的学业，更是认可你的品德。短短接触，我确实从你身上看到了你的勤奋，待人接物的诚恳从容，以及对你所学专业知识的基本掌握。今后你有什么需要帮忙的，尽管找我，包括你马上要考虑的论文方向、田野调查地的选择，甚至你将来要选择的研究平台，只要你需要帮助，我都乐意提供，力所能及，在所不辞！

以上这段话是魏昌功所长说的。

张，曾经的世界，是以欧美为中心，唯欧美马首是瞻。而如今，随着中国这个超大国家的崛起，她在经济、军事、政治、文化诸多方面，是全面崛起，完全改变了近一二百年来的世界格局，令全世界都必须为之调整。实际上今天的世界，就是在做这样的调整，都在为中国而进行调整。无论感情上接受的还是不接受的，无论是情愿的，还是不情愿的，都在为中国崛起提出应对之策，对自己重新调整，以适应中国崛起给世界、给自己所带来的巨大变化。用你们中国人的说法是，中国龙不再沉潜了，已经飞起来了，世界上没有任何力量能够阻止了！今天全世界的目光都投向了中国，我们的学校，包括你们的专业，如果不研究中国，那就不能完整认识世界。所以，我建议你的研究方向要关注中国，要围绕中国文化在中国崛起中的作用，来确定研究课题，中国很大，文化很厚，你把她的一个侧面、一个切面，比如陶村，比如梓楄山，阐述明白，就会是一个学术成果，甚至对中国，对世界产生重要意义。

以上这段话是范连登教授说的。

张，张，范连登教授醒了，他轻轻的叫声把张楄从梦里或者是回忆里拉回到现实。飞机开始下降了，阿姆斯特丹马上就要到了。

飞机落地还在滑行的时候，张楄手机响了一下，是皮特发来的信息：张，我已经到机场。

第二十四章　突破临津江

105

1951年除夕这天晚上，在举国爆竹声声，锣鼓喧天的喜庆气氛中，二八七师官兵肩负祖国人民的期望和重托，乘着漫天风雪，月黑风寒，以大无畏的昂扬姿态，从丹东上游的九连城镇马市村边，一座三百多米长的石墩木桥上，神不知鬼不觉跨过鸭绿江，进入了茫茫暗夜笼罩下的异国他乡，开始了他们所有人，包括所有参加过长征、参加过抗日的军人，都没有过的战争体验。

敌人是陌生的，敌人的装备总体上是陌生的，战场是陌生的，战场周围的人民群众也是陌生的。他们只有一样是熟悉的，就是自己这支军队。这支军队的最高统帅和总司令，建军宗旨和使命任务，建军思想和理念，作战方式和技战术要领，全部建制和番号装备，甚至在战争中形成的集体性格特点和作风，等等，他们都非常熟悉。

部队以两路纵队行进在没膝的厚厚雪路上，没有歌声和口号声，只有行进的队伍踩踏在雪地上的嘎吱嘎吱声和官兵们粗粗的呼哧呼哧喘气声。

突然，师长乘坐的那匹大黑马不知踩到了什么，蹄掌狠狠滑了一下，使它的身子立刻侧翻，坐在鞍上没有任何防备的师长，"哎呀"一声，被甩出去很远。他用手撑着雪地，忍着剧烈的疼痛，尝试着想站起来，他身边的人都过来搀扶他，但终未成功。有人喊快叫医生和担架过来！

闫玉才也闻声赶来，他看着师长焦急和痛苦的样子，直觉告诉他，这天寒地冻的季节，从马背上摔下来，怕是一时半会儿好不了了！果然，经匆忙赶过来的医生初步诊断，师长的腰和左侧的腿均可能有粉碎性骨折。

老闫！快指挥部队继续前进！马上向陆岩军长汇报！师长被抬上担架之前，一脸焦急和歉疚地说。

好，我照办！闫玉才说完，转身向身旁的副参谋长说：传师长命令：保持行军速度和队形，继续前进！

显然，出师不利，一师之长非战斗减员。志愿军总部和兵团紧急电令，副师长闫玉才代理师长职务。

兵团领导对闫玉才十分了解：1937年刚满16岁参加八路军，两个月后加入中国共产党。抗战打完，他已经是冀中纵队主力团的团长了。解放战争年间，他率部从华北打到西北，一路奏凯，仗仗皆捷。1949年10月，兰州战役结束不久，担任了二八七师副师长兼参谋长，时年28岁。这次临危受命，他是不二人选。

闫玉才本人又怎能料到在这个时候代理师长！一万多名官兵的目光关注于一身，闫玉才感受到从未有过的巨大压力：

首先是这个时机：入朝前，部队在曲阜进行了整编、换装和临战训练，完善了各级指挥机关，充实了兵员，扩大了编制，加强了火力，改善了装备，部队战斗力大大增强。指战员们求战心切，情绪高涨。师长在兵团组织下，以军事主官身份先期入朝，熟悉了战场情况，接受完任务后刚刚返回师里。可现在部队一进入朝鲜，还没到达集结位置，却突然间由他来挑起重担，面对如何带领全师打赢每一场战斗的指挥重任！

其次是资历：横向望去，各师军政主官，全都是身经百战的老红军，只有他闫玉才还未满30岁，而且只是个"八路"！他眼前浮现出兵团司令政委和陆岩军长政委那充满严厉和期待的目光，这些目光里，既有关怀信任也有鞭策激励！

再次是当下的行军路上，面对漫漫征途，在飘飞的雪花，刺骨的寒风里，率领部队一步步沿新义州、永山、塔同、龟城、泰川、古仓里、安州、频水、顺江向战场开进，到市边里地域集结。一千多里山路，秘密行军，要走一个多月才能到达，出现任何闪失，都会对下一步的作战造成影响。

最后也是最大的考验，更是接下来的战斗，如果在指挥上别说出现失败或者失误，就是表现得哪怕稍弱一点，也会上辜负组织信任，下对不起全师官兵！

闫玉才当然知道，代理师长，虽然前面有代理二字，但压在肩头的担子，比没有这两个字一点儿都不小，甚至要更大。同样要执掌全局，凝聚军心，率领全师官兵完成艰巨的作战任务。

所幸，一切顺利。闫玉才带领师指一进驻白鹤洞，立即指挥部队在临津江北岸迅速展开，占领有利地形，组织两条防线。此外，他还派出两个营前出到江边，依托几个一线要点，准备抗击敌人。做完规定动作，他还做了三个自选动作：一是安排一部兵力先行渡江，接应人民军后撤；二是有计划地组织小分队与敌人进行战斗接触，意在试探敌人，锻炼部队；三是专门嘱咐八六一团团长何涛、政委吴力耕，选派精干分队，渡江捕俘！

一放下电话，吴力耕就笑着跟何涛说：赶紧通知二营长金骡子，第一批让五连陶载石带队，尽快抓活的回来！

二营长金骡子一听电话，就回答：明白！明白！马上就办！正好让我们连队的兵，跟老侦察兵学点儿本事。吴力耕过来对着话筒说：一定嘱咐陶载石：这是出国作战，又是头一回出手，小心再小心！

放下电话，团长、政委相视而笑。他们都清楚，师长下的这个任务，很可能就是冲着陶载石来的！师长刚挑起主官的担子，他一定在想着慎重初战，初战必胜！因此，这时候他不用陶载石，更待何时？

陶载石又何尝不会想到师长的良苦用心！自己十几岁参军，跟着他南北转战，出生入死，都超过十年了。过去，每当他要下重大作战决心之前，都希望他能前出侦察，每次都特别嘱咐"最好抓个活的回来"。可如今，自己已经不在特务连了，但师长肯定特别想让自己做这件事，一来确实需要，二来是让自己有个表现机会，可他的这些心思又不便说出来，幸亏团长政委，都心知肚明，成全自己。

那天是农历三月初九，当天半夜时分，上弦月已经没入西方，整个大地都被黑暗吞掉了。陶载石和一排长带着两个班长几名战士，乘着暗夜隐蔽接近了麻田里以东的敌阵地。

四野寂静得很，从远处山坳里传来一声咳嗽。此时恰好一枚照明弹掠过上空，借着那一闪而过的亮光，他们发现离他们不远一处地方，有一个暗堡。暗堡旁边还有敌人哨兵。陶载石就安排说，他自己带着三班长去抓那个哨兵，又命一班长带一个战士摸过去，待他们动手时，把一颗手雷塞进暗堡里面，一排长和余下的人掩护他们四人趁乱脱逃，最后所有人都在山口一棵独立树下集结撤退。

这场捕俘战完全按照陶载石设定的剧本推演。在取得抓获敌哨兵一名，击毙暗堡内敌人多名，击退击伤援敌五十余名的战果之后，无一伤亡，还押着个蓝眼睛、大鼻子的俘虏回来了。

金骡子非常满意，他立刻向何涛和吴力耕报告。俘虏直接交给师里审讯，闫玉才也很快知道了，他特意嘱咐师宣传科，写了战情简报。军首长对二八七师这次战斗行动高度赞扬，兵团政治部给予通报表扬，《前线报》上还刊登了一篇根据简报改写的记述这次行动的特别报道。

二八七师由闫玉才执掌，布防、捕俘、接敌、步炮协同等环节丝丝入扣，几个团经过各自组织的几次小的战斗锻炼，部队求战欲望更加强烈，斗志更加旺盛，时刻准备迎接大的战斗。

106

在临津江南岸，一处离大路不远的山口处，一个带有里外两个房间的军用帐篷里，一个50多岁的美国军官，一会儿坐在里间一把轻便折叠椅上，一会儿站起来倒背着双手在两间帐篷里踱步，一会儿又坐下来，趴在跟那把椅子配套的简易折叠桌子上，在一个本子上匆匆写着什么。看他的架势，可以很容易判断出来，他是一个控制力极强的人，一个注意力高度集中的人，一个擅于思考勤于动笔的人，一个相信谋略与火力同等重要的军人。

他就是刚刚上任，接替名帅麦克阿瑟的联军总司令李奇微。几个月前，他刚接替车祸身亡的沃克，担任第八集团军司令。如今，他再上层楼，接替了名帅，掌握了帅印！

这是在二八七师临阵换将没几天之后，敌方联合国军这边动静更大，竟然换了帅！

麦克阿瑟大名鼎鼎，曾经是美丽国的骄傲。但他被解除职务，竟然是自己先从广播里听到了消息，之后才有正式命令到达。很明显，他这是被故意羞辱了，既羞辱了他本人，也羞辱了他麾下的十七国联军。

他为什么被羞辱？当时乃至之后，一直众说纷纭：有人说他"圣诞节前结束朝鲜战争"牛皮吹爆，被中国人民志愿军打过四次战役再盘点，损兵折将不说，还从鸭绿江边退到了汉江以南，真让这位曾经不可一世的名将，惨遭打脸；有人说他推卸失败责任，对下级随意斥责，甚至对总统也出言不逊；有人说他叫嚣轰炸中国东北，轰炸中国沿海甚至内地；有人说他不仅不怕中国出兵，而且特别希望中国出兵，特别希望苏联出兵，不惜引发第三次世界大战，然后甩36颗原子弹，消灭全世界的共产主义运动；也有人说他坚持所谓"全面战争"，反对和拒绝与中朝和谈；即使谈判开始，他还不甘罢休，公开与总统唱反调，让美国政府和英法两国都大为愤慨，终致杜鲁门总统以羞辱他的方式，解除了他的职务。

从纯军事观点出发，麦克阿瑟的所有军事成就，全部是依赖武器和装备的绝对优势而取得的，因此，他很牛。他几乎是只需要胆量，只需要狠辣，即便是莽撞了一些，不那么讲究了一些，甚至违背了常识一些，但是他只需依靠那一个优势，一个对任何对手都形成的绝对碾压优势，就可以赢得战场的主动，并且取得胜利。在这个依靠暴力才能上餐桌的星球上，谁又能质疑和否定胜利者呢？所以麦克阿瑟作为一个职业军人，一个名帅，却几乎不需要谋略。大象会和蚂蚁讲谋略吗？

问题是这次他碰到了毛泽东和彭德怀这样的超强对手，恰恰是依靠谋略，打掉了他手上的利剑和头上的光环，令他威风扫地，卷铺盖走人，还落了个灰头土脸。

而这个李奇微却完全不同了。这家伙当过军事学院的教官,又长期在战场上当过作战参谋,因此他不擅吹牛,喜亲临前线,爱靠前指挥。几个月前他接替因车祸身亡的沃克成为美军第八集团军司令。当他乘着飞机赶过来的时候,从天空俯瞰半岛复杂的地形,心想这简直就是轻步兵的理想战场,而对机械化部队却是个悲催的地方啊!

李奇微上任第八集团军司令之后,首先深入了解刚刚打过的三个战役的详细情况,还坐着他的专用直升机,带着他的专用地图,在朝鲜上空巡察。他清楚地知道有几十万志愿军就隐藏在那连绵不尽的山坳里,那逶迤不绝的密林中。但他却一个都看不到,更别提成建制的部队了。

啊,上帝!你制造了所有不公平,同时也给所有人以实现公平的机会!你把世界上最好的武器和装备给了美军,让美军在全世界称霸;同时你也仁慈地眷顾志愿军:把深山密林和黑夜给他们,让他们得以在密林藏身,在黑夜行动。

几个月来,李奇微经历了多少次,每当天色暗下来,志愿军就开始机动,开始埋伏,开始前出,开始奔袭。他们往往从盟军的某个薄弱处,或者从某个已经对盟军形成局部优势的地方,突然有少量迫击炮打过来,紧接着很多手榴弹从高处飞过来,然后是一阵凄厉刺耳的军号声响起,很多不怕死的士兵瞪着眼睛扑过来!平时中国人的眼睛眯成一条线,但当他们冲过来的时候,也只有在那个时候,他们一双双眼睛瞪得非常非常大,像一群被激怒的公牛,射出凶狠无畏的光!然后近战肉搏就开始了!先是拼刺刀,据说还有人挥舞大砍刀,挥舞工兵铲,要命的是他们手里的冷兵器并不是随手抓取的,而是随身携带的、已经熟练运用多年了!

他特别对志愿军的军号感到心烦意乱,他甚至认为中国的军号是心理战的重要手段。韩国李承晚的军队,一听这号声就魂飞魄散,进入崩溃状态!估计当年蒋介石的军队,一定也会被这军号吓得够呛。他甚至想,如果自己作为一个普通士兵,夜间突然听到这种恐怖至极的军号声,没准儿也会乖乖举手投降的。

他曾经坐在帐篷里，盯着桌子上摊开的本子。左面一页画着一个美军士兵，右边一页画着一个中国志愿军士兵；两个士兵都有详尽的随身武器和装备。他一会儿看看左边，一会儿看看右边，把双方士兵一一进行比对，希望从中找到能够战胜志愿军的独门诀窍。

他在帐篷里，经常闻到一股恶臭，一股混杂着人畜排泄物和腐烂霉变尸体的味道。在他的印象里，好像整个朝鲜半岛，都充斥着这个味道。有时坐在飞机上也能闻到。

他心里骂着，眼睛还是紧紧盯着笔记本。果然是功夫不负有心人，他在把两国士兵的武器装备反复比对之后，终于从中找出了重点：就是挎在志愿军士兵脖子上，那个大约10公分直径、五六十公分长的，看上去圆圆鼓鼓，滑稽可笑，像是一条巨大而又笨拙的蚯蚓或者蛆虫的东西。

他开始以为那可能是个枕头，所以并未在意。但问过身边所有的人，通通摇头不知之后，他认准了这可能就是自己想找的东西，是自己寻寻觅觅，踏破铁鞋，苦思冥想而未得到的那个东西。

他亲自向一名中校交代，让他务必从战场上拿到一件实物，并直接给他送来，以了解其中奥妙。

当他亲手摸到那个软囊囊又硬邦邦沉甸甸的东西，感觉如获至宝。他马上从开口处那一端打开，发现里面装的竟然是些淡黄色粉状物，并且有一股似香不香、似甜非甜，夹杂着浓浓的焦煳味道的怪异混合味道，特别是从这种复杂味道中，还有一种很让人生疑，弄不好是人体发出的汗腥味道。他想到此，便紧皱起眉头，强忍着剧烈的恶心和呕吐感，用自己的小勺子取出一点儿放进嘴里，再用舌头轻轻舔了舔，还用嘴吧嗒了两下，立刻分辨出还有淡淡的咸味，于是他确认这一定是经过翻炒的，成分是小麦粉以及其他谷物混合而成的食品。

这一袋子粉末不会超过5公斤，可保证一个士兵五六天所需。也就是说，中国士兵在执行作战任务时，随身携带着干粮和轻武器弹药，后勤完全自给自足！这支军队既没有海空支持，也没有什么像样的火力配置，吃着这种莫名其妙的粉末，竟然还敢和联军硬扛，甚至能把联军成建制地围歼！

李奇微想起美军的食品：最常见的三人份C口粮包装，包含了饼干、午餐肉、豆子、脱水蔬菜、水果硬糖、咖啡粉、果汁、口香糖，战争间隙还能吃上烤肉，喝到红酒。甚至夏天还能吃到冰淇淋。

两相比较，他突发奇想：如果把这两支军队的武器、装备、吃食互换，这个仗根本就没办法打了，也不需要打了。他又设想如果让自己去做对方军队的统帅，他宁愿装病住院，或者干脆当逃兵。因为实在想象不到这样的军队，要飞机没飞机，要坦克没坦克，要大炮没大炮，要军舰没军舰，甚至官兵们连一顿正经饭都吃不上，这个仗还怎么打？

显而易见，要战胜这支军队，仅靠武器装备显然不够，必须对准其命门！他们没有制空权，运输线漫长且极不稳定，前线军队白天不敢冒烟，晚上不敢生火，士兵只能以此充饥。如此看来，后勤保障才是他们的命门！

李奇微再用手掂了掂那个布袋子，感到一阵脊骨发凉，不免气短心寒。难怪跟中国的军队打仗，他们通常可以坚持六七天，之后就由另一支队伍来换岗，不换就会无粮无弹了！

想到这里，李奇微又一阵狂喜。他自感已经找到了志愿军的命门！围绕这个命门去思考，他发现了志愿军的每一次进攻，每一次军事行动，都是最长一个星期时间，他们不能组织超过七天的战斗或攻势，因为他们的士兵只背着不超过七天的弹药和口粮！

于是他把志愿军的这一战法特征，概括为"礼拜攻势"，而要破解这个"礼拜攻势"，只需围绕志愿军这一致命弱点来展开即可！于是他制定了一系列战略战术，并将自己的锦囊妙计，冠以"磁性战术"之美称。

"磁性战术"的要义，就是像磁铁一样，与志愿军缠斗。志愿军士兵背着的那个袋子里有东西时，不跟你硬打，而是选择后退；你惯用夜间穿插，我主力白天撤退，摩托化部队和坦克则黄昏撤退，而且每天最多只退20公里，恰是志愿军一夜前进的路程，让你的攻击部队在夜间扑空，天亮之后则正好进至其预设阵地前，这时其空炮火力猛袭，迫使志愿军后撤，他们再以坦克群和摩托化步兵组成"特遣队"，在大批飞机掩护下，沿公路快速机动，向志愿军的纵深迅速穿插，抢占桥梁和渡口，然后集中兵力全线反扑实施围歼。

李奇微把手中的布袋子使劲儿往桌上一扔：一方面要着力破坏他们的运输线，让他们的士兵连这种东西也吃不上；另一方面可以跟他们保持适当距离，等他们吃完这一整袋子东西之后，再发动攻击！

李奇微自感找到了志愿军的命门，指挥上便更加从容自信。第四次战役时，他先以放弃汉城为战略诱饵，之后发动反击，遏制了志愿军的攻势。如今接掌了"联合国军"总司令、驻日盟军最高司令和远东美军总司令这三大司令帅印，他将这套战法作为杀手锏，给志愿军以重创。

他对兵力重新调整部署，在临津江南岸布置了严密防线：由东到西分别是美三师、英二十九旅，以及南朝鲜第一师，两师一旅总兵力达42000余人。南岸连绵的山脉，诸多的高地，都修筑了坚固的堡垒，构成了交叉火力网。纵深还有1800门各式火炮，随时可以对江面实施打击。江中还有布下大量铁蒺藜，这条临津江成为不可逾越的屏障。

李奇微踌躇满志，他站起身，望着地图上的临津江，心里盘算着，志愿军要成建制从这里通过，等于彻底暴露在水面上，自己手上最不缺的就是炮弹。即使有小股部队侥幸通过，也将面临占领有利地形，具有完备工事，武器弹药充足，以逸待劳的联军。

同一个战场，盟军的李奇微接替了麦克阿瑟，志愿军的闫玉才在紧急下、匆忙中、意料外，接任了师长。这两件事情是前后脚发生，其实没有什么关联。如果一定要说它们的关联，那就是时间在一个星期内，地点在一个战场，都是突然受命，以新易老，而且也同在异国他乡。

107

那是一个夜晚，在临津江北岸的崎岖山路上，一行人匆匆奔向江边。师长闫玉才带领各团团长和突击营营长，亲临江边勘察水情。他们隐蔽接近江边，在茂密的苇草中向江南岸观察。

江南岸山势险峻，江流湍急。淡淡的星光下，江水似银色的液体旋转流动，他们觉得这一地段恐怕难以徒涉，因在敌火力控制范围内，一旦部队被深流阻于江中，易遭到对岸敌人的火力拦截。

那时的志愿军当然知道李奇微接替了麦克阿瑟，但没有人知道这个李奇微提出了"星期攻势"这个概念，更不可能知道他弄出了什么"磁性战术"诡计。客观来讲，志愿军当时从上到下，确实弥漫着一些轻敌的气氛。当时有一位兵团级别的人物，在没有接触到美军的时候，就说"美军就这么点人，还没有一个淮海够打的呢"。就连彭老总，也感觉凭老装备都打了几个战役了，新入朝的部队，已经改换为全苏系装备，轻机枪、重机枪、冲锋枪、步骑枪，全部是苏联制造。志愿军又十分擅长穿插包围，再打几个歼灭战，消灭"联合国军"主力，应该不会有什么问题。

当时志愿军也确实面临新形势：第一批入朝部队奉命回国休整，第二批部队齐装满员赶来作战。部署在三八线附近的志愿军兵力有3个兵团，11个军，再加上朝鲜人民军的3个兵团策应助攻，总兵力超过60万人；联合国军的人数不过34万人，我方兵力在人数上占有很大优势。

正是在这样一个大背景之下，彭老总下达了提前开始第五次战役的命令。志愿军在汉城以北的临津江和北汉江发动主要攻击。那天是1951年4月22日。这次战役设立三个目标：消灭敌人几个师，粉碎敌人登陆计划，夺回战场主动权。

突破临津江，就是第五次战役的开局。兵团首长把突击任务赋予陆岩军长，陆岩军长又把突击任务交给了闫玉才的二八七师。

受领任务后的闫玉才深感重责在肩，他清楚如何让部队顺利渡江，投放到对岸，事关此役成败，必须确保旗开得胜。为了打好这一仗，他精心运筹，身体力行，进行了一系列周密细致的组织准备。

朝鲜向导是个忠厚的男子，看样子有六十岁左右。他非常肯定地告诉闫玉才："这一段水浅，没问题，最深也就是一米多一点儿。看着有浪，实际上不深。"

闫玉才听了还不放心，他把裤子一脱，说：我得亲自试试。随行人等一看师长要下水，全都没二话，跟着师长猫腰涉入江中。

经过验证，朝鲜向导提供的情况相当准确。东边从一棵老槐树起，西边到一个山豁口止，这一地段几百米内均可徒涉。

要争取在总攻开始前，尽可能地让连排指挥员和班长、尖刀连战斗小组长都实地蹚一遍，熟悉地形和水流。师长叮嘱各团长：还有，据朝鲜老乡说，后半夜江水会涨潮，江面会宽出几倍，总攻发起后，要不惜代价，迅速突破，抢占滩头阵地。

此后各团遵照师长指示，分别组织连排长和班长、尖刀连长，又对涉渡场实地试了一遍，并对涉渡地段和江面作了明显标记，这些行动对岸敌人毫无察觉。

从战斗小组长到师长都亲自探路，对新岱至石湖地段的江宽，水深、水中障碍物以及涨潮落潮情况尽在掌握中。各单位还组织战士们在脚上缠上草绳以防被水下蒺藜扎伤。

4月22日夜，临津江北岸一片寂静，江水静静地流淌，宛如一条银色绸带蜿蜒东去，江对岸不时传来稀疏的枪声。天空繁星点点，像祖国人民千万双眼睛注视着即将跃出战壕的勇士。

时针指向21时整，没有信号弹，也没有冲锋号，部队借着暗夜，隐蔽地向江对岸飞速运动。

4月的朝鲜，春寒料峭，寒气袭人，临津江水冰凉彻骨。勇士们为了胜利，争先恐后涉水渡江，冲向南岸。

右翼突击的八六一团按二、三、一营顺序，以五连为尖刀连在石湖地段实施突破，全团隐蔽接近江边，发现敌一个班把守渡口，陶载石机动灵活带领全连向左转了个弯，采取多路纵队向江南岸摸去。尖刀五连9分钟就渡过了临津江，迅速登上南岸。二营长金骡子率全营迅速过江后，紧接着一、三营及直属队也按计划提前五分钟渡江完毕，全团无一伤亡。

八五九团尖刀连在新岱实施突破。进至江心时，对岸响起激烈枪声，随之飞机轰鸣，炮声雷动，整个江面硝烟弥漫，一片通红。官兵们冒着密集的炮火，前赴后继，勇往直前，强行突破，战斗十分激烈。有的战士倒在江中，但大批战士似潮水涌上南岸，一举夺占滩头阵地，继续向敌前沿发起攻击。闫玉才果断决定：师直和八六〇团从石湖渡江！

全师仅用了一个小时,突破英军皇家第二十九旅的重兵江防,在预定时间内,全师穿插到位,撕开了敌防御体系,顺利突破临津江防线,也牵动左右邻部队很快实现了战役突破。

骡子!怎么没见你那把大刀?闫玉才声音很低,在江边看见金骡子,明知故问。

师长啊,在曲阜整编换装,人家不让俺带呀!金骡子笑嘻嘻地回答:硬逼着俺给扔了。你最了解了,那把大刀跟了俺多少年了,可把俺心疼死了!

咱最好别用那个!闫玉才又是故意讲反话逗他。

战场上的事儿可不好说,到了关键时刻,还是大刀用着顺手。金骡子果然有自己的坚持,他从后背上拽出一把苏式工兵锹,还给师长耍了两下,说:俺这不是顺手带了个这,凑合着用,也挺好!

前面就是152高地了,谁是尖刀?闫玉才又问。

五连。他们刚上了报纸,劲头大着哩!

陶载石在不在?他怎么样?

好兵啊!不愧是老侦察兵啊!你亲自带出来的兵,错不了!

别总说好话,注意严格要求!

你带的兵,都是属虎的,还用严格要求吗?

二人说着话,152高地方向突然传来密集枪声。

我得去看看。金骡子说着,转身就蹿了上去。

刚才尖刀五连过江后,就在前面隐蔽接敌。进到距敌不到二百米处,敌仍未发觉。当进至高地腰部,突遭敌地堡火力射击,突击排长的腿被打断了,倒下去又挣扎着支起上身继续指挥战斗。他那倔强的身影就是无声的命令:打开前进道路,保证主力过江!

顺着他手指的方向,突击排的勇士们一个个从他身边冲向山头。冲在最前面的是臂膀负伤的六班长,敌人的子弹又击中他的胸口,鲜血浸透衣襟,但他不顾这些,只听一声怒吼:打不下山头,誓不罢休!他嘴里喊着,继续冲在前头,朝喷着火舌的敌机枪掩体,愤怒地扔出一颗手榴弹。突然从机枪掩体旁冲出三个敌人,居高临下的敌堡,迎头扑来的敌人,使冲在后面的战友们都为自己的班长担心。这时，冲锋枪在他的怀里咆哮起来。扑上来的三个敌人应声倒下，手榴弹也在敌机枪掩体内爆炸！突击排顿时腾起一阵杀声，勇士们冲上山头，机枪射手大雷抢先冲上地堡，迅速架好机枪，对准第二座地堡猛烈射击。敌人的机枪也疯狂还击。

这第二座地堡，地势高，火力更猛，射手大雷光荣牺牲。战士小白冲上去接过机枪，在烈士的身旁朝敌人继续猛打，不幸又中弹倒下，连长王增云冲上去接过机枪边打边喊：后面就是渡口，兄弟部队都在看着我们，同志们冲啊！

不停嘶吼着的机枪，如同顽强冲杀的勇士们一样，死死盯住地堡猛烈射击。在机枪火力的掩护下，从侧面冲上来一个战斗小组，为首的就是陶载石，他们勇猛地扑向地堡，从射击孔塞进一颗手雷，第二个地堡也被攻克，152高地被我占领。

108

报告团长：我是骡子，我们已经占领152高地！

知道了！赶紧从东侧进攻绀岳山！到达山顶之后，你直接向师长报告！注意保护你自己，骡子！

听了团长何涛最后一句嘱咐，金骡子这个钢打铁铸的汉子，竟然哽咽了：是，团长！放心吧！

入朝之前，据说在全军包括总部机关到处搜罗，才勉强给每个军配了几十台无线电，凑凑合合装备到营。金骡子还是头一回在实战中用这洋玩意儿，感觉果然方便。但他要找各连连长联络，依然是要么靠两只脚，要么就用旗语、军号、哨子或者用信号弹了。信号弹配发也很有限，还得省着用！

绀岳山位于平（壤）汉（城）公路一侧，是临津江南岸第一座大山，海拔675.0米，山势险要，周围有六个山峰相连，山高路险坡陡，易守难攻，是敌防御的一个要点。在主峰上可鸟瞰临津江及其以北各要点，是临津江南岸的主要屏障之一，山的东、西麓皆有公路，可经土桥场至议政府，其战术地位十分重要。

据守绀岳山之敌为英国皇家二十九旅北桑勃兰明火枪营的一个连。他们利用山势有利地形，构筑堡垒和半掩盖火力发射点，可直接支援雪马里地域的防守。

夺占敌前沿后，闫玉才遂急令八五九团一营、八六一团二营为穿插营，分别从雪马里两侧向绀岳山、沙器幕实施穿插迂回：八五九团一营刚进至马智里，就遭敌顽强抵抗，部队伤亡较大。闫玉才就急令从东侧穿插的金骡子为主攻，迅速抢占绀岳山。同时命令八五九团一营保持攻势，配合八六一团穿插营的行动。

金骡子明白，必须拿下绀岳山，才能割裂英二十九旅与美三师的联系。这次他改用四连为主攻连，迅速从东侧插向绀岳山顶。他知道东侧比较陡峭，突然想起师长刚才问起陶载石，此时眼睛一亮，回头对通信员说：去五连把陶载石叫来！

不一会儿，就见一个精干军人跑来：报告营长，五连挂职副连长陶载石报到！

身上带绳子没？金骡子问他。

带了。陶载石说着从身后背包里拽出一团绳子：苏制军用爬绳，新的。

太好了！你赶紧到四连找周连长，给他当帮手，就说是我的命令！

是。陶载石答毕，转身朝四连方向跑去。

四连长周合顺指挥全连穿过灌木和荆棘丛生的地带，翻越了四座山头，才到达绀岳山下。从这里攀登，树更密，山更陡，步兵的装备有枪支、子弹、手榴弹、反坦克手雷，以及几天的干粮，负重都在五十斤以上。战士们抓住树枝往上攀登，拽着胳膊粗的树枝弯下了腰，猛一松手就能把前面的战士弹下山去。炊事员背着行军锅钻不进丛林，只好侧着身子，变换着姿势，在丛林和陡峭的崖壁上负重前行。每前进一步都得先接过前面同志传来的树枝，一手抓牢，再把自己另一只手里的树枝转交给后面的同志，四连的同志们就这样一手传一手，一步一步艰难地往上爬，干部战士浑身汗水把炒面袋都浸湿了，嗓子渴得冒烟，喘口气喉咙就像被火燎着。舌头黏糊糊的，张开口就像嘴里塞满了干草，堵得喘不过气来，但大家谁也不肯歇一歇脚，找口水喝。战士们明白，时间就是胜利，必须争分夺秒，迅速插到指定的位置，在敌人的背后打他个猝不及防。

战士文彬彬昏倒了，旁边的秦富贵把他喊醒，他咬咬牙爬起来又走。没攀几步，又昏倒了。秦富贵也喘得喊不出声音，只能用手摇醒他，扶起他走。气短力竭的文彬彬又一次昏倒了，秦富贵就背上他的枪支、弹药，让他空着手走。在这一步一昏厥的艰难道路上，文彬彬只有一个信念：爬上山顶就是胜利。

快到山顶了，抬头望去，已是人迹罕至的悬崖绝壁，要绕没路，要攀无梯。这时陶载石提着一团绳子朝山顶看了看，然后对周连长说：你快找一个精干麻利的兵跟着我，我们两个先上去。

连长就喊：小石头！你跟陶副连长先上！

是。一个挺机灵的小战士站在陶载石面前。

你叫小石头？

是。陶副连长。

我先上，你第二个。

明白！陶载石想说，我也叫小石头，但是咱俩在一块儿，你是小石头，我得是大石头了。情况紧急，他当然什么也没说，正忙着把绳子打开，右手拿着带钩子那头甩了几圈儿，然后向上一扬胳膊，那钩子直飞崖顶，接着又使劲儿拽了几下，看上去挺结实了，然后他两手抓着绳子噌噌几下就爬了上去，那身手就像猴子一样敏捷，让旁边人们都看呆了。

紧接着那个精干麻利的小石头也学着爬了上去。

两人从上面再把钩子重新固定好，然后挥手让大家往上爬。

连长二话没说，第一个抄起绳子爬了上去。有了榜样，也就有了力量。紧接着，全连绝大部分人都爬上去了，只有少数几个病号和轻伤员，用绳子捆住腰，也让上面战友硬拽上去了。总之全连硬靠这根绳子，一个一个全部登上了山头。不少人手磨破了，脚刺伤了，衣服刮烂了，大家都全然不顾，互相鼓励，互相提携，终于在第二天凌晨3点前登上主峰。

陶载石带着小石头，轻轻摸到敌人哨兵身后。那个哨兵人高马大，看上去比陶载石还高多半头。只见陶载石飞身扑过去，左手锁喉，右手一刀，那人就像一根木头，让陶载石轻轻放在地上。紧接着又见他左手一挥，周连长马上率领全连压过来。

枪声响起之后，八五九团一连也从另一侧爬上主峰。两支穿插分队迅速展开攻击，使敌腹背受击。守敌只有一个连，他们正在昏睡中被惊醒，睁眼看见中国军队来到他们面前，没被打死的都纷纷丢弃阵地向西南逃窜。仅用了半个小时，志愿军占领绀岳山，抢得临津江南岸制高点，为师主力向纵深穿插创造了条件。

八六一团金骡子和八五九团一营长在绀岳山主峰会师后，立刻向闫玉才师长汇报情况，闫玉才展开地图，让他们详细报告站立点的方位及周围山势地形，在确认穿插分队已占领绀岳山主峰后，即令八六〇团迅速加入战斗，所有攻击部队加速攻击，向纵深发展进攻。

下一个目标，雪马里！

第二十五章　四马攒蹄

109

吃完晚饭,向春晖简单收拾一下,只提着一个小包包进了榆次火车站。父母最近开始为她张罗对象的事儿,年前来过一封信提及此事,之后就每信必提,俨然成为全家第一要务。前几天甚至把电话打到队里来,说是他们老战友的儿子,烈士子女,根红苗正,现任二八八师侦察连长,关键是有才,会吹笛子和唢呐,还会作曲,写文章,可谓文武双全。军队里这种人比较少,前途无量啊。只是考虑个人问题比较晚,年龄稍大几岁。让她尽快回京面谈。

向春晖一听陶光前的名字,感到很惊讶。那天晚上同桌夜宵,她就对这个人很关注。她和他四目相对时,让她感觉到彼此都对对方有好感,因为只需一瞥,就从眼神里,读懂了对方的心念。这个人非常内敛,一点儿都不张扬,但很有深度。既有一身武艺,又温文尔雅,有一身文气。这应该就是那种"静若处子,动若脱兔"的人吧?不对,他应该是岳飞、辛弃疾之类,也不对,他就是爸爸常跟她讲的张仲翰将军那种类型吧!

晚发晨至那趟进京火车从太原发出了,她举着前天买好的车票,很从容上了车。

车厢里人很多,她硬挤到一个靠窗的位置,临时坐在这里的中年男子,看她手里拿着票，马上站起来腾座儿，挤进人群中。向春晖坐下来，从包包里面拿出一本书，放在小桌板上读起来。

车厢里走道上都挤满了人。两个人的座位上有的坐了三个人，三个人的座位上也有的坐了四个人。向春晖把两脚轻轻往座位下一放，感觉触碰到一个东西，而且还是会动弹的活物！不由叫了一声。

别怕，是个人，也是你们当兵的。旁边人说。

哎呀，怎么躺这底下了？这多不好啊？向春晖说。

座位底下都躺满了！你看前后几排，几乎都有躺着的！人们纷纷说。

向春晖皱了皱眉头没说话，继续趴在小桌板上看书。汽笛声里，列车开动了，咣当咣当驶出榆次火车站，朝北京飞奔而去。

向排长！

向春晖感觉到座下那人碰她脚踝一下，又叫了一声。她循声望去，只见陶砚瓦从座位底下探出半个脑袋，还冲她笑呢。

哎呀！说了半天，原来是你啊！快爬出来！你从太原上的车吧？

对，下午去军政治部拿介绍信了，吃完饭正好赶这趟车。陶砚瓦说着，从人腿缝里连挤带爬，在向春晖的帮助下，才扒着小桌板站了起来。

快坐我旁边。向春晖转身跟旁边人说：对不起，这是我弟弟。稍稍让一下吧。

啊，你们长得还挺像。你四个兜，他两个兜。你是干部，他是个兵。旁边旅客说。

你还真懂！向春晖身子往里收缩出两三寸地方说：他比我能耐大，很快就四个兜了！过来挤我这儿！

我身上脏，对不起。旁边旅客也往旁边挤了挤，陶砚瓦这才搭上了半个屁股。

说什么呢！咱们都是最干净的。向春晖的话带有嗔怪，她是直接对着陶砚瓦耳朵说的。她的嘴巴发开口音时，能碰得着陶砚瓦的耳朵。那感觉应该是痒痒的、轻轻的，还伴随着一股香气。虽然碰的是耳朵，但当时给到陶砚瓦的感觉，却是铿铿的、杠杠的、重重的，一声一声直接砸向他的小心脏。

他自己都听到了"嘣噔嘣噔"的声音。

听说师里又把你要回来了?送稿子?

不是。陶砚瓦把手拢在嘴边,让声音正对着向春晖凑过来的耳朵说:参加军区歌曲创作学习班,一个军只去一个人。

小陶你真棒!我看好你!向春晖依然恢复刚才的姿势,还把右手从小桌板向上一抬,伸出大拇指摇晃了几下。

都是给你写的那段词儿闹的!陶砚瓦能有机会跟向春晖如此接近,感觉像是在梦里。他两眼盯着向春晖耳朵看了半天,嘴里不由感叹道:真干净啊!

啊,刚洗头了。向春晖说。

我说的是你的耳朵。陶砚瓦说:它是我见过的最干净的耳朵。我真受不了了。

你想干什么?向春晖警觉起来。不许胡闹!

我想吃它。

哈哈哈哈!向春晖捂嘴一笑,腰身轻微颤动起来,笑完却把耳朵朝陶砚瓦嘴边一凑说:给,你吃!

陶砚瓦二话没说,张嘴就把那片尤物含起来,还真用牙齿轻轻咬了几下。

停!向春晖说话了。她朝陶砚瓦的肩膀打了一拳,眼睛紧紧盯着他的眼睛,又对着他耳朵问:老实交代,是不是想干坏事儿?

干什么坏事儿?陶砚瓦不明就里,两眼直勾勾看着向春晖。

向春晖见他傻傻的样子,接着又给他肩膀上一拳道:记住:书上说的,女孩儿的耳朵属于性敏感部位,不能乱碰。

哎呀,我不知道啊。陶砚瓦的脸唰一下子就红了,赶紧把脸扭过去。

姐姐的耳朵,小弟弟可以咬。向春晖说着,又给陶砚瓦一拳头。

姐!陶砚瓦趴在向春晖肩头,不好意思抬头了。

给,姐姐让你吃。

陶砚瓦一张嘴,果然就碰到了向春晖的耳朵,他便接着咬了几下,又进而用舌头轻轻舔了几下,边咬边舔,边舔边咬,上下其口,无比享受。向春晖竟也没拒绝他,她甚至还伸出胳膊搂住陶砚瓦,似乎是怕他不小心滑下去，当然也是喜欢跟他亲近温存。在这个特殊环境中，他们可以全然不避讳周围人的目光。

向春晖还是第一次遇到有个男孩子当面提出来，想咬她的耳朵。她感觉这有点儿奇葩。但因为是陶砚瓦提出来的，这样一个看似荒诞的请求，她竟然还答应了。而这小子还真咬上了。这一咬，堪比初吻，确实有点儿怪怪的感觉。有点儿朦朦胧胧，莫名其妙，说不上难受也绝说不上舒服享受的感觉。

这个当年在衡水汽车站卖鸭梨的小男孩儿，这个坐在礼堂看她排练的小戏迷，这个拉练路上举着小喇叭宣传鼓动的小战士，这个为她写了精彩唱词的小创作员，这个喜欢"吃"她耳朵的小弟弟，此时此刻被她紧紧搂在怀里。

陶砚瓦早就停止"吃"耳朵了，他趴在向春晖肩头睡着了，他眼睛里像是有几滴眼泪流出来。向春晖看着他熟睡的样子，轻轻在他脸上亲了一下。

你亲我了？陶砚瓦突然睁开眼睛，还摸了摸刚才被亲过的地方。

别瞎说！谁亲你了？向春晖嗔道。快睡吧。

不对！我明明感觉有人亲了我脸一下。莫非我是做梦吗？

你做梦梦见你对象亲你了吧？向春晖坚决不承认亲了他。

我没对象。啊，对了，我知道有个人特别喜欢你。

谁？

我们八六一团的。

张国凯吧？他人挺好的，但是他不适合我。

你这么优秀，追你的至少有一个连吧？一定要挑个特别特别棒，又特别特别喜欢你的人！

我最想找的，是一个像你一样有才的人。

张国凯不错，他还写诗呢。

得了吧！他写的那叫诗吗？什么"四马攒蹄"，谁跟他"四马攒蹄"？！

你是不是已经有目标了？

算是吧。

是咱们部队的吗？

是咱们部队的，但不是咱们师的，你不认识。向春晖说：将来你不许乱找，回头姐给你找个北京的。

110

张国凯的梦中情人，确实是向春晖。他对向春晖示爱的手段，就是写诗。不过他不写格律诗，是写白话诗。既然是白话诗嘛，那就是明白如话，所谓"我手写我口"。再说得白一点：心里怎么想的，嘴里怎么说的，直接写到纸上，那就是诗。

无奈向春晖不这样认为。她从小背唐诗宋词，长大了唱样板戏，那都得讲究押韵啊！

所以，张国凯不懂为什么向春晖不欣赏他的诗。他自认那真是他心里想的，嘴上也不大好意思说的啊！他甚至想把心掏出来给她看啊！他曾经给向春晖写情书，包括写情诗。在军营里弄这些事儿，很不方便。必须在暗中进行。但功夫不负有心人，他竟然搞定了把情书和情诗及时送达的特快专递渠道。

张国凯的特快专递渠道，就是通过自己哥儿们，八六一团特务连长李明，偷偷布置给侦察排长黎三镯，黎三镯则通过陶砚瓦了解了向春晖的行踪，然后又编造理由让陶砚瓦带着他去宣传队转了一圈儿，从而得到了向春晖的宿舍位置。于是张国凯的情书情诗开始单向传递。因为只有男方给女方的，女方却从不给男方回片言只字。

向春晖没回一个字，但也没表示拒绝，这在张国凯看来，就近似于接受了。于是他的诗思就开始泉涌，诗作就越发频繁。他甚至经常在脑海里出现自己骑着马，搂着向春晖在平原上奔驰的画面。

而这种单向传递的情况，也只进行了几个月时间，就突然中断了。不是张国凯的多巴胺分泌失衡了，是他自己不写了，他没脸再写了。

起因是他写的一句诗："在春天的阳光里，四马攒蹄。看一路桃花，向我们笑开。"

他以为"四马攒蹄"是骑马飞奔。"攒"这个字，不就是向上拱或者向前冲的意思吗？"攒蹄"不应该就是"飞奔"吗？

张国凯从小听爸爸妈妈讲过多次，当年爸爸骑着马，妈妈坐在爸爸怀里，回老家陶村，引起轰动。这个画面是镌刻在爸爸妈妈心中的幸福。也成为印在他心中的，最为生动豪放，最为热血沸腾，最为心驰神往的画面。成为他一直在景仰、想追寻和复制的人生目标。他开始幻想跟向春晖"四马攒蹄"一番，既遂自己心愿，又继承复制前辈雄风浩气，岂不是美畅之至！特别他还把向春晖的名字，暗隐诗中，更让他万分得意：写此佳作，如有神助！料必能打动芳心，此事成矣！

但他万万没想到，为写这首诗他费尽心机，也特快专递给向春晖了。但是结果却跟他想的大相径庭。他不仅没有打动姑娘的芳心，反而让姑娘看到了自己的浅薄和虚妄！并把他推向惨境！而令他百口莫辩，尴尬万分，造成这一切的，竟然就是这个"四马攒蹄"。

那还是陶砚瓦突然找他，转给他一个信封。信封上一个字也没有，问是谁给的，陶砚瓦说人家不让我说，只说让你打开一看就知道了。

于是便打开了，里面只有一张小纸条，小纸条上只有一行娟秀小字：

你没弄懂"四马攒蹄"的意思，不要乱用！

他立刻就猜到了，这绝对是向春晖给他的回信！于是他就去政治处找陶砚瓦，说要找成语词典用一用。他当即查阅"四马攒蹄"这个词条，一查吓了一跳，原来这个"攒"字，有时候还写成"躜"，如果只说"攒蹄"或者"躜蹄"，就是描述马急驰时的样子。但组成成语"四马攒蹄"，就不再是他一直以为的那个壮美画面，恰恰相反，这个成语的意思是五花大绑！

他娘个缵儿！怎么可以这样！

唐代韩愈可以说"百马攒蹄近相映"，元代无名氏可以说"廊琅琅弓上箭，扑刺刺马攒蹄"，都是骑马飞奔；而同是元代的关汉卿说"几时吃四马攒蹄"，以及凌濛初《二刻拍案惊奇》说"大夫叫将宣教四马攒蹄，捆做一团",则成了五花大绑。

张国凯完整看完成语的解释,一时如五雷轰顶,目瞪口呆:百马是飞奔,四马就是捆绑!

他一时有了世界末日的感觉。陶砚瓦问他怎么了。他就像是没听见一样,两眼怔怔望着窗外,那里是向春晖所在的方向。他本想在她面前抖一点小机灵,幻想着跟她同乘一马飞奔,复制老爹老妈当年风采,结果却丢了大丑,弄成了在她面前彻底暴露自己缺陷!用无地自容,恨无地缝可钻,都难以形容张国凯此时心情。

不是编辞典的人浑蛋,也不是定这事儿的古人犯了糊涂,更不是向春晖鸡蛋里头挑骨头,完全是自己浅薄无知!

人家向春晖就知道"四马攒蹄"是五花大绑,你张国凯就不知道这一点!你没弄明白这个成语,可以原谅;但是你没弄明白却把它写进诗里,向心仪的女孩儿去显摆,这是不可原谅的!在如此关键节点,犯下如此荒唐低级错误,自己都没法原谅自己!

向春晖肯定开始鄙视和耻笑自己了!他感觉向春晖那行娟秀小字,就是一排射向自己心脏的子弹,那子弹射穿了自己的胸部和头部,又射穿了自己的腹部和裆部,他感觉自己彻底死掉了。

他忘记了自己是怎么从陶砚瓦办公室出来,并从政治处回到司令部的。他一直在检讨自己为什么会犯下这个错误,甚至回想起来在上小学三年级的时候,语文老师就经常对他说:不能望文生义,不能浅尝辄止,当你自己感觉明白了的时候,不一定你真明白了。假明白比真明白更害人!

小学老师的谆谆教导依然在耳,可这一次自己又重蹈覆辙,再次翻车。而且翻得更惨,摔得更疼!别说不能跟自己心爱的人同乘一马了,就是并辔联镳,也断无可能了!

据说从接到那张小纸条以后,张国凯半个月没洗脸也没洗澡。他说:我已经没脸了,还要什么脸!。

这事儿传到向春晖耳朵里,她竟然说:这是真的吗?我才不信呢。

向春晖不信,这话也让张国凯知道了,这仿佛更在张国凯的伤口上,又撒了一把盐，让他痛上加痛，痛苦万分，痛不欲生！

他又去特务连，找连长李明商量。李明说，你现在典型的失恋综合征！病得还不轻！必须下重药才能治！解铃还须系铃人，长痛不如短痛，你必须壮士断腕，破釜沉舟，跟向春晖做一个彻底了断！我们赶紧设计一个方案，你必须尽快跟向春晖见上一面，该表白表白，该检讨检讨，总之必须直接去面对！都是革命同志，当面锣，对面鼓，有话当面说清楚，省得背上思想包袱，互相猜疑，徒生烦恼。

李明让通信员把黎三镯叫到连部，交代他办三件事儿：一是制作一张宣传队小院详图，特别标明排练室、练功房，以及队部、创作室、仓库、演员、乐队等每间房子用途和具体位置，里面人员职务性别等等；二是进一步摸清向春晖的工作生活规律，特别是什么时候在屋，什么时候不在屋；三是摸清她房间内摆设，床、柜、桌、椅怎么摆放，看的什么书，墙上什么挂图等。

黎三镯此前一直担负给向春晖送信的任务，早打下良好基础。这次他接受特殊任务，办事极为爽快麻利，精细妥帖，很快就把三件事办妥复命。并特别注明：向春晖宿舍前后都有窗户：后窗稍小稍高，但可外悬，外面就是操场，一片空旷之地。张国凯的情诗信件，基本靠这个口子投送，保证了万无一失。如果室内发生状况，可从这里逃脱。

于是三人又制订了张国凯见向春晖的三套方案。经过反复比较，特别论证了见面目的必须是有限的，见面方式必须是私下的，同时进行了风险评估，设计了安全底线，确定了实施时间。

他们选择的是一个非常非常平常的日子，一个说过三遍五遍也未必能记住的日子。

最后特别叮嘱：要速战速决，不可拖泥带水，5分钟之内是黄金时段，5—10分钟是垃圾时段，超过10分钟，直接宣布阵亡！

张国凯走后，李明还不放心。他跟黎三镯说：你离开向春晖房间后，赶紧去搬救兵。救兵就是陶砚瓦。你叫上他赶紧过去，万一被人碰见，就说是陶砚瓦和向春晖想了解合成营训练情况，张参谋国凯负责讲理论，黎排长三镯负责讲实践。

黎三镯听后，对连长的足智多谋五体投地。

　　那天张国凯盥洗干净，洗了澡，理了发，刮了脸，刷了牙，专门穿了两个兜的战士服，皮鞋也换成了胶鞋，戴上个口罩。让黎三镯用自行车带着，大白天，直接骑到宣传队院内，两个人大摇大摆进了向春晖宿舍。

　　向春晖正准备排练新剧，一个人在屋里背台词。见他们来了，很客气让座、倒水。黎三镯说她京剧晋剧都唱得好，八六一团官兵向她致敬！他跟陶砚瓦是一个村的，说完就起身去看老乡走了。

　　张国凯好不容易有了在向春晖宿舍单独见面机会，又提前做了万全准备，进行了多次反复推演，早具备了成败在此一举甚至破罐破摔的匹夫之勇，也做好了大不了一锤子买卖的精神准备，更具备了一别两宽、各生欢喜的底线思维。进门后又见向春晖客气，不免解除顾虑，放下包袱，二人在友好的气氛中，进行了真诚坦率的会谈，取得了多项共识和积极成果。

　　在张国凯这段幸福时光就要结束之际，突然门外有人敲门，而且敲门的频率比较快，音量比较高。向春晖也以同样的频道问：谁呀？

　　小向啊，你在屋里啊？一个带河北平原口音的中年女人的声音。

　　是朱凤英啊？有事儿吗？

　　没事儿。别忘了一会儿对词儿！

　　忘不了，放心吧！

　　朱凤英？是不是刘参谋长家属？

　　对，你认识他？

　　刘参谋长当年是我爸爸部下。他们去北京找过我爸。她怎么会在你们这里？

　　来半个多月了，现在成我们这儿一道风景了。

111

　　朱凤英比首长年轻许多，据说当年曾是校花级别的存在。当时抗美援朝之战还在打，《谁是最可爱的人》风靡全国，学校里风行给志愿军写信，正在读初中的她也拿起笔来，运用其所有的语文知识，饱蘸对英雄的崇拜浓情，写了一封燃烧着激情的信件，被寄往朝鲜前线，分到了一个立了战功的班长手上。

志愿军也鼓励指战员给来信者回信。那位班长读了她的信，非常感动，当即回信：

朱凤英同学你好！你真能写！写得真带劲！我一定奋勇杀敌，再立新功！

朱凤英收到这封信，深受感动，她稚嫩的脸上挂满真诚的泪珠。于是她再接再厉，又写下第二封信，感情更为真挚，词句更加优美。个把月之后，她又收到了第二封回信：

朱凤英同学你真好！没想到你又来了一封信！写得比第一封还好！我很高兴！什么也不说了，还是打好眼前这一仗，消灭更多的敌人！请祖国人民放心！也请你放心！祝你学习进步！

朱凤英收到之后，更加欣喜若狂。她在老师的鼓励下，向全班同学高声朗读了英雄回信，得到热烈掌声回应和艳羡的目光投射。她沐浴在幸福里。她又继续写了第三封信、第四封信、第五封信、第六封信。对方也一一回复，称呼也从"朱凤英同学"，变成"朱凤英同志"，再变成"凤英小妹妹"。她的身份也从初中生，变成了公社社员、共青团员、光荣军属。跟她通信的那位班长，就是二八七师参谋长刘俊生。

刘俊生打过仗，没读过书。他是参军后在部队扫盲，认识了一些字。回国后又上了部队办的衡水速成中学，总算是又补了课，才有了正式初中文凭。但在朱凤英眼里，他那个初中文凭不硬气，是"混"来的，是"沾了部队的光捡来的"，跟自己的文凭是不能比的。所以美女爱英雄不假，但美女一旦嫁英雄，美女就依然还是美女，英雄却未必还是英雄了。

给英雄写信时的中学生朱凤英，变成了军官家属，特别是参谋长家属朱凤英之后，水涨船高，身份、观念、心态都发生了极大变化。这个变化不是突然完成的，而是缓慢的，一点一点进行的。比如她说话时的腔调、口气、姿态等等，没有二十年以上的修炼，都是极难形成的。

再比如她爱好唱戏，当年她家乡流行评剧，她就喜欢评剧。随军之后，环境变了，时代发展了，看京剧多了，于是她又喜欢上样板戏了，每天抱着收音机，反反复复听，哪段西皮哪段二黄，哪句原板哪句流水，西皮"眼起板落"，二黄"板起板落"等等，她都能咂摸出个一二三。好在每一出样板戏都有她喜欢的唱段，她经常抱着戏匣子，跟着名角儿有板有眼唱下来，而且还颇具几分韵味。

她家老刘当上参谋长，正赶上师宣传队准备排演样板戏，新招不少女兵，几个要角都从地方剧团直接要过来。宣传队招兵买马，一时人丁兴旺，专门成立了一个女兵第三排，人数达二三十人，拥有声乐班、舞蹈班、乐队班。因为向春晖入伍前已经是党员，所以很快就从声乐班长，擢升为代排长、排长，又安排一个副指导员专门负责协助，管理女兵排。

眼见这些姑娘们在营房里灿烂，朱凤英不免春心萌动。她先吹枕边风，再做些功课，果然如愿"特招"来到宣传队。上级安排她来的理由很堂皇：宣传队来这么多女兵，都是些女孩子，怎么管理没有经验可循，需要探索和总结提高。让朱凤英同志协助你们，也方便把女孩子们关照好，不出问题。另外她对样板戏也有基础，偶尔也可以安排她参与演出。

据说当时队长面露难色，说朱凤英是三号首长夫人，尽管她穿上军装，尽管是两个兜，那也就是个女兵了。她年龄比我们队长指导员都大，咱们怎么管她？另外她虽然会唱几段京剧，但身材发福，样板戏舞台上哪有她适合的角色？

指导员脑子灵活，说首长夫人肯来宣传队，是对咱们工作的重视和支持。建议给她两个安排，一是作为《沙家浜》里沙奶奶的B角，偶尔上台演出；二是协助副指导员和三排长管理女兵。

从此朱凤英就天天从家属院来宣传队行走。因为她需要照顾首长、家里还有孩子，虽然不用安排宿舍，但是作为正式队员，队里还是在向春晖房间安排一张床给她用。实际上她也很少过来。她对练功、排练、演出都不感兴趣，甚至对上台不上台也不感兴趣，却只对一件事儿感兴趣，就是勤于、热衷于从大家的言谈话语中，目光碰撞中，动见观瞻里，草蛇灰线里，探寻男女接触风向，发现和捕捉"腐化"苗头。

"腐化"这个词语，在军队里有特殊内涵，它往往专指男女作风问题。

朱凤英说：组织上交代她重要任务，一定得尽心尽力完成。都是小男小女儿，正是容易冲动的时候，哪天有人搞腐化，把姑娘肚子弄大了，那可就晚了！不看紧点儿怎么行？

那天她在排练场待着无趣，就来这房间喝茶闲坐。突然从后窗飞来一物，捡起看时，是一个八六一团司令部的信封，上面写着"向春晖同志亲启"，但是信封开着口儿，里面有一张信纸，上面写了一首诗，署名是张国凯。

她对诗不感兴趣，却对张国凯的名字感兴趣。她赶紧拉过椅子踩上，趴在后窗朝外看，操场上竟空无一人。她心想：肯定是张国凯看上向春晖了！她这才仔细把那首诗反复看了几遍，竟然一点儿也没读到她期待读到的情话暗喻，感觉味同嚼蜡，这让她兴味索然，颇感失望。

她以一个响应号召才给战场上的英雄写信，最终受到英雄喜爱才与之登记结婚的姑娘身份，对和平时期单纯追求爱情的男女表示不屑；她以一个经过长年通信逐渐了解才修成正果的过来人，对如今青年男女一见面就想搭呱，恨不得马上钻被窝儿表示不屑；她以一个具有一定语文水平，完全靠好文笔成就人生的老初中生，对张国凯写来的诗表示不屑。

她把那张纸重新折叠回原来的样子，放进信封里，再随手往地上一丢。又突然转念一想：尽管信封开着口儿，大有不怕别人看的意思，尽管只是一首诗，也没发现什么情话暗喻，但军营里大家都是"两眼一睁，忙到熄灯"，谁会没事儿写些不让人心动的文字？还要从窗户里扔进来？

也许这首诗里有不易被人察觉的暗号？也许这张纸上暗藏偷偷约会的信息？要不然把它交给保卫科，让他们用侦察手段，好好查一查？

再转念一想，国凯爸爸毕竟是老刘的首长，不看僧面看佛面，事儿闹大了，恐怕对老刘不利。还是罢了吧。反正已经掌握了线索，有了实物证据，日子还长着呢，再慢慢观察观察吧。

她拿起暖壶，把杯子续满，兀自喝起茶来。

112

这天朱凤英刚刚来到队里，就接到自己安排的线人密报，说看见两个男兵去向春晖房间了，一个干部一个战士，看着都很面生，不像是师部的。那个干部进去一下就出来走了，可那个战士没见出来。

朱凤英一听，顿时引起高度警觉。这个向春晖，又是有人给她从后窗扔信，又是有人公然进她宿舍。看来她担心的事情就要发生了！只是没想到要出问题的人是向春晖！她家老刘就常说：问题往往出在干部身上。看来还真是这样！

朱凤英浑身充满了神圣的使命感。她就想大白天竟然有人私闯女兵宿舍！还公然来找向春晖！可见三令五申不管用，得马上过去抓个现行！他听保卫科长说过，男女作风问题，必须抓现行，不抓现行，屁用不顶。

可她走到门口敲完门，用司马懿的耳朵，听到里面传出来诸葛亮的琴声，没有丝毫可疑之处。她站在原地等了一会儿，里面没有开门，她想再敲，举起手来想了想，没敲。她想：不行，撤。

向春晖毕竟不是一般女兵，她是女兵排长，革命样板戏《沙家浜》阿庆嫂的扮演者，是全剧台柱子，深得全师指战员喜爱。而且她父母都是革命干部，还都在北京工作，平时一直很清高，一般人她都爱答不理的样子，平时出来进去偶尔在走廊碰见，对自己这个首长太太，她的态度竟也一样不卑不亢。所以不能莽撞行事。

女兵都在隔壁大房间住，大房间那边的隔壁，就是向春晖宿舍。本来这一小一大两间女兵宿舍，是所有男兵的禁区，宣传队女兵只有她和向春晖有单独的宿舍，可见向春晖在宣传队的地位。如果真要抓她的现行，不能由她出面，应该找个别人去。她一边往回走一边想，是找队长去？不行；找指导员去？不行；找别人去？一个一个都不行。他们这些大老爷儿们，一是未必去，二是也不方便去。想来想去，只有她自己亲自出马比较好，可进可退，可明可暗，理由随便就能编一个。

朱凤英刚才夯着胆子过去敲门，虽然没敲开，但她自感起到了敲山震虎的作用。她想着刚才的事儿，越想越感觉向春晖屋里的人没出来，时间越长，危险性越高。不能错过这个机会了，不能让黄花菜凉了。她转回头，决定再敲。

这回她敲门的频率和音量都远超前次，而且她还把脸紧贴门缝，敲一阵儿又听一听里面动静。嘴里还故作镇静地叫着：春晖，你别怕，就我一个人，你开开门儿。

门开了，朱凤英的脸正紧贴在门上，差一点栽进屋子里。

朱凤英你瞎叫唤什么？声音不高，但是很严厉。

113

那天朱凤英一个趔趄冲进屋内，也顾不上搭理向春晖，只顾左看右看却没看见人，她甚至弯下身子看了床底下，二十几个平方米的宿舍，用堪比鹰隼的犀利目光，犄角旮旯都扫遍了，愣没发现人影儿。

朱凤英无比失望。

她脸色煞白，嘴里嘟哝了句：人呢？

你想找谁？向春晖手里拿着剧本问。我这屋门一直关着，你不找我，到底要找谁啊？

是啊，找谁啊？朱凤英真不知道要找谁。所以她没有回答向春晖之问，也没再看向春晖一眼，转身悻悻然走了。

莫名其妙！向春晖的声音不大，但足够让朱凤英听见。而只要她能听见，声音越低，污辱性越大。

朱凤英回到练功房，翻跟头的、练声的、演奏乐器的，乱糟糟的，一派繁忙景象。

她找个旮旯坐下，回想事情经过，试图从整个链条中，一个一个去寻找，试图找到断了的那一个。

她寻思再三，捋来捋去，无意中抬头，发现了后墙上那个小窗户。她想起自己站椅子上，打开生了锈的窗钩，朝外推开窗扇，还试着朝外爬了爬，感到难度极高。又伸出脑袋朝外看，是空旷的操场。

没能抓到"现行"，让朱凤英郁闷了很久，她已经"莫名其妙"了，所以不能再去找向春晖询问了。找线人反复审问，得到的又都是百分之一百的肯定答复。那最后她的结论就是：那个男兵一定是从后窗逃脱了。

朱凤英的判断没错儿。陶砚瓦坐着黎三镯的自行车，还没进宣传队的大门，就看见张国凯从向春晖后窗跳下。他起身离开时，一瘸一拐走得很急。见了陶砚瓦，挺不好意思地点了点头，二人都没说话，张国凯匆匆忙忙上了黎三镯的车，径直去了师医院。

那天张国凯终于见了向春晖，话讲明白了，虽然有惊无险，但自感轻松。他庆幸没被朱凤英撞上，要不然可就糟了。自己尴尬事儿小，让向春晖尴尬事儿大！自己是尴尬人难免尴尬事儿，就让所有的尴尬都排着队来吧！

事后朱凤英暗自感叹：如今青年人真是不好管！男男女女都太随意，说见面就见面，说分手就分手，来了就来了，走了就走了，竟没人当回事儿！

这事儿也给她提了个醒儿：要盯住向春晖，其难度就跟从后窗钻出去一样，自己能力还达不到。既然达不到，还是先放下，集中精力盯紧那些小战士，她们年纪小，资历浅，胆子没那么大，行事也比较简单。但是她们肚子被弄大的危险性最高。她想起创作班那个小秦，就对乐队弹琵琶的小胡挺上心，琵琶一响，他就总凑过去，没话儿找话儿，瞎搭讪。还动不动就"浔阳江头夜送客，枫叶荻花秋瑟瑟"。那个翻跟头的小董，也爱过去插上一腿。俩人争风吃醋，暗中较劲儿！时间一长，难免就要出事儿！别人也都不好说，女孩子水性杨花，男孩子拈花惹草，哪一个都不是省油的灯！

朱凤英在宣传队真不轻松。谁跟谁说话了，谁跟谁使眼色了，谁跟谁一起出去了，谁跟谁一起回来了，谁跟谁好了，谁跟谁散伙了，等等等等，真是操不完的心，紧盯慢盯盯不住。好在她明察暗访、严监严管，一直没有发生弄大了肚子的事儿，这让她颇为得意，满满的成就感。

她辛辛苦苦一年多，受到宣传队党支部高度肯定，正式发展她为中共党员。之后她简单收拾了一下，就回家去做专职太太了。她没跟大家告别，队里也没开会欢送。大家忙于排练演出，似乎也没人太关注她的动向。在她在的那段时间里，队里有三对儿男兵女兵搞成了对象，后来也结了婚，生了孩子，过上了幸福生活。特别是那个翻跟头的小董，娶了弹琵琶的小胡，双双转业到小董的家乡，小董当了省剧院院长，小胡当了省文化厅人事处长。此是后话。

朱凤英呢，她十分珍惜自己在宣传队的光荣经历，这段不凡经历，是她一生职业生涯里，最为光辉灿烂的篇章。她每每对人说，自己当过兵，还管过宣传队的女兵。男男女女天天在一起，可不好管！明明看见一个男兵进了一个女兵的房间，可敲门进去，那个男兵连个人影儿也没有。他去哪儿了？他钻后窗户跑了呗！那个后窗户挺高，也挺小，一般人可钻不出去。她用手比画着，比个蓝球大不了多少。他怎么钻出去的？是先钻脑袋还是先钻两只脚？先钻脑袋，外头就是操场，他不要命了？先钻两只脚，那他怎么把脚伸出去？

最后，她总是不忘她的宝贵经验体会总结，那就是：一定要抓现行！

第二十六章　激战雪马里

114

雪马里位于临津江南约四公里处,有通往议政府的公路,是敌防御要点之一。这里的议政府不是个机构,而是一个地名,一个小城的名字。

说雪马里重要,单看它由谁防守就知道了:守敌为英国皇家第二十九旅格洛斯特营,有皇家炮兵第四十五野炮团第七连队、哈萨斯第八骑兵连和坦克团一个连配属,防守235高地、314高地和雪马里地区。

敌人在雪马里附近各制高点筑有环形野战工事,能以火力相互支援,同时在主要路口设有障碍物。敌防御较强,前沿地形开阔,不便我隐蔽接近。但敌纵深防御较弱,且右翼绀岳山已为八六一团占领,侧翼已暴露,便于实施迂回包围。从雪马里经神岩里至议政府的公路,是敌人主要交通干线,公路经过的295.4高地西侧一段,地形险要,控制该公路西侧地区,则可断敌退路。

为了发展胜利,闫玉才当即决定:令八六〇团在182高地以北地区正面攻击雪马里之敌;令八五九团从新岱向雪马里西侧进攻,配合八六〇团围歼该敌;八六一团迅速向雪马里后侧沙器幕穿插,攻占纵深制高点,断敌退路,阻敌增援。为便于指挥,师指挥所一分为二,代师长闫玉才带精干指挥小组随八六一团行动。各部队按师命令,奋勇进击,大胆穿插,尽快对雪马里之敌形成合围之势。

怎么了何涛？闫玉才发布完命令，看见何涛若有所思，就又明知故问。让你打援就不高兴了？

没有。何涛悻悻地说。师长，真的没有。

嘴上不承认，脸上都带出来了！闫玉才一语点破。捕俘、渡江、打152，打绀岳山，最近你们团开局很好啊，特别打绀岳山一仗尤其好！师党委已经给你们请功了！而且请的是大功，是集体一等功！

其他几个团都说：老何你打得好，我们向你学习！可也不能总是你吃肉，我们喝汤啊！

好，这回我们喝着汤，看你们吃肉香！舌头直痒痒，嘴里馋得慌。何涛来了段顺口溜，逗得大家笑了。

回到团指挥所，就把刚才师长讲的跟吴力耕传达一遍。

老何，咱俩正好聊聊？吴力耕听完说。

好啊，我也想跟你说会儿话。

我理解你想啃硬骨头，打大仗。一来为了师长，二来为咱们团。对不对？

完全对。咱们这几个团的主官，有长征过来的老红军，也有资格比师长还老的老八路，组织上把这么重的担子给他挑，面对这么残酷的战斗，战胜这么凶恶的敌人，每一仗都得打好，每一仗都要有人牺牲，真是太不容易了！论资历，论年纪，咱们不能等着师长叫，得主动往前上！越危险，越艰巨，咱们越抢着上！再说咱们团，打日本，打蒋介石，战功赫赫，现在出国打美军，打联合国军，情况瞬息万变，时刻都有意外，叫我说句心里话，立功当然要争取，可坚决不能犯大错，被抄底，被歼灭，被取消番号！真要那样，我是没脸活下去了，我以死谢罪！

老何啊，咱们想的一样。你我两个人，我是闫师长老部下，一直跟着他，后来他也到别的团，别的师任过职。我一直在二八七师，三个团都走遍了；你是二八八师调过来的，估计也走过几个团了。现在咱们到了一起，你团长，我政委，咱俩就一个命了，拴一块儿了！咱们全团上千号人，都成一条命了！咱们没别的，把仗打好，把兵用好，把任务完成好，争取最后胜利！

好！两个人都把手伸出来，四只手紧握在一起。

团长！何涛的步话机响了，是团参谋长王永震：遵照你命令，一营正向沙器幕穿插，二营、三营正向神岩里地区穿插，准备抗击由土桥场增援雪马里之敌！

好，收到，继续插向敌纵深，务必占领295.4高地及公路西侧无名高地，将敌分割！

是，明白。

从志愿军凌晨发起全面进攻，那边李奇微就不断接到战场报告。一会儿东线告急，一会儿西线失守，一会儿中间被突破。这个刚刚上任十几天的盟军总司令却非常镇定，他坚持自己的"磁性战术"大法，守不住就退，没什么了不起。

可又有报告来：志愿军攻势凌厉，凌晨突破临津江，经过15公里的山路穿插，又迅速拿下临津江南岸制高点绀岳山，这就把英二十九旅和美三师之间原本形成的"一块铁板"，给分割了。

李奇微淡定依然，只是鼻子哼了一下。

当报告志愿军穿插至雪马里，他仍然面无表情，不动声色。因为他早在雪马里高地布下重兵，就是英军王牌部队"皇家格洛斯特营"。这支部队可非同一般，它隶属于英军二十九旅，曾经在一百多年前征服埃及的战争中立下战功，其军徽由英国女王亲授，上有"皇家陆军"字样。故此该营官兵都佩戴两枚帽徽，也就拥有了另一个更牛的美称："皇家陆军双徽营"。而且这个所谓的营，配属了皇家炮兵第四十五团七连、哈萨斯骑兵第八连、一七〇迫击炮连，以及一个重型坦克连。总人数有一千多人，几乎是一个团的编制。

所以，有雪马里山为屏障，有这么优秀的营队把守，不远处又有援军，他一个电话，天上的飞机、地上的增援，都会砸过来，扑上去。李奇微有什么可担心的呢？

闫玉才指挥入朝首战，他让没有参加偷渡的八六〇团担任主攻，八五九团配合围堵，八六一团打援，志在必得，很快就把皇家格洛斯特营重重包围。不过当时他可不知道对手是英军，更不知道这支部队的辉煌战绩，鼎鼎封号。他和他的官兵，面对眼前拥有坦克大炮的敌人，感觉没什么特别之处，就想着尽快整个吃掉！

没想到还真是啃上了块"硬骨头"！两个团前后夹攻，攻占了雪马里周围的高地，敌已成瓮中之鳖。但发起全面进攻，对手竟然顶住了多次攻击。

双方大几千人，在这个狭小空间攻防缠斗，这时任何战术战法都已失效，双方就是拼谁的意志更顽强，谁的士兵更不怕死！

终于，"皇家格洛斯特营"的指挥官先撑不住了。眼看他的部下无论怎么拼，也突围无望，天上的飞机往下丢炸弹，自己人也一起被炸得粉碎！这个时候，什么荣誉什么脸面，保命最重要！于是他下令撤退。

一旦有了逃跑令，这些士兵，包括不少参加过"二战"的老兵，跟李承晚的兵、蒋介石的兵都没什么两样。坦克火炮汽车凡是重型装备全都不要了，人命最是要紧。但是闫玉才的兵，绝不会轻易放过他们！他们无论怎么冲锋，均告失败。包围圈逐步缩小，这个骄傲了一百五十多年的英国皇家双徽营，被死死压制在雪马里。

有一股敌军溃逃至雪马里侧后方时，八六一团一营突然出现，令突围之敌大感意外，只好调集飞机大炮进行狂轰滥炸。面对猛烈的炮火，一营抢占高地后将敌打散，再次切断了雪马里英军的后路。

英军突围无望，战不能胜，逃不得脱，此刻李奇微不再淡定了。如果这个"皇家格洛斯特营"被围歼，不仅严重影响联军士气，更会酿成英美两国重大外交事件！他又如何向总统和议会、向全国和世界、向今人和后人交代？

于是，李奇微急忙下令，飞机空投物资让该营顶住，两路援军向雪马里增援。

第一路援军：美第三师的两个营、一个坦克加强营和一个炮兵营，再加一个菲律宾的加强营（可充当炮灰）。

第二路援军：美军1个重坦克连为主，南朝鲜第一师十二团为辅，在空军掩护下直扑雪马里！企图撕开志愿军围死的口袋，将"皇家格洛斯特营"解救出来。

敌人援兵出动，二八七师官兵兴奋异常，围点打援轻车熟路，天罗地网等候多时。

时间到了24日上午，敌人援兵向八六一团一处阵地展开进攻。天上有十几架战机狂轰滥炸，地上有各种火炮不停轰击，阵地陷入火海，不少官兵还没来得及战斗，就壮烈牺牲。这是二八七师入朝来首次见识美军的炮击、轰炸烈度，也是让他们长见识、知厉害、燃怒火、颇无奈的惨痛经历。

炮火中终有一个活下来的人，他就是战士杜根德。见排长、班长都光荣了，他挺身而出，组织剩余战士反击。可炮火太猛烈了，剩余的战友们又一个接一个地倒下去，阵地上拼得只剩下了他一个人。孤身作战的杜根德，此时已经全无顾忌，他面对冲过来的敌人，一边持枪射击，一边大声吼叫，胡乱喊着指令，一边不停地机动换位，并轮番使用轻重机枪、冲锋枪、手榴弹、爆破筒及手雷等武器，让敌人误以为阵地上还有很多的志愿军官兵。

或许会有人不相信，就是在这样无比艰难的情况下，一个杀急了眼的杜根德，一个全然忘却自身安危一心要坚守阵地的杜根德，一个只要还有一口气就要为牺牲战友报仇的杜根德，竟然不可思议地坚守阵地6小时，打退敌人4次进攻！

他本人也不可能知道，正是由于这6个小时的坚守，为后续部队创造了战机，为围歼敌军赢得了宝贵时间。他更不知道，阵地前有3000多名敌军死伤，还有一名敌指挥官被击毙。

115

李奇微十分恼火，他派出的增援部队，离被围的"皇家格洛斯特营"很近，从地图上看，不过区区5公里而已。但就是这么短的距离，增援联军受阻，左冲右突，竟难寸进。更让他苦恼的是，增援部队又搭了不少兵马装备做了陪葬。

李奇微也濒临崩溃了，他急调10余架飞机、20多辆坦克，配合地面部队再次向八六一团打援阵地发起进攻。这回志愿军只炸毁了其坦克纵队一头一尾两辆坦克，其余20多辆坦克全被困死，最后有18辆坦克、10辆汽车成了战利品。

李奇微无奈下了死令：把附近的南朝鲜、比利时、菲律宾等各部队全都调来，一起向八六一团阵地发起死亡冲锋。在强大的炮火支援下，联军顺利冲上阵地，正在和志愿军展开肉搏的时候，英军打来一阵异常猛烈的炮火，把整个阵地炸得稀烂。

炮火过后，阵地依然在志愿军手上。因为只要有一个志愿军在，阵地就不会丢。

25日8时，担负主攻任务的八六〇团，向"皇家格洛斯特营"发起最后总攻。本来准备再打一场硬仗，但没想到英国人完全丧失了抵抗的意志，选择了彻底躺平，举手投降了。

陆岩军长接到了兵团司令的电话，马上转告代师长闫玉才，这个未满30岁的小将，才知道他刚刚战胜的这支部队，不是美军是英军，不是普通的英军，而是"皇家陆军"，不是普通的皇家陆军，而是女王授过徽章的陆军，原来人家有很光荣的历史，很高贵的身份。

这一仗，注定永留青史。因为这是自1840年鸦片战争之后，中国军队第一次成建制歼灭英军精锐部队。从此，雪马里这个地名，永远和一场战斗联系在一起，永远和两支军队联系在一起，也永远和一连串名字联系在一起。既有中国军人的名字，也有英国军人的名字，还有美国军人的名字。英雄和懦夫，狂徒和智者，伟大和渺小，光荣和耻辱，经验和教训，悲痛和警醒，历史和未来，都搅和在一起，涂抹在这沉甸甸的三个字上。

有一点必须特别指出：这一仗，被视为中英军事较量的一个分水岭。通过这一仗，中国人打出了国威军威，有了一雪前耻的感觉。

30日，二八七师奉命转移至大池里、文城、弘竹里、古陵地区集结。5月1日又东移抱川以南。各单位进行战隙休整，补充粮弹，准备再战。

五次战役第一阶段结束后，二八七师受到志愿军总部的通令表扬，电文称："军火线部（二八七师）于攻势发起后，即大胆插入敌后，将美三师及英二十九旅分割，并于嗣房北山创造了一个排歼敌一个连、俘敌一百六十名的光荣战绩。这种勇敢穿插分割的精神，值得各部队学习，特予以通令表扬。"兵团授予二八七师"猛插分割"奖旗一面。师长闫玉才荣记二等功。兵团《抗美前线》刊登了火线部师长闫玉才荣立二等功的事迹。

据后人总结说，整个抗美援朝期间，志愿军陆军部队荣立二等战功的师级主官，仅闫玉才一例。

何涛、吴力耕的八六一团荣立集体大功，兵团授予"猛袭绀岳山，机智灵活截敌制胜"锦旗一面。

该团个人立功的有：

陶载石，二营五连副连长，二等功。

杜根德，八连六班副班长，一等功，"孤胆英雄"称号。

柳大光，二连六班战士，一等功，"孤胆英雄"称号。

柳大光是谁？

这个人太有戏剧性了！

机关对抓获的俘虏进行统计时，团长何涛忽然接到报告：说还有61个俘虏无人认领。

61个俘虏无人认领，这着实让何涛十分意外。因为战前有规定：击伤敌人、击毙敌人当然是功劳，但抓活的更重要，也更难。于是就规定：抓一个俘虏，立一个功。这就是为了对战士们进行激励，抓的俘虏越多，功劳就越大。可在规定这么明确的情况下，现在怎么会有无人认领的战俘呢？

何涛说：抓了这么多俘虏，该是谁的就是谁的，别人不能贪功，自己有功也不能抹掉。赶紧到各营去逐一查实！

终于在二连找到了柳大光，他就是那个抓了俘虏却隐瞒不报的人。

原来23日那天傍晚，一营指挥二连攻占了295.4高地及其公路西侧无名高地。二连六班顺着山梁向前搜索，战斗小组长柳大光发现一群敌人挤在一个山坳里，小组里有人举枪要打，被柳大光制止：别急，咱们抓几个活的。

柳大光迅速顺着山坡往下跑去，突然两声枪响，把他的裤子穿了两个窟窿。他赶紧趴在一块石头后面，先观察了周围地形，然后把枪弹夹、手榴弹披在腰带里，一只手端着冲锋枪，一只手提着飞雷，迂回到敌人的背后，占领了一块大石头。他把冲锋枪架在石头上，瞄准走在前面的几个敌人，一梭子撂倒好几个，没想到后面山坳里呼呼站起来一大片敌人，当发现只有他孤身一人，就有胆子大的端枪喊着冲过来。柳大光想：先给他个飞雷尝尝。于是飕地一扔，飞雷在敌群中爆炸了！冲在前面的爬下了，后边的撒腿就跑。

柳大光一看鬼子这般熊样，自己松了一口气，跳下石头连扫射带追击，鬼子们呼呼啦啦扔下枪就跑，柳大光捡起敌人扔下的枪接着打，省得换弹夹，打完了子弹再换支枪。一直追到鬼子群中，大喊："站住！""缴枪不杀！"敌人一个个吓得魂飞胆丧，扔下枪，把两只手高高地举起来。

这时，柳大光从怀里掏出一沓我军俘虏政策的宣传品扔过去，他一只手提着飞雷，防备鬼子妄动，另一只手给他们打着手势，喊道："巴里卡（朝鲜语，快走）！"这帮鬼子竟然没人违抗，都老老实实排成队，让柳大光端枪押送着，回到了二连阵地。

后来这帮俘虏向后方押送，途中又遭敌机轰炸，死的伤的逃散的，最后一清点还剩下63个。

统计俘虏时，柳大光只认领两个，他心想两个俘虏就是两个功啊，已经不少了，多了也没用了，认领那么多干什么？

116

团党委给陶载石报功，是二营长金骡子强力推荐的。他还坚持职务上就写五连副连长，取消"挂职"二字。他的意见没有任何异议，全票通过。

金骡子还说：咱们都是打仗的，天天面对生死考验。战场是真刀真枪的地方，考验一个人的忠诚、能力，最直接、最严酷也最真实。陶载石有点儿特殊经历，组织上对他考查是应该的。现在上了战场，他的表现大家都看到了，他是个勇敢的人，有能力的人，也是忠于党，忠于祖国和人民，对军队有感情的人。建议组织上对他停止考查，给个结论，大胆使用！或者让他回特务连用起来，或者就在我们二营当个连长，我喜欢这个干部。

会后，吴力耕找陶载石谈了一次话，传达了团党委会的决定：为他请功并取消挂职，正式任职。同时，也告诉了他关于翟仙果的情况。

翟仙果！从政委嘴里说出这个名字，看来组织上早就知道原委了。陶载石急切地听政委道来。政委说他都是听张鹭洲和崔炳如两口子说的。

那天陶载石乘坐的飞机在众人的目光中远去，没留下一片云彩，也没留下半点儿烟尘。湛蓝湛蓝的天空上，依旧是一片湛蓝，湛蓝。

但此事却在兵团乃至全军，引起巨大震动。

据说彭老总震怒，把陆岩军长一顿痛骂。太大意了！你还请人家吃饭，给人家住招待所，连岗哨都撤了，直接把人家当成自己下属了！

该骂骂了，该检讨检讨了，最该接受处分的那个人却也跟着飞机走了，还带上了三个无辜者。他们几个人的命运将被彻底改写。

因一个人的大意、疏忽、粗漏，不仅给事业造成伤害，给单位和战友造成伤害，也让自己受到最严厉、最严酷、最严重的惩罚，直至被剥夺自由、尊严和生命！

出了这件事情，对于出事单位，对于军、兵团，说是件天大的事情也不过分。但对于翟仙果，本来是毫无关系的。可因为陶载石在飞机上，就跟她不仅有了关系，而且关系极大，简直就是比天还大的一件事情。

当时机场里一片惊呼，一阵忙乱。有人朝天上打枪，有人朝天上打炮，有人抄起话筒打电话，有人跑着去汇报。一个机场，牵涉多个单位和部门，谁也没料到会出现这么意外、这么极端的事儿。

崔炳如一下子就蒙了，两眼直勾勾望着天空，半天说不出话来，嘴里嘟囔着：天啊，飞走了，看不见了！

翟仙果眼睛瞪得像铃铛，一直到飞机没影儿了，她才"哇"的一声哭喊起来：陶载石！你不能走啊！喊着喊着，身子一瘫坐在地上号啕大哭起来。

看见翟仙果伤心的样子，崔炳如心如刀绞，又万分愧疚。她就想到假如不是张鹭洲特意安排，哪里会有这可悲可叹噩梦般的结果！甚至她想，说不定飞走的本来应该是张鹭洲，经过一折腾，换成是陶载石了！想到这一层，她更感觉内心不安难过起来。便一边劝慰着，一边搀扶翟仙果走出机场，跟来时那两个小伙子一起，四人心情沉重返回驻地。

接下来的日子更加难耐。国民党的报纸连续多日刊登新闻，都把那架飞机的成功脱逃,当成重大事件,各种深度报道。一是机长和机组人员多么机智隐忍,多么多谋善断,多么勇敢坚毅,多么忠于党国,所以才人机无恙,重返自由,转危为安!

但令人十分奇怪的是,多个信息源都把机上所有人员的名单,极其详尽披露。但所有报道都讲机上人员,一共9人,机组6人,搭机3人;甚至还公开了机场负责人梁岩、高炮连连长李志明、梁岩的朋友魏忠河三人的名字。而众目睽睽下一起登机的陶载石,像是从人间蒸发一样,没有了任何消息和痕迹。

陶载石去哪儿了?

所有人都有这样的疑问,可又没人去问,没地方去问。国民党方面倒是把此事当成一件特有面子的事件,连续多日刊发新闻,报道飞机当天先是降落在成都,第二天飞到衡阳短暂停留,又飞往广州,之后又飞往台北,机组人员受到蒋介石的接见表彰,动静弄得很大。

从银川起飞,中间经停三个城市,最后横跨海峡到了台北,这中间必然有货装装卸卸,有人上上下下。特别是在国民党军队溃败,政府坍塌,高层军政人员和富商巨贾,争相逃亡,花钱脱身,黄金细软自不必说,拉家带口都不易求全。此时人心惶惶,情况紧急之下,能登上飞机,简直比登天还难。在这架飞机上都发生了什么,那应该只有他们那6个机组人员才能说得清楚了。

关于陶载石下落,没有任何线索和答案。所以银川这边,就都在进行各种各样的猜测。大部分猜测都不能自圆其说,只有两种猜测似乎可以说得通,却都非常令人沮丧:一个是陶载石在飞机上遇难了;另一个是陶载石被策反成功了!

这两个猜测,一个比一个惊悚,一个比一个不堪!

这两个猜测在每个人心里都曾闪过,但却没一个人会说出口来。大家说不出口,就只好尽量回避这个话题,特别是当着翟仙果的面儿。

翟仙果自然是陷入深深的痛苦之中。她嘴里一直在嘟嘟囔囔:陶载石你在哪儿啊?陶载石你在哪儿啊?

她对崔炳如说：陶载石要是真回不来了，我就不活了。崔炳如听了，心如刀绞，但也没有别的办法，只能是哄和劝、倾听和陪伴。幸亏没有大仗要打了，幸亏部队从银川移驻关中了，幸亏文工队任务没有那么重了。刚开始为了避免引起翟仙果痛苦，人们都不敢再叫她嫂子了。可翟仙果对崔炳如哭诉说：陶载石怕是真回不来了，队里都没人叫我嫂子了！崔炳如赶紧跟大家打招呼：嫂子照叫！

一个月等不来陶载石的消息，两个月等不来陶载石的消息，三个月还是等不来陶载石的消息，100天都过了，依然没有任何消息！

翟仙果精神日益萎靡不振，身子骨也日益消瘦。所有人看着她痛苦，心里都非常难受。那天她突然就吐了，人们都以为她心里难受，肠胃肯定就不好吧。可一天比一天吐得勤，也越来越厉害，于是就赶紧陪她去找医生，结果令人吃惊：她怀孕了！

祝贺你，你要当妈妈了。医生说。

啊，我要当妈妈了！翟仙果听到这个消息，一下子来了精神。这是陶载石怕我难受，让我有个孩子。她用手轻轻抚摸自己的肚子，嘴里嘟囔道：啊孩子啊，是老天爷可怜我，让你来陪我。好孩子，你是好孩子。

医生告诉翟仙果，生活、饮食、起居都要注意哪些事项，翟仙果一一记在心里。谢谢你医生！我一定照你说的做。她说。

从此翟仙果面貌大变。她不再哭哭啼啼了，她又有笑脸了，饭也吃得香，觉也睡得熟，说话带着笑，走路带着风了，也更喜欢大家叫她嫂子了。每次听到一声"嫂子"，她就脆生生答应一声，那语气里透着快乐和自豪。她总摸着自己肚子对人说：这里面有个小陶载石。

就是在这个时候，张鹭洲接到调令，要带着崔炳如一起到北京报到。

两口子当然要隆重跟翟仙果告别。三个人见了面，该说的话说了，就要分别了，真是五味杂陈，崔炳如和翟仙果抱在一起，好一阵痛哭。张鹭洲站在旁边，也流下泪来。

终于知道翟仙果的下落了，这让陶载石一颗悬着的心，终于放了下来。她怀着自己的孩子，算日子现在应该早生下来了。只是不知道是男是女，不知道她们母子或者母女现在哪里，是否安好？

相信有部队，有组织，有战友照顾，仙果也是挺要强的性格，肯定差不了。

唯一不放心的事，是翟仙果还不知道我陶载石的消息，她更不知道这一年多的时间里，我所遭遇的一切。

陶载石想起吴力耕刚才对他说的话：时间这么久了，抓紧赶快给翟仙果写封信吧，别再让她惦记着了。

117

尽管答应抓紧给翟仙果写信，但几次拿起笔来，却不知怎么写起。因为这一年多的经历，实在是太过离奇、太过意外，太过曲折，也太不可思议了。

大家都在关心陶载石去了哪儿，他是死是活。其实那时候就连陶载石自己，也经常不清楚自己今天是在哪儿，明天又去哪儿，今天还有口气，明天还能不能活着。陶载石本人，也不知道自己的命运会是个什么编排。

那天陶载石分析，这架飞机是从重庆起飞到银川的，这次应该飞回重庆。所以他心里就一直盘算着要到重庆了。飞机一落地，马上有军人把机组6人和另外3人一起接走了，却把他一个人交给了另外两个没穿军装的人，他眼睁睁看着那些人离去，自己却只能跟上这两个人，上了另外一辆车，去到另外的地方。

这帮王八蛋，凭什么不要我了？陶载石恨恨地说。

你少废话！你真是个废物！押解他的人骂道。飞机上好大个地方，你是个啥子？一个废物！不扔下你还能扔下哪个？你晓得有多少大脑壳，抢着要上飞机哈。这么简单的道理你都不晓得？真是个废物！

你们要把我带哪儿去？

问那么多做啥子？到了你就晓得了。

他们安排陶载石去的地方，应该是一个收押各种治安刑事罪犯的地方。屋子不大，但关押的人很多。地上铺着些稻草，晚上睡觉一个挨一个，还得侧着身子。如果想翻身，必须全屋的人一起朝一个方向翻。天天有新人关进来，也天天有人从这里走出去，乱哄哄，说话也听不大懂。走的人也不知道是放回家了，还是关押到了别处。

陶载石看看周围，全是陌生面孔。没人跟他聊天交朋友，也没人跟他起冲突闹别扭。就这样一天天瞎混，自己掐着手指头算着，应该有个把礼拜了，既没有任何人来审讯他，甚至也没人哪怕是出于好奇，过来问问他。

时间长了，陶载石弄明白了几个重要问题：一个是他没在重庆，而是在成都呢；二是把他放在这个地方关押，显然没把他当成军人；三是如果不想办法出去，怕是永远不会有人理睬他的存在。

刚开始，陶载石怕暴露身份，不敢有什么引人注意的言行。后来他感觉早没人在乎他了。于是他改变策略，从背后拽出他的宝贝笛子，哔哩叭啦吹起来。全屋人听到笛声，立时安静下来，所有人的目光都投向他。吹了一阵子，他就喊道：抓我一个流浪汉、叫花子，也不放我走，真是岂有此理！岂有此理！

头一天这样吹，这样喊，没人搭理他；时间长了，天天这样吹，这样喊，终于有人来理他了。是个穿警察制服的，叫他出去问了几句，竟然就把他放了。

在成都街头，陶载石怕有人跟踪他，便假戏真做，继续吹着他的笛子，饥一顿饱一顿混着。捡来几张旧报纸，才知道那架飞机只在成都待了一夜，第二天就经衡阳飞往广州，又从广州飞到台湾去了。而且许多成都国民党军政要员，都出重金买飞台湾机票，甚至有的直接找蒋介石才拿到机票，再后来是有了机票也上不了飞机，就发生开枪拼命硬上硬挤。他看了这些消息，才理解为什么飞机要到成都降落，并从成都直接飞往台湾。也就明白了之所以把他丢下来，竟然就是为了腾出一个座位！也许他们早收完钱了！

想到这里，陶载石十分后怕和庆幸，自己好一阵装疯卖傻，又靠着一根笛子，没被裹挟到台湾，侥幸留在了大陆。

新中国虽然成立了，但成都还没解放，此地还得打仗，万万不可久留。陶载石就想起有好几位首长是四川人，都是当年红军长征路过四川，就跟上走参加革命的。他这会儿稀里糊涂到了四川，决心沿着当年红军走过的长征路，朝陕西向银川走去。去找自己的队伍，也是他自己的家。

他知道这条路很危险，很曲折。但他想红军长征，前有阻击之敌，后有追兵，头上还有飞机轰炸，他们都能走到陕北。现在大半个中国都解放了，他自己又是个老侦察兵，自信可以应对各种残酷情况，怎么会走不到呢？

他也深切知道，自己现在孤身一人，无依无靠，无论是第一步出川，第二步过甘，还是第三步返宁，每一步都布满荆棘，险象丛生，只要走错一步，将面临灭顶之灾。但是自己落此险境，必须拼死一搏，向死而生。

先出川！

他在成都找人了解，说银川大约在成都正北，出川路线大致有西、中、东三条线。红军走的是西线，经过沼泽草地，翻过雪山到甘南，气候最寒冷，地理最复杂，是自然条件最差也最艰难的一条线，唯一的好处是遇不到敌人；东线是从成都往东北去往陕西的汉中方向，也是当年诸葛亮北伐，施用空城计的路线，路况比较好，但因为绕道陕南，是去银川最远的路线；中线从平武出川，经陇南到兰州、银川，路线最近，但是需要横跨秦岭，翻过许多大山。陶载石稍加考虑，决定走中线。

他找到一张破地图，一个旧军用水壶，一把藏刀，就上路了。出城时还搭了辆马车，先到了德阳，之后便是绵阳，再往北走有两条路，一条是走江油从平武出川，一条是走广元从青川出川。陶载石完全凭感觉决定：从平武出川。

他知道此时平武尚未解放，国民党政权和军队虽然人心涣散，但仍在苟延残喘，不惜困兽之斗。他不敢进入平武县城，就从城东绕行向北，走了二三十里，越走山越高，越走越人烟稀少。正想着拐过前面那个山坡，得稍稍休息一下，也喝口水。

可刚刚拐过山坡，就看见三个带枪的人，正坐在路边休息。旁边还站着三匹马。他们一见陶载石，立刻站起身，纷纷拿枪指向他。其中一个突然大声问道：什么人？

赶路的。陶载石赶紧回答。

哪里人？来这里干什么？

河北人，来成都找俺爹，可没找着，盘缠也花光了。

其中一个突然指着陶载石说：这是个共军！马上就有两个人朝他冲上来。

他赶紧把手举起来，背靠山坡朝后退，三人手里有枪，又仗着人多势众，围上来就要动手绑他。

陶载石知道逃不掉了，与其束手就擒，不如放手一搏，来个一打三！

说时迟那时快，陶载石瞅准冲在最前面那个，空手夺枪的同时，朝他膝盖补了一脚，只听那人哎呀一声，滚下坡去。没等后面的人醒过闷儿来，这边早已枪在手，弹上膛，一声枪响又倒下一个。剩下那个转身跳上马背就跑，嘴里还喊着：俺上有八十岁老娘啊！

陶载石一听就知道是个套路，朝那人后背只一枪，就见那人重重摔下马来。陶载石打了声口哨，那马立刻调转身往回跑过来。

陶载石牵过这匹马，捋了捋它的鬃毛。嘴里说：真听话！心里却想着：赶紧走，此地不可久留！

此地不可留，又能去哪里？如果朝前走，恰是土匪来时路，谁知道还会不会有更多土匪。如果往后退，一来离目的地越走越远，二来也不敢确定就一定安全。他一边寻思，一边把三支枪收起来，斜挎在身上，想找个地方藏了，免得落入土匪们手中，造成危害。

刚走了几步，就听身后有人喊：站住！不许动！举起手来！

陶载石一听，心想：完了，肯定是听到枪声的土匪们，赶过来复仇了，这回不会有刚才的运气了！他赶紧乖乖举起双手，听候发落。

哪里人？来这里干什么？

河北人，来成都找俺爹，没找着，盘缠也花光了。跟刚才回答一模一样。

胡说！这人是不是你杀哩？（很熟悉的冀中口音啊！）

是他们要杀我。

把枪放地上，转过身来！

陶载石照做了。只见是两个人，年龄一大一小，身材一高一矮。

你河北什么地方哩？

深县哩。

深县什么地方哩？

陶村哩。

好家伙，三里地！俺是田庄哩。

你们是解放军吧？俺也是！

你是哪个部队哩？来这里干什么？

陶载石见到了自己人，身子一软，往地上一坐，把自己这几个月的遭遇，大致讲了一遍，表示要回银川找老部队。

那位老乡叫田根旺，是十八兵团62军某团特务连的侦察排长。听完陶载石的讲述说：真佩服你老哥！你命真大啊！遇上我们算你运气好！俺们十八兵团，你们十九兵团，都是华野哩，打太原、打兰州咱都是一块儿打哩！你们那架飞机从银川跑了，俺们都听说了。不过据我所知，在你们那事儿之后不久，你们部队就调到陕西关中，开荒种地去了。你可千万别再往银川赶了！你也别往陇南赶了！甘肃就用不着去了，你直接奔广元，再从广元奔关中，就能找见你们部队了！走，正好咱们三个人，一人一匹马，一会儿就能看见去广元的路。当然啦，这几个省的边缘地带，土匪都很猖狂，你一个人，骑着匹马，是带着枪好，还是不带枪好？你自己看吧！总之，应该是很危险。你命硬，也许会没事儿。祝你好运，早日找到部队！

之后果然是多次遇到土匪，各种各样的情况，各种离奇遭遇：有绑他半个多月要杀他的，有天天跟他喝酒想跟他结拜兄弟的，有把他藏在山洞里，想把他交给更大的土匪换赏钱的，难以尽言。

陶载石拿着笔，真不知如何写起。他当然想翟仙果，特别是知道她可能还带着孩子，但是他也想自己父亲，他一个人在家还好吗？他知道陶村土改后，父亲分了地，早不给张家扛长活了。村里一直对抗属、军属有照顾，连肥和种都让村民分摊帮助。他一直盼着儿子早日结婚，能抱上孙子。其实老人这个愿望应该早实现了，只是一家老小不知何时相见团聚。

想到这儿，陶载石自己笑出了声。

正笑着，就听通信员喊他：

副连长，快！刚接上级命令，战局发生变化，马上撤退，全速撤退！

这个命令不仅陶载石十分惊讶，就连闫玉才，乃至全师官兵，全都不理解。为什么明明打了胜仗，不追穷寇，不夺其物，不占其地，却掉头往回撤退？

他们尚不清楚，有30年戎马经验、极高军人素质和极富谋略的彭德怀，已然识破李奇微的奸计，预料到其且战且退之后，会利用快速机动之所长，痛击我纵深穿插，后防失据之短。因此他赶紧叫停进攻，快速收缩回防。整个东、中、西线，听令折返。

多少年后，所有军事专家，无不佩服彭老总这个命令极其英明，绝对英明，非常英明，相当英明。

当然这个命令还是稍慢了那么一丁点儿。因为李奇微统帅着机械化大军，正以我军一贯擅长的穿插分割策略，凶巴巴、恶狠狠猛扑过来。其速度，其手段，可是比志愿军更有过之而无不及。

第二十七章　远不是结局

118

咱们哥儿仨终于又坐在一起了！今天砚瓦必须破戒！你也倒上！喝点儿！

特务连长黎三镯拿着一瓶老白干，语气很硬。他操持了这个饭局，说是欢送黎庄复员，也捎带着自己提升了该请客。他说他做东，就在他连部，让炊事班炒几个硬菜，还有他们老连长李明给他留下了几瓶老白干。黎庄这一两天就要回陶村了，他难免"心潮澎湃，热浪翻滚"。他特别问陶砚瓦：咱这俩小词儿用得怎么样？没有"四马攒蹄"给你丢人吧？

这个黎三镯真是交了好运，没干几天排长就当了副连长，刚干不到一年，连长李明去了军司令部当参谋，他直接提了连长。职务升了，也成功娶了他的最爱文秀卿。

他不一定知道刘秀的"仕宦当作执金吾，娶妻当得阴丽华"，但是他对自己信心爆棚，是完全可以跟刘秀比试一下的。

黎三镯当了连长，陶砚瓦也提干了，正式职务是师宣传队"排级创作员"。而黎庄得到卫生队长的特别关照，让他入了党，总算是对他的嘉许和勉慰吧。

邵北平当初"去步兵连当步兵"的嘱咐，起码包含着让陶砚瓦走大路、干主业，从而得以较快进步的期许。陶砚瓦脱离了他本来的设计，走上了另一条路，既是邵北平的无奈，更是陶砚瓦本人的无奈。如今他必须在享受一点点浮名的同时，忍受当配角儿、做小喇叭的尴尬。

那顿饭吃得有点儿沉重。三个人一起参军，走的是三条路：黎庄业务熟练，服务到位，辛辛苦苦，人人夸赞，但结局是复员回乡，自然是感慨万千；陶砚瓦略有文才，多次立功，不是在写稿子，就是在送稿子的路上，入了党，提了干，虽说只是个排级，但大小有个级别，也算小有成就，当然也颇多遗憾；而黎三镯得父亲黎占江之真传，脑子活，有心计，把他们连长哄得团团转，噌噌噌几步，均走在前，提拔快，成为全团同年兵的领头雁，还抱得美人归，可谓是当时的人生赢家。但在老同学、老乡兼战友面前，也有不少苦衷，不少无奈，不少难舍。

秀卿已经怀上了！黎三镯忍了半天才宣布这个消息。脸上流露几分得意。俺跟秀卿说了，家属随军三条规定：营以上职务，年满35岁，军龄满15年，只要满足其中任何一个，就能把家属带出来了！可咱现在一个也不沾边儿：年龄差十来年儿，军龄差十来年儿，只有职务这一条，咱离得最近，快够上了。我说咱再加把劲儿，争取早日把你们娘儿俩带出来！

好啊，让秀卿娘儿俩跟着你享福吧！陶砚瓦听黎三镯口气，就像是孩子已经生出来了，不忍扫他的兴，就顺着他的话，恭维了一句。

你三镯子最牛！整个儿八六一团，也没谁了吧？黎庄也顺着说了句。

陶砚瓦转身又对黎庄说：黎庄啊，你回去可跟别人不一样，别人回去大都是务农，你回去肯定是接管药房啊！有了部队的经历，你进医院，搞诊所，干什么都超脱哩很啊！

应该是吧。文杏听说俺复员，也特别高兴，说回去了一定好好干，把咱部队里的好作风，好传统，发扬光大！黎庄又端起一杯酒说：咱们当年一块儿参军，当时傻乎乎哩，对军营无限向往。结果只有你们两个一文一武，都提干了；分到军通信营的，也有两个提干的。咱陶村这一批11个兵，提了4个，比例也相当高了！俺明后天就走了，祝你们两个继续努力，将来都能当将军！

我是没希望的，三镯子还行。陶砚瓦端杯站起来说。

俺这点文化水儿不行,开始赶上这拨儿,快了点儿。黎三镯也站起来说。砚瓦文化高,后劲儿足!还是砚瓦当将军吧!

砚瓦哩文化水平你肯定比不了,可他干哩这个活儿,想往上升太难了。俺也是更看好你三镯子。如果只有一个将军名额,咱仨来定,也只能是你黎三镯上了!你看,这么艰巨哩任务,又是二比一,你就别犹豫了,上吧!

既然这样,那我就上?你们可别后悔!

俺们不后悔,你上!哈哈哈哈哈哈!三人来了一通陶村式大笑。

咱陶村兵,能混到今天这个结局?按说已经非常好了,非常好了!虽然俺没提干,但是俺一点儿也不后悔,半点儿也不后悔!

是啊,这个结局应该很好了!咱们都才多大?才二十几岁,还早着哩!人生刚刚开始啊!三镯子再努努力,早日让秀卿随军,你黎庄再努努力,将来成为名医、大医!让文杏也跟着你享福!我也再努努力,早日跟你们一样成家立业!总之,今天远不是结局!俺说哩你们同不同意?

同意!俺们完全同意!

119

十年之后的一天上午,陶砚瓦正在家里打电话,杨雅丽听见门铃响,开门见一个陌生男子,穿着一身黑色西装,系着一条一拉得领带,站在门外,跟那些领着人看房子的销售似的。

你是弟妹吧,我是黎三镯。

啊,黎副团长,快请,砚瓦在呢。你没穿军装啊?

军装不方便,没穿。砚瓦!又忙什么大作呢?这个三镯子嗓门儿比陶砚瓦还大。

你来得够早哩!吃饭没有?

俺要说没吃,你有吗?

有啊,你来了能没饭吗?让你过来吃饭,你非说吃完了过来。没想到你这么早,秀卿没跟着来?

389

给俺自个儿办事儿，没带她。

我刚接黎庄电话，说你来了，他说马上过来。

方便吗？三镯子一愣，眼睛盯着陶砚瓦问。

方便！黎庄不是外人，他跟常政委也很熟，咱仨都是他哩兵，一起去看他，多好！人家在中医大读研究生，功课紧着呢，他听说你来了，难得一起聚聚。陶砚瓦说着，递过来一个很精致很金贵的盒子：你快看一眼，东西拿到了！

俺不看了，看也不懂，你满意俺就满意。三镯子见盒子里摆放着两块非常漂亮讲究的石头，没伸手接，他正忙着从手包里掏出个纸袋子，往茶几上一放说：够不够？

足够了，可能用不了这么多。陶砚瓦说。我这儿有发票。

发票俺不要，你砚瓦办事儿，俺还能不放心？黎三镯说。

你这个三镯子，这两枚印章你必须看看。陶砚瓦把两块石头拿起来：这叫朱白对章，一个是姓，一个是名；一个是朱文，也叫阳文，一个是白文，也叫阴文。你看，这个"常"字，是白文，阴文；"行远"两个字是朱文，阳文。用哩时候，上面是姓，下面是名，在宣纸上一盖，非常漂亮！对了，石头是从王府井工美大厦买哩，你看这个盒子是原装哩；印章上这字是找目前最有名哩大篆刻家给刻哩。等一会儿常政委见了肯定满意！

真好，他满意就好！黎三镯听完陶砚瓦一通唠叨，却丝毫提不起兴趣。他在想着如果升不成正团，他就得离开军营回老家了，他和全家人都赖以自豪的平台就跟着轰然崩塌了。

来，喝杯茶吧！你弟妹专门儿给你泡哩。

好，谢谢。今天大礼拜天哩，你们没安排什么活动吗？

等你哩？还安排什么活动？

平时你们星期天，或者平时你们吃完晚饭，都干什么？黎三镯对此很感兴趣。

还能干什么？带孩子出去玩一玩，看看电视，还能干什么？

你们不串串门吗？

串门儿？在北京谁没事儿去人家里串门儿去？

哎呀，砚瓦啊，你怎么还没开窍啊？你不串门儿，天天在家里看电视，你怎么能当官儿啊？

哎呀三镯子，你这是什么理论啊？一个人就只想着当官儿，然后就整天串门儿，这叫什么生活啊？

啊对对对，我这人又，又让你们笑话了。黎三镯发现这个话题不对，尴尬一笑。

不过你提醒得很对。俺有幸赶上百万大裁军，第一批正连级转业，多少年了？现在刚是个副处级，你副团都两三年了！说不定真是不串门儿造成哩。杨雅丽，以后咱们得串门儿啊！

好，串门儿，多串串门儿。

你们都认可吧？你们得走出去啊！你看那些当官哩，在台上坐着巴拉巴拉讲话，你没去过他家，他可能永远也看不到你。只要你往他家里跑上几趟，他对你就有印象了，不用你开口，他就主动问你：给你动一下吧，怎么样？

所以，咱们今天，还有黎庄，一起去串门儿，俺陶砚瓦也跟着你实习一下儿！

砚瓦你又烧俺哩吧！黎三镯自觉尴尬地说：在常政委那里，你比俺面子大！

你又说到面子了！包括这次你来，还让秀卿给俺打电话，你怎么不直接跟俺说？

你看，俺直接求你怕你不重视啊！

趁着黎庄还没到，俺再说一遍：去了首长家，主要是你汇报工作，俺和黎庄只管聊天解闷儿，不参与你哩事情，顶多是在首长高兴哩时候，给你敲敲边鼓。

好好好！你亲自出面就算是看俺哩面子，再敲敲边鼓就算是给秀卿哩面子。

120

　　我爸爸让我叫您叔叔，可我妈妈却非让我叫您舅舅。干脆您说让我叫您什么？您自己定吧。黎三镯和文秀卿的宝贝女儿黎颖萌，当时进了陶砚瓦的办公室，说受她父母指示，一定让她过来看看，而且都要求她必须来办公室看看，还说只看5分钟。

　　这姑娘真是综合继承了她父母双方的优点，模样很俊，人很聪明，当时在卫戍区通信营当兵。

　　你这可是给我出了个难题。让你叫叔叔吧，得罪你妈妈；叫舅舅吧，又得罪你爸爸。弄得我也挺难办。干脆你帮我想想，咱得罪哪个更容易蒙混过关？

　　爸爸爱记仇，妈妈爱叨叨，都不是省油的灯。姑娘还真琢磨起来了。

　　我有个想法，陶砚瓦看她认真，就说：这样吧，当你妈的面儿你就叫舅舅，当你爸的面儿你就叫叔叔，如果他们两个人都在呢，就叫叔舅，或者干脆叫舅叔，怎么样？

　　哈哈哈哈！舅叔好！不能太复杂了，还得动脑子想！从今天起，俺就叫您舅叔！保证他们谁也没意见。谁有意见活该！

　　果然是如假包换的陶村人风格：纯朴、爽朗、真实、奔放。

　　然后姑娘考上军校，学成后分到北京，是个保密单位。然后就是恋爱、结婚。又是秀卿来电话，说是代表黎三镯，更是姑娘本人的意愿，让陶砚瓦当证婚人。

　　陶砚瓦说没问题。秀卿说还有一个要求：当年黎庄和文杏结婚，你给他们写了诗，如今他们两口子多么幸福甜蜜！但是俺和三镯子在老家结婚，你在部队上不能回去，但是你也没给俺们写诗。这事儿你可能忘了，俺可是记着哩。平时俺不好意思说，这回俺替闺女女婿要你一首诗，不算框外吧？

　　不框外，一点也不框外！你告诉我女婿名字，我专门写一首诗，也抄到一张洒金万年红纸上，装裱到镜框里，怎么样？

行喽！行喽！

陶砚瓦清楚记得黎庄文杏结婚时，他们还在读社办高中，他写了一首藏头诗，把他们名字嵌进去了。当时年少轻狂，率尔成章，在陶村倒也无妨。如今虽然是秀卿和三镯的闺女，是晚辈，但一要顾及自己身份，二要顾及来宾纷杂，万万马虎不得。新郎名字叫许光照，新娘名字叫黎颖萌，还是按当年样式，写藏头诗吧。他想到两个都是现役军人，便深思良久，终得八句如下：

光映青春贵两妍，照观龙凤共欣然。
颖从四海五湖脱，萌自千军万马旋。
结小巢能装满爱，婚生宝更续嘉缘。
志高无愧国防绿，喜为中华枕剑眠。

难得黎庄和文杏也从石家庄赶过来。头天三家人就在酒店聚餐，其乐融融，不必赘述。席间三人聊起八六一团老人各自近况，陶砚瓦就说起张国凯是张鹭洲之子，他当时怕引起什么不好的影响，不让跟别人说。黎三镯和黎庄听了张鹭洲也是八六一团老前辈，都深感惊讶，他们都认识张国凯，但不知道竟然是一个村子的乡亲。他们当然早听说过张鹭洲大名，得知他还在，而且身体很好，就商量上午参加婚礼，下午三个人一起去他家中看他。新郎新娘听说了，也都想一起去看望老前辈。

陶砚瓦说：没问题，我马上给他打电话，咱们这么多人去看他，他肯定很高兴！

121

炳如啊，你给我理个发吧。

那天接到陶砚瓦电话，张鹭洲在下午四点来钟的时候，他突然想起要理发。

崔炳如过来摸了摸他的头发说，好像刚理没几天吧？二月二龙抬头那天理的,今天才三月二十,不到二十天。你这后面有点长,脖梗子后面,比较长,理理吧。

张鹭洲自己身子早坐在了崔炳如为他准备的椅子上。因为多年来他的头发都是由夫人理,所以就有了理发的专用工具、专用木椅、专用位置。这个位置背西面东,面对书柜上摆放着的一面镜子,能让他可以随时掌握理发的进展和结果。

张鹭洲让夫人理发,已经施行多年。开始只是为了省事儿,赶时间,后来就成了习惯。手推子换了多把,电推子也已经好几代了。崔炳如的理发技术越来越高,跟理发店里的师傅不相上下了。所以张鹭洲从来没去过街上理发,甚至他连机关的理发室都没去过。偶尔有人问起来,他总是洋洋得意地说:我夫人给理的!当然就会听到赞叹声。

刚一落座,就看见镜子里出现一轮红日,以及红日下的西山,以及西山脚下的层层建筑,活像是一幅巨大的图画。

这幅图画,是1949年1月31日,北平和平解放当天,他们在正阳门参加完入城式,奉命开到蓝靛厂驻扎,就看到并印在脑子里的。夕阳就像十五哩月亮那么大,又红彤彤,金灿灿哩,带着一整天的辛苦、坚持、欣喜、不舍,在西山上逗留。

今天又在镜子里看见夕阳了,镜子里看见它漂亮,又转过身去看窗外的夕阳,嘴里说道:真漂亮!

崔炳如却是跟他相反,先看了看窗外的,又走过来往镜子里看:哟嗬!一个大红盘子!真的很漂亮!

你猜我想到什么了?张鹭洲问。

你想到"夕阳无限好,只是近黄昏"呗!

错!我想的不是这个,我想起来陶砚瓦写的一首诗:"黄昏怕见日朝夕,屡惹乡思恰此时。情弩拉开一轮月,愁城射落几行诗。"他说小时候在外面疯跑,或者在外面拾柴火,搂树叶儿,拔猪草,都是在夕阳西下,天傍黑哩时候往家走,家里有娘给做饭哩。他讲到这里哩时候,声音颤抖了,我眼泪也忍不住了。

陶砚瓦的诗你都能背下来了？背下来几首了？

好几首吧，都是比较简单哩。

行，还是你脑子好。

唉，脑子好。常听别人这样夸，自己夫人也这样夸，但是这次却让张鹭洲心里一动。脑子好？我脑子当然是好。从镜子里照见夕阳，并不是常态。必须在理发的房间，必须有朝西面的窗户，必须有面镜子，必须对着窗外，最后必须在日落西山这个时间点儿上。

几十年来，一年就算理二十次发，应该也有上千次了吧？从自家镜子里看到夕阳，实际上并不多见，也许看见了一晃而过没在意。他这个脑子好的人，留下深刻记忆的也屈指可数。

头一次，是陶载石的儿子陶光前，带着新婚妻子向春晖来看他们。陶光前就是小钢钻，跟着他妈妈翟仙果和他的继父许文沛长大，一直在太原生活。为了不让儿子在外面受委屈，翟仙果让他随继父改姓许，叫许光前，小名还是叫钢钻。小时候翟仙果只带他回过两次陶村，最后那次就是他爷爷陶雨顺去世。翟仙果带着他回去，让陶村人十分感动和悲哀。她已经改嫁的事儿，儿子改姓的事儿，爷爷和乡亲们也都不知道。儿子十九岁的时候，开始下乡插队，有门路的家庭，都找部队，把孩子往军队里送。翟仙果一直觉得儿子命苦，虽然作为烈士子女，享受一些照顾，但真要让他下乡，心里终归有许多不忍。于是就给张鹭洲和崔炳如写信，说希望他们帮助，让这个孩子当兵。张鹭洲和崔炳如一想，自己儿子参军了，陶载石的儿子不能不管啊。于是找闫玉才军长，安排陶光前（当兵时改回姓陶）当了兵。儿子国凯在二八七师，陶光前去了二八八师，总之都是在原来的老部队。

陶光前入伍后也分在侦察连，而且表现非常好，进步也比张国凯快，跟二八七师的李明基本上同时当了连长。他给张鹭洲、崔炳如写信报告，张鹭洲回信嘱咐他：你已经在职务上超过你爸爸了，希望你继续努力，像你爸爸一样当英雄，做模范。

陶光前结婚时，小两口儿一起过来看望他们，张鹭洲找机关要了辆车，拉着他们在北京转了两天。向春晖从小在北京长大，她一直陪着光前，看天安门，看革博、军博，看天坛、地坛、长城，以及北京军区大院。还在军区大礼堂看了文工团的彩排，见到"两马一贾"若干位大明星。总之是非常满意。临走时，张鹭洲交给陶光前一个信封，里面有一张旧纸，是手写的一封信，内容是陆岩军长和兵团首长，当年准备联名给陶载石发的慰问信：

  陶载石同志：入朝以来，你一直冲在前面，英勇作战，特别在涟川铁原阻击战斗中，听从指挥，冲锋陷阵，带领两名战士，深入敌阵，孤胆杀敌，为战斗胜利做出重大贡献，表现了爱国主义、国际主义和革命英雄主义的伟大精神。你是祖国人民的好子弟，你是毛主席的好战士，你是一个优秀的共产党员，你对人民有很大的功劳，我们已批准你为光荣的一等人民功臣。特告。

  孩子你看，两位首长还盖上了自己的私印。这封信当时交给我，委托我亲手转交到你爸爸手上。但由于最后确认他光荣牺牲了，所以这封信就一直由我保存到现在了。今天我正式移交给你，希望你继承遗志，弘扬家风，跟你爸爸一样，做毛主席的好战士！

  陶光前双手接过这封信，并立正敬礼，两眼闪耀着泪花。

  那天送走两个年轻人，张鹭洲坐在沙发上，低头不语。崔炳如说：事儿办完了，两个孩子高高兴兴走了，他们一定跟翟仙果汇报啊！说他张叔叔、崔阿姨还不错啊，让他妈妈高兴啊。咱们也对得起牺牲的陶载石了。你坐过来，我给你理个发吧。于是就开始理发。于是就在镜子里发现了夕阳。因为勾连起翟仙果和陶载石，所以一边坐着理发，一边一直盯着那个红艳艳的存在。明明是在前面看见它，但知道它就在自己身后。这一点倒是很像自己脑袋里挥之不去的陶载石。他既在身后过往的历史中存在着，又在前面不远处的未来等候着他。

  这小两口儿多好！崔炳如在手推子的咔嚓声里说。什么时候国凯也给咱带回个媳妇儿。

  张鹭洲没说话。他正在对着镜子里的夕阳说话：我现在镜子里看着你，我知道你就在我身后，而且我知道你一直在看着我，看着我们。你看着吧！你仔细看吧！我们都还好，只是在逐渐变老。啊，你别往那云彩里钻！你继续看着我，也让我继续看着你！你儿子结婚了，刚刚过来看过我们，孩子很好，很像你，当连长了，不会让你失望，你放心吧！啊，你从云彩里钻出来了！你笑了吧？你满意了吧？

从那以后，张鹭洲还有几次在理发时，从镜子里看到夕阳。时间久了，他知道什么时候能从镜子里看到夕阳，更知道什么时候能看到最美丽的夕阳。

第二次，是听说陶光前要去南部边境参战。他给闫军长打了电话，说仗是南部军区在打，北部军区没有大建制上去，只有少数兵种、小建制人员，参加轮战。陶载石的独生子陶光前要去，自己儿子也必须上前线。闫军长说：我明白，国凯是作训参谋，我也安排他上去。

国凯走之前，回了一趟家，坐了一宿火车，早晨进家，晚上要赶回部队，第二天上前线。他们谈到了陶光前，国凯只说光前媳妇向春晖怀着孕呢，马上快生了。他当然从没给父母讲过自己喜欢过向春晖，更没讲过"四马攒蹄"。那天他比较详细介绍了陶光前的情况，说他非常优秀，在全军名头很大，前途无量。他新婚妻子才貌双全，也一样享有盛誉，是很多人羡慕的对象。

那天家中气氛略显悲壮。到了下午，崔炳如说：儿子，你坐在这里，我给你理个发吧。

国凯当然知道这是爸爸坐着理发的地方，他二话没说，爽快坐下，享受让妈妈理发的待遇。

张鹭洲站在儿子身后，他清楚记得，那天他又从镜子里，看到了美丽的夕阳。一年后，儿子平安归来。而陶载石唯一的儿子，侦察连长陶光前，跟他爸爸一样，壮烈牺牲在异国的大山里，跟其他牺牲战友一起，葬在南国青山上的烈士陵园里。

接到闫军长电话，告诉他陶光前壮烈牺牲的消息时，他恰好又在理发，一坐下就看见了镜子里的夕阳，还是那么鲜红，那么炽烈，那么金光四射！可接完电话，他不由得老泪纵横，嘴里喃喃道：怎么会这样？怎么会这样？

陶载石啊陶载石，我又办了对不起你哩事儿！

头刚刚理了半截儿，崔炳如陪他落了一阵子泪说：咱这头还得理啊。于是又坐在那里接着理。镜子里夕阳更红了，眼看它披着万道霞光，一头扎向西山。

张鹭洲两口子，商量着给翟仙果打电话，安慰几句吧！但电话是打了，翟仙果没接。而且从那以后，翟仙果彻底跟他们断绝了一切联系和往来。这也难怪，她跟陶载石定情后的第二天，陶载石就误登敌机，一走就是一年多，她的心灵第一次遭受重击；她生下儿子不久，陶载石牺牲在朝鲜战场，她又遭受一次重击；所以当儿子牺牲的噩耗传来，可以想见她遭受第三次重击后的心情。她一定像其他烈士的父母一样，悲愤不已；又跟其他烈士的父母不一样，因为她丈夫、她儿子两代烈士，而且都是牺牲在外国；更加让她难以承受的是，儿媳妇也跟自己当年一样，也是刚刚生下自己的儿子，两代烈士，两代遗孤，两代寡妻，命运竟然完全一样，烈士都没能看见自己刚刚出生的儿子，儿子也都没见过自己的亲生父亲，寡妻都是刚刚诞下儿子之后失去了丈夫！

张鹭洲的痛苦一点儿都不比翟仙果少。他和陶载石情比同胞。陶家这一切灾祸，都跟他有某种瓜葛，他都得背负某种责任。尽管这一切都不是他直接造成，但以他自己的良心来判断，特别是自己的生命，还是陶雨顺给捡回来的！陶家本来对他有大恩，他竟然一直想报恩，可实际上却总是好心办坏事，给陶家造成了重大伤害。虽然他没有任何恶意，但命运就是这样无常，每一次都有他的直接参与！这就是让他最为痛苦，最为自责之处！

最近一次，也是坐着理发，接到闫玉才副司令电话，告诉他老部队番号被撤销的消息。两个人在电话里都很伤感，回忆老部队在冀中抗日初创，一路壮大发展，打过硬仗，做过贡献，说战功赫赫也毫不为过。张鹭洲感觉幸亏是在电话里，如果两人当面聊此话题，很可能得抱头痛哭。接完这个电话，重新坐下理发，抬头看见夕阳，顿时想起"残阳如血，喇叭声咽"，想起牺牲的战友们，竟然老泪纵横。他说了声：停！站起身来，呆坐在沙发上。

怎么？刚理半截儿，还理不理？崔炳如问。她当然知道丈夫为什么悲伤,但知道了也不能安慰他,这会儿谁安慰也没用。

第三天,来看望他们的一帮子人在客厅落座喝茶,新郎许光照看着墙上镜框里,一张老照片,嘴里脱口而出:这是我妈妈啊!

此言一出,举座皆惊。

我是烈士子弟,但不是因为陶载石,是因为我的胞兄许光前。

第二十八章　翟仙果的五封信

122

陶载石你个大混蛋！

那天俺们被撵下飞机，眼睁睁看着你们发动，加速，起飞，越飞越高，越飞越远，直到看不见了。当所有人都惊慌失措，乱作一团的时候，特别是当高射炮朝你们打，炮弹朝你们飞的时候，俺们才明白你们已经当了人家的俘虏了！

俺当时肯定是大喊大叫，呼天抢地，最后是撕心裂肺，瘫倒在地。俺什么都不管了，脸都不要了，是不是还在地上滚了？幸亏有炳如在，有他们在，据说是连拉带架，连背带扛，把俺弄回营地了。

俺这个山沟里的穷娃子，刚刚有了一点儿见识，刚刚加入了革命队伍，特别是刚刚有了你！城里好是给城里人住的；革命队伍好，是给革命用的。只有你，是俺翟仙果的。俺学习少，觉悟低，俺就是这么想的。有了你，俺才不再孤苦伶仃，俺才有了一生的依靠。这才几天？你就插上翅膀飞了，把俺扔下了！

俺就想当时的事儿。从张鹭洲打电话过来，怎么说，咱们怎么商量，他小子又怎么有事儿走了，咱们怎么去了机场，怎么上了飞机，俺和炳如又怎么被撵下来，俺回头看了你一眼，你当时还冲俺点了一下头，你好像是很不情愿的样子，你眼神儿里带着那么一点儿不痛快！可俺当时也没多想，就跟着他们下了飞机。

想起来俺是真后悔啊！当时俺应该过去拉着你下来啊！俺要是会撒娇使性的，俺就过去撒撒娇，软磨硬泡一下，没准儿你还真就下来了。俺越想越后悔，越想越后怕！

你不是经常吹牛，说你们侦察兵多么多么勇敢，多么多么机智，多么多么神乎其神，多么多么会抓俘虏！你怎么今天会走麦城，大意失荆州，自入虎口，去做了人家的俘虏？

既然做了人家的俘虏，你怎么不能想想办法，使使计谋，来个狼群逃命，虎口脱险！

陶载石你听着，俺可是和你入了洞房的！俺可是你明媒正娶的媳妇儿！你要是活着回来，俺见了你先给你一大拳头！你要是死了，俺给你上坟烧纸，一边烧纸一边骂你！俺还不许你还半句嘴！

为什么？你生死不明！俺给你写了信，却连个寄的地方都没有，更不知你还在不在世上！你真是气死俺了！气死俺了！

俺可千万别是那王宝钏的命，要独守寒窑一十八年！俺这会儿就想唱那哭头：啊啊啊……狠心的强盗啊！手指着西凉高声骂，无义的强盗骂几声！

翟仙果
1949年10月5日于银川郊外

123

陶载石！

俺真恨自己贱！本来下了决心，再不理你了！可还是忍不住，又开始给你写信。

其实也不能怪俺贱，是因为俺肚子里，怀了你的坏种！是他让俺改变了主意！

怎么就那么寸？就只有那么一回，只有那么短短的时光，你疯了，俺也疯了，两个疯子疯了疯，就疯来了一个小疯子。

这个小疯子一来，可不得了了！他就像是你派来了一个小侦察兵，在俺肚子里翻腾。他一会儿这里瞧瞧，一会儿那里看看。每当俺在心里恨你，骂你，他就冲俺发火。俺骂你骂得凶了，他就折腾俺更凶。哎呀呀，吓得俺都不敢再恨你骂你了！俺惹不起你，更惹不起他啊。唉，俺一定是上辈子亏欠你们了，这辈子你们俩一起来找俺算账来了！

这不，刚说了你们几句，他就又不高兴了，又开始折腾俺了！吐，吐，还让俺吐，胃都吐空了，肠子也吐空了，就接着吐酸水儿了。酸水儿也吐完了，应该没的吐了吧？这不，又吐了一口血！不是血丝儿，是血，是一口血！

你说就算俺上辈子亏欠你们了，俺这辈子可没做对不起你们的事儿啊！你们这样对俺，俺冤不冤啊？俺冤死了，比窦娥还冤啊！

你们侦察兵真够狠！你们简直太厉害了！俺可不敢再胡说八道了。你们侦察兵个个是英雄！打敌人，当先锋，还带着俺肚子里的这个小侦察兵！他那么小，怎么就知道到处侦察俺，害俺自己吐血。啊也不敢这么说他，他还那么小，他还不知道什么侦察兵，更不知道心疼他娘，唉，就是俺上辈子亏欠你们太多了，找俺算总账来了！

你一定要记住，是咱先有了他，你随后才飞走了！你飞走了多少天，俺就怀了他多少天加一天。怀胎十月，这日子一算就知道了，他应该在7月底之前出生。你还不知道吧？俺这么不停地叨念你，你就没打个喷嚏吗？

最后说点儿正事儿吧：咱们部队早就奉命离开了宁夏，先到了甘肃的平凉，又从平凉开进到了陕西。我们文工队驻在三原，你要是在，应该驻在泾阳，也可能会住在旬邑县的牛栏山那边。总之是咱们不打仗了，搞生产了，搞建设了！部队有的去修铁路，有的去开荒种地了。这边的面真好，馒头真白，战士们都说这么白的馒头，从没见过，更没吃过。可惜俺吃了吐，吐了吃的，什么好吃的滋味也顾不上享受了。

很多干部、老兵都把家属接来了，营房旁边住了好多。炳如和张鹭洲也结婚了！炳如一直照顾俺，哄着俺，不让俺累着，不让俺心里难受。可有一天，她突然找俺，说张鹭洲接到调令了，要到北京总部机关任职，炳如也得跟她一起走。事情很突然，说完没几天就得动身。俺就趁着她要走，赶紧请了个长假，明天就出发，俺要去你们深州看看老人，他一个人在家生活，你顾不上他，俺就想也接他来这边，一是跟俺一起等着你，另外俺也有机会伺候伺候他，替你尽一点孝吧！

请你一定要记住：俺可是挺着大肚子，怀着小侦察兵，吐着血，出发去你们深州的！你个大坏蛋！

翟仙果
1950年3月于三原

124

载石：

俺终于来到陶村了！

一进门，见了爹，俺叫了一声爹，双膝就跪下了！俺说俺是石头媳妇儿，说完眼泪吧嗒吧嗒就掉下来了。

爹吓了一跳说：你是石头媳妇？你真是石头媳妇？

俺说：俺是石头媳妇，俺真是石头媳妇。俺肚子里还怀着他的孩子哩。

爹听了，竟然也跟俺一样，呜呜啼哭起来了。

俺一听爹啼哭了，俺就想是俺惹老人难受了，是俺惹爹啼哭了，这可是俺不对了。赶紧站起来劝爹不要啼哭，应该高兴才是，应该笑啊！

爹说：是啊，应该笑啊！可是你来了，石头他人哩？他怎么没来呢？

俺说：爹，他太忙，请不下假来，就让俺先回来看看爹，俺俩商量过了，想接爹到陕西去住一段时间，也就能让一家人团聚了。

爹说：爹明白你们的心意，可爹在家生活惯了，还有几亩地哩，离不开啊。

俺进村就看见好几家在盖新房子，看见爹一个人住在那个小房子里，据说原来还是个浆水庙，就问爹，他们盖新房子要多少钱？爹说大概得800斤小米钱。俺说正好带着钱回来哩，跟小石头商量好了，就是要给爹盖新房子哩！

爹听了非常高兴，问俺是真的不是。俺说是。他说他一直盼着能自己盖新房子哩！平分时，村里说他是军属，就把不远处一户富农家的房子分给他，让富农去住旁边的长工屋。他说自己就一个人，在这个破房子里住惯了，不想折腾了，就没搬。村里就说，干脆就把浆水庙占的地，当成分给他的宅基地，另外再多分他几分地，作为补偿。所以如果有钱了，买点儿砖和木头，宅基地是现成的，几天就盖起来了。俺就问他找谁可靠，他说找陶砚房他爹，让我叫叔，说跟他说，让他管着，用不了十天，房子就能弄好。

俺就跟着爹，一起去找俊英叔。他果然是个可托付之人。不光是张罗盖房子，还让俺住在他家里，让他家那个婶子照料着，不让俺劳累。

俺也去看了碌碡他爹娘，他们说经常收到张鹭洲的信，也知道他们未来的儿媳妇叫崔炳如，而且知道咱们都在一个部队。但是他们不知道你的事儿，看来张鹭洲保密意识比较强。他爹娘让俺住他们家，俺就说已经住在陶砚房家了，他们说住那儿好，你们原本就是一家子。

俺就把身上带的钱，除了回程车票盘缠，都交给俊英叔掌管，请他费心找人张罗盖房子。当然俺也不放心，天天过去看看，眼瞅着新房一天天盖起来了，跟旁边张鹭洲家的房子一样高。俊英叔说，按照村子里的规矩，不要比邻居的房子高，不然会让人感觉你要压人家一头。他还说咱盖的房子在村子里，属于中等偏上，不是最好哩，但是比一般人家好。俺交给俊英叔的钱，他可着那个数花，最后还是不够，俊英叔说你爹把石头之前给他哩钱也拿过来了填进去了，最后还差一点，俊英叔给垫上了。我跟爹说，再借点钱添置橱柜桌椅吧。爹说别担心，他手上还有点儿钱哩。

据说村干部们也交代过了，新房子都是乡亲们帮忙盖的，帮忙的人很多，他们都不要工钱，只是中午得管一顿饭，就是蒸馒头熬白菜，放一点儿猪肉，放一点儿豆腐。俺看他们吃得可香哩！

大家一边干活儿，一边说着唱着笑着，总是哈哈哈哈笑得很大声，俺心情也非常好。全村人都知道石头媳妇回来了，有几个小伙子老想和俺开玩笑，有叫俺嫂子哩，有叫俺婶子哩。但是总有岁数大的骂他们，护着俺。

还有，爹问俺给孩子起名了没有，俺说这事儿还没商量过。他说如果是个男孩子，起名就得硬一点儿。还说你叫石头，这个名字就挺硬哩。俺就让爹给孩子起个名，他嘿嘿笑起来说，早想好了，叫钢钻吧！俺说这个名字真好，又硬，又好听，还说石头肯定也赞成，比他的名字还硬，就这么定了！

好了，俺在陶村一共住了半个多月，明天就要启程归队了。今天就写到这里吧。

翟仙果
1950年4月18日于陶村

125

陶载石你个大坏蛋！

你算没算日子？你知道不知道你家儿子出生的日期？你知道不知道，他妈妈怀他、生他受了多少难，遭了多少罪？还差一点儿把命都搭上了！

小钢钻太淘气，他一点儿不心疼他妈妈，不知道他妈妈一直在吐，吐、吐！医生都说，从没见过像俺这么吐的，从没见过一直吐到快生的时候！

小钢钻到了预产期没有半点儿动静，他在妈妈肚子里舒服得很！他才不管什么预产期哩！他一直赖着不出来，都超过半个月了，还不出来，一直到了月底，7月31日，他这才想着出来，他才开始折腾，可能是他太大了，怎么折腾也出不来，一个医生，两个护士，一直陪着俺，俺被他折腾得，都快断了气儿了，筋疲力尽，四脖子汗流，想死又死不了，想生又生不出来，多少回俺感觉俺已经不行了，闯不过去了，老天爷要收俺了，俺别说见你了，怕是连小钢钻也见不到了。俺就想骂你，骂你不管俺，既不管俺，也不管你的亲儿子！你说你缺德不缺德？你说你该骂不该骂？

也算是老天开了眼，刚过了夜里12点，咱们的小钢钻就生下来了！这个小东西，小宝贝儿，小心肝儿，小钢钻儿！他真是个小侦察兵！他是要挑个好日子才出生啊，他是要八一建军节才出生啊！

为了让他生下来，俺已经使出全身之力了！俺已经被他掏空了，被他榨干了，俺哩魂儿，俺哩魄，俺哩精血元神，全部、半点儿不剩，都让他夺走了，被他霸占了，俺只剩下一口气了。但是当俺睁开了眼睛，看见他的小身子，小脸蛋，小鸡鸡，听见他哇哇的啼哭声，俺又感觉经历的苦难，受过的罪，一切都值得！俺多想抱他在怀里，亲亲他的小脸蛋。

但是，俺连坐起来的力气都没有了，连咧开嘴笑一笑的力气都没有了。

陶载石，你当爹了！你有儿子了！俺一直在找你，叫你，等待你，从现在开始，是俺和你儿子，是俺娘儿俩，一起找你，叫你，等待你！

难道你还听不见吗？难道你还感觉不到吗？

快一年了，你儿子都生下来了，你怎么还不露面呢？你怎么还没有消息呢？

难道你真的是到了台湾了吗？或者你是光荣了吗？

俺真不敢想象，假如出现了最不愿意看到的结果，俺和儿子会怎么面对，怎么继续俺娘儿俩相依为命往前走的人生？

当然，俺更害怕的，是怎么面对咱们已经进入晚年的爹。

写到这里，俺的眼泪又流出来了，又掉到纸上了。

你不许骂俺没出息，你不许说俺不好听哩！俺一直在努力，俺还会继续努力，按照炳如说过哩，选择坚强，学会坚强，自己坚强。

可俺还是想不通：你现在哪里？你是死是活？凭什么两个人做的事情，要俺一个人来承受？俺恨不得现在就抱上儿子，满世界寻你去！

翟仙果
1950年8月5日于三原

126

亲爱的陶载石同志：

俺终于听到了你还活着的好消息！是崔炳如告诉俺的，她说是张鹭洲听说之后，告诉她并让她赶快告诉俺的。她说她和张鹭洲听到这个消息之后，都非常非常高兴！说原来喊你小石头，但在你没有消息的这一年多里，你变成了一块大石头，压在他们两个人的心头，现在你人回来了，他们心头的大石头终于落了地，你又变回了原来的小石头。

她说张鹭洲也赴朝了。临走前才听到了你回来的消息。嘱咐炳如转告俺，还特别要俺先不要跟别人说。俺刚生完孩子，虽然休完了三个月产假，但孩子实在没人照顾，所以暂时不能赴朝，就留在三原了。这边还有咱们军的留守处，我也帮着做点儿工作，他们对我也很照顾，你就放心杀敌吧！

之前俺已经给你写过四封信，写完也不知道往哪里寄，更是连你是死是活都不知道。这下好了，俺已经问留守处的张干事了，他说俺给你的信，交给他就行了，他说现在都能保证送到你手上了！俺打算连今天写的信，一共五封信，一起交给张干事，请他一块儿给你寄走，你收到之后，就慢慢看吧，骂你的话，是当时急昏了头，带着情绪写的，你别太在意哦！

炳如说你是在部队离陕赴朝的火车，即将发车时赶回来的。说你晚来一会儿都赶不上。俺能想到你奔跑在车站站台上的样子！他们说你是从墙外翻进来，说你穿得破破烂烂，浑身脏兮兮的，像个要饭的乞丐，像个流浪汉。说你跑起来还是一阵风，他们都追不上你！听别人夸奖你，俺心里特别高兴，美滋滋地把这些话，都说给小钢钻听。

俺算了下日子，你回来那天是11月30日，那个月的10日，俺刚给咱小钢钻过了百岁，一个是俺亲手给他缝了个红布肚兜，另外俺还抱着他到三原照相馆，给他照了百日纪念照片。他已经能听懂俺的话了，还会笑了，趴在炕上能把脑袋抬起来了。俺告诉他他爹的事儿，他能跟俺一块咧开小嘴笑了！

俺天天抱着儿子，又有了你已经归队的消息，俺感觉自己已经很幸运了，已经很幸福了！所以最近俺心情好得很，天天唱歌给小钢钻听，也天天盼着咱全家早日团圆！

最后俺再啰唆几句，你可别不爱听。你不爱听俺也得说：你千万千万注意保护自己！千万千万珍惜自己生命！你的生命不仅属于你，你还属于俺，属于你儿子，属于咱的爹，再往大里说，属于祖国和人民！

至于怎么办，你比俺聪明，比俺能干，你就自己掂量着办吧！

盼着你安全胜利归来的小钢钻妈妈翟仙果

1950年12月15日于三原

第二十九章　三打黎德山

127

　　陶砚瓦开着自家车，杨雅丽坐在副驾驶位置，一路聊些闲话，从北京西二环南下，进入大广高速，两个多小时，就从深州出口驶出，又一路向西，穿过一个村子，就看见前面京九铁路上，正好有列车自南向北，风驰电掣般急驶而过。

　　穿过铁路桥，就进入陶村地界。纵目望去，遍野桃花灿烂涌动。车子钻进花海，左右尽栽蓬勃之树，远近皆放繁茂之花。在蓝天白云之下，花海香波之间，新矗立一个硕大彩色牌坊，杨雅丽不由得惊喜赞叹，陶砚瓦便减速慢行，且行且观。陶砚瓦说：嘿！真有点儿琼楼玉宇，宛如仙境的感觉。

　　于是驶近下车观看，是一个四柱三楼水泥牌坊。四个外形酷似石礅的水泥墩，长约两米，阔、高皆在半米之上，四根长方体水泥柱，中间两根比外侧两根长，顶起三个阙楼。中间最高处阙楼下面，两根横梁正中，是"深州陶村"四字电脑颜体楷书，下面一根中间是"物华天宝人杰地灵"八个电脑舒同体行书。外面两根矮柱子上红底无字，中间两根高柱子红底蓝字对联为：

　　　　千里平原玄鸟梼栳呈瑞，一方热土爹娘文化发源。

也是电脑体，应该是普通的行楷。

陶砚瓦看了，说了句：意思不错，平仄也对，很好。

绕到牌楼朝村子那一面，上面横梁中间写着"出入平安"四字，下面则是"兴旺发达政通人和"八字。中间两根高柱上也有对联：

忆往昔先贤择居风水地，看今朝英才建设梻椤乡。

陶砚瓦笑道：平仄有点儿乱套，是土秀才作的，也许是某官员的得意之作。

杨雅丽在一旁说：我看挺好的，文从字顺，明明白白的。

陶砚瓦说：这要倒回一百年，村里老先生们肯定是通不过的。

两人看完牌楼，刚要上车进村，就见一辆崭新的运动型多用途汽车从身边急驶而过，在他们身后急刹车"唰"的一声停下。车里面有人喊道：是砚瓦叔吧？

忙回头，只见一个小伙子，正从驾驶员位置摇下车窗，朝他们喊叫。

张雨祥！陶砚瓦一眼认出他：你不开钩机开SUV了！

嗨，刚买哩。张雨祥已经从车上下来了：这是俺婶子呗？

是个！还没等陶砚瓦回复，杨雅丽抢先答道，而且用的是深州口音。

婶子还会说深州话？张雨祥惊讶道。

二五眼，会两三句。杨雅丽笑道。

你们每年清明节都回来上坟，俺真佩服。

啊，北京这么近，有车又有高速，国家还给放假，不回来说不过去。陶砚瓦说。你婶子也愿意跟着回来，俺舅还在，哥嫂们也都七老八十了，看一回少一回了。陶砚瓦说。

砚瓦叔，看见你们，俺就想起俺三爷爷来了。他倒是想回来，可身体不行了。

啊，是啊，老将军那个岁数，回来确实困难了。

唉，能回来的时候没回来，不能回来的时候想回来。砚瓦叔，前些时候

411

俺去看他，他客厅里挂着你给他写的字，他直夸奖你，说你了不起。

哪里！老将军给俺交了任务，俺现在忙活半年多了，还得折腾几个月，想尽早给他看。

俺知道。俺国凯叔也直夸奖你。

国凯啊，他牛得很，夸人可不容易。

是个。等你没事儿的时候，俺想找你聊聊天。

好啊，抽空好好聊！

俺先走了！张雨祥一笑，上车一轰油门而去。

那天五哥张福禄来电话，说梓椤山出事儿了！陶砚瓦一听，心里还真是咯噔了一下：出什么事儿了？

砚瓦啊，黎四清刚给俺打电话，说黎德山给他那个小饭店拉闸停电了。他说惹不起黎德山，只好给俺打电话。俺还没找德山问哩，怕是一问，德山也挺倔，两头都说不下来。越弄越乱。

张福禄明明知道黎四清是个嘎杂子，满嘴跑火车，做事不靠谱。但因为牵涉到自己的妻舅黎德山，告状的人又是他们黎家的兄弟，难免颇多顾虑。只好给砚瓦打电话出面协调。也是，以五哥的脾气，不是㨃德山一顿，就是㨃四清一顿，最后可能还是什么问题也没解决。

过两天清明节，我回去问问德山。陶砚瓦就算答应了。没想到电话那头儿五哥还一改过去脾性，又哼哼唧唧说：还有啊，还有句话，干脆也跟你说了吧。咱梓椤山开业半年了，镇上、市里都很支持，给评了三个星，上了深州两日游、三日游，还给村里拨款，支持建了旁边哩民宿。政府也经常带游客过来，门票结算勉勉强强够德山一个人哩工资，不过他没要，都给打扫卫生哩、保安们发了。咱就是有个园子，餐饮这一块儿四清不放手，民宿由村里管着，合着咱除了几张门票，别哩进项什么都没有。梓椤山这个品牌是咱弄哩，可咱没拿到收益。一年半载的咱还能挺住，长此以往，这个事儿早晚得跟他们挑明。

陶砚瓦一听心里就明白了，梓椤山目前这个情况也基本在他的预料之中：好，村里安排我住梓椤山，说民宿还不错。我见了他们商量商量。

那好。五哥说。还有张椤哩事儿,你也得上点儿心。

知道,知道。

128

陶砚瓦要回陶村,黎德山当然头一个知道。但是他知道是知道,可是口风把得很紧,谁也没告诉。尤其是对嘎杂子黎四清,坚决不吐露一个字。

但是这个消息,黎四清已经知道了。他的消息源,是他爹黎占江。他爹黎占江的消息源,是深州市诗词学会的秘书长江黎。

前几天黎占江闲来无事,加班加点,又鼓捣出一首诗作,在他老婆的讥讽声里,反复吟诵,修改定稿。而且他有了第一次写诗的成功经验,这次感觉比上次写得更好,更完美,也更打动了自己。于是他心情大悦,就想着显摆显摆。马上就想起召集四大作家和四大吹去梓椤山搞雅集,为此他还答应让儿子黎四清管一顿饭,老白干管够。

黎占江口气大,因为他手里有钱。他四个儿子,老三在军队上待遇高,老四在村里也玩得转,老大老二虽然没有大造化,但也都按照他要求,每人按月给他钱。

如今那四大吹有四大作家傍着,出了书,出了名,听说还挣了些稿费。于是乎行市见长,一个个有事儿没事儿,就往一块儿凑。说是书刚出了头一版,还得修订充实,再版时要体现新成果,展现新面貌。当初陶砚瓦一句话,也不知谁乱点鸳鸯谱儿,还一对儿一对儿配成了双!大有食髓知味,渐入佳境,和谐美满,天长日久的劲头儿!他们八个人个个成双成对儿,唯有他黎占江一个人耍单儿!平时偶尔绷不住劲儿,就上赶着趋乎过去,想掺和掺和。往旁边一坐,听他们煽呼。他只能观棋不语真君子,如果憋不住插一嘴,百分之百落个老母猪下台阶儿——蹾屁股戗脸。

那天他带着雅集想法,自以为把这个"大礼包"往外一亮,会大受欢迎。没想到刚跟大家伙儿一说,就有人问雅集是什么主题,有没有什么题目?这一问倒把他给问住了。啊,没有主题?没有题目?那还搞什么雅集啊！再说了，俺们天天在桲椤山上折腾，天天就是雅集啊！

他奶奶个缵儿！管你吃管你喝，还不就是主题吗？你们天天雅集，有人管你们饭吗？有人管你们酒吗？看来还是对俺不大服气啊！你们天天在桲椤山上折腾，不就是出了本破书吗？每家每户发一本，剩下哩不都在桲椤山上扔着哩嘛！牛什么牛？

黎占江雅集不成，还生了一肚子闷气。

他顺手抄起枕头边上那本书，书皮上画着四个咧着大嘴吹牛哩人，书名是陶砚瓦写哩《陶村四大吹》五字，打开以后，是市委书记、市长题字，跟着就是目录，目录上打头哩是序言，序言作者黎占江。

自己名字印到书上，怎么看都痛快，看多少遍都还想看。序言下头，才依次是陶村古史、陶村近史、陶村今日、陶村明天，作者分别标着东头陶大征，西头黎树通，南头陈凤领，北头刘梦兴，每个大吹名字后面，都跟着一个作家名字，作家名字后面，都印着两个字"整理"。

序言还有个题目：《桲椤山九老：陶村一道风景线》。这篇序言由四大作家执笔，讨论来讨论去，改过来改过去，九九八十一遍，七七四十九天，才算定稿。当时决定序言要署黎占江哩大名，算是他写哩。敢情世界上还有这等好事！自己不用动笔，不用费心思，还不用争取，不用托人，不用请客送礼，就痛痛快儿快儿坐着，聊着大天儿，喝着小茶儿，然后有一篇文章署上了你哩大名！还印成了书，发给全村各家各户，摆上村里各大聚集要地，作为村礼送给头头脑脑，八方来客，也经常可见外边来人掏钱买走，这不是天上掉馅饼吗？这不是桲椤捎等来了小米羊吗？陶村几千号人，谁能碰上这等好事？

本来黎占江对这伙子编书不感冒，也没心思掺和，当然那帮子人也不把他当回了事儿，从来也没想让他掺和。可在任书记陈雄飞说黎占江毕竟是个老书记，三起三落，没功劳有苦劳，而且都知道他是陶村"桲椤山九老"头把交椅，更加重要哩一条，这一条他只跟他亲爹陈凤领说了，还不让他爹跟别人讲：说是镇上、市里领导都研究同意，序言要署黎占江哩名字。所以一宣布，还真是没人反对，都说好好好。这一下子给黎占江一个大大惊喜。他嘴里说着:"俺弄几句诗还行,文章咱没写过,更别说写序言啦!"那帮子人都笑着说:"你还真以为找你写啊?不用你写,你就署个名!"

于是黎占江屁颠屁颠跟着,确实投入了很大精力和心血。他的具体任务是每回讨论带着耳朵听,也看着四大吹和四大作家,为这么写那么写争来吵去。有时争吵题目,有时争吵内容,有时为了一段,有时为了一句,甚至有时为了一个字,也在那里争争吵吵,还个个脸红脖子粗哩。他听着看着暗觉可笑,其实后来心里也挺烦哩,但一想这个序言要署他黎占江哩名,心里再烦他也咬牙忍了。只是在最后,他坚持把自己此生写的第一首诗,也就是他上北京送的诗,放到了序言里,众人也都点头通过了,他终于熬到了把书拿在手上,并且赫然见到了自己哩大名:黎占江!出现在一本正式出版物上!他感觉自己祖坟上都冒青烟了!

这三个字儿,在书里出现三回:头一回是在目录里打头,第二回是序言署名,第三回是书最后"梓椤山九老小传",他作为陶村三起三落哩老书记,排在"梓椤山九老"头一号!

当时为了他这三个字大名是署在序言题目下头,还是署在序言结尾,也讨论了好几天。最后说民主一下子吧,举手表决!嘿!3票同意署头里,6票同意署后头。黎占江是举手同意署在头里,但少数服从多数,自己意见遭到否决,只好忍气吞声。好在名字虽然署在了后面,但陶砚瓦都说了,序言署名,不是什么人都能争到哩,其地位、声望、水平是应该在其他人之上哩!

自己大名三回出现,黎占江感觉很过瘾,对这本书就有了感情,他一直放在枕头边,睡前醒后,都会不由自主拿在手上,翻来翻去,却不看内容,只看自己名字出现哩那三页。他暗自把这三页当成了全书精华,正应了他们老念叨哩:虎头、熊腰、凤尾!

如果这本书是一碗杂烩菜,那这三处就是那碗里三块猪肉;如果说这本书是个大闺女,那这三处就是大闺女脸上哩扑闪扑闪双眼皮儿大眼睛、笑起来以后粉咕噜嘟小嘴唇儿,以及杏粉桃红腮边儿哩小酒窝儿。

可自己想请他们弄个雅集,竟然碰了钉子!

黎占江一肚子气,正要找地方发泄,打开这本书,又见黎占江、黎占

江、黎占江三页，那股子气顿时就变成三声响屁放了，心里头又舒舒服服美滋滋儿起来。这才想起，以前确实听他们念叨过，说雅集这东西，一定得弄个题目，再请个人物来，装一下门面，站站台，压压阵，助助威。

题目啊，主题啊，可以再琢磨琢磨。可这人物，找谁？如今陶村最大的人物，就是现任的支部书记，陈凤领的儿子陈梦飞，虽然年纪不大，但上台以后，小胸脯子挺得越来越高了，眼睛也渐渐朝上面看了。有时候在街上碰着，你不先搭个话，他还不一定吭气儿哩！这小子能不能请来还两说呢。就是请来了，他那点儿分量，怕是也压不住这帮人哩！

黎占江便扳起指头，数尽陶村风流人物。从村里数到镇上，从镇上数到市里，数过来数过去，猛然就数到了市诗词学会的江黎。想起江黎那曼妙的身姿、那亲切的笑容、那甜美的声音、那谦恭的表情，更重要的是，她那硬邦邦的身份！

于是就赶紧给江黎打电话，说刚写了诗要请江黎雅正。

江黎就说，好啊，您发给我就行。

怎么发？用手机发。那俺还真不会。啊，您不会用智能手机？俺不会，别说发了，怎么把诗放到手机里俺也不会。那您打电话是想？俺还是老办法，工工整整抄到纸上啦！俺给你送过去！

哈哈！黎叔，您要到我这儿上访来啦？

黎占江最烦的就是在他面前提上访的事儿，别人一提他就急，唯有江黎不同，一来江黎当过他的上访条例老师；二来江黎是他写诗的伯乐和引路人；当然还有第三条，就是江黎年轻貌美，又挺尊重他，"上访"这俩字儿，经她嘴里说出来，反倒勾起他幸福回忆，让他感觉亲切快活。于是听到江黎拿"上访"二字开玩笑，他脸上就绽开花儿了，嘴上还抹了蜜了：对对对，俺就是想找你"上访"哩！

他一手拿手机，另一只手从裤兜里掏出一张A4纸，举到手机前面晃，好像能让江黎看到似的。他还特别把最后两行字凑近屏幕，上面一行是：此致，敬礼！下面一行是：陶村黎占江，手机号码11位数字。看到了吧？还是跟上回一样，就这么一张纸，俺想给你送过去。

江黎当然看不到。但她没说看不到,而是问他:您哩大作有几首?一共多少行?

黎占江说,就一首,七个字一行,一共八行。

江黎说,那您就别专为这事儿跑了,砚瓦老师说他清明节回来,到时候您就请他雅正吧。他要是过完目,认可了,拍个照片发给我,谁还敢说不行啊?这不是两全其美吗?

黎占江听了,就像看见自己哩大作又印出来了,刊物拿上了,稿费到手了,让四大吹、四大作家都眼睁睁看着!他笑得更加灿烂,嘴里一迭声好好好。

挂了江黎电话,就拨通儿子黎四清哩电话,说陶砚瓦要回来烧纸,你小子给俺盯着点儿,一进村立刻报告。

129

所以黎四清不仅知道陶砚瓦要回来,而且还知道黎德山知道但是却不想让他知道。前头那个知道是他爹给哩,后头那个知道则来自他的神机妙算。

陶砚瓦要回来,这个消息有价值!黎四清开始琢磨了:梓椤山开业,就是靠陶砚瓦折腾一番,弄得动静很大,他开的小店出尽风头,跟着风生水起。这回他又要回来,得琢磨琢磨,怎么利用利用他哩价值,搞点儿事情。

这个嘎杂子现在的对头就是黎德山。黎德山当年和他爹的恩怨,在他心里早已经根深蒂固,纠缠不清了;现在而今眼目下,黎德山靠着他妹夫张福禄,靠着他老邻居陶砚瓦,竟然像当年的胡汉三,还乡团,明火执仗杀回来了!

哈!这个黎德山,掌管着偌大一个梓椤山,还增补为现任的党支部副书记,动静这么大,风水这么好,势头这么劲,基础这么牢!而他堂堂一个曾经的支部书记,再加堂堂一个曾经的镇砖厂厂长,竟然沦落到在其高堂大屋檐下,在其百亩江山的小边边小角角,开一个小小饭馆,当了个店小二!这个无情的现实、巨大的反差,让黎四清想起来就有气,甚至气得心里一会儿拔凉拔凉，一会儿又火苗儿乱窜。

这回得给黎德山来个狠哩！黎四清脑子里顿时生出了巧计良谋，一个"三打黎德山"的剧本。他这个剧本，主题先行，并且在三分钟内就有了初步轮廓，打好了腹稿儿。于是他为此十分得意，不由唱道：

  那诸葛亮，他未曾过江早就算透，他将计就计借水行舟。

正唱哩得意，也是天缘凑巧，刚把这两句鼓词收稳，就见黎德山走过来说：四清啊，你们饭馆的电线，俺看了看都是铝芯电线，而且都有不少年头了，老化了，抽时间换一换吧。

黎四清听了头也没抬，一脸不屑地说：唉，俺是个小本儿买卖，能凑合一天算一天。比不了你们家大业大，等俺手头儿上松快一点儿再说吧。

黎德山人实在，又说了句：赚钱哪有个够啊，安全第一呀。

没想到黎四清把眉毛一挑，两眼一横：你说一声就得了，怎么还没完没了了？你是俺哩亲爹还是俺哩领导啊？给俺下最后通牒了？你这么威胁俺，是要给俺拉闸停电了吧？好啊，你过你哩日子，俺过俺哩日子，咱井水不犯河水好不好？你不能仗势欺人，骑俺脖子上拉屎啊！得得得！你干脆把俺那电给停了吧！把俺那闸给拉了吧！你不是要安全嘛！你不是要安全第一嘛！你给俺拉闸停电吧！

黎德山本来一片好心，就是提个醒，毕竟两家离得太近，又是用的一个变压器。没想到招来这一顿屎啊尿哩，没一句好话。就干脆说：好好好，就算俺没说，随便你吧。说罢转身离去了。

黎四清看着黎德山的背影，脸上露出得意的笑容。他心里暗想："三打黎德山"好戏开锣了！转眼之间，一打唱完了。接着二打、三打下来，就把这个傻家伙给修理好了。

黎四清在陶村经常主动"搞戏"，而且都是自编自导自演，坚持"四不一没有"：不须立项，不要经费，不用排练，不必走台，没有成本。每次都是他用脑袋瓜子一想，就直接上演了。

他这一套是跟谁学哩？他自己心里非常清楚，他是每天看电视跟美国人学哩。

那美国人，说你有"大规模杀伤性武器"，说你是"恐怖组织"，说你"独裁体制"，说你"种族灭绝"，说你"让地球变暖"，说你"碳排放超标"等等等等，都是他先这么做过，然后就把他自己做过哩说成是你做哩，再把他说哩说是你说哩。说你有什么，你就有什么；说你做了什么，你就做了什么。举着一小瓶洗衣粉，就能发动一场战争，颠覆一个国家，干掉一个总统。

美国人这招儿玩儿哩多好！智库出招儿，总统带头，官员紧跟，喽啰齐叫，媒体放大，每一回都能掀起风浪，收到效果。黎四清远远看得仔细，不仅吃得大瓜，而且偷得绝技。甚而至于还结合中国的文化传统，把美国人的玩法发扬光大。

比如这"三打黎德山"的构思和实操，就是明显的例证。"一打"就是碰瓷儿，接着"二打"是搞舆论战。就学那美国人，什么ABC，什么BBC，都是把他们自己做过哩，想说哩，直接说成是你做哩、你说哩，就是你，就是你，就是你！

于是黎四清就去找剃头哩老歪、炸麻糖哩二牛子、蒸馒头哩大煸车，还有五街六头公认哩几个爱传闲话老娘们，反正是碰到谁算谁，把自己刚才跟黎德山哩对话，改编成一个可信度挺高、让不明真相群众听了不质疑、不反驳哩版本，一一剧透出去。关键最后两个结论：一是黎德山没事儿找事儿，凶巴巴欺侮人，气势汹汹要给人家关闸停电哩；二是黎四清无缘无故挨骂受气，气哩抄起切菜刀，叭一下子剁在案板上，黎德山吓得一机灵，见势不妙，拨马而逃。

这么一散布，就开始有人信了。

"二打"完了，"三打"开锣。内容就是告状。这招儿美国也常用。什么联合国人权组织、人权法庭、世界卫生组织、世贸组织等，他们经常找，用哩很顺手。这招儿黎四清玩得更溜儿：

他先找了书记陈梦飞，不求其信，只要其听。

接着找了张福禄，说本来想找翠兰姐，但是怕翠兰姐生气，再气坏了身子。接下来就说黎德山找茬儿，要拉闸停电云云。另外补一句，是乡亲们说：黎德山仗着福禄，仗着上边有人，才敢横行霸道，拉闸停电！俺小门小户，在人家屋檐下头，能忍就忍吧！咱得罪不起啊！总之是一副受尽了欺压的可怜样子。

至此，"三打"戏罢，黎四清就开始坐着喝茶，静观其变了。

一边喝着茶，他还一边寻思：如果效果不太理想，可以再下手补刀。你看美国人什么坏事儿他不敢做，发动战争，颠覆政权，捉拿总统，搞暗杀，搞窃听，制造谣言，炸桥炸路炸医院，等等，连国务卿都敢公开宣讲"我们欺骗、我们撒谎、我们偷窃"。

黎四清也确实下手补刀了。他自己拉了自家闸，停了自家电。

他自感比美国人道德略显高尚。他选择上午10点后动手，停掉一顿午餐不营业，并且让全村人都知道，但他算计好在下午4点左右合闸，这样既造成了影响，但不耽误晚餐。这样既使事件进一步升级、扩大影响，而且成本最低。

黎四清"三打"戏码演完之后，也下过手了，于是又泡了壶好茶，准备静静地听闻各方面反应，了解事情进展，等着收割新剧上演带来的红利了。

几天后他略加盘点，这出戏初步收益如下：

一、破坏了黎德山的声誉。有三个老娘儿们跟两个大汉们开始对其人品发生动摇和怀疑。

二、干扰了张福禄的生意。黎德山的后台和靠山就是张福禄。虽然他买卖大，摊子多，在梓椤山这个小指甲盖儿旁边，扎根小刺儿，一定让他难受一阵儿。

三、村支书陈梦飞，少年得志，春风得意，梓椤山景区一感冒，他就得跟着发点儿低烧。

四、他们肯定要找陶砚瓦，但是陶砚瓦退休了，虎落平阳了，蹦跶不了多高了，扑腾不了几下儿了。

黎四清越想越得劲儿，头道茶喝完了，味道不错。第二道泡好了，倒到小盏里，感觉更佳。黎四清进入极度舒适状态。

桌子上的手机响铃了，同时屏幕还一闪一闪哩。四清一看，赶紧抓起来接：三哥，俺是四清！

130

黎三镯当年由八六一团副团长，升为正团职，调到了内蒙古的朱日和合同战术训练基地，做正团级导调员，两年后又被提拔为基地副参谋长，前年以副师级上校军衔办理退休。

他们基地的管理机关在北京，在朱日和服役的干部，视同北京机关的干部，家属有北京户口，还解决了住房。

所以在黎占江和黎四清父子的嘴里，一直是说三镯子一家子都进北京了，跟砚瓦他们家一样了。秀卿也在北京教书，孩子也在北京的学校念书。给全村的印象，是黎三镯比原来更发达了，再过几年就该当将军了。

三镯子，一直是黎家父子吹牛的资本，罩在整个家庭头上的永续光源。

黎三镯从来没主动给黎四清打过电话，所以他这一个电话，让四清感受到压力，赶紧抓起来接听。

四清你最近又在梓椤山搞事情了吧？果然一上来就谴责上了。

嗨，我、我能搞什么？四清吞吞吐吐，既没承认，也没否认。

你明儿后晌准备几个菜，我要请砚瓦两口子吃饭。

好！俺马上安排。俺嫂子回来呗？

她爹娘都在北京哩，她不回去。

接了三哥电话，黎四清更蒙了圈了。过去每年清明节，这个回来，那个回来，就从没见黎三镯回来过。这都理解，他是军人嘛，要保卫祖国嘛！可今年清明，黎三镯要一个人回陶村，而且只字未提上坟烧纸，什么情况？三镯子一直在军队顺风顺水，春风得意，竟然专门儿跑回来，而且只交代了请陶砚瓦吃饭这一件事儿，难不成是为了这顿饭，专门跑回来？

刚才三镯子的口气里，让他闻到了不祥的气息。他把三镯子刚才说哩所有话，从头捋，一句一句复盘、还原，包括其语气、语调。然后仔细分析琢磨。特别是先说了一句:"四清你最近又在梓梧山搞事情了吧?"然后才安排饭,要请的人竟然是陶砚瓦两口子!

很蹊跷,很诡异,很费解。他越想越感觉这绝不是一顿简单的饭,应该是有特定内容,有特殊背景,有特别主题的饭。肯定关系到梓梧山,关系到他这一亩三分地儿!

黎四清这个人很现实,他亲爹哩话,他未必听,他三哥哩话,他必须听,而且要坚决照办。为什么?当年盘下砖厂也好,现在他经营餐馆也罢,钱都是黎三镯出哩!全仗他一阵子煽呼,让三镯子出了钱。这事儿只有他兄弟两个知道,连他们的亲爹黎占江、黎三镯哩媳妇儿秀卿,通通都不知道,更遑论陶村乡亲们了。

所以,黎四清多年来在陶村呼风唤雨,兴风作浪,实际上他一个子儿都没出,完全是空手套白狼,赚了是自己哩,赔了是别人哩。他那一套手段,在自己家人身上,也是照用不误哩。他的本事,就是能靠三寸不烂之舌,从他亲哥哥那里拿到大钱,而且几乎是白用,而且他根本就没打算还。

所以黎三镯来电话,是他餐馆的出资人来电话,是董事长来电话,其重要性不言而喻。

其实以黎四清哩智商,他早已明白这顿饭事关"四清你最近又在梓梧山搞事情了吧?",事关他哩新作:他自编自导自演哩大剧《三打黎德山》。刚才他故意绕开这个最大的可能,一个一个设想其他可能,再一个一个排除,最后只剩下这一个可能。这个剧当初哩设计,故意牵涉到了陶砚瓦。莫非捎带打到了陶砚瓦疼处,他便找了他三哥?

不好,陶砚瓦一定先给自己扎了针儿,下了套儿。黎三镯这次专门回来,看来得呲嗒他一通,做做样子,给外人消消气。

他承认对方把黎三镯搬回来,确是一步妙棋,很出乎他意料之外。由他亲哥出面,一奶同胞,又是实际出资人,对自己的制约力度显然也最大。

这事儿虽属意外,但他黎四清是谁?大风大浪都过来了,况这个小泥沟儿乎?更何况有自己亲哥在,他还能向着外人吗?

想到这里,黎四清依然自信满满,底气十足。

131

那天接到五哥张福禄电话，陶砚瓦就想着要自己面对黎四清这种人，可能真的是没什么好办法。就想找个能制得住他哩，或许效果会更好。

他猛然想到了黎三镯。于是就给他打电话。那黎三镯一听陶砚瓦有事儿找他，说一直听说你在忙大事儿哩，整天忙哩够呛。我一直想找你坐坐，又怕打扰你思路。干脆咱哥儿俩中午一起吃个饭，就在你家附近，好长时间没见了，还挺想哩。

你要赶过来可不近，既然过来，就来家里随便吃点儿吧。

不用，怪麻烦哩。另外咱俩说话，弟妹在旁边，俺放不开。

那也好，你过来吧，我在旁边酒店订个位子。

凑合一下吧，没有包房了。一见黎三镯，陶砚瓦就先解释道。他还顺手打开带来的一瓶老白干，倒满两个小酒盏，把其中一个递给黎三镯。

无所谓，咱们当过兵哩，不讲究这个。黎三镯接过酒来一仰脖儿，进去了。

你现在当将军了吧？在咱老家，你可是响当当的人物！

当什么将军？我急于见你，就是想跟你当面儿聊聊这些事儿。咱们一块儿长大，又一块儿当兵，而且又都在八六一团提干。

我不是在八六一团提的。

啊对，可你算八六一团培养出来哩吧。总之我就是想说，咱俩这关系，必须得跟你讲实话。这么多年了，虽然都在北京，总共见不了几面儿，见了就客气两句而已，有几件事儿，我必须当面跟你说一说。

好啊，我也特别想跟你好好聊聊。

头一件事儿，我首先告诉你：我早退休了！你60岁退的吧？俺50岁刚出头儿就退了！

不会吧？听乡亲们说你最近还帮村子里孩子当兵哩！

所以啊，我退休哩事儿，连秀卿都不知道，就一直瞒着哩。

为什么？

我刚当上副参谋长不久，组织蓝军跟一个旅的红军搞对抗演习。那个旅长是一位老首长的儿子，私下找我通融，说这场演习对他下步安排特别重要，所以不求完胜，只求局部小胜即可。我稍微帮了他一下，事后他硬塞给我10万块钱。后来他跟他父亲都被查，这事儿也翻了出来，我受了降职处分，提前退休了。

　　当时那10万块钱我没敢跟秀卿说，正好四清找我，说砖厂改制，他想接手，要交镇上10万块钱，找我死乞白赖，我就把这10万块钱算是借给了他。正好你找我说他跟黎德山闹别扭，这事儿秀卿也知道了，说砚瓦能求你个事儿，可不容易，你必须帮他办好。说你每个清明节都回老家，就让我也专门儿回去一趟，先把四清骂一顿，再让他给大伙儿该道歉道歉，该表态表态，以后决不能再犯。我说就按秀卿哩要求办。你看行不行？

　　行啊！我就知道这事儿找你是最好哩！

　　听说你在写咱们当兵哩事儿，一定把我也写进去了吧？那太好了！咱俩一军一政，一文一武，还挺有代表性。

　　我虽然不争气，后悔也没用了。但是我也不是全无是处。经我手咱陶村哩兵，弄到老部队好几个，俺二哥家那个叫轴子哩，都当营长了，北头二狗家那个，从军校毕业也当了参谋。还有两个在朱日和，也都转了士官，干得都不错。陶文亮你知道吧？他结婚晚，你和黎庄都为他找过俺，他儿子也是军校出来哩，在朱日和干了两年，还参加了大阅兵，现在东部战区司令部，据说已经副营了，前途十分看好！

　　黎三镯自己端起杯子，喝了一大口，最后说：咱陶村也是后浪推前浪，咱们都已经拍在沙滩上了！

132

　　跟陶砚瓦吃完饭之后，黎三镯又给黎四清打了个电话。这回他先是痛快告知四清：我早就退出现役了，比陶砚瓦退得还早。不要再跟别人吹我这么好，那么行了。特别是别再吹俺比陶砚瓦能耐大了！跟你说实话，陶砚瓦不仅才能比我高，而且人品比我好。当年我从副团升到正团，一家子进北京，都是靠陶砚瓦帮了忙。所以我和秀卿，都把陶砚瓦看成是贵人。他是俺哩贵人，也就是咱全家哩贵人。从今往后，你怎么对待我，就得怎么对待陶砚瓦。椁椤山是陶砚瓦弄哩，人家专门儿给你留出一块儿，总是考虑了方方面面吧？亏你也当过两天兵，还当过几天书记厂长，做人哩基本素质，就是得知道感恩，否则就是忘恩负义哩小人！更不能做恩将仇报、大逆不道哩坏人！你明白不明白？

你都说到这份儿上了，俺还能不明白吗？俺明白了，三哥！俺明白了。

你嘴上说明白了，心里明白没有？下一步该怎么办？

俺知道，俺明儿后晌，当着你和砚瓦哥哩面儿，认错儿、道歉、表态。行喽呗？

不行，还得叫着黎德山，必须也当着他哩面儿！

行，行，三哥，正好跟你说个事儿，黎庄也回来了，今儿后晌回来哩。还有文杏。

是吗？那太好了，他早就说想见砚瓦了，叫上他们俩！

黎四清硬挨他三哥一顿训斥，哪敢吱扭一声。打小儿三哥训他比爹还厉害。在他心目中，亲爹哩话可听可不听，三哥哩话必须得听。他从心里一直被三哥拿捏得死死哩。他从小接收到哩所有信息，都是灌输这么一个理念：他三哥最棒！比陶砚瓦能耐大，比黎庄能耐大，所有他认识哩从深州当兵走哩，都没他三哥能耐大。他三哥就是服兵役哩天花板，是人生大赢家。可这一通电话，颠覆了他的认知，扭转了他的人生坐标，他心里七上八下了好一阵子，大约一集电视剧哩工夫，才慢慢醒过闷儿来。

敢情这个陶砚瓦不是个任虚职没实权哩，他竟然还能管军队哩事儿！敢情三哥早退休了，比陶砚瓦退哩还早！敢情陶砚瓦在三哥心目中哩地位这么高大！

还有这个黎庄，当了几年兵，回来又考上了医学院，还到北京中医药大学读了研究生，接着他分到省会石家庄，大家都以为他这一辈子就是当医生了，谁能想到他研发了新药，说是祖传老药方，得到了国家批号认可，进了医保，还成立公司，自任董事长，又挂牌上市，坐拥多少个亿，成了远近闻名的大款！最近又听说他当选了院士，还号称是最有钱的院士！

当时就感觉这个黎庄真比三哥棒啊！可现在听三哥的口气，黎庄也巴着陶砚瓦！那岂不就是陶砚瓦才是那批兵里，最厉害哩了？看来这个陶砚瓦，还跟他们在社办高中念书时候一样啊！

黎四清心潮翻滚，他极不情愿地按照自己偶像的指令，推翻原来的偶像，另外树立一个偶像，这很不容易啊。他心里想来想去，最后得出了结论：必须等到明儿后晌，吃完那顿窝心饭，当着几位大哥哩面儿，深刻反省自编自导自演《三打黎德山》这场闹剧哩错误，做完认错、道歉、表态这一整套动作之后，估计自己心里才会真正实现偶像的调整转移。

第三十章　涟川，涟川！

133

涟川，涟川！闫玉才！涟川交给你了！

陆岩军长一声断喝，一个交代，一脸严肃，一腔信任。

请军长放心，我们坚决完成任务。闫玉才语调不高，但是语气十分坚定。

陆岩军长带着各师师长和团长们，在涟川铁原预设战场实施逐点勘察，逐点研究，逐点部署。他把每个防御点位的兵力部署、火力配置、协同动作和作战方法都交代得清清楚楚。

走出涟川川谷，陆岩军长回望狭长的谷底平川，以及贯通南北的铁路和公路，心情十分沉重。他回过身来说：这里，就是涟川铁原的锁钥，也是我们军这次坚守防御作战的主要方向和战役要点。闫玉才，你们二八七师要坚决顶在这里！

是，军长。闫玉才声音不高，但是语气坚定。所有人心里十分清楚，涟川是山口，守住涟川，就是守住了铁原。反之亦然。

本来撤出战斗，是准备到伊川以南地区休整的。但遭重创南逃之敌，见我后撤，即以摩托化、装甲化之师团，由空军掩护，用所谓"磁性战术"尾追而来。

美第八集团军司令范弗里特口吐狂言：坚决占领铁原，截断共军东西线之联络。他用"一战"前组建的老牌劲旅，大名鼎鼎的骑兵第一师，率先向铁原、涟川猛扑过来。显然，其设想是首战必胜，志在必得。

他们如果拿下铁原，可以直捣志愿军司令部，造成群龙无首；可以直接破坏志愿军的后勤保障，导致全线崩溃！会让前面四次战役的成果归零，甚至可以挥师北上，一直打到鸭绿江边！

实际上就在当时，包括双方将帅，无不认为这个李奇微组织此战，堪称绝妙好棋。

而他开局用的当头炮，是在美军内部被称为"偏激的旧式军人"范弗里特！此人深得李奇微欣赏。

李奇微遇到的对手是老棋手彭德怀。这个范弗里特遇到的对手，是陆岩和不足30岁的师长闫玉才。

彭老总早于双方很多将领，识破李奇微伎俩，并及时、快捷进行了正确应对！他在此关键时刻，做出的最具有决定性的决策，就是把防守涟川铁原的重任，坚守10到15天的重任，赋予不足35岁的军长陆岩及其率领的铁军。当时的原话是："不惜代价，坚守阵地，无上级命令，不准撤退！"

这支铁军的陆岩军长，完全领会了彭总的思路，于此关键时刻，他也做出了最正确的决策：要想拼死守住铁原！必先守住涟川！

涟川，是一块最难啃的硬骨头，陆岩点了不足30岁的师长闫玉才，也即二八七师来啃。

134

闫玉才丝毫不能懈怠，头一件事，就是以涟川川谷为主轴，将所属三个团进行了大纵深、多梯次的配置。他特别把突前迎敌的先锋让八六一团担负。军师两级确定的要点，位于涟川川口西侧的几处高地，以及川口东侧公路和铁路，点名由金骡子那个营镇守。

闫玉才特别强调"三招儿"制敌：头一招儿，一线部队少摆多屯，尽最大可能减少炮击伤亡，保存有生力量。阵地上只留几名观察哨，主要兵力全部进入山后防炮洞隐蔽,待敌步兵抵近阵地,再迅速前出作战。第二招儿,入夜后二线部队全线出击,打他个通宵达旦,让敌人彻夜难眠。第三招儿,对付敌军坦克装甲车,主要利用阵前沟壕、地雷和直瞄火器应对,炮兵群主要对敌步兵实施打击。

闫玉才这三招儿丝丝入扣,滴水不漏,体现了他丰富的作战经验和非凡的指挥才能。

他还不忘派出师侦察连前出20公里,构筑警戒阵地,加大防御纵深,以迫敌提前展开,迟滞敌进攻速度,消耗敌有生力量,为一线部队争取备战时间。

那天他还跟金骡子说,想让陶载石到师侦察连当连长,金骡子说,现在我可不想放他,等打完这一仗吧。

当晚,金骡子找来陶载石说:明天美军可要到了,咱们位置最靠前,鬼子们上来一堆坦克装甲车,头一天可要顶住啊,这仗他奶奶的可不太好打啊,你有什么好办法没有?

办法有,但没有好办法。陶载石说。

只要有办法就行,你说说看。

办法就是玩儿命。

玩儿命?来了朝鲜,哪一仗不是玩儿命?你说吧,怎么玩儿?

这两天咱们挖壕沟的时候,我发现壕沟北边5米处有个涵洞,里头可以进去几个人。

好,我马上安排人。

你别安排了,主意是我出的,还是我去吧。

135

1951年6月1日清晨5时50分,天蒙蒙亮,一线阵地正南方向20公里外响起枪声。二八七师警戒分队与敌先头部队开始交火了。这是大剧开演前声声紧凑的锣鼓,涟川铁原防御作战拉开了战幕。

敌人还是老套路：先进行火力准备，10到20分钟，有时30分钟甚至一个小时，然后火力延伸打击，步兵凭借弹幕掩护发起攻击。这是一般情况下美军教科书式的进攻套路。

但这次不比往常！美军的狂轰滥炸从凌晨交火开始，连续进行了整整四个小时！宽25公里，纵深20公里的整个防御地域，都进行了地毯式的全覆盖轰炸。而且平时是一遍翻地，这次是超过平时三至五倍，把阵地翻腾多遍，一米深处皆为熟土！

阵势果然威猛！果然很美国！果然很范弗里特！

美国打仗，一贯富国派头。摆明了有的是钢铁，有的是汽油，有的是炸药，有的是金钱。他们完全不考虑物资、完全不计经济成本，只要拿下，只要取胜，砸钢、砸油、砸弹、砸钱，在所不惜。

更何况新官上任的范弗里特！"乱世英雄""偏激的旧式军人"，岂是浪得虚名！

按照平时饱和攻击炸药量的三到四倍，进行了第一轮打击之后，隆隆开来的地面重型火炮，又给了一个小时的猛轰。

当天的场面，整个过程和结果，非亲临其境不可尽知其详。我们后人，只能通过各种文字材料，加以还原。真实的情景，我们无法想象，也更难用笔墨形容，可又必须形容。

我们只能说：眼看着山头夷为沙包，瞬时把人间炸成了地狱。

二八七师编写的师史上说：当敌步兵向我前沿阵地发起冲击的时候，最前沿的八六一团，12个观察哨位还剩下4个，其余8人全部牺牲；前沿作战分队战斗减员都已过半。原本仓促修筑的工事，都被炸得七零八落，面目全非；整个阵地都被翻了几遍，成了美军炸弹碎片垃圾场！

减员过半，是什么概念？是超过半数的官兵，进入涟川防御阵地之后，还没开始打，就已经阵亡了，光荣了，牺牲了！

136

躲在隐蔽洞的指战员们，感觉山不摇了，地不动了，一个个睁开眼睛，直起身来，抖搂抖搂身上的灰土，找到自己的首长和战友，只看见对方着急上火的样子，每个人的嘴巴一直在动，却互相什么都听不见。他们突然明白了，彼此的耳朵都被震聋了。抬头看天上飞机还在盘旋轰炸，地上坦克装甲车群正直逼阵前。

但是，这个阵势再威猛，也吓不倒志愿军。前沿部队都牢记并遵循着闫玉才的招儿：前面摆的兵很少，后面屯的兵还多着呢；只要隐蔽洞挖得足够深，洞口足够隐蔽，就能藏住兵。他炸我藏，他近我打。

指战员们很快组织队伍，按照防御工事的轮廓，进入一个个弹坑严阵以待。他们明白，人在阵地在，一定要豁出命来，拦住他们，顶住他们，决不能放他们过去！

美军有什么新鲜的？好像也没什么新鲜的：不过是炮火准备时间长点儿，炮弹猛点儿，炸药多点儿，天地搭配勾兑得匀乎点儿。他无论怎么炸，炸完了也是得有人跟过来。无非是飞机、大炮和坦克群先上，然后是整连、整营、整团兵力逐次增加，多波次的轮番冲击。

这次面对的是声名赫赫的美军骑一师。配属他们的4个炮兵营超量轰击，炮筒都烧红了，才算完成了功课。该那5个步兵营依次上场了！

步兵营也是豪华阵容！11辆坦克、5辆装甲车在前开路，后面跟着的步兵们，一个个优哉游哉，轻松谈笑着，快乐嬉戏着，似乎是去参加舞会、婚礼或者去超市购物，总之一副懒懒散散、若无其事的样子。也难怪，美军《陆军战斗条令》第一款，明文规定"美国陆军的基本任务是遂行占领"。这"遂行占领"四字，表述的意思很清楚，就是实施地面作战，主要依靠空地火力优势，步兵只需要端着自动枪抵达被摧毁目标，就大功告成了。在这个条令下，士兵们除了队列训练和几种单兵武器训练，根本不需要实战条件下的各种单兵技战术训练，更没有拼刺刀、擒拿格斗等内容。美军有的是钱和先进武器，他们根本就没想让士兵在战场上拼命。比如眼前，弹药量都是平常五倍了，花木草虫都炸没影儿了，何况人乎？

防线最前沿是合水里东山，由金骡子率部坚守。三个连队，一个在左翼，一个在右翼，一个在主阵地。除了这三个连队，团里还特别配属了六门82迫击炮、三门60炮组成一个小炮群，由副营长指挥，随时支援前沿战斗。

137

坦克和装甲车进入100米之内了，大家屏住呼吸，目不转睛，能分得清跟在后面的军官和士兵了，能听到他们说话的声音了。阵地上仍是一片死寂。指战员们知道，敌人的队伍一路北上，顺风顺水，浩浩荡荡，气魄宏大。但是马上就会在前面停下来，他们停下来了，战斗才会开打。

他们为什么要停下来？因为早在前面为他们挖好了壕沟。那壕沟的宽度9米，深度3.5米，按照他们的M26潘兴重型坦克量身定制的。他们无论是直接开进去，还是慢慢栽进去，都会被卡住，不鼓捣一两个小时，是绝对出不来的。如果他们停在沟沿，也很方便打击他的步兵。所有壕沟的位置、朝向，也都是按照让他停在哪儿好打，让他的队伍怎么摆，更便于左右翼交叉射击，来精心安排的。

第一天，第一次开火，更像打伏击战。

敌人的队伍终于停下来了，因为前面有一辆潘兴重型坦克开进了壕沟，顶盖马上就被打开，里面的人刚刚探出身子，这边金骡子轻声说："打！"他旁边的神枪手扣动扳机，那人脑袋一栽趴在那儿不动了。

猛然一声枪响，令所有敌人大惊失色。这里竟然还有人活着？竟然还有人没被炸死？他们是上帝派来的吗？难道有所谓的金刚不坏之身吗？这莫非是上帝的旨意吗？他们张皇四顾，子弹来自何方，人藏在哪里？是一个人、几个人，还是很多人、成建制的人？

还没等他们醒过闷儿来，左右两翼的子弹已经飞过来了。伴随着这些子弹一颗一颗飞出枪口，枪口发出啪啪声，子弹发出嗖嗖声。这声音比起美军一上午的重炮齐鸣,无论是声量、重量、能量或者爆炸当量,都非常不对称,有如蚂蚁和大象,不在一个级别,不在一个维度。上午是交响乐,是碾压式的,降维式的打击。而这会儿的声音,则像是一声声口哨儿,显得零星、简约、单薄、寒酸。在现场的美军们听来,却也像是上帝在一一点名,每一声都会有人下地狱。这声音同样让所有听到的人恐怖异常,因为自己可能就是下一个。

此刻的美军,完全没有了昔日包括上午的骄横,也没有了刚才的懈怠懒散。全都瞪大了恐惧的眼睛。那一颗一颗飞来的子弹,像是长了眼睛,每一颗都对准一个美军的胸口,虽然看不清楚子弹飞来的样子,但同伴们一个接一个倒下,一眨眼工夫已经倒下一片。谁看了会不恐惧?

步兵,应该是来"遂行占领"的,还没"遂行"呢,命都要没了,还占领个尿!

躲也无可躲,藏也无可藏。直觉告诉他们,子弹是从左右两侧和前面飞来,坦克的装甲再厚再硬,也保护不了完全暴露在装甲之外的他们。只有脚底抹油朝后跑,但是跑得再快,总是没有子弹飞得快。他们在倒下去的一瞬间,还十分不解:那么多炸药白白扔下去,怎么还有这么多中国军人!他们竟然不让我们"遂行占领",真是太令人无语了!太不讲武德了!

步兵们慌乱逃跑之时,坦克和装甲车依然淡定。因为他们感觉安全得很。志愿军手里没有反坦克武器,他们却有机关枪、机关炮,以及大量的子弹、炮弹。通信员没有接到撤退的命令,车长不得擅自下令往回撤。车长不下令撤,驾驶员自然不敢撤。

车长们知道是来遂行进攻的,但是他们找不见对手的准确方位,弄不清进攻的方向。只好命令装填手装弹,炮手对准两侧山头对面高地开枪开炮!反正有的是子弹炮弹,闲着也是闲着,既然来了嘛。

那辆进了壕沟的重型坦克,已被死死卡住,欲进不能,欲退无术,尽管装置了勃朗宁机枪和坦克炮,无奈整车陷进壕沟而无法使用。里面的通信员就起身去开指挥塔舱盖。可还没等完全打开,就看见一个中国军人的脸,一个鼻尖上有一颗痣的脸,几乎贴在他面前,他看到那颗痣在动弹,鼻孔在歙动呼吸。那人一手接住他打开的舱盖，另一只手上两颗手榴弹，正在急急冒着烟，硬贴着他的身子塞了下去。他想，他想，他想什么都不重要了，既没时间了，也没有意义了。随着他头一缩，盖子一捂，那一声巨响，里面五名乘员——车长、炮手、通信员、装填手、驾驶员，全部一起见上帝去了。

旁边一辆坦克，正朝两侧胡乱开枪开炮，突然一声炸响，车身一侧猛然抖动一下。车长脸色一下子沉了下来，嘴里不由骂了声脏话，紧接着又叫了声："买嘎得！"因为他知道，那一侧的履带可能出了问题，如果是被炸断了，那么，那么，后面的事情就不用往下想了。

138

昨晚陶载石只带了一个人，这个人的小名也是小石头。他本名展玄石，是个湖南兵。他原来想这事儿太不靠谱儿，人多了更麻烦。即使这样，他还是问展玄石：肯定非常危险，你愿意不愿意？如果不愿意，我还可以找别人。展玄石回答：来了朝鲜就没打算活着回去，你敢我就敢，大不了是个死。

于是两个人带足了东西：两支枪、两个爆破筒、两个炸药包、四颗手雷、八颗手榴弹。天还没亮就钻进了涵洞。几个钟头的连番轰炸，地动山摇，头上不停掉土，洞里也烟雾沉沉，呛得直咳嗽。幸亏陶载石提前说过了，两个人都用手从自己后脑勺朝前一抹拉，把耳轮推到前面和手掌一起捂住耳腔，有了这双重保护，长达半天的炮击，也没震坏两个人的耳朵。

展玄石心里记着陶载石的话：坦克很可怕，但是到它跟前了，它就不可怕了。因为里面的人看不见你了。

坦克钢板很厚，枪弹都难打透。但是它侧面、后面、底部、炮塔顶部和发动机上部，都是其薄弱部位，容易攻击的地方，一是它的履带，二是它的后屁股，三是它的舱盖口。履带一断，腿就瘸了；后屁股钢薄，容易打透；要能爬上去，打开他舱盖，里面的人就成了鱼籽酱。

咱俩头一回，干掉一辆，就算够本儿；干掉两辆，就算有赚！撤！陶载石说。也没等这一轮进攻完全停下来，两个人就连滚带爬，从北面山口返回主阵地。

头一天，全营只在敌超强度炮火准备中伤亡惨重，但经过生死搏杀，打退了五轮进攻，阵前敌尸横卧，还打残两辆坦克。关键是阵地没丢！金骡子心中窃喜。

晚上跟几个连队主官碰头，金骡子特意交代陶载石参加。

咱们盘点一下头一天的仗，布置一下明天的仗怎么打。打了一天，敌人应该摸清了左右两翼的大致情况了，明天一定会集中力量来打。两个连队必须再顶一天，哪个顶不住了，我从主阵地支持你一个排；还顶不住，我也没兵支援了，你就战斗到最后一个人吧！头一天守住了阵地，还打残了两辆坦克，团里、师里都提出了表扬。伤亡很大，我也非常痛心。但是现在不是痛心时候，接下来的战斗会一天比一天激烈，困难也会一天比一天大。今天我重点讲坦克是真老虎，也是纸老虎。但只要勇敢，有办法，就能干掉它。希望各连队回去布置一下，既要注意保存有生力量，又要鼓励同志们单兵打坦克。当然不能蛮干，我再讲一遍：不能蛮干！陶载石同志，你们大小两个石头，今天战绩不错，明天你们白天休息，晚上你们出动活动，想好了打算怎么打？

今天头一天，双方都摸了摸对方的底数。我那点儿招数，糊弄一次还行，再那么搞肯定不行了。陶载石感觉金骡子是故意当着大家的面儿问他。我还想请你这身经百战的老将教两手呢。

放心，你就是想明天还那么干，我也不敢放了。你先想着，大家注意：明天阵地不能丢！散会！

营长啊，不用想了，等明天晚上，干脆我还带着展玄石，往南边转转，折腾折腾看看。

咱俩想到一块儿了。除了展玄石，你从主阵地上再选几个人，要谁给谁，要什么武器给什么武器，只要咱有。不求战果，只要你去折腾他们。怎么折腾，怎么踢跳，你陶载石定。我就一个要求：尽量零伤亡。你们当夜猫子，白天睡觉。说吧，你要几个人？

主阵地任务也很重。有展玄石，再叫上赵大货，三个人够了。

行，你眼光行。这俩兵我都认识，是好兵。

第三十一章　冷的边关热的血

139

晓彤身上的味道，好久没有闻到了。那是一种淡淡的，不算香也不算甜但确实很好闻的味道。她年纪轻轻的，却从不化妆，也不用任何化妆品，她说她连洗头液都不用。这在时下，特别在机关里，好像是一个很另类的存在。不用任何化妆品，身上的味道却最香。这是陶砚瓦个人的感觉，还是很多人的感觉？陶砚瓦不知道，他也没跟任何人讨论过。

刚才陶砚瓦一上车，就闻到她的味道了。他一如当年，还是坐在副驾位置，下意识地连续用鼻子吸了几下，熟悉又陌生的味道。

啊，孩子们都大了，没奶味儿了，可能会有他们吃的东西味儿？

啊，没有，没有。陶砚瓦敷衍道。

晓彤从来不用化妆品的事儿，还是多年前一个双休日，晓彤跟另一个女同事，非说要请陶砚瓦吃饭，理由是想请他写字。陶砚瓦说，字可以写，饭也必须吃。干脆咱们都去马连道那个茶馆吧，既能写字，又能喝茶吃饭。不过茶馆的主人信佛，应该是吃斋饭啊。晓彤说，那更好，省得吃肉多了减肥。那天三人在茶馆会齐，茶馆的主人就热情介绍店里各种名茶，什么班章王、冰岛后、台地茶、古树茶等等。最后主人特别强调，为保持店里名茶品味，服务员上班一律不许用化妆品。讲到这里时，陶砚瓦看了晓彤一眼，晓彤马上感觉到了，说：您放心，我从来不用任何化妆品！另一个女孩子一下子脸红了，忍不住在晓彤肩膀上掐了一下。

嘿，我很好奇一件事儿：你们村委开会，抽烟的人多吗？

真让你问着了。我刚来的时候，除了妇委会主任不抽，剩下的全抽。我说对不起，你们这么抽烟，我实在受不了，咱们开会的时候，能不能不抽啊？竟然没人反对，现在还真是生生把他们扳过来了。

哈哈哈哈！我还没见过你生气呢！

车子沿着西二环一直向南，早上进城的多，出城的少，虽说还算顺畅，但还是怕分散晓彤注意力，陶砚瓦一直规规矩矩坐着默不作声。出了菜户营桥，再往南一过玉泉营立交桥，车子明显少了。

咱这一下子扎到南边儿了！陶砚瓦故意不用南郊这个感觉比较敏感的词儿，而是用词意稍微模糊一点的"南边儿"。还不近啊。

南边儿？您就直接说南郊得了！我们就是郊区的农村啊。晓彤并不在意。

啊，南郊。陶砚瓦应和道。

您是不是想说，怎么从城里往外跑，还跑那么远？我爸爸妈妈一直就是这么唠叨。估计您想说的话，我爸妈早说了几百遍了。你们岁数都差不多，想的也一样。我知道您在写军队呢，说您越到后面越难写，所以也算请您出来散散心儿。

是婉佳说的吧？你们俩连口气都一致。

王晓彤现任南郊明星村龙头镇花庙村的村委会副主任，是她自己报考应聘的。最近这个村把土地都流转到村合作社，统一耕种管理了。由于离大兴机场很近，所以全镇在打造"新国门第一镇"。她们村原是北京市命名的"全民国防教育示范基地"，村支部研究，想以此为主题，开发民宿和旅游。晓彤就是在跑这个事儿。

你这个晓彤啊，哪儿都好，就是这个小脾气儿！平时黏黏糊糊的，拧起来还真就是个拧！

停停停！您现在可不是我领导了！还要给我上课。晓彤噘起嘴嗔道。

我可没想给你当领导！咱现在是合作关系。

嘿！真新鲜！咱们合作什么？晓彤扭过头来，眼睛瞪得很圆。

咱俩合作的项目起码是两个：第一个，你在花庙当村官，你主管的文旅项目；第二个，我老家的梓椤山文旅项目。头一个你是甲方，我是乙方；后面一个，我是甲方，你是乙方。

哈哈哈哈！晓彤听罢，直笑得花枝乱颤。您可真逗！咱们没协议！不算！

笑吧，你只有笑的时候才好看！

您现在满口生意经，您真要走市场啦？

那当然！我正想着怎么从你这儿来笔大的呢！

以前见您给一个做生意的写字，一边儿写一边儿说：我一分钱不要，但如果你今后赚了大钱了，都赚到十多个亿了，得给我拿一个亿过来。晓彤故意夸张地学着陶砚瓦的腔调。

是啊，一个亿以下，对我那还叫钱吗？

对呀主任，就您这身价儿，起码得是百亿、千亿的级别吧。晓彤附和道。

打住！这么大的数字，上坟烧纸的时候才有！陶砚瓦假意气呼呼地说。

啊，对不起，这次您拿出整梓椤山的劲头儿，跟小沈老师一起，把花庙村的文化创意给指导指导！

好啊，等我神助北安庄赚了大钱，你们也是一个亿啊！

必须的！一个亿！

答应得很痛快！像个小干部了！不不不，像个大董事长了！陶砚瓦说：我可真没想到，你怎么跟沈婉佳这么好了？

还不是您牵的线？头一回见她，是在您办公室。我进去找您签字，您正跟她在讲您墙上挂的那幅字儿呢。我正要走，您说别走，认识一下，她是著名青年诗人沈婉佳！是来北京领大奖呢！她很客气，还跟我握手呢。

第二回，应该是您从台湾回来，不知怎么跟她一块儿出了机场。我去接您，神神秘秘的，我也没敢问。

第三回，是您老家梓椤山开业，她跟我住在隔壁，还有叫您表叔的那个张椤，我们三个挨着，聊得很开心。她问了好多您的事情，感觉她对您很关心。

第四回，应该就是今天了，也是您出面请她来。没有您，人家才不买我的面子呢。

那是，她当副县长了，放下公事家事过来，我都觉得咱们有点儿那个。

您心疼她了吧？

有点儿。也心疼你。你们两个女同志，都生了二胎，还这么拼事业，我从心眼儿里头佩服。

一老一少两个人，一路上逗着闷子，转眼就到了大兴国际机场。

飞机正点，远远看见沈婉佳拉着行李箱，款款走来。

晓彤赶紧迎上前，接过婉佳的箱子。

陶砚瓦伸手握住婉佳的手，用力比较猛。嘴里说了一个字：魔。

婉佳也用同样的力气握他。嘴里也只吐出一个字：王。

140

算起来，从梓椤山开业之后分别，已经过去一年了。婉佳和砚瓦中间只联系过两次。

头一次，是婉佳跟张椤他们一起去大兴机场，刚跟他们分手，在候机室接到县委办主任通知，让她去市委，说书记要找她。

这位书记就是那年因为景点失火，决定给她处分的那位市长。当时他新官上任，火气很盛。在政府几年，前任书记高升，他终于如意接任。婉佳憋了一肚子气，一直看他不爽，偶尔见面，也是爱答不理的。如今怎么突然想起她来了？婉佳不知是福是祸，心里没底，就给陶砚瓦打了个电话。

陶砚瓦听完哈哈大笑道：书记找你，一定是好事儿。因为如果是坏事儿，他绝不会直接见你。他跟你隔着好几个人呢。你想想当年给你处分的时候，他找你谈了吗？有好几个人在他前面挡着呢。去吧！妹妹你大胆地往前走哇！

第二天她如约去了县委。果然书记见了她非常客气，说：我一直关注你，你在咱们县女干部里边，无论思想品质，还是工作能力，都比较突出。

特别你写诗词，屡获大奖，在全国诗界都有名气，也算是为咱这个小地方争了光。县里准备动一批干部，你们局长年纪不小了，组织上研究，准备让你接过来。现在文旅合了，摊子比原来大了，工作也比原来重了，是个苦差事，让你来受累！希望你能把这个担子挑起来。

婉佳说，没想到让我挑这么重的担子。既然组织上决定了，我也必须接。不过局里还有两个排我前面的老同志，他们肯定会有想法。希望组织上也考虑一下。

书记说：你真是个有情有义的人。对他们的安排，你有没有什么建议？

婉佳说：那个老张的年龄比老局长还大，安排他退二线他应该能接受。关键是老赵，他年龄比我大一岁，做过乡党委书记，排名比我靠前，对咱县的文化、旅游资源确实有研究，也有自己想法，还多次主持全面工作。真要征求我的意见，让他当书记，我当局长，我们合作没问题。

你这个方案我们真的考虑过。当时想这样会不会妨碍你工作。现在你主动提出来，我感觉能通过。只是多了一个正局实职，还得跟组织部门沟通。书记最后说：那年出了事故，必须有人担责，让你受了处分。那时我刚当市长，有点儿小心眼儿，把处分给了你。你心里委屈，我清楚。我也一直有愧疚，就想等我当了书记，一定把你提起来。我确实有这个想法。当然这次让你当局长，还是因为你德才条件都具备。今天我代表组织跟你任前谈话，也终于有机会当面聊一聊。也是希望我把话说开了，会有利于咱们今后工作配合。

从书记那里出来，婉佳给陶砚瓦发了个信息：果然是你说对了，准备让我当局长。

陶砚瓦回：你是人才，书记慧眼。

转过午来，县委安排婉佳去省委党校学习，时间一个半月。

那天陶砚瓦正在写他的长篇《云龙风虎》。手机"嘟"一声，沈婉佳来微信了，只有三个字：笑死了！

笑什么？陶砚瓦忙问。

我忍半天了！参加党校学习，正在听某教授讲诗词。他竟然讲赵长卿的

《簌水》说：这首词作，是作者因为自己钓鱼的技巧十分高超，打动了一个叫闵子里的姑娘，然后男欢女爱，好不快哉！

断章取义，原无达诂。陶砚瓦回。

我笑的是什么钓鱼的技巧！沈婉佳还在这句话后面，加了三个笑脸符号。

如果把追姑娘唤作钓鱼，则没问题。陶砚瓦也在这句话后面，加了三个笑脸符号。

你真会打圆场！你能做到正五品，就是靠打圆场吗？问号后面，是竖起三个大拇指符号。

对人不要太苛刻。我们自己也有知识盲区。

难道你不认为他歪批三国，会误人前程吗？

那肯定不会。组织部不考查诗词。再说了，万一真有个姑娘就叫闵子里呢？

又来了，不理你了！这句话后面是个生气的表情包。

他这样讲自有其道理，因为这是首谑词！然后跟了三个惊叹号。

谑词？

轻薄子，好作谑词。戏言嬉语！依我看，它岂止是谑词，它百分百是艳词！

又是艳词？你？你？哎呀妈呀！你们男人真是太坏了！三个鄙视符号。

赵长卿这个人是个皇族，但无心仕途，喜欢逍遥自在，写些艳词。他的作品集就叫《惜香乐府》。他这里的"乐"肯定不是音乐的乐，而是欢乐的乐。《四库全书·词谱卷》收了这首词。我很奇怪党校讲课，怎么能讲到艳词？

快打住吧！又来阴谋论了吧？

能让你一笑，也便是好。让你上党校，是要提拔了吧？陶砚瓦赶紧缓颊道。

有希望，没把握。气氛果然缓解。

最近好像很亨通啊！期待好消息！

唉，在小地方，混不出什么名堂的。哪像你，作着诗写着字混个正五品。

441

听你这话会作诗会写字，成了负资产？倒不如去打牌、K歌？你们那里组织部门也是这么看吗？

不跟你聊了，你都老头子了，还总这么咄咄逼人！

你可以把下面文字发给听了课且又喜欢诗词的人：

《簇水》作者赵长卿（宋）。长忆当初，是他见我心先有。一钩才下，便引得鱼儿开口。好事重门深院，寂寞黄昏后。斯觑著，一面儿酒。试搁就，便把我得人意处，冈子里，施纤手。云情雨意，似十二巫山旧。更向枕前言约，许我长相守。忺人也，犹自眉头皱。"冈子里"即《西厢》《琵琶》所云"酪子里"，乃"暗地里"之谓也。

好，也就二三子吧。终于给了三个笑脸。

哈哈哈哈哈哈！得意中！

果然，婉佳学习回来，就开两会换届，当选为副县长，分管科教文卫工作。

141

姐，咱们直接去花庙村吧。晓彤对婉佳说。

好。既然来了，一切听你们安排。

我跟晓彤说好了，咱俩是她的私人顾问，只做她的外脑，别人咱谁也不见。

好，做晓彤外脑。

我看你对晓彤这么好，我都有点儿嫉妒了。

你是诗魔，难得一见。晓彤就在我身边，原来天天见。晓彤晓彤，她是我的"诗童"。

什么"诗童"？晓彤说：我当不了诗童，算是你的书童吧？

诗童兼书童！

那你可得给双份工资！

啊！你们两个人合起来对付我，我认输！咱们说正事儿：婉佳你当副县长虽然没多久，但能过来让我很感动。你时间很紧，咱们现在直接去他们花庙村，只需要20分钟。咱们简单看一看，之后咱们就开始聊，晚上晓彤请咱们吃饭，吃饭之后再接着聊。你们县是国防教育基地，这一摊子又归你管，所以主要听你说，你可得把你们的好经验贡献出来啊。明天一早，第一个航班，送你登机，中午你就落地了，不耽误你下午上班。

好，既然来了，一切听你安排。婉佳说。

谢谢姐！您真痛快。晓彤自然感恩不尽。

于是就开始看村容村貌，村口和村内十字街上，分别立有很大的宣传板，上面有国防教育的标语、设施、图片以及简要的文字介绍。此外，也实地察看了几处原来的农家小院，改造成为民宿的实例。因为距离机场太近了，民宿生意非常好，客源不断，床位还挺紧张。

看到最后一个小院儿，院子宽敞，有两棵柿子树，高出屋顶几米，挂满了通红的果子，虽然叶子都掉光了，但是那满树的果子，显得更为鲜艳珍贵。树下有亭，亭下有桌椅。南面围墙边，还种植了竹子，竟然也棵棵青翠摇曳，绽放着浓浓的儒雅。北房六个标准间，窗明几净，光线充足。

三人进得房中，见桌上摆着果盘，晓彤就说，来吧，随便坐，我来泡茶。

这是你宿舍？婉佳问道。

哪里啊，这是您和陶主任，不不不，这间房和旁边那间，是给您和陶主任留的，你们随便住。

哎呀，这条件还真不错啊！婉佳客气了一句。

好，那我就住这间了。陶砚瓦说着，从果盘里拿出几个樱桃，递给两位女士。你们请坐，随便坐。吃水果！

这边晓彤手脚麻利，把泡好的第一杯茶，端起来先送给婉佳，婉佳说：怎么先给我，先给你们领导。

他不是我领导了，先给您。晓彤坚定地说着，坚持把第一杯茶递给了婉佳。

那我先来？婉佳接过来，眼睛却看着陶砚瓦。

别看我，你是贵客，你先喝。陶砚瓦说。

你也跟我客气上了。婉佳嘴里说着，就端起那杯茶，举起手里的茶杯，送到嘴边儿，刚轻轻喝了一口，桌子上的手机就响起来，她只好先把茶杯放下，看了看来电号码，对二人说：对不起，我得出去接个电话。说完就朝门外走去。

陶砚瓦和王晓彤二人就对视一下。陶砚瓦说：毕竟是县长了，管着一摊子事儿呢。

理解，理解。别说她了，我这点事儿还整天忙不完呢。晓彤说。

几分钟过去了，婉佳还没回来。晓彤说：要不我出去看看？

没必要吧。她说完她的事儿，还不得马上回来嘛。陶砚瓦说。

对了，给你们订两间房，在一个院儿。没问题吧？晓彤语气很轻，很随便的样子。

啊，没问题。陶砚瓦语气也很轻，也很随便的样子。

晓彤看了他好像无所谓的表情，就故意气他说：哎呀，应该订一间啊。要不然退一间？

为什么？陶砚瓦假装不解地问道。

难道不应该吗？你们很久没见面了吧？晓彤说着，还来了个很暧昧的眼色。

好你个小东西！陶砚瓦顺手从桌子上抄起了一把鸡毛掸子，把鸡毛攥在手上，掸子把儿冲着晓彤脑袋打过来。

晓彤赶紧用手护住脑袋，身子一边儿躲嘴里一边儿说：您说俺什么话俺跟您急过？多大岁数了，还这么爱急！您想怎么睡就怎么睡，谁爱管您的事儿？算了算了，瞧您这点儿气度，俺给您赔罪不行吗？

不行！陶砚瓦说着，身子把晓彤逼到墙角，眼睛盯着晓彤的眼睛，嘴巴凑过去，在晓彤额头吻了一下。

哎呀！对不起！我来得点儿不对啊。婉佳恰巧进来看见这一幕说。

她淘气着呢！我刚要揍她！陶砚瓦掂着手里的掸子，恶狠狠说。

是吗？这么好的妹妹，你也值得打？俺不许你动她！婉佳说着，还把晓彤搂在身边护起来。

你们两个听好了！不许你们两个联合！欺负我一个人！陶砚瓦把手里的掸子扔回桌子上，然后坐在椅子上，还故意转过身子，给了两个人一个后背，而且还紧闭上双眼，好像是很生气的样子。

屋子里顿时没了声响。两个大活人，突然就没了动静。陶砚瓦心想：我偏不睁眼，看你们两个人怎么往下演。

等了好一阵子，自己把两个耳朵张开，没有听到任何动静。可两个鼻孔却闻到了熟悉的发香。难道她们？

陶砚瓦终于忍不住把两眼睁开一条缝儿，就看见两张脸，两嘴大张，四目圆睁，四只爪子直冲他脸乱晃。陶砚瓦忍不住"扑哧"一声笑了，顺势把二人脑袋一揽，三个脑袋撞在一起，咯噔一声，三个人都同时听到也同时感受到了，然后一起哈哈哈哈笑起来。

凡是跟我好的女孩子，一见面就成为朋友。比如你们俩。陶砚瓦不无得意说。

婉佳姐跟您好，我可没跟您好。晓彤愤愤然说。

你是个孩子，是个晚辈。陶砚瓦缓颊道。

我都两个孩子的妈了，还孩子呢！您是看不上我。晓彤不依不饶。

不光是咱俩，还有他的"书寇"中村纪子，他那一众美女学生，什么夏凡啊、余萍啊等等，当然还有他的正宫夫人杨雅丽，啊还有张椤。真的，咱们一见面，就像是一家人。沈婉佳也缓颊道。

张椤也算？她可是陶老师的亲表侄女！晓彤继续不依不饶。

都是他亲友嘛，亲友亲友，亲戚朋友。沈婉佳继续缓颊道。

我终于看明白了，关键时刻，您紧护着，能挡子弹，所以你最讨人喜欢！对了婉佳姐，张椤有消息吗？管谁叫爹解决了吗？

哈！都知道他爹这句名言了。还真巧了，刚才的电话，就是张椤打来的。

张椤找你干什么？陶砚瓦听了也很好奇问。

说她已经开始准备写论文，要搞什么田野调查。问了我一些我们那里的情况。问得可细了。

她要去你们那里搞调查？陶王二人都很惊讶。

有什么问题吗？我们地方小，深山老林，就不能接待洋博士吗？不过她只是问了问情况，究竟来不来，还没定呢。婉佳淡淡地说。晓彤你刚才讲，你们村儿还有个拥军优属的什么事儿？

对。就是村里小学的边老师，她娘家是南方的，好像是湖南的吧，我记不太清楚了。我们花庙村这位军人叫张春社，当年他当班长的时候，俩人是在军校军训时认识的。结婚之后，男的在大兴安岭里边，一个叫伊木河的边境哨所当了连长。

啊伊木河？陶砚瓦大惊道。

怎么？伊木河您也知道？

142

伊木河，那可是中国六大最苦边防哨所之一，号称最冷的哨所。它位于大兴安岭深处，一年有近半时间与世隔绝，周围300多公里没有人烟，年无霜期只有80多天，最低气温在零下五六十度。陶砚瓦果然知道伊木河。

您比我说得还清楚，天哪！我真没想到。不行，为此我再跟您碰个头。

轻点儿！陶砚瓦说。哎呀，太重了，我脑仁儿都疼了。

碰脑袋？你们这是什么鬼？婉佳大笑道。

唉，他高兴的时候，喜欢碰我脑袋。刚才是我一高兴，头一回，我主动跟他碰了一下。哎呀婉佳姐，你这么一问，是不是觉得我俩有点儿变态啊？

呃，是够变态的！来，咱俩也碰一下？轻点儿啊！哈！真的挺疼！你接着说你的伊木河吧！

我们花庙村那个军人，叫张春社，当时就在伊木河当连长。他们女儿五六岁的时候吧，老是想爸爸，天天抱着爸爸给她买的玩具娃娃，天天跟她妈妈说想去看爸爸为祖国站岗放哨。

妈妈当然也想爸爸啊。结婚五六年了，她一直忙于工作，照顾老人，从没去过部队。当时南方在打仗，自卫反击战，每天听战场消息，又半年多没有收到丈夫来信，于是就请了一个月的假，娘儿俩一起坐上火车，那时候还是绿皮火车呢,三天三夜,按照丈夫来信地址,总算找到密林深处一个小镇。娘儿俩兴冲冲对门岗说:"找你们连长张春社。"哨兵说:"大嫂,您是找一连连长吧?他们不住这儿,他们驻在伊木河,离这里还远着呢!"

边老师一听,也想起丈夫回家说他们驻在伊木河。就问转什么车去呀。里面出来一位年轻军官,说:"嫂子啊,我们欢迎您和孩子来,咱们先到招待所住下,再想办法去见张连长吧!"

团里首长也热情陪他们吃饭,并告诉她冬天路不通,虽然冰道已开始融化,但也不敢贸然行车。要等到路上以及界河的冰雪融化了,才能送她们去伊木河。这边车子去不了,那边人也回不来。边老师一听就愣住了,千里迢迢赶过来,见丈夫一面竟然这么难!女儿抱着妈妈喊:"我要找爸爸,我要找爸爸!"

据说那时候,团部和伊木河唯一的联络方式,就是每天定时发一封电报。张春社连长很快就知道爱人孩子来部队了,但他最清楚,真要见面实在难。他吃不好,睡不好,做梦也听到女儿叫"爸爸"。那些天,他每天到河边站着,往上游方向眺望。

住了几天后,边老师听说去伊木河的必经之地有个哨所,团部的给养车偶尔能上去,她就提出想跟着去一趟,毕竟往前靠一靠,离丈夫更近一点儿。经团首长批准,娘儿俩跟着给养车,颠簸了五六个小时,到了那个哨所。这里紧靠界河,距伊木河还有170多公里。

于是,这个哨所的官兵们,每天都看到边老师牵着女儿的手,站在冰河岸上,朝下游方向,也就是伊木河方向张望。边老师用手搭在眼上看,女儿怀里抱着爸爸给的布娃娃,也朝下游那边看。

"妈妈,爸爸在那儿等我们吧?"女儿问。

"对,等河里的冰化了,爸爸会乘巡逻艇到这里来巡逻,就会接上咱们过去。"

啊,对不起,我讲不了了。晓彤泪如雨下,一头扎进婉佳怀里,呜呜啼哭起来。

好,我来替她说。陶砚瓦接上茬儿:转眼一个月过去了,冰开始融化

447

了，但是冰化之后要先跑冰排，跑完冰排才能行船。还要再接着等。可边老师假期已满，怎么能甘心这样离去。于是就再等。那条河叫额尔古纳河，虽然解冻了，但是河面上的冰排，顺着河道朝下游涌，有时前面的冰排被什么东西卡住，后边的冰排压上来，堆成一两米高，又互相碰撞着向下游涌去。

这时候河里仍然不能行船。还得再等。又等了半个月了，冰排还没跑完。边老师假期超得太多了，万般无奈之下，边老师只好收拾行李，准备返回花庙老家。女儿以为要去见爸爸了，高兴地抱起布娃娃就朝河边跑去。妈妈追出去对女儿喊："冰排还没跑完，咱们回家吧！等天暖和了咱们再来找爸爸！"

女儿怔怔地望着妈妈，一句话也不说。妈妈牵起女儿的手，眼泪哗哗往下淌。孩子看见妈妈哭了，特别懂事地跟着妈妈往回走。走着走着，突然停下来对妈妈说："妈妈，我想把布娃娃留在这里，让她在这里替我等爸爸！"妈妈点了点头。就和女儿一起，来在河岸靠近樟子松林的一块界碑旁边，郑重地把布娃娃摆放好。女儿说：爸爸很快就会过来，找到这个布娃娃的。

可是，可是，晓彤还是你说吧，我也说不下去了。

婉佳看陶砚瓦也哭了，就赶紧抽出几张纸递了过去。

就在母女二人登上火车，还没到家的时候。伊木河又下起大雪。张春社连长，在巡逻途中，落到山崖下，再也没有回来。

界碑旁，那个睁着大大眼睛的布娃娃，永远留在了去伊木河的路上。

完了？婉佳问。

完了。砚瓦回答。

啊，我也要碰头！婉佳站起身来，对准陶砚瓦的额头，狠狠碰了一下子。

啊还有，自卫反击战那会儿五六岁，他女儿应该是七〇后，跟我岁数差不多。现在怎么样了？

她也参军了，因为是烈士子女，都比较照顾。现在北京呢，火箭军，是个中校了。嫁的也是军人，生了儿子，应该是上中学了，有时候回来看望老人，还能看见她。

448

第三十二章　三个人的战斗

143

6月2日，战斗继续。但陶载石和他选中的两个兵被特许留在坑道里，进行战地侦察技术速成培训。

外面枪炮声急，坑道内进进出出，不断有伤员被抬进来，也有各种战斗消息传进来。但陶载石目不转睛，一边说，一边做出各种动作，让两个兵看得目瞪口呆。

外面又打了一天，三个人在坑道里也折腾了一天。

朝鲜的夜空，和冀中平原的夜空一样澄明而深邃。星星们也一样凝望着人间万物，似乎还不住评评点点。夜行人听不到他们的说话声，听到的只有小虫子们单调而又杂乱的声音，间或有一两声鸟啼。而月亮远远躺在山顶，似乎对眼前的一切丝毫也没有兴趣，只默默用自己的辉光，给夜行人更多一点儿明亮，以及永远不变的深情陪伴。

在涟川通往汉城方向的公路上，急匆匆走着三个军人，准确说是两个全副武装的韩国军人押着一个穿志愿军服的军人。他们一边赶路，还一边说笑着。一看就是从这条路上走过，对路况很熟悉，所以才如此轻松。如果再仔细观察，就会发现主要是两个穿韩国军服的人轻松，因为他们一直在说笑，而那个穿志愿军服的人，跟他们完全相反，双手被捆着，一直默默无语。脸上也毫无表情。

这就是陶载石的三人小组。他们白天都没上阵地，都是在隐蔽洞里帮着照顾伤员，传递讯息。只听说又坚守了一天，伤亡也不小。他们也都各自抽空睡了一会儿，晚上又胡乱吃了点儿东西，就出发了。

他们弄了个奇怪组合：陶载石和展玄石变成了韩国军人，他们的剧本是：两个韩国军人抓住了志愿军的侦察兵赵大货，正在押着他返回驻地。那怎么这么高兴？他们在谈什么话题？

陶载石在给两个小伙子讲自己当侦察兵的战斗故事呢。二人听得新奇过瘾，展玄石就一直追着陶载石往下讲，还不时问这问那。

一边走，陶载石一边交代二人：侦察兵进入敌方控制区是常有的事儿，心态一定要放松，千万不能害怕，越不害怕越安全。比如现在，咱们一定要说话，调门儿跟平时一样就行。遇到敌人，见机行事，既要提高警觉，又要快速想出对策，并付诸行动，同时一定要主动配合，各行其是必定完蛋。他特别交代，任何时候都要设想最坏情况，同时想出应对之策。

展玄石就问：现在咱们可能遇到的最坏情况是什么？

这还用问？让美军抓住，关起来不放，或者干脆被他们枪毙。

陶载石说完这句话，不再往下说了，展玄石也没再往下问，大货本来就不吱声，所以这三个人开始了静默模式，只顾得朝前走。刚走过西侧一个山口，就看见山口里面正有一辆汽车开过来。三个人脚步没停继续朝前走，就听陶载石说了句：别忘了，美军听不懂中国话，也听不懂韩国话。

展玄石想说：最坏情况来了。但他转头看陶载石，一副若无其事的样子，憋住了没说出来。

说话间，一辆美军道奇T-214系列中吉普车从他们身后驶来，并在他们前面几米处来了个急刹车，车上跳下两个人高马大的美军士兵，皮肤一黑一白，端着M3冲锋枪，冲着三人大喊大叫。

陶载石也冲他们喊起来，一边喊还一边用手比画着。奇怪的是喊了几声之后，两个美军竟然把枪收起来，还冲他们把手一挥，明显是要让他们上车。陶载石也不客气，跟自己那两个人说，从那边上，大货坐中间。说完先

450

钻进去，坐在黑人司机后面，那二人也上来坐在白人副驾驶后面。还没等坐稳，那车就呜的一声急驶而去。连副驾驶都"吁"了一声。

也就是几分钟之后，车子飞速驶入公路边一个村庄，拐弯时很猛，差点儿就蹭着站在小屋门口那个哨兵了。吓得哨兵开口大骂，车上的白人也回骂了一句。

汽车马上就一个急刹车停了下来。

陶载石看见村子北面架着几十门大炮，因为已是晚上，一个人都看不见，只看见炮口都齐刷刷指向北方。后排坐的三人对视一下，展玄石嘴里嘟哝一句，这得要多少手榴弹啊。

动手！车子刚刚停稳，陶载石就轻声一喊。后排坐着的两个人同时出手，锁定前排两个大个子的脖子，同时用另一只手死死抓住其喉咙，两个人都挣扎了几下，然后脑袋都歪了下来。

你们两个都别动，陶载石说：我去解决那个哨兵。

他一个人下了车，朝那个哨兵招手。

哨兵不解地朝这边望着，陶载石就朝他做了几个呕吐的动作。哨兵似乎明白了什么，提着枪走过来。陶载石打开前门，哨兵就过来看，刚刚弯腰低头，陶载石从他身后照准他喉咙处反手一刀，接着顺势往后一推，咕咚一声倒在地上。接着又把刚才开车的黑大个从座位上拽下来，那边展玄石早打开另一侧前门，也同样动作，把副驾驶拽出来，赵大货则把三个美军身上的枪、子弹、手雷、匕首等全部收拾到车上。

已经下半夜了，咱们去找到他们集中住的地方，我不下车，你们多带手雷和手榴弹，炸人不炸炮！动作要快！陶载石说着已经上了车。

明白。二人答。陶载石开车，展玄石也已经坐在副驾位，赵大货还是坐了后排。

汽车朝村子深处开去。刚走了二百来米，就看见左侧空场上，有两顶大帐篷，相距十几米远。陶载石说：看见了吧？我马上在前面调头，你们下车，一人炸一个，两颗美军手雷就够了，别用咱的手榴弹。扔进去赶紧回来，我不熄火。去吧。

两个人一边一个下了车，分别摸到两个帐篷口，互相看到对方举手示意，于是二人几乎同时推开帐篷门，同时把手雷从地上滚进去，同时再关上门转身往回跑，也同时听到身后的爆炸声，又同时一左一右上了车。

身后响起一阵嘈杂声。两个人又都端起冲锋枪，一个对着前方，一个对着后面。车子飞也似的冲上村口公路，朝着来时的方向，风驰电掣般飞去。

车子开了不大一会儿，大约就在刚才山口处，突然左右各有一排强光直接射过来。一个持枪美军突然蹿到路中间做出阻拦动作。不知谁说了声：坏了。

陶载石赶紧一脚刹车。嘴里说：从现在开始，咱们都是韩国军人，大货也是，咱们是去跟北边情报人员接头。情况紧急，5点以前必须赶到。记住，你们什么都不知道，只管跟我走，听我命令。打死也是这句话。

车牌子！展玄石喊了一声。

刚才我已经卸下来扔了。

话音未落，车门两侧已经各有两个美军赶过来。

对方都是军士，虽然听不懂说什么，但态度很恶劣，还伸手来拽。陶载石也伸手去挡，另一只手指着自己的上尉军衔，用一种含含糊糊的声调，嘴里像是含着一个鹌鹑蛋，跟他们争辩：看看我的军衔，我是长官！我是上尉！我们在执行任务！

这时过来两个大兵，一边一个架着他，另外两个军士一个扯着展玄石，一个扯着大货。把他们三人硬塞进他们的车里，也没捆绑，旁边都坐着美军，车子开进山口，也是进了一个村庄，好像比刚才那个略大一些，房子也稍微高大整齐。

那帮人不由分说，把三个人往一间房子里一推，把门一锁，扬长而去。

怕不怕？陶载石问二人。

不怕。有你在我就不怕。展玄石说。大货，你呢？

我也不怕。大货说。有你们俩呢。

我摸摸你们脑门儿。陶载石还真伸手摸了摸两个人脑门儿：行，没怕。

你肯定是瞎摸啊，副连长。展玄石说。脑门儿热不热是看烧不烧，没听说也能摸怕不怕。

听好喽：咱们在这里，咬定牙关不改口，跟在连里守山头儿一个劲儿！咱们一起守到最后！

明白。人在阵地在。咱豁出去了。反正刚才这一下子也够本儿了，有赚儿了！想想昨天还没开打，就炸死了那么多人，咱们活到现在算幸运了，一定跟他们干到底！

正说着，推门进来一个少校军官，进来就用中国话说：是谁要跟我们干到底？

三个人一激灵，心里都想：真坏了，来了个明白人儿，全露馅儿了。

144

小石头！美军少校突然喊了一声。三个人都惊讶得"啊"了一声。大货那声"啊"纯粹是惊讶，陶载石和小石头二人，虽然也是一声"啊"，但他们那声"啊"里，除了惊讶，还有一点儿答应的成分。

少校军官回头跟军士说了什么，军士进来把展玄石和大货带走了。屋子里只剩下少校和陶载石二人。

少校上前去摸了摸陶载石的后背，说：小石头，你还背着它？

对，背着。陶载石回答。

还套着我给你那东西吧？来，我再给你几个新的。

好，谢谢。

你知道我是谁？少校问。

我当然知道，丹尼斯，我早看出来是你了。

那你为什么不主动认我？

为了咱们两个人的安全。你懂得。

大熊、闫、吴、张，他们怎么样？都来了？

大熊早就牺牲了，闫、吴、张都来了。

啊，大熊人很好。当年你和他送我，很危险，我永远记得。谢谢你。

当时你已经谢过了。那时候咱们是战友，这是毛主席说的。你说我们八路军比蒋介石的军队好太多了，可是后来你们却帮助蒋介石打我们，你们美国人没羞没臊，实在是靠不住！

对不起，支持谁我们只能听政府的。这里不能久留，你快告诉我一个放你走的理由，我马上放你走。但是我要告诉你，放了你你也活不成，因为这次你们赢不了。

我们在绀岳山，在雪马里，都赢过你们了。

那没用的。你知道，我们是富国用兵，我们有的是钱，有的是钢铁、武器、车辆、飞机、大炮、坦克。而你们，在我们看来，就是一群乞丐。这里也没有你们的堡垒户，更没有你们挖好的地道。我知道你武艺不错，但你们靠肉搏打不赢。丹尼斯两手一摊：你们太穷了！

我们穷，可是再穷，已经把你们压到三八线以南了，你们再也不能向我们那边长驱直入了！

我们会的！小石头。我们不是日本人，更不是蒋介石，我不想跟你争辩，你说吧，放你的理由？

我也不想跟你们美国人讲道理。我们三个现在都是韩国军人，5点前要送其中一个人去跟北边的情报员接头。时间已经快到了，得赶紧走。

好吧，你一个人开着车走，那两个人我不能放。

我绝不能丢下他们，绝不能。我可以不走。

你让我很为难。当然，只放你一个，还是三个全放，你们的命运都不会有什么改变，因为你们都没有可能活着回到你们的国家。对不起，我，我并不想故意让你尴尬。

我要开着刚才的车，三个人一起走。陶载石语气十分严肃。

好吧，丹尼斯少校转身把门打开，又转过身来说：我不再欠你什么了，小石头。

我欠你的，丹尼斯。陶载石伸手跟丹尼斯握了一下。我想我也许会有机会补偿你。

啊，小石头！丹尼斯说：车上放了一些吃的，你帮我问候闫、吴、张！

谢谢你的好意！我一定为你转达。

将来如果再见面，你要请我吃烫窑儿！

好，那得看老天爷！陶载石说着，用手指了指天上。

刚才的军士带着三人找到他们那辆无牌车，看着他们开走，什么也没说。但是他用步话机接了个电话之后，转身再看时，三人已经飞驰而去，他一边在电话里叫着，一边摊开手，做出无奈的动作。

145

副连长，你怎么会认识他？车子拐到公路上，两个人都迫不及待地问。

抗日的时候认识的，咱们几个首长也认识他。那时候抗日，他们也抗日，跟咱是战友，现在他是敌人。你们记住了，回去别跟别人讲，什么都别说。大货，我是看你嘴严才带你来。

放心吧，副连长。我喜欢跟你干，过瘾。

侦察兵有特殊性，跟人家讲，也不一定理解，弄不好还会惹麻烦。

东西给了这么多，我都没地方坐了。大货说。

都是吃的吧。你检查一下。陶载石说。

全是外国字儿，不认识。啊，有大馒头，软乎乎的。

那不是馒头，是面包。陶载石说完，马上想起丹尼斯吃馒头剥皮的事儿，不禁笑了一下。拿出来一个咱们先尝尝吧。

146

天虽然还没亮，但仍可以在茫茫夜色里，看得见前面山秃林偃，四野萧疏，到处都是坑坑洼洼的，连公路上都满是弹坑，烧焦的车辆，以及没有经过处理的尸体。

不用问，涟川山口到了。

快，车子不要了，先把咱们自己衣服换上，把枪和子弹都带上，吃的也不能丢。咱们上东山獐子峰吧，回主阵地恐怕来不及了！

三个人把枪和子弹都斜挎在肩上，然后用凑手的带子绳子，把吃的东西全部捆好，分散到每个人，背的背，扛的扛，提的提，抬的抬，匆匆朝獐子峰走去。

刚爬到半山腰，展玄石就悄悄跟大货说：真他娘的累！

这还是从正面上呢，要从背面上……大货没往下说。

好，咱们先休息一下。正好走到一块大石头底下，有一片小平地，还有几块可以坐下歇脚的石头。转过这块石头，马上就到达主峰了。

到了主峰，我一定先睡一觉。大货说。真困了。

要不我先上去，叫几个人下来？展玄石依然兴致很高。

好，你轻着点儿，都打了两天了。

坏了！完蛋了！大约抽了一支烟工夫，展玄石急急忙忙赶回来说：咱们的人都不见了，山顶上有两个跟刚才一模一样的大帐篷。肯定是敌人的！

你看清楚了？陶载石问他。

看清楚了，帐篷里头还亮着电灯呢！

咱们正好干掉他们！大货一听立刻来了精神。

咱们全都换成M3，装好子弹，每人再带两个手雷。陶载石一听就明白，这是一防丢了，部队撤到二防了。他迅速下了决心：山上敌人应该想不到，他们三个人会从正面上来。其他东西全扔这儿，快！你们跟着我。我负责放哨，你们还是一人一个帐篷！

三人摸上山顶，没看见哨兵的影子。陶载石说：我在这里盯着，你们两个马上冲过去，先扔手雷，然后趁乱冲进去再扫一遍。开始！

陶载石找了个隐蔽处，眼睛巡视着周围动静。当两个战士摸到帐篷那儿，准备丢手雷的时候，只见一个美军正从对面战壕里走过来。陶载石的枪口马上瞄准了他的胸口。

轰的爆炸声响起时，陶载石的手也扣下了M3的扳机。两个帐篷里的敌人全都顺利解决，只有陶载石负责的那个哨兵没被打倒，他扔下手里的枪就往回跑，陶载石起身就追，一直追进山后面的隐蔽洞里，还没等陶载石开枪，他竟然自己朝前一栽，趴在地上不动了。原来刚才那一枪打中了他的右胸，让他多活了一两分钟。

陶载石转回身来，刚走了两步，就看见两个美军空着手，帽子也没戴，衣服也没穿整齐，正慌里慌张朝他跑过来。

站住！举起手来！陶载石的枪口正对准他们。

那二人显然被吓昏头了，转身又往山的西侧跑。

站住！陶载石没追，也没开枪，眼看着二人跑到悬崖处，先后跳了下去。

副连长！副连长！两个战士在前面没找到人，就赶紧四处喊着找他。

我在这儿！

三个人又汇拢到一块了。

副连长，咱们是走还是留？展玄石迫不及待地问。

我也正在想。如果走，这个阵地又没了；要是不走，也许咱们能守他三五天。干脆咱们白天先待在这里，等晚上你们回去一个，报告完情况再回来，咱们按营长命令执行。

是！咱们能守几天算几天，战死在这里也心甘情愿！展玄石说。

我同意！大货说。

好，你俩都是好兵！勇敢，不怕死，而且还想着大局！刚才我看了一下，这个獐子峰肯定是咱们整个防线的一个缺口，到了咱们手上，是瞎猫碰上了死耗子。

敌人要炸，咱们有现成的洞；他不来攻，咱们出去打；他要攻，咱们三个人消灭他十个八个甚至更多。总之咱们在这里守，作用比回去守要大。现在天已经亮了，咱们赶快打扫战场，先把隐蔽洞收拾出来。咱们当宝贝，王八蛋们当厕所了。能吃能喝的，能用的武器装备，一律收拾进洞。尽快！

于是三个人忙活一阵子，把隐蔽洞清理好。然后从帐篷里面捡出五六把工兵锹，以及大大小小许多木箱子，上面全是外国字儿，谁也不认识，也顾不上打开辨认。一律搬进洞里。

那两顶大帐篷，虽然损毁严重，拣剩下的部分折叠一下，一个铺在地上当炕席；另一个挂在洞口，再压上块石头，正好隔音和遮风挡雨。他们也拣出一些干净完整的睡袋，收起来自用。

把那些箱子打开看时，重的装子弹、手雷、罐头、牛奶，轻的装面包，还有可自动加热的盒饭，竟是十分丰富。赵大货骂道：这帮王八蛋真他娘的有钱！

咱们有吃有喝，有武器弹药，守他个三天五天的，没问题了！展玄石总是比较乐观。

听！是不是有鸟在飞？陶载石说。应该快来轰炸了！咱们不许随便出去了！你们赶紧把家庭地址、家里人姓名，都写下来。

我不认字，不会写。两个人都回答道。

你们说，我写。陶载石打开手上的小本子写起来。记住，从现在起，咱们三个人是亲兄弟，有共同的父母家人！咱们要全牺牲了，什么也别说了。只要有一个人活着回去了，就负责照顾好所有人的父母家人！

大货一听这话，哇的一声啼哭起来。他说副连长，俺是河南省孟祥县丰明乡大溪村，俺爹叫赵四老虎。俺爹娘都死了，家里有一个哥哥、一个姐姐，都各自成家了。你们不用管俺了。

展玄石说：我家在湖南省湘溪县大格老乡仙石寨，父亲叫展春巴，母亲在我五岁时就死了，我跟着爷爷奶奶长大。有个伯伯参加红军牺牲了，奶奶眼睛哭瞎了，我出来两三年了，不知道奶奶还在不在。

好了，这张纸上是你们两个人的名字和地址，我带在身上了。

副连长，请把你的名字和地址给我们，我们也带在身上。

好。陶载石把自己名字和地址写了两遍在一张纸上，然后撕成两张，给大货拿一张，又给展玄石拿一张。说：这是我的名字和地址，你们也都带上。好了，我得去撒泡尿，回来把这玩意儿鼓捣鼓捣。

这是什么？二人问。

它是个宝贝，是一部电台。

啊，我见过，咱营里就有个兵，老背着这么个东西。

副连长，我也跟你撒泡尿。赵大货追出来。

两人尿还没撒完，突然一个声音呼啸而来，在距离他们撒尿处不到十米的地方，落下一颗巨大的炸弹。说时迟，那时快，比那声巨响更早更快，赵大货早飞身扑向陶载石，并把他整个人都压在身下。随着一声巨响，从那个足有两三米深的弹坑里飞过来的石土，把他们两个人全部埋起来了。

<h2 style="text-align:center">147</h2>

陶载石感觉自己没有受伤，他赶紧用力扒开压在他头部的石土，发现有一部分石土已经被鲜血浸染。他顾不上危险，奋力探出脑袋，发现赵大货的头部和身上都已经中弹，眼睛微微睁开一条缝，嘴巴也跟着动了动，想说什么，但是已经说不出来了。

第二颗、第三颗、第N颗炮弹接连而至。整个山头又翻腾一遍。

陶载石的脑袋又被飞过来的石土埋了起来。他紧紧抱着赵大货，但是感觉赵大货已经没了知觉，他的手也没有任何反应了。

这时展玄石冲过来了，一边往外拽他和大货，一边嘴里在喊叫。但陶载石什么也听不到了，他想自己耳膜可能被震坏了。

虽然不到10米的距离，但却是横在大渡河上的铁索桥，更是从地狱通向人间的生命通道。

轰炸还在继续。

狗日的有的是炮弹！

狗日的是富国用兵！

炮火硝烟里，二人硬是把赵大货拖进了洞里。

第三十三章 "哈咦"或者"嗨"

148

市长！俺必须敬一个！黎四清通红个脸，举着个三钱小杯子，身后还跟了个年轻女孩子，提了大半瓶老白干，随时为他和客人添酒。他在众目睽睽之下，径直走到主桌主位上的史凤山跟前喊叫着，明显是想让在场的人们都能听见。史凤山没起身，只抬头看了看他说：你是"山右人家"哩老板，又当过陶村哩书记，先敬北京来哩领导！好。然后再敬咱深州哩邱书记，好。最后咱俩喝。黎四清按照史凤山的交代一个一个敬酒，嘴里不时叨念着：俺是个店小二，俺是个店小二。

这就是仅仅半年前，梓椤山开业那天的情景。

黎四清经营的小馆子，因为位置显要，早就重新进行了装修，取了"山右人家"雅名，聘了名头响亮的厨师，雇了年轻漂亮的女服务员，总体面貌大为改观，档次大为提高。前几天就有陶村人说，他黎四清开的那个"山右人家"小店，相当于陶村哩卞泽园，相当于陶村哩全聚德烤鸭店，相当于陶村哩北京饭店贵宾楼，或者干脆相当于陶村哩钓鱼台。这几个"相当于"，给了黎四清以莫大褒奖和鼓励，黎四清听了很受用，黎四清为此甚为得意，黎四清感觉自己在陶村哩地位，有了重新哩确立和明显哩提高。

为了梓椤山开业那天这顿饭，陶砚瓦和邢斌燕折腾了好几天，方案弄了若干套。先把店里四桌，店外四桌主陪、副陪定下来，然后一一分配这八桌来宾。确实费了很多功夫，差不多相当于组织了一个大型会议。北京来的领导都安排在主桌，由史凤山、邱书记作陪，陶砚瓦半主半客，也在这桌算三陪吧。第二桌由深州市长主陪，张福禄副陪，客人有横井康夫、猪股伸树、中村纪子三位日本贵宾，以及沈婉佳、张若帆等。

本来没有想起要通知张若帆，但张若帆专程到北京去请陶砚瓦，说是他自己刚刚被评为中国陶瓷艺术大师，是他这个紫砂世家的喜庆之事。他的老父亲，也是著名陶瓷艺术大师张尧旅先生，特别想请陶砚瓦去宜兴，住上一段日子，自己大半辈子有关紫砂艺术的心得，好好跟陶砚瓦聊一聊，或者还可以一起合作几把壶。得知陶砚瓦参与的梓椤山项目开业，就说深州是形意拳发源地，他自己已经习练多年，恰好可以顺便去拜拜祖庭，便跟陶砚瓦一起直接到了深州，共襄盛举。

那天陶村真是盛况空前，一切也都十分圆满。景区大门外广场周边，新开的所有餐馆，中午11点半至13点半，用餐全部免费。本来说尊贵的内宾、外宾，总共30位左右，都安排到深州大厦，结果不少人提反对意见，三天前才最终定下来：所有人都在陶村吃。所以30来位最有头脸，地位最为尊贵显赫的客人，再加上陪同的，都由他黎四清负责接待。黎四清也自感使命光荣，任务艰巨。他把店里16个小桌，拼成了两个大方桌，店外临时搭建了大棚，棚内也摆了两个大方桌。这四个方桌，三个人坐一面，每桌都能坐下十二人，铺上崭新的桌布，顿显奢华高贵。各级领导巡视检查也都认可了。所以这天的黎四清，自带光芒，春风满面，跑前跑后，紧着张罗，比他儿子结婚时还快活忙活。

午餐前史凤山致了辞，日本人横井康夫代表来宾致了答谢辞。因为餐馆门窗大开，外面两桌人都可以清晰听到他们说话的声音，也看得见他们的面部表情。之后开始吃饭、敬酒，气氛和谐欢快，比村子里平时的喜宴还令人舒畅。

也就是到了人们平常说的"酒过三巡，菜过五味"的当口，第二桌上的猪股伸树端着酒杯站起来，不紧不慢走到坐他对面的张若帆跟前站定，叽里咕噜说了什么话，张若帆抬头看着他，脸上没有任何表情。猪股伸树嘴里没停，双手却比比画画，做出习武赛拳的各种姿势。开始大家包括同桌人都没怎么注意，但他的动作越来越大，语速越来越快，声音越来越高，脸上的表情也越来越激动亢奋。最后他竟然用一只手去薅张若帆的脖领子。

猪股伸树肯定是喝高了。他第一次跟陶砚瓦吃饭，是在北京陶砚瓦单位，他喝高了跟陶砚瓦比唱歌；第二次跟陶砚瓦吃饭，是在日本东京，他喝高了又跟陶砚瓦比唱歌；这次是第三次跟陶砚瓦吃饭，但陶砚瓦没跟他在一个桌，而是坐在第一桌，他远远望着陶砚瓦，略感失落。他早晨起来，已经看到张若帆在院子里打拳，这会儿张若帆恰恰坐在他对面，身材魁梧，肌肉发达，勾起他欲战而胜之的强烈愿望。

张若帆站起来了，但他依然镇定自若，一声不响，只是眼睛望着猪股伸树，耳朵听他絮叨。他虽然听不懂对方说些什么，但他作为一个形意拳长期习练者，直觉判断对方应该也是个"练家子"，可能是日本的合气道吧？可他这样步步相逼，不依不饶，到底在想什么，要干什么？

对方想打。很明显，他想在所有人面前打一场，而且要打出输赢。

他分析猪股伸树一定练过一些年头，他也大体知道日本人的拳道，虽然没有什么高深之处，但出手狠，招招致命，且比较阴损。他更知道此人大老远跑来，与他坐在同一个桌上，一定是位贵宾朋友。但是他究竟为什么想在这样的时间、这样的地点打，实在揣摩不出逻辑来。

现在猪股伸树的视线集中在他身上，店里面两桌人的视线也都集中到他身上。两眼余光也能看到，店外面两桌人里，已经有些年轻人都趴在窗外，或直接走进门口看热闹来了。还有更多人，也把视线集中投向这里。

对方已经握手成拳了，而且还用拳轻轻地、慢慢地，一下一下地，顶自己的胸部、肩部、腹部。张若帆依然不动声色，身体开始躲避、后退。

而猪股伸树依然步步紧逼。

终于，张若帆忍无可忍，无须再忍，躲无可躲，无须再躲。

接下来两人的动作和发生的事儿，让在场所有人都惊掉了下巴。

张若帆把双拳在胸前一抱，对方一个直拳，风驰电掣般击打过来。张若帆身体往左侧一躲，右脚已经踏入对方中门之内，说时迟，那时快，他两脚同时蹬地发力，腰胯携着全身力气集于右肩，恰似子弹头快速射向对方胸前。此时只见那猪股伸树胖墩墩的身体，足足有80公斤以上吧，瞬间成了一袋水泥或者富强面粉，嗖一声飞出去三米开外，人呈仰面朝天状，重重摔落在门口地上。

门外看热闹的人们不约而同惊叫一声，一哄而散。

梓椤山开业，锣鼓喧天，红旗招展，本就热闹非凡。因为这一摔，更使这场盛会，成为中国武术界的深州论剑，梓椤比武。

149

时间过了半年，几乎还是那帮人，又坐在梓椤山下，而且是专门的武术大会，但是中午吃饭，竟然没酒。

大家都知道中央对会议接待有了新规，特别是政界、军界等吃官饭的部门，工作时间特别是中午，绝对不得饮酒。中国人都没问题，坚决贯彻遵守。但是日本人猪股伸树呢？他对这事儿怎么看？不仅因为他是日本贵宾，关键他可是嗜酒如命的瘾君子，中国话可称之为酒腻子的啊！

猪股伸树和史凤山、陶砚瓦、张若帆都安排在第一桌，由市委书记作陪。这给了陶砚瓦近距离观察、详尽了解的机会。没有上酒，只好以茶代酒了。无酒不成席的老规矩，开始破除了。陶砚瓦作为猪股伸树的老朋友，现在又坐在同一个桌子上，真为没酒这事儿担心上火。

午饭的气氛确实就跟以前大不一样了。茶水毕竟不是酒，它不含酒精，没有度数，主人端着茶水讲话，尽管还是用敬酒的流程，嘴上客气了一番，但是没有酒的热情，总是少了一些什么。

于是就进入吃饭阶段。酒桌变成了饭桌，没有了酒话，代之以淡淡的茶话。

陶砚瓦就担心猪股伸树，他会不会因为没酒而失望，感觉被冷落，被无视？就像他刚才因为没有接到自己的两个朋友来参会，没有接到消息一样？

假如他情绪不对,那会不会跟半年前一样,找张若帆打擂?特别这次可是一个关于形意拳的武术专业会议啊!

于是就特别留意猪股伸树的情绪。可让他非常意外的是,猪股情绪十分淡定,饭也吃得,水也喝得,话也说得,脸也笑得。似乎在他的世界里,从来就没有过喝酒这么一件事儿。他甚至还主动端起茶水,向跟他对面坐的张若帆敬水。张若帆也十分礼貌地回敬了一次。二人谈笑风生,俨然已经是多年未见他乡遇故人的节奏啊!这还是那个每次吃饭都要喝酒,不喝正好,一喝就多,一多就醉,一醉就闹的猪股伸树吗?

真是活久见!

这跟以前几次见面吃饭的情况大相径庭!简直判若两人!

除了陶砚瓦,在场不少人都能想起,半年前张若帆那个铁山靠,把猪股伸树扔出去三米开外。张若帆习练的是形意拳,这事儿又发生在形意拳的发源地深州,于是竟使他一战封神。当时不少拳友在现场全程录了视频,并且纷纷发在网上。更有专业人士,把众多视频收集起来,进行提炼、剪辑、拼接,还配上解说词以及各种背景音乐,编制出几十上百种小视频,冠以"形意拳秒杀合气道""中国武术碾压日本武道""形意拳之乡深州又成抗日根据地"等标题,很快在微信、抖音、优酷等大平台上发布,并快速传播,点击量暴增,还上了多家热搜,成为深州历史上一个标志性事件。

与此同时,这个事件也在全网展开一场骂战。赞扬的说拳种好、功夫硬、水平高;批评的说不讲武德、不仗义、不该摔。于是各平台评论区热闹起来,叫好的、骂街的、打酱油的,都掺和进来,一时成为热点话题。

深州这个四五线级别的城市,能吸引到无数人的目光关注,应该是头回享受如此厚遇!

深州形意拳协会,当然不会放过这绝好机遇。赶紧安排张若帆与拳友们授课交流,还请深州电视台专门对他深度采访,录制了半个小时的节目,连播了一个星期。于是在深州,把张若帆当成了当代形意拳大师,吹成了堪与郭云深、刘奇兰比肩的拳坛明星,在深州,乃至全国拳术界,名声大噪了,出圈了,燃爆了!

而这个事件的另一位主角，在众目睽睽下被重摔在地的猪股伸树，却静静躺在深州市立中医院的病床上，由他的表妹中村纪子陪护。他基本不懂中文，只会说几句简单的生活用语。幸亏有横井和纪子同来，也都目睹了他酒后闹事，单挑张若帆并被重摔的全过程。事情很清楚，是因他而始，因他而终，输了就是输了，认了就是了，没什么好讲的。

因为没有什么纠纷和更尴尬的情况，只有猪股伸树的表妹中村纪子把返程机票退掉，留下来照顾他，横井康夫当时就一个人返回日本了。

纪子心里是非常明白的。她不仅明白是猪股伸树的醉酒和鲁莽，才惹出事端，也明白事件在网上引起的诸多轰动，包括那些过激言论和非理智行为。

本来把他们请来出席活动，哪儿都好好的，但却在活动结束时发生这样的事儿，陶砚瓦心里十分愧怍。他在当天和第二天一早，两次去医院探视猪股，也两次都见到了纪子，当然就总是表达深感遗憾和内疚自责。一向直率的猪股倒是笑哈哈的，说自己练习过挨打挨摔，这次倒地时习惯性地用手护住头部，所以摔得并不重，本来当时就可以走，完全不需要住院的。是因为深州人好，大家担心，这才同意住院观察。

陶砚瓦也找主治医生问了问，也是说经过认真检查，包括头部CT都做了，都没发现什么大问题。中村纪子见了陶砚瓦，也总是彬彬有礼，好言相劝，表现得十分贤惠。特别是她还告诉陶砚瓦，她没有把网上的乱象告诉猪股伸树，起码在回日本之前，猪股不会知道这些东西的。

张若帆说，当时是迫不得已才出手，而且为了避免造成严重伤害，他只用了肩膀的力量，没有用手。所以估计他躺上三两天就没事儿了。假如当时用手在他某穴位上垫一下，轻则他三个月下不了床。重则彻底废了他的武功，一辈子出不了屋，下不了床，或者直接要了他的命。

这话是真的还是吹牛？也没人再找他求证一下。

市里有关方面也在医院安排了公安值守，严禁有人来打扰，特别是严防记者来采访，更加严禁自媒体人员，以各种手段，偷拍偷录。一经发现，严惩不贷。看来猪股伸树确实对外界发生的关于他的事儿，一无所知。

果然，猪股在第三天一早办理了出院手续，在他表妹中村纪子陪同下，到大兴机场乘机返回了日本。这边千万小心，严守机密，但还是有多位自媒体人员，尾随拍摄直播，赚足了流量。

与此同时，深州形意拳协会就跟猪股建立并加强了联系，还请他作为贵宾出席年会。这不，刚刚过去半年，猪股一个人又重返深州。没有了横井和纪子，他与大家交流只能靠翻译。但翻译只能在活动时才有，活动之外的时间里，猪股依然性格不改，喜欢找人搭话。语言不通，他手上拿着一个小速写本儿和一支铅笔。他是搞建筑设计的，可以极其迅速地把应该用语言表达的意思，通过一幅幅漫画表达出来，当然他嘴里也在不停地说啊说，给他的速写漫画内容进行必要的补充。两三天下来，似乎一点儿也没影响他和人们的交流。

头一天见到陶砚瓦，他就对陶砚瓦说——当然是用漫画表达说，希望找个时间，要单独和陶砚瓦说话，不能有任何别的人在场，是只有他们两个人才可以说的事儿。于是就商定当天晚饭后，陶砚瓦去他房间，没有别人在场，请他放心。

陶砚瓦嘴里答应了，心里却大惑不解：听猪股伸树的口气，一定是要跟他说非常要紧的事情。可既然有要紧的事情找他说，为什么又不提前跟他讲好，要来深州而且希望见到他呢？假如这次自己不来参加这个活动，那岂不是就会失之交臂吗？你要讲的事情再重要，岂不是也会落空吗？

猪股啊猪股，你又要搞什么事情呢？

150

说是全国形意拳学术交流大会，其实参会的大概有十来个省市，不到百人。会场设在深州大厦。陶砚瓦9点40就到了，一进大厅，就远远看见邢斌燕正站在电梯口迎候。进了电梯，又交给他两张A4纸，上面是起草好的讲话稿，早就准备好哩。陶砚瓦接过来放进上衣口袋里。早晨陶砚瓦简单看了一下说：好，放心吧。邢斌燕说：哥，俺放心。

二人进了休息室，还没顾上坐下，就看见有个人起身跟陶砚瓦打招呼，竟然是张若帆。他半年多前出席梓椤山开业，把日本的猪股伸树重摔在地，而在深州乃至全国形意拳界名声大噪。这次显然是作为江苏省武协副主席身份受邀参会。

若帆！陶砚瓦禁不住冲他喊了一声，二人都朝对方赶过来，四手紧紧握在一起。

这时就看见史凤山走进来，一见二人就笑着招呼，还大声对张若帆说：张大师驾到，失敬失敬！你在俺们深州，可是一战成名天下闻啊！

哪里哪里。张若帆客气道，脸上却洋溢着满满的自信和骄傲。

起码在紫砂界，你的武术第一吧？那真差不多，还凑合。那在武术界，你什么第一？主持第一！啊，你还会主持？跟专业的咱比不了，跟业余的比还凑合。那在主持界，你又什么第一？唱歌还行。啊，还会唱歌？跟专业比不行，跟业余比还凑合。那在唱歌界你什么第一？那我想想，喝酒。啊，酒量确实不错，我见过。见笑见笑！那在喝酒界什么第一？啊？还有喝酒界？那我再想想，吹牛！能喝酒的往往会吹牛。那在吹牛界什么第一？看来市长非要难住我才算罢休。上税！上税？不是说吹牛不上税吗？别人吹牛不上税，我吹牛可真上过税。虽然不多，几万块钱，但还真上过。

吹牛上税？真没听说过。你讲讲我们长长见识。史凤山很好奇。

市长真想听？那我就讲一讲。

有个贪官被抄，抄出一把我早年的作品，绞泥方形路路通，做得很用心，用的土也好。人家来问我价值几何。我还不知道怎么回事，当然就使劲儿往大里说。结果我的话被采信了，对他判决结果影响倒不大，可税务局来找我，当年卖出的作品都按那个数目补税。我当然也得破财免灾了。你们说我算不算吹牛上了税？这事儿在紫砂界都知道，陶主任也听说了吧？

这时从门口又进来一个人，原来是日本人猪股伸树。真没想到，刚刚过去半年工夫，他竟然再来深州，重返这个让他曾经败走麦城的伤心之地！

官场上很多人不认识他，只有史凤山、陶砚瓦少数几个人知道他，当然还有张若帆。不管之前发生了什么事儿，现在见面了，都得算老朋友，是从日本请来的贵宾，大家纷纷表达热情欢迎之忱。

张若帆从宜兴过来，已经让陶砚瓦吃惊不小，又见了从日本来的猪股伸树，确实大大出乎陶砚瓦的意料。按说这两个人都是陶砚瓦的朋友，当然是因为他陶砚瓦才跟深州结了缘。如今这两个大活人，双双赶过来参会，邀请者和被邀请者，竟然都没有人给他事先说一声。他陶砚瓦竟然浑然不知，要不是临时通知他来救场，莫不是就会跟他们连面都不会见到？这让陶砚瓦心里略有一丝不快。他只好自己平衡，想的是一个退了休的，已经没有官职了，头上没有乌纱了，没有光环了，可能在一些人眼睛里，你已经没用了。人家岂能像当初你还在位的时候，那样惦记你、逢迎你、吹乎你？

这些念头只是在心头一闪，还没等大家坐定，就有人进来招呼，说差5分钟10点，该进入会场了。于是纷纷起身入场，分别去找自己的桌牌落座。

151

陶砚瓦在电梯里碰见张若帆，就说正好先看看你。两个人便说着话，先进了张若帆的房间。

若帆啊，刚过了半年，想不到又在深州见到你！

深州是形意拳祖庭，地好人好！也是我的福地！咱们在这儿见面，缘分啊！

你师从令尊，得天独厚，近年壶艺精进，被评为工艺美术大师，还兼任了那么多社会职务。我还在央视一个大剧里，看到你还是个重要角色，片尾还看见你是壶艺顾问。很精彩！

谢谢陶兄关注和鼓励！我太杂，老爷子批评我了。但是感觉他也很高兴。

肯定是。你才是他最得意的作品！等忙过这一段，我一定去府上拜谒老先生！

好啊，我和老爷子随时恭候！

扯了一堆闲篇儿，喝了几杯好茶，说还得去看看猪股伸树，便告辞了。

哈咦！按照房号敲了几下门，立即就听到猪股伸树的声音。门开了，猪股伸树像门童一样，做出请进的动作，并引领陶砚瓦坐在桌子正中，自己则坐在桌子里面一侧。

之前他们见面，总是有方永晖和横井康夫在，而且也总是以会讲中文的横井康夫为主，并且由既会英语又会日语的方永晖来沟通翻译，相互交流非常顺畅，不会有什么障碍。这次可是头一回，他这个既不会英语也不会日语的，和基本不会讲中文的猪股伸树单独在一起，恐怕交流起来会有难度了。

果然，猪股伸树为陶砚瓦备好茶水，还在他面前摆放了笔和纸。他虽然没有喝酒，但脸上皮肤依然绷得很紧，依然泛起红晕，而且目光很凝重，动作很僵硬，说话前先把身子坐直了，坐正了，同时也确认陶砚瓦也像小学生一样神情专注，把笔拿在手上，确实要认真听、认真记之后，他这才开口说话了。

他确实开口说话了，但是叽里咕噜说了什么？陶砚瓦一个字都听不懂。

他发现陶砚瓦没听懂，于是在纸上写下了"昭和14年"，陶砚瓦立即明白了，同时顺口发出了"哈咦"的声音。实际上自己发的是一个音"嗨"，还是两个音"哈咦"，连他自己都弄不清楚。

令人可喜的是，猪股伸树明白了，他明白陶砚瓦明白是"昭和14年"了。因为陶砚瓦在自己纸片上写下了"1939年"，他也顺口发出了不知道是两个音"哈咦"，还是一个音"嗨"的声音。

接着，猪股伸树又写了"猪股秋盛"四个字，并且拍着胸膛，指着头上，又写了"父"字，陶砚瓦又顺口"嗨"了一声。接着，猪股面色沉重起来，他从箱子里取出一张纸片，毕恭毕敬地递给陶砚瓦。那张纸片上只有几行字：

昭和14年9月14日16时08分，本队6人乘汽车通过深县陶村梓椤山时遭遇突袭。本战斗大野良正中尉，上村仓文伍长，秋田龟一兵长战死。高桥明二、御手洗晴川被俘。另有犬养一郎兵长中枪后佯亡，经过敌民兵验查、扒去军装、弃于谷田后，当夜返回据点，捡回一命。（摘自步110联队史）

陶砚瓦看完，仍然不解：这件事都过去70年了，跟你猪股有什么关系呢？他抬头望向猪股，目光里充满疑惑。

猪股伸树终于明白靠语言交流绝不会顺畅了，他干脆嘴里叨念着，手上用笔飞快写着，还时不时配上点儿符号和简略图，于是纸上便出现既有汉字和数码，又混杂有符号图形漫画的特殊讲稿。一张又一张，自己的纸片很快用完了，他又顺手把陶砚瓦这边的也拿过去用，并且直到完全用光。这时候已经过去了一个多钟头，他的故事似乎刚刚开头，却还有很多情节没有表述完整。

陶砚瓦感觉这样交流太费劲儿了，想出去找个翻译，就在纸上写了"翻译"二字，又用手朝外边指了指。没想到猪股伸树马上摆手说："No! No! No!"说完他从自己箱子里，拿出一个速写本，又在上面写、画起来。

陶砚瓦对他的话题也很感兴趣，听得也非常认真。经过交流磨合，他们也产生了一些默契，交流的手段和方式更为多样和有效，甚至几次发出因为彼此理解了对方而开心的笑声。

猪股伸树写着画着也用手比画着，时而还站起身来表演着。他如果要想还原一个场面，牵涉的人比较多，猪股伸树就一人扮演不同角色，说出不同声调、做出不同动作，活像在表演独角戏，但观众却只有一个人。

有几个情节比较热闹、紧凑，动作就必然比较大而夸张，猪股伸树喘着粗气，好不容易才把一段故事连续整完。随后他冲陶砚瓦点点头，等待陶砚瓦也点头回复他都懂了。

但是陶砚瓦却摇头，仍然一头雾水。猪股伸树就跟着摇头，一副非常失望无奈的样子。

但是很快，猪股伸树调整情绪，抖擞精神，重新说起来，写起来，画起来，也比画起来，走动起来，表演起来。

终于，陶砚瓦点头了，明白了，笑了。

猪股伸树也笑了。

猪股伸树足足用了三个钟头，终于让陶砚瓦大致弄清了他的第一个故事。

这个故事大致是：半年前他从深州回到东京，山梨县养老院打电话，说他父亲猪股秋盛近来情况不太好，他就赶过去探视。父亲听说他刚去了中国的深州，就跟他讲1939年，自己也到过深州，而且还经历了死里逃生。父亲特别讲到一个叫陆泽野叟的人，说这个人是共产党，会写诗，当时他冒着生命危险，想见这个人，好像是碰到了，但又不确定。他特别想知道这个人的下落。父亲还记起两句陆泽野叟的诗：国危世乱砥中流，龙在高原虎在洲。说这首诗字字如谶，被后来时局一一印证。这个陆泽野叟，成为自己此生最为崇拜的高人。

父亲说：中国历代军旅诗人以诗抒怀，比如岳飞、辛弃疾等等，但他们所抒之怀基本都没实现。而这个陆泽野叟，是他一生中碰到、见到过的，唯一一个既能写诗抒怀，其所怀又被现实所证明的人。当然毛主席，以及那个时代的许多军旅诗人，也都做到了。但是这些人都没有机会碰到、见到过。你不是去过深州了吗？那一定认识深州的人吧，一定要找到这个人，一定要找到这个人的诗集。

猪股伸树当时就想到了陶砚瓦，于是就把陶砚瓦的《砚光瓦影》拿给父亲看。父亲在书里看到了诗，看到了深州，非常高兴。说陶砚瓦的诗写得不错，但是陆泽野叟所处的时代，是中国国运最差，最看不到希望的时代，因此，他的诗更可贵，也更好！所以接到武术大会的邀请后，他马上就赶过来了，因为可以有机会见到陶砚瓦，帮忙找人找诗集。

陶砚瓦听完一笑，也一样跟他连说带比画，又在一张空白纸片上写下：

陆泽野叟＝吴力耕＝我的上司＝内阁官房长官

猪股伸树完全明白了，他嘴里嘀嘀咕咕着，又神情严肃地点着头。

陶砚瓦又在纸片上写了：陆泽野叟，啊吴力耕，打仗、工作，一直很忙，写诗不多，也没出过诗集。但是他写的诗，也可能不是全部，给了我42首。他说毛主席公开发表诗词43首，他没有毛主席写得多，只给我42首。其中一首就有"国危世乱砥中流，龙在高原虎在洲"。他后来又参加解放战争、抗美援朝战争，都写了诗词，其诗怀也都被一一实现。比如打铁原涟川阻击战时，

在最艰难的时候,有一点战斗间隙,他写下一首战地抒怀诗:

  雄赳赳对炮声嘶,绞肉涟川云欲低。
  天选铁军当锁钥,地凭血气阻轮蹄。
  狂轰滥炸攻无术,少摆多屯守有梯。
  坐使狼群伤万爪,泰山在此阵门齐。

  最终他们向死而生,牺牲许多人,完成了阻击任务。吴力耕也负了重伤,昏迷中被救,回国后才苏醒。
  猪股伸树瞪大眼睛,听得仔细。他朝陶砚瓦同时伸出两只手,同时竖起两个大拇指。
  既然令尊喜欢,我明天打印一份给你带回去。
  这时,陶砚瓦分明看见,猪股伸树眼睛里,闪动着激动的泪花。他嘴里还叨念着什么,双手还比画着什么,肢体还配合着什么。陶砚瓦也很快明白了他的意思:
  中国,大大的好!人才,很多很多!我父亲一向很骄傲,但是,他特别佩服这个陆泽野叟!这个吴力耕,这个你的上司,这个内阁官房长官!你现在就给我,不要明天去打印,我今晚不睡觉,我要恭恭敬敬抄写下来,带回去给我的父亲!OK?
  OK。
  OK!不知为什么,猪股伸树这次没有"哈咦"或者"嗨",而是"OK"了。他的声音里有一丝钦佩、一丝感激、一丝释然、一丝兴奋。
  日后,陶砚瓦终于在深州抗战史料上,找到以下记载:

  1939年8月21日上午,辰时日军据点出动5名日军,护送两名日方文职人员前往县城,计划于当日返回辰时。侦察员报告了这一情况,我游击大队即派出人员召集陶村、周村两游击小组研究,在离敌据点约3公里处的有利地形桲椤山埋伏,并配备好相应火力。

我方武器不好，子弹又少，必须近距离射击才最为有利。4点多钟，敌人乘车从深辰公路来到离我们三十余米时，我方神枪手陶载石、张鹭洲、黎崇善，各以一发子弹先后射向三个敌人，且全部命中。有拼死顽抗者，被陶载石击毙。未待冲锋，余敌举枪投降。此战用时仅二十几分钟，打死敌人4人，俘虏4人（含文职2人）缴获步枪6支，轻机枪1挺，子弹二百多发，汽车一辆。我无一伤亡。

第三十四章　两个人的战斗

152

陶载石刚才看见洞口已经被炸开了，挡在洞口的帐篷早不知炸成啥样，飞向了何方。

完全怪我。陶载石反省道。撒尿不是时候，大货又扑我身上挡了弹片，为保护我牺牲了。

展玄石趴在地上喊叫：大货！大货！试图用最大的力气和声音，把大货叫醒。

副连长啊，大货他，展玄石喊着喊着就哭起来了，他知道无论怎么喊，大货已经醒不过来了。

两个人不再说话了，因为说什么也没用了。大货已经彻底无望了。

大货是为保护我牺牲的！如果不是他扑上来护着我，那些弹片击中的一定就是我！

想到此，陶载石眼睛里也流出热泪。

他忍不住从上衣口袋里摸出那张纸片，盯着那行字看去：

赵大货：河南省孟县丰明乡河西村，父亲：赵四老虎。

陶载石把这张纸条塞进赵大货的上衣口袋里。

刚才还谈笑风生，瞬间就阴阳两隔了！

快，咱们把大货埋洞里吧。咱们再守他几天。实在没有更好的地方了。

把大货掩埋好之后，陶载石闭上眼睛，隐约看到赵大货出了洞口，正乘云驾雾，朝着祖国，朝着河南家乡飞去。

这一阵狂轰滥炸，肯定一时半会儿停不下来！陶载石望着外面纷飞的弹片和不断升腾的硝烟心想。他已经察觉到，自己耳朵确实震坏了，现在什么也听不到了。

陶载石突然发现：所有炮弹的落点不是在山头的正面，而是全部落在隐蔽洞口周围。显然敌人对山头情况十分清楚，这次轰炸目标明确，目的性很强。

很明显，这次的狂轰滥炸，是专门对付他们三个人的！敌人肯定已经知道獐子峰失守了。志愿军惯于夜袭，这种事儿他们已经见怪不怪了。但是具体这次打獐子峰的有多少人？还在不在山头，他们不可能知道。他们更不会知道，夜袭这座山头的只有三个人，而且其中一个刚刚在轰炸中阵亡了。

陶载石想着想着，竟然进入梦乡，呼呼睡了起来。他梦见金骡子拍着他的肩膀，说你们三人小组，既有直接战果，又牵制了敌人正面进攻，干得好！团长政委也说了，给予表扬！为你请功！前面那段说不清道不明的糟心事儿，停止调查，正式结论！

赵大货！展玄石！陶载石叫喊着，一把抓住展玄石的手，使劲儿攥紧。展玄石两眼直勾勾看着他，眼里也噙满泪水。他知道，刚才如果是展玄石在自己身旁，也一定会毫不犹豫扑过来保护他。这两个好兄弟，当时被自己挑中，一路相跟表现都很优秀，指到哪儿，打到哪儿，任务完成得都很好！如今走了一个，还剩下一个，而且面临形势严峻，生死难卜，结局也凶多吉少。

我一定把展玄石带回去！陶载石暗下了决心。

153

3日上午，像极了开战当天的情景，一直在炸炸炸！炮弹一颗接一颗飞来，准确落在这座山上。过去跟日本人打仗，跟国民党军队打仗，从来没见过这种架势。美国人就这么豪横，这就是典型的美军风格。要打一个山头，比中国农民翻地更精细，更敬业，更不惜力气。他们是翻过一遍，再翻一遍，甚至三遍五遍。

决定这事儿的，也许是丹尼斯，也许是随便一个低级指挥官。

所以丹尼斯说，他们是富国用兵，有的是炮弹。

不可否认，他们这个招数确实给志愿军造成了重大伤亡。但即便如此，真实情况却往往是，无论他们怎么炸，一直炸，反复炸，轮番炸，只要他们派人冲上来，总会有命大的志愿军，哪怕是一两个，还在山头坚守，给他们造成重大损失。有的他白天拿了去，晚上志愿军又拿了来。

想起丹尼斯的话，陶载石越来越强烈地感觉那个决定轰炸的人就是丹尼斯。他看着洞口外的天空，感觉丹尼斯还没有叫停的意思，一定还在气头儿上呢。预料他们会来个报复性轰炸，但没想到会动重炮，用重弹，而且是超限的弹药量，超过饱和量几倍的轰炸。这甚至超过了头一天遇到过的情形。

四连的弟兄们修的这个坑道真棒！选址选在北面山坳里，上面山体结实，足有十几米，洞顶巨石伸出去一米多，像有个门廊遮风挡雨，开挖很深，防炸性能优越，明显比五连修得更好。

丹尼斯真被激怒了。陶载石想：他如此认真进行轰炸，一定是相信这样就能解决问题。那么在这一番轰炸之后，也许就不用再派人上来了。

不管怎么炸，自己和展玄石，以及全营官兵，所有还活着的，都还在坚守涟川，还死死钉在这里。外面的轰炸越猛烈，越能说明敌人还没得手，我们还在顶着！哪怕只剩下一个人，也仍然在顶着。

轰炸吧！轰炸吧！你们对这个山头炸得越厉害，越消解你们对主阵地的攻势，越显示我们这个战斗小组的意义！

154

炸了多长时间？感觉比头一天的工夫还要长。骤然停下来后，洞口外硝烟逐渐淡下来。

展玄石，把那个步话机搬过来。陶载石说。

副连长,给。展玄石刚才在洞里,耳朵受声波冲击力不大,他能听见陶载石说话。

轰炸停了。展玄石说。

陶载石没有反应。他先把耳机戴上,然后打开主机开关,找到频段按钮,一一进行试探。机器也没有任何反应。他把耳机摘下来递给展玄石说:你耳朵好,帮我听着,我耳朵震坏了。轰炸停下来,你也告诉我。

轰炸已经停了!展玄石冲他喊道。

陶载石还是没有任何反应。展玄石急了,就过来拽他一下,先凑近他左耳朵喊一遍,又凑近他右耳朵喊一遍:轰炸已经停了!

陶载石听明白了,他拿起枪就往外走。

这回是展玄石从后面抱住他,把他拽了回来。又凑近他右耳朵喊道:又开始炸了!

陶载石只好回来重新坐下说:趁他炸,我等下接着试,万一你听见了咱们部队的呼叫或者应答,赶紧告诉我。

这能听见咱们营长说话?展玄石连说带比画,想尽量让陶载石听明白。

说不定。陶载石似乎听明白了。他继续在那里摆弄,摆弄一会儿,看一眼展玄石,展玄石摇摇头。他并不灰心,先关上机,说:等一会儿再试。

狗日的们,你们炸吧!再多多往这里扔炸弹吧!扔得越多,越消耗你们的战斗力;炸得时间越久,越显示我们依然牢牢控制着涟川!你们炸完了,再上来人更好,上来人越多,越分散你们兵力,抵消你们朝主阵地进攻!

想到这里,陶载石感觉对獐子峰的轰炸,就是对他和三人小组的奖赏!

他心里顿时更加佩服金骡子营长,他不仅能在战场上挥舞大刀杀敌,竟然也这般有谋略和胆量!也敢这样用兵,敢这样用侦察兵!这一点堪比闫玉才,甚至比闫玉才更狠也更大胆。

敌人就是敌人,他们绝不会完全按照你陶载石的剧本走。轰炸停了,展玄石都出去转了一圈回来了,已经半个多钟头过去了,敌人没有任何动静。

估计丹尼斯知道獐子峰上没有什么人?一场报复性轰炸,出出恶气算了?

或者他们炸完之后,会派个小分队,十几个人上来收拾一下残局?

外面怎么炸，两个人在洞里还比较安全，有吃有喝，互相照料。估计已经下午了吧？感觉时间过得真慢。

陶载石还在不停摆弄那个步话机。手捏着那个调整波段的按钮，一个波段一个波段来回调试。

外面天色开始昏暗下来。步话机没有奇迹发生。

展玄石，咱们得想想办法，能在这里再多消灭敌人，或者吸引敌人注意，再多轰炸几次，就更好了。

咱们只有两个人，还怎么吸引敌人注意？

我决定，既然他下手这么重，炸得这么狠，一定会相信早把咱们炸成碎渣儿了。所以咱们将计就计，白天睡觉，晚上下山，去路上埋雷。专炸他们的重型坦克。他们一定想不到！

好是好，可咱们哪儿有地雷啊？

坑道里最底下那个箱子就是，他们给咱预备好了。他们每天从山下经过，咱们晚上埋雷，白天听响儿，然后睡觉！

155

4日上午，8点钟左右，敌人像农场里一群去上班的打工者，懒洋洋地从南边压过来。

前面是一辆潘兴坦克开路，后面跟着两辆潘兴坦克并行，这三辆坦克后面，才有步兵出现。

在敌方指挥官们的认知里，他们头天已经突破了涟川山口，志愿军已经被他们逼向后面的防线。所以他们此刻大摇大摆北来，很快就要通过山口，向纵深继续进攻。

所以，当打头儿的那辆潘兴坦克把雷压响之后，左侧履带被炸断，向右侧翻而未翻过去，晃晃悠悠侧立在旁边路上，地面炸出个一米多深，直径两三米的大坑。

进攻的队伍被这声突然爆炸逼停了。整个队伍全部停下来，步兵原地卧倒，各自举着枪四处察看，寻找志愿军的踪迹。

消停一阵儿之后，只见侧立的坦克里有人爬出来，后面也逐渐有人走过来，围着坦克看履带，又围着雷坑看深浅，然后又四处看看有没有埋雷新土，然后又四周看看有没有志愿军埋伏。

经过这一番操作，他们重新调整队形，绕过雷坑和受损坦克，继续朝北前进了。

山上两个人把一切都看在眼里。

今晚咱们得改进一下，陶载石说。不能光炸坦克，得炸人！

咱们把埋雷的地方再往南移，中间埋两颗，两侧也埋点儿，等他们人过来炸。

好！只要每天炸他一辆坦克，咱们白天就可以睡大觉。

这天晚上，两个人下山埋雷停当，陶载石想起应该看看那辆侧立的坦克里，会不会有战利品。

等走近看时，那辆坦克早被敌机炸毁了。

5日上午，又眼看一辆敌人坦克压响地雷报废。打头儿的坦克被炸之后，敌人调整队形绕过被炸坦克时，又有一辆坦克中招，成了一堆废铁。随后也有数名步兵中招毙命。

连续两个上午了，他们都欣赏着自己参与编导并且有敌人配合演出的电影儿。

看完电影儿，二人白天除了休息，就是鼓捣那两台步话机。

副连长！展玄石突然喊了一声，一手攥住陶载石的手腕，一手死死摁住那台步话机。

听到了？陶载石轻轻问了一声，赶紧接过耳机，扣在自己右耳上，果然听到：

四连还有35个活着的，五连只剩下19个了，六连还好一点儿，有46个吧。这果真是金骡子的声音！

团长跟着一营顶上去了。你们先沉住气，估计他们很快就赶到了。这是吴力耕政委的声音。

政委、营长，我是陶载石！

陶载石！小石头！你现在什么地方？那边两个人都喊着，一时也分不清是谁了。

报告首长！赵大货为保护我牺牲了！现在我和展玄石在獐子峰上，就是第一天四连守的那个山头！

陶载石同志！你们干得太好了！我们已经感到这两天敌人的攻势在减弱。我已经想到了，你们干得太好了！你们干得太好了！金骡子语气十分激动。你们注意安全！我一定给你们请功！

小石头！是吴力耕的声音。一定活着回来！翟仙果给你寄信来了！你听见没有？小石头？

陶载石还没顾上回话，话筒里声音突然断了。刚才一个小光点一直在闪着，现在也灭了。

他妈的，电池没电了！

156

陶载石从一堆杂物里，翻腾翻腾，翻出一块电池换上，步话机那个小闪光点还是没亮。他生气地取出电池，递给展玄石说：扔到外头去。

陶载石又找出一块电池装上，那个小闪光点又亮了。

他突然发现，自己两个耳朵的听力，都有极大恢复！左边耳朵虽然弱一些，但也能听见声响了，不再像之前总是嗡嗡作响。现在不会妨碍跟展玄石交流了。

刚才一高兴，我耳朵现在好多了！陶载石说。

营长说要给你请功了。展玄石也高兴地说。

不是给我，是给我们！陶载石说。但这不重要。

突然，步话机里有声音发出来：小石头！小石头！

副连长，叫你呢！

嘘！陶载石示意展玄石别作声。他拿起话筒应答：丹尼斯，你都听见了？

小石头你听好，我们本来说好，两不相欠了，但是你不讲武德，又灭我一个分队，还每天埋雷击毁我坦克。本来我应该跟你恩断义绝！但是我仍念旧情，劝你认清形势，赶紧离开那里，否则我将让你去见上帝。上帝也不会饶恕你！

丹尼斯！你也听着：咱们无冤无仇，但你们当年把宝押在蒋介石身上，完蛋了吧？现在你们又转着弯儿地破坏我们，相信也一样失败。咱们都是军人，必须执行命令，但愿别在战场上再次见面！你好自为之吧！

好，小石头，你等着，我知道你在哪里，也知道你现在只有两个人了。所以，我只派两个人过去，以示公平。你自求多福吧！

只派两个人？那真不够我打。你多派点儿，我战死也不冤。你们来两个人太少了！

对方挂断了。

这就是给咱东西的美国人吧？展玄石明知故问。

对。坏了！他能听到我说话，那也一定能听到营长、政委他们说话！那太危险了！必须告诉咱们的人！如果咱们的防线布置、兵力配备，全都让他知道了，那这个仗就没法儿打了！

那你赶紧用这个跟他们说！

这个不行了，丹尼斯能听懂咱们的话，这个情况得赶紧报告营长或者团长政委，越快越好。陶载石站起身，陷入深思。

副连长，等天黑之后，咱俩先埋雷，然后我去向营长报告，天亮前赶回来。

咱们分头行动，我一个人去埋雷，你从后山下去，把两个步话机都带上，其他东西能带多少算多少。来回距离并不太远，但是危险性极大。

放心吧，我不怕。

好，挑你喜欢用的枪，装足子弹。带几颗手雷，也多带点儿吃的喝的，准备最坏的情况。

他刚才说要派人上来？

对。咱们快把好吃的好喝的全拿出来，先痛痛快快吃一顿吧。准备战斗！

好，面包、肉肠，还有喝的。

吃吧！多吃点儿！天快黑了，估计他们不会来了。咱们分别行动吧！记住，咱们不管谁活着回去，都给老人养老送终！

是，副连长！

咱俩说的话都让丹尼斯听见了，但愿他是偶然听到的，只听到了我的话，没听到营里团里通话。他妈的，谁能想到美军有个懂中国话的少校。

他们就来两个人，应该好办。

他现在久攻不下，已经急眼了！说来两个，来不来，来几个，真难说。即使就上来两个，那后面也许会有一大帮子。当然也不会多到哪里，总得十个八个吧。咱倒是希望他来的人越多越好！那越说明这个獐子峰重要，同时也说明敌人进展困难，咱们部队都还顶着呢。哈哈，丹尼斯啊丹尼斯，你就认输吧！

二人吃饱喝足了，各自拿好东西，陶载石说了声：走吧。

一只脚刚迈出洞口，还没落到地上时，展玄石从后面一把把他拽了回来。

只感觉山摇地动，炮弹炸飞的石土纷落，咕咚一声，一块巨石从山顶震落，正好堵在洞口。

陶载石明白了，丹尼斯已经被打疼了，他真生气了，而且他是感觉受了骗，于是恼羞成怒，要下狠心除掉他们。想先骗他们出洞，再给一波炮弹，反正他们有的是炮弹，哪怕明知道只有两个人！按照他们美军思维，只要武器弹药能解决问题，要多少就有多少。

陶载石真感到一点儿后怕。幸亏刚才吃喝耽搁一下，如果早一点出去，也许就扔外头了。刚才要不是展玄石拽他及时，那块大石头也能要了他的命。这个丹尼斯，说什么两个人过来，肯定就是一计！想引诱他们出洞，然后一番轰炸。这小子也狡猾起来了。

转念又一想，万一他不是计，真派两个人过来，也没有百分之百胜算啊。

每一步都得赌。或者赌丹尼斯真派两个或多个人过来，现在就得出去迎战，不能在洞里等着束手就擒；或者赌他自以为这一番轰炸，就算把这边解决了，又何必为了区区两个不明生死者，再大动干戈，派人过来验尸呢？

陶载石思考明白之后，就跟展玄石说：咱们再等会儿，等夜深了再行动吧。

展玄石说：美国人敢夜里上山偷袭我们？莫说见了，听也没听说过。

那是他们不知道咱情况。现在他们已经知道这山上只有两个人，他完全可能派人过来。关键是他感觉有没有必要。

副连长，你家里还有什么人？展玄石想着这两天来发生的事儿，忍不住问。

只有一个老爹，在老家。陶载石说。

不对，你不是还有媳妇吗？

啊，是。只睡了一个晚上，就分开了，已经一年多了。陶载石想起了一夜夫妻翟仙果，还有没见过面的小儿子，不知道他们现在哪里，怎么生活。

你家里都有谁？我一直想问你，你是个湖南人，怎么跑到我们北方部队来了？

我爷爷是个看病的，他有两个儿子，我大伯和我爸，也都会看病。我大伯十几岁被国军抓了壮丁，村子里被抓了五个，都驻扎在县城。红军长征时，县委书记号召扩红，他自己也带头儿参加红军北上抗日。那个县委书记就是咱陆岩军长。他当时还不到20岁，就当了县委书记，我们县上万人都是听了他讲话，跟着他一起参加红军。

大伯和两个同村人一起脱下国军服装，也跟着陆岩军长走了。从此多年没得任何音信。我奶奶眼睛哭瞎了。我说莫哭了，我去找他们。奶奶说，他们都是跟着那个陆岩往北走的，你找到那个陆岩，就能找到你大伯。

我就一直往北走，边走边打听红军陆岩，一路上要着饭，走了好几个月，跑到陕西才找到他。

你可真够幸运的。陶载石说。他想起自己也曾千里走单骑，知道其中艰难困苦。

我见人就问，先是听说红军改成八路军了，走着走着，又听说八路军改成解放军了！还是老天爷帮我，打听到了陆岩的消息，在陕西三原见到了他本人。

我一说我伯伯名字，陆岩军长就掉了眼泪。他把我抱在怀里，说：孩子，你大伯和乡亲们都为革命牺牲了。我对不起你们，对不起咱家乡父老乡亲！我说我也要当兵，也跟着你，给我伯伯报仇。陆岩军长就让我看，还让我摸他身上的伤疤。他说打仗可是要死人的。他刚当红军就负了重伤，一枪打穿了后脑勺，住了两个月医院，捡回了一条命。长征途中又被手榴弹炸到，又养了一个多月才好。还有一次，他带着十几个人，被一百多个敌人包围，被迫跳崖逃生。他被倒挂在树上，又脸先着地，脸上留下了一条伤疤。我说我不怕死，他说：好孩子，打仗要多长心眼儿。

　　你家里还有什么人？

　　我下面还有个弟弟，我死了，他们也会为我报仇。

　　咱们不死，咱们活着回去。

157

　　朝鲜的夏夜比家乡还黑。屡经超量轰炸的山顶上一米来深的活土，连一根草都没了。但山前山后，总还有残存的树。有树残存，树上就有知了，树下就有夏虫。它们不知道自己身在战场，总会倔强发出鸣叫。虽然总量锐减，但总还有残存的，总体上声势大不如前，但也在胆子大、声量高的叫起来后，纷纷跟进，叫个不停。尽管给人的感觉比平时稀疏，但依然婉转嘹亮，而且连绵不断，百般花样。有连续的、有断续的，有的悠长如奏笛吹管，有的短促如敲鼓拨弦，有的拖着长音昂扬激越，有的虽是长音，但尾音却下行而收，像极了不少民间小调。总之，战斗间隙，炮声稍歇，由昆虫界组织的这一场战地交响，吸引了所有能叫的小虫儿们，全都一声接一声，加入了合唱，也极大地鼓舞了所有还残存的生命。

　　现在已经是6日凌晨了。展玄石刚刚见到了营长，汇报了情况。营长说你来得太好了！咱营坚守了五天四夜，已经胜利完成了任务，你们也做出重大贡献。我们已经接到今晚撤退命令，阵地马上会移交给一营。你正好尽快赶回獐子峰，通知陶载石撤退！

营长又交给他一个厚厚的信封，说里面有五封陶载石家属来信，要尽快转交给他。

展玄石受领了任务，迅即原路向獐子峰返回。这是他自参军以来，第一次独自接受一个如此重要的任务。奋战五天四夜，他们守住了涟川，也就守住了铁原！尽管遭遇重大牺牲，但总算胜利完成了任务。几天来自己跟着陶载石，经历了摸岗哨抓舌头，攀山头当尖兵，潜伏起来打坦克，夜袭重炮旅，重夺獐子峰，埋雷炸坦克，一幕一幕，惊险刺激，又万般精彩！

可惜赵大货没能坚持到胜利，他要知道今天的胜利，一定会跟他一样，涌现出欣慰和自豪！

展玄石一边快步走着，一边万分小心，警惕地注意着周围动静，不敢有丝毫放松。他从小就惯走山路，爬上爬下本是寻常事。脚下坑坑洼洼，也不以为然。尽管是在夜里，他还是尽量避开大路，有小路就走小路，没有小路，他就顺着路边走。

刚刚过了芒种，乡亲们应该忙完插秧，种完晚稻了。而脚下这块土地，正经历着战火蹂躏，到处弹坑密布，大大小小的土石堆和大坑一个挨一个。也不时看见废弃毁坏的坦克装甲车和枪支，以及横七竖八的尸体。按说应该是挺吓人的。但在战场上见多了，早已不再有哪怕一丝恐惧。他想着祖国人民正享受着和平，跟自己经历的一切都有密切联系。于是脚步如飞，身轻如燕，来回百十来里路，他一点儿也没觉得累。

他又摸了一下怀里的信封，想着自己要通知副连长撤退，然后交给他这些信，他怎不高兴万分！想着副连长高兴的样子，他脚下步子更快了。

来到獐子峰北面时，他犹豫了一下，想北坡太过陡峭，还是从南面上山吧。他甩开大步，身体像猴子一样敏捷。他知道从山下到山顶，一共5道弯。第一道要绕过一块巨石，那天他和赵大货还在巨石后面撒了一泡尿。

一想到撒尿，突然一股强烈的尿意涌上来。他便绕到巨石后面，即行方便。不知不觉中，可能这尿憋太久了，哗啦哗啦朝大石头上滋，眼看顺着石头朝下淌出一把没打开的伞。他左右摆动一下，终于让这把伞撑开了。

刚系好门禁纽扣，突然听到旁边有人轻声说话。他循声看去，只见两个人高马大的美军，已经悄然来到跟前五六米处。

真来了！而且真是两个！展玄石急忙往旁边一闪，蹲在一个大树墩后面观察，确认只来了两个。看来他们真要一对一单挑！这两个野牛一般的硬汉，自己跟副连长真未必能有胜算！关键是现在自己在山下，副连长在山上，而且已经来不及联系了。

眼见那个彪形大汉，金发碧眼，直向他走来，另一个黑人士兵，也跟着悄悄朝自己逼近。

展玄石迅速端起枪，并且瞄准了目标。

前面那个白人士兵也对着巨石站定，似乎也要干刚才展玄石一样的事情。他掏出自己家当，正要准备开始，突然发现石头上像是有人类活动的最新痕迹。他迅速掏出一个小手电筒，跟当年丹尼斯在地道里用过的一样，朝他的崭新发现处一照，嘴里骂了一声什么，立刻转身朝四周一阵乱照。与此同时，他另一只手已经掏出一把匕首，在暗夜里闪着寒光。

这家伙分明看见了展玄石，以及展玄石的枪口，他大吼一声扑过来，在他双脚离开地面的一刹那，三发子弹列队而至，他笨重的身体顿时失去了动力，将近100公斤的重量，砸在地上，发出一声闷响。

在这声闷响之前，展玄石的枪口迅速捕捉到另一个目标，他的右手食指还没压下去，一把匕首已经飞过来，直接插入他的心脏。

他是慢慢倒下去的。他的眼睛一直瞪着这个黑人士兵。他倒下时，左手持枪，右手护住胸口。他不是去拔匕首，而是本能地想护住副连长的家书。因为他曾经在心里，有过承诺。

展玄石躺到地上时，最后想说：副连长，对不起，我帮不了你了。

这句话他说不出来了，他正在缓缓地倒在地上，鲜血染透他身下一片泥土。

第三十五章　美国人没羞没臊

158

张家界!

皮特儿冲着窗外叫了一声,张椤赶紧把头凑过去看。

果然看到了世上独具的石英砂岩峰林地貌,看到了峰林如剑,千峰耸立,万石峥嵘。看到了一个真实的童话世界。那些奇峰异石、飞泉流瀑,引得皮特儿惊叹不已。

大自然的鬼斧神工,老天爷给我们中国的特别恩赐。张椤不无得意地说。

飞机落地了,张椤打开手机,看到一条信息:

张博士好!我是沈县长安排来接你们的展北方,一会儿出口见!

张椤回复:你好!刚刚落地,一会儿见!谢谢!

一出来就看见一个举牌子的小伙子。牌子上写着:人类二博士,荷兰一张皮。张椤顿时哈哈大笑。皮特儿没笑,说这两句话多好,有什么可笑的?

你就是展北方吧?

对,政府办负责外事的。小伙子把牌子收了,过来抢二人行李。

牌子上的字真逗,是沈县长让你们写的吧?

确实是她。展北方笑着说。

他们坐上一辆三排七座商务车,二博士坐第二排,展北方坐在副驾驶位上。皮特儿一上车，就跟司机打招呼：你好！司机马上回应：你好！你好！

展北方先把"接待方案"递给两位博士。然后问：马上12点了，咱们要不要先去简单吃点东西？

张椤问：到我们住的地方还有多远？

不到150公里，大约一个半小时。

那咱们走吧，到你们那里去吃饭。

好。皮特儿博士，您的意见？

她的意见就是我的意见。

好，咱们走！当然还是我们那里的饭好吃。而且沈县长应该在等咱们。不过她让我一定先征求你们意见。

二博士一路上看窗外风景，不时发出赞叹。皮特儿说：上帝把最好的山和水都给了中国。

张椤说：我们中国的山和水不是你们的上帝给的，是老天爷给的。你少说话！皮特儿说：少说话，我明白。

婉佳姐！

椤椤！

张椤和沈婉佳一见面就拥抱在一起。

沈婉佳和张椤是梓椤山开业时认识的，当时加了微信，之后友谊逐渐升温，很快达到闺蜜级别。

两位博士，请你们出示一下证件。展北方说。一人一间吧。后面这句话像是对前台说的，也有点儿像是对二博士说的。但所有人都没吭声，既没人反对，也没人说好。

沈婉佳说：你们先去房间，咱们一会儿餐厅见。

吃饭的时候，两位博士都对饭菜赞不绝口。

既然说好吃，你们就都多吃一点。沈婉佳说。下午安排了座谈，主要是介绍中医中药，面儿上的情况，让你们对我们这个小地方有个大致了解。明天咱们去山里，要见一位奇人：是个"老妖怪"。这个"老妖怪"不是我叫的，是他自己叫的。北方，你爷爷今年85岁了吧？

488

展北方说：是。

"老妖怪"是北方他爷爷。当年打过仗，一条腿还有残疾，但是他仍然身轻如燕，健步如飞。你们一定会喜欢听他聊天。好，你们都去准备一下吧。椤椤你留下来，咱俩说点儿悄悄话。

椤椤啊，你这白马王子不错嘛！不过按你老爸要求，肯定不符啊。

是啊。所以我还得慢慢做工作，让他们接受皮特儿，当然这很难。

我可是信守诺言，你们过来，我没跟陶砚瓦吐露半个字。其实我们的关系很简单，除了诗词，没别的事儿。

是吗？好像还是有点儿事儿吧？台北、什刹海边、椤椤山上？

你这个小东西，在这儿等着我！小心我把你灭口！

拜托了，婉佳姐，我的亲姐姐！千万别跟他说！他跟我爸爸妈妈一样，除了再多一个叨叨的，他现在也很难帮上忙。

"关键是给谁叫爹！"婉佳学着张福禄的语气说。你爸爸这话还真是有道理。弄不好啊，真得给美国人叫爹了！

婉佳姐！你就别再戳我了！

怎么样？姑娘大了，麻烦来喽！

可不是嘛。

我还是想问你，这个皮特儿外貌不要讲了，他最吸引你的是什么？不急，你想想再说。

应该是他的灵魂。对，是他的灵魂，非常有趣。

灵魂有趣，这是我们用来形容苏东坡的词儿啊！你竟然用在皮特儿这儿了！你有没有搞错？

没搞错！张椤十分认真而又肯定地说。

完了，你已经彻底傻掉了。

岂止一个苏东坡啊，我身边就有灵魂有趣的人啊！你和砚瓦叔叔，就都是灵魂有趣的人啊！我感觉就连我爸爸，虽然文化不高，可他的灵魂也很有趣啊。

你可拉倒吧。陶砚瓦和你爸爸，应该算有些趣，我这灵魂嘛，一般般吧，有什么趣啊？

"人类二博士，荷兰一张皮"，是不是你的创意？如果这还没趣，什么才叫有趣？刚才在机场，许多人看见这块牌子都忍俊不禁。我都笑出声了！

啊，这不过是一个小幽默。

幽默？灵魂有趣才能幽默。你们几个人都是灵魂有趣的人，皮特儿也是。

好了。看见你恋爱的样子，姐姐好羡慕你！晚饭后我儿子想过来找皮特儿聊聊天，儿子在上初中，他想提高他的英语。方便吗？

方便，必须方便。我跟皮特儿说，让孩子过来吧。找他姐就行。

你难道不是他小姨妈吗？

多难听！叫姐！

好，叫姐。这不乱辈儿了？

159

进山的还是接他们那辆车子，只是司机变成了展北方。沈婉佳坐在了副驾驶位，二博士还是坐第二排。

山路比较曲折，车子晃动厉害，那个叫仙石寨的村子在国家级森林保护区内，距县城非常远。好在路况还算不错，车子不是很多，窗外景色幽深，车上人一边欣赏美景，一边闲聊着。

皮特儿你中文真不错，你也很健谈，咱们把路上时间都交给你，给我们讲美国笑话，而且必须要把所有人都逗笑。怎么样？敢不敢接受这个挑战？沈婉佳一上车就说。

我当然敢。不过美国笑话在美国是笑话，出了美国，就没什么好笑了。

皮特儿说完就开始讲，而且一连讲了好几个：头一个是讽刺总统和政客的，第二个是讽刺民主选举的，第三个是说美国枪支泛滥的，第四个是说美国毒品泛滥的，第五个是说美国人的肤色，第六个是说美国人的性别，但大家听完最多是面露微笑，没有一个人笑出声来。

难道都不可笑吗？你们的笑点都那么高吗？还是我讲笑话的能力这么

差了?

沈婉佳说：你这些笑话吧，我们都听明白了，特别你那些笑点，基本在我们预料之内，所以笑不起来。

展北方开着车，也禁不住插话说：我们中国人看你们美国，差不多就是看笑话。

皮特儿一听，耸了耸肩膀说：我从小受教育说美国是上帝的天选之民，是世界上最伟大的国家。但长大以后到了不少地方，了解到不少国家的人，对美国各种批评意见。最后我得出结论，很多教授学者讲的、书里写的，都非常好，但都不如我爷爷说的最好最准确。我爷爷说：美国人没羞没臊，只有讲理的时候才可以做朋友，问题是美国很少讲理。

你爷爷厉害啊！他说话概括力很强啊！他是研究什么的？

他不研究什么，他是个军人。而且这句话不是他说的，是他在战场上听一个中国军人说的。

啊，原创版权还是我们中国人啊。

10点多，才到了那个叫仙石寨的小村。这个小村在一个山坳里，房子随着山势高低错落散布。一条柏油路直达村里，传说中的"老妖怪"，住在村边一个独立的，比较宽阔、整洁的院落里，车子可以直接开进来。

院中房子甚为高大，六间堂屋靠山而建，有山上树木相罩；东西厢房各三间，也都有树木相围。院内墙边，也有树木与外面响应纠结，让人感觉恰如一处云房洞府。

车子进院，果然见一位清癯干练老者，率七八个人出迎，引导大家进了堂屋，很有仙风道骨做派。

屋内没有隔断，甚为敞亮。正面后墙上，中间一幅镶框的毛主席标准像，两侧挂了许多大大小小的竹笛、笙箫。再往远处看去，还挂着兽角禽翎、虎皮鸿羽、犀首猿肱、象牙马革之类，难以名状，也有成堆成垛的杜仲皮、凤凰木、淫羊藿等，存放在屋内。一进来，宛如一间博物馆的展厅，洋溢着中药味道和山野味道的混合清香。

老者的居处位于东侧，只有一榻、一桌、一椅。连同他极为简单的生活用品，只占据堂屋的一角，显得十分狭小。床榻的对面，摆着十来把木凳，由客人选用。

沈县长啊！你脖子怎么样啊？刚一落座，难免寒暄几句。

还好，多亏上次您帮我调理一番，很见效果！

不行，还得再给你抓一抓。老者说着，手已经放在沈婉佳后脖梗子上，抓起来了。

沈婉佳龇牙咧嘴，看上去很疼的样子。嘴里却说着：两位博士还没给你介绍呢！

别说话，马上就好。刚开始总是疼一点，现在还疼吗？

还真不疼了。

马上就好，马上就好了！你当副县长了，一定是比过去忙了，得一年多了吧？我这还头一回见你哩！怎么样？舒服多了吧？

确实舒服多了。好，我给您介绍一下：这位美国帅哥叫皮特儿，这位小美女叫张椤，他们都是荷兰在读的人类学博士。昨天刚到，是来进行中医中药田野调查的，专门过来拜访您这位老专家。你们两个就跟北方一个辈分吧，一起叫展爷爷！

两个博士忙说展爷爷好！老专家好！

我哪里是什么老专家？老了嘛，确实是老了。这山高皇帝远的山沟沟，能有什么专家？都是你沈县长在文广新局那两年，搞什么非遗传承人闹哩。两个博士真不容易啊！跑好远好远过来看我，要我做什么？你们就吩咐吧。

婉佳说：我不懂他们的人类学，想听什么？想看什么？还是皮特儿，你说吧。

啊，您这年龄，跟我爷爷差不多，我就应该叫您爷爷。我们人类学是个大概念，其实我们两个人具体的研究方向，都是偏医学方面。我们主要关注当代前沿的医学科技，跟传统医学，包括中医药和少数民族医药。比如传统医药的现代转型，医疗科技跟社会、医疗的多样性等。我们企图探索中医跟当代医学的关联，探索把中医及其实践带入当代人文与社会科学前沿。哎呀我这么说，说明白了吗？

大概齐听明白了。老者说。你们西医也都知道中医确实能治病，也有中医自己的道理。但是你们心里头看不起中医，说中医不科学。科学才几年？中医多少年了？你们也总想闹明白我们怎么挖药啊，怎么诊疗啊，怎么治病啊，然后想着把我们这些东西拿回去用，一边用还一边说我们不科学。是不是？

没有没有，我们是诚心诚意来学习的。皮特儿说。

展爷爷，他是美国人，我是咱河北人。我小时候就看过赤脚医生，他们都会针灸、推拿、拔罐、艾灸，能治好多病。

啊，你是河北人？是河北哪里人？

我是安平县的。

啊，安平？安平哪个村？

大转村，离深州不远。

啊，大转村，周大转、闫大转、李大转。

还有东大转、西大转。您对我们那儿这么熟悉？

哈哈！我老家就是深州哩！

俺妈、俺奶奶家也都是深州哩！

啊？这么巧？深州哪个村？

陶村。

啊，陶村！俺就是陶村哩！老者惊讶得张大嘴巴。是有人派你们来找俺的吗？

哎呀您这个老妖怪！没人派他们来。您不说，谁能知道您家是陶村的？我和张椤就是去年在陶村认识的！一旁的沈婉佳一听他们聊起陶村，马上喊起来。

你妈姓什么？你奶奶姓什么？老者依然对陶村这个话题感兴趣。

俺妈姓黎明的黎，俺奶奶姓陶。

黎和陶都是陶村大姓，而且祖坟还在一起。老者陷入沉思。

都在梓椤山上。沈婉佳这回接住了话茬儿。

啊，连这你也知道？

我刚刚去过了。梓椤山学大寨的时候平掉了，前几年又恢复了，搞成一个景区了。开业的时候我们都去参加了。我突然想起来了，我在梓椤山上还接了你一个电话呢，你一个徒弟跟人打架那事儿。当时我哪里知道你就是陶村的！

亲爹亲娘啊！老者站起身，又咕咚跪在地上：列祖列宗啊！俺陶载石这辈子最对不起你们啊。

刚才他正好面朝着婉佳跪下，那边恰是正北方向，吓得她急忙躲在旁边。只见老者老泪纵横，甚为悲痛。所有人都屏住呼吸，跟着难过。

陶载石站在那里：哎呀陶村，我心里翻腾起来了。你沈县长都去过了！

孩子，你叫什么？张椤？梓椤的椤，好，哥哥叫张梓，也是梓椤的梓，好，这名字真好！俺一块儿参军哩，当了营长，早就牺牲了，叫黎崇善。

那是俺亲姥爷！

啊，你是黎崇善哩亲外孙女？老者一把把张椤拉到怀里，左看右看，嘴里叨念着：大熊啊大熊，你快看看你亲外孙女啊，她现在念博士哩！她来看俺了！这肯定是你让她来哩吧？她长哩多像二妞儿！比二妞儿还俊巴儿！哎呀，俺受不了了！啊啊啊！

老者大声哭叫起来，在这南国深山，朝着陶村方向，他一个耄耋老人，像一个孩童放声哭喊起来。尽管他的嗓音不高，也不大，却如洞箫般凄切，如古琴般悠邈，裹挟着他全部的情感，释放出他多年的郁积。张椤不由自主紧紧扑进老者怀里，一边叫着爷爷，一边也同样泪如雨下，呜呜悲声不绝。

到来时还晴空万里，不知什么时候天色阴了起来，这时竟有小雨在窗外院子里落下来，噼噼啪啪打在任何它能打得到的地方。更使屋里的气氛，阴郁而且悲怆。

闺女啊，你姥爷结婚早，他是打固城时候牺牲哩，正赶上你姥姥抱着你娘去找他。你姥姥扑到你姥爷遗体上哭，你娘才一岁多，也跟着啼哭，咱把固城打下来了，但所有官兵都跟着她们娘儿俩一块儿哭。大熊比我大两岁，俺们是一块儿念书，一块儿参加八路哩，跟亲兄弟一样！他光着膀子带着全营往前冲，英勇无畏！俺今天能看见你，俺幸福啊！沈县长，谢谢你！带着他们过来看俺，俺太高兴了！

那你本来是姓陶啊？

是姓陶！本名陶载石，小名小石头！河北省深县陶村人！中国人民志愿军第二八七师九六一团二营五连副连长。

我们只知道你是北方人，参加过抗美援朝，负伤回国了。以前问过你，你总是稀里糊涂回答。沈婉佳嗔道。你早告诉我咱俩一起去陶村，那得多高兴啊！

我怎么会想到你能去俺陶村！没听说你嫁了那边的人啊？

你看我会嫁你们陶村吗？

我看啊，你就像俺陶村哩媳妇！

张椤一听，也破涕为笑道：婉佳姐！爷爷一眼就看出来了吧？你跟陶村真是有缘分啊！

给您报告，我有一个好朋友，好大哥，是你们陶村的，肯定是你们一家人。他叫陶砚瓦。你不认识他吧？

俺知道陶砚山、陶砚林，他们是俊英哥那一支儿哩，都比我小。这个人应该比我小一辈儿。他多大了？

他1954年出生，属马的。

啊，1954年，俺就是在那一年，从醴陵康复医院出来，到了这仙石寨村。

您先喝点儿水，别太激动。两个博士还得跟您说他们的正事儿呢。

160

沈婉佳把刚才跟陶载石的对话，用自己手机录了个小视频，自己检查了一遍，只有老者陶载石一个人在画面里，没有其他人，特别是没有两个博士的身影和声音。

她走出堂屋，坐在西厢房的房檐下一个木凳子上，用手机即兴写道：

致砚瓦：

　　沅溪幽谷几人知，隐姓埋名自在居。
　　今夜客星煨冷月，何时杖履茂荆枝。
　　试从医道悟天道，惯以拳师教法师。
　　揭晓英雄双博士，撞开谜底一张皮。

　　写完看了一遍，没什么大毛病了，想着先把小视频发给陶砚瓦，但是右手食指举起来，落下去还没触到屏幕，离屏幕就差一公分的时候，她又缩了回来。她想再沉淀一下，押一押再发。还是用那根食指，点开刚写的那首谜语诗，发了过去。

　　她想到陶砚瓦对文字更敏感，他看了会有种种反应：惊讶？愕然？疑惑？疯狂？总之他知道牵涉一个重要人物。是谁？他会猜来猜去，反复琢磨，会很着急。但是他再神，也无论如何想不到，猜不透："二博士""一张皮"，都是什么梗？哈哈哈哈！你陶砚瓦啊陶砚瓦！料你今日入我彀中矣，待我从容收拾你一番！

　　沈婉佳心情大好！想着陶砚瓦的反应，她心里越发得意。

　　手机一声铃，陶砚瓦回复了：

复婉佳：

　　沅溪才女万人知，素貌冻龄云水居。
　　敢在宦途挑重担，屡凭吟稿耸高枝。
　　诤言谁得三年句，雅韵君堪一字师。
　　戏语诗魔由莽撞，屈尊尤善老头皮。

　　吓！他竟然扯起闲篇儿来了！你难道没看出来前三联说的都是你陶村的陶载石，尾联是陶载石找到了吗？可怜你陶砚瓦也是聪明一世，糊涂一时啊！

　　她冷笑一声，沉吟一刻，随手在手机上写道：

水调歌头·再致砚瓦

赶紧告诉你，今日遇奇缘。我刚知道真相，他与你相关。是你深州人士，是你家门陶氏，标准你乡贤。抗美援朝后，漂泊在湘川。

远山里，云树下，老江边。那般身手，可比脱兔与苍猿。既在穷乡僻壤，难免山高林莽，空气很新鲜。善者皆长寿，何况武陵源。

写完便随手一点，发给了陶砚瓦。

几分钟后，陶砚瓦回复：

水调歌头·再复婉佳

惊雷一声响，看你好诗词。送来天大喜讯，除我半生疑。当是英雄长辈，更是铁军勇士，下落骤然知。尚且在人世，怎不慰旌旗！

手灵巧，人勇敢，事传奇。悬崖一跳，孤剑劈敌大功垂。向死而生未死，可愕可惊可喜，万里展双眉。灯火阑珊处，待我效驱驰。

婉佳一笑，又写道：

三致砚瓦：

登记他姓展，实你本家陶。昏迷之后蒙救，都往后方交。检看身无旁物，只见小条破纸，籍贯姓名标。照此走程序，南国路迢迢。

腿残了，伤愈了，变山妖。横吹竹笛，通节开孔自操刀。更去深山采药，惯走崖头山角，仁术济刍荛。拳好名形意，身手尚称豪。

陶砚瓦回复：

三复婉佳：

听你介绍细，的是我家人。久寻遗体未现，悬念遽成真。岁月悠悠漫漫，身世兜兜转转，偏作你乡邻。咱俩缘非浅，从此更升温。

老前辈，同一祖，共陶村。云龙风虎，写到他处最销魂。不忍写他冤痛，不忍写他伤病，不忍他亡身。动动你纤指，发个小频频。

　　嘿！"小频频"！婉佳"扑哧"笑了。按照词谱，"水调歌头"尾句必须用两个平声字，最后那个平声字还得在韵上。为了避免失律，他竟然不用"小视频"，却来了个"小频频"！笑死人了！
　　婉佳哪肯轻易就范！她心里想着你陶砚瓦想看视频，我偏不给你！再押你一会儿！接着又发他：

四致砚瓦：
　　读到"频频"句，似觉火炉烧。幸亏冬季山上，正在雨潇潇。我已坦言才俊，并且告知身份，他自泪沾袍。久在异乡住，肯定想归陶。
　　采芝菌，挖冻笋，备香醪。故乡来客，不计龄辈自唠叨。说与令尊最善，与你不曾谋面，毕竟一枝梢。时露孩童笑，短笛复长箫。

　　婉佳毕竟是个女人，心肠细，她故意掩饰了刚才老人的大哭失态。没想到，她故意掩饰了什么，恰在陶砚瓦发来的"四致婉佳"里，就看到了什么：

　　要见幸存者，我竟好心酸。枪林弹雨经过，名挂若干年。多个立功金榜，一纸阵亡书状，尸骨杳无端。尽管闻佳讯，多少苦难堪！
　　舍慈父，抛稚子，散红颜。离群孤雁，壮士有泪向谁弹。日看白云舒卷，夜看群星隐现，心事对谁言。未晤心先怯，兀自涕涟涟。

　　沈婉佳看不得陶砚瓦掉眼泪，也看不得陶砚瓦写泪示人。她嘴里吐出个"去"字，马上写了一首《五致砚瓦》撑了过去：

　　男儿不流泪，应是未伤心。果然陶氏正脉，眶睫海云深。遇了大悲酸事，触了最柔软处，南北各涔涔。忽有洞庭势，直欲漫湘阴！

　　你情怯，他激动，我惛惛。明明喜事，竟自整得泪淋淋。你且京城论道，他且溪山终老，干脆两开襟。何必娥皇泣，省得你尊临！

陶砚瓦肯定见不得她生气，果然很快五复婉佳：

　　好个刀子嘴，直往我心锥。想鱼儿不开口，钩子久睽违。又是京城论道，又是溪山终老，何故又横眉？天赐花模样，即刻变钟馗。

　　我亲你，人爱你，要谦卑。者般才貌，湘右望去有伊谁？可以矜持一点，但要宽容一点，举止好坤仪。酝酿新诗句，如果胜文姬。

和所有女人一样，沈婉佳当然经受不住陶砚瓦哄，果然一哄就灵。她找出刚才的小视频发出去，又回了四个字：不理你了！然后嘴巴贴在屏幕上使劲儿吻了一口。站起来时，脸上带着灿烂的笑容，转身进了堂屋里。

161

刚刚出去一会儿，再回到屋里，婉佳被眼前的场景惊呆了！

只见"老妖怪"站在桌子上在打电话：你没炸死我，也没抓住我，我从山崖上跳下去了！怎么样？你老是吹你们富国用兵，有的是钱，怎么样？你们没赢！哈哈哈哈哈哈哈哈！果然是正宗的陶村式大笑！

知道我们为什么没赢吗？

为什么？

因为上帝不能亲自戴头盔参战！

说得好！上帝打不过老天爷！哈哈哈哈哈哈！

所有人都仰着脖子看着他。

张椤趴着她耳朵说：皮特儿的爷爷。

在美国？

对。

你还能来中国吗？来不了了？让你孙子给你买机票啊。对了，你孙子跟黎大熊的外孙女是同学，他们两个人来看我，我太高兴了！我也感谢你，当年放了我，后来又想弄死我，但是你弄不死我！你没做到！哈哈哈哈哈哈！

"老妖怪"两手一扬，噌一下子从桌子上跳了下来，稳稳站在了地面上。顺手把手机还给了皮特儿。说：你爷爷是个好人，他放了俺，俺们就三个人，还给俺们不少吃哩。但是俺们把他打疼了，他就下死手轰炸，还派不少人去突袭俺们。他肯定以为俺早死了！没想到俺还活着！当然俺也没想到他也活着哩！俺俩还能通话。哈哈哈哈哈哈！

真是个"老妖怪"，您这疯疯癫癫的，没事儿吧？

我当然没事儿！皮特儿的爷爷，丹尼斯，我们抗日的时候就认识了！后来在朝鲜又见着了，他们炸死咱多少人！俺带两个兵，也弄死他不少！最后他派人抓俺，展玄石干死他几个，俺也干死他不少，最后俺誓死不当俘虏，从山崖上跳下来。有一口气就往阵地上爬，后来俺昏迷了。等醒过来之后，已经到醴陵了。

皮特儿的爷爷还认识张椤的姥爷？婉佳惊讶得瞪大眼睛。

对啊，俺们一块儿钻过地道！俺和大熊还一块儿把他送到安平军分区，送完他俺俩还顺便回了趟陶村。就是那一次回家，才有了张椤她娘。

这也真是太巧了！老爷子，今天高兴不高兴啊？高兴吧？咱们先去吃饭吧！吃完饭休息一下，他们希望能到山上看看你们采药。

不去外头吃了，就在俺这儿吃，徒弟们在东厢房烧好了吧？烧好了，走吧，咱们过去吃吧，没什么复杂哩，都是简简单单哩。

陶爷爷！

陶载石听了一愣，他停下脚步，回头问皮特儿：刚才是你叫"陶爷爷"？

是。皮特儿说。

终于听到有人喊俺哩真姓了。可惜你是个美国人。你叫俺什么事儿？

我爷爷说，他手上还保存着五封信，是当年你夫人写给你的。是从你们人身上找到的。可能当时以为有情报价值，我爷爷看见是你的信，就保留下来了。他以为你早死了，刚才你们通完电话，他又把这五封信翻出来了，说让我将来转交给您。

好啊，谢谢你爷爷，还有你。他能把俺哩信一直保留这么多年，说明他重情重义，俺还说过他没羞没臊。俺们都是战争幸存者，现在还能对上话，这个世界太神奇了啊！

我们美国人讲理的时候还不错吧？

你们讲理的时候确实不错，但你们不讲理的时候更多！

啊，皮特儿，你爷爷那句经典的话，是听陶爷爷说的吧？张椤问。

是，我爷爷刚才在电话里说了，那句话就是陶爷爷在朝鲜的时候说的。陶爷爷，你这一句话，让我亲爷爷记了一辈子。他跟我说过之后，我也会记一辈子。你还得多跟我说点儿话，我可以多多学习，也记一辈子。

好啊，你这个小伙子我喜欢！

他是个美国人，你这么喜欢他，你难道不喜欢我吗？张椤嗔道。

喜欢喜欢！你是大熊哩亲外孙女，也就是我哩亲外孙女！你们俩我都喜欢。

那我们两个要是那个？

你们两个没结婚吗？陶载石问。

没有！你看我们在一起合不合适？

合适！合适！我早看出来你们的事儿了，我还以为你们已经结婚了呢。这小伙子的爷爷我认识，你们两家我都知根知底儿！

哇！皮特儿和张椤紧紧拥抱起来，一起欢呼着，皮特儿还顺势把张椤往天上一扔，在众人的欢呼声中，又伸出两臂稳稳接住。

皮特儿！我给你尝点儿稀罕物儿！

是不是猴儿酒？

真让你猜着了！前几天才从山上偷来哩！把老猴子气哩够呛！每人尝一口，剩下哩交给皮特儿，你带给你爷爷尝尝！

椤椤，你过来一下。婉佳把张椤叫到旁边儿，又要说悄悄话。

501

第三十六章　陶载石失踪

162

政委，我是小碌碡。

小碌碡？你在哪儿？有什么情况？吴力耕躲在洞里，在外面敌机的轰炸声里，拿起话筒，听到了张鹭洲的声音，感到十分意外。

我在泰川。你和闫师长都好吧？

我们还好。这仗打得，比抗日、打老蒋都难啊。

是，我们在修机场。咱们的飞机很快就要飞过来了，不能让他们想怎么炸就怎么炸了！小碌碡语气急促而十分坚定地说。石头怎么样？他？

他很好，我们正给他报大功呢。

好，你们多加小心，再见！

再见！放下话筒，吴力耕想着小碌碡的话，抬头看了看天空，嘴里嘟哝道：头顶上要是没飞机了，这仗可就好打了。

话机那头，张鹭洲虽然挂断了，但是心里也没有轻松多少。

他心里一直惦记着陶载石，为此他有很多话，想对吴力耕说；有很多疑问，想向吴力耕了解。但一来是打着仗呢，二来是本该自己承担的东西，就自己承担吧！所以他什么都不便说。

他是第一批随志司入朝的。志愿军只有陆军，没有空军和海军，可敌人却是三军齐备，除了要面对他们装备雄厚的陆军，还要面对牢牢控制着制空权和制海权的空军和海军。几个月来，志愿军"一军打三军"，尽管指挥有方，全军奋勇，利用敌人的轻敌骄妄，基本扭转了战场劣势，但是也付出了巨大的牺牲。他作为志司的作战参谋，对此十分了解，也跟着着急上火。所以当听到中苏最高领导人商定，苏方派出空军帮着志愿军参战，同时在朝境内修建多个机场，他和志司全体同志都备受鼓舞。

张鹭洲受命协调各个机场建设的事情，专事联系陆军、空军、工程兵、高炮兵等有关方面，抢修泰川、顺安、永柔、院里四个机场。使命光荣，任务艰巨，也令他特别兴奋。

这个机场协调小组第一次开会，他见到了崔炳如的哥哥，他的大舅哥崔炳坤。炳坤所在的部队，有三个师分别参与三个机场的修建。二人在朝鲜战场上见面，心情都格外沉重。

张鹭洲和崔炳如进京工作之后，两口子上班的地方离地安门很近，他们分到的宿舍就在景山公园旁边，距离崔炳如父母家更近，都不到500米。但刚到北京，在大机关工作，身份、眼界、责任都和在军级单位大不相同，事情多，压力大，进入角色难，是必然的。

当时，共和国初奠，面临的形势十分艰危，军事压力巨大。首先内部有剿匪、西藏、台湾三处用兵；外部还有援越抗法、抗美援朝两处用兵，总部机关忙得团团转，加班加点是日常，也没有时间过星期日。所以虽然他们在陕西结婚了，早就应该去炳如家看望老人，但竟然就没顾上回去。

说来也是凑巧。好不容易那个星期天终于放了一天假，崔炳如就跟张鹭洲说：咱们来北京都两个多月了，还是赶快去看看我爸妈吧！

张鹭洲说：好，是该去了。两口子收拾好，刚要出门，就听见门外噔噔噔的脚步声和紧跟着的敲门声：张参谋！赶快回机关开会！

就是那个星期天，张鹭洲知道了中央决定出兵朝鲜的命令。也是在那个星期天，他受命赴朝，在志司任作战参谋。

那时的志司,是战时机关。有时在村子里,有时在山洞里。有时在路上。而且有时乘车,有时走路。连彭司令也一样。

除了遇见了崔炳坤,张鹭洲还遇见一个更没想到的,甚至也可谓更重要的人:协调小组中关于机场设计的总负责人蒲载舟,他曾任成都机场总调度,跟崔炳坤一样,也是个地下党。

那天他去泰川,因为白天敌机轰炸不能施工,他就和蒲载舟在机场旁边村里老乡家闲聊。蒲载舟无意中说起北京开国大典之后,四川还没解放,蒋介石一边设想盘踞西南,继续顽抗,一边悄悄安排党政军要员及其家眷,携带珠宝细软秘密撤往台湾。他为了蒙骗世人,对外装出若无其事、气定神闲的样子,以掩盖惶惶不可终日的真相。有时出现在重庆,有时出现在成都,让外界知道他还在四川,又弄不清其诡秘行踪。

张鹭洲就说自己曾差一点儿登上一架缴获的国民党军队的飞机,而那架飞机瞒过看管人员飞跑了。

是不是6名机组人员,带着4位解放军?

对,就是那架!你知道情况?

巧了,那天我值班,所以知道一些情况。那架飞机从银川起飞后,本来是朝重庆飞,准备在重庆降落的。但是我突然接到重庆电话,说这架飞机要到成都降落,让我们做好航班备降保障。还特别交代飞机是从共军手上逃脱,机上还有4名解放军,而且手上携带武器,必须做好应对之策。

我赶紧通知机场方面和警卫部队,警卫部队说他们已经接到命令,将出动一个连的兵力提前进入跑道两侧,待飞机降落后,即对其实施包围。

我观察到飞机信号以后,发现其飞行轨迹正常,与以往并无不同,心里很为机上解放军人员担心。

还有半个小时就要降落的时候,我又接到重庆密令,说飞机落地之后,即由军队接管。只有一个机上人员,由成都地方保安作为普通治安罪嫌接走处置。其余人员在机场住宿，次日飞往长沙。

我当时感觉很蹊跷，不知道这个人是什么情况，只记得他的名字叫陶载石。因为我的名字里也有一个载字，就多注意了一下。我的名字蒲载舟，就有人说我名字不好，说蒲是多年生草本植物，生在河边或池沼。用蒲来载舟，那怎么载得动？所以我一听陶载石这个名字，当时心里就想：我以蒲载舟，尚且不可，他以陶载石，还不得随时准备粉身碎骨吗？这个名字跟我一样，都不太吉利啊！

嗨！你有所不知。这个陶载石跟我一个村，他父亲在我家扛长工，我们俩从小在一个被窝长大。我吃过他娘的奶，他也吃过俺娘的奶。他爹还是俺干爹。因为我这条小命是他爹给救回来的！我们老家取名字很随意，我小名叫碌碡，他小名叫石头，大名叫陶载石，我们还说他这个名字很雅致呢。

啊，刚才冒犯了！请恕罪、恕罪！既然你们是这种关系，那我就再详细说一说他的事情。

那天，果然飞机一落地，就被军队包围起来。舱门一开，就有武装军人先进去，从里面押出四位解放军，包括陶载石。随后那六个机组成员，才英雄凯旋般走出舱门。

我亲眼看到，那个叫陶载石的解放军，一下飞机就被成都地方保安人员单独带走了。

当晚我参加了"欢迎六壮士凯旋"的晚宴。席间多位长官讲话，都说他们六位勇士英勇机智，在飞机上抓获三个解放军。我听了，就忍不住问坐我旁边的一个机组成员：明明是四个解放军，怎么成了三个了？那一个是放走了吗？他立刻十分警惕地问我：你不知道情况，别瞎说！我告诉他我的身份后，他才偷偷对我说：落地之前机长传达上峰命令：飞机不去重庆了，改飞成都，明天飞长沙。另外从现在起统一口径，必须说咱们只抓获三个共军。那个半吊子说书的，是混进来看稀罕的，根本不是解放军，一下飞机就把他弄走，从此这个人就不许再提了。这是纪律。

我一听就明白怎么回事了。你们可能不知道，当时成都最抢手的东西，不是金银财宝了，也不是高官厚禄了，而是一张小小的机票。北方陆续解放，许多国民党官员都逃到成都。眼看成都又守不住了，他们急着往台湾跑，而逃往台湾只能靠飞机。所以不少人很早就开始动作了，家眷、金条、文物、细软，都在装箱托运。掌管机票的，是"行政院长"阎锡山。找他的人门庭若市。僧多粥少，座位有限，经常有人找他大吵大闹。最后他根本管不了了，只有蒋介石本人亲自安排才能搞到机票。再后来连阎锡山自己也跑了，所有内阁大员们，都悄悄爬上飞机跑了。所以不断有人直接赶到黄埔楼，直接找老蒋闹。

老蒋绝对是个好演员，他脸上十分镇静，说阎院长确实已撤离成都，大家不要惊慌，我还在嘛！所有人都相信了老蒋，以为尚有希望。他们哪里知道，当天晚上，老蒋批准了疏散计划，中小官吏的飞机座位完全卡死了。

所以机场就乱成一锅粥。只要有飞机着陆，立刻有成百上千的人蜂拥而上，直接冲进机舱抢座位，以致相互殴打，鼻青脸肿、头破血流，肯定有很多人抢不到座位。也有上了飞机，临飞前被航检人员以各种借口拉下来，把他的座位让给地位更高、权势更重的人。一时间，机场里面的马路边和候机室里，到处是上不了飞机的官员及其眷属。哭喊声、叫骂声如滔滔巨浪，这就是国民党逃离大陆时的狼狈景象。

说到这里你就能明白，为什么陶载石会从那架飞机上给押下来了。其实他们恨不得一个解放军都不带，但没有了解放军，他们怎么吹牛呢？可多一个解放军，他们又少一个挣大钱的机会。那天晚上确实有不少人上了这架飞机，带着很多东西，前舱后舱填得满满的。

能把陶载石赶下飞机，做出这个决定的，起码是空军司令，或者地位更高，老蒋身边的人。哦对了，你那么了解陶载石，他是不是个说书的？

哈哈哈哈！张鹭洲忍不住大笑起来。我跟他打小一起长大，我们小时候确实经常听瞎子说书，也会哼哼几句，可他从来就不是什么说书的。

那这个人可真命大，他以陶载石，比我以蒲载舟，载得好！

你还迷信这个？我和陶载石从小到大，什么都不信。一仗一仗打过来，经历了多少次生死考验，多少回死里逃生。要相信这个，那早就该光荣了。

你们可都不得了！尤其这个陶载石，令我十分敬仰。他在飞机上，满打满算两三个小时，而且是在天上，在飞行途中，他一定有超乎寻常的独特能力，比如迅速观察掌握周边事态的能力，冷静控制自己情绪的能力，营造把握周围气场的能力，迷惑对方人员的能力，甚至编故事的能力，表演的能力等等。他必须全部具备，才能被当成一个半吊子说书的，一个凑热闹的，一个无关紧要的，一个让敌人弃之不足惜的小人物。

哈哈，我们两个都是侦察兵出身，闯敌营，入虎穴，就是我们的日常。装扮成卖豆腐的、赶大车的、捡破烂的、出殡的，有时候也装疯卖傻。另外，他喜欢吹笛子，一直在后背上背着一个小布兜兜，里面装着一根笛子，那是我们老师，如今是我们团政委给他的。估计他在飞机上掏出来，给他们吹几段，也真说不定。老蒲你是地下党，怎么见了自己同志，也不想办法救一救？

哎呀，一听你就没干过地下工作。我们埋伏在敌营内部，安全是第一位的，只有先保护好自己，才能保护同志。另外上级给我的任务，就是等待时机，迎接解放。我们必须执行这个决定，不能擅作主张，擅自行动，那会打乱上级部署，破坏成都解放的大局。我看到陶载石下了飞机，又被单独处置，扔到成都了。他后来的情况我就不知道了，当然我也很想知道。

那天是我安排他一起去看飞机的，但我有事儿没去成，就让他替我去了。结果就成了这样的后果。他一年之后赶回了部队，也入朝了，在我老部队当副连长。这件事情非常诡异，四个人上了飞机，却只有他一个人安然归队，而且敌方公开的报道里面，找不到任何关于他的信息，这让政工部门非常棘手，下不了结论，也对他的提拔使用造成了障碍。

你们不了解那时候的成都，是国民党政权全面崩溃之前的时候，国民党自己的人还想着起义投诚呢，谁会在那个时候变节？这事儿让我看，陶载石是个真正的大英雄，他成功迷惑了敌人，保护了自己，还能一个人克服困难归队，这简直是非常传奇了！你们应该给他立功！而不是怀疑他。

我相信我们那些首长们，心里都清楚陶载石绝不会有问题。但是你一个人一年多时间没消息，归队之后又拿不出任何证明自己清白的证据，所以又有些无奈。对了，你能不能把你看到听到的东西，以及你自己的分析判断，写一个材料，我转给政工部门，估计就能帮助洗清蒙在陶载石头上的迷雾了。

好，我一定认真写出来。陶载石是我从心里极其钦佩的人，我会尽量写得周全些。

那我替陶载石谢谢你了！

两人正说话间，一阵刺耳的轰鸣声由远及近，紧接着是一阵阵炸弹爆炸声，还没等缓过神儿来，几架敌机早飞得无影无踪了。

这时，外面有人喊：老蒲！完了！咱们这几晚上修的跑道，全让龟孙们炸毁了！

他妈哩，这帮狗操哩！张鹭洲一开骂，完全是老家口音。因为他感觉只有用老家口音骂，才最解气。

当晚，泰川这边乘着月色，紧急开始重修跑道。你白天炸，我晚上修。你炸100次，我修101次。这也是打仗，也是战斗，也是冲锋陷阵，是检验敌我双方战力的另一种形式。

张鹭洲一直在现场忙活着。有志司的人在，修建机场的指战员们心里就有底。

突然，蒲载舟跑来找他，说刚接到崔炳坤电话，说他碰巧看到他们部队的人，从一具志愿军遗体上，找到一张纸条，上面写着陶载石的姓名和籍贯。但是他肯定这人不是陶载石，他把旁边遗体都察看了，也没发现陶载石。

啊！我去给崔炳坤打电话，再详细问问。张鹭洲听了，转身朝村里跑去。

164

崔炳坤的部队在飞虎山下，清安江边一个叫院里的村子，负责修建院里机场，同时负责接收前线下来的烈士和伤病员。

那天他从村子去机场工地，看见几个男兵女兵，正在整理志愿军遗体。他天天经过这里，知道这是文工团的人。他们既参加机场修建，也负责转运伤员，埋葬烈士。

这时就听一个女兵念到一个名字：陶载石。

他一听这个名字，就赶紧停下了脚步，两脚不由自主走了过去。

你刚才念了个名字：陶载石？哪个是？

女兵手里拿着一个小纸条，指着旁边一具遗体说：从他身上找到的，而且只有这一张。

崔炳坤接过纸条，上面确实写的陶载石的名字和籍贯，字迹十分潦草。纸条明显是从统一发放的工作笔记本上撕下来，约一页纸的三分之一大小，且只写着陶载石一个人名字和籍贯。

崔炳坤把纸条还给女兵，然后走过去察看那具遗体。尽管面部已被损毁得血肉模糊，但一看即知是个二十岁以下的年轻士兵。个子不高，却很强壮。皮肤白皙细嫩，嘴唇上的胡须还从未刮过。

这几天牺牲的都是从涟川运过来的。据说都是二八七师的。旁边一个男兵说。他手上拿着一支毛笔，正在把陶载石的名字写在一块木牌子上。不远处一群战士正在挖坑，一具遗体埋好，再把写有姓名的木牌一一插到墓前。

陶载石我认识，这个人肯定不是陶载石。崔炳坤说。

那怎么办？要不你找找这些还没埋的，有没有他？

崔炳坤真的一个一个仔细找起来。没有见到他要找的人。

这边都是有名字的，那边都是没有找到名字的。男兵用手指着两个山坡说。

虽然不是他本人，但肯定是他的战友，而且是跟他朝夕相处的战友。你们就按要求埋吧。

那我们就把这块牌子给他插上？

对，就给他插上吧。有块牌子总比没有好。崔炳坤说。

165

鹭洲同志见信如面：

你前日写给我的信收到了，因为领导分配我专职负责赴朝部队的政治实力统计，特别是牺牲的党员情况统计。我每天都特别关注老部队的材料，尤其是二八七师八六一团的材料。那天我看到了陶载石的名字，心里还是一惊。几天后也收到了我哥来信，他说碰巧见到了那张写有陶载石名字和籍贯的纸条，以及没找到他遗体的事儿。

你和陶载石的关系那么密切，感情也那么深，肯定更会悲痛万分。我跟你一样，在认识你的同时也认识了他，而且咱们三个人一起，完成侦察任务，后来又跟他共事，配合得也很好。得知陶载石牺牲的噩耗，心情跟你一样极为悲痛！这种悲痛压在心上，难以用文字表述。

当然比我们更难受的肯定是翟仙果母子，以及望眼欲穿盼他回家的老父亲。

翟仙果已经从部队转业，安置到山西省歌舞团。她带着个未满两岁，从未见过自己爸爸的孩子！母子俩相依为命，还要给公爹寄钱，其艰难可想而知。说实话，我作为一个女人，真的很佩服翟仙果，她的忠贞、坚忍，深深打动我。

我也给翟仙果写了信。我说于公于私，我都必须把这个噩耗告诉你。我们当然都为失去亲人而悲痛，我们也理解你更伤心，甚至痛不欲生。但是，陶载石是为国牺牲的烈士，我们不光悲痛，也为他而感到光荣和骄傲！今后的日子还长，孩子还小，家里还有老人，有什么困难，也可以向组织上提出来，我们这些老战友，也会尽力提供帮助。她给我回了信。

当前，国家一穷二白，百废待举，出国打这一仗，实属迫不得已。全国人民都在关注着前线战况，也不断听到有捷报传来，都深受鼓舞。当然，我更清楚，志愿军天天都在付出鲜血和生命！我天天接到报表，烈士的名单和数字也天天增加！这场战争，我们可能要承受前所未有的牺牲！好在我们全国激发出爱国支前热忱，掀起生产建设高潮！中华民族到了最危险的时候，军民一心，同仇敌忾，整个国家都同你们一起，冒着敌人的炮火前进！进！

刚收到瞿仙果回信，她说她不相信陶载石会牺牲。她说她有直觉，她和陶载石都从小没娘，但都命硬。陶载石上了敌人的飞机，都能安全回来，更何况那么多人跟他在一起，他更不会牺牲。想想也是，我统计牺牲烈士名单时，遇到好几个已经上报阵亡烈士之后，又找到本人了，有的是他又自己归队了，有的是在医院里找到了。还有两个把阵亡通知书、烈士证都寄给家里了，但是本人又带着复员证回家了。也许陶载石还有生还希望？

这么多人参战，战场情况又千变万化，弄出误会不可避免。所以，我也感觉陶载石说是牺牲了，营、团也都报了，名字也写到牌子上，立在坟前了。但是谁看见他牺牲了？没准儿他还在世，说不定哪天又回来了呢！

我一直认为，你和陶载石是我见过的最勇敢的人。再凶狠恶毒的敌人，在你们眼里，好像都是你们儿时喜欢恶作剧的小伙伴，他们一点儿都不可怕！你们十分清楚他们的脾性，他们的手段，他们的弱点。因为清楚，所以被你们巧妙利用！你们都太了不起了！说心里话，我当时爱上你，就是因为这个想法。天啊，你们进了虎穴，也能从容淡定，丝毫没有怯懦和退缩！总是有智慧和勇气，在虎口脱险，在狼群突围！我也一直盼着，你和陶载石，双双载誉归来！我们还会和以前一样，四个人坐在一起说话，聊分别后各自的经历，各自的变化。

当然，如果陶载石真的牺牲了，这个愿望便永无可能实现了。

写到这里，我特别嘱咐你珍重！希望你平安！盼望你凯旋！我也为你祈祷，为所有上前线的志愿军指战员祈祷！盼望你们早日胜利归来！

我当然因为你在前线而担心，但更因为你在前线而自豪。在做好我自己本职工作同时，我会每月给深州爹娘寄钱，写信报平安。

他们每次收到钱和信后，也都会及时给我回信。总之家中一切均好，不必惦念。

此致

革命敬礼！

你的爱人同志

崔炳如

1951年7月8日

166

陶载石同志：

今天我终于盼来了你的消息，但却是令我最不想接受，令我失望、绝望的噩耗！

我当然哭了一场，大哭了一场。我一直相信你不会牺牲。你是侦察兵，出入虎穴如逛集市，在穷凶极恶的敌人面前，也能从容应对。我还说咱俩都从小没娘，命贱也命硬。其实在我心里，即使他们都说你牺牲了，收到阵亡通知书了，我心里还是感觉你还在，只是不知道你在什么地方，遇到了什么情况？所以我还是给你写信，盼着有一天你能看到。

假如你真牺牲了，那你是战场上的英雄，是为国家牺牲的烈士，更是我丈夫、我儿子的爹啊！你忍心当烈士，把我们娘儿俩丢下不管了吗！把老爹爹丢下不管了吗！老爹老了，孩子才两周岁，刚刚学会叫爸爸妈妈和爷爷，他们今后都得靠我，你真忍心走了吗，那我可怎么办啊？

我不敢想。因为我真的很害怕！

害怕，又不能对别人说。既然不能说，就只好在心里憋着。可老憋在心里，越来越难受，我只好忍不住再给你写信。

之前写的信寄出去了，也不知道你看到没有。当然你看到或者没看到，都已经不重要了。对你不重要了，对于我，我们，也都不重要了。假如你真离开人世了，我们也都不能再指望你做任何事情了。那你就好好休息吧！

这封信你真可能看不到了，但是就算你看不到，我也必须给你写。因为不给你写，我又给谁写？

我不怪你，我也没有权利怪你。我只怪美帝国主义野心狼！怪他们犯我边境，杀我同胞，挑起战争！我也怪老天爷，让我们新中国遭此大难，付出这样惨痛代价！更怪他夺走我夫君，夺走我儿子的爹！

怪来怪去，我也不再怪了，因为我怪了半天，又解决什么问题？

最后我告诉你，我已经从部队转业了。原因是孩子太小，完成任务很不方便，我不想拖累部队，既然有机会转业，就报了名。组织上把我们七个人一起分配到山西省歌舞团，我还干我老本行，吹唢呐。因为我参加革命时间不长，转业时还照顾我，给我按干部待遇，定了排级，还给我分了一间宿舍。工资虽然不高，但比我想象的好，再加上对烈士子女的补助，我一定好好把儿子养大，把爹照顾好。你就放心吧！

我写完这封信，装进信封里，要写地址了，才想起来你已经不在了，你牺牲在异国他乡了。我又忍不住哭起来。这一哭，已经睡着了的儿子翻了个身，他肯定是听到了吧？我赶紧停住不敢出声，看他又睡着了。

载石，你放心去吧！你出生入死，打了十几年仗，也该好好休息了！你如果想我们，就随时来看看，你那么能干，应该有办法的！

我一会儿去外面把这封信烧掉，你马上就应该可以看到了。

你的亲媳妇：瞿仙果于太原
1951年10月18日

167

陶载石同志：

　　本来已经决定不再给你写信了，但是今天我必须再给你写这封信，跟你说一件重要的事。

　　我们本团一个同事叫许文沛，是合唱队的，三年前死了妻子，一个人带着两个女儿度日。经团领导和同志们反复撮合，他本人也非常愿意，我考虑再三，决定跟他再婚。两个破碎的家庭，合在一起过，互相有个照应吧。他人很好，对小钢钻也非常好，两个女儿也都有教养，非常懂事。我感到将来应该也不会错吧。

　　说来也真巧，还有一个让我同意跟他的原因，实际上跟你有关。他也参加了抗美援朝，是在一个叫院里的地方修建机场，同时负责接收从前线来的伤病员和牺牲烈士的遗体。因为他写的字好，就让他负责写烈士的姓名。他说二八七师阵亡很多，遗体来了首先找姓名和所在部队番号，有的都能找到，有的什么都没有。但每一个烈士墓前，都有一个木牌子。他就是专门写木牌子的。

　　他说有一天正在写一个叫陶载石的烈士名字，结果他们军后勤部一个处长恰好路过听到了，那个人认识陶载石，就过来看了看，说他认识陶载石，但那遗体肯定不是陶载石。他们就把从这遗体上找到的一张纸条给他看，纸条上写着陶载石名字和籍贯。他说写得都对，但是人不对，年龄和模样、身材都不对，肯定是搞错了。他把当时能看到的遗体都看了，也没找到真正的陶载石。最后只好把陶载石的牌子，插在那个遗体的墓前了。

　　如此说来，也许你没有牺牲？你还活着？可转念一想，部队已经发了阵亡通知，如果你还活着，都好几年过去了，战争都结束了，志愿军都回国了，为什么你还杳无音信？你怎么会不来找我们？又怎么会不去看爹？

除了张鹭洲和崔炳如，许文沛是离我最近又曾经为你写过名字和籍贯，见证你（？）被掩埋在朝鲜的人。听他讲完这件事儿，我特别想多听听他那些回忆，感觉冥冥之中，他跟我算是有某种缘分吧，我糊里糊涂就答应跟他一起过了。

我没有王宝钏坚强，请你一定理解我，谅解我。你放心，我走这一步，首先想的是不能让小钢钻受委屈，我会永远把他照顾好的！

我刚带着小钢钻去了一趟陶村。爹身体还好，还能下地干活儿。他抱着小钢钻不撒手，专门让我跟着他，到陶村街上转了一圈儿。他说就是要让乡亲们看看，他不是绝户，是个有孙子的人！

临走前，他把自己的积蓄都拿出来，让我带走，说我一个人带孩子，一定有很多困难。我当然坚决不要，说我有工资，足够花销！让他把钱留着自己用吧。他岁数大了，一年比一年老，我想争取每年都带着小钢钻去看看他。

好了，我写完了，马上烧给你。

永远忘不了你的发妻：翟仙果

1957年8月19日于太原

第三十七章　其实我一直很快乐

168

砚瓦吾弟大鉴：

　　首先报告一个大喜讯：刚刚，我在京畿道的涟川郡，一个独居老人尹昌淳家中，拿到两件宝物。令我惊喜万分！我来不及回家，来不及仔细看，就在临津江和汉滩江汇合处，把车子停在江边，遥望着远处似隐若现的，那座弹痕累累的劳动党大楼，倾听着车窗外滚滚东去的波涛，坐在车子里给你写信。

　　尹昌淳老人刚才对我讲述那段历史，还老泪纵横，泣不成声。此前我和他通了十几封信，他才勉强答应见我。见面之后，我拿出你送我的《砚光瓦影》给他看，他拿在手上端详许久，又翻看序言、目录、内文，其中写"抗美援朝"的内容，他都逐字逐句认真研读，我一直屏声静气，生怕打扰到他。大约看了半个钟头，他又问我几个问题，确认我的身份之后，才对我讲述了他的故事。

　　尹昌淳年近九旬，他的父亲是位音乐教授，曾在中国参加抗日，并加入中国共产党。他自己受父亲影响，也年纪轻轻就加入了朝鲜劳动党。因为父亲精通中文，会作汉诗，他也粗通汉语。志愿军在这一带打仗，村子里百姓都是站在志愿军这边的。他父亲曾经带着周围百姓，为志愿军阵地上送饭送水，救护伤员，提供力所能及的支持。尹昌淳的母亲，就是在给志愿军送饭时，遭到美军飞机空袭而身亡的。那时尹昌淳刚考上大学，学校因战停课，他决心为母亲报仇，就跟着父亲为志愿军做事。那时候这一带归北朝鲜管，做这一切都名正言顺。他们哪里知道，战后的停战协定，以三八线划界，把他们划给了南朝鲜。而知道这个结局之后，他们依然很淡定，心里想的是区区一纸停战协定，能管几年？等过上三年五载，形势翻转，整个国家就都统一了！

他父亲的身份是公开的，很快被政府传讯。幸亏之前早有准备，对他交代了一些事情。说一定要统一口径，坚决不暴露尹昌淳的党员身份。另外叮嘱尹昌淳保存好两样东西，是一个志愿军的笔记本和竹笛，将来一定要归还给本人或其亲属。父亲被抓走，再也没有回来。

他说1951年6月10日，端午节的第二天下午，父亲在村子南边，一簇盛开的金达莱花旁，见到一个正在艰难爬行的志愿军。浑身血淋淋的，面色苍白，一条腿已经摔断了，另一条腿受了枪伤。他连忙跑过去询问，那个志愿军当听到叫他同志之后，微微睁开眼睛。有气无力、断断续续地说，自己是个副连长，带着两个兵守一个山头，最后只剩他一个，誓死不当俘虏，从悬崖上跳下来了。等他睁开眼，知道自己没死，就这样爬啊爬啊，爬到这里。

父亲说：你是英雄啊！想把志愿军背起来。志愿军说别费劲儿了，伤太重了，流了太多血，已经不行了。他说有两件东西，请帮忙保存。一件是上衣口袋里一个笔记本，一件是他后背上一根竹笛子。看着父亲把这两样东西拿在手上后，志愿军嘴角动了动，就昏了过去。

父亲想着赶紧去找点儿水和吃的，再叫村子里的担架队员们把他抬走，只要能及时转移到后方医院里，或许还能救过来。于是就拿着两样东西跑回家，一边让他去叫担架队，一边拿上一点水和吃的，匆匆跑回刚才的地方，却发现那位志愿军竟然不见了。担架队也赶到了，在附近找了好半天，一个人影儿也没有。远处山头上还有枪声传来，偶尔也有隆隆的炮声，火光一闪一闪的，令人心生恐怖。父亲把水浇在那簇盛开的金达莱花的根部，把吃的也端放在旁边。就好像那位英雄变成了那株金达莱花。

英雄的两样东西，一直收藏至今。父亲曾经拿起竹笛，比画着吹了几声，依然清脆悦耳。父亲还十分不解地说：笔记本好办，这支竹笛，怎么能随他打仗，随他跳崖，还能够保持这么完整呢？更令父亲和大家都百思不解的，是不知那位英雄去了哪里，是死是活。

如今尹昌淳也老了，他自知来日无多，一直想着完成他们父子两代人的愿望，把英雄所托之物归还本人或其亲人。他偶尔从报纸上看到我在做归还志愿军遗骸的事情，就主动给我写了信，他嘱咐我帮他完成父子两代人的心愿。我临走时，他又把那根竹笛拿起来，照父亲的样子吹了吹，因为笛膜早坏了，没吹出笛声，只听到扑扑的气流声。

现在这两样东西就在我手上。刚才我小心翼翼地打开那个笔记本，虽然认识汉字不多，但是三排字，第一排：中国人民志愿军第十九兵团，第二排：第二八七师八六一团二营五连；第三排：河北省深县陶村陶载石。看到这三排字把我惊呆了！

我做志愿军遗骸这件事情多年，终于碰到了真正的陶村同宗同族本家人！当时我眼泪就止不住流下来了。我对尹昌淳说：谢谢你啊老伯！这位烈士跟我父亲同一个村庄、同一个姓氏，他就是我的家人！我给你，还有你天上的父亲，磕个头吧！说完我就跪下了。尹昌淳老人把我搀起来，跟我一起抱头痛哭。

砚瓦贤弟，既然陶载石是陶村的，那你应该有所听闻吧？他后来怎么样了？是牺牲了呢，还是回中国了？如有他消息，请一定尽快告诉我，我也好转告尹昌淳先生。另闻你支持乡亲们在陶村搞梓椤山项目，陶村面貌大变，我心中十分高兴。我将继续努力，找到更多的志愿军遗骸和遗物，送还中国，让英雄们早日魂归故土。我会尽快把英雄日记和遗物交你！

愚兄陶熙贤于韩国

169

砚瓦啊，韩国来的这封信真是太重要了！说明了两个问题：一是陶载石没有战死，他跳崖之后也没死；二是他在严重受伤生命垂危之际失踪了，下落不明了。按信中描述，他不可能自己走脱，一定是被人发现把他带走了。如果是敌人发现他，或者不管他，或者会加害他，那当时就应该有他的遗体。现在活不见人，死不见尸，那么只有一个可能，就是被自己人或者好心人发现并把他救了！如果真如此，苍天有眼！阎王爷也不忍让他走！我和老伴儿经常念叨他，也都说直觉以为他应该还在世上，只是我们不知道他下落而已。

陶载石哩情况，不是一般情况。他太特殊，太传奇，又跟我缠绕太紧密。所以都半个世纪了，我们尽量不议论他，尽量回避说他。尤其是我，对他有很多歉疚，很多责任，又很多无奈。

因为没有他消息，有人把他列为失踪人员，营长金骡子说：是我命令他带了两个战士去敌方阵地侦察战斗，他们的战绩超出了我的想像！打死三个帐篷里超过一百名敌人，中间还派一个小战士回来，背着两条枪，两个步话机，还有罐头面包。你们想想，不说别的，光这两台崭新的步话机，能那么容易缴获？你们谁缴获一台我看看！陶载石带两个兵，他们完成的任务，发挥的作用，至少超过一个连！金骡子开始给他报一等功，因为找不到人，就坚持把他定为烈士。说定为烈士，一是对他本人的认可，二是也对家属有更好交代。

金骡子对陶载石非常欣赏、非常信任。他偷偷对我说：让陶载石带两个兵执行特殊任务。哪有什么特殊任务！他本来是搞侦察的，非让他守山头儿，我就想与其让他守山头儿被炸死，还不如放他到敌人那边搞事情，能干死几个算几个！他只要了两个兵，果然是孙猴子钻铁扇公主肚子里，夜里偷袭，美国人做梦也想不到！打死多少？那小战士也说不清。中间他跟陶载石用步话机通过一次话。金骡子说，一见那个小战士，背着一堆战利品回来，给我报告敬礼，我眼泪一下子就下来了！不是我自夸，如果不把他们派出去，也许早在山头儿上给炸死了！

陶载石最后是怎么打、怎么逃、怎么牺牲的，都没有任何信息了。这封信里讲的情况，应该是我们知道的他最后的情况，当然还不是他生命最后的情况。读完这封信，感觉他实际上是又一次失踪了，而且他负了那么重的伤，凶多吉少。

但似乎还有一点点逢凶化吉、遇难成祥的可能，还有万分之一、十万分之一、百万分之一的希望和可能。他这个人命大，办法也比一般人多，万一他又侥幸活下来了呢？我倒是更相信后一种判断。当然我跟他有特殊关系，我的判断掺杂了太多的个人感情。金骡子几次对我说：陶载石是他见过的最好的侦察兵，他最机智勇敢，最英勇无畏，对党、对国家、对同志，都最忠诚！还不清楚他的下落，但营、团两级都给他报功。当然闫玉才团长、吴立耕政委都对他十分了解。在战场上立功，手续比较简易，团里报给师里，师里报给军里，军里继续把他的材料上报，兵团很快批准陶载石为一等功臣，陆岩军长和兵团首长给几位一等功臣写信，其中有一封就是给陶载石的。但是他始终没有归队，多方了解，音讯全无。最后听说发现了他的遗体，这才确认他已经牺牲。所以只好赶紧把他从一等功臣名单里撤下来了。

可是后来又听崔炳如的哥哥崔炳坤说，他非常偶然，亲眼看到了掩埋的遗体不是陶载石，而是一位比他年轻、比他稍矮稍白的战士。因为证明身份的只有身上一张纸条，所以掩埋之后，把写有陶载石名字的牌子，立在了墓边。

总之，我们最新得到的消息，是陶载石没有牺牲，而是英勇跳崖，受了重伤，在爬回阵地的途中失踪了。

刚看了你总结的平原精神："宽平远志，正平守节，坦平无私，持平不争。"我感觉一定是你写《云龙风虎》，对陶载石、对家乡、对老部队平原精神的深入思考。我完全同意。

宽平远志，是说目标明确，信念坚定；

正平守节，是说意志顽强，永不屈服；

坦平无私，是说胸怀开阔，舍身报国；

持平不争，是说不争力而争心，不争人而争己。不争事而争道，不争功而争无功。

平原精神，在陶载石身上体现最为明显。也是咱陶村的精神、咱老部队的精神。咱这两代陶村人，都或多或少具备这种精神，或者虽不能至，心向往之。

170

沈县长！您这是出行还是接人？

沈婉佳乘车到了张家界机场，刚下车，就听有人叫她。转身看时，原来是她们县医药公司的老范，正从一辆劳斯莱斯里下来。

我来接人，你呢？

我也来接人，石家庄来的。走吧，我定了贵宾室，咱们先进去喝茶。老范说。接集团老总，黎院士。

接黎庄院士？他难得到咱这小地方来啊。你们怎么没给政府报？

他是来看望我们的老顾问展玄石的。说不让我们报，只管接他就行了。

咱们是一回事儿。我来接北京来的三位，也是来看他的。这个老妖怪，原来是个大英雄。

两个航班，北京先到，石家庄晚半个钟头。婉佳起身时，老范说既然是一回事儿，我跟你一块儿过去吧。

跟陶砚瓦一起来的还有三个人：

张国凯听说陶载石还活着，说陶砚瓦你可真行，你写小说把陶载石给写活了！我从小就听爸妈讲他的故事，客厅里经常在老照片里见到他，说他早牺牲了。前天听说他还活着，我爸妈都兴奋得睡不着觉了。我给他们录了视频,两个人都抢着说,每人都录了好几段儿。这次我首先代表我父母,然后代表我自己,见证陶载石还活着这个重大历史事件!关键我还带着陆岩军长和兵团首长祝贺他荣立一等功的信,以及他亲儿子陶光前烈士临上战场之前,写给妻子向春晖的信。我还有一张照片,是他的亲孙子,陶光前的亲儿子,国防科技大学毕业,现在海军服役,据说在航母上,已经是个少校了。后面这封信,还有他孙子的照片,要不要给他,或者他儿子的事儿要不要跟他说,咱们也到时候看吧!

陶砚瓦问:你们告诉翟仙果没有?

不敢告诉她呀!她年龄大了,身体一直不太好,要是知道陶载石还活着,一激动还了得?你们告诉陶载石他儿子也牺牲了吗?

没敢告诉他。

那不结了吗,这种事儿能瞒一天算一天吧!

三镯子和黎庄都对陶砚瓦说:陶载石是你们陶家院里人,更是咱八六一团的老英雄!开始还以为他那些事儿都是你编造哩,敢情都是真的,而且他还活着哩!两个人一个从北京走,一个从石家庄走,都到湘西会合!

陶砚瓦写《云龙风虎》的过程中,三天两头给这几个人打电话,也给其他许多人打电话,询问很多情况,这才让他得以完成初稿,又得以顺利进行修改和调整。这几位都提前读过相关章节了,对书中人物都已经熟悉了。特别对沈婉佳,印象都极为深刻。而国凯也还在惦念着向春晖。

沈婉佳先接上陶、张、黎三人,说石家庄航班马上落地,陶砚瓦说干脆等上一起走吧。

黎庄到了,一看政府来的车宽敞,说咱们一起坐吧,好聊天儿。

老范,你那辆车跟着走吧!沈婉佳回头跟老范交代了一下。

这边车上人都坐好了,陶砚瓦又把人都重新介绍一遍。几个人说沈县长就是你书里写的"诗魔",红颜知己吧!果然才貌双绝,秀外慧中,蕙质兰心,冰雪聪明。

婉佳听了笑着说,大作家啊,你这书还没出呢,怎么女一号先火了?

婉佳啊,他们都是我一个村儿的,这两个还是一个车皮走的。大家来湘西，特别是见了你，都很高兴啊！我这次来，还有一件重要的事儿，趁着车上还有点儿时间，你赶紧说说，我这位叔叔来到湘西，本来是一场误会，容易理解。估计那个误会他一醒过来，或者是一见那个兵的亲属，立刻就明白了。但是他在这里要待一辈子，他为什么没回去找部队，找自己家人？这事儿我无论如何想不通。出版社也说你没说清这件事儿，那你这书还不能出？因为没法儿给读者交代。

你电话里问我，当时我也说不清。后来我专门儿找他本人去问，把你问我的话都跟他说了。他先问我看没看过他档案。我说没看过，他说他也没看过，但是他的问题一定都在那档案里。你是副县长，你要弄清这个问题，是代表组织出面，到民政局去查一下儿，应该就明白了。

我让民政局把他的档案送到我办公室来，一会儿你们都可以看一看。说起来让人无语，里面的东西特别简单，只有几张他在不同医疗单位治疗的病历和登记卡片、转院证明等等。最重要的，是丹东那边的一个后方医院开的证明。

这个证明里也特别简单：姓名展玄石，性别男，部队番号：十九兵团二八七师八六一团战士。负伤地点：涟川獐子峰，负伤时间：1951年6月6日，负伤程度：特别严重，一直昏迷。家庭地址：湖南省湘溪县大格老乡仙石寨，亲属姓名：父亲展春巴。

关键是最后，后方医院处理意见写的是：接收时重度昏迷，经抢救初步脱离生命危险。处理意见：转移湖南原籍治疗。个人物品：5个美国产避孕套（已全部上缴）。

然后是三年后在醴陵那个军队医院把他转交给湘溪县的证明说：该同志受伤比较严重，肋骨、锁骨、右腿多处骨关节都有严重损伤。接收时重度昏迷，一年后苏醒，经治疗三年后，能自行下床，右腿伤残，行走困难，生活勉强自理（负伤时身上藏有5个美国产避孕套）。最后医院意见栏内写着："建议对其身体伤残关心护理同时，对其思想作风，多加注意和帮助。"

大家听明白了吧？问题出在那5个美国产避孕套上！而且那是他负伤时身上唯一的个人物品。当时那东西咱们中国人别说见过了，听都没听说过。很多人知道了这是做什么用的，第一感觉就是好人怎么会把这东西带在身上？所以才会有"对其思想作风，多加注意和帮助"。

我跟他说了档案里的情况，他听了竟然哈哈大笑，说原来是这事儿啊？没错儿，的确是5个避孕套，都是美国货！就是皮特儿他爷爷，当时是个少校送我的！我赶紧止住他别往下说了，老祖宗啊，你在朝鲜跟美军少校还有勾搭，他还送你这个东西，幸亏没让你看档案，如果当年你全都招出来，那可就不再是"多加注意和帮助"了！弄不好就会弄出别的事儿了！

他说：自己名字有意思，姓"陶"，要"载石"！石字五笔，就是这5个避孕套啊！一直压了我60年！也没把我压死！哈哈哈哈哈哈！他还笑得挺开心。

这个老爷子，我也叫他"老妖怪"，这一辈子打仗、负伤，然后以伤残之身，活到现在快90岁了，还活蹦乱跳！他这心真大！你们说，是不是多亏了他来了俺湘溪，山清水秀，空气好，人也好，怎么样？对得起你们陶村了吧？

岂止是对得起陶村，是对得起抗美援朝老英雄，对得起祖国和人民军队啊！

我还必须给你们降降温啊！老爷子毕竟这把子年纪了，大悲大喜都可能经受不起。所以咱们要把控好这个气氛，要尽量平和，适度。说话也不能太多，太热烈。希望大家配合啊。

我看请沈县长做现场指挥，咱们四个陶村晚辈，主要由国凯一个人说，咱们当见证就行了。我只申请给我安排10分钟时间，我单独问他点事儿。

171

叔，我要单独跟您商量点儿事儿。

砚瓦啊，咱是真正哩一家子，你爹你娘一直对俺好，对俺爹也好。沈县长也经常跟俺说你。你有事儿尽管说。

刚才国凯他爸妈在视频里说哩话，我在北京就知道了。他们两个，还有闫司令、吴部长、金骡子副军长都说好了，他们要联名给有关部门儿写信，要求正式恢复你哩原来身份，重新颁发党证、身份证、伤残证等等。他们都知道了您负伤昏迷之后，60年来，把您当成了展玄石的情况。开始以为您失踪了，后来又报您阵亡了。当务之急，是恢复你哩军籍。考虑历史和现实情况，应该确定副团、正团或者副师级，再按这个职级享受离休待遇。首先是您应该享受这个待遇，其次是只有这样，才能彻底解决您哩问题。组织上审批之后，您将面临一个选择，可以去军队的干休所、疗养院，北京、石家庄、北戴河都有；还可以选择回老家陶村，老家条件也会很好；或者继续留在湘西，毕竟在这里六十年了，习惯了。您已经是高龄老人了，腿脚也不方便，他们就让我来当面问您想法，我作为您哩晚辈，说是您哩家人，也可以。您不必现在答复，您考虑一段时间，也可以跟沈县长商量一下。沈县长人很好，您把她当成女儿，当成亲人，都行。总之不着急，您什么时候想好了，跟我说也行，跟沈县长说也行，我通知那五位老首长，他们都会帮您实现心愿。总之，都希望您好，希望您健康长寿，希望您高高兴兴安享晚年。

我听明白了，大家都是好意，我谢谢各位，特别还有几位老首长。我这个废人，活了这么大岁数，定什么职级都无所谓了。当年我们三个人，在后背上划"精忠报国"，大熊牺牲了，他连新中国都没见着。我从敌人飞机上逃了回来，又去朝鲜打了一仗。朝鲜牺牲的太多了！那个赵大货，生生为了保护我，扑我身上炸死了。当年我醒过来，已经到了醴陵。医生护士们都喊我展玄石，我就知道，不用问了，展玄石也牺牲了。你说那时候，我还想什么？我一身伤，腿脚都不能动弹，我想的是也活不了几天了，都要死的人了，爱叫什么叫什么，何况我跟展玄石说过，不管谁牺牲了都把对方爹娘当爹娘，一样尽孝。既然他死了，我活着，我就应该履行诺言，帮他尽孝。但是我躺在病床上，连吃饭都要人喂，怎么去帮人家尽孝？想想就是了，没有能力了。

当时展玄石父亲、奶奶还在，他们是同时看到了两个通知，一个是我这边通知，另一个是阵亡通知，名字、地址都一样。民政局马上就知道了，我根本不是展玄石，当时我还昏迷着，都以为这个错儿很快就纠正了，谁也没当回事儿，可没想到这一错错了大半辈子。

我没想到自己活了这么久，见了祖国越来越强大，人民越来越幸福，我越活越有劲头了。你们又带来了这么多消息，我得好好消化消化，然后再仔细盘算盘算。陶村我当然想回了，可在山里大半辈子了，真要离开，去北方平原，也不是容易的事儿。回头我再找小沈商量一下，然后把决定告诉你们。

还有砚瓦啊，他们都说你在写一本书，叫《云龙风虎》，把我写成主要人物了。有意思。我真想看看你把我写成什么样儿了？可别写得我挺倒霉，挺憋屈啊！我几次死里逃生，其实算很幸运了，我也一直很快乐！

更令陶砚瓦没想到的是，陶载石竟然神秘兮兮地问他：你会烫窑儿吗？

会啊！咱陶村长大哩，哪有男孩子不会烫窑儿哩？你要烫什么？烫山药，还是烫长果？

将来要真能回陶村，你给我烫一窑长果。

尾声

陶载石这天起得很早。他像往常一样，提溜着一根笛子，独自爬上了后山。在山腰上那棵硕大的马桑树下站定，先凝望着它被旁边的灯台树紧紧缠绕的样子，又用手摸了摸它们的树干，再抬头端详着它们那繁茂的枝叶，嘴里低声念叨着什么。

在湘西，马桑树被灯台树缠绕，是很常见的。它们枝丫交叉，和谐融洽，一起长成人们喜欢的样子。此地流传一首民歌《马桑树儿搭灯台》，曲调优美欢畅，又带几分凄美和幽婉。不知其诞生于何年何月，又是何人所创。据说贺龙元帅的堂弟、革命烈士贺锦斋，曾抄录这首歌的歌词，给自己心爱的姑娘：

马桑树儿搭灯台，写封书信与姐带。马桑树儿搭灯台，郎去当兵姐在家，我三五两年不得来，你个儿移花别处栽。

马桑树儿搭灯台，写封书信与郎带。你一年不来我一年等，你两年不来我两年挨。钥匙不到锁不开。

陶载石对这首曲子早已熟悉，他拿起竹笛，对着北方，对着陶村的方向，又吹奏起来。

悠扬的笛声在山谷回响。这个已经年届耄耋的老人，气力尚足，笛声时而悠扬婉转，时而活泼清脆；时而幽怨苍凉，时而熙和缥缈。他几乎用尽全身的力气，一吐对当年爱人缠绵不绝的情思，对故乡亲人和老部队首长战友们的思念和追呼，也有对久居之地的留恋和感激。笛声里充满了半生征战的豪迈，半生坚忍的豁达，以及长期远离尘嚣，安享渔樵之乐的宁静和恬淡。

突然，那笛声脱离了刚才的节奏和旋律，没有了曲调和板式。非儒非道，非佛非魔，非巫非鬼，非雅非野，非人非仙。一会儿如泣如诉，催人泪下；一会儿窃窃私语，引人默想；一会儿劈云斩雾，令人亢奋；一会儿又云淡风轻，使人如梦如仙。这笛声是一个生命个体独特的坎坷际遇，是他对自己，对自己所处世界的演绎和拷问，理解和未解。他吹的就是他自己，他自己的爱恨情仇，他自己的幸与不幸，他自己的追求和坚守，奋斗和无奈，高尚和平凡，抗争和苟且，有情和无情。他吹奏的是世上从来没有过的曲调，是他只为了自己而吹奏，也只能吹奏一次的曲调，听者闻所未闻，也没有准确的文字可以描述，但却一听即懂，并被其感染，被其裹挟，并完全沉浸其内。有幸听到这次演奏，就经历了这乐曲的洗礼，从此便有了终生难忘的特殊体验和经历。

这笛声驱散了晨雾，唤起了晨曦，更有百鸟和鸣，万壑呼应。

他看见太阳正从东山爬上来。阳光泼洒在他身上，暖暖的，他用一个长音作结，然后收起了竹笛，下山了。

刚走几步，他就看见自己住的院子里，已经站满了前来送行的人。

应该是全村的乡亲们，以及他所有的学生们，都来了。所有人的目光都凝望着他。

他也看到远处进山的路上，一辆汽车正朝村里开来。他知道车上是沈婉佳、陶砚瓦和黎庄。他知道黎庄安排了一架小飞机，一会儿将直接停落在这个院子里，把他们四个人送往张家界机场，再转乘大飞机去北京大兴机场。之后将乘坐另一架小飞机，看北京，看保定，看深州，最后到陶村梓楝山景区门外广场降落。

当时给他讲完这个行程安排之后，婉佳问他坐飞机怕不怕。他嘿嘿一笑道：我坐飞机的时候，你们还没出生呢！

婉佳也笑道：我们坐飞机可是家常便饭！你只坐过那么一回，牛什么牛？

我不牛，你沈县长才牛！陶载石像孩子一样坏笑道。

哪里哪里，还是你老英雄、老妖怪最牛！你这个九命老猫，总是能死里逃生，是真牛！

陶载石也确实牛，飞机从张家界起飞后，婉佳帮他把座椅调到静卧模式，他闭上眼睛就睡着了。婉佳赶紧给他盖上一条毛毯。

陶砚瓦也把座位调成半坐半卧状态，闭上了眼睛。

突然，他看见迎面赶来一驾马车，苏东坡正坐在马车上，嘴里吟诵着"逐客何人著眼看，太行千里送征鞍"。他赶紧喊道：东坡先生，您这是要去哪里？东坡道：顷接圣旨，迁某英州去也。砚瓦惊道：苏子甫一到任，就连上两札，严法纪，修营房，军心大振，定州稍宁。才数月，子即去，只怕边郡危矣！东坡道：君门深九重，坟墓在万里。也拟哭途穷，死灰吹不起。砚瓦连呼道：边郡危矣！大宋危矣！东坡举着手里的酒葫芦说：事君数，斯辱矣。何不尝尝这中山松醪，孰与衡水酒美？砚瓦道：苏子南行，山高水长，望善自珍重！

这时有人拍他肩膀，睁眼看时，只听婉佳笑道：你比老爷子还能睡，竟然还做起美梦来！嘴里嘟嘟囔囔。

砚瓦不语。婉佳一边说着嗔话，一边把手机递过来。陶砚瓦便接过来看屏幕上文字：

一不小心成了陶砚瓦先生长篇小说《云龙风虎》女主角原型，奉命一律以记：

笔底桲椤山又春，几番开卷觅何人。
尘中我看书中我，俗子身追骥子身。
应自兵戈参世味，许谁风雨守斯民。
清宵坐久还无寐，剑入芸窗诗入神。

陶砚瓦读罢，给了婉佳一个大拇指，然后往座位上一躺，就在婉佳手机上操作，步韵和诗一首，随即递还婉佳：

机上和婉佳
　　大志男儿各得春，江山多少待归人。
　　铁师五十年前会，壮士三千里外身。
　　代有英雄争报国，史标兵事更安民。
　　湘溪此去陶村远，试看中华精气神。

婉佳朝砚瓦莞尔一笑，还用手比了个"O"。

陶载石竟然一直睡到北京，连午餐盒都没打开。一直到要下飞机了，他竟然问：飞机上没给东西吃吗？婉佳说给了，您当时睡得香没敢叫您，这不饭盒也没打开。他说：带上带上，我一会儿吃。婉佳说刚才大伙儿商量，想请您在大兴机场吃碗米粉。他说，那耽误事儿！这盒饭高级！

黎三镯说：老前辈，您刚才能够忽忽睡这一路，是真本事！

陶载石笑了笑，没说话。沈婉佳搀着他，上了黎庄安排的车辆，他一上车就开吃，一眨眼工夫，饭盒光了。上了直升机，又是除了飞行员，只有他们四个乘客。

在飞机上坐好，陶砚瓦问陶载石：北边是北京，南边是陶村，咱们听您的，往哪儿飞？

去陶村。陶载石语气十分坚定。

那不许再睡了！婉佳说：一会儿就到陶村了。

不睡了，也睡不着了。陶载石乐呵呵说。

好像只用了一袋烟工夫，飞机就到了陶村上空。令机上所有人都大为吃惊的是，梓椤山大门外广场上，中间有一块长方形空地，上写两行大字，每个字都恨不得比炕还大，上面是"欢迎陶载石回家"，下面是："老英雄您辛苦了！"空地周边，站满了成千上万的人。人群中在不同位置，矗立着有不同单位标志的摄像机，机位高出人群一米多，上面站立着拍摄和拍照的人。

没有敲锣打鼓，没有红旗招展，没有口号声也没有歌声，这么多人聚集，竟然安静得令人心生诧异。

民政部来了位副部长，河北省来了位副省长，解放军总政治部来了位副主任，衡水市、深州市也都有领导赶来。

站立在四周的群众，没有动员，没有组织，陶村已然空巷，周围村庄的男女老少，也纷纷赶过来，观看陶村这百年不遇的盛况。之前他们听到了宣布：为了让老英雄不受打扰，对所有人都只有一个要求，不许动嘴喧哗，只许动手鼓掌。

自然来了不少自媒体，对他们的要求更加苛刻：只能拍摄，不许出声。如有违反，有维持秩序的警察和陶村的志愿者，立即没收设备，逐出现场。

当晚央视、省卫视、衡水及深州电视台，都有新闻播出；中央和地方纸媒更争相报道。一时间，陶载石和陶村，甚至柠椤山的名字，都成为焦点，上了热搜。

所有的新闻稿里，都提到一本书：《云龙风虎》。这本书火速出版，震撼发行，迅即成为畅销书。

那一天，成为陶村历史上最最热闹，最最风光，最最令人难忘，让陶村人自家吹，也屡屡跟外村人吹的一天。

那天喝了多少老白干？经书记陈梦飞找黎占江、黎四清跟四大作家、四大吹一起核算确认，是12箱低度哩，19箱高度哩，一共31箱。这个数字客观实在，从此全村统一口径，谁也不许胡吹加码儿。

2021年8月第一至三章于北京南郊东安村
2022年3月第四至十二章于三亚龙港
2022年9月第十三至二十五章于宜兴东氿
2023年10月第二十六至三十四章于杭州径山
2024年6月完稿于杭州径山